海螺

流軍◆著

目次

第一章

1

柔佛州東海岸蛇尾嶺以西有一條河，叫老巫河。老巫河是柔佛河最寬的一條支流，河口有個鎮，叫仙鶴鎮。

仙鶴鎮有兩大奇觀：一是潮汐期間海水把大量泥沙沖到河口，隨後又把大量泥沙帶走。這現象農曆九月重陽節前後尤其明顯，那幾天海水漲落的幅度比往常大，午夜必有狂風暴雨，持續到凌晨才停。這幾場暴風雨破壞性很大，大樹被連根拔起，有些房子的亞答[1]屋頂被掀翻，有的農作物被摧毀，許多船隻被沖到岸上。這現象仙鶴鎮的人稱之為重陽大潮。二是重陽大潮後，一群白鶴排成「人」字形從南中國海上空飛來，進入柔佛州東海岸便衝出雲端徐徐降落，來到蛇尾嶺俯衝而下，排成「一」字形在仙鶴鎮上空盤旋，咕哇咕哇地叫著，好像告訴鎮上的人牠們已經到來。鶴群繞了幾圈，然後停在老巫河口那座牌樓和亭子上。歇了一陣，一隻離隊飛到岸邊站在一根木樁子上，其餘的越過老巫河，散落到河邊那片紅樹林裡。

每年重陽鶴群準時飛來，因而人們把老巫河口這個小鎮取名仙鶴鎮。

仙鶴鎮街場後面有間寺院叫雲鶴寺，寺裡供的是鶴神。根據牌匾上的刻字，雲鶴寺有兩百多年歷史。此

1 亞答：亞答樹是一種棕櫚科植物，一種水椰。

外，河口還有兩座古蹟，就是那座牌樓和亭子。牌樓匾額上有「雲鶴」二字，柱子上有楹聯，好些字跡漫漶不清，刻的是：

南□遠□東□日
□□仰□故□月

亭子為六角亭，面積約三平方米，裡面有座石碑。碑上有刻字，有圖畫。圖畫模糊不清，一些字依稀可辨，刻的是：

上款：雲□□濤　仙□□翅
下款：嘉□壬午□雲□□書

一些識字的村民對柱子上的楹聯和石碑上的刻字很感興趣，但有些字模糊不清，不知所云。好奇心驅使下，凡是學校新請來的老師或校長，村民總是要向他們討教。然而，他們也搞不清是什麼名堂。

令人匪夷所思的是，鶴群在村子上空繞了幾圈，其中一隻總是離隊飛到河口岸邊，站在那根木樁子上。幾十年來都是這樣，因而人們把白鶴當神明，稱之為仙鶴，那根木樁子管叫仙柱，那片沙灘白淨如雪，叫白鶴灘。當仙鶴站在那裡的時候，船夫不敢把船泊在那裡，走路得繞道而行，野狗野貓、水獺爬蟲也躲得老遠。

那隻仙鶴泰然自若地站著。漲潮時，河水淹到木樁子，牠伸長頸項啄小魚充饑。退潮時，牠默默地望著老巫河，側著頭好像傾聽「叽啦叽啦」的流水聲。那隻仙鶴一直待到隔天傍晚才飛走。

重陽大潮期間，村民紛紛到雲鶴寺酬神膜拜，香客除了本鎮人外還有來自附近村子和岸外的小島。雲鶴寺旁的空地上搭帳篷擺集市，前面搭戲臺做大戲。一到下午，街上店鋪門庭若市，市集人山人海，大戲還沒開鑼，臺前已座無虛席。這樣足足熱鬧了一個禮拜。

河口碼頭又是另一番景象：大小船隻擠擠插插，有的來自新加坡，有的來自柔佛巴魯[2]和附近島嶼。這些都是漁船。柔佛州東海岸白石口水域盛產黑鯧，農曆九月為黑鯧產卵季節，這時候的黑鯧又大又肥，漁夫把船開到仙鶴鎮，拋錨登岸逛街，或留在船上打麻將，或打幾瓶五加皮酒，買幾斤肉乾小吃，和三幾好友划拳乾杯，擺龍門陣，高談闊論。

仙鶴鎮原本叫白鶴村，這名字是一個叫盧金蛇的過番新客[3]取的。那是一百年前的事了。盧金蛇有個哥哥叫盧金龍。盧金龍早他六年過番，在新加坡一間布店當學徒，滿師後當店面夥計，三年後升任頭手[4]，再過三年成為老闆的女婿。老闆沒有兒子，女兒也僅此一個，所以就把女婿當兒子。盧金龍為人耿直忠厚，工作勤勞認真，岳父岳母對他又喜歡又信任，幾年後便把生意和櫃檯鑰匙交給他。

盧金龍很照顧弟弟，他當夥計時省吃儉用積了點錢把弟弟接來新加坡，並安排他在一間當店[5]打雜工。當店老闆尖酸刻薄，盧金蛇待了三個月便不幹了。盧金龍給他找到另一份工作——在一間洋服店當學徒。盧金蛇沒興趣，搖頭說：「坐店不如跑腿，財庫（書記）不如貨郎[6]，窩店鋪沒出息！」他哥哥應道：「貨郎算盤打得嗒嗒響，你呢？扁擔打橫不懂是『一』字，不窩店鋪你能幹什麼？」盧金蛇笑道：「拿筆的坐穿凳

---

2 柔佛巴魯：是馬來西亞柔佛州的首府，又稱新山市（Johor Bahru）。

3 過番新客：舊時閩南人稱漂洋過海到南洋（馬來亞及新加坡等地）謀生叫過番。新客：指清末民初時期移民南洋從事勞力工作，相對於土生華人的「新客華人」。

4 頭手：指技術高明或能幹的人，如首席、高足等；或指一個單位的最高負責人，如領班等。

5 當店：即當鋪。收取貴重物品以為抵押，而出借現款給典當者的店鋪。

6 貨郎：是遊走於鄉村小鎮，挑著扁擔走街串巷，販賣日用小百貨的行商。

子，打算盤的撥斷手指，使鋤頭的挖到金子！我是粗人，還是讓我拿斧頭去砍樹開荒吧！」盧金龍看看弟弟，他身材結實，雙臂粗壯，力大如牛，確實是砍樹開荒的料子，於是點頭同意了。

「開荒就得到蛇尾嶺！」這句話是過番新客的口頭禪。原因有二：一，蛇尾嶺山腳下森林廣袤無邊，到那裡選塊地，砍倒幾棵樹，立個土地公神龕，打下幾根木樁子，周圍土地便是你的了；二，英殖民政府鼓勵人們到那裡開荒，只要在那裡砍倒幾棵樹，搭間房子，種下番薯、木薯，殖民政府就發給上百元「安家費」。

盧金蛇帶了斧頭大鋸、鐵釘繩索、鍋碗瓢盆和乾糧穀物，雇艘帆船來到老巫河口。靠岸時看見一艘舢舨順流朝他這邊划來。划船的是個老頭兒。來到岸邊大聲吆喝：「番薯、木薯、香蕉、菜豆還有榴槤。喂，老表[7]，山芭、榴槤黃肉乾包[8]，來幾個吧？」原來是水上貨郎。盧金蛇說道：「好，番薯、木薯來幾斤，菜豆一把，榴槤不要。」

秤了東西付了錢。販夫說他每隔兩天來一次，要什麼就喊他。荒山野嶺有人賣東西，盧金蛇頗感意外，於是說：「好吧，有包穀[9]嗎？還有南瓜也要些，耐飽呀！」

上了岸，放下行李，環顧四周，前面是海，後面是山，左邊有河，右邊森林廣袤無邊。他俯身抓把泥土，揉碎看看，放在鼻子前嗅了嗅，滿意地點點頭，對船夫說：「這裡風水好，水土好，這塊地我要了。回去告訴我哥，有什麼事來這裡找我。」船夫應了聲回到船上揚帆而去。

盧金蛇把行李放在一棵大樹下，選了塊地打下木樁子。在那棵大樹下鋪塊帆布，擺上花生、茶葉，點燃

7　老表：原為江西省方言。意思同「老鄉」，含有親切意味。
8　榴槤黃肉乾包，指榴槤質地好、果肉乾而不濕，黃橙橙又香又滑。
9　包穀：即玉蜀黍，又稱玉米。

香燭，然後面向西方，拉開嗓門大聲喊：「天神、海神，山神、河神，土地爺，拿督公[10]，我盧金蛇來這裡開荒種地，祈求各方神明保佑我出入平安，身體健康，風調雨順，五穀豐登，人丁興旺，大富大貴！」

聲音嘹亮，回音震盪，山鳴谷應。

盧金蛇大喜，朝東南西北四方諸神跪拜磕頭。

磕過頭剛起身，河上游那邊隱隱約約地傳來斧頭砍樹的叮噹聲。他喃喃地說：「人家來得比我還早哩！」

太陽快下山，豎幾根木柱，圍上帆布當臥房。吃了點東西天就黑了。走了一整天有些累，一躺下就睡著了。

隔天早上被樹上的猿猴叫醒。他動手搭房子，是間足以棲身的小茅屋，屋旁挖口井。傍晚到河邊洗澡，魚蝦在岸邊游來游去。靈機一動，拿出繩子釣鉤，挖隻蚯蚓當魚餌。綁上墜子拋進河裡，墜子還沒沉下繩線就被拉得譃譃響。魚兒上鉤了，石斑魚，三四斤重。哈，晚餐有著落，他喜不自勝。

第三天開始砍樹。

小樹一天砍三棵，大樹三天砍一棵。砍了三個月，樹幹橫七豎八地躺在地上。闢出一片新天地，陽光照進來，幼苗破土而出，小草長了新葉。

一天，他霍然發現河邊叢林裡好像有房子。放下斧頭進去看，不是房子，兩根柱子，雕甍瓦頂，有匾，匾上有兩個大字，是牌樓。柱子上各有一行字，長著青苔。他不識字，看了一下就要回去，卻發現不遠處有個亭子，撥開藤蘿前去看，是六角亭，比他的茅屋還要大，還要高。裡面有座石碑，碑上有圖畫，畫中有刻字。斑駁破爛，不知畫些什麼。有牌樓，有亭子，以前這裡有人住過嗎？撥開藤蘿四處看看，沒有屋跡，沒

---

10 拿督公：南洋村居華人的土地神。

有破罎破罐，難道是古時候的人留下的？然而這裡是番邦，還沒開化，古時候哪會有人？疑團滿腹，莫明其妙，他搖搖頭，走了。

光陰飛快，眨眼過了一年。樹幹已經燒了，火燒土肥沃，番薯、木薯長得很好。河邊水草豐美，幾隻羔羊長得壯。狗兒看門，雞鴨生蛋。五穀豐登，六畜興旺。這是神明的保佑。附近有雲鶴寺，西村有伯公廟，他得去添油許願。

九月重陽節前夕，下午時分，他帶了瓜果供品去雲鶴寺。寺廟不大，陳舊不堪，香火卻很盛。奇怪的是好些女香客穿紗籠。紗籠是馬來人的服裝，然而那些婦女講的是潮州話。西村的伯公廟也是一樣。都是鄰里街坊，管他穿什麼衣服講什麼話。他點燃香燭，擺上供品。香燭燃盡，許了願，磕了頭，燒了冥紙就匆匆離開。

然而，神明似乎不買帳，當晚颳大風，下暴雨，海水高漲，大浪滔天。他的屋頂被吹翻，農作物被水淹沒，好些大樹被吹倒，剛買的那隻歌樂（獨木舟）被沖到岸上。

他站在牌樓前，對著大海發愣。

那個水上貨郎前來提醒他，說每到重陽節都這樣，潮水特別高，風浪特別大，這叫「重陽大潮」。他最後說：「神明保佑，你的小茅屋沒被淹沒算是幸運啦！」

重陽大潮？神明保佑？他搔搔腦袋，啼笑皆非。

重陽大潮持續三天三夜。過後他著手修房子。中午，放下鐵錘準備吃飯，河那邊霍然傳來「咕哇咕哇」的叫聲。抬眼一看，一群白鶴掠過河面從他頭頂飛過。他凝目盯著，盯著，喃喃唸道：「白鶴頭頂飛，財運從天降，嘿，好兆頭！」他要給這河口取名字，想了好久沒個合適的；這下可好，就管這裡叫「白鶴村」！

刀耕火種，幕天席地，星移斗轉，寒來暑去，一轉眼過了十年。盧金蛇成了家，妻子是番婆，歌樂村一戶人家的閨女。有了老婆日子過得踏實。重陽節年年過，鶴群年年飛來，盧金蛇的老婆年年生孩子。吃飯的嘴巴愈來愈多，盧金蛇擔子重了，日子不好過了。他哥哥盧金龍已經發了財，便幫他一把，修建房子，送錢，送米糧，而且凡到入學年齡的孩子都接去他家，供他們讀書，嚴加管教。為了照顧這群孩子，家裡請了傭人。盧金龍家財萬貫，然而膝下猶虛，便把侄兒視為己出。孩子個個聰明伶俐，讀書名列前茅。中學畢業後有的在店裡幫忙，有的另闢蹊徑自己發展。年輕人有衝勁，加上大伯的協助，七八年後一個個成了小富翁。

兒子賺了錢沒忘記老爸，他們出謀劃策，買豬崽[11]，雇新客，砍樹開荒，種甘密[12]和椰子樹。不到十年，老巫河口上百英畝原始森林已開發為良田沃土。政府當局派人打下地標，發給地契並授予盧金蛇鄉長頭銜。

作物收成得看天，賺不賺錢得看行情。天有不測風雲，行情起落不定。盧金蛇刻苦經營幾十年，比上不足，比下有餘，他老了，洩氣了，也滿足了。

盧家真正發跡是在五十年後，那時盧金龍兩兄弟已經作古，幾個兒子也年近古稀，盧家產業由盧金蛇第二孫子盧正華接手。盧正華在新加坡當過教員，當過洋行經理，三十歲回到白鶴村幫父親料理業務。盧正華學貫中西，見過世面，對發展家業具宏圖大略。白鶴村乃魚米之鄉，漁產、土產很豐富。他建烘房，收購椰子烘製椰乾，直接交送新加坡頭盤商。他搭漁場，建冰房，收購魚蝦，轉口銷售新加坡、柔佛巴魯及其他大城市。他廢棄稻田改種甘密。甘密為天然染料，也可提煉西藥，經濟價值頗高。甘密成長比椰子樹快，三年後便有收成。此外，斥資購遠洋漁船，聘請經驗老到的舵公，到南中國海放大網捕大魚。

---

11 豬崽：亦即簽約勞工。指於晚清時，前去赴約海外工作的華人勞工以至苦力。他們通常是來自窮鄉僻壤的農民或漁民（特別是沿海地區），被招工館等中介公司欺騙或詐騙至海外謀生，他們會收到首期的預付薪酬，但需要扣除一筆介紹費用、交通費用和佣金（這種做法被廣東人稱為「賣豬崽」，而招工館則又被稱為「豬崽館」）。

12 甘密：學名Uncaria Gambir，是一種鉤藤屬植物，枝葉經熬煮沉澱可製成皮革鞣劑和布料染色素，十九至二十世紀中期，新馬大量種植輸出至歐美國家。至今印尼和婆羅洲的內陸居民仍以它醫治牙痛、蛇咬或配合檳榔當零嘴一起嚼。

這招了得，三幾年工夫盧正華便壟斷了白鶴村的魚蝦市場。河清海晏，風調雨順，行情節節攀升，盧正華賺得盆滿缽滿。行情好，貨物有出路，村民也受益。老巫河畔開荒的人愈來愈多，打魚的人愈來愈多。海上白帆如雲，陸上炊煙嫋嫋。河畔溪邊，山徑小道，這裡那裡，雞鳴狗吠，歡聲笑語，隨處可聞。

街上店鋪愈來愈多，各種應時貨品充斥市場。每間店鋪顧客盈門，老闆、掌櫃笑逐顏開。

這時候，白鶴村已經有上萬戶人家，其中華人為多，馬來人居次，印度人少許。此外，森林裡還有上千個開荒工人，住在亞答長寮。他們是新客，過番時付不起旅費，被水客[13]當豬崽賣到這裡為地主開墾荒地。

老巫河口和鄰近水域長著密密叢叢的紅樹林。紅樹林滋生大量微生物，微生物引來蝦群，蝦群誘來魚群。白鶴村得天獨厚，漁業特別發達，單收購魚蝦和經營漁具索絡的店鋪就有二十幾間。此外，白鶴村為柔佛海峽船隻通往南中國海的咽喉要道，柔佛巴魯、新加坡和柔佛河沿岸的深海漁船都來白鶴村添水加糧食或開進港灣進行維修，車水馬龍，人來人往，熱鬧非凡。白鶴村不再是村，而是鎮，是個欣欣向榮的市鎮。

人丁興旺，市場繁榮，白鶴村有好些人發了財，當然，折本的也大有人在。也有人發了財後又破產，有的破產了後又翻過來再發財。街場的店鋪不停地蓋，周圍的房子愈來愈多，地價節節攀升。

白鶴村渡頭、橋樑、神廟、回教堂樣樣有，就是沒有學校。其實村民早就有辦校的願望，無奈當時大家都窮，別說出錢建學校，即使有了學校村民也沒錢給子女繳學費。現在大家的生活好了，辦學校的事又被提出來。村民成立「白鶴村建校委員會」，這次可是來真的了。

盧正華熱心教育，自告奮勇捐出一塊地，另加三千塊作為建校基金。不過有條件：學校必須以他祖父的名字命名，叫「金蛇小學」。其中一個叫劉阿斗的委員提出反建議：校名叫金蛇小學可接受，但盧正華必須

[13] 水客：原指販運貨物的行商，現在主要指以非正當途徑進口貨物的走私者。

多出兩千塊。盧正華答應，不過加上一條：學校董事長得由他當。盧正華要名、要面子，委員會要地、要銀元，彼此相得益彰，事情就這樣談成了。

不到一年，金蛇小學在老巫河邊的山坡上巍然屹立。

在盧正華的奔走下，學校很快就獲得政府批准。舉行落成典禮那天，柔佛州殖民政府負責教育的高級官員受邀參加。這個官員來到白鶴村頗為震驚，說柔佛州最南端、老巫河口蕞爾之地竟然有這麼一個人歡馬叫、欣欣向榮的村落——不，不是村落，是鎮，一個不折不扣的市鎮。這個高級官員在演講時宣佈——白鶴村提升為「鎮」，叫仙鶴鎮。

鎮得有鎮長。盧正華的腦筋轉得飛快，學校落成典結束後，他把這位官員請到自己家裡，同時邀其他董事成員以及校長、教師等人當陪客，宰雞殺鴨，大擺筵席，熱情款待。

一個月後，州政府頒發委任狀，委盧正華出任仙鶴鎮第一任鎮長。

2

人逢喜事精神爽，盧正華雄心勃勃。然而，人無千日好，花無百日紅，盧正華剛過六十就得了重病。大夫診視後說是中風。中風癱瘓沒特效藥，但暫時沒生命危險，如果服侍得當，或許可多活十年八年。

這時候他的兒子盧水雄已經長大成人，而且已經接手打理生意。

盧水雄曾經在新加坡念中學，略懂英文，加上一副天生的生意頭腦，不到兩年在商場上嶄露頭角。他比父親有眼光，有魄力。那年代，西歐先進國已發明化學染料，差不多在同個時候，西歐市場對橡膠的需求劇增。盧水雄看出苗頭：化學染料的發明對甘密業的威脅很大，而且勢必取代天然染料；橡膠用途廣，市場需求必與日俱增。他當機立斷，趁市場還好的時候把甘密樹全砍下賣掉，然後改種橡膠樹。他雇傭大量過番豬崽為他開發森林，同時聘請專人研究橡膠樹嫁接技術。

盧水雄獨具慧眼，三年後甘密價錢一落千丈，橡膠價錢卻節節攀升。幾年後，橡膠樹開割了。經過嫁接的橡膠樹膠汁比普通膠樹多兩倍。膠汁多，價錢好，盧水雄好像在印鈔票。

盧水雄蓋了座大房子，地點離舊屋約一公里的山坡上。房子周圍磚牆一丈高，入口處有座牌樓，匾上刻著「盧家莊」三個朱紅大字。正屋居中，坐北朝南，彤牆綠瓦，雕樑畫棟，氣勢雄偉。前有廳堂，後有庭院，兩邊有廂房。屋後有花園，園裡有假山瀑布。一道清溪蜿蜒其間。這些都是按照風水先生的指示而建造的。

盧水雄意氣風發，躊躇滿志，然而也有不足之處：第一，以他目前的財勢地位，鎮長這個芝麻小官他已看不上眼。當時的新馬社會，最具威望和地位的是拿督榮銜。拿督榮銜乃蘇丹王賜予對社會有功的賢達顯貴。不過，有錢能使鬼推磨，只要捨得出錢，多做善事，獲頒拿督榮銜也非難事。盧水雄對拿督榮銜覬覦已久，費盡心思，託人穿針引線，搞了好幾年、花了不少錢都不得要領。一番探聽後才知道，柔佛蘇丹廉潔奉公，德高望重，他喜歡大自然，喜歡狩獵，圈養野生動物。皇宮附近那個動物園就是他苦心經營的。錢財首飾不管用，盧水雄只好望拿督榮銜而興歎。第二，盧水雄已三十出頭，結婚十多年膝下猶虛。不孝有三，無後為大，他每想起這件事就徹夜難眠。

盧水雄的妻子姓周名阿蘭，人稱盧周氏。盧周氏溫柔體貼，勤勞能幹而又通情達理。膝下猶虛，肚子不爭氣，她比丈夫還著急。她求神拜佛，日夜焚香禱告，希望早日給盧家生兒子。光陰似箭，日月如梭，她嫁到盧家眨眼間過了十幾年。潮水退了再漲，花兒謝了再開，青春就像射出去的一把箭。女人三十爛茶渣，和丈夫睡了十幾年肚子仍毫無動靜，看來生兒育女是沒指望的了！她感到歉疚，對不起丈夫。每提到這件事就潸然落淚。

不過盧水雄並沒有責怪她。他和妻子生活了十幾年，妻子的情況他最清楚：妻子臉色紅潤、神采奕奕，壯得像頭母牛；她胸脯豐滿，月經準時來，房事如狼似虎，她有哪點不像女人？妻子不育丈夫有責任，他想問題多半出在自己身上。他之所以這麼想是少年時手淫過度，每天四五次，有時射出來的不是精液而是血。他耿耿於懷，以為自己那東西壞了。由於心裡有疙瘩，每次和老婆交媾時不是早洩就是臨陣退縮。他曾看過郎中，吃過不少補藥，情形稍有改善，但每次總是尚未進入「福窩」就「鳴金收兵」。十幾年來都是如此。

一晚，盧水雄伸手去解老婆的褲帶表示要那個。

盧周氏霍地流出眼淚，說：「你娶個小的吧！」盧水雄以為她生氣，便說：「不來就不來，怎地無端端生氣？」盧周氏嗚咽道：「我沒生氣，我是說正經的。雄哥，我對不起你！」盧水雄驚叫道：「我從來沒嫌妳，怎說這樣的話？」盧周氏答道：「你對我好我明白，雄哥，我已經想了很久，我是沒指望的了，你不能因我而斷了後，盧家得有人繼承香火呀！」「呃，這……」盧水雄愕然看著她。盧周氏又道：「堂堂正正娶個二房回來，我容得下，我會把她當妹妹，有了孩子我也會把他當成自己的骨肉！」

在盧周氏再三勸告下，盧水雄動了心。

這等事媒婆最機靈，立刻為他穿針引線。

沒多久，盧水雄娶了二姨太。

二姨太名叫張水妹，二十四歲，是個打魚人家的閨女，住在附近小島上。婚禮非常隆重，五彩帆船載她到鎮上，然後改坐花轎，一路嗩吶滴答、鞭炮劈哩啪啦，風風光光地進入盧家莊大門。當天下午盧家莊大擺筵席。賓客如雲，觥籌交錯，熱鬧異常，到黃昏才散。

病急亂投醫，盧水雄天天吃補藥，高麗參、鹿茸、鹿鞭、虎鞭、狗腎粉等，情況居然有改善。不久後，二姨太懷孕了。

盧水雄喜出望外，每天早晚在祖宗靈位前焚香磕頭。

盧周氏樂不可支，到街場藥材店買了許多藥材補品，親自下廚，大火蒸的、小火燜的、溫火燉的她全拿手。二姨太三天一小補，十天一大補，吃得她胖墩墩像隻小白豬。

十月懷胎，二姨太難產。接生婦說孕婦太胖、嬰兒過大必須動傢伙（土法助產手術）。動起傢伙老少必有一傷，接生婦問盧水雄和盧周氏要留大的還是小的。盧水雄和盧周氏毫不猶豫地說無論如何要留小的。然而事與願違，大的還活著小的卻死了。更令盧水雄夫婦心疼的是嬰兒竟是個男的。

「妳說，妳說，」盧周氏的悲傷化為憤怒，捉住接生婦的胳膊，一邊搖撼一邊瘋狂地喊，「怎麼會這樣？妳說，怎麼會這樣？是不是妳弄死的？妳說呀！」

盧水雄也指著接生婦的額頭厲聲罵道：「一定是妳！講！孩子怎麼會死的？妳快講！」

「喲！」接生婦撥開盧周氏的手，揚起眉梢冷笑一聲，「女人生孩子猶如過鬼門關，是凶是吉誰能說得準？老爺，太太，你們把接生婦當凶手，以後還有誰敢吃這行飯？」「妳……」盧水雄欲言又止，垂下雙手猛搖頭。接生婦又道：「老爺，太太，你們的心情我明白，披綢掛緞、錦上添花誰不想？可是，這是命水！命裡註定的俺又能怎麼樣？死了的沒辦法，還活的不能不救！」說到這裡她指了指躺在床上的二姨太，「夫人還有一口氣，我得料理料理，請老爺太太暫時避一避！」

盧周氏斜眼看了一下躺在床上的二姨太，掀開簾子，跨出門檻。盧水雄冷哼一聲，隨盧周氏出去。

兩天後，盧家莊就傳出二姨太去世的消息。

盧家莊沒有報喪也不准下人聲張，叫幾個仵夫把喪事草草料理。也真巧：出殯那天正好是二姨太嫁進盧家莊的日子。去年今日，她坐花轎風風光光地進入盧家大門，今兒個躺在棺材裡冷冷清清打後門抬出去。

半年後，盧水雄娶了三姨太。

三姨太姓林，名叫美麗，住在仙鶴鎮街場，父母是街邊賣小吃的。林美麗有幾分姿色，心高氣傲，仙鶴鎮的男人沒一個看得上眼。挑三揀四，要求太高，年至二十八仍待字閨中。

一天，媒婆來說親，對象就是盧水雄。媒婆巧舌如簧，說如果嫁到盧家，山珍海味、穿金戴玉有享不盡的福；一年後給盧家生個兒子，簡直就是皇太后了。

林美麗的雙親對這門親事很是滿意，認為女兒能嫁給盧水雄那是林家的光榮、女兒的福氣。林美麗心裡也喜歡。這門親事就說成了。

出嫁那天，林美麗打扮得漂漂亮亮，坐著花轎進入盧家大門。盧家深宅大院，金碧輝煌，林美麗見了心花怒放。然而，時乖運蹇，不到三個月就被打入冷宮。原來洞房那晚，盧水雄的老毛病又犯了。盧水雄看過郎中，吃了藥，情況有好轉，但仍沒法克服緊張心理，每次都功虧一簣。盧水雄怪罪於三姨太，說她是「石妖」，肚子裡有邪氣，繼續下去總有一天被「克」死。接著林美麗被令遷出廂房，住在後院貨倉旁邊一間小瓦屋被當下人使用。

爬得高摔得重，希望大失望也大，三姨太受不了打擊，瘋了，一天晚上跳進後花園那口井裡，自殺身亡。

3

仙鶴鎮街頭有間叫「香茶園」的咖啡店，那裡賣的椰漿飯遠近聞名，來仙鶴鎮沒去那裡喝杯咖啡、吃包椰漿飯算是白來了。

椰漿飯就是以椰漿煮的飯，配料為炸甘望魚[14]、荷包蛋和江魚仔。用香蕉葉包成方錐形。飯、煎魚、荷包蛋和江魚仔沒什麼特別，不同的是那一小撮辣椒醬。稠糊糊，紅通通，辣味衝鼻，摻在飯裡，吃後齒頰留香，叫人念念不忘。

---

[14] 甘望魚：直譯於馬來文（Ikan kembung），中文即鯖魚、青花魚。

那裡的椰漿飯是寄賣的，製作者是個中年婦女，她是穿紗籠的土生華人，鎮上的人叫她娘惹[15]嬸。有人問她製作辣椒醬有什麼祕訣。她說沒什麼祕訣，煮的時候加點她女兒就行了。她女兒和辣椒醬有什麼關係？人們聽了如丈二金剛摸不著腦袋。這樣直到她女兒長大，幫她把椰漿飯送去香茶園，食客才恍然大悟。她女兒名叫丁香，原來她的辣椒醬那麼香就因為加了丁香。

丁香早熟，十二歲亭亭玉立，十四歲楚楚動人，十六歲風姿綽約，鎮上的小夥子無不為她神魂顛倒。然而她心高氣傲，對他們不屑一顧。其實她已名花有主，對象是鎮上一個叫林木春的男子。林木春家庭富裕，因成績差，考不上中學，只好留在家裡幫父親做生意。他大丁香三歲，長得眉清目秀。他們時常幽會，熱吻、擁抱，打得火熱。一晚，情慾失控，發生了關係。事後丁香害怕，問他如果懷孕怎麼辦。林木春說如果懷孕就和她結婚。丁香安了心。有了一次就有無數次。事後丁香總覺得林木春為了發洩性慾才愛她。她提議結婚，林木春答應。可是他的父母不允，說丁香「峇峇」家庭出身，作風浪漫，家教不嚴，不能當林家媳婦。丁香問他怎麼辦。他慌了手腳，支支吾吾拿不出主意。看他這副德性，丁香很反感，這樣的男人怎可付託終身？她想。算了，長痛不如短痛，於是提出分手。林木春很激動，要死要活地求丁香別離開他。一副可憐相，窩囊廢，丁香看了愈加冒火，一甩手，揚長而去。

幾天後，丁香收到林木春的信，說他向天發誓，今生今世非丁香不娶……。丁香氣急敗壞，沒看完就把信撕得粉碎。

分手雖然是丁香提出的，但她心裡也不好受。從那天起，她失魂落魄，萬念俱灰，徹夜難眠。心如止水，從此她深居簡出，息交絕遊。

---

15 娘惹：古早華人移民與當地人通婚而生的混血後裔，也有只跟同族通婚但成了土生土長的華人後裔，男性稱為峇峇（Baba），女性稱為娘惹（Nyonya）。

幾個月後，西村的黃胖叔夫婦送來請柬，說他們的女兒小翼兩個星期後出閣，請他們到時過去喝喜酒，同時邀丁香當伴娘。小翼是丁香小時的玩伴，也是同班同學，她欣然答應。然而，拿過請柬仔細一看，腦裡轟然打了個響雷。原來和小翼結婚的新郎不是別人，正是她的舊情人林木春。

丁香已經平靜下來的心湖又颳起狂風，掀起巨浪。

半年前丁香毅然斬斷情絲和林木春分手，現在林木春找別的女人乃合情合理。丁香不是醋罐子，她拿得起放得下，照理不該有所怨恨。然而女人的感情很複雜，不能以科學邏輯的推理方式去理解。女人溫順時像隻羔羊，兇起來像頭母獅；女人愛你、恨你都不可怕，要是她又愛又恨就得當心。「林木春，我永遠恨你，恨你，恨你！……」她咬牙切齒，怒不可遏，眼裡沁出淚珠兒。

當晚，丁香渾渾噩噩挨到天亮，起身時頭昏眼花，天旋地轉。她病了。她的媽媽摸她的額頭，沒發熱，問她哪裡不舒服。她搖頭說沒病。她確實有病，是心病。心病得用心藥醫，然而，瓶已墜，簪已折，何來知心人？

丁香臥病在床，藉此沒去當伴娘，沒去喝喜酒。

她足足十幾天沒走出家門。

時間能醫治心靈的創傷，卻難撫平留下的傷痕。

從此，丁香痛恨男人，鄙視男人。她要報復，要洩恨。她放蕩不羈，玩世不恭，在下來的兩年陸續和幾個男人相好，過後又一個個把他們拋棄。其中一個為她發瘋，一個傾家蕩產，一個因她離開傷心地遠走他鄉。但她也付出代價，曾兩次到新加坡墮胎。

4

仙鶴鎮是個漁鄉，老巫河口泊滿漁船。仙鶴鎮也是瓜鄉，街邊路旁都有賣瓜檔[16]。仙鶴鎮市場旺盛，咖啡店、雜貨店愈開愈多。仙鶴鎮的人似乎不會生病，鎮上沒有診所，藥材店只有半間。所謂半間就是藥鋪只占半間店面，另半間擺賣木薯、番薯、豆莢蔬菜等農作物。這情況說明藥材店生意不好，得兼賣其他貨品才能維持。

本來，沒有競爭的獨家生意應該一枝獨秀，然而情形恰好相反，十幾年來，這間藥材店始終慘澹經營。難道說仙鶴鎮的人個個健康、沒病沒痛不需要買藥？當然不是。生老病死誰能免？你看，對面那間棺材鋪單這個月就抬出三副棺材。買棺材的哭喪著臉，賣棺材的笑逐顏開。藥店老闆看了不服氣，暗罵道：「不買藥材買棺材，該死！」

這間藥材店叫頤春堂，老闆名叫翁水斗。翁水斗來自廣東古陽縣，十四歲過番南洋，在一間藥材店當了十幾年夥計。成家後，小倆口省食儉用，積了些錢，到仙鶴鎮開藥材店自己當老闆。

一天，仙鶴鎮突然來了個算卦的。這人年二十六七，個子中等，身穿長衫，頭戴氈帽。他臉色蒼白，顴骨略高，眼睛深邃，上唇蓄著八字鬍，頷下鬚髯飄飄，頗有仙風道骨之氣概。他一手提著藤箱子，一手舉著白布幡，在街上踽踽而行。海風呼呼，幡子飄飄，他邊走邊喊：「天有不測風雲，人有旦夕福禍，是凶是吉，是福是禍，本先生為你指點迷津！」

在仙鶴鎮，走江湖賣藥算命的經常出現，但像他這樣舉著幡子招搖過市的還是頭一個。此外，幡子上的七個大字「子規玄學金吊桶」也引人矚目。當他經過咖啡店時，一個人把他叫住：「喂，算命的，過來過

16 檔：攤位，如「魚檔」、「大排檔」。

來。」算卦的走過去，問道：「這位先生有何指教？」那人應道：「你這『子規玄學金吊桶』是真的還是假的？」算卦的一怔，應道：「算卦沒有真假，只有準或不準。先生問這什麼意思？」那人應道：「唐山有個名滿京城的風水大師叫夏子規，他來過檳榔嶼和麻六甲，我見過他。『金吊桶』是他的金字招牌。你冒用他的名字，還用他的招牌，太離譜了吧？」「先生，」算卦的加重語氣，「不瞞您，夏子規是我爺爺。我是他的傳人，用『金吊桶』何錯有之？」「什麼？」那人不屑地看著他，「夏子規大名鼎鼎，家財萬貫，請他還難，他的孫子、他的傳人竟然流落街頭兜人算命。哼，騙鬼吧！」算卦的向他笑了笑，默默走了。

「天有不測風雲，人有旦夕福禍，是凶是吉，是福是禍，本先生為你指點迷津！」他繼續走著，喊著。「喂，算卦的，來來來！」一個老頭兒向他招招手。算卦的走過去，問道：「老先生有何指教？」老頭兒掏出一張兩塊錢鈔票，揚了揚說：「你看我今年幾歲？能吃到幾歲？說得準這錢就給你！」像這樣故意找碴兒的他遇過不少，應對的辦法是反唇相譏。他睜眼朝老頭兒看了一下，便說：「七十不足，六十有多，差不多了，您等著！」說完轉身離開。那老頭搔搔腦袋，喃喃地說：「差不多了。要我等，什麼意思？」

「天有不測風雲，人有旦夕福禍，是凶是吉，是福是禍，本先生為你指點迷津！」他繼續走，繼續喊。

走著走著，來到頤春堂藥店門前。老闆翁水斗聽見吆喚聲，便出去對那算卦的說：「剛才在咖啡店，你說你是夏子規的孫子，是他的傳人，是真的嗎？」那人應道：「我說是真的，您相信嗎？」翁水斗應道：「那好，我問你幾個問題，答對了我就相信。」算卦的應道：「行，您問！」「你祖籍哪裡？什麼縣？什麼村？」算卦的應道：「我祖籍墨魚島，古陽縣，松口鎮，銀沙村。」「唔，」翁水斗點點頭，又問：「潮州彩虹坪有間『鳳仙憩苑』，你可知道『鳳仙憩苑』的主人叫什麼？」算卦的應道：「主人叫鳳仙，是我姨奶奶。」「我再問你，墨魚島松口鎮有間很有名的醫社，醫社名字叫什麼？老闆叫什麼？」算卦的應道：「醫社叫儒正醫社，老闆叫夏儒正，是我大伯父。我也是他的學生。」「這麼說你懂得醫術？」算卦的應道：「當然懂，您看，」他指著幡子上一行小字，唸道：「諳熟藥理，診脈開方，治病救人。行醫也是我的老本行！」翁水斗喜形於色，說道：「果然是真的。先生請裡面坐！」他哈腰打了個手勢。

進入店內，坐定。翁水斗遞上明信片。算卦的看了一下說：「原來是翁老闆，久仰久仰！」他拱拱手，隨後說，「我名薄情，字添愁。翁老闆，請問您祖籍在哪裡？」翁水斗應道：「我也是墨魚島古陽縣人，家在頤春江上游蛤蟆村，離松口鎮三十幾里路，搭船順流而下，三個鐘頭就到了。」

墨魚島是個半島，形狀像墨魚，因而人稱墨魚島。頤春江發源於梅山銅鼓嶂，經梅州、豐州、墨魚島注入大海。

算卦的點頭說：「您也是墨魚島人，怪不得！那麼，您怎會認識我姨奶奶？還有我大伯父夏儒正？」翁水斗應道：「是這樣的，我外婆住在梅江口，梅江口離松口鎮不過十一二里路，我小時常陪外公外婆去松口鎮串門探親，外公外婆也到儒正醫社看病。松口鎮沒多大，去幾次就熟悉了。我老婆祖籍潮州，家住彩虹坪，對您姨奶奶的豪宅鳳仙憩苑耳熟能詳。她過番的時候，豪宅已經建好，不過您姨奶奶還沒搬去住。」「那麼您又怎知道我姨奶奶的名字？」算卦的又問。翁水斗笑道：「這很簡單，牌匾上有『鳳仙』，柱子楹聯也嵌『鳳仙』二字，豪宅主人當然是『鳳仙』啦！呃，喂，老婆，給客人沏茶！」他霍地向後面喊。夏薄情忙說：「翁老闆，別客氣！」翁水斗說：「應該的！薄情先生，我沒見過令姨奶奶鳳仙，可是我見過你爺爺夏子規。你相信嗎？」「啊？您見過我爺爺？怎麼會？」夏薄情驚訝地問。翁水斗說道：「十幾年前，我剛過番，在檳榔嶼藥店打工。一個大富翁要為他母親做生壙，請您爺爺為他看風水。您爺爺可受歡迎哪！僑領設宴隆重招待，商聯會開講座會請您爺爺講風水命理。講三場，第一場在白天，我做工走不開，另兩場在晚上我都沒錯過。嘿，薄情先生，當時的盛況在檳榔嶼可說是空前絕後呀！」「是嗎？謝謝您啦，翁老闆！」

老闆娘端來一壺熱茶，倒一杯給夏薄情，一邊說：「先生猜一猜，這是什麼茶？」夏薄情接過，嗅了一下，說道：「松口鎮，碧螺春，家鄉茶！」老闆娘讚道：「一嗅便知，這證明先生是地道的松口鎮人！」

翁水斗接話道：「茶是故鄉的好，水是故鄉的清，這裡靠海邊，水質略差，再好的茶喝起來也沒那個味！」夏薄情抿了一口，點頭說：「不錯呀！很香，很純。如果用俺家前面銀沙河裡的水，喝起來就更香、更純了！」翁水斗說道：「茶香水清人情好。過番這麼多年，難得遇到自己人，薄情先生不嫌棄就在寒舍住幾天，喝杯家鄉茶，吃頓家鄉飯，聊聊故鄉事，先生您看怎麼樣？」老闆娘接話道：「是囉！俺弄幾道家鄉小菜，梅菜扣肉、算盤仔[17]、酒糟雞、釀豆腐。為先生洗塵。」夏薄情忙說：「不好意思，不敢打擾！」翁水斗說：「別客氣，回頭我有好些問題要請教先生。」夏薄情愣了一下，拱手說：「好吧，恭敬不如從命，小弟就不客氣了！」說完舉杯把茶喝完。

翁水斗為他添茶。「先生請！」他打個手勢，隨後轉了話題，「您爺爺名滿京城，在古陽、潮州都有田地，而您怎地又會千里迢迢過番南洋？」夏薄情歎道：「唉，人生無常，世事多變。說來話長，一言難盡！」老闆娘插話道：「唐山日子苦啊！連年戰亂，天災人禍，層出不窮。民不聊生，我們無路可走，只好過番南洋。」翁水斗接過她的話：「我先來，本想賺點錢就回去，然而混了十多還是一貧如洗。我想這是命註定。我原本不信命運，現在我信了！」

翁水斗胸無城府，為人坦蕩。老闆娘雍容爾雅，落落大方。夏薄情很是欣賞。走江湖，討生活，四處奔波，每到一個地方便小住三幾天，如果生意好就多待一兩天。他來仙鶴鎮是頭一次，人生地不熟，剛才還為住宿的事而擔心，想不到在這裡遇到同鄉翁水斗，這是緣分，他想。

當晚，吃過飯，翁水斗和夏薄情坐在後院納涼聊天。翁水斗把藥店慘澹經營的情況坦言相告，又把自己的生日時辰寫在紙上，請夏薄情為他算八字，指點迷津。

---

17 「算盤子」：是在東南亞國家的客家人中相當盛行的菜肴，又以馬來西亞最常見。在農忙時，客家人會用芋頭加入糯米粉、木薯粉製作成麵點食用，像是鹹版的「芋圓」一般；因為算盤子會搓成扁圓形，中間再壓出一個凹陷，很像「算盤上的子」而得其名。

夏薄情接過紙條看了一下，問他是否學過醫，能不能為人把脈開方。翁水斗搖頭說沒學過，不會這一套。

「仙鶴鎮可有大夫？」夏薄情又問。他搖頭說沒有。夏薄情說道：「這就難怪嘍！沒大夫開方子，人們就是病了也不知抓什麼藥。你的生意不好可想而知，是不是？」翁水斗應道：「我幹這行輸就輸在不懂得醫術。不過，很多藥鋪老闆本身也不懂醫術，生意卻是一樣地好！」夏薄情應道：「不能一概而論。做生意得講天時地利人和，缺一不可。你說是嗎？」「依先生看，可有補救之法？」翁水斗問。夏薄情沉吟片刻，說道：「我在哥打小鎮原本掛牌行醫，生意不好才為人算命、看風水。這樣吧，我毛遂自薦，在你這裡紮店，每星期兩天，行醫兼卜算。我收紅包您賣藥，相得益彰，您看如何？」

求之不得，翁水斗夫婦連聲說好。

翁水斗問他何時開始，他說下個星期就開始，星期四、星期五兩天，如果反應好就多一天。翁水斗問他診室如何佈置，他說簡單，給張桌子就行。

一拍即合，從此，夏薄情每逢星期四早上搭頭班船來到仙鶴鎮，隔天下午搭最後那班船離開。

5

夏薄情原名伯琴，是江南風水大師夏子規最小的孫子。他父母早逝，由奶奶一手帶大。他自小聰慧過人，深受爺爺寵愛。近朱者赤，他對陰陽星象和占卜命理頗感興趣，也讀過好些有關書本。他的大伯夏儒正是松口鎮名醫。他除行醫外也開學堂傳授醫術。夏伯琴深受影響，到大伯的醫學堂上課，幫他給病人抓藥，還經常隨他出診。夏伯琴喜歡醫術醫學，不過更喜歡風水學。然而爺爺不允，要他從醫或者做生意。他十八歲那年奉爺爺之命和童養媳何婉兒圓房。何婉兒聰明伶俐，能詩能畫，深受家人寵愛。

夏子規農家出身，家裡有幾十畝田地，是祖宗留下的。他聰慧過人，五歲到私塾念書，七歲能詩，八歲能文，十二歲應歲考，成績名列前茅。他父親對他寄予厚望，賣田地供他到省城學堂念書並參加鄉試。夏子規不負眾望，十四歲那年登科中舉。家人要他到京城繼續學業，以備參加殿試，如果及第便可在朝廷做大官。但他沒去，因為他對《易經》很感興趣，決定留在省城，跟隨當時赫赫有名的弼玄大師鑽研《周易》。弼玄大師已經九十高齡，他很賞識夏子規的才華，視之為得意門生，毫無保留地把知識和心得全授予他。三年後，弼玄大師逝世，夏子規轉而研究《道德經》。隔年離開省城，長途跋涉到四川鶴鳴山，在正一禪林空溪道長門下學道。五年後才回到家鄉墨魚島。

夏子規的家人原本希望他考取功名做大官以光宗耀祖，他卻誤入邪門毀了大好前途。夏子規的父親氣得一病不起，沒多久便去世了。

三年孝滿後，夏子規成了家，老婆是村裡一戶李姓人家的閨女。

夏子規滿腹經綸，博古通今，然而學問再好在這小鎮頂多只是為人算算命、卜卜卦或看看風水而已。他在窗口掛張幡旗，旗上寫的是「子規玄學金吊桶」七個篆書大字。

當時鎮上吃這行飯的人已有好幾個，而且都是仙風道骨、白髮蒼髯的飽學之士。夏子規雖然才高八斗以才子見稱，但畢竟是個二十幾歲的小夥子，要和那些老行家分一杯羹委實不易。

「子規玄學」生意不好那是預料中的事，但夏子規並不在乎，因為他家裡有田地，三餐溫飽絕對沒問題。不過他覺得在鎮上無用武之地，不如離開家鄉到外頭去闖世界。無奈老母年邁體衰，他在外面已經浪蕩了整十年，父親的逝世令他歉疚不已，他不能再傷母親的心。

他在家鄉無所事事，終日悶悶不樂。他意志消沉，常借酒消愁，每喝必醉。

鎮上的人看不起他，給他取個外號叫醉貓子。

不過，也有機緣巧合的時候。

一年後，松口鎮一個大地主突然破了產，他的田地被縣城一個暴發戶買了去。這個暴發戶名叫劉器盛，是個中年人。他買了這塊地之後便在那裡蓋一幢大房子，房子周圍圍起石牆，把來往東西兩村的道路給堵住了。這麼一來，路過的人就得繞彎子，很是不便。

有一天，十幾個村民一同去向劉器盛交涉。

劉器盛驕橫傲慢，老氣橫秋，拍胸膛說：「地是我的，我要怎樣就怎樣，你們方不方便關我屁事！」說罷，叫家丁關上大門，傲然離去。

這時候，醉貓子夏子規正好打那裡經過，圍牆上的幾個紅漆大字吸引了他。那幾個字是「劉器盛山莊」，他站在那裡看了許久，一邊拿出羅盤，對著牆內的房子指指點點，喃喃唸道：「圍牆坐西朝東，房子坐東朝西，這是誰拿的風水？」過後他對著牆上的幾個大字唸道：「雙刀劉，四孔器，一盆血，凶兆！凶兆！」

那十幾個村民吃了閉門羹，正要離去，聽見醉貓子在那裡喃喃自語，便好奇地走過去。

「喂！醉貓子，」一個說，「你瘋瘋癲癲地在幹什麼？」另一個鄙夷地說：「呵，是這姓劉的龜孫子請你來看風水的吧？」夏子規說道：「看風水？房子都蓋好了還看什麼風水？」另一個問：「那你剛才哩哩囉囉在說什麼？」夏子規指了指圍牆內的房子說：「我說這山莊的主人短命！」人們聽了猛然一怔，異口同聲地問：「你憑什麼說人家短命？」

夏子規笑而不答。

人們催促他：「喂！醉貓子，你說說嘛，這姓劉的怎會命短？」夏子規傻笑了一下，說道：「嘿嘿，等著瞧吧！」說罷，飄然走了。

人們總以為醉貓子多灌幾杯黃湯，語無倫次說醉話。然而，三個月後，醉貓子的話竟然應驗了。一個月黑風高的夜晚，一群日本海盜突然來到劉家莊，用大樹幹撞開牆門，衝進屋裡洗劫財物。劉器盛非平庸之輩，刀槍棍棒樣樣了得，三幾個人敵不過他，何況身邊還有幾個武藝高強的保鏢。他們不甘被劫，掄起大刀向來犯者猛砍猛殺，帶頭的幾個鬼子首當其衝，然而，海盜愈來愈多，個個要錢不要命。劉器盛和幾個保鏢寡不敵眾，最終死在海盜的亂刀之下。

那年劉器盛四十一歲。

夏子規料事如神，鎮上的人從此對他刮目相看。

有人請夏子規道破玄機，夏子規則說天機不可洩露。後來有人送他幾瓶好酒，希望他酒後吐真言。

確實是好酒，夏子規三杯下肚，話就多了。

「你認識姓劉的嗎？」一個問。夏子規搖搖頭，眯縫著眼說：「不……不認識！」那個人接著問：「你不認識他，又怎知道他的生辰八字？」「生辰八字？」夏子規皺起眉頭，「我要他的生辰八字幹什麼？」那人答道：「為他算命呀！」夏子規呷了口酒，擺手說：「我沒給他算命。」另一個說：「你既然沒給他算命，怎知道他短命？」「呵！」夏子規知道對方問話的用意，以指頭點向他額頭，「你們軟磨硬泡兜圈子，原來向我套話？好吧，想問什麼？說！」那人答道：「我的意思是，你既然沒替姓劉的算過命，又怎知道他短命？」「這還不簡單，」夏子規打了個酒嗝兒，隨後舉杯呷了口酒，舔舔嘴唇繼續說下去，「你們看那姓劉的名字，」他伸出指頭在空中畫著筆畫，「『劉』字大刀小刀各一把，殺氣騰騰；『器』字四口圍一犬，口即孔，傷口也！身上傷口累累，這條狗命還能活多久？再看『盛』字。『成』下『皿』為『盛』，壞就壞在『成』下的那個『皿』字。皿乃器皿，如缸、碗、瓢、盆，皿加一撇為『血』字。三個字連起來的意思是：雙刀戮四孔，孔孔血流如注，盛滿缸碗瓢盆，那姓劉的有幾條命？」

夏子規言之鑿鑿，娓娓道來，聽的人佩服得五體投地。

鎮上的人從此改口叫他夏神仙。

此事一傳開，夏子規頓時名聲大噪，前來問卜占卦的人絡繹不絕，連省城的高官顯要和富商巨賈都慕名而來。

否極泰來，夏子規精神振作，酒也戒了。

名揚四海，身價百倍，邀他算命、看風水的人源源不絕。他去過香港、泰國、馬來亞的檳榔嶼和麻六甲，那裡的華僑熱情、好客，把他當親人看待。

財源滾滾而來，夏子規買田，買地，建豪宅。

那時候，他的母親已病重難支，看到兒子成就大業，出人頭地，放心地合上雙眼，含笑而逝。

夏子規雖已功成名就，但不自滿，繼續鑽研《周易》、玄學和《道德經》。讀萬卷書，行萬里路。他離開松口鎮到外頭闖世界。每次出門，短則一年半載，長則三年五年。回家看家人，見鄉里，待三幾個月又飄然離去。

有一次，夏子規出門長達六年才回來。他說他重遊四川成都，登峨嵋，上崑崙，隨後到古都西安參觀秦始皇陵墓，最後到北京，在師叔玄法大師家裡住了整整一年。那一年正逢光緒帝和慈禧太后相繼駕崩，玄法大師被召入宮主持喪禮，夏子規以徒弟身份隨玄法大師入宮。

一個問：「聽說滿清近年來換了個吃奶的皇帝，是真的嗎？」夏子規點頭說：「沒錯，這小皇帝名叫溥儀，帝號稱宣統，登基時才三歲。」另一個插話道：「聽說有人為這個小皇帝算過命，說他是乞丐命，有此事嗎？」這個人的話逗得在場的人哈哈大笑。「夏神仙，你為這個小皇帝卜過卦嗎？」另一個問。「聽說這個小皇帝登基那天，坐上寶座就喊爹叫娘地哭得天昏地暗。是真的嗎？」「小皇帝大概是肚子痛吧？」人們七嘴八舌地問道。一個說：「哪有此事？我不相信！」「不，」夏子規點點頭，「是真的，你們說的全是真的！」人們驚叫道：「啊？真的呀？」「夏神仙，你看以後的世道會怎麼樣？」「換了皇帝，世道會轉好嗎？」人們好奇，問個沒停。

「難，難，」夏子規提高聲量，「山不青，水不澄，龍不吐氣，風脈不繼，大清氣數已盡！」

「啊？！」個個瞠目結舌。

一個老者感歎道：「唉，王八當權三大代，滿清統治近三百年，該換人了吧？」夏子規點頭應道：「唔，我看就是這幾年的事！」

夏子規果然言中：三年後，即西元一九一一年，孫中山領導的革命黨在武昌起義，把滿清政府推翻，結束了中國兩千多年的封建君主專制制度。

然而，辛亥革命並沒改變中國人的命運。袁世凱做皇帝夢，軍閥割據，倭寇作亂，戰事頻繁，人民百姓依舊水深火熱，度日如年。

世道雖然動盪不安，夏子規依舊出門。家人為他擔心，他說留在家裡也不安全。

夏子規在外並不拈花惹草，但有二妾，而且年輕貌美。友人歆羨其豔福，他說是緣分，「有緣千里來相會」，命中註定無須迴避。

大妾白氏，名芙蓉，古陽杏仁鎮人。一次，夏子規到杏仁鎮為人看風水，主人是大戶人家，要為自己做生壙。做生壙比砌墓穴來得複雜，登山擇地、測方向起碼七八天。

一天早上下過一場大雨，路滑上不了山，只好待在客棧。那時正是初秋，下午，風和日麗，夏子規無所事事，吃過午飯便信步到附近田疇邊散步。走著走著，前面有個池塘，塘裡荷花盛開，心裡開朗便前去看，看著看著，後面傳來急促的腳步聲，回頭一看，只見田塍上有個婦人急匆匆朝他這邊走來。這個婦人淚眼汪汪邊走邊哭。夏子規心裡納罕，問她怎麼回事。她擺擺手，淚如泉湧。夏子規問她為何如此傷心。她舉眼看看他，歎道：「唉，說了也沒用！」說完邁開腳步就要走。夏子規攔住她：「大娘不妨說出來，也許我能幫妳！」這老婦人看他慈眉善目，話語真誠，便一把眼淚一把鼻涕說出她的苦衷。

原來她的老伴已經死了兩天，由於臥病太久，能借的都借了，可當的也當了。她沒兒子，只有一個女兒。她已一貧如洗，哪有錢買棺材？可是喪事總得辦，便硬著頭皮去娘家求助。她雙親已去世，家裡有個哥哥。她的哥哥是老實人，家裡的事全由嫂嫂打理。嫂嫂勢利眼，向來看不起這個窮姑姑，不但沒伸出援手反而將她數落一番。說著她又嗚嗚地哭起來。夏子規問她住哪裡。她指向前面說：「竹叢後那間小土屋便是！」「妳需要多少錢？」夏子規接著問。她默算了一下，說道：「一口棺材加葬費，六個大洋就夠了！要是先生肯幫我，算我前世修來，遇到貴人。不過，我也不會白要您的錢，我家有兩畝田，地契你儘管拿去，只是田地暫時不能給您，俺母女倆還得靠這田地活命哪。這樣吧，先生，您好人好到底，給我一年寬限，一年後我有錢便連本帶利還您，沒錢還那塊田地就算是您的了！」夏子規則說：「去妳家看看！」她以為夏子規要看那田地，便點點頭。「那兩畝地倒是好地，」她邊走邊說，「十幾年俺家都沒買過米，沒……沒想到俺當家的命那麼苦，死了兩天連棺材都沒著落……」說到這裡又掩面痛哭。

不一會兒來到那間土屋前。走進竹籬，跨過門檻，夏子規看了看屋內，只見一個少女跪在床邊對著床上那具屍體愴然落淚。那老婦正想進去對那女子說什麼，夏子規叫住她，從衣袋掏出一把大洋錢塞到她手裡：「這錢妳拿去！」說罷轉身就走。那老婦人這下可傻住了，良久才追上去。「喂，喂，」她大聲說，「先生等一等，我去拿地契！」夏子規轉身說：「誰要妳的地？甭拿了！」說完大踏步回去客棧。

幾天後，夏子規收拾行李打算明天一早乘船回松口鎮，然而當天傍晚那老婦人帶著女兒到客棧找他。「叩謝恩人！」她們母女倆霍地在夏子規面前跪下。夏子規一怔，忙說：「哎呀！起來起來，這是幹什麼呀？妳們快起來！」那老婦人抬頭答道：「先生答應我一件事我們才起來！」夏子規應道：「起來說，起來慢慢說！」「不，」那老婦人口氣堅決提高聲量，「先生先答應我們才起來！」夏子規點頭說：「好好，我做得到一定答應，快起來！」那老婦人沒說，卻轉對跪在身邊的女兒：「閨女抬起頭來讓恩人看看！」她女兒用袖子抹乾淚痕抬起頭說：「先生萬福！」夏子規吃了一驚，眼前這女子竟然冰肌玉骨、花容月貌。那老婦人道：「這閨女名叫芙蓉，今年十八歲，尚未許配人家。假如先生不嫌棄，就要了她吧！」夏子規這下可慌了：「這……不可不可，我……我不能乘人之危……」「先生聽我說，」那女子打斷他，「只要先生喜歡，小女芙蓉心甘情願！」「先生，」那老婦人接著說，「古陽縣這麼大，人這麼多，找個好人還真不容易。我和先生素昧平生卻是前世有緣。不須媒妁，不必相親，先生的為人老婦已心領神會。你當小女為妾也好，為婢也罷，我都不會有第二句話。先生你就答應收留我的芙蓉吧！」眼見這麼端莊嫵媚的女子夏子規也心動，便點頭說：「這下可要委屈姑娘了，不過姑娘請放心，我要擇個良辰吉日派來花轎風風光光迎妳芙蓉進入我夏家大門！」「謝先生！」母女倆同時鞠躬。「妳們暫且回去，改天我託人把聘金禮品送來！」「謝先生！」她們倆再次鞠躬。

夏子規回去後把這事如實告訴家人。男人三妻四妾乃平常事，他的家人包括髮妻並不感到驚訝，也不會說個「不」字。

一個月後，芙蓉坐彩船來到松口鎮，改乘馬車來到銀沙村，上了花轎，鑼鼓叮咚，嗩吶滴答，鞭炮劈哩啪啦，夏子規騎著白馬，風風光光地把新娘迎進夏府大院。

芙蓉進了夏家住滿百日便回去杏仁鎮，夏子規在那裡起間房子買二十幾畝肥田讓她們母女倆過著安定的日子。

夏子規的次妾名叫鳳仙，是個歌妓，藝名西子，住在杭州，她的年紀和夏子規相差三十歲。

鳳仙原本是大家閨秀，父親在朝廷做官，因涉及戊戌變法被慈禧太后殺害。鳳仙一家人的生活頓時失去依靠，十七歲時便出來當歌女。

一年秋天，夏子規從北京南下路過杭州時，順道去拜訪當年在四川鶴鳴山空溪道長門下一同學藝的大師兄雲山道人。雲山道人比夏子規年長十幾歲，他離開鶴鳴山後就一直住在杭州五雲山黃狼洞。二人分別已整整十年，今天見面各都喜出望外。傍晚，雲山道人以豐盛晚餐招待師弟。飯後他們坐在月下品茗聊天，聊著聊著，雲山道人話鋒一轉問他家事。夏子規答說正房命蹇已逝世多年，偏房住在百里外的古陽縣，育有三個子女，近年她身體不大好。雲山道人聽了後意味深長地點點頭，說明天和他去酒樓喝酒。雲山道人突然問他家事，夏子規心裡納罕，便說要喝酒可叫僕人去買幾瓶回來，何必到酒樓去。雲山道人說他最近收了個女弟子，姓賴名鳳仙，杭州人，已三十出頭，仍小姑獨處。這個女弟子眉清目秀、聰慧過人，琴棋書畫樣樣好，只可惜命途多舛，在一間酒樓當歌妓。

夏子規恍然問道：「明天師兄要帶我去她那兒喝酒嗎！」雲山道人捋著鬍鬚點頭說：「正是！我為你洗塵，順便介紹你們認識。唉，多好的一個女子，竟然淪落風塵，真是可悲！」夏子規歎道：「紅顏薄命，自古而然。不過，能和師兄結下塵緣卻是她的造化！」雲山道人點頭笑道：「我倒希望她有柳暗花明之日。明天我多邀幾個朋友，熱鬧熱鬧！」

隔天一早，雲山道人寫了幾張帖子吩咐童子送出去。

下午三點鐘左右，夏子規隨雲山道人來到鳳仙唱歌的酒樓。這間酒樓名叫夕陽樓，坐落在西湖之濱。今早雲山道人的童子曾來關照過，所以鳳仙已在門口恭候。

寒暄之後，鳳仙說：「筵席安排在西廂紅葉廳，恩師滿意嗎？」雲山道人莞爾反問道：「弟子的安排我幾時不滿意過？」鳳仙問道：「今天恩師招待的是哪些達官顯貴？」「什麼達官顯貴，」雲山道人瞪她一眼，指向夏子規，「今天要招待的就是他，我的師弟——夏子規，妳該叫夏師叔！」說罷轉對夏子規，「這位就是我昨晚說的鳳仙姑娘！」

鳳仙吃了一驚，忙說：「弟子鳳仙有眼不識泰山，弟子鳳仙拜見夏師叔！」說著向夏子規一鞠躬。

夏子規暗暗驚訝：這女子人如其名，杏眼桃腮，冰肌玉骨，簡直是玉環再世。「幸會幸會！」他拱手回禮，一邊說，「昨夜師兄讚鳳仙姑娘聰慧過人、美若天仙，如今一見，果然名副其實！」鳳仙深深一鞠，答道：「師叔過獎，弟子深感汗顏。恩師、師叔這邊請！」

他們隨鳳仙沿一道石徑來到紅葉廳。

「恩師、師叔請坐！」鳳仙掀開珠簾說。

雲山道人和夏子規進入室內，揖讓一番雙雙坐下。

「今天還有哪些客人？」鳳仙又問。雲山道人答道：「還是以前那些老朋友，你都認識的！」「行！你們稍坐，我去接他們進來！」說完退了出去。

雲山道人接著告訴夏子規：鳳仙在杭州頗負盛名，不知有多少達官顯貴拜倒在她石榴裙下，有的甚至願擲千金納她為妾藏之金屋。然而她潔身自愛，不苟且，不貪杯，不攀附，不斂財；她像一朵蓮花出於污泥而不染，又似一枝寒梅在風雪中綻放。他賞識她的才華和氣質所以才答應收她為弟子。

客人陸續到了，不一會兒，十個位子都坐滿了。

不久，菜肴上桌，大家邊吃邊談。

在座的都是雲山道人的老朋友，談起話來無拘無束，暢所欲言。鳳仙豁達開朗，為客人斟茶添酒忙得不亦樂乎。

酒過三巡，鳳仙請雲山道人點曲。雲山道人問大家喜歡聽什麼曲子，在座的意見很不一致，有的說喜歡聽越劇，有的說喜歡聽黃梅調，有的喜歡京劇並要她來個《霸王別姬》。雲山道人則以目光詢問夏子規。

鳳仙的眼睛果然凌厲，她看出恩師的意思便移步到夏子規身邊，輕拍手掌對大家說：「夏翁遠道而來，難得貴客光臨，就由夏翁先點一曲，當我西子為他接風，如何？」

大家聽了都拱手說好。

鳳仙把歌名目錄遞給夏子規。

「恭敬不如從命！」夏子規拱拱手，接過目錄看了一下說：「這首越劇《黛玉焚稿》我聽過，很是感動。就請西子姑娘唱這首吧！」

鳳仙道了聲謝便過去拿琵琶，丫環為她端椅子。她坐下調弦音，隨後揮動手指嘈嘈切切地彈起來。

過門[18]之後，她輕聲唱道：

鏡子裡容顏瘦，枕頭邊淚濕透。
一身病骨已難支，萬般憤怨非藥治。
只落得路遠山高家難歸，地老天荒人待死！
我一生與詩書做了閨中伴，與筆墨結成骨肉親。
曾記得，菊花賦詩奪魁首，海棠起社鬥清新。
怡紅院中行新令，瀟湘館內論舊文。
一生心血結成字。
如今是，記憶未死，墨跡猶新。
這詩稿，不想玉堂金馬登高地，
只望它高山流水遇知音。
如今是，知音已絕，詩稿怎存？
把斷腸文章付火焚。
這詩稿原是他隨身帶，曾為我揩過多少舊淚痕。
誰知道，詩怕未變人心變，
可歎我真心人換得個假心人。

18 過門：戲曲音樂、說唱音樂、歌曲中，與歌唱部分連接之器樂伴奏，如前奏、間奏、尾奏或短小的連接句等，皆稱之為「過門」。

早知人情比紙薄，
我懊悔留存詩帕到如今。
萬般恩情從此絕，
只落得，一彎冷月葬詩魂！
紫鵑妹妹，多承你伴我月夕共花朝，
幾年來一同受煎熬，
到如今，濁世難容我清白身，
與妹妹永別在今宵，
從今後，你失群孤雁向誰靠？……
只怕是寒食清明，夢中把我姑娘叫。
質本潔來還潔去，休將白骨埋污淖！
妹妹，我的身子是乾淨的，
你好歹要叫他們送我回去。
……

歌聲由尖而細，像隨著黛玉的魂魄飄上青天。琵琶由急而緩，像串串淚珠紛紛飛落。周圍闃然無聲。西子起立向客人行禮，客人從繞樑的餘音中醒轉過來。掌聲驟起，西子向客人鞠躬道謝。夏子規非常感動，抹乾淚珠兒讚道：「好，西子姑娘唱得太好了！」西子上前一揖，說道：「多謝夏翁誇獎！」過後，大家繼續喝酒。

夏子規對雲山道人說：「師兄說得對，西子姑娘果然氣度不凡！」雲山道人笑道：「嗓子是生成的，唱好一首歌，雕蟲小技罷了，師弟何以見得她氣度不凡？」夏子規答道：「唱歌固然是雕蟲小技，但要唱得投入、唱得有感情就得下功夫。我上回聽了這首曲子後特地買那本《紅樓夢》來讀。嘿，果真是一部奇書。書裡的林黛玉雖然是個弱女子，但她崇高的氣質和堅強的性格就是七尺男兒也感到汗顏。唱這首歌的人如果沒有這般氣度就絕對唱不出那樣的感情！」雲山道人拱手說道：「高見！高見！看來，鳳仙姑娘這回可遇到知音啦！」

一人突然舉起酒杯對西子說：「妳唱得太……太好了，我……我敬……敬妳，乾……乾杯！」他漲紅著臉，結結巴巴的已有幾分醉意。西子舉杯子答道：「多謝誇獎！」說完抿了口酒。

另一個男子放下酒杯說：「林黛玉固然可憐，但我倒是更加同情西子。我每回聽她唱歌心裡就為她難過。唉！紅顏薄命，感慨悲歌。只要西子點個頭，我願擲千金娶她為二房！」

「願擲千金？此話當真？」好幾個異口同聲地問。

那個拍胸腔說：「一言既出，駟馬難追！只要西子願意，我便另置金屋和她共結連理！」

「多謝這位先生！」鳳仙向那人行個禮，「我西子何曾不想找個郎君以託終身？只是千金易得知己難求！」

夏子規聽了暗自叫道：「好一個西子！」

這時候，侍者給每人端來一碗杏仁羹，是解酒的。

那人問鳳仙道：「怎樣才算是知己？又以什麼為標準？」鳳仙想了一下笑道：「我的標準嘛，說高不高，說低也不低。這樣吧：小女原名鳳仙，您作一對子其中嵌『鳳仙』二字，如果我滿意，您便是我的知己，要是我不滿意……」說到這裡她突然停住。「妳不滿意又怎麼樣？」那人問。鳳仙把一碗杏仁羹端到那人面前，意味深長地笑道：「就請吃這個！」

「閉門羹？」大家不禁哈哈大笑。

鳳仙吩咐丫環預備文房四寶。

然而，那人面露難色，擺手說：「我作對子尚難，何況還得嵌字？唉！罷了，算咱沒緣分，只好吃這閉門羹了！」說著端起碗啜了一口。

「味道怎麼樣？」大家笑得前仰後合。

笑聲停後，雲山道人問鳳仙道：「弟子是否也給在座各位一個機會？」鳳仙答道：「弟子正有此意。只怕各位不賞光！」雲山道人呵呵笑道：「窈窕淑女，君子好逑！鳳仙弟子如花似玉，何愁沒人疼惜？各位仁人君子，試一試你們的桃花運。請吧！」

僕人收拾桌上的碗筷，丫環把文房四寶端過來。

鳳仙分給每人一張紙，然後說：「各位高人雅士寫好後不必落款署名。我只看對子不看人。只要合我心意，不管是誰，我鳳仙分文不取下嫁為妾！」

說罷，她把筆遞給雲山道人：「恩師也不例外。請！」

雲山道人驚笑道：「喲！我也有份？好，我先來！」說完，拿過筆蘸墨一揮而就。

接著只有四個人交卷，其餘的坐在那裡袖手旁觀，夏子規是其中之一。

「怎麼就這幾個？」雲山道人舉眼往那幾個沒交卷的人看了一遍，提高嗓子說：「不行，鳳仙姑娘盛意拳拳，不寫就是不給面子，得罰酒十大杯！」

雲山道人是東道主，經他這麼一說，那幾個沒交卷的人只得苦思冥想，搜索枯腸，然後提筆揮毫。

全都交上了，西子拿過一一細讀。前面三張大概是不合心意，只一掃而過。第四和第五張她讀了兩遍，臉上露出含意頗深的笑紋。下來一張令她不禁啞然失笑，再下來那張她讀了後睜大眼睛屏息凝神反覆思索。她的眉頭時緊時鬆，好像很緊張又似很興奮。她把這張夾在指縫間，繼續看剩下的兩張。這兩張也像開頭那幾張一樣她只掃一眼便放下。

「有了！」她喜上眉梢，揚了揚夾在指縫間那張，「皇天不負有心人，我終於找到知己！」

接著她把那對子唸出來：

鳥來風裡食蟲化鳳

人立岩旁點石成仙

唸完後對大家說：「請問這對子出自哪位高人之手？」

夏子規猛然一怔，尷尬地說：「是……是我！」

鳳仙趨前坐在他身邊握著他的手說：「原來是夏翁！我鳳仙出身卑微，能侍候夏翁乃我鳳仙今生的造化！」說罷，屈膝跪下。

「啊？」夏子規大吃一驚，「這……這，妳怎麼來真的呀？」鳳仙答道：「終身大事，絕無戲言！」夏子規扶起她說：「請起，請起！我……沒這意思，我只是……是聽了雲山師兄的話才寫的，敷衍而已！」鳳仙笑道：「這我不管，敷衍也好，認真也罷，這對子我喜歡就是！只要夏翁點個頭，從今以後我就是您的人了！」「可是……我，哎呀！」他一甩手，「我這麼大年紀，怎敢誤妳青春？鳳仙姑娘請三思！」鳳仙答道：「緣分所至，命運所趨，我不須考慮，更無須牽掛！」

雲山道人呵呵笑道：「師弟無須推卻！昨晚你陪愚兄在月下品茗，我突然發現你百會紫光凝聚；我細觀星宿，只見廣寒宮外華光熒熒。為兄於是想起弟子鳳仙仍小姑獨處，所以特邀諸位好友陪你來這裡喝酒。你們兩個果然有緣。此乃天作之合，師弟還猶豫什麼？」夏子規仍感到為難，結結巴巴地說：「這事……我……我連想也沒想過呀！」一個插話道：「要是想得到的話就不算是緣分了！」「說得是！」雲山道人接過他的話茬兒，「緣來是福，拒之則怠。師弟無須躊躇！」他遞一杯酒給夏子規繼續說，「別辜負鳳仙姑娘一番盛情，如你答應，就乾了這杯酒！」

夏子規接過酒，但沒喝，轉對鳳仙說：「既然姑娘不覺委屈，不嫌我老，明日我子規就帶姑娘啟程回家鄉去，讓妳光明磊落、堂堂正正進入我夏家大門！」

雲山道人樂開了懷，舉杯對大家說：「在座各位，咱們為這對新人乾杯。請！」

夏子規和西子舉起酒杯和大家一起把酒乾了。

隔天，夏子規先給家裡捎封快信，然後和鳳仙啟程回鄉。

半個月後，夏子規帶鳳仙抵達墨魚島松口鎮。

家人接到信都為老爺娶填房的事而高興，他們雇來工匠修飾房子準備辦喜事。隔天，他們為老爺子備了匹白馬，抬來花轎，吹鼓手隨行。鑼鼓咚咚，嗩吶滴答，鞭炮劈哩啪啦響。鳳仙就這樣風風光光、排排場場地嫁進銀沙村夏府大院。

夏府熱熱鬧鬧，家人歡欣雀躍。然而，夏薄情對這個新來的姨奶奶態度冷漠，待理不理。這也難怪，鳳仙初來乍到，感情生疏，難以溝通；此外，鳳仙太年輕，叫媽媽猶嫌嫩，奶奶叫來彆扭、靦腆，難開口。

家裡老少都歡迎她，尊敬她，唯獨夏薄情不服氣，鬧彆扭，到底哪裡冒犯了他，鳳仙心裡納悶。一天，她和夏子規提起這件事。夏子規胸中有數，便說：「妳不是有好些書畫和水墨畫嗎？各選一幅給我。」「是朋友送的還是買來的？」鳳仙問。夏子規答道：「不，妳的作品。大廳牆上還有空位，把它掛起來。」鳳仙一怔，忙說：「大廳牆上掛的都是大師之作，是珍品，我的掛上去豈不獻醜？不行。改天……」「不，」夏子規打斷她，「妳的也不差，不會獻醜。去拿來！」

鳳仙猶豫了一下，回去臥室拿來一軸書畫和一軸山水畫。夏子規接過，攤開看了一下便拿去大廳，吩咐僕人掛在空當處。

當時，夏薄情正好打那兒經過，看見剛掛上的書畫，便前去看。先看的是書畫，寫的是一首詩，他唸道：「『去年今日此門中，人面桃花相映紅。人面不知何處去，桃花依舊笑春風。』唷，鐵畫銀鉤，鸞翔鳳翥，龍飛鳳舞，力透紙背！好字！」看過書畫再看山水。看了一陣，讚道：「千岩競秀，萬壑爭流，虎踞龍盤，猿啼鶴唳！山上彤雲飄忽，似有仙翁煉丹；山下青煙嫋嫋，似有道侶修行！好畫，好畫！爺爺哪裡購來？」夏子規捋著頷下的鬍鬚說：「人家送的！」夏薄情趨前看那落款，上款寫的是：「圖書空咫尺，千里意悠悠。雲山道人題。」下款寫的是：「辛巳年西子作於鶴鳴山正一禪林。」「林」字下還蓋了個小圖章。夏薄情躬身細看那印章，「啊？」他大吃一驚，轉身對站在一邊的鳳仙叫道：「姨奶奶，是您的作品呀？還有那幅書畫，雄渾蒼勁，入木三分。敬佩，敬佩！」說罷向鳳仙拱手鞠躬。

鳳仙又喜歡又感動，眼裡滲出淚珠兒。這是夏薄情第二次叫姨奶奶。頭一次是在鳳仙嫁到夏家晚輩敬茶的時候，那次叫在口裡，這次出自心裡。從此，夏薄情對這位新來的姨奶奶由衷佩服，敬仰有加。

6

婚後夏子規和往年一樣經常出遠門，不同的是身邊多了個鳳仙。他帶著鳳仙遊遍大江南北。九十歲那年他重遊西安並登華山雲臺峰。五年後回到墨魚島，之後就沒再出門。那時候，日寇和海盜狼狽為奸，肆無忌憚到島上搶劫財物，擄掠婦女。

倭寇橫行，海盜猖獗，島民深受其害，能走的都走了。

半年後，島上夜空出現掃帚星。天亮後，鎮上的人紛紛找夏子規詢問凶問吉。

「不好！」夏子規臉色憂鬱語氣沉重，「我測過星象，還占了一卦，此卦差矣！」「怎麼樣？」人們緊張地問。夏子規說道：「彗星出自東方，拖著尾巴，寒光逼人，此乃凶兆。我看不出兩年，墨魚島必狼奔豕突，兵連禍結。大家得有心理準備，可以的話就到外頭避一避，待形勢好轉後再回來。」

村裡的人已經走了大半，夏子規這麼一說，走的人就更多了。有親戚的投靠親戚，沒親戚的到頤春江上游為人拉縴，或為鹽商挑鹽，有的隨水客過番南洋。

夏家為松口鎮首富，是土匪海盜洗劫的對象。不過夏府圍牆高，壯丁多，槍也多，土匪海盜不敢輕舉妄動。然而，死守硬拚非對策，夏子規吩咐家人收拾細軟，準備搬遷。

隔天早上，吃過早餐，夏子規叫一家大小到祠堂聆聽訓話。

「你們聽著，」他滿臉嚴肅，語氣沉重，「我叫你們來有兩件事要交代：第一，時下世道紛亂，墨魚島禍患連連，這裡不能住了。我已做好安排：你們搬去潮州彩虹坪，那裡有我的田地和房子。房子很大，再多人也住得下。你們的姨奶奶知道怎麼去，到時跟著她走就是了！」

「爹，您呢？不和我們一起走嗎？」問話的是他的長子夏儒正。夏子規搖頭說：「我已大把年紀，跟你們去幹什麼？」

「不。爺爺，這裡很危險，無論如何您得跟我們一起走！」說話的是他的長孫夏伯愷。夏子規應道：「我當然要走，只是和你們不同路。我時日不多，很快就會離開！」

啊？時日不多？開玩笑吧？大家驚異地看著他。

祠堂頓時鴉雀無聲。

「我的兒孫們，」夏子規提高聲量，「生老病死乃人生規律，我氣數已盡，時辰到了。我的生壙已經做好，我死後喪事從簡。時局紛亂，世道不安，無須圓墳，不必守孝，頭七過後就搬家。這是我要交代的第一件事！」

聽到這裡，男的都在擦眼淚，女人泣不成聲。

夏子規繼續說：「下來我要交代第二件事。我曾經向你們說過好幾次，我不允你們繼承我的衣缽，現在我再說一遍，同時在列祖列宗靈前發誓：我絕對不允我的子孫後代像我一樣以占卜看風水為生，違者以家法處置。絕非戲言，你們好自為之。」

說罷，踱到靈臺前，兩袖忽地一甩，跪在地上磕了三個響頭。

兒孫們也紛紛跪下。

夏子規磕過頭起身說：「你們起來，我還有一些話要說：時下舉國動盪，潮州也未必是安全之地，如果待不下就去古陽你們二奶奶那邊。記住，你們不論走到哪裡，生活有多艱難，就是行乞要飯也要記住我剛才說的話！」

頓了頓，他繼續說：「兵荒馬亂，國無寧日，生活不易這個我理解。我已為你們男丁備好竹簡箴言，放在祠堂後的土牆洞裡。你們到外頭闖世界，如果遇到什麼棘手難題，或者悲觀絕望活不下去的時候就回來這裡，拿出你們的竹簡，敲開細讀箴言，或許能給你們指出一條生路！」

訓話完畢，老爺子回去臥室，沐浴更衣，然後到祠堂後藏經閣閉關坐禪，不再見客，包括家人。

閉關坐禪，不再見家人。大家的心情都十分沉重。

夏府家大業大，人全走了房子怎麼辦？田地怎麼辦？還有那些佃戶，如何向他們交代？

下午，當家老大夏儒正令弟弟、侄子到大廳商議搬遷事宜。一番討論後決定三件事：一，貴重輕便的東西裝箱雇鏢局送去彩虹坪，其他大件的、重的、帶不走的搬進地窖，掩飾好；二，佃戶免交租，不過必須把田地照顧好；三，家丁傭人一起走，不願走的可離開，或留下看家。

夏薄情提臨時動議：他的結拜兄弟羅海彪該不該邀他一起走？

大伯夏儒正說：「結拜兄弟也是兄弟，何況他在祖先靈前磕過頭。現在是逃難，有難同當，理應邀他。去不去由他自己決定。」

大伯言之有理，大家同意他的說法。

說來弔詭，夏薄情出自豪門，竟然和家貧如洗的羅海彪義結金蘭叫人難以置信。不過，薛仁貴大將軍的結拜兄弟王茂生也是凡夫俗子，也是一貧如洗。這麼一想就見怪不怪了。

義結金蘭一般是成年人的玩意兒，夏薄情和羅海彪結義的事還得從孩提說起。

夏府大院和羅海彪的蓬門茅舍隔著銀沙河。銀沙河十幾米寬，水深齊膝，沒橋，有石墩，光溜溜，水沖的。自古以來，兩岸村民就踏著石墩過河。

夏薄情孩提時，週末假期要過河去西村畫堂學畫。雨天河水湍急，冬天水冷，由奶奶背他過河。奶奶年紀大，踏石墩過河很吃力。住在河對岸的羅海彪看了過意不去，對夏薄情說以後要過河喊他，別叫奶奶背。奶奶聽了笑道：「背得起嗎？你小伯琴三歲呀！」羅海彪說了聲「能」，背起夏薄情踏著石墩啪啦啪啦地就過去了。

羅海彪雖然小夏薄情三歲，然而體格粗壯，個子又高，看起來比夏薄情大三歲。他背夏薄情過河毫不費力，奶奶看了就放心了。從此，夏薄情要過河，即使不是雨天，不是冬天，不是去學畫，只要朝對岸喊一聲，羅海彪便過來背他過河。

因此，他們成為好朋友。

此外，夏薄情喜歡養魚，虎斑魚、小金鯉、小螃蟹，色彩斑斕，養在魚缸裡，游來游去，很好看，很有趣。那些虎斑魚、小金鯉、小螃蟹都是羅海彪幫他從銀沙河裡撈回去的。

羅海彪家裡窮，沒機會上學。農閒時夏薄情便教他讀書認字。

亦師亦友，知根知底，情同手足，夏薄情便對家人說要和羅海彪結拜為兄弟。家人也喜歡羅海彪，老奶奶更是偏愛他。不過這樣的事得先問祖先。夏薄情跪在祠堂祖先靈牌前擲杯珓。「啪」，杯珓落下，一陰一陽，聖杯。祖先允准了。

大伯父為他們主持結拜儀式。夏薄情和羅海彪跪在祖先靈前磕三個響頭，然後向長輩敬茶。大伯父送羅海彪十畝肥田頭作為賀禮。從此，羅海彪一家人脫離佃籍，成為個體小農戶。

當晚，夏薄情和堂大哥伯愷過河找羅海彪談去彩虹坪避難的事。羅海彪謝絕，說他母親年事已高，舟車勞累，不宜出遠門。夏薄情說倭寇海盜猖獗，還有土匪，非走不可。羅海彪說萬不得已就去梅家坳舅父那裡暫時避一避。

梅家坳在梅州口，前去約莫三個鐘頭水路。那裡靠近梅州市，治安比松口鎮好得多，去那裡倒是辦法，夏薄情和伯愷寬下心來。

羅海彪隨後說：「不久前水客何千叔來過，他說待不下就過番南洋，那裡安全，機會又多，我還真想去試一試。」夏薄情聽了後驚喜地說：「我也有這想法。我潮州的朋友來信說南洋那邊很不錯，去那裡發展前景很好。搬家的事搞定後我就去潮州找他。」羅海彪聽了欣喜地說：「好好，你先去，記得給我寫信。家裡的事安排妥當後我就去找你。」夏薄情應道：「行，到了南洋安定後就立刻給你寫信。」「好！哦，你們走了那些佃戶怎麼著？地租交給誰？」羅海彪問。伯愷答道：「我已經吩咐三叔，告訴他們從現在起免交租，不過得把田地照顧好。」「唷！是嗎？好哇，他們一定很高興。這樣吧，叫他們組一支巡邏隊，我也參加，看好村子和你們的房子。這樣宵小毛賊就不敢進來。」伯愷欣喜地說：「好，很好！回頭我把家裡的鑰匙交給你。」

事情安排停當，夏薄情如釋重負。

隔天早上，男丁總動員，把要帶走的物品裝箱交給鏢局，大件沉重貴重的東西搬進地窖。

光陰飛逝，轉眼過了七天。閉關坐禪完畢，夏子規離開藏經閣回去臥房。從此他就沒出來，而且三緘其口，叫他他不應，敲門不理睬。

下午，伯愷到爺爺臥房門外請他吃午飯，姨奶奶說爺爺沒胃口，不想吃。傍晚，夏薄情到爺爺臥房門外請他吃晚飯，姨奶奶說他睡著了。隔天早上，伯愷到爺爺臥房請他吃早餐，姨奶奶說他還沒起身。

中午，午餐時間還沒到，姨奶奶出來對大家說：「你們爺爺已經走了！」走了？去哪裡？大家愣了一下，恍然大悟，衝進臥房，喊他，撼他，哭他。他躺在床上紋絲不動。七八天前夏子規說的是真話，他真的死了。

喪事從簡，無須圓墳，不必守孝，一切依照遺訓處理。

七天後，早上，一行數十人離開老家，羅海彪和十幾個佃農送他們到渡頭。

7

銀沙村去彩虹坪沒有陸路，乘船沿頤春江經梅江鎮、黃金埠，轉入韓江，全程一百六十多里，行程兩天一夜。

七八年前夏子規和愛妾鳳仙乘船去潮州，途經彩虹坪做短暫停留。夏子規和鳳仙到頂層甲板憑欄遠眺，發現碼頭邊豎著一個看板，說東區岸邊有塊地出售。夏子規舉眼環顧四周，指向東邊河岸對鳳仙說那一帶地勢很不錯，回程時逗留幾天，到實地看看，順便問價錢。

鳳仙也有同感，說如果價錢適合就買下來。

夏子規諳熟風水，他看上的地方不會輕易放棄。

半個月後，他和鳳仙來彩虹坪找賣主，賣主帶他們去看那塊地。那塊地離市區十幾公里，在岸邊，面積八十畝。地勢略高，前有江，後有山。江水溶溶，船來船往。山上松青竹茂，山腳阡陌縱橫，環境好。早晨霧氣升騰，黃昏彩雲漫天，氣象萬千，猶如仙莊，景色好。

價錢適中，夏子規二話沒說就買了下來。他親自設計，建了間豪宅，命名為「鳳仙憩苑」。大門前有座牌樓，匾額書「鳳仙」，柱子楹聯也嵌「鳳仙」二字，寫的是：

鳥來風裡食蟲化鳳
人立岩旁點石成仙

這對句子就是當年在杭州西湖畔夕陽樓喝酒時夏子規寫給西子的嵌字聯。夏子規浪漫癡情，這座豪宅是他送給愛妾鳳仙的四十一歲生日禮物。

豪宅空置七八年，今天終於入戶，可是少了夫君夏子規，鳳仙嗒然若失。

安家落戶，託鏢局運送的十幾箱東西隨後運到。房子很大，田地數十畝，環境和銀沙村差不多，只是少了銀沙河。

來到彩虹坪，夏薄情就給在潮州做生意的朋友小余寫信，告訴他要去新加坡的事，並向他打探好友老甄和王先發在新加坡的情況。

夏薄情把有意去新加坡發展的想法告訴家人。妻子婉兒了解他，鼓勵他去，說男兒志在四方，應該到外頭走走，長點見識。姨奶奶鳳仙也贊成，說老爺子在世時就雲遊四海，走遍大江南北。大伯儒正聽了後點頭說：「老甄、朱東運、王先發這幾個年輕人胸無城府，作風正派，我對他們的印象很好。你打算幾時動身？」夏薄情應道：「等小余回信，了解了那邊的情況後再做決定。」

梅州有個年輕人的組織叫「韓江書畫社」，成立十幾年，很活躍，梅江市、黃金埠、松口鎮都有分社。小余、老甄、朱東運、王先發幾個是梅州總社理事，夏薄情是松口鎮分社副社長。他常到梅州總社開會，因而和小余、老甄、王先發那班人成為好朋友。那班人來過松口鎮，而且在夏府大院住了好幾天，給夏家的人留下深刻的印象。

兩個星期後，夏薄情接到小余的回信，信裡說老甄和王先發在新加坡做生意，經營土產雜貨，情況不錯。他已致電告知老甄。他說出國得申請證件，兩個星期後才能領取。他還說下個月中旬有船去新加坡，如果要搭那班船就儘快去找他，云云。

喜獲佳音，夏薄情告訴妻子婉兒。說來詭異，上回她鼓勵他去，說男兒志在四方，得去外面走走，長點見識。然而她看了小余的來信後黯然神傷，眼淚撲簌簌地掉下來。「妳怎麼啦？」夏薄情問。她搖頭說：「沒事！外面不如家裡，你要照顧好自己。」「我會的！」夏薄情點點頭。「到了那邊就立刻寫信來！」她說。夏薄情應道：「我會的！那邊生活有著落後就接妳過去！」「嗯！我……我……」婉兒癡癡地看著他，泣不成聲。

夏薄情拍拍她的肩膀，把她摟在懷裡。

過兩天夏薄情就要離開，家人備幾席酒菜為他餞行。

餐後一家人轉移到廳堂。大伯、叔叔嬸嬸給夏薄情利市紅包，祝他旅途順利，萬事如意。堂大哥伯愷送懷錶給他做紀念。

姨奶奶拿出一個小箱子對夏薄情說：「這裡有幾十個現大洋，存了二十幾年始終沒用，你拿去吧！」說完把箱子遞給他。夏薄情沒接，忙說：「不不，我有錢，奶奶留著用！」「你客氣什麼？」鳳仙加重語氣，「出門在外，千里迢迢，什麼事都難預料，有錢在身上心裡就踏實。還有，」她從箱子裡拿出一個玉鐲子，「這鐲子是你爺爺送我的，你帶去做紀念。」說完把鐲子遞給夏薄情。夏薄情接過看了一下很激動，說道：「好吧，謝謝姨奶奶！……謝謝……」他哽咽著，說不下去。

現大洋就是銀圓，也叫「袁大頭」，據說是袁世凱當皇帝時發行的。

夏伯愷拿出一枚輕敲一下，放在耳邊聽了好一陣，後說：「嗡嗡聲持續一分鐘，純銀的，是袁大頭。袁大頭市面上愈來愈少，幣值卻愈來愈高。以前一百塊鈔票可買一頭羊，現在只能買兩隻雞。袁大頭剛好相反，二十年前一個袁大頭只能買兩隻雞，現在可買兩頭羊。」一個叔叔問他道：「這袁大頭拿去番邦管不管用？」伯愷答道：「更加管用，價值更高，我看買一頭牛綽綽有餘。」

這話不假，物以稀為貴，袁大頭到了那裡就變成古董。

兩天悄然過去，早上，夏薄情提著行李向大家告別，鳳仙、伯愷、伯鈞和妻子婉兒送他到彩虹坪碼頭。時間尚早，他們一同到街上吃午飯，逛了一下，水果店的棗子很新鮮，鳳仙買了些給夏薄情帶著船上吃。

船來了，嗚嗚嗚地響起汽笛聲。他們回到碼頭，婉兒送他到船上。夏薄情握著她的手依依不捨地說：「送君千里終須一別，妳回去吧！」婉兒說：「記得，到了那邊就寫信來，情況好就接我過去！」夏薄情點頭說：「好，生計有了著落就接妳過去！」「唔，再……見……」婉兒點點頭，忍著眼淚鬆手離開。

8

夏薄情來到潮州，小余帶他到汕頭輪船公司買船票和辦理出國證件。夏薄情買的是二等艙船票，出國證件輪船公司可代辦，而且只需三天。航班已經確定：船名為「萬福士號」，登船日期為本月十六日，隔天開航，二十二日早上抵達新加坡。隨後小余帶他到電報局致電老甄，告訴他船名和抵達日期，到時記得到碼頭迎接貴客。云云。

船票證件和致電老甄一氣呵成，夏薄情很欣賞小余的辦事能力。

離開航還有兩個星期，夏薄情在小余店裡當夥計，體驗一下做生意的滋味。

小余的公司經營乾糧和罐頭食品，主要是轉口，客戶遍及東南亞。公司董事長是他的叔叔，他的職位是副經理。

小余告訴夏薄情老甄的公司叫「三合棧」，股東除王先發外還有一個本地人，那人叫周國華。他來潮州好幾次，每次來小余都請他吃飯，不過他搶著買單。夏薄情問他對周國華的印象怎麼樣，小余說這人誠懇、大方，是做生意的料。小余同時告訴他新加坡華僑多，土產雜貨銷量大，不過幫派多，同行多，競爭很劇烈，要分一杯羹不容易。

夏薄情說生意競爭很正常。八仙過海，各顯神通；物競天擇，適者生存。競爭不過人家就得淘汰，就得退場。

小余聽了不禁苦笑，夏薄情問他笑什麼。小余說同行如敵國，商場如戰場。戰場上腥風血雨，商場上殺人不見血。「是嗎？」夏薄情疑惑地看著他，「君子愛財取之有道，商場有商場的規矩，怎麼會殺人不見血？」小余應道：「我現在說你肯定不信，你做了生意後就會體會到商場上的競爭比戰場上的廝殺還要劇烈，還要殘酷。這是警世名言，您得記住。」夏薄情笑道：「好，我刻骨銘心，永世不忘！」

夏薄情在小余店裡幹了十二天，並沒體會到「殺人不見血」的殘酷滋味。

十五日下午，小余陪夏薄情到汕頭。吃了午飯送他到船上。大火輪「萬福士號」六千噸級，像頭龐然大物泊在碼頭邊。二等艙在樓上，有游泳池和露天茶室，設備如四星級飯店。小余陪夏薄情在船上瀏覽了一下便握別離開。

隔天早上開船了，天氣很好，風浪不大。船緩緩而行，港口碼頭漸漸遠去，漸漸模糊，沒多久就消失在水平面下。

進入大海，船速加快。機聲隆隆，煙囪噴著黑煙，船頭傳來啪啦啪啦的浪濤聲。

大海無邊無際，白天豔陽高照，夜裡滿天星斗。夏薄情頭一次搭乘大火輪，大海、藍天，海鷗、漁船，星星、月亮，對他來說都是奇觀美景。憑欄遠眺，海闊天空，他沉迷嚮往，如醉如癡。

隆隆隆，大火輪沒日沒夜地在海上破浪前進。

一天早午，他在甲板露天茶室喝咖啡，汽笛突然嗚嗚響起，在座的搭客起身到欄杆那邊張望。他隨著過去，舉眼一看，右舷外有個白色大石頭，像頭巨獸匍匐在海上。「啊，白石口！」他頓開茅塞，恍然驚歎。

在家鄉，水客何千就經常提起這個大石頭。他說去新加坡的大火輪都得經過這個大石頭，因此人們叫它「白石口」。何千說過了白石口石叻門就在眼前了。

石叻門就是新加坡。當時唐山鄉下，說新加坡沒人知道，石叻門卻是家喻戶曉。何千是松口鎮常客，夏薄情對白石口耳熟能詳。不過以前是聽到，現在是看到。百聞不如目睹，目睹不如身受。快到新加坡了，船就要靠岸了，快見到老甄和王先發了。他鄉遇故知，夏薄情精神抖擻，激動不已。

水客何千談起新加坡時還提到一個令過番新客聞之色變的小島棋樟山。棋樟山是防疫區，船上如果有人得傳染病，船上所有的搭客都被載去棋樟山進行「消毒」，為期十天。棋樟山猶如監牢，消毒過的搭客說住在那裡比坐監牢還要慘。

不過很幸運，所有搭客安然無恙，大火輪開足馬力直奔石叻門碼頭。

進入港口，船速減緩，沒多久就靠了岸。頭二等艙搭客優先登岸。

夏薄情提著行李隨眾人登上碼頭。進入移民廳，出示證件，檢查過行李，穿過走廊來到迎客廳。廳裡人聲嘈雜，人頭攢動。夏薄情東張西望，彳亍而行，忽然聽見後面有人叫他。回頭一看，唷，是老甄和王先發。

握手寒暄，談笑風生。離開迎客廳，先去參觀「三合棧」店鋪。店鋪在美芝路鐵巴剎附近，搭德士[19]二十分鐘就到了。兩層樓店屋。角頭間，面向大路。今天是週末，沒開門營業。打側門進去。店裡賣的都是乾糧土產，如鹹菜、鹹魚、鹹蛋、鹹豆腐、竹筍乾、梅菜乾、蘿蔔乾、辣椒乾等。王先發說這類貨物耐留，風險不大。老甄說這些都是通銷貨，利潤不高。

樓上為宿舍，三間臥房。前有小客廳，後有小陽臺，房間寬敞涼爽。老甄對夏薄情說中間那間空著，已

---

[19] 德士：即出租車，或稱計程車（taxi）。

收拾乾淨，如果不嫌棄往後就住在這裡。

「你們不是還有一個股東嗎？他住在外面？」夏薄情問。王先發應道：「他不幹了，回去啦！」「不幹了，為什麼？」老甄應道：「先去吃飯，回頭跟你說。」

飯店在隔壁街。海南雞飯，老字號[20]，生意很好。等了二十分鐘，夥計捧來一大盤雞肉和三碗飯。雞肉滑嫩，飯香撲鼻，果然是老字號。夏薄情大快朵頤，讚不絕口。

吃過飯回到店裡，老甄反映情況。他說開張至今已三年有餘，頭三個月生意很差，下來情況稍微好轉。頭一個農曆新年生意不錯，年貨被搶一空，可惜進貨太少，錯過機會。年終結帳，虧本，但不嚴重。第二年銷路上升，年貨進得多，賣個滿堂紅。年終結帳，有盈餘，股東分紅五百塊。第三年行情好，銷路好，年底進貨加倍，希望再創奇蹟。然而天有不測風雲，行情不理想，價格老是跌。年貨不耐留，最後只好大減價，便宜賣。年貨虧本，不過拉長補短，年終結帳，打個和局。第四個年頭，上半年行情還算好，只是貨出得慢。前三個月，股東周國華突然說要退股，原因是他老爸病重，要回去幫母親打理生意。

「他家裡做什麼生意？」夏薄情問。老甄說：「五金店，在檳城大山腳。」「他的股金怎麼處理？退還給他？」夏薄情又問。老甄應道：「他提出兩個方案：一是如果有人接手，股金可分三期，一年之內付清；二是如果沒人接手就留著，他當Sleeping Partner——睡股東。夏薄情問原來股金多少？現在還值多少？老甄說股本每人三萬塊，三年多來沒賺錢也沒虧本，所以股金還值三萬塊。三萬塊不是小數目。夏薄情聽了緘默不語。「伯琴頂過來，有興趣嗎？」王先發問。夏薄情說：「再看看！」老甄對夏薄情說：「如果有興趣就先看看帳簿，住在店裡慢慢觀察。了解了情況後再決定也不遲。」夏薄情點頭說好。

---

20 老字號：是指歷史悠久，擁有世代傳承的產品、技藝或服務，具有鮮明的中華民族傳統文化背景和深厚的文化底蘊，取得社會廣泛認同，形成良好信譽的品牌。

夏薄情在樓上住下來，頭一天看完「三合棧」三年的帳簿，公司雖然沒賺錢，不過門路已打開，前景應該不錯。

看過帳簿，他到樓下幫忙招呼顧客，或幫王先發送貨，有時陪老甄出門接洽生意。

老甄老成持重，王先發不辭勞苦，生意看來不錯。夏薄情對「三合棧」有興趣，有信心。但股金三萬，他沒那麼多錢，如果一個現大洋果真能買一頭牛，堂大哥伯愷說的，那麼問題就解決了。現大洋真的那麼值錢嗎？番邦偏遠，物以稀為貴，古董應該很值錢。他盤算著。

今年國內風調雨順，五穀豐登，乾糧土產價格便宜。老甄行情看好，大量進貨，倉庫堆得滿登登。

今年年成佳，行情好，客戶需求大，訂貨的人源源不絕。沒多久，滿倉的貨物就賣得七七八八。門庭若市，貨如輪轉，夏薄情對「三合棧」有信心，決定把周國華的股份頂過來。

老甄拍電報給周國華，三天後他來了。

周國華為人豪爽，他說五十個現大洋加上一萬五千塊現錢就夠了。夏薄情掐指算了一下，哈，一個現大洋果然可買下一頭牛。可是現金不夠，還差兩千塊。夏薄情要求分期付款，一年內付清。然而出乎預料，周國華不計較那兩千塊。他說袁大頭是古董，古董愈古愈值錢，一年後兩千塊就值回來了。

一拍即合，皆大歡喜，夏薄情成為「三合棧」股東。

北風起，年又到。行情好，年貨照辦。倉庫放不下，隔壁那間租下來。然而，冬至已過，勢頭不大對，歷史好像要重演，年貨價錢一跌再跌。以往削價顧客搶著買，今次卻問價的多，買貨的少。心裡納悶，調查一下，恍然大悟。原來牛車水[21]的廣東幫和閩南街的福建幫聯合起來把價錢壓低。老甄同樣把價錢壓低，可

[21] 牛車水：馬來語為Kreta Ayer，是新加坡的唐人街，也是新加坡歷史上重要的華人聚集地，為新加坡的著名旅遊景點之一，位於新加坡歐南園區。

是他們壓得更低。他們對著幹，目的無他，就是要置「三合棧」於死地。

年貨不能留，只好「跳樓」賣。然而，貨物已變色，有的開始發黴，「跳樓」也沒人要。年過了，年貨腐爛發臭了。三個股東欲哭無淚。

殺人一千，自損八百。爭相削價，兩敗俱傷。夏薄情百思不得其解。老甄點破，說那些人資本雄厚，不怕輸。打趴敵手，殺雞儆猴，來年看誰還敢來爭這杯羹？

元氣大傷，三合棧苟延殘喘。

小余說「戰場腥風血雨，商場殺人不見血」的「警世名言」夏薄情當時不相信，現在可信了。

然而，屋破偏逢連夜雨，新年過後，三月初三那天，大雨從早下到晚。這天是潮汛，海水高漲，加冷河畔澤國成災，三合棧貨倉首當其衝，貨物全被淹沒。水退後貨物爛的爛，臭的臭，連最耐留的鹹魚、鹹菜都生蟲，全報廢了。

看到貨物當垃圾丟棄，三個股東心裡淌血。

血本無歸，三合棧沒法維持只好收盤。

欠人一屁股債，他們把店關了；腳底抹油，散夥了。王先發去了暹羅，老甄不知去向，夏伯琴到柔佛一個叫哥打的小鎮掛牌行醫兼算卦、看風水。

初來乍到，生意不好。然而走桃花運，一個村姑愛上了他。這村姑姓袁名木香，長得端莊，品行也好。夏薄情告訴她他唐山已有妻室，她不介意，願為人妾。夏薄情心裡寂寞，需要女人，便以姨奶奶給他的那個玉鐲子為聘禮把她娶進門。

有了家庭開銷大，他便打著「金吊桶」的招牌走江湖行醫兼算卦。為掩人耳目，避開債主，他蓄起鬍鬚，穿長衫，戴氈帽，把名字「伯琴」改為「薄情」，字「添樂」改為「添愁」。

第二章

1

光陰似箭，日月如梭。星移斗轉，夏去秋來。南洋沒有四季，中秋節一過，九月開始風向轉北。「北風起兮雁南飛」，大雁還沒來，小燕子搶先到了。那是家燕，從北方飛來，棲居於人們屋內，在樑上做窩孵卵繁育後代。直到來年春天，雛燕羽翼豐滿才飛回北方。

在仙鶴鎮村民心目中，家燕是吉祥的化身。牠們到來將給主人帶來好運，做窩孵卵就是錦上添花。主人必人財兩旺，六畜興旺，五穀豐登，來年會更好。

燕子到，北風起，黑鯧肥，捕撈黑鯧的季節又到了。這時候，仙鶴鎮海面上，各色帆船猶如朵朵雲彩——這些都是開往深海捕黑鯧的漁船。

柔佛州東海岸白石口附近水域盛產黑鯧，農曆九月中旬是黑鯧產卵季節，魚兒又大又肥。每年這個時候各地的漁船都開來仙鶴鎮，停泊在老巫河口等待潮水，添加糧食，或進行維修，直到重陽節過後，水流趨緩，風向轉移才揚帆離去。

重陽是仙鶴鎮的重大節日，柔佛河兩岸、老巫河畔和附近島嶼的居民都到仙鶴鎮拜神、看戲、走集市。戲班是從新加坡請來的。集市的小販是外地來的，擺賣的貨品琳琅滿目，最普遍的是家庭用具、男女衣物、各種布料；藥品也不少，有驅風油、海狗油、打藥酒、猴膏、虎膏、狗皮膏、壯陽的虎鞭牛鞭和鹿鞭。這些

「鞭」在仙鶴鎮街場是買不到的。吃的喝的也不少，咖啡拉茶、雪糕冰球、紅豆湯、綠豆湯、馬來人的沙爹、印度人的煎餅、華人的茶葉蛋，應有盡有。檔子門庭若市，行人熙熙攘攘，重陽節比過年還要熱鬧。

漁夫最虔誠，每年重陽，他們帶來香燭供品登岸到雲鶴寺添油膜拜，答謝神恩，祈求鶴神保佑他們出海平安，大吉大利，滿載而歸。膜拜之後，他們要看戲的便看戲，要逛街的便逛街，直到集市收攤、戲臺落幕才回到船上起錨揚帆。

重陽期間最火爆的莫過於雲鶴寺。雲鶴寺已重修擴建，右邊有戲臺，戲臺前有廣場。重陽節做大戲，「新賽鳳」福建戲班最有名。下午戲還沒開鑼，臺下已擠滿觀眾。寺廟裡人山人海，香客擠進擠出，個個汗流浹背，有的被香火熏得熱淚盈眶。籤房更熱鬧，求籤的人源源不絕，廟祝忙得不可開交。

這期間，丁香也去雲鶴寺拜神，也去看戲，也逛街走集市。她看戲時邂逅一個新朋友，他叫巫昌盛，外號人稱黑鯧客。黑鯧客年二十七八，身材魁梧，皮膚黝黑，國字型的臉，一雙眼睛炯炯有神。他們一見傾心，相見恨晚，墜入愛河。

黑鯧客是漁夫，他是來拜神的。他有一艘大帆船，船名叫「海螺」。「海螺」船齡和他的年齡差不多，是他父親留下的。

丁香以前認識男朋友都是偷偷摸摸不讓母親知道，這次一反常態，和黑鯧客邂逅第二天就帶他回去見母親。黑鯧客態度誠懇，談吐大方，很得丁香母親娘惹嬸喜歡。娘惹嬸問他家住哪裡、家裡有什麼人。他說大海就是他的家，「海螺」就是他的臥房；他們巫家三代都是獨子單傳。十二年前他爺爺被海盜擄去，至今生死不明。三年前父親葬身大海，留下這艘破船。娘惹嬸聽了很感動，頻頻用袖子拭眼淚。

黑鯧客心靈手巧，勤勞能幹。他為丁香修房子，蓋雞窩，搭柴寮，娘惹嬸看在眼裡樂在心裡。傍晚吃飯的時候，她對黑鯧客說：「昌盛啊，你喜歡丁香，丁香也喜歡你，如你不嫌棄就把這兒當你的家！」

黑鯧客欣然應諾。

當晚，黑鯧客和前幾晚那樣在廳裡打地鋪。

丁香的母親對丁香說：「昌盛是俺家姑爺了，妳怎還讓他睡在廳裡？」

母親善解人意，丁香的深閨從此多了男人氣。

當初，丁香看上黑鯧客也是抱著「玩玩」的態度。然而她發現巫昌盛性格粗獷，胸無城府，和以前交往過的男人有天壤之別。他們開誠相見，把過去的事毫不保留地坦誠相告。丁香說曾和幾個男人相好過。黑鯧客說他命途多舛，日子過得無聊，曾經嫖過妓。他們傾腸倒肚，毫不隱瞞。同聲相應，同氣相求。去者不足惜，來者猶可追。兩顆心跳出和諧的節奏，以往的頹喪、悲哀、傲慢、偏見、仇恨幻化為音符，譜成一首美麗的愛情小曲。

他們到雲鶴寺求籤，籤文寫的是白居易的兩句詩：「在天願作比翼鳥，在地願為連理枝。」橫批：「浴火重生。」

然而，上蒼戲弄人：節日慶典結束隔天，黑鯧客揚帆出海後就沒回來。

丁香和母親憂心如焚，茶飯不思，她們去雲鶴寺求廟祝扶乩解難。

廟祝焚香膜拜，然後坐在太師椅上，閉上眼睛念念有詞，助手蹲在太師椅下焚燒冥紙。幾分鐘後，廟祝從太師椅上跳下來，歇斯底里地喊道：「阿妹救我，阿妹救我！」聲音粗重嘶啞，好像黑鯧客在喊。

丁香和母親大吃一驚。「昌哥，昌哥，你在哪裡？」丁香激動地問。她母親也說：「昌盛，昌盛，你聽見我們說話嗎？」「我好冷，我好冷！」廟祝聲音發抖，牙齒打顫，「我……我遇到海……海盜，他們把……把我推下海！……我……很冷……很冷！……哎呀，鯊魚來了，救命啊！……救命啊……」

「昌哥！昌哥！」

「昌盛！昌盛！」

母女聲嘶力竭，喊著，叫著。

廟祝睜開眼睛，跳下太師椅，點燃一根煙默默地吸著。

母女倆失聲痛哭。

回到家裡，丁香六神無主，心亂如麻。

她的哥哥勸慰她道：「神信則有，不信則無。我看是乩童胡說八道，妳就別信啦！」丁香的舅舅也說：「沒看到他的屍體，沒見到他遇害的物證，乩童的話不可當真。」

舅舅言之有理。丁香抱著一絲希望，每天早晚都站在河口牌樓下朝大海張望，希望看見「海螺號」，希望奇蹟出現。

一天傍晚，她看見一艘帆船後頭拖著另一艘船徐徐駛進河口。她認得前頭那艘船是「海星號」，船主是蝦頭村的何舟叔。被拖的那艘船桅杆折斷，形似倒掛的「V」字。那艘船看似「海螺號」，丁香心裡七上八下。她注目凝神地看著。「海星號」愈來愈近，不一會，卸帆拋錨停下。丁香大吃一驚，後頭那艘船果然是「海螺號」。她心急火燎，然而又萌生一線希望：昌盛是不是一起回來了？船毀壞沒關係，人平安回來就好……

何舟放下「歌樂」，揮槳朝岸邊划來。

「歌樂」上只何舟叔一人，丁香涉水上前，大聲問：「何舟叔，看見黑鯧客嗎？」何舟叔沒應，只顧划槳。來到河畔跳下水，把「歌樂」拉上岸。

丁香心焦如焚，喊道：「何舟叔，看見黑鯧客嗎？他的船怎麼啦？他人呢？你……你說話呀，何舟叔……」她錐心泣血，說不下去。

何舟叔沒答話，放好「歌樂」，從袋裡掏出一個雞心胸牌。「你認得這東西嗎？」他問。丁香接過一看，「啊？」她驚叫一聲，「這……這胸牌是……是我送給昌……昌盛的。何舟叔，你……你哪裡撿……撿到的？」她聲音發抖。「唉！」何舟叔搖搖頭，答非所問，「昌盛不會回來了，妳別等啦！」「發……發生什麼事？何舟叔，發……發生什麼事？你……你快說，求求你…你快說呀！……何舟叔……」她聲淚俱下，苦苦哀求。何舟叔說：「今早我原本要去白石口下網，經過鬼島時看見岸邊這艘船，船身傾斜，桅杆折斷，駛近一看，是黑鯧客的『海螺』號。我喊他，沒人應。我登上船，船裡亂七八糟，甲板染滿血跡。這胸牌是從血跡中撿到的。下手那麼狠，肯定是海盜幹的……」「啊？天哪！」丁香驚叫一聲，昏了過去。

天下男人這麼多，知心人只有一個。丁香貌如天仙，命如紙薄。得到的又被奪去，是命運存心捉弄還是她前世欠了債？她的母親流乾了眼淚，去雲鶴寺扶乩問難。乩童為她翻三世書，說是丁香的前世做了孽，今世有報應。老天爺啊你太不公，既然前世恩怨未了，為何又讓她到人間來？

物是人非事事休！丁香垂頭喪氣，萬念俱灰，這個世界已經沒有什麼值得她留戀。然而，她的遭遇並沒得到鎮上人們的同情，且聽街頭巷尾的人怎麼說：

「黑鯧客瞎了眼，娶了這個掃帚星，床還沒睡熱就被克死，太不值得了！」

「哼！爛貨當寶貝，黑鯧客前世沒見過女人！」

「這個黑油桶心黑命也黑，誰娶她誰倒楣！」

幸災樂禍，人心叵測。丁香悲痛欲絕，求生意志已消失殆盡。鎮上的人竟然落井下石，惡語中傷，把她生命中僅存的一絲燭光吹滅。

哀莫大於心死，一天下午，趁家人外出還沒回來，她到屋後拔束魚藤，把根搗爛泡水，閉上眼睛，捂住鼻子，一口喝下。

2

夏薄情在仙鶴鎮紮店已經三個多月，生意不好，尤其是卜算，開檔至今還沒發過市。他不氣餒，坐冷板凳已習以為常，不久前在哥打小鎮開醫社時也是如此。

夏薄情相信命運。天生我才必有用，他認為「三合棧」的失敗是暫時的。相書云：「一命，二運，三風水。」命是註定的，運是發展的。這兩者是矛盾的也是統一的。風水在命和運之間起催化作用。命有吉凶福禍，運有興衰起落，風水好則福祿雙全，風水孬則禍不單行。古人皆擇乾坤聚秀、青龍吐珠之地而居，覓砂環水抱、藏風聚氣之穴而葬就是這個道理。

夏薄情認為爺爺夏子規就是典型的例子：墨魚島與世隔絕像個孤島，鬼使神差，他爺爺學成之後竟然回到島上來。龍游淺水，虎落平陽，博古通今、滿腹經綸的頂尖人才留在島上簡直是英雄無用武之地。可是誰會料到幾年後島上那個大地主竟然突然破產；更沒人料到縣城那個暴發戶劉器盛竟然遠道而來買下那塊地，還蓋大房子。要不是圍牆擋路，村民就不會前去和他交涉；村民不去交涉，夏子規就沒有機會顯露才華。機緣加上巧合，垃圾堆裡也會撿到金子。

夏薄情深信當年爺爺命運有所轉機就因為夏家祖先葬於風水寶地。

夏薄情對《葬經》的研究頗有心得。其中一段曰：「百年幻化，離形歸真。精神入門，骨骸反根。吉氣感應，鬼神及人。」意思是人死了軀體化為土，真氣精神聚於墓穴中，人的靈氣和墓地之氣相感應，積禎祥為子孫造福。《撼龍海角經》裡有句話，曰：「祖墳結穴，榮枯百年後代。」夏薄情是夏家的嫡系子孫，他深信自己命裡閃耀著祖宗靈骨的光環，流淌著祖墳龍穴的地脈真氣。

夏薄情曾為仙鶴鎮看過風水。仙鶴鎮背山面海，老巫河蜿蜒其間。運藏於山，福河中淌，財海上來。仙鶴鎮藏龍臥虎，守業創業，把握機會，前程似錦。

仙鶴鎮有句順口溜：「海裡魚蝦不用錢，舵公賣魚不用秤。」意思是仙鶴鎮魚蝦多而且便宜，賣魚的舵公為人厚道、大方，不計得失。

仙鶴鎮得天獨厚，沿海河畔盡是沼澤地，長著密密叢叢的紅樹林。海水退盡，在陽光曝曬下紅樹林裡產生大量微生物，潮水漲高，微生物誘來蝦群，蝦群誘來魚群，那一帶水域因而成為魚蝦集中地，所以仙鶴鎮的魚蝦特別多，特別肥，成色質地特別好。

仙鶴鎮的沿海漁船叫大網船，網是特製的，長約三百米，中間有個大網兜。大流退潮大網船便出動，划船的六個，每邊三個。舵公把舵，一邊觀察水面動靜，一旦發現蝦群便喊停。划船的放下槳拋下網，然後跳下水，每邊三人把網拉成弧形。拉了一陣，舵公喊「收」，兩邊拉網的便逐漸靠攏圍成一圈。舵公跳下水，到收口處抓網腳，不讓魚蝦從豁口逃出去。網圈愈來愈小，魚蝦在圈裡劈哩啪啦地跳。網拉盡了，魚蝦落入網兜。網兜滿登登，幾個合力抬上船倒進船艙。這樣拉三幾回，船艙滿了便收網回到岸上，把魚蝦挑到亞答寮，倒在地上任由顧客挑揀。

舵公換了衣服坐在寮裡，口裡叼著煙開始做生意。買客揀夠了把籃子遞到他跟前，他往籃裡看了看便喊價錢。買魚的二話沒說把錢遞給他，他接過錢看也沒看便投進木桶裡。

「舵公賣魚不用秤」，仙鶴鎮開埠以來就延續到現在。

一天，午後四點鐘，街上沒行人，店裡冷冷清清，夏薄情沒事幹便到海邊閒逛。平時他只是站在牌樓下望望大海，看看帆船，吹吹海風，涼快一下便回去。今天買魚的人特別多，寮子裡特別熱鬧。他喜歡熱鬧，便拉高長衫，信步走過去。來到寮子前，忽然聽見有人叫「先生」。舉眼看去，中間攤子賣魚的舵公向他招手。

那人叫林虎，他是診室的第一個顧客，不過病人是他的兒子小狗。小狗個子瘦小，臉色蒼白，弱不勝衣。他常鬧肚子痛，整年都不會好。夏薄情為他把脈，按他肚子，看他舌頭，然後給他幾粒糖，說一天吃一粒。

那是蛔蟲藥，香甜可口，小孩子愛吃。糖怎能當藥治病？林虎心裡在笑。然而，兩天後，小狗大便時屙出幾條像蚯蚓般的蛔蟲。小狗肚子不疼了，胃口也好了，漸漸地臉色也好看了。從此林虎把夏薄情當恩人。

夏薄情上前去，林虎忙招呼：「先生來啦，要魚要蝦自己挑，別客氣！」夏薄情應道：「我只是看看，湊湊熱鬧！」林虎應道：「別只看，要魚還是蝦？還有螃蟹，拿些回去。」夏薄情點頭說：「好好，忙你的，別理我！」

話語剛落，魚堆裡跳出一條石斑魚。這是石魨，人稱「石斑王」。這條「石斑王」約兩斤重，大小適中，肉最滑嫩，清蒸加點黃酒，吃後齒頰留香。他嘴饞心動，便問那條石斑怎麼賣。

林虎二話沒說，起身拿個小網兜，把魚放進去另加十幾隻大蝦遞給夏薄情：「先生拿去，一點小意思！」夏薄情一愣，擺手說：「不不，我得付錢，一共多少？」他掏出錢包。林虎則說：「送先生，一條魚、幾隻蝦，不算什麼！」夏薄情抽出一張鈔票遞給他，一邊說：「不能白拿。這錢夠不夠？」林虎沒接，卻說：「先生神醫，我還沒感謝你吶。拿去，送你！」「不，你不收錢我不能要！」他解開網兜，要把魚蝦倒回去。林虎沉下臉提高聲量說：「先生不要就是不給我面子，下回就是病死，我林虎也不會去找你！」林虎生氣了。夏薄情一怔，點頭說：「好好，我就不客氣啦！」

他拿過網兜就要走，一個十來歲的男孩子慌慌張張地闖進來。「大舅，大舅，我哥呢？看到我哥嗎？」他問。林虎答道：「大概是曬網去了。跑得那麼急，找他幹什麼？」孩子說道：「不……不好了，我姐姐……吃……吃魚……魚藤水，昏……昏死了……」「什麼？」林虎腦裡猶如響了個炸彈，「你姐姐喝魚藤水？不要命啦？啊？」「這……這……我不知道，不知道……」這孩子急得哭起來，「媽媽說要趕快找到我哥，要不姐姐就沒命了！」說完轉身跑了。

林虎罵道：「那騷婆玩什麼把戲？現在連命都不要了？」說完跨出寮子，走了幾步又轉過來對夏薄情，「先生，剛才那孩子的話你聽見了，救人的事我不會，去了拿不出主意，麻煩先生跟我去看看！」夏薄情問他道：「你外甥女住哪裡？」林虎應道：「娘惹村，離這裡沒多遠。」「好！」夏薄情把網兜放在一邊，拉高長衫，隨林虎大踏步走了。

十幾分鐘後他們來到娘惹村。那是一間鐵皮屋，圍著竹籬。門楣上掛著紅綢，門扇貼著「雙喜」紅色剪紙。這說明這家人不久前辦過喜事。

屋裡擠滿了人，嘈雜聲、哭聲亂成一片。

「她舅舅來了！」幾個婦女說。

「喲，大夫也來了！」另一個說。

「這下可好，丁香有救了！」幾個同時說。

丁香的風流韻事夏薄情聽得多，但和她素未謀面。

進入屋內，林虎指向後面的房間對夏薄情說：「在那裡，先生跟我來！」

屋裡的人閃到兩邊，夏薄情跟在林虎後面。

一個五十幾歲的婦女向林虎哭道：「嗚嗚，我前世做了什麼惡？女婿沒了，丁香又這樣，嗚嗚……」

這婦人就是丁香的媽媽娘惹嬸。

「姐姐別愁！」林虎安慰她，「大夫神醫，大夫有辦法！」他掀開蚊帳轉身對夏薄情，「這是我外甥女丁香，大夫好歹救救她……」夏薄情打斷他：「把蚊帳捲起來！」

林虎捲起蚊帳，夏薄情移步到床前，只見躺著的女人粉頸酥胸，身段苗條，一頭烏黑的秀髮散落在枕頭邊。夏薄情心裡不禁咯噔了一下，暗自驚歎：她就是丁香？果然人如其名！唉，上蒼賜妳綽約豐滿之軀，天香國色之貌，怎地就輕易把自己糟蹋？罪過！真是罪過！

他捋高袖子，伸手到她頸邊，正要去按她的頸動脈，不料一個中年男子心急火燎地闖進來。他拿著一個椰殼勺子，裡頭盛著赤黃色稠稠的什麼東西，發出熏天的臭味。

夏薄情知道這男子手裡拿的是糞便，他要把糞便灌進丁香口裡，讓她把毒水吐出來。

這男子似乎沒有發現夏薄情，氣喘吁吁地來到床邊，一手扶起丁香，說道：「妹子，來，別怕，大口喝下去，大口吐出來，把肚裡的毒水全吐出來！」

夏薄情提高嗓門阻止他：「她已經不省人事，不管用的！臭氣熏天，請拿出去。順便找幾支鴨羽毛來，如果沒有，雞毛也可以，長在翅膀上的。還要一個鐵湯匙，如果沒有，木做的也可以！」

這男子就是丁香的哥哥丁牧。他看了看夏薄情，應了一聲出去了。

夏薄情捋高袖口，伸手翻了翻丁香的眼皮，然後為她把脈。把了左手把右手。脈搏很沉、很弱，毒液開始滲入腸胃，得趕緊令她把毒水吐出來，不然再過半個時辰，就是神仙也救不了她。

丁牧拿來鴨羽毛和鐵湯匙。

夏薄情向他要把剪刀。他把羽翅剪剩末端的丁點兒，隨後叫丁牧扶起丁香，托高頸項，讓她的腦袋往後仰。他以拇指和食指掐住她的腮幫子，用鐵湯匙撬開咬緊的牙關，把羽毛插進她口裡，深至喉嚨，輕輕搓撚一下。別小看這輕輕細細的小羽毛，夏薄情只這麼輕輕一撚，丁香就如觸電似地全身一震，漲大胸部吸大氣。夏薄情再次搓撚，丁香胸部一起一伏，腹部發出咕咕咕的聲響。夏薄情停下手，待丁香稍微平靜後，輕輕地把羽毛抽動幾下。丁香反應激烈，腹部一脹一縮，好像有什麼東西梗在喉嚨，呃呵呃呵地咳著。

夏薄情忙對丁牧說：「快轉過她身子，口向下！」然而，丁牧笨手笨腳，反應遲鈍。「我來！」夏薄情一手摟住丁香，讓她伏在自己腿上，臉朝床下，騰出右手拍她的背部。丁香張大口，翻腸倒胃地把肚裡的東西吐出來。

嘩啦嘩啦，她吐了好幾分鐘才停止。她精疲力竭，氣喘吁吁，身子軟綿綿地趴在夏薄情腿上。

夏薄情拿過枕頭墊高她的頭。

夏薄情吩咐旁人拿開水，隨後伸手為丁香把脈。把了左手把右手，足足五分鐘。她的脈搏漸漸地有力了，加快了。牛頭馬面放人了，夏薄情臉上露出欣慰的笑紋。

丁牧拿來一壺開水，夏薄情吩咐他像剛才那樣扶起丁香，餵她喝水。

林虎倒一杯水送到丁香嘴邊：「來，小妹，喝水！」

丁香閉著嘴，抗拒不喝。夏薄情說：「灌，灌她喝！」站在一邊的丁牧前來幫忙，托高她的頭，掐開她的口。林虎把水灌入，她沒吞，水溢出來。夏薄情捏著她鼻子，只聽得她喉嚨「嗝」的一聲，把水吞進肚子裡。

就這樣，丁牧和林虎一口一口地灌她喝，她嗝嗝嗝地把水吞下。好不容易把兩杯水灌完。第三杯灌到一半，丁香突然咳嗽。咳了一陣，喘著氣說：「不要……不要，我……不要！」夏薄情輕聲對她說：「姑娘，妳得喝，多喝兩杯就沒事了！」丁香閉著嘴頻頻搖頭。夏薄情命令說：「既然不喝，只好繼續灌！」

林虎和丁牧費了好大的勁才把最後三杯水灌進她肚裡。

灌過水，夏薄情吩咐他們讓丁香躺下休息。

過了十分鐘，丁香睜開眼睛，疲憊地看著夏薄情，嗚咽地說：「讓……讓……我……死了吧！」夏薄情握著她的手說：「小小螞蟻尚且貪生，姑娘錦繡年華，豆蔻青春，為何輕易糟蹋自己？」

丁香搖搖頭，眼角滾出串串淚珠兒。

夏薄情又道：「姑娘勿悲傷！明日此時妳就會領悟今日的愚蠢，後悔之餘就會感謝我夏薄情救你之恩！來，為還妳矯健之身，月貌之容，還得委屈姑娘一下！」說完吩咐丁牧像先前那樣，扶起丁香，托高頸項，臉往後仰。

夏薄情剪了另一支羽毛，岔開虎口正要掐她兩邊腮幫，然而她卻自己張開口。

夏薄情滿意地說：「這就對啦，再忍一下就沒事了！」說著把羽毛插進她喉嚨，輕輕一撚。丁香咳了幾聲，接著又嘩啦嘩啦地吐起來。丁牧來不及讓她翻身，結果吐在她自已身上。她的衣裳全濕了。抹乾淨，夏薄情為她把脈。兩隻手輪流，把了好一陣，點頭說：「好了，姑娘沒事了！回頭換件衣服，好好休息！」

丁香「哇」的一聲，嚎啕痛哭。

夏薄情醫術高明，一根鴨毛就令已經昏迷不醒的丁香起死回生。這消息一傳十，十傳百，沒多久便傳遍老巫河畔各村各鎮。

從此，找夏薄情看病的人便逐漸多起來。

名聲鵲起，如雷貫耳，盧水雄便吩咐管家周貴祥請夏薄情去盧家莊為他爸爸看病。

盧水雄的父親癱瘓多年，看過很多醫生都不見好轉，他請夏薄情無非是死馬當作活馬醫。

夏薄情去了，問明病情把了脈，說中風癱瘓乃沉痾痼疾，到目前為止仍無藥可治。不過如果照顧得當，仍可多活十年八年。盧水雄問他該如何照顧。夏薄情說要做三件事：一，經常翻動病人身體，活動手腳，讓血液流通；二，三餐少油、少糖、少鹽；三，服用補血活筋藥材。他隨後說：「這類藥材我店裡有，回頭給你抓幾帖。先試試，如果好可長期服用。」說完起身告辭。

盧水雄很滿意，送他到大門口，同時吩咐周貴祥隨他去取藥。

從此以後，周貴祥成為頤春堂的常客。

一天晚上，夏薄情剛吃過飯，正要到河邊散步，丁香突然來找他。

夏薄情見了劈頭就說：「喲！氣色很好，姑娘沒事啦？」丁香淡淡一笑，答道：「人死萬事休，先生不讓我死，事情仍沒個了結。不過，無論如何，我是很感激先生的！」「年輕人做事太衝動，」夏薄情以長輩的口吻說，「那天要是我遲到半個鐘頭，哼，妳呀！」他搖搖頭，「後果不堪設想！」丁香答道：「要是先生遲半個鐘頭來這倒好，兩腳一直，還管他什麼初一十五、天亮天黑的！」夏薄情笑道：「我說的不是這個。」「先生說的是哪個？」丁香問。夏薄情神情詭祕地說：「如果我遲半個鐘頭，姑娘就嘗到天下最美味、最可口的瓊漿玉液！」「瓊漿玉液是什麼東西？」丁香疑惑地看著他。夏薄情一字一板地說：「米——田——共！」「啊？米……米什麼共，喲！」她幾乎跳起來，「糞？大便，誰讓我吃大便？天哪，臭死啦！」夏薄情笑道：「還好，我及時趕到，要不然，姑娘可真要齒頰留香了！」「小女感恩，多謝先生！」丁香起身向他一鞠躬。「姑娘不必客氣。只要姑娘想得開，爽爽朗朗地過日子，別再糟蹋自己，別再讓家人為妳擔憂。姑娘請坐。今晚何事找我？」夏薄情關心地問。

丁香坐將下來，應道：「我今次來除了向先生道謝外，還要請先生為我卜一卦，」她從手提袋裡掏出一張小紙片，「這是我的生辰八字，看看我前世今生到底錯在哪裡？」「姑娘沒做壞事，何錯有之？」夏薄情反問她。「不不，」丁香頻搖頭，「我運氣差，從小到大就沒有過一樣順心的事，難道我前世欠了債還是罪孽未清？或是今世八字長歪了，該當命苦？請先生指點迷津！」

夏薄情沉吟片刻，說：「常言道：人生不如意的事有十之八九。在生活的道路上誰個沒有七災八難？家家有本難唸的經，姑娘受點挫折不必耿耿於懷。」「這道理我懂，」丁香蹙起眉頭，「我不明白的是，上蒼既然讓我來到人間，為何對我如此苛刻？如此不公？」夏薄情問她道：「如何苛刻？哪點不公？」「先生有所不知，」丁香毫無避諱侃侃而談，「實不相瞞，除了我夫君巫昌盛之外，天下男人我都恨！然而老天爺偏偏把我唯一心愛的昌盛奪了去。所以要請先生為我卜一卦，看看我命裡犯了什麼忌？」

夏薄情莞爾而笑，答道：「夫妻雖是同巢雀，連理枝，但命運不同，業障不同；釘是釘，鉚是鉚，不能混淆。巫昌盛由於業障未淨，所以才有殺身之禍，這與姑娘的命無所牽連。當然，失夫之痛令妳心碎，這我理解。人是感情的動物，但感情卻會隨人而變，隨環境而遷，隨歲月而逝！時光將沖淡傷心的記憶，也會撫平心裡的傷痕！命運掌握在自己手裡呀，姑娘！」

這些都是夏薄情經常說的職業語言，然而丁香聽來卻是春風化雨，深受感動。在這個世界上，從來沒有人對她說過這樣的話，也從沒有人如此了解她的心境，同情她的遭遇。「我……我……」丁香的眼淚霍地沖出眼眶，嗚咽地說，「我……我曾經這麼想過，可是……我做……做不到。我一閉上眼就想到他，每天晚上我都夢見他。他向我招手，要我隨他而去！」

夏薄情答道：「日有所思，夜有所夢，姑娘不可迷惑，不可當真。設法改變一下環境，做些自己喜歡做的事情，讓精神有所寄託。這樣心胸自會開朗，日子也就好過了！」

「唉！」丁香吁了口氣，「他不在身邊，我不論到哪裡、做什麼事，心都開朗不起來。」夏薄情應道：「人生道路漫長，姑娘何必如此悲觀？藥治不了心病，姑娘可喜歡聽故事？」「故事？」丁香睜大眼睛看著他，「什麼故事，先生請講。」

夏薄情拿過茶杯，呷了口茶，給丁香講故事：

從前有個名叫塞翁的老人，他心地好，受村民敬重。塞翁喜歡馬，養了一匹好馬。一天，他這匹馬忽然走失了。鄉親們怕他傷心都來安慰他。其實塞翁一點也不在乎，對村民說：失了一匹馬也許是好事。沒多久他的馬竟然回來了，而且帶來另一匹好馬。鄉親們都向塞翁道賀。然而塞翁並沒因多得一匹馬而高興，卻說這不一定是好事，也許反倒是壞事呢！過了幾天，果然，他的兒子因為騎這匹馬不小心摔斷了腿骨。鄉親們都為他難過，紛紛前來安慰他。塞翁卻說摔斷腿骨固然是禍，說不定也是福呢！過了些時候，他兒子的腿傷還沒治好，鄰國突然發兵進攻他們的國家。戰爭爆發了，所有的青年壯丁都被強征入伍。這場戰爭打了好些時候才結束，塞翁村子裡的青年十之八九死在沙場，能回來的也都殘手缺腳，成了廢人。塞翁的兒子因為當時騎馬摔斷了腿骨而免召入伍，結果逃過劫數。當戰爭結束時，他的腿傷已經治好了。

丁香聽到這裡不禁問道：「真有這樣的事？」夏薄情笑道：「那是故事，成語『塞翁失馬，焉知非福』的典故。」丁香說道：「人生無常，幸者來福，不幸者來禍。塞翁心地好，積了德，所以老天爺賜他的福比別人多！」

「非也，非也！」夏薄情忙擺手，「世事多變，壞事能變成好事，好事也會變為壞事。古人云：『禍兮福所倚，福兮禍所伏。』現代人則說：『利與害同門，禍與福同鄰。』我夏薄情卻說：天無絕人之路！姑娘不必為一時的挫折而過於悲觀。再過些時日，壞事即逝，好事便來！」

丁香擺手說：「難，難，鎮上的人都仇視我，恨不得我早死。我真不明白：我既沒得罪人家，又不做虧心事，他們一個個毒心毒眼兒地看我，惡言惡語地咒我。人心險惡，仙鶴鎮已沒有我立足之地！」

夏薄情答道：「木秀於林，風必摧之。堆出於岸，水必湍之。行高於人，眾必非之！人家怎麼說由他去吧！人，有享不了的福，沒有受不了的罪！今世的福沒準兒是後世的罪；今世的苦沒準兒是後世的樂！人不能跟命爭，無論如何得認命。姑娘妳說是不是？」「得認命？」丁香蹙起眉頭看著他。夏薄情點頭說：「對！認命而後返，既然姑娘有此心結，離開這裡，換個環境，這樣前程自有轉機。」

「離開這裡？」丁香猶豫片刻，搖搖頭，「不，天下烏鴉一般黑，世間男人一個樣。就是走遍天涯海角，恐怕再也沒法找到另一個巫昌盛！」

夏薄情擺手說：「非也！非也！車到山前必有路，這些都得靠緣分。姑娘應該振作起來。」

丁香愣了一下，問道：「我命裡還有緣分嗎？」夏薄情答道：「古人曰：『有緣千里來相會，無緣對面不相逢。』姑娘命裡有貴人，何愁無緣？」

丁香聽後垂下臉沉默不語。

夏薄情又道：「要說的我都說了。最後我以兩句古詩贈姑娘：『山窮水盡疑無路，柳暗花明又一村。』做何打算，姑娘自行斟酌吧！」

丁香很感動，起身說：「聽先生一席話，勝讀十年書。謝謝先生，丁香告辭！」她一鞠躬，走出店門。

一個星期後，丁香提著行李離開仙鶴鎮，到新加坡去了。

3

自從三姨太死了之後，盧家莊又傳出盧水雄有意娶四姨太的風聲。媒婆忙了好一陣，總是找不到合適的。

半年前，盧水雄在新加坡認識一個水客，這水客是山東人，長得高頭大馬。他為人豪爽，說話聲大如雷。他有三個老婆，髮妻在唐山鄉下，兩個妾分別在泰國和新加坡。男人三妻四妾不足為奇，令人矚目的是山東水客的三個老婆各生了十個孩子。不怕貨比貨，那三十個孩子個個都像他。山東水客引以為榮，老婆生得愈多就愈證明他行。

盧水雄羨慕不已，向他討教「功夫」。

「功夫？」山東水客旁若無人呵呵大笑，「這事兒生來就會，沒什麼學問！」

盧水雄挨近他身邊，低聲把自己的毛病坦誠相告。

山東水客聽了後打開藤箱子，拿出一瓶黑色藥丸給盧水雄。「哪，吃這個，」他說，「每天早晚服一粒，吃完這瓶藥，包你金槍可打狗！」

盧水雄擰開瓶蓋，拿到鼻前嗅了嗅，問道：「什麼藥？」「放心放心，」山東水客拍拍他的肩膀，「這是皇宮裡傳出來的方子，幾百年嘍，明代的朱元璋、朱棣，清朝的康熙、雍正、乾隆等皇帝就服這種補藥。他們的妃子個個都龍馬精神，你道是怎地？嘿！皇帝夠勁兒，甘露灑得均勻嘛！」

盧水雄聽了欣喜萬分，掏一把鈔票塞給他。山東水客把鈔票推回：「小意思兒，甭客氣，改天你抱兒子時請我吃紅雞蛋！」

這天，盧水雄從新加坡回仙鶴鎮，正好和丁香搭乘同班船。

丁香離開仙鶴鎮已快兩年。這些日子她曾在餐館替人洗碗碟，在有錢人家裡當女傭，最後在一個洋人家庭當管家。她今天回來是因為她的母親突然患病，是急症，很危險，如果不趕快回來，恐怕沒法見她最後一面。

丁香坐在盧水雄對面。她和往常一樣梳波浪式髮型，插著雕花銀簪，穿的是藍底紫色印花的紗籠卡巴亞[22]。衣襟袒胸，飽滿的乳房若隱若現。

盧水雄和顏悅色，道貌岸然，一副紳士派頭。丁香溫文爾雅，正襟危坐，一副淑女模樣。他們的目光偶爾相碰，丁香笑笑，盧水雄也笑笑，彼此算是相識了。

今天順風順流，船走得特別快，一個多鐘頭便來到老巫河口。靠了碼頭，搭客魚貫登岸。水雄向丁香揮揮手，丁香回眸一笑。

丁香的母親病入膏肓，丁香回來隔天她就去世了。

丁香的哥哥丁牧是個老實人，交遊不廣，她的弟弟才十三歲，不知天高地厚。喪事從簡，弔喪的人不多。出乎預料的是，盧家莊管家周貴祥竟然送來一百元帛金，說是東家盧水雄給的賻儀。

一百元非小數目，在場的人都傻了眼。丁香看了如飲醍醐，明白是怎麼回事。

丁香的母親斷七之後，媒婆高大嬸突然找上門來。高大嬸是丁家遠親，丁香叫她姑婆。高大嬸開門見山說是盧水雄叫她來說媒的。

丁香跑過碼頭，經歷不少風霜，對浪跡萍蹤、逢場作戲的日子已感到厭倦。她還真想正正經經地找個男人過好下半輩子。可是這等事得靠緣分，「有緣千里來相會，無緣對面不相逢」，這是卜卦先生夏薄情對她說的。夏薄情還說她命裡有貴人，這個貴人莫非就是盧水雄？難道我和他果真有緣分？一連幾個晚上她輾轉反側，暗自衡量：盧水雄平頭正臉，相貌堂堂；盧水雄高視闊步，鋒芒畢露；他拈花惹草，風流倜儻，妻妾

---

22 卡巴亞：馬來語為kebaya，是一種傳統的女性衣裳，起源於爪哇麻婆王國。製作可巴亞的布料是絲綢、棉布、半透明尼龍或聚酯等等。可巴亞大都以刺繡作為裝飾，以野花野草或各種各樣的花卉作為花樣。可巴亞常常會與紗籠、傳統蠟染布料、織金錦或五顏六色的布料一起穿搭。

成群，我嫁過去算老幾？然而，高大嬸告訴她一些她從未聽過的事：盧水雄的大老婆盧周氏求子心切而自己又沒本事，她不但允許而且鼓勵丈夫納妾。她說家裡多個女人吃飯時桌上不過多雙筷子，夜間睡覺時床下多雙木屐。她說盧周氏心胸寬大會把新來的女人當自己的妹妹，二姨太和三姨太就是個活例子。不過二姨太命薄，三姨太命蹇，享福得要有福命哪！言下之意是盧周氏胸襟寬闊、度量非凡，能容天下女人難容之事，能吃天下女人不願吃的虧。

最後高大嬸對丁香說：「說錢，盧水雄拔根毛比俺窮人的腰粗；說名，盧水雄這三個字掉在地上也砸三個坑；說勢，他打個噴嚏俺仙鶴鎮的人就要傷風感冒。不過，嫁過去後最重要的就是給他們盧家生兒子。到那時候盧家上下的人都疼妳、寵妳、敬妳，妳要天上的星星他們也會摘給妳！」

高大嬸雖然口若懸河，所說的卻也不無道理。做人小老婆固然吃虧，做大老婆的也同樣吃虧。以前丁香心高氣傲，仙鶴鎮的男人都不看在眼裡，但水漫不過山，眼睛高不過額頭，心再大也該有個分寸。世界上的事哪有十全十美的？

「怎麼樣？」高大嬸問。丁香答道：「給點時間，讓我想想！」高大嬸點頭說：「妳年紀不小了，是該想想。明天中午給我回話！」

一番考慮後，丁香終於做出決定。

隔天中午，高大嬸準時到來。「怎麼樣？」她劈頭就問。丁香點點頭。看到丁香點頭她喜不自勝，說道：「盧家莊有的是錢，聘禮嫁妝方面妳儘管開口。」

丁香說身上穿的、手上戴的、耳下墜的、頸上掛的全都要。

高大嬸聽了後說：「這個不難，聘金方面呢？說個數吧！」「這個！」丁香閃著十隻指頭。「喲！」高大嬸一怔，笑了一下說，「瓜藤爬到屋頂上，瓜兒太高不好採呀！」丁香應道：「只要瓜甜再高也有人採！」高大嬸想了一下說：「好吧，我去探他口風，過幾天給你回話！」

幾天後，高大嬸前來向丁香報喜，說她所提的條件盧水雄全答應了。

又過了三天，下午近兩點鐘，管家周貴祥越過馬路急匆匆地朝頤春堂走來。

老闆翁水斗看了對夏薄情說：「那傢伙前天才來買藥，怎麼現在又來？什麼不妥嗎？」夏薄情應道：「不，我看是找我的！」「找你？難道他家老太爺這樣？」他的食指彎了個勾——死了的意思。夏薄情笑道：「你想到哪兒去了？他要當新郎官了，你沒聽說嗎？」翁水斗點頭應道：「這我知道，只是他當新郎官找你幹什麼？難道要請你喝喜酒？」夏薄情應道：「我沒當官又沒發財，怎會請我喝喜酒？我看多半是要我為他們排八字，揀日子。他來了，你等著瞧。」

周貴祥來到店門口，看見夏薄情劈頭就說：「喂，夏薄情，我家少爺有請，現在就去！」夏薄情起身問道：「您家少爺有何指教？」周貴祥不屑地說：「叫你去就去，問這麼多幹什麼？跟我走吧！」夏薄情應道：「我還有點事，等一下就過去！」「什麼？還有事，什麼事？」周貴祥提高聲量。夏薄情說道：「一點瑣事趕著辦。管家您先回去，我隨後就來！」周貴祥不屑地說：「好，快點哪！」說完掉頭走了。

周貴祥走後，報販送來報紙，夏薄情接過坐下來翻看。

翁水斗看看壁上的掛鐘，說道：「周貴祥不是要你趕快去的嗎？」夏薄情應道：「看他那麼神氣，不能說走就走！」翁水斗點頭笑道：「對！急驚風要慢慢醫，不能叫去就去！」

夏薄情看完報紙已是三點半鐘。時間差不多，提了藤箱子就要走，不料有人來看病。寒暄幾句，把脈問診，開了藥方交給翁水斗就匆匆走了。

周貴祥等得不耐煩便到柵門口張望。看見夏薄情就氣呼呼地喊道：「喂，好大的架子呀！怎麼到現在才來？我眼睛都望瞎啦！」夏薄情應道：「對不起，辦完事又來了病人，遲了些，莫怪！」「少說廢話，」他一揮手，「跟我走，快！」

來到盧家宅院，招呼他的不是盧水雄而是他的老婆盧周氏。夏薄情猜得沒錯，盧周氏說盧家莊要辦喜事，要他挑個黃道吉日和新娘進門的時辰。隨後遞給夏薄情一張字條，說是新郎和新娘的生辰八字。

夏薄情接過看了一下，開啟藤箱子拿出通書，翻了幾頁，半閉著眼睛，掐著指頭念念有詞。

良久，他張開眼睛說：「拿筆來！」

傭人端來文房四寶。

夏薄情把選定的日子、新娘進門時辰寫在紅紙上遞給盧周氏，一邊說：「黃道十二宮，新郎官肖龍，屬雙子宮；新娘肖羊，屬天蠍宮。雙子天蠍，天造地設，如鼓瑟琴，白頭偕老，大富大貴，恭喜恭喜！」他拱拱手。

八字和諧，鸞鳳和鳴，一床兩好，早生貴子。盧周氏聽了眉開眼笑，點頭說：「好好，早生貴子最重要。謝您啦！先生！」說完遞上紅包。

夏薄情收了紅包就要告辭，盧周氏卻說：「當家的交代，請先生到花園看看，那裡的方位對不對？地脈風水佳不佳？天罡靈氣好不好？先生這邊請！」

盧家莊花園範圍很大，東有水池，池裡荷花盛開，游魚成群。西有假山瀑布，清溪蜿蜒，流水叮咚。

夏薄情隨盧周氏沿著石卵小徑邊走邊看。來到水池邊，夏薄情霍地停下腳步，看看水池，看看假山，從藤箱裡拿出羅盤這邊比比，那邊量量。「先生怎麼啦？」盧周氏問。夏薄情收起羅盤，指著說：「這水池八卦形，不妥！那假山沖著正屋大門，不行！」盧周氏猛然一怔，忙問：「怎地不妥？哪裡不行？」夏薄情答道：「水池呈卦形，有礙人丁興旺；假山沖大門，罡風凝聚，宦途受阻，官場失意呀！」「啊？」盧周氏大吃一驚，「這……這……，請教先生，該如何補救？」夏薄情拉長語音說：「這個不難，水池形狀改一下，假山瀑布移一移，落水處別沖著正屋大門，就這麼簡單。」盧周氏點頭說：「好好，回頭我和當家的說一聲，怎麼做改天再給先生回話！」「行！我還有事，告辭啦！」夏薄情拉高長衫，邁著大步離開盧家莊。

4

丁香嫁到盧家莊後，深居簡出，謹守婦道，一心服侍丈夫和盧周氏。她叫盧周氏大姐，盧周氏叫她四娘。盧周氏果然豁達大度，每天晚上寧願自己守空房，讓丈夫到西廂房和丁香共度春宵。

丁香讀過書，能寫會算，嘴巴又甜，很得盧周氏歡喜，待她猶如親妹妹。不過，有一點令丁香不快的是盧周氏不喜歡她穿紗籠卡巴亞，說這種服裝過於暴露，不適合婚後的婦女。站在矮簷下不得不低頭，丁香只好投其所好，改穿唐裝。

沒多久，盧周氏要丁香幫忙她管理盧家莊業務。大姐如此信任這是好事，她何樂而不為！其實盧家莊有主管，有工頭，有管家，打雜跑腿也有十幾個，只要主人吩咐一聲，一切都會理得妥妥當當。盧周氏不放心的是錢財問題。盧家莊的生意項目很多，有砍伐森林的，有種植甘密和橡膠的，有採椰子、剝椰皮、烘椰乾的，有出海捕魚的。捕魚又分淺海和深海，擁有大小漁船幾十艘。生意多元化，現金周轉數目龐大。大錢由盧水雄親自抓，每天收支的零碎小錢由盧周氏處理。雖是零碎小錢，員工多，業務繁瑣，盧周氏也夠忙的了。開始時她只叫丁香幫她點算零碎收支，再來就要她幫忙審查帳目，碰到大家都忙的時候，她還得到林場或漁場幫忙應付客戶。

丁香聰明機警，腦筋靈活，無論什麼事一聽就懂，一學就會，而且一絲不苟，做得井井有條。盧周氏看在眼裡，樂在心裡，幾個月後便索性把每天傍晚到林場和漁場清理帳目、查收現款的工作全交給她。

盧周氏求子心切，十幾年來就一直念經拜佛，祈求菩薩保佑盧家有個後，免得斷了香火。現在有了丁香這位好幫手，她對念經拜佛的事就更虔誠、更熱心、更積極了。此外，她對捐善款做善事也不遺餘力、不落人後。

盧周氏也進行齋戒，每逢初一十五，或觀音誕、佛祖誕、媽祖誕等節日，她都持齋唸經，向菩薩表示虔誠和懺悔，祈求菩薩赦免罪過。她沒做傷天害理的事，卻認為人生在世難免有錯，例如二姨太難產母子雙亡的事就令她感到無比歉疚，三姨太投井自盡令她耿耿不寐，這些在她看來都是罪過。自她皈依佛門、持齋唸經之後，心裡就踏實了，慰藉了。她每天拂曉起身，沐浴梳妝，跪在觀音塑像前把《金剛經》和《普門品》唸了一遍又一遍，唸完經天已大亮。用完早餐，如果丈夫要出門便送他到柵門口，如果不急著出門便和他到花園散步，享受溫煦的晨光，直到日上三竿才回去。

盧家莊花園已經修好，水池遵照夏薄情的意思改為圓形，池沿加高，池水注滿，意思是圓圓滿滿。假山加高加大，瀑布沖向西邊，另闢小溪把水引進水池。意思是家大業大，肥水不流他人田。

夏薄情很有創意，盧水雄非常滿意。

盧水雄有兩大心結，一是年近四十膝下猶虛，斷了香煙對不起祖宗；二是覬覦拿督榮銜已久，摸不著門路，每年都望拿督榮銜而興歎。

柔佛蘇丹每年華誕都冊封拿督榮銜予對社會有功人士，盧水雄熱心公益，屢做善事，蘇丹每年華誕慶典他都是席上嘉賓，然而受冊封的老是別人而不是他。好事多磨，因而聽取夏薄情的箴言忠告，修建花園，改造風水，冀望來年運轉，心想事成。

盧周氏堪稱賢內助，她鼓勵丈夫納妾。她唸經拜佛，修心行善，冀望盧家添丁添財，飛黃騰達，大富大貴。

然而，丁香嫁到盧家已半年有餘，她的腰肢還是那麼細，身段還是那麼苗條，毫無懷孕跡象。盧周氏心急，經常旁敲側擊地問丈夫晚上睡得好不好，四娘侍候周不周到，吃的牛鞭、鹿鞭、狗腎粉等補藥有沒有效。盧水雄的回答老是「沒什麼，還可以」六個字。皇帝不急，太監急，盧周氏以警告的口吻說：「當家的，不孝有三，無後為大，你得打足精神，振作雄風，為你盧家爭氣呀！」盧水雄無奈地說：「生死有命，富貴在天，這種事急不來的呀！」

說得也是，這種事確實急不來。

丁香勤勞、能幹，把林場和漁場的事理得整整有條。然而，她肚子不爭氣，令盧周氏很失望。一天，她拐彎抹角地對丁香說：「四娘，妳穿紗籠卡巴亞很稱身，穿唐裝也很稱身，身段始終沒變，保養得這麼好，妳吃什麼來著？」丁香愣了一下，腦筋一轉，知道她的言外之意，便說：「我向來都是這樣，沒吃什麼。」「那麼，妳和雄哥怎麼樣了？」盧周氏眼睛直勾勾地看著她。丁香說道：「沒怎樣，他要的我都給了。這樣的事得聽其自然，急不來的！大娘，您說是不是？」丁香臉不紅，心不跳，直言不諱。盧周氏沉下臉，走開了。

巧媳婦難為無米之炊，說起這件事丁香毛骨悚然，心有餘悸。西廂房雖然芙蓉帳暖，但閨房裡的盧水雄和她以往所聽到的以及之前所見到的盧水雄判若兩人。盧水雄龍驤虎步，血氣方剛，然而「金槍兒」老是不爭氣。新婚頭一晚，新房燭光柔和，窗外月光如流水，氣氛很好，情調浪漫。盧水雄鎖好房門，一聲不吭把衣服脫光。

丁香接觸過男人，對洞房花燭夜既沒有新奇感和神祕感，心裡也沒有羞澀慌亂和無知的障礙。自從巫昌盛死後她再也沒碰過男人，新婚這晚，嗅到盧水雄的男人味就有「久旱逢甘霖」的衝動。男人，她太了解了：男人像篝火，熊熊烈烈，好像要把所有的女人燒化，可是，當挨近要取暖時火卻滅了。天下男人一個樣：妳對他熱他就愈不在乎，愈難得到的東西就是愈好的！丁香雖然全身滾燙，卻裝得心平氣和。她正襟危坐，默默地看著他。然而，盧水雄卻甕聲甕氣地說：「妳怎不脫？」

丁香脊樑上霍地冒起一股涼氣，心想：在這樣的時刻這樣的情景他怎會用這樣的口氣說話？她微微一笑，接著便把外衣、裙子、胸衣、底褲一件件脫下。她愈脫愈熱，脫到一絲不掛時猶如一團火，一骨碌投到盧水雄懷抱裡。

盧水雄的反應卻是冷淡的。他既沒有憐香惜玉的言詞，也沒有戲謔調情的動作。他並不是不懂得洞房樂趣，而是不捨得給予也認為沒有這個必要，他已經付出豐厚的聘金，送了貴重的首飾，她要的他都給了。打從今天晚上起，丁香身上每一塊肉、每一根骨頭，甚至每一個細胞都是屬於他的了。他喜歡的東西不惜一擲千金，東西一到手，他要怎麼玩就怎麼玩。

丁香依偎在他懷裡，熱情地撫摸他，吻他。他卻正顏厲色、神情冷峻，連眼裡的慾火也是冷冰冰的。

「睡下！」他推開丁香，命令似地說。

丁香的慾火已經躥遍全身，像隻溫順的羔羊癡癡地躺下來。

盧水雄一翻身，像一座山似地壓得她喘不過氣來。盧水雄不理會，他壓著的彷彿不是一個活生生、有血有肉、有靈魂、有感情的女人，而是一具任由擺佈的人肉玩偶。他如狼似虎，勢頭很猛。如果丁香是處女，必嚇得手足無措，魂不附體。然而情形正好相反，她熱血奔騰，心情激蕩。她如飢似渴，還沒進入福地就嗷嗷地叫起來。這叫聲如銀鈴，如玉磬，沒有絲毫虛假和造作。那是愛情的福音，是女人在極度亢奮進入美妙境界時發自內心的怡悅讚歎。然而盧水雄並不欣賞，他認為只有下賤的女人才會發出這樣的聲音。他感到厭惡，也禁不起這樣的干擾（其實是刺激）。他的老毛病又發了，還沒進入福窩就如洪水決堤般兵敗如山倒。盧水雄無名火起，心裡罵道：「都是妳這臭婆娘，嗷嗷嗷地叫什麼？」他愈想愈氣，「啪」的一聲，扇了她一記耳光。

丁香大吃一驚，慾火變成怒火。她驚的是在這千金一刻之際怎地無端端動手打人？她怒的是正當愉悅地縱容他做更進一步、更貼切的動作好讓他也讓自己更幸福、更銷魂時，他竟虎頭蛇尾、鳴鼓收兵。這樣的事如果是別個男人，她必一腳把他踹到床下。然而他不是別人，他是仙鶴鎮首富，是有錢有勢的盧家莊莊主，是她的新婚丈夫。她蜷縮在床上，噤若寒蟬，連大氣也不敢喘。

盧水雄起床穿衣，丁香起身前去幫他扣紐扣。他神情傲慢，目光冷峻。丁香低頭不敢吭聲。他冷哼一聲，回到床上倒頭便睡。

丁香穿好衣服，躺在他身邊，思潮起伏直到天明。

此後，盧水雄的毛病沒有好轉，性慾卻絲毫不減。他以各種方式歡愉自己，滿足自己。他恣意享受她的青春，糟蹋她的青春。丁香的身心比受凌遲、遭人強暴還要痛苦。不過她心存僥倖，也帶著希望，希望早點懷孕、早點生子好改變自己的命運。她忍著，忍著，然而疑團滿腹，不時問自己：「他這樣，能嗎？」

第三章

1

不出所料，墨魚島情況愈來愈糟，海盜土匪為所欲為，搶劫綁架的事層出不窮。銀沙村有人被殺害，有婦女被姦污，羅海彪一家人只好搬去梅家坳投靠舅父。他舅父也僅有幾畝薄田，情況本來就不好，多了幾個窮親戚，日子就更加難過了。

梅家坳地無三尺平，水無三尺深，待在這裡能幹什麼？生計沒著落，日子難挨，羅海彪又萌起過番南洋的念頭。

一天，堂大哥突然轉來夏薄情寫給他的信。這是第二封信。頭一封在搬來梅家坳之前，說他已到了新加坡，住在朋友家裡，一切安好，不必掛念。信很短，聊聊幾行字，是報平安的。這封信較長，說他已加入朋友的公司「三合棧」，經營土產雜貨，生意不錯，股東很合作，前景很好。如果有意過番就去新加坡「三合棧」找他，路費盤纏不用愁，水客何千是自己同鄉，多少錢到了新加坡後再和他算。

羅海彪看了信喜出望外，決定去新加坡找哥哥。他和家人商量：母親說有哥哥關照再好不過；妻子說她會照顧好母親和孩子，叫他儘管去；弟弟說要去做散工，工錢雖然少得可憐，但好過沒有。

過番的事已經決定，他帶了這封信去找何千。說來也巧，在那裡遇到老友賴旺土。

賴旺土的情況比他更糟——他已經結婚，兒子五歲，生活擔子重，家裡田地少，兄弟又多。他當散工，收入低微，不夠糊口。他和朋友出海打魚，然而海盜猖獗，去了幾次不敢再去。隨後到龍窯村幫人做坯子燒磚頭，工錢高了些，生活也好了些，然而好景不長，一個月黑風高的晚上，一批土匪洗劫龍窯村，龍窯老闆被殺害。

海上不能去，龍窯停工，窮途末路，無可奈何，便把老婆兒子寄在岳母家，決定過番南洋找生活。南洋隔山隔海，他沒有路費。何千說路費不多，不必愁，自己同鄉不必計較，到了那邊再說。有何千這句話，他放心了，在合約上畫了押。

搞定賴旺土，何千轉問羅海彪：「你呢？想了這麼久？終於決定啦？」羅海彪點點頭，把信交給他，說決定去新加坡找哥哥。

何千看了信，高興地說：「幾個月前我在新加坡同鄉會館遇到令兄夏伯琴。他做的是大生意，區區路費對他來說不過是九牛一毛，微不足道。老弟儘管跟我走，路費盤纏你甭理。俺們是同鄉，幾個錢算不了什麼，你放一百個心好啦！」說完把合約遞給他。

羅海彪信心滿滿，在合約上畫了押。

離開何千的家，在回去的路上，賴旺土對羅海彪說：「喂，老弟，你哥在新加坡做大生意，賺大錢，到了那邊我的路費能不能叫你哥先墊一墊，我找到事做就按月還給他？」羅海彪想了一下說：「你認識我哥的嘛，到了那裡你親自跟他說豈不更好？」賴旺土說道：「你哥會答應嗎？我開不了口呀！」羅海彪點頭應道：「好吧，到時我跟他說。我哥為人大方慷慨，我看應該沒問題！」賴旺土欣喜地說：「這樣就好，拜託，拜託！」他向羅海彪拱拱手。

羅海彪回到家裡，收拾行囊準備上路。母親把僅有的積蓄和戴在手上的玉鐲子交給他，說出門在外，身上有錢心也定。這個鐲子她戴了幾十年，出門在外看到鐲子就像看到娘，叫他一起拿去。他想了一下，收下鐲子把錢還給她，說到了南洋有哥哥關照，路費盤纏哥哥會替他還，帶點零用就夠了。母親不放心，硬塞給他。他收下，然後偷偷地轉交給妻子。

三天後，上路了，他老婆抱著剛出世的兒子送他到渡口。同行的有十幾個，都是墨魚島人，其中一個叫高佬林的家住梅家坳，是他舅父的遠房親戚。

他們隨水客乘船沿韓江來到汕頭。大火輪還沒到，何千安排他們在一間靠碼頭的小客棧暫時住下。

三天後，船到了，「祈福號」。他們住三等艙，即大艙。「祈福號」也載貨，在底層。大艙在上面，樓上為頭等艙，設備如四星級飯店。何千就住在樓上。

大艙面積如兩個羽球場般大，百多人擠在裡面。沒有床鋪，每人只給一張草席和一件薄被單。兩邊鐵牆有通風口，上面有天窗，白天有風還很涼快，晚上、下雨或打風就關著。當時已入冬，轉颱季候風，船離開港口後就顛簸得厲害。搭客暈船、嘔吐，有人發高燒，有人昏倒。醫務人員奔上奔下，疲於奔命。

羅海彪和賴旺土曾在海上找生活，颱風打浪他們習以為常。不過空氣齷齪，又焗又悶，他們也頭暈目眩，無精打采，做什麼都提不起勁。

急救室傳來消息：有人死了。

五天後，早上，通風口開了，天窗也開了。晨光溫煦，大海波平如鏡。天空湛藍，機聲隆隆，煙囪噴著黑煙。

走著走著，汽笛霍地嗚嗚響起。

樓上人聲喧嘩，欄杆邊人頭攢動。原來船已經來到馬來半島東邊水域的白石口，再過一個鐘頭就抵達新加坡了。

「白石口」這名字耳熟能詳，仰慕已久，可惜通風口太高，大艙搭客失之眉睫，望而興歎。

一般火輪過了白石口就直奔新加坡碼頭，然而「祈福號」卻在防浪堤外一個小島旁拋錨停住。那個小島叫棋樟山，是檢疫站。原來「祈福號」大艙有人死了，船長懷疑死者患傳染病，大艙所有的搭客必須送去棋樟山檢疫站進行消毒。

一艘掛著新加坡衛生局旗子的駁船已停在舷梯下，大艙搭客被令到艙面集合準備下駁船。一個個子稍胖、滿口金牙的中年男子從樓上匆匆走下來大聲喊：「喂，墨魚島的鄉親們，過來過來，我有話跟你們說。」

這個中年男子就是水客何千。

羅海彪、賴旺土、高佬林和十多個同伴移步到他跟前。何千提高嗓門說：「大艙有人生病，死了兩個人，不知道是什麼病。大艙搭客都得去檢疫站消毒，十天後才能登岸。」「檢疫站在哪裡？十天後怎麼找你？」賴旺土問。「喏！」何千指向那個小島，「那裡叫棋樟山，有吃有住，不必付錢。十天後我在碼頭等你們。」「碼頭人很多，到時找不到你怎麼辦？」問話的是羅海彪。何千應道：「到時我一定在。怎會找不到呢？即使找不到也不必怕，新加坡沒多大，你哥的店離碼頭不遠，拿著地址問一下人就知道了。」羅海彪應道：「好吧，聽你的！」何千知道羅海彪心急，便加上一句：「我上岸後第一件事就是去找你哥。路費的事你放一百個心好啦！」說完笑眯眯地走了。

棋樟山離大火輪約莫三海里。駁船走得飛快，二十分鐘就到了。島上面積約一平方公里，有三棟雙層樓房，每棟有二十幾間房間。一端有浴池，長方形，分男女兩邊，可容納數十人。另一邊為餐廳，為防止傳染，每個座位相隔兩米。臥房很小，只住兩個人。樓房圍著鐵絲網，人們除吃飯、沖涼外都得待在房裡。為避免交叉傳染，沖涼和吃飯時和其他房客交談是禁止的。

浴池裡盛的是硫磺水。硫黃消毒殺菌，每人每天得沖三次，每次一個鐘頭，有衛生官員在旁監督。三天檢查一次，程序很簡單，醫務人員用鐵湯匙在人們手臂上刮幾下，如果皮膚顯現硫磺粉末就算達標，十天後發給衛生合格證書准許登岸。否則就得多待三天，或者更久。

待在房裡很無聊。一天，賴旺土從布包裡拿出一把嗩吶，滴滴答答地吹起來。有人忽然來敲門，是保安人員。他怒氣沖沖，警告不許吹，否則沒收，還得受懲罰，三天不給飯吃。

保安人員走後，羅海彪也拿出一樣東西，是海螺殼。這螺殼碗口般大，稍長，有洞眼。那是號角，也是樂器，鄉下人叫螺笛。漁夫船上就有這東西，遇到危險求救時當號角吹；在祭祀打醮時當笛子吹。松口鎮的鑼鼓隊在墨魚島赫赫有名，盡人皆知。賴旺土和羅海彪就是最為人稱譽的吹鼓手。凡有大節日、大場面，吹嗩吶和擂鼓非他們莫屬。每次受邀，除有吃有喝外還有利市紅包。今次過番帶著這傢伙，說不定也派得上用場。

十天後，羅海彪、賴旺土和十幾個同伴領到衛生檢疫站發給的允准登岸證書。一艘駁船載他們到紅燈碼頭。進入移民廳，檢查證件，翻看行李。放行後穿過走廊來到接客廳。廳裡人聲嘈雜，人頭攢動。羅海彪、賴旺土一班人彳亍而行，一邊東張西望找何千。找了一陣，不見人影。躊躇間，忽然聽見後面有人喊：「喂喂，我在這兒！」

大家回頭一看，唷，不是別人，正是何千。

「怎麼樣？」何千走上前來，「棋樟山好吃好住，不捨得走嗎？啊，哈哈哈！」他眯縫著眼，呵呵的笑，金牙齒閃閃發亮。

一個說：「好是好，只是待在房裡不准出去好像坐監牢。」另一個說：「一天沖三次涼，硫磺味受不了！」何千說道：「是嗎？來來來，讓我看看。」

那人走上前去，何千抓起他的手，用指甲輕輕一刮，嗅一嗅，點頭說：「唔，硫磺味很重。好，以毒攻毒，夠勁兒，蒼蠅、蝨子聞了都暈倒啦！」

他的話逗得大夥兒哈哈大笑。

「何千叔，見到我哥嗎？」羅海彪前去問。「哦，對了，來來來，有話跟你說。」他把羅海彪拉到一邊，壓低嗓門，「告訴你一個壞消息，你哥的生意沒做啦！人跑啦！我到處打聽，沒人知道他在哪裡。」

「啊？」羅海彪大驚失色，「生意沒做？好好地怎會沒做呢？」何千湊前在他耳邊說：「倒閉啦！聽說欠人一身債，躲起來啦！」「啊？這……這……怎麼會這樣？」羅海彪疑惑地看著他。

站在一邊的賴旺土插話道：「上回你不是說阿彪他哥的生意做得不錯嗎？怎麼說倒就倒？」「唉！」何千歎了口氣，「我也不知道是怎麼回事。這樣吧，我們先去吃飯，然後到會館休息。你哥的店離會館不遠，吃過飯我帶你去看看，問問那裡的人，了解一下情況，好不好？」

提到吃飯大家才覺得餓。何千帶他們去附近熟食檔吃海南雞飯。檔子生意很好，座無虛席。等了十五分鐘，人太多，分兩桌。

海南雞飯，顧名思義，飯檔老闆是海南人，夥計也是海南人。飯是用雞湯煮的。菜肴就是一盤雞肉和一碗雞湯。雞肉滑嫩，飯香撲鼻，雞湯清醇可口。最特別的是雞肉已去掉骨頭，連雞爪也嫩滑味美可囫圇吞下。雞飯香噴噴，每人吃了三大碗。盤底朝天，雞肉吃得精光。吃完飯再來一杯咖啡。咖啡也有特色，頭一口苦，第二口甘，下來是香，多喝兩口上了癮。想再喝幾口，杯裡卻空了。

海南雞飯吃後齒頰留香，大家讚不絕口。

吃過飯，何千帶他們去會館。

新加坡有很多會館，宗鄉的、姓氏的、各行各業的。外來的旅客只要是同鄉、宗親，或同行就可免費住在會館。何千帶大家暫時棲身的是同鄉會館。樓高四層，樓下為廳堂，二樓為辦事處和會客廳，三、四樓為男女宿舍。床是可折合的帆布床，有棉被枕頭。女宿舍用簾子隔開。會館除住宿外還提供涼茶。涼茶祛濕消暑，水土不服的人喝了特別有效。

何千叫大家儘管喝，不用錢，每人每天最少三大杯。他說：「每天早午晚喝一大杯，明早屙堆屎，撒泡尿，打幾個響屁，百病消除。」

他的話把大家給逗樂了。

安排好住宿，何千帶羅海彪和賴旺土到美之路「三合棧」原來的店鋪。店鋪已裝修過，櫃檯兩邊牆上盡是小箱子，那是藥材店。掌櫃的姓張，和氣友善。羅海彪拿出夏伯琴的明信片問他上面的位址是不是在這裡。張老闆看了後點頭說是，並問他和「三合棧」有什麼關係。羅海彪說明來意，並向他打聽之前「三合棧」的情況。張老闆說這間店經營土產雜貨，大約一年半前加冷河漲大水，他們的貨倉首當其衝，貨物全毀了。沒多久店就關門了。至於老闆去了哪裡他不知道，無可奉告。

走出店門，何千說：「我沒騙你們，是不是？」羅海彪沉著臉，沒答話。賴旺土問他：「找不到你哥，路費怎麼辦？」羅海彪瞥他一眼，搖頭說：「我也不知道該怎麼辦。」「老弟別揪心，」何千拍拍他的肩膀，「車到山前必有路，南洋地方機會多得很，怕什麼呢？」「不怕又怎樣？」賴旺土問。何千應道：「走，回去會館再說！」

回到會館，羅海彪六神無主，不知如何是好。

何千安慰他：「老弟呀，天下沒有過不去的火焰山，有親人關照固然好，沒有也甭愁，腦袋架在自己脖子上，是好是歹還得靠自己！」賴旺土聽了後說：「不愁是假，路費沒著落，怎麼辦？」何千應道：「這簡單。馬死落地行，大不了為人打工去。當時不是跟你們說過嗎？萬一找不到你兄弟就為人打工，過番路費從工資中慢慢扣除。這是講好的，你們畫了押，應該不會忘記吧？」「唔，我沒忘記！」賴旺土點點頭。

「其實啊，」何千繼續說，「為人打工也不壞，先熟悉這裡的環境，摸清門路就出來打天下。南洋地方遍地是金子，只要努力打拚，三五年後包你賺得盆滿缽滿。那時候呀，你們的結拜兄弟自然會來找你。」

羅海彪苦笑，沒答話。

「還有一點，大家過來，聽我說！」何千向他們招招手，大家移步前去。何千繼續說：「這裡是熱帶，沒有春夏秋冬，天氣很熱。你們除了要多喝涼茶外，每天早上還得沖涼，沖冷水，愈冷愈好。不然，發熱氣就麻煩啦！」

該做的都做了，要交代的也交代了，何千最後介紹會館理事陳先生給大家認識。

陳先生平頭正臉，溫文爾雅，看似教書先生。何千說多兩天有另一艘大火輪靠岸，過番新客二十多個，他很忙，很多事要辦，兩個星期後才能回來。他叫大家安心住在這裡，如果有親戚朋友代付過番費用可把錢交給陳先生，沒有親戚朋友代付旅費的，他們下來的生計就由陳先生安排。

陳先生搭腔，說他祖籍古陽梅口鎮，也是自己人。他叫大家儘管放心，南洋機會多，工作生計不用愁，有什麼問題他也會盡力幫忙。

陳先生慈眉善目，信誓旦旦，大家聽了如釋重負。

當天傍晚陳先生帶他們到熟食攤吃飯，有魚有肉，飯食不錯。隔天早上，陳先生泡一大壺咖啡，還有鮮奶，另買來油條、糕餅、甜品給大家當早餐。中午帶大家到附近另一間熟食攤吃飯。這餐也不賴，最令人難忘的是咖哩羊肉。不過有些人喉嚨痛，發熱氣，咖哩嗆喉，難以下咽。陳先生說那是水土不服，初來新客都會這樣，多喝涼茶、多沖涼，過幾天就沒事。

下午，有人來代付路費盤纏，帶走三個人。隔天中午，來了兩個，帶走四個。傍晚來了兩個，帶走一個。走了八個，剩下羅海彪、賴旺土、高佬林等九個。

又過了一天，中午時分來了個文質彬彬的年輕男子。

陳先生熱情招呼，隨後向大家介紹說此人叫符木隆，是仙鶴鎮盧家莊的人事部主管，同時介紹盧家莊和莊主盧水雄。他說盧家莊家大業大，在那裡工作的人有好幾百個。他說莊主盧水雄是仙鶴鎮首富，他德高望重，和藹可親，對慈善事業不遺餘力，所以人們都喜歡到他那裡工作。

陳先生言之鑿鑿，大家聽了感到欣慰。

主管符木隆溫文爾雅，平易近人。他自我介紹，說祖籍海南，父親是盧家莊的老夥計。他說盧家莊位於柔佛州最南端，新加坡坐船前往得兩個多鐘頭。他說盧家莊經營漁業和種植業。漁業部有大小漁船四十幾艘，正在開發的土地有好幾百畝。

陳先生幫腔：「盧家莊做的都是大生意，到了那裡大家好好地幹，盧老闆是不會虧待你們的。好啦，你們收拾東西準備上路。再見啦！祝你們一路順風，身體健康，萬事如意！」

符木隆隨後帶他們去吃飯。喉嚨不舒服、發熱氣的人愈來愈多，符木隆帶大家到大排檔吃粥。有魚有肉，馬來風味，全是辣的。粥熱菜辣，大家吃得滿頭大汗。說也奇怪，這麼一出汗，喉嚨痛的、發熱氣的反而舒服多了。

符木隆說水土不服的新客吃熱粥配辣菜比吃藥還要有效，到了盧家莊再喝幾杯涼茶，早上沖冷水涼，百病消除。

吃完飯，符木隆帶他們到車站搭巴士到榜鵝港角碼頭，然後乘帆船前往仙鶴鎮。

船可載十六個搭客，船上已有三個，加上他們十個，還差三個。符木隆說等一下，搭客到齊就開船。西邊天腳有一堆黑雲，雲層裡閃出電光。掌舵的說可能會打風，得早點離開，不等了。

大夥兒登上船，船夫解開船纜，用撐杆把船撐離碼頭。帆徐徐升起，出了河口便扯滿風破浪而行。風浪不大，船走得平穩。

符木隆和善、健談。他說當年他父親和大家一樣，過番時沒錢還路費，被當豬崽賣到盧家莊為老闆砍樹開荒。三年期滿，積了點錢把他和母親接過來，住在盧家莊宿舍，繼續為盧家莊賣命。他說他十歲那年，他父親砍樹時被大樹壓傷了腿，傷好了後成了瘸子。腿是瘸了，身體還好，力氣也不差，莊主便安排他父親當管事。一個插話問他什麼是管事。符木隆想了一下說：「管事嘛就是什麼都得管，什麼都得做，以仙鶴鎮村民的話來說就是『一腳踼』。我父親瘸了一條腿才『一腳踼』，我兩條腿好好的也「一腳踼」。看來我這一輩子和我父親一樣，在盧家莊一腳踼到老！」

他的話逗得大家哈哈大笑。

談笑風生，其樂融融，羅海彪卻愁眉不展地坐在那裡。符木隆前去問他有什麼心事。羅海彪歎了口氣，把找不到結拜哥哥的事坦言相告。

「你哥做什麼生意？店在哪裡？」符木隆聽了後問。羅海彪應道：「聽說是做土產雜貨，店在哪裡我說不出來。哦，你等等，」他從布包裡拿出一張明信片，「這裡寫著，你看。」符木隆接過明信片，看了一下駭然說道：「你哥叫夏伯琴，我們那裡有個風水先生也姓夏，名叫『薄情』刻薄的『薄』，無情的『情』，同音不同字。你看會是同一個人嗎？」羅海彪愣了一下，說道：「我哥不吃這行飯，我看不會是他！」賴旺土插話道：「這個難說，我名叫賴旺土，『旺盛』的『旺』，衛生合格證書裡寫的是小狗汪汪叫的『汪』。他娘的，把我當狗啦！所以呀，符大哥，拜託你花點時間查一查，說不定他就是阿彪的結拜哥哥夏伯琴。」符木隆點頭應道：「好，回去我幫你們問一下。」

西邊天腳那堆黑雲逐漸擴大，風勢加急，船走得飛快。沒多久，右邊出現一個小島。島上綠樹成蔭，花開得火紅。然而，符木隆卻說那個島周圍暗礁遍佈，很多船在那裡觸礁沉沒，因而人稱魔鬼島。

繞過魔鬼島，前頭出現一座山，符木隆說那座山是柔南最高峰蛇尾嶺。

天色轉暗，狂風驟起，船破浪而行。半個鐘頭後，船頭一拐，前面出現一條河。那是老巫河。來到河口，前面有個碼頭。船夫卸下帆改用篙，一根煙工夫，船便靠了岸。

登上岸，符木隆帶他們到林場辦事處，把名單交給那裡的管事，隨後對大家說：「各位老表，我的工作到此為止。下來的事由這位張發兄安排。好啦，俺們後會有期，再見啦！」說完向大家拱拱手，轉身離開。

天色已黑，張發帶他們到餐廳吃飯。吃過飯帶他們到臨時宿舍。宿舍裡有涼茶和開水，旁邊有口井，圍著鐵皮當沖涼房。張發交代他們要多喝涼茶、多沖涼，並說宿舍裡有帆布床、枕頭和棉被，明早七點鐘到旁邊餐廳吃早餐，分配到哪個林場明兒再決定。說完逕自走了。

2

盧家莊的主要業務為漁業和種植：東牆靠河邊那間鐵皮長寮為漁場坊，魚蝦分類、裝運都在那裡進行；西牆大路邊也有間鐵皮長寮，那是林場坊，砍伐場主管、工頭和管事的辦事處、帳房、工具棧房都設在那裡。

盧家莊有八個砍伐場，主管、工頭、管事二十幾個，長工和簽約勞工（即豬崽）四百多個。每天早上，林場坊車水馬龍，人來人往，熱鬧異常。

漁場坊最熱鬧的時候是午後四五點鐘，那時漁船回來，魚蝦搬上岸，分類裝箱，長工、散工、臨時幫工忙得不可開交。

丁香每天早上和傍晚都要到林場坊和漁場坊點算開支和審查流水帳目。

最近盧家莊裝了臺發電機，這是仙鶴鎮唯一的一架。有了電，盧家莊早晚燈火通明。林場坊和漁場坊經常趕夜工，丁香也沒閒著。

這天早上，十點多鐘，丁香在林場坊查完帳就要離開，人事部管事張發突然來找她。

「四娘，有個豬崽不肯畫押，你看該怎麼處理？」他問。「哪個豬崽不肯畫押？」丁香反問他。張發應道：「昨天傍晚小番客帶來九個，八個乖乖的畫了，一個問東問西，說看不明白合約的內容。我給他解釋。他說合約不合理，不能畫押。」丁香問他道：「以前發生過這樣的事嗎？」張發應道：「我在這裡幹了七八年，沒碰過這樣的事。」丁香說道：「找我也沒用，我看你還是去找主管或工頭吧！」張發應道：「主管、工頭都到林場去了，所以我才來找你。」丁香想了一下點頭說：「好吧，帶他過來，我跟他說說。順便把合約拿來。」張發應了聲，走了。

丁香坐將下來，點燃一根煙。

一根煙還沒抽完，張發帶著一個男子匆匆走來。

丁香舉眼望去，心裡不禁「咯噔」了一下，跟在張發後面那個男子體型和走路姿態很像他。她盯著，盯著，心裡直嘀咕：「和他長得一個樣，難道是巫昌盛？可能嗎？不，不可能！難道是他的兄弟？不，他是新客，盧家莊剛買來的豬崽！……」她冷靜下來，撩了撩鬢角的髮絲，吸口煙，調好心情，恢復常態。

張發來到帳房前，叫身後的男子等一等，然後進去把合約交給丁香。

這份合約是為新來豬崽而設的。期限三年，工作包括砍伐樹木、燒荒、清理場地、撫育秧苗等。雇主供食供住，頭三個月沒有工資，下來月薪五元，第二年八元，第三年十元。年終有花紅和勤工獎。生病自理，工傷醫藥和生活費由雇主支付……云云。

丁香翻開一目十行看了一遍。「叫他進來。」她說。

張發向外面的男子招了招手。那男子進來，神情木然。

「坐吧！」丁香指了指她前面的椅子。

那男子瞥她一眼，移步到椅子前，卻站著。

丁香接著說：「怎麼不坐？椅子有刺嗎？」

他囁嚅著，坐下來。

一股壯年漢子身上特有的狐臊味像陣風撲向她的臉。這狐臊味曾使她沉迷，使她陶醉，幸福浪漫的往事剎那間在腦裡浮現。這人雙眼皮，頭髮鬈曲，皮膚黝黑，鬍子拉碴，活脫是巫昌盛。難道他沒死，知道我已經嫁人，為了要見我而假冒豬崽？可能嗎？啊！不不，他是新客，是小番客從新加坡會館買來的過番豬崽，夾子裡有張署名羅海彪的「准許登岸證書」。事實證明這人絕對不是巫昌盛。

她吸了口煙，回到現實，對站在一邊的張發說：「倒杯茶給他！」

張發應了一聲，倒杯茶放在他跟前。

「你叫羅海彪，是嗎？」丁香問。那人點頭說：「是！」「喝茶！」丁香說。那人拿起茶杯抿了一口。

「把茶喝完，這麼熱的天氣！」丁香提高嗓門。

那人瞥她一眼，拿起杯子把茶喝完。

「好！」丁香滿意地點點頭，「現在談正事。聽說你對合約有意見，是嗎？」那人應道：「對！在汕頭住小客棧一天一塊錢，住了三天。船費二十多塊，檢疫站住十天不用錢，登岸後住會館不用錢，三頓飯和一頓早餐頂多十塊錢，合起來不會超過五十塊。可是合約裡寫我欠你們三百八十五塊。咳……咳……你們鱷魚開大口，吃人不吐骨啊！」「你老咳嗽，喉嚨痛嗎？」丁香問。那人點點頭。

丁香接著說：「水土不服，發熱氣，多喝水。倒杯開水給他。」她轉向張發。

張發應了聲，倒一大杯開水放在他跟前。

「喝，把水喝完！」她提高聲量，像發命令。

那人拿過杯子一飲而盡。

丁香繼續說：「好，現在我回答你的問題。你說路費、盤纏不會超過五十塊，這個我相信。為了通關順利，水客得給黑錢，每個新客二十塊，這是公價。過了關，水客把你們轉賣給會館的人每個最少一百八十塊。會館的人加碼最少一百塊。說句難聽的話，我們是以三百八十五塊的價格把你從會館那邊買過來的。你說我們鱷魚開大口，吃人不吐骨。不，羅海彪，吃人不吐骨的是水客，是會館的人。要抗議得向那些人，不是我們。」「啊？何千叔……他……他，還有那個陳先生，他們兩個都是同鄉，是自己人，自己人還……這麼厲害呀！」丁香笑道：「你當他們自己人，他們可沒當你是自己人哪！」羅海彪憤憤地說：「哼，算我瞎了眼！」丁香說道：「吃了虧，長了見識，眼睛不會瞎，會更亮，是不是？」羅海彪聽了不禁苦笑。丁香隨後說：「好啦，還有別的問題嗎？如果沒有就在這裡畫個押。」她把合約遞到他跟前。

羅海彪沒畫，卻說：「跟你們打三年工，頭三個月沒有工錢，又不給借糧，我鄉下老婆、孩子豈不是要餓死？」丁香應道：「這一條確實不合理，我也不知道怎麼會有這一條。不過據我所知，員工家裡有困難，和莊主商量，莊主都會幫忙。這一點你大可放心。」「還有一點，」羅海彪接著說，「合約裡說生病自理，我身無分文，如果病重只好等死，不是嗎？」「啐！什麼等死？」丁香蹙起眉梢，「你病了不能做工，老闆比你還緊張，你死了我們可血本無歸呀！羅海彪，菩薩保佑，你千萬不能死啊！」羅海彪聽了不禁啞然失笑。

丁香接著說：「我們有八個林場，工人幾百個。同樣的合約，他們都畫押。生病自理指的是小病，比如傷風咳嗽，喝點涼茶，沒大礙，當然要自理。如果是大病，我們當然會照顧，不信你去問一下，有哪個生大病我們不理而讓他死去的？好啦，該說的我都說了，如果你信得過我就畫個押，我好了結這件事。」

羅海彪接過合約，猶豫著。

「還有一點，」丁香突然想起，「合約期滿後可留下繼續工作，工錢按月算。也可向英政府申請土地自行開發，限定十二依格[23]。到時如果你想申請，我們可以幫忙。這一點是別家林場辦不到的。」

羅海彪只好認命，點頭說：「好，我畫！」

丁香轉對張發說：「好啦，沒事了，帶他去林場。」張發說：「他們已經走了，明早吧！」張發拿過合約走了幾步轉身說：「明天沒有新客到，廚房伙夫明天不會來，這個新客沒東西吃呀！」丁香想了一下說：「這樣吧，帶他去竹園，吃的喝的找老番客，順便給他弄點涼茶，給幾粒退燒藥。好啦，去吧！」說完拿過手提包疾步走了。

3

竹園坐落於盧家莊西牆外，離側門約半公里。園裡有間鐵皮長寮子。這寮子原本是囤積和處理甘密的

23 依格：即英畝（acre），馬來語，面積單位。

工廠，竹子原是工廠籬笆，日子久了，竹籬生根長葉，蒼翠欲滴，成為竹林。竹園因此而得名。竹園周圍原本是甘密園，這些年甘密價錢賤，沒訂單，他們砍了甘密樹改種橡膠樹。竹園長寮一半改為儲藏室，放置肥料、農具和各種雜物。另一半隔幾個房間，供外來客商或親友住宿。工作受傷的員工也可到那裡養病。

羅海彪酷似巫昌盛，他的出現觸動丁香的心弦，他的身影在她腦裡揮之不去。她讓他暫住竹園出於私心，不過他水土不服發熱氣，安排他暫住竹園也是名正言順。

在前往竹園的路上，張發對羅海彪說竹園是招待客人的地方，他被令住那裡卻是意外。羅海彪問他剛才那女人是誰，張發說是老闆娘。羅海彪吃了一驚，心想老闆娘倒是好心腸，今天算是遇到貴人了。

來到竹園，張發說午餐和晚餐有人送來，需要什麼可跟他說。羅海彪問派他去哪個林場。他說還沒安排，明早才知道。

張發走後他四處瀏覽了一下。三間臥房一間小廳，另有廚房。屋前有幾棵樹，樹上結滿果子，那是椰樹。屋後有口井，井水清澈見底。他汲水洗臉，井水冰冷，渾身涼透。他滿身臭汗，看看周圍沒人便脫光衣服汲水沖個痛快。

回到房裡抹乾身子換套衣服。坐下來拿出煙袋想抽煙，然而喉嚨不舒服，抽煙沒味，只好收起。房裡悶熱，端張椅子坐在門口乘涼。竹影搖曳，涼風習習，閉目養神。外面傳來開柵門的聲響，舉眼一看，是個男子，提著籃子，一拐一拐地走進來。

這人約莫五十歲，他自我介紹，說姓符名克南，祖籍海南，外號人稱「老番客」，人事部主管符木隆就是他的兒子。羅海彪自我介紹，並說見過符木隆，說他人很好，沒有架子，給他留下很好的印象。

老番客把籃裡的東西一樣一樣拿出來：「涼茶沒有了，只好拿開水。飯菜也是冷的，人家吃剩的。老表別介意。」羅海彪忙說：「我感謝還來不及，怎會介意呢？」老番客說：「好好！哦，對了，」他從籃裡拿出一個小紙包，「聽說你喉嚨痛，這是粗鹽，冷水加粗鹽漱口可治喉嚨痛。」「多謝符大哥關心！」他向老番客拱拱手。「別客氣。好啦，我得趕回去，彪哥慢慢吃，今晚我們再聊。」羅海彪感激地說：「謝謝符大哥，謝謝！」

老番客走後，羅海彪拆開那包飯，飯裡有塊鹹魚，三隻蝦，兩塊豆腐。蝦很新鮮，鹹魚很香，豆腐滑嫩。看來很開胃，然而喉嚨不舒服。他沖杯鹽水，細嚼慢嚥，把飯吃完。

昨晚睡不好，有點累，到房裡靠在床頭休息，不知不覺就睡著了。

醒來已近傍晚，老番客來了。他從籃裡拿出一個飯盒子，說是大米飯，一大瓶涼茶說是用竹蔗[24]、馬蹄[25]熬的。此外還有幾粒藥片，說是退燒藥，有需要才吃。

「你喉嚨痛好點嗎？」老番客隨後問。羅海彪答道：「鹽水漱口很有效，好些了！」老番客繼續說：「涼茶多喝點。如果發燒就吃藥片，每天一粒。四娘交代如果你喉嚨痛還沒好就多待兩天再去林場。」羅海彪感激地說：「好好，謝謝。喉嚨痛是小病，不礙事。呃，你說的四娘是不是那個老闆娘？」他問。老番客笑道：「這裡有兩個老闆娘，大的姓周，叫盧周氏，小的姓丁，我們叫她四娘。」「今天中午我跟她講話的是大的還是小的？」羅海彪又問。老番客應道：「老的就是大的，年輕的就是小的。相差很大，一看就知道。」羅海彪說道：「她年輕端莊，應該是小的！她人不錯，今天中午因合同畫押的事我和她過不去。她不生氣，耐心地向我解釋，還讓我住在裡。這個老闆娘，心地好哇！」老番客應道：「沒錯，我們都很尊敬她。好，先吃飯，吃飽再聊！」

羅海彪打開飯盒，裡頭有魚有蝦，兩塊豬頭肉，另有一小撮花生米。

羅海彪倒了杯涼茶，邊吃邊聊。他說大米飯很香，魚蝦很新鮮，豬頭肉夠火候，很可口。

---

24 竹蔗：俗稱「白甘蔗」，粉綠白皮，肉硬而韌，專門用來製糖。

25 馬蹄：即荸薺。

老番客說這是盧家莊長工的家常便飯，他們一家人也吃這樣的飯。

羅海彪聽了後說：「這裡的老闆心地好，這樣的飯菜真不賴，還供應涼茶，怕工人生病。唐山地主就沒這麼好心，你病你的事，死了就死了。哪會理你這麼多？」老番客說：「這要看情況。一般老闆都吝嗇，不過這裡的老闆對生病或工作受傷的工人倒是很照顧。你看，」他捋起褲腳，指著扭曲疙瘩的腳小肚，「二十多年前砍樹時被樹杈壓個正著，血肉模糊，骨頭斷了。那時候盧老闆年紀還小，莊裡的事由他老爸盧二爺打理。二爺比他兒子好，請接骨大夫為我治療，兩年後傷算是好了，我卻成了瘸子。腿是瘸了，身體卻好，力氣也不差，盧二爺便安排我當管事。管事的工錢比長工多一倍。說句良心話，這樣的老闆仙鶴鎮找不到第二個。」

羅海彪吃過飯，把飯盒洗乾淨。回到廳裡，天暗下來。老番客扭亮電燈。

羅海彪說：「我那些同伴昨天先走了，你知道他們被送去哪裡嗎？」老番客應道：「這個要問羅丙才。他明早會來這裡，到時你問他。」「明天怎麼去？坐船嗎？」羅海彪又問。老番客答道：「對，沒有路，八個林場都得坐船。那些地方都是大森林，從來沒人到過，狼虎猛獸，毒蛇瘴氣，什麼都有，7號林場開工不到半年就死了五個人。阿彪，你最好別去7號林場。」羅海彪應道：「去哪個林場由不得我，是不是？」老番客點頭說：「唔，那倒也是！」

隨後羅海彪問他那五個工人是怎麼死的。老番客說一個被毒蛇咬死，一個被老虎叼去，兩個倒樹時發生意外，被樹幹壓死，另一個被無端端斷裂下來的椏杈壓個正著，救出來兩天後也死了。

「樹椏杈怎會無端端地斷裂下來？」羅海彪聽了後問。老番客說：「我也不知道為什麼會這樣。我這腿就是被突然斷裂下來的樹椏杈壓斷的。很奇怪，當時沒颳風沒下雨，椏杈『啪』的一聲就斷下來。還有，」他繼續說，「7號林場死了五個人，工頭走了，工人散了。停工半年沒人敢接手。老闆沒辦法，只好出高價請人。這招頂事，不然，到現在7號林場可能還擱置在那裡養老虎呢！」羅海彪聽了心驚膽顫，青著臉說：

「死了那麼多人，犯了什麼大忌吧？」老番客搖搖頭，語重心長地說：「不知犯了什麼。森林裡什麼事情都會發生。總而言之，自己小心就是了！」

老番客走後，羅海彪拿出煙袋，捲了支喇叭筒，默默地吸著。煙是葉子煙，從家鄉帶來的。煙味醇正，順喉，吸著吸著，家鄉、田疇、老屋、老母、弟弟、妻兒的身影一個個映入眼簾。啊，娘……，想到母親他的心情落到谷底，眼淚衝到眼眶。

撚滅煙蒂，回到房裡，躺在床上，閉上眼睛，強迫自己別想揪心的事。然而，剛才老番客那番話又在耳邊響起：「那些地方都是大森林，從來沒人到過，狼虎猛獸，毒蛇瘴氣，什麼都有，開工不到一年就死了五個人……」想到這裡他毛骨悚然。然而，回頭一想，已經來了，沒有回頭路，再艱難、再危險也得挺下去……

神志恍惚，迷迷糊糊正要入睡，哥哥夏薄情的身影霍地鑽入腦際。「啊！大哥，你在哪裡？你沒事吧？昨天符木隆說的那個風水先生夏薄情會是你嗎？你是風水大師夏子規的嫡系子孫，說不定真的是你……」他百感交集，浮想聯翩，直到三更雞啼。

晨曦微露，他被竹林裡的鳥叫聲吵醒。到井邊打水沖涼。井水冰涼，頻打寒噤。抹乾穿衣，回到廳裡，以鹽水漱口，也喝了幾口，喉嚨痛好多了。

拿出煙袋，燃根喇叭筒，默默地抽著。外面傳來開柵門聲響，一個年輕男子走進來。

這人就是羅丙才。他拿來早餐，一包椰漿飯，用香蕉葉包著，當地人叫「那西鹵馬」。另有一瓶黑色飲料，羅丙才說是咖啡烏[26]。

隨後羅丙才自我介紹。羅海彪聽到他姓羅，高興地說：「嘿，我也姓羅，俺們是同宗啊！」羅丙才看

---

26 咖啡烏：是一種黑咖啡，源自馬來西亞和新加坡，含高度咖啡因，只配糖不配牛奶。

看名單，恍然說道：「對呀！我是梅江人，你呢？」羅海彪應道：「墨魚島銀沙村，離梅江不遠，俺們還是同鄉呢！」羅丙才興奮地說：「是嗎？自己人，太好了！」「你家裡還有什麼人？」羅海彪問。羅丙才搖頭說：「沒有了！父母早死，外婆把我帶大。本想把她接過來，她身體不好，沒敢來。前年去世啦！呃，老親，吃吃，吃飽再說！」

羅海彪應了聲，拆開香蕉葉，香氣撲鼻。喉嚨痛已經消退，胃口很好，吃了幾口霍地打住，問道：「昨天我那八個同伴去哪個林場？」羅丙才翻開名單看了一下說：「兩個去7號，六個去8號。」「我呢？去幾號？」羅海彪又問。羅丙才應道：「你去7號。」羅海彪愣了一下，沒說什麼，繼續吃飯。

吃過飯，喝杯開水，羅海彪繼續剛才的話題：「一個矮矮胖胖、剃光頭、名叫賴旺土的去哪個林場？」羅丙才想了一下說：「哦。那個光頭佬去7號，還有一個叫高佬林的也是7號。你去那裡有伴啦！」

羅海彪收拾好東西準備走。羅丙才說：「不急，船先去下貨，沒那麼快，再坐一會兒吧！」「也好，」羅海彪坐下來，「你抽煙嗎？」他拿出煙袋。羅丙才擺手說沒抽。羅海彪收起煙袋，又問：「聽說7號林場很危險，死過人，真的嗎？」羅丙才應道：「那是以前的事。新人接手後就安全多啦！」「誰接手？怎麼又安全了？」羅海彪窮追不捨。羅丙才說：「接手的叫王貴。這人不簡單，老闆好不容易才請到他。」羅海彪說：「是嗎？怎麼個不簡單？說來聽聽。」

羅丙才到窗前舉眼看看太陽，說道：「好，時間還早，給你說說。7號林場停工半年請不到人，老闆開出獎勵條件：工頭和長工，做滿五年可得相等三個月工錢的花紅；五年後願意在7號林場繼續幹的人可得兩畝地和一所房子。兩畝地不小，買的話得好幾百塊錢。」「結果怎樣？有人去嗎？」羅海彪問。羅丙才答道：「有，重賞之下必有勇夫，一個高頭大馬的男子去盧家莊找老闆說願意幹。」

「這人就是剛才說的那個王貴嗎？」羅海彪問。羅丙才應道：「對！他膽大包天，因此人們叫他鬼王。他有頭腦，經驗老到。他要老闆加強安全設施，比如工人宿舍加豎圍欄，預防老虎；工人上工得穿長褲、鞋子、襪子，預防蛇咬；還設條例要工人嚴格遵守。果然有效，開工至今已半年，工人安全無恙。「呃，時間差不多了，走吧！」「哪裡下船？」羅海彪問。羅丙才應道：「西岸渡口，就在下面，走路十五分鐘。」

來到渡頭邊，船已經到了。是梭子船，這裡的人叫橄欖船。船夫是個小夥子，叫莫哈末，馬來人，他能說一口流利的潮州話和客家話。

船裡有兩大麻袋米、兩大籮筐魚蝦和瓜果蔬菜、七八瓶油鹽醬料。另有四個大麻袋，裡頭裝的是豆渣、瓜皮、菜梗、菜葉。這些東西全都送去7號林場。羅海彪問豆渣瓜皮菜梗菜葉載去幹什麼？能吃嗎？莫哈末說是餵鵝的。羅丙才說鵝是蛇的剋星，7號林場養了二十幾隻鵝。「狗呢？養狗嗎？」羅海彪問。羅丙才點頭說：「有，兩隻。原本四隻，一隻被蛇咬死，另一隻被老虎叼去，剩下兩隻。那裡的老虎很兇，到了那裡千萬要小心。」

莫哈末用撐杆把船撐離渡頭，然後揮槳往上游划去。今早海潮低，船逆流而上，走得很慢。

羅海彪看他划得吃力，便說：「有槳嗎？我幫你。」「你會划船？」莫哈末問。羅海彪笑道：「我也是抓魚的，當然會啦！」

莫哈末從舷旁抽出半截槳丟給他。

羅海彪往掌心吐口口水，搓了搓，握著槳，左一槳，右一槳，划來輕鬆，嫻熟自如。

船速加快，啪啦啪啦，破浪前進。

「喂，你行啊！」莫哈末向羅海彪翹拇指。羅海彪應道：「河上好划，我在鄉下划的船比這大，在海上，浪很大，比這難多啦！」「你會使帆嗎？」莫哈末問。羅海彪笑道：「我出海捕魚，當然會啦！」

走了好一陣，繞過山嘴前面有道河灣，沙灘發亮，因而人稱金沙灣。河面有風，莫哈末豎起桅杆，羅海彪幫他掛帆拉繩子，莫哈末以槳當舵。

山風呼呼，風帆鼓脹，船走得飛快，兩個多鐘頭後拐入另一條河。那是老巫河支流，河水烏黑，叫烏水港。烏水港沒有風，他們卸下帆改用槳。一頓飯工夫，前頭有個渡頭。莫哈末指向渡頭後面那片森林說那裡就是7號林場。

羅海彪舉眼望去，離渡頭數百米有間亞答長寮，四周圍著柵欄，屋頂豎著風車，髹紅白色，很顯眼。莫哈末說風車是測風向，砍樹時得看風向。羅丙才說那棟長寮是工人住的地方，工人多半是「畫押」勞工，所以人稱「豬崽寮」。

莫哈末把船泊在渡頭邊，長寮那邊傳來狗吠聲和「嘎嘎嘎」的鵝叫聲。羅丙才說鵝和狗一樣，會為主人看門放哨。

長寮裡走出三個人，拉開柵門朝渡頭走來。羅海彪舉眼一看，其中兩個是賴旺土和高佬林。羅丙才說另外一個是長工黃阿祥。

賴旺土和高佬林看見羅海彪欣喜萬分，疾步前來問他昨天怎麼樣。羅海彪說有點誤會，已經講清楚，沒事了。

羅丙才給羅海彪介紹黃阿祥。黃阿祥點頭笑了一下，叫賴旺土和高佬林把船裡的東西搬上來。

東西搬上渡頭，莫哈末說還要趕去8號林場載人回去，不陪了。羅丙才也要跟著去，對羅海彪說：「老親保重，改天再來看你！」

羅海彪幫他們把東西搬進長寮。

寮子寬闊，中間為廳，廳裡有桌椅，都是用木條、木片自行釘製的。廳後有披屋，披屋裡有廚房、飯廳和工具房。廚房邊有兩個水槽，一大一小：大的水深三尺，是沖涼用的；小的深五六尺，是養甲魚的。池裡的水是從柵欄外那道山溝用竹筧引過來的。黃阿祥說烏水港有很多甲魚，晚上去放釣，釣多了吃不完便養在池裡。

柵欄的柱子特別大，圍欄木條特別粗，下端有鐵絲網。欄高兩米，堅固牢靠。黃阿祥說這裡有老虎，有狗熊，還有金錢豹，圍著柵欄晚上睡覺就安心了。他說養鵝是為了防蛇，防蜈蚣。鵝喜歡吃蜈蚣，蛇是鵝的死敵。剛搬來時屋裡有蜈蚣，屋外有蛇，養了鵝後，蛇和蜈蚣就絕跡了。

黃阿祥說砍伐場在西邊，離這裡約三公里。這裡的工人連工頭在內二十九個，煮飯、打掃輪流。今天輪到他。賴旺土和高佬林剛來，先熟悉環境，明天再去砍伐場。

太陽已經偏西，黃阿祥到廚房生火煮飯，羅海彪幫忙。高佬林幫他餵鵝、撿鵝蛋，賴旺土幫忙打掃衛生。

太陽落到山後，晚飯做好了。天氣熱，他們三個便去沖涼。來到水池邊，駭然發現小池裡有什麼東西游來游去。趨前一看，是甲魚，兩隻，像鐵鍋般大。

沖過涼，回到廳裡，山谷那邊突然傳來「嗚喂嗚喂」的喊叫聲。羅海彪嚇了一跳，抬眼往山谷那邊張望，只見一群猴子在樹梢頭驚慌失措，又跳又叫。羅海彪問阿祥是不是樹下有老虎。黃阿祥說每天早晚都這樣，不可能天天都有老虎。

天還沒黑，周圍走走，樹林裡好像有人打呵欠。羅海彪一怔，停下腳步問他們有沒有聽見。賴旺土點頭說昨天也是這樣。高佬林說是樹神打呵欠，當年在唐山也聽過這樣的聲音。話語剛落，「呵——嗨」，聲音清晰，好像就在前面。他們三個面面相覷，轉身回去。

黃阿祥看他們驚慌失色，說道：「怎麼樣？嚇壞了吧？」賴旺土說：「這一帶是不是有野人？」黃阿祥笑道：「什麼野人？是小樹蛙，拇指般大，會變色，樹幹上灰黑色，樹葉上青黃色。叫聲很大，好像有人打呵欠，不知情的人以為這裡有鬼。」「你看過這種小樹蛙嗎？」高佬林問。黃阿祥點頭說：「有！為了要揭破這個祕密，我、王貴和熊大河三個戴著手電筒在樹林裡守了一整天，聽見叫聲就亮手電筒往那裡照，哈，皇天不負有心人，終於看到一隻。牠像知了那樣搭在樹幹上，不久不久就發出叫聲。我們在樹幹上塗黏膠，第二天抓到一隻，祕密終於解開，不然哪，每個嚇到臉青青，還真以為有鬼呢！」

說著，柵欄外傳來說話聲，工人回來了。其中一個身材魁偉、滿臉鬍茬的中年男子。

黃阿祥給羅海彪介紹說他就是林場工頭王貴。

「只你一個？」王貴問羅海彪。羅海彪說：「三個，賴旺土和高佬林昨天先來。」王貴點點頭，隨後又問：「你在唐山幹哪行？」羅海彪答道：「在家耕田，上山打柴，出海打魚，什麼都幹！」「過來！」王貴向他招招手。羅海彪來到他跟前。王貴握拳往他肩膀捶幾下。「唔！」他點點頭，「不錯，是條漢子。行，明早跟我去砍樹。」

天色全黑，賴旺土點燃臭土燈[27]。

大夥兒趕著沖涼。水槽那邊劈哩啪啦很是熱鬧。

吃飯分三桌。蝦炒豆莢，腐乳蒸魚，豆芽炒鹹魚，蒜茸油菜，蝦殼豆腐酸辣湯。四菜一湯，熱騰騰，香氣四溢。辛苦了一天，飢腸轆轆，大快朵頤，吃完後各都翹拇指頻頻讚好。

「誰煮的？」王貴問。「他煮的！」賴旺土和高佬林同時指向黃阿祥。黃阿祥指向坐在對面的羅海彪：「他是軍師。腐乳蒸魚和蝦殼豆腐酸辣湯是他教的。」王貴聽了後說：「蝦殼一般都丟掉，煮湯倒是可口。怎麼煮？功夫大嗎？」他問。羅海彪答道：「簡單得很。蝦頭、蝦殼放在湯裡滾一滾，加豆腐和幾條辣椒就行了！」王貴說道：「這麼簡單？好哇！還有什麼高招？使出來，教教大家，以後我們天天吃好的！」羅海彪受寵若驚，忙說：「一點就通，沒什麼祕訣。」王貴笑道：「你不點哪會通？是不是？」

吃過飯，賴旺土收拾碗筷，羅海彪切西瓜，高佬林抹桌椅。他們三個積極、主動、做事認真，王貴看了很滿意。

離開飯廳，大家轉移到廳堂，有的抽煙，有的聊天，有的縫補褲子。

王貴抽完一鍋煙，隨後問羅海彪：「你砍過大樹嗎？會使斧頭、拉大鋸嗎？」羅海彪應道：「使斧頭我

---

27 臭土燈：是一種利用碳化鈣與水產生乙炔來燃燒的燈具。在電燈未普及的年代，由於它不容易被強風吹熄，所以經常被用在戶外場合，如夜間戶外照明。又稱為「電土燈」、「水火燈」、「瓦斯燈」。

會，大鋸也拉過，砍的是小樹，飯鍋般大，像外頭那樣的大樹，沒砍過。」王貴說道：「使斧頭、拉大鋸沒什麼學問，問題是樹要倒向哪裡才是功夫。好，明早你們三個和我們一起去砍伐場，教你們幾招，你們要仔細聽，仔細看，照規定的步法去學，去做。這樣就不會出亂子。」他們三個點頭說好。「還有一點，」王貴繼續說，「這裡的工人分兩類，一是長工，這裡有十二個，其餘的都是新客。長工經驗老到，你們新客得聽他的。此外，有幾個條例你們必須遵守。阿祥，你跟他們說一說。」

「好！」黃阿祥點點頭，「條例有三個：一，不管在哪裡、做什麼事，大家都要合作，互相照顧，不能自己顧自己；二，煮飯、打掃每天一人，大家輪流。輪到的人不必去砍伐場，但必須四點鐘起身，把早飯和午飯煮好。午飯裝飯盒，還要一大瓶開水，方便大家帶去砍伐場。除煮飯外還得打掃收拾、餵狗餵鵝，等等，總之，凡家務事都得做；第三，服從安全條例。哪些條例，等一下由我們的保安隊長熊大帥跟你們講一講。」

熊大河是資深長工，同伴們叫他熊大帥。他站出來說：「我叫熊大河，不是熊大帥，我沒帶過兵，也沒那麼帥，你們還是叫我熊大河吧！7號林場很特別，有幾件事你們得注意：第一，這裡有三多，蜈蚣多，蛇多，老虎多。這裡的蜈蚣特別大，我打過一隻，九寸長。這裡的蛇叫觀音蛇，手指般大，約一尺長。五顏六色，很美麗。牠老是眯著眼，看來很溫順，可是踩到牠就咬你一口。這種蛇比眼鏡蛇還毒，被咬到準沒命。幾年前，在別的林場，一個同伴和一隻狗被咬後不到兩個鐘頭就死了。老虎是我們這裡的『常客』，之前曾經有人被叼走，所以你們出門要特別小心。第二，這裡有一種樹的枝椏會無端端斷裂下來，之前有一個叫大隻佬的同伴被壓死。怎麼防等一下再說。第三，樹林裡常可聽見打呵欠的聲音，呵嗨呵嗨的，很恐怖，當初這裡死過人，大家都說這裡有鬼。為了抓鬼，我、王貴和阿祥在樹林裡守了一整天，抓到了，不是鬼，是小樹蛙。以後你們聽到有人打呵欠，不必怕！」黃阿祥插話道：「剛才他們已經聽見了！」熊大河說道：「是嗎？嚇壞了吧？」高佬林說道：「當初的確怕，阿祥哥說了後我們才恍然大悟！」

頓了頓，熊大河繼續說：「這裡的老虎很兇，蜈蚣很大，蛇很毒，怎麼防備，我要你們記住三件事：第一，樹林裡有很多觀音蛇，去林場必須穿鞋、穿襪子、穿長褲和長袖衣。這幾樣東西我們幾經辛苦、再三要求老闆才答應給的。第二，出門時最少兩個人，要帶砍刀或長矛，一旦遇到老虎就可互相照顧。第三，樹椏杈會突然斷裂下來是因為主幹木質鬆脆，椏杈又長，葉子又大又多。那種樹叫它『雷公樹』。雷公樹樹幹白色，流白膠，幾天後膠汁變黑色，容易辨認。遇到雷公樹得避開，砍伐前樹下堆些枯樹枝放火燒，把樹燒死，葉子掉光再砍。這樣就安全啦！」

說得有理。大家點頭表示會意。

「熊大哥，聽說這裡有鬼，你相信世界上有鬼嗎？」高佬林突然問。熊大河答道：「相信就有，不相信就沒有！」王貴插話道：「即使有也甭怕，鬼王在此，」他拍拍胸膛，「鬼看到我跑還來不及呢！」

他的話逗得大家哈哈大笑。

壁上的掛鐘忽然噹噹響起。

晚上九點睡覺，早上六點起身，這是王貴定的鐵規矩。他們三個隨黃阿祥到儲藏間拿衣服、鞋襪，然後回去臥房。兩人一間房，羅海彪沒有搭檔，獨居一室。

房裡沒有床，鋪板上有草席、被單。羅海彪昨晚沒睡好，有些累，躺下來迷迷糊糊就要入睡，母親的身影忽然鑽入腦際。「啊！娘……」他一骨碌爬起來，從布包裡拿出一個玉鐲子。那是臨別前母親給他的。藉著星光，鐲子晶瑩發亮。他看著，看著，腦裡響起母親的叮嚀：

「這鐲子是你羅家的東西，我嫁你爹時老奶奶給了我，戴在我手上已經幾十年，現在你帶去，想娘時就拿出來看看，鐲子好娘就好，鐲子碎了也不必愁，娘今年已經六十多了，人老了總是要走的！祖宗有靈，傳家玉能避邪消災，你帶著管用，嗯！」

「阿彪啊，這當兒，什麼心事都得撇開，家裡不會有事的，你就放心上路吧！」

「番邦天氣熱，濕氣重，家裡有曬乾的車前草和地斬頭[28]，帶些去。還有茶葉，碧螺春，俺家自己種的。老樹新芽，醇正清香，喝在口裡，暖在心裡。」
「到了那邊，找到哥哥就捎信來，好讓我安心！」
「……」
天下父母心，老母的話沉鬱莊重，字字句句如心裡噴出來的血。
他淚流滿面，泣不成聲。
收起鐲子，情緒稍定。正要躺下，一顆流星劃過夜空，妻兒的影子又映入眼簾。
「南洋隔山隔海，你此去俺們不知什麼時候才能見面，再送送吧！」
「咕哇！咕哇！」兒子小岡哭個不停。
「那邊人地生疏，你好歹要照顧自己。」
「咕哇！咕哇！」小岡哭得更大聲。
「心肝寶貝，別哭，別哭，跟爹說一路平安，順順利利！」
「咕哇！咕哇！」
「小岡乖乖，跟爹說再……見……」
「……」
她愁腸百結，聲音哽咽，彷彿杜鵑在啼血。
思念、離情、鄉愁折磨著他，淚珠不斷湧出來，袖子、衣襟都濕了。

---

28 地斬頭：為菊科地膽草屬植物（Elephantopus scaber L.），以全草入藥。夏秋採收，去雜質，洗淨曬乾或鮮用。又稱地膽草、毛蓮菜。

夜深沉，夜鳥的啼號打斷他的思緒，妻兒的影子逐漸模糊。閉上眼睛，沒有睡意。墊高枕頭，窗外月光朦朧。森林的剪影貼在天邊，幾顆寒星若隱若現。山谷那邊忽然傳來野獸廝殺的吼叫。我怎會來到這樣的地方？他反問自己，不禁搖頭噫嘻長歎。

4

隔天早上，吃了早餐，熊大河分給羅海彪、賴旺土和高佬林每人一把斧頭、一把砍刀和一捆繩子。他們拿了開水和午餐隨大夥兒上工了。

砍伐場在西邊，前去得半個鐘頭。路兩邊荊棘叢生，藤蔓糾纏，鷹啼蟬噪不絕於耳。

旭日東升，樹林裡霧氣瀰漫。賴旺土、羅海彪、高佬林隨大夥兒默默走著。

來到砍伐場，眼前豁然開朗。場地面積約兩個足球場般大，樹幹枝椏横七豎八躺在地上。

工人三個一組，由經驗老到的長工任組長。每組幹活場地相距五百米。羅海彪、高佬林和賴旺土分別派到三個不同場地熟悉工作和練習倒樹功夫。

開工前各組組長在場地點燃香燭祭拜「土地公」。

王貴到各組場地巡視，他看看風向，看看要砍的那棵樹，如果沒問題就喊了聲「開工」。

千年古樹，盤根如牆，主幹粗大，高入雲霄。有人拉大鋸，有人揮斧頭。「剎剎剎」，「噹噹噹」，木屑飛濺，大樹淌血。

烈日當空，汗流浹背。水壺乾了，衣裳濕透。「剎剎剎」，「噹噹噹」，大樹傾斜了。砍樹的人躲在一邊，拉開嗓門喊「嗚——喂」，擎天大樹隨著喊聲轟隆倒下。

樹木大小參差不齊，小樹一天砍三棵，大樹三天砍一棵。下斧鑿，拉大鋸，測風向，組長一講就通，幾株大樹倒向指定的方向，他們三個滿師結業了。

一天，將近放工時間，工人剛放下斧頭，一頭狗熊闖進丙號砍伐場。幾個工人拿了長矛邊喊邊追，狗熊逃到甲號伐場被一批工人截住，狗熊掉頭逃進叢林。

狗熊一般不傷人，牠跑到砍伐場是「誤闖」。

另一次，闖進砍伐場的是一頭鹿，好大的一頭鹿。工人放下斧頭拿了標槍就要追，鹿後頭竟然闖出一頭老虎。原來老虎追捕鹿，鹿驚慌逃命。工人大聲呼喝，老虎慌張掉頭逃走。鹿繼續逃，工人要追，王貴阻止，說鹿跑得快，追不上，由牠去吧。

老虎抓不到鹿便轉移目標到工人宿舍打狗的主意。宿舍圍著柵欄，狗在柵欄內，要拿狗還得花點心思。

一天晚上，吃過晚飯，大家在廳裡聊天，鵝圈那邊忽然傳來衝撞鐵皮的哐啷聲，圈裡的鵝隨著嘎嘎嘎地驚叫起來。

「聽，老虎來了！」熊大河最敏感。

鵝圈圍著柵欄，還釘上鐵皮，老虎是進不去的。然而，那隻名叫阿斗的狗卻逞性子汪汪狂吠。老虎再次撲撞鵝圈，鵝「嘎嘎嘎」地亂成一團。阿斗不自量力，鑽出狗洞要和老虎決一雌雄。老虎正等著牠。「汪」的一聲慘叫，阿斗一去不復返了。

天亮後，上工前，王貴、熊大河、阿祥、賴旺土、羅海彪等幾個去鵝圈那邊察看，鵝圈圍欄完好無損，一道虎爪印攙同斑斑血跡從狗洞向菜園那邊伸延。

賴旺土看得很仔細，蹲下叉開虎口量爪印。他說這頭老虎起碼三百斤。沿著血路來到菜園邊。菜園已經荒廢，是之前那班人留下的。菜園後有個大石頭，石頭後有片叢林。他在石頭周圍巡了一下，說老虎常在這裡出沒，在這裡做虎柵就可把那頭老虎捉來煎虎膏。

王貴問他怎知道老虎常在這裡出沒。他說看爪印，有大的，有小的，有新的，有舊的。王貴點頭會意，隨後問他會不會做虎柵。賴旺土說做虎柵沒什麼功夫，主要是木料。做好後還要一頭羊。以羊當誘餌，不出三個月，包你捉到老虎。

王貴聽了興致勃勃，說今晚再詳細談。

老虎肆無忌憚，在砍伐場追捕鹿，昨晚撲撞鵝圈，把阿斗叼走。熊大河吩咐大家出入要小心。賴旺土說老虎吃了那隻狗，肚子已飽，兩三天內不會出來，也不會傷人。

言之有理，不過大家不敢大意，無論到哪裡都把長矛、砍刀帶在身邊。

當晚吃過飯，王貴重提做虎柵捉老虎的事。

賴旺土講他在唐山做虎柵捉老虎的經驗。他說他的家鄉牛角坳在森林邊沿，村裡常鬧虎患。老虎很兇，獵虎的人也很多。虎皮很值錢，虎骨煎成虎膏比人參還要貴。他說他的鄰居薛師傅是做虎柵捉老虎能手。他除了幫薛師傅做虎柵外還幫他煎虎膏。煎虎膏有祕訣，薛師傅不肯教他。不過他「偷師」，側目而看，時日一久也學會了。

長工阿祥說森林裡老虎這麼多，捉了這隻還有那隻，哪捉得完？

賴旺土說老虎一向獨來獨往，除非發情或哺乳幼虎。不過不管牠有多少，以羊當誘餌，虎柵上機關，來一隻抓一隻，來兩隻抓一雙。賣虎皮、煎虎膏，發財啦！

羅海彪說虎骨除煎虎膏外還可釀虎骨酒，虎骨酒比虎膏還要貴。

王貴聽了興致尤濃，問賴旺土做虎柵得花多少錢。賴旺土說木料這裡有，不花錢，工作我們做，也不花錢。鐵釘、鐵線、繩索各五六十斤，多少錢自已算。最貴的是羊，最好兩隻，咩咩叫，老虎聽了流口水。黃阿祥說兩隻羊得花百多塊。賴旺土說羊圈在虎柵後面，老虎進柵抓羊，觸到機關被頂架壓著動彈不得，哪有功夫抓羊？

王貴拍板說：「好，做，先找木料！」

木料砍伐場有得是。賴旺土選好尺寸，放工時由工人順便扛回去。此外，王貴把鐵釘、鐵線、繩索尺碼和數量寫在紙上，給羅丙才一筆錢，要他儘快把東西搞來。

一個星期後，木料備齊了，鐵釘、鐵線、繩索也來了。王貴令羅海彪、高佬林和兩個剛來的「豬崽」幫賴旺土做虎柵。

虎柵做在菜園後，離大石頭十幾米。虎柵寬八尺，長十二尺，門向叢林，羊欄在後。兩個星期後，虎柵完工，柵內、柵外種些雜草小樹作為掩飾。一切具備，裝上機關進行測試。王貴、熊大河和黃阿祥也在場。機關裝在柵欄右邊，一條黑色小繩拉到左邊，柵門頂架已經吊起。拿支竹竿輕觸繩子，柵門和頂架便「砰」的一聲掉下來。頂架是虎柵最重要的一部分。木料特大特重，掉下後離地三尺。老虎被壓在下面，沒法站，只好趴著。

王貴大開眼界，說要去買羊。賴旺土說不急，待雜草小樹長高後再買也不遲。

正說著，柵門那邊傳來狗吠聲，圈裡的鵝也「嘎嘎嘎」地叫起來。一根煙工夫，值班廚子王亞九前來說有個人要找羅海彪。

羅海彪猛然一怔，疑惑地說：「我這裡沒親戚，沒朋友，怎會有人找我？」「那人叫什麼？老的還是年輕的？」王貴問。王亞九應道：「我沒問。那人大約三十歲，穿長衫，像教書先生。」王貴腦筋轉得快，對羅海彪說：「喂，大概是你哥，快去看看。」「我哥？怎麼會……」羅海彪愣著。王貴說道：「肯定是你哥，快去呀！」

羅海彪大踏步回到寮子，往廳裡一看，果然是他哥夏薄情。「唷，大哥，我到處找你。你去了哪裡？這些日子我擔心死啦！」夏薄情應道：「我出了點事，連累了你。對不起呀，三弟！」羅海彪說道：「沒事沒事！坐，大哥坐，坐下來說！」

坐定，羅海彪倒杯茶放在他跟前，一邊說：「大哥喝茶！大哥，你怎會來這裡？我不是做夢吧？」夏薄情應道：「符木隆告訴我你在這裡，我很驚訝。你果然在這裡！我也好像在做夢。這下可好，俺哥兒倆又見面了！」說著眼睛泛紅了。

久別重逢，恍如隔世，羅海彪很激動，眼淚撲簌簌地掉下來。

夏薄情繼續說：「我在仙鶴鎮開醫社，前天下午從新加坡回來，在船上遇見符木隆，他問我認不認識羅海彪。我說羅海彪是我弟弟，當然認識。他便告訴我你住在這裡。我昨天就要來，到了碼頭莫哈末已經走了。這裡怎麼樣？工作順利嗎？」羅海彪抹乾眼淚說：「這裡的人都很好，工作很順利。」

王貴、熊大河、黃阿祥幾個走進來，羅海彪忙給他們介紹。

夏薄情是仙鶴鎮有名的大夫，王貴早就聽過他的大名。他向夏薄情拱手說道：「早聞大名，今天幸會。常言道：『窮在大街無人問，富在深山有遠親。』阿彪你這個窮豬崽，想不到在深山也有遠親！」熊大河說道：「何止遠親？是兄弟！」

他們的話逗得大家哈哈大笑。

「呃，你們今天沒有上工嗎？」夏薄情問。

王貴告訴他這裡的老虎很兇以及做虎柵的事。

夏薄情對虎柵很興趣，說道：「做虎柵？在哪裡？很遠嗎？」王貴應道：「不遠，在附近。去看看嗎？」夏薄情欣喜地說：「好好，我去見識一下。」

夏薄情隨他們來到虎柵前。賴旺土、羅海彪和高佬林進行示範，夏薄情看了讚不絕口。

「先生會煎虎膏嗎？」王貴突然問。夏薄情應道：「煎虎膏沒什麼學問，只是工夫多，火候要到家。」王貴欣然說道：「很好很好！我們捉老虎，你負責煎虎膏。賺了錢大家分。」夏薄情笑道：「行，捉到老虎就通知我。」王貴高興地說：「好，一定一定！」

回到寮子，值班廚子王亞九叫吃午餐。午餐是炒飯，昨晚剩下的。他們請夏薄情一起吃，夏薄情不婉拒，坐下來一同吃。

吃過飯，王貴一班人回去砍伐場，羅海彪留下陪哥哥。

羅海彪告訴哥哥過番以及來到仙鶴鎮簽約當豬崽的經過。夏薄情略述生意失敗改行行醫的事。

夏薄情最後說：「關於你的合約，改天我向符木隆打聽一下，看看能不能贖回來。不然，在這裡熬三年，太苦啦！」「好好，多謝大哥！」

柵門那邊忽然傳來狗吠聲，圈裡的鵝也「嘎嘎嘎」地叫起來。

「喂，有人要回鎮上嗎？」碼頭那邊有人喊。夏薄情舉眼望了望窗外，是船夫莫哈末。「來了！」他喊。「等一等！」羅海彪跟著喊。

夏薄情於是說：「我得走了，贖回合約的事有消息再通知你。」「好，大哥辛苦啦！」

羅海彪送他到渡頭，直到船走遠了才回去寮裡。

第四章

1

羅海彪回到竹園。

一個多月前，夏薄情從7號林場回來後第三天，符木隆在街上遇見夏薄情。夏薄情告訴他已經找到義弟羅海彪，並拱手向他致謝。

符木隆說：「別謝別謝。我幾乎忘了，隔這麼久才通知你，抱歉得很，先生別怪！」夏薄情忙說：「不，我得感謝你，不然我一直以為我弟弟還在鄉下。」符木隆說道：「兄弟能見面比什麼都好，我為你高興！」夏薄情拱手說：「謝謝，謝謝！對了，有一事要請教您。」符木隆應道：「請教不敢，請說！」「是這樣的，我弟弟和盧老闆簽了三年合約，我想替他贖回合約，你看能嗎？」符木隆搔搔腦袋，說：「我在盧家莊這麼久，這樣的事還沒有過。要破例，我看有點難。」夏薄情說道：「好好，我只是問問，沒什麼。」符木隆沉吟片刻，說道：「找四娘，她也許有辦法。這樣吧，我向她探口風，有消息就通知你。」「好好，麻煩你啦！」「別客氣，再見！」

兩天後，符木隆到頤春堂找夏薄情，說已和四娘談過，四娘說她不能作主，這樣的事得找盧老闆，也許他會給面子。

夏薄情點頭說好，過幾天再去找他。

一個星期後，下午時分，夏薄情到盧家莊找盧水雄。傭人說盧老闆去新加坡還沒回來。「那麼夫人呢？她在嗎？」夏薄情問。傭人應道：「太太去廟堂，傍晚才回來，先生等她嗎？」夏薄情應道：「不，我改天再來。」說完正要走，忽然聽見後面有人叫「先生」，回頭一看，是丁香。

丁香迎上前說：「先生既然來了就坐會兒吧！」「也好！」他坐下來。

丁香倒杯茶給他，一邊說：「先生找太太什麼事？或者我為你傳話。」夏薄情應道：「關於為我義弟贖回合約的事，符木隆說這事和你談過，我想了解一下盧老闆是什麼態度？有沒有這個可能？」丁香點頭說：「對，昨天符木隆跟我談過這件事，他說7號林場的新客羅海彪是先生的結拜兄弟，我聽了簡直不敢相信。羅海彪真的是先生的結拜兄弟嗎？」夏薄情點頭應道：「沒錯，在唐山鄉下，我和羅海彪住在同個村，我們的家只隔一條河，我們從小在一起，情同手足，長大後義結金蘭。他來這裡已經半年多，要不是符木隆跟我說我還真不知道有這回事。」「是嗎？這麼巧，我為先生高興呀！」頓了頓，她換了語氣，「關於贖回合約的事，以前沒有過，要破例很難。不過可以試一試，看雄哥怎麼說？」

夏薄情點點頭，沒答話。

丁香繼續說：「砍樹開荒的工作的確苦，也很危險。希望雄哥會破例，答應您的要求。」夏薄情應道：「盧老闆能答應最好不過，如果不能破例，就給我弟弟換個比較安全的地方。你看行嗎？」丁香應道：「這要求不過分，先生和雄哥的交情不錯，我想雄哥會給面子。嗯，這樣吧，我先找大娘，探一下口風，情況如何再轉告先生。」夏薄情點頭說：「好，好，拜託了！哦，還有一件事，」夏薄情從手提包拿出一張圖紙遞給丁香，「這是改建蓮花池的草圖，你順便交給盧老闆，讓他過目，改天再和他們詳談。好，就這樣，我還有事，先走啦！」

天下事無奇不有，羅海彪竟然是夏薄情的結拜兄弟，丁香大喜過望。

自從邂逅羅海彪之後，她死了的感情又被喚醒了。羅海彪已奪走了她的心，無時無刻地惦記著他，夜裡也夢見他。她暗中打探他的情況，而且找機會希望能幫他一把，讓他離開鬼魅出沒、充滿煞氣的7號林場；然而師出無名，找不到適當的藉口。現在可好，夏薄情非等閒之輩，不看僧面看佛面，重新安置羅海彪，換個較好的生活環境，這樣的要求相信盧水雄不會拒絕。

傍晚，盧周氏回來了。丁香把夏薄情留下的那張改建蓮花池的草圖交給她，同時告訴她關於夏薄情要為義弟羅海彪贖回合約的事。

「什麼？」盧周氏疑惑地看著她，「夏薄情和這樣的人結拜兄弟，可能嗎？」丁香說道：「這不奇怪，薛仁貴大將軍不是也和樵夫王茂生結拜嗎？所謂義結金蘭，他們講的是義氣，不是身份。」盧周氏點頭說：「那倒也是！不過為豬崽贖身是件大事，雄哥回來後，我再跟他說。」丁香說：「雄哥出門已經六七天，該回來了吧？」盧周氏應道：「蘇丹王的生日轉眼就到，他為送禮的事傷透腦筋。唉，金銀珠寶都送過了，今次不知要送什麼好！」

話語剛落，傭人進來說，老爺回來了。

盧水雄拖著疲乏的腳步無精打采地進入廳堂。他有點累，坐在藤椅上，閉目養神。盧周氏倒杯開水放在他跟前。他睜開眼睛，拿過杯子一口一口地喝著。

「怎麼，不順利嗎？」盧周氏問。

他搖搖頭，沒答話。盧周氏於是說：「拿督李萬千不是說要陪你去的嗎？」

「唔！」盧水雄點點頭，「拿督李百忙之中抽時間陪我入宮。辦事處官員塞哈里說陛下早上去哥打森林打獵，叫我們兩天後再去。兩天後我們去了，塞哈里說陛下去打馬球，幾時回來沒交代。已經約好的，怎麼突然去打獵？又去打馬球？唉！誰知道是真還是假？我看哪，蘇丹陛下根本就沒把這事放在心上。哼，連拿督李都不給面子，以前那些禮物是白送了！」

拿督李萬千是盧水雄的大主顧，盧家莊的貨品都由李萬千的「萬千公司」轉銷海外。

「唉！」盧周氏歎了口氣，「常言道：『命裡有時終會有，命裡無時莫強求。』這樣的事得靠機緣，強不來的呀！」「強不來？」盧水雄霍地站起身，伸手指向門外，「夏薄情不是說過嗎？花園裡的假山和魚塘擋住俺家風水，必須移位改建。好啦，聽他的。風水輪流轉，改建快一年了，怎地連點動靜都沒有？」盧周氏笑道：「你急什麼？古人說：『一命，二德，三風水。』命是生來的，德是積來的。我天天唸經拜佛，初一十五吃素。行善積德，風水輪流轉，我看運氣離俺家不遠了。哦，對了，夏薄情拿來改建蓮花池的草圖，回頭給你。」盧水雄應道：「是嗎？好，這兩天我有空，叫人去請他來。」

盧周氏點頭說：「好，明天下午我叫人去請他。對了，夏薄情說7號林場有個叫羅海彪的豬崽是他的結拜兄弟，他想為羅海彪贖回合約。雄哥，你看該怎麼處理？」「夏薄情和豬崽結拜？有這樣的事？」盧水雄疑惑地問。盧周氏應道：「當初我也不信，四娘說還真有這回事。贖身的事我們盧家莊從來沒有過，我看不能破例，不過完全拒絕也不好，夏薄情非等閒之輩，多少得給他面子。雄哥，你說是嗎？」

盧水雄想了一下說：「明天他來了我再問個清楚！」

隔天，夏薄情來了。盧水雄請他到書房，傭人端茶進來。

盧水雄拿出那張改建蓮花池的草圖，說昨天才回來，還沒詳細看。夏薄情說不急，叫他慢慢看，如果有問題儘管提出來。盧水雄說應該沒問題，只是今年太忙，明年再揀日子動工。

談過改建蓮花池，夏薄情提出為羅海彪贖回合約的事，並說願賠償損失。盧水雄說賠償損失是小事，問題是沒有先例，不好辦。

一句「不好辦」就把夏薄情擋在門外。夏薄情拿了手提包就要告辭，然而盧水雄卻說：「先生請喝茶！」

夏薄情拿過杯子抿了口茶。

「先生不必憂心，」盧水雄打起笑臉，「您的兄弟就是我的兄弟，這樣吧，我叫林場主管安排一下，給您兄弟換個環境，幹些比較輕便的活兒。您看這樣行嗎？」夏薄情應道：「好好，謝謝盧公，拜託拜託！」

他向盧水雄頻頻拱手。

一個星期後，林場主管安排羅海彪住進竹園，照顧附近園地剛種下的橡膠秧苗。

2

三個月後，賴旺土做的虎柵果然捉到一頭老虎。這頭老虎百來斤重，還沒長大，看到人卻齜牙咧嘴，兇相畢露。不過頂架三尺高，使不了勁，只得睜大眼睛瞪著柵外的人。

這頭老虎和一般的有些不同。一般老虎皮毛赤黃，黑花紋，腹部雪白。這頭老虎皮毛雪白，斑紋淺灰，牙如鉤，鬚如針，很是威嚴。

賴旺土說這種老虎很少見，當年唐山鄉下抓過一頭，一個老者說白老虎是神虎，是山神的妹子白仙姑養的。村裡人聽了害怕，不敢殺，把牠放了。

熊大河說放虎歸山，後患無窮，得殺。王貴說神虎更好，煎出來的是神藥，神藥更值錢。怕的人可以不插手，賣了錢也沒他的份。

一個說：「你不怕白仙姑找你算帳？」王貴說：「白仙姑養的老虎傷了那麼多人，我倒要找她算帳！」信口雌黃，聳人聽聞，他們的對話逗得眾人哈哈大笑。

中午，王貴乘莫哈末的船去盧家莊，他先到竹園告訴羅海彪虎柵捉到老虎的好消息。羅海彪喜出望外，放下工作陪他去街場找夏薄情。

來到頤春堂藥店，還真巧，丁香在店裡和夏薄情敘話。

羅海彪沒去幹活有點心虛，站在門口不敢進去。

藥店老闆翁水斗出來說：「兩位要買點什麼，請進來。」

羅海彪靈機一動，便說：「天氣很熱，我喉嚨不舒服，想買點菊花，給我三兩吧！」夏薄情聽了對翁水斗說：「加點麥冬，給他十兩，算我的帳！」翁水斗說道：「好咧！兩位進來坐。」他指了指牆邊的椅子。

他們倆進入店內，坐將下來。

「三弟今天沒去幹活嗎？」夏薄情問。羅海彪應道：「有，貴哥說有事找你，我陪他來。喉嚨不舒服，順便買點菊花。」喉嚨不舒服和買菊花是藉口，不然下不了臺。然而，丁香卻說：「活兒是幹不完的，你喉嚨痛就休息一下嘛！」羅海彪忙說：「小事，不打緊。謝謝老闆娘關心。」

丁香瞥他一眼，莞爾而笑。

「你呢？王大哥，今天這麼有空，沒去砍伐場嗎？」夏薄情問。王貴應道：「我剛從那裡來，有點事和先生商量，不過不急，等您忙完了再說。」「我不忙，什麼事？」夏薄情問。王貴應道：「剛才您和老闆娘不是在談事情嗎？」丁香識趣，便起身說：「我來只是閒聊，沒什麼事。哦，差點忘了，翁老闆，給我五兩洋參，參點麥冬。」翁水斗應道：「好咧，就來！」

丁香順手拿過報紙，一邊說：「我沒事了，你們談吧！」說完移步到櫃檯前坐下來看報紙。

「王大哥找我什麼事？」夏薄情隨後問。王貴應道：「是這樣的，我們林場做了個虎柵先生是知道的。昨晚捉到一頭老虎。上回先生曾說抓到老虎就通知你，所以我就來了。」夏薄情聽了興奮地說：「是嗎？果然抓到啦！老虎呢，還活著嗎？」王貴應道：「活著，張牙舞爪兇得很哪！」夏薄情說道：「老虎愈兇愈好，虎皮才光鮮，才值錢。那頭老虎有多大？」夏薄情問。王貴應道：「是頭虎崽，百六七斤。母老虎沒進柵，跑了！」「是嗎？可惜呀！老虎愈大愈好，煎出的虎膏分量多，品質更好。」「那麼，虎崽呢？能煎虎膏嗎？」王貴隨後問。夏薄情應道：「可以，只是分量少，品質也差些。」「虎皮呢？白虎皮值錢嗎？」丁香放下報紙問。夏薄情應道：「白老虎是稀有品種，很珍貴，牠的皮當然值錢啦！」王貴聽了拍板說：「好，老虎照殺，虎膏照煎，虎膏照賣。賣了錢大家分。」夏薄情想了一下說：「這樣吧，先別殺那頭老虎，我先去看看，如果有人要，活老虎更值錢。」王貴說：「是嗎？這可好。現在沒船了，明天吧，早上九點鐘我在碼頭等您。」夏薄情應道：「好，明天早上九點鐘，不見不散。」

王貴和羅海彪走後，丁香拿了洋參付了錢也告辭離開。

她到漁場巡了一下，翻看帳簿，和簿記員阿德叔聊了幾句也就回去了。

天色已黑，盧水雄已經回來，在廳裡和盧周氏聊著什麼。他們笑逐顏開，好像在談一件挺開心的事。

盧周氏看見丁香霍地打住，提高嗓門說：「你怎麼到現在才回來？」丁香應道：「我去頤春堂買點藥材，夏先生也在，和他聊了一會。轉去漁場看看帳簿，回來便遲了。怎地？有什麼事要我做嗎？」盧水雄應道：「沒事！休息一下，回頭一塊兒吃飯。」盧水雄和顏悅色，心情格外地好。丁香說：「我不累，你們繼續說！」

盧水雄點點頭，繼續剛才的話題：「拿督李萬千說上個星期他和王室大臣英仄巴卡一起吃飯，他趁機向英仄巴卡提起我要覲見蘇丹陛下的事。英仄巴卡滿口答應，說兩個禮拜後就有消息，這次肯定不會讓我失望。英仄巴卡的權力比塞哈里大得多，人也不錯，他辦事我有信心。」盧周氏聽了後說：「這樣就好，事成之後可要好好地謝他！」盧水雄應道：「這當然！還有，他提醒我送給蘇丹陛下的生日禮物不在貴重，別致新巧、特別一點就行。別致新巧，特別一點？我想了幾天，沒點頭緒。大娘，你有點子嗎？」盧周氏搖頭說：「沒頭沒腦，我哪會有點子？」盧水雄鄭重其事地說：「成敗在此一舉，這是關鍵。再想想。四娘，你也幫忙，動動腦筋，嗯！」

送禮是件最令盧水雄頭疼的事。皇宮裡山珍海味、金銀財寶一樣不缺。以往年年送禮，年年進宮向陛下祝壽，然而拿督榮銜年年都沒他的份。

丁香聽了心頭一亮，暗自尋思：蘇丹陛下不是最喜歡飼養野生動物嗎？王貴捉到一頭白老虎，何不把這頭白老虎買下當禮物送給蘇丹陛下？夏薄情說白老虎乃稀有動物，很珍貴，蘇丹陛下看了一定會喜歡。

「妹妹，有點子嗎？想到沒有？」盧周氏問。

丁香愣了一下，點頭說：「我倒有個點子，適合不適合大家斟酌一下。」盧水雄驚喜地說：「啊？你有？什麼點子？說來聽聽！」丁香應道：「上回您不是說蘇丹王是個怪人，很喜歡飼養野獸的嗎？」盧水雄點頭應道：「對呀！他喜歡飼養野獸又怎樣？這和送禮有什麼關係？」丁香答道：「剛才我去藥店買點東西，7號林場的王貴也在那裡。王貴說他們捉到一頭老虎，是白色的，夏薄情說白老虎世上少有，是一種珍貴的動物。如果把這頭老虎送給蘇丹王，我想蘇丹王一定會喜歡。雄哥，您看這禮物合不合適？」「呃，好哇！」盧水雄高興得幾乎跳起來，「好，這主意很好。過來過來，坐這邊。」他拍拍身邊的空位，吹掉上面的灰塵（其實傭人每天都抹得一塵不染），「白老虎是祥瑞的動物，很珍貴，蘇丹陛下肯定喜歡。那頭白虎在哪裡？詳細情形說來聽聽！」

丁香起身坐在盧水雄身邊，把王貴找夏薄情幫忙煎虎膏的事一五一十地說了。

盧周氏聽了叫道：「哎喲！把活生生的老虎殺來煎虎膏，這麼殘忍。阿彌陀佛，罪過！罪過！雄哥，把老虎送給蘇丹陛下吧，讓他養在動物園裡，也算是救了老虎一命，菩薩知道了也會保佑你的！」

「唔！」盧水雄點點頭，「四娘，明兒一早你去找夏薄情，跟他說那頭老虎我要了，要活的。同時叫他開個價，多少錢改天和他算。」丁香應道：「好，明天一早我去找夏先生。不過那頭老虎是王貴他們抓的，價錢方面應該和王貴談。」盧水雄應道：「那更好，叫他改天來找我。」「好，老虎呢？怎麼抓，誰去抓？」丁香問。盧水雄想了一下說：「這樣吧，明天大清早我包船趕去柔佛巴魯，向王室官員通報我們捉到白老虎的事。老虎怎麼抓、誰去抓由他們自己安排。」

頓了頓，他轉對盧周氏：「我去柔佛巴魯可能待幾天，如果王貴來要錢，你搞定他吧！」盧周氏應道：「放心放心，我知道怎麼做，這等小事你就別操心啦！」「好好，這頭白老虎來得正是時候！」

喜從天降，盧水雄心花怒放。

3

傍晚，羅海彪回到竹園。

洗過澡，天色已黑，他把剩飯剩菜蒸熱，坐在桌前默默吃著。剛吃完，外面傳來開門聲，舉眼一看，是老番客，提著籃子，打著燈籠，一瘸一瘸地走進來。

他是送糧來的。每星期兩次，主要是魚蝦、蔬菜。今次有個豬肘子，另有一紮大蒜。在唐山鄉下，大蒜很普遍，在南洋番邦，價格比唐山貴了幾倍。

羅海彪很驚訝，問道：「這豬肘子和大蒜也是給我的嗎？搞錯了吧？」老番客應道：「拿來這裡當然是給你的啦！明天是冬至，冬至吃大蒜，你忘啦？」羅海彪笑道：「來到番邦，什麼節日都忘啦！」

老番客繼續說：「再多個把月就過年了。在仙鶴鎮，豬肘子比豬肉還貴。阿哥，你福分不淺哪！」羅海彪應道：「我看這全是我哥的面子，要是沒他，我也不會住在這裡，不是嗎？」老番客說道：「你哥哥的面子是一回事，另一點是你遇到貴人。」羅海彪笑道：「這貴人不就是我哥哥嗎？」「不不，」老番客搖搖頭，「另有他人！」

「另有他人？」羅海彪疑惑地看著他，「我來到這裡人生地不熟，除我哥外，還有誰會給我送這麼貴的豬肘子？」「你別詐癲吃馬屎，」老番客臉上露出詭祕的笑紋，「四娘對你特別照顧，難道你看不出來？」羅海彪應道：「特別照顧？你指的是哪方面？我不覺得呀！」老番客說道：「哪，這豬肘子是她交代給你的。我問她你和盧家莊是什麼關係。她說不知道，給豬肘子是大娘交代的，過節嘛！我不相信，盧周氏為人刻薄吝嗇，不會這麼好心。阿哥呀，我看你是走運啦！」「走運？」羅海彪搔搔腦袋，「過番豬崽能走什麼運？」老番客笑了一下說：「走什麼運你自己知道！」說著點亮燈籠，拿了籃子，一瘸一瘸地走了。

老番客走後，他拿起豬肘子掂掂重量，然後撒點鹽，放進櫥裡。心裡卻想：「盧周氏吝嗇小氣，給豬肘子一定是四娘的主意。老番客說四娘對我特別照顧，看來也是，這豬肘子少說也有五斤重，起碼得花十一二塊錢。這麼說四娘喜歡我？可是我有哪點值得她喜歡的地方？……」他想著，丁香的影子在腦裡揮之不去。

他癡癡地坐在窗前。窗外月白風清，竹園猶如浸在水晶宮。牆角的蟋蟀嗡嗡地叫，竹叢裡夜鳥咕咕地啼，老巫河那邊傳來吼啦吼啦的流水聲。羅海彪從夢幻中醒轉過來，關好大門，回到臥房，躺在床上準備睡覺。然而一閉上眼睛，四娘的身影又出現在眼簾，耳裡還響起她的聲音：「南洋天氣熱，濕氣重，要多沖涼，多喝水……。活兒是幹不完的，你喉嚨痛就休息一下……」她好聲好氣，像在關心自己的男人似的。

「看來，她是真的喜歡我。」他想。

夜深沉，潮水退盡，濤聲遠去。羅海彪朦朦朧朧，睡著了。

他做了個夢，夢見四娘半夜到竹園找他。四娘拉他的手，他大膽把手搭在她肩膀上。四娘寬衣解帶，投入他的懷抱。他已經好久沒幹那回事，身子一接觸就如狼似虎，迫不及待。她也一樣，如飢似渴，把他摟得緊緊。

琴瑟和諧，如膠似漆，兩人都有「久旱逢甘雨」之急，只一陣子，丁香便嗷嗷呻吟，渾身打顫，肢體軟癱癱的如散了架。事後她枕著他的手臂，閉著眼睛，臉上凝著滿足、幸福的笑容。

早上醒來，他發覺褲襠濕了一大片。

沖過涼，把幾個番薯蒸熟當早餐。填飽肚子，正要去幹活兒，外頭忽然傳來閘柵門的聲響。探頭一看，大吃一驚，原來是四娘。她怎麼來了？難道昨夜的夢要成為事實？

丁香疾步走過來。

他迎上前，一邊說：「四娘，怎……怎麼是您？早，早啊！」丁香應道：「早早！我來是要告訴你，王貴他們捉到的那頭老虎我們老闆要了，你們的虎膏煎不成啦！」「啊？老闆要來幹什麼？」羅海彪忙問。丁香應道：「我現在要去找你哥，改天再跟你說。過來。」她向他招招手。

羅海彪走上前去，丁香從手提袋裡拿出一個小紙包塞到他手裡。「給你！」「啊？什麼東西？」他驚訝地問。「嗅一下就知道了。我趕時間，再見！」她揮揮手，轉身離開。

羅海彪目送她到柵門口。回到廳裡，嗅了嗅那包東西，是洋參的味道。拆開一看，果然是洋參。他愣了一下，霍地想起昨天傍晚她在頤春堂買洋參的事。「原來她是買給我的。她對我這麼關心，看來她真的喜歡我……」

他喜滋滋地拿過鋤頭，戴上箬笠，步履輕快地走了。

4

丁香來到頤春堂藥店，夏薄情剛從海邊散步回來。丁香將盧水雄要買那頭老虎當禮物送給蘇丹王的事如實相告。

夏薄情聽了後說：「這是一份珍貴的禮物，蘇丹王一定很喜歡！」丁香點頭說：「對。這麼一來，虎膏煎不成了，你們的損失可大啦！」夏薄情應道：「王貴說那頭老虎只有百來斤，是頭虎崽。虎崽骨頭嫩，煎出來的虎膏不多，品質也不好。不過白虎是稀有動物，很珍貴，殺了就可惜了！」「依先生看，那頭白虎值多少錢？」丁香問。夏薄情說道：「沒有行情，有人要才值錢，沒人要值錢也沒用，是不是？」「那您看，我們該還你們多少錢？」丁香又問。

夏薄情想了一下說：「老虎是王貴他們捉的。等一下我會見到他。價錢方面最好由他和盧老闆當面談，我是外人不宜插手。」丁香點頭說：「好，等一下請先生轉告王貴。好啦，我走了，再見！」

丁香走後，夏薄情到咖啡店吃了點東西便匆匆趕去碼頭。

王貴已經在渡頭等他，他告訴王貴盧水雄要買那頭老虎的事。王貴聽了很驚訝，問盧水雄要老虎來幹什麼。

夏薄情應道：「做人情，當生日禮物送給蘇丹王。」「啊？這……這……」王貴搔搔腦袋，恍然大悟，「唷，對呀，蘇丹王在柔佛巴魯設動物園，裡頭養了好多野獸。白老虎是稀有動物，很珍貴，蘇丹王一定喜歡。」夏薄情說：「既然這樣，我就不跟你去林場了。」王貴點頭說：「也好，呃，盧老闆既然要買，您看那頭老虎值多少錢？」

夏薄情想了一下說：「白老虎很珍貴，不過沒有行情。愈多人要就愈值錢，沒人要值錢也沒用，是不是？」「說得是！」王貴點點頭，「如果煎成虎膏，包括虎皮能賣多少錢？」王貴又問。夏薄情應道：「我說過，虎崽骨頭嫩，煎出來的虎膏品質較差，分量也少，賣不了多少錢。虎皮倒是珍貴，拿去新加坡一百塊人家搶著要。」王貴聽了後說：「虎膏少，品質不怎麼好，但也可賣幾個錢，是不是？」夏薄情點頭說：「當然，當然！」「您估計一下，能賣多少錢？」夏薄情想了一下說：「三四百塊沒問題。」王貴應道：「這麼說這頭老虎值得五百塊，對嗎？」「對，差不多！」「好。五百塊，老闆要就以五百塊賣給他。」夏薄情笑道：「對方可能會殺價，抬高一點嘛！」「呃，對對對！我知道怎麼做。」

說著，莫哈末的船來了。夏薄情說：「你去吧，再見！」說完逕自走了。

船靠了岸，王貴跳下船，先去西岸渡口下貨，然後去林場。

今早退潮，逆水行舟，貨多船重，船走得很慢，王貴回到7號林場已是午後三點鐘。

賴旺土、熊大河、高佬四、阿祥幾個在渡頭等候多時。

船一靠岸，賴旺土就說：「貴哥，怎地現在才回來，老虎被人抓走啦！」「什麼？」王貴跳上岸來，「開玩笑吧，誰這麼厲害？」熊大河說：「剛才兩艘摩托船來到這裡，十幾個男子帶著鐵籠，另有五六個警察，一個穿白色制服的官員說要來抓老虎。他說他是蘇丹王室的人，還給我一封信，要我帶他們去看老虎。他們人多，警察手上有槍，沒辦法，只好帶他們去。」黃阿祥接話道：「那些人倒有兩手。老虎很兇，張牙舞爪。他們很有經驗，把繩套塞進木柵，不知怎地使勁一抽就把老虎套住，老虎動彈不得。他叫我們拉起頂架，沒費多大工夫就把老虎放進鐵籠裡，七八個人呼呼喝喝把老虎抬走了。」

回到寮子，王貴看了那封信，說是蘇丹王室的公文，他們要把老虎捉去養在動物園讓眾人觀賞。

「虎膏煎不成，白幹一場！」賴旺土垂頭喪氣。

「蘇丹王室的人怎會知道我們抓到老虎？」熊大河問。王貴應道：「是這樣的，昨天我去頤春堂藥店找夏薄情，四娘剛好也在那裡。隔天早上夏薄情對我說盧老闆要把老虎送給蘇丹。他說是買，價錢直接和盧老闆談。」「你看這頭老虎值多少錢？」賴旺土問。王貴應道：「我問過夏薄情，他說虎崽骨頭嫩，虎膏不多，連虎皮大約五百塊。你們看，五百塊行嗎？」賴旺土說道：「他們可能會殺價，加多兩百吧！」王貴點頭說：「行行，等一下我隨莫哈末的船去盧家莊找老闆。」

一頓飯工夫，莫哈末的船來了。回程順流，船走得飛快。

來到盧家莊天還沒黑，丁香剛從漁場坊回來。王貴告訴她蘇丹王室的人已經把老虎抓走了。

丁香高興地說：「是嗎？好哇。老虎怎麼樣，沒受傷吧？」王貴應道：「當時我不在，熊大河說老虎很兇，張牙舞爪。王室那批人很有經驗，三幾下就把老虎捉進鐵籠。鐵籠裡很安全，我想應該不會傷到老虎。」

「這樣就好！那麼價錢呢？你打算賣多少？」她問。王貴應道：「夏薄情先生說如果煎成虎膏連虎皮可賣到六七百塊。算六百吧，您看怎麼樣？」丁香應道：「好，盧老闆打早去了柔佛巴魯，大嬸去了廟堂，回頭我跟她說。明天中午十一點你到林場坊帳房等我們。」王貴應了聲就走了。

晚上，丁香告訴盧周氏說蘇丹王室的人已經把老虎抓走的事。盧周氏高興地說：「這麼快？好哇！白老虎世上少有，價值千金，蘇丹王看了一定很喜歡！」丁香說：「剛才王貴來過，他說那頭老虎賣價六百塊。」「什麼？六百塊？這麼貴？」盧周氏聽了幾乎跳起來。

丁香一怔，尋思道：「剛才她不是說白老虎價值千金嗎？到她手上怎麼又『這麼貴』了？」

「哼，」盧周氏冷笑一聲，喃喃唸道，「六百塊，想敲竹槓哪？」丁香應道：「王貴說那頭老虎煎成虎膏連虎皮可賣七百塊，他說自己老闆，算六百就好。」「你答應他了？」盧周氏霍地沉下臉。丁香說：「沒有，六百塊不是小數目，我不敢作主。我叫他明天中午十一點在林場坊等我們。」「唔，好！」盧周氏滿意地點點頭。

王貴沒回去林場，他到熟食店買了兩瓶啤酒和半邊鹵鴨到竹園和羅海彪打牙祭。他問羅海彪知不知道盧水雄買下那頭老虎的事。羅海彪說知道，並問他價錢講好了沒有。王貴說已經告訴四娘要賣六百塊，她不能作主，說明早十一點到林場坊和盧周氏當面談。羅海彪說老虎在柵裡，她不答應就不賣。

王貴聽了叫道：「不賣？老虎已被他們捉走啦！」「什麼？」羅海彪聽了幾乎跳起來，「捉走了才講價錢？甭談啦！」「你是說他們不給錢了？」王貴問。羅海彪應道：「不是不給，是給多少由不得我們！」王貴搔搔腦袋，點頭說：「唔，你說得對。打死狗講價，肯定吃虧。唉，算啦，喝酒，這事明天再說！」

隔天早上，王貴準時來到林場坊帳房，一根煙還沒抽完，盧周氏和丁香也來了。

「裡面談！」盧周氏指向帳房。

進入，坐定，簿記員阿德叔給他們倒茶。

「阿貴，你那個虎柵做多久了？」盧周氏問。王貴答道：「沒多久，三個多月吧！」盧周氏說道：「不錯呀，三個多月就捉到老虎，好幸運喲！」王貴點頭說：「是的，有點幸運。」「虎柵很難做嗎？」盧周氏又問。王貴答道：「做虎柵工多，並不難。」「做一個虎棚需要多少木料？」盧周氏接著問。

王貴想了一下說：「長長短短兩百多條，不過林場裡有現成的，方便得很。」「除此之外，還需要什麼？」盧周氏繼續問。王貴應道：「沒什麼，只是一些鐵釘、鐵線、繩索而已。」「你們花了多少天把虎柵做好？」王貴說：「十幾天吧！」「多少人做？」盧周氏緊接著問。

王貴愣了一下，心裡在說：「真囉嗦，老問這些幹什麼？」

「阿貴，」盧周氏提高聲量，「我在問你哪，做一個虎柵需要多少人手？」王貴應道：「不一定，有時三四個，有時七八個。」「做虎柵的時間應該是在白天吧？」盧周氏窮追不捨。王貴應道：「大娘問得出奇，做虎柵當然在白天，晚上黑燈瞎火的怎麼做？大娘老問這些幹什麼？」

「幹什麼？」盧周氏霍地沉下臉，「7號林場工作進展這麼慢，原來你們一個個都在做自己的事。」

王貴恍然醒悟，心裡罵道：「他媽的，她軟磨硬泡原來是要掏底兒。」「不，大娘錯了，」王貴把話頂回去，「你憑什麼說7號林場工作進展速度很慢？誰說的？總管嗎？」「呃……不，我的意思是你們放下工作去做虎柵，應該嗎？」王貴應道：「老虎很兇，做虎柵抓老虎是為大家的安全，應該的呀！大娘。」「好吧，」盧周氏點點頭，「就算應該。那麼我問你，那個虎柵是歸公的呢，還是歸私的？嗯？你說！」「什麼歸公歸私，捉到老虎賣了錢大家都有分，是公家的！」王貴提高嗓門加重語氣。盧周氏應道：「不，我的意思是那個虎柵是屬於公司的還是屬於你們工人的？」「呃！這……」王貴囁嚅著，沒詞了。

「你說呀，阿貴！」盧周氏一字一板，目光像刀子一般逼著他。「你們為大家的安全做虎柵我沒話說，不過，你們吃我們的飯，住我們的房子，領我們的工錢，現在捉到老虎，這頭老虎是歸公呢還是歸私？」

王貴冷笑一聲，點燃一根煙。

丁香坐在一旁默默聽著，她愈聽愈為王貴著急，同時對盧周氏的精明算盤佩服不已。

「阿貴，你說呀，那頭老虎該歸公還是歸私？」

王貴吸著煙，心裡一邊在琢磨：「這女人得勢不饒人，看來這頭老虎是被她強占了。不行，我回去沒法向大家交代。我該以退為進，爭取主動。」於是說：「大娘說得沒錯，我們吃盧家莊的飯，住盧家莊的房子，領盧家莊的工資，那個虎柵包括捉到的那頭老虎全是公司的。說實話，工人做虎柵，捉到老虎賣了錢，大家分點外快，是吧？既然大娘不允許，那就算啦！」盧周氏聽了很得意，說道：「公是公，私是私，你明白就好！」

王貴吸了口煙，噴著煙說：「林場工人等著分錢，我回去沒法交代。我失信，沒面子，以後他們不會聽我的話。沒法管他們，我這個工頭要來幹什麼？大娘，我不回去啦，不幹啦，你請別人吧！」說完撚滅煙蒂，起身整了整衣服，準備離開。

盧周氏猛然一怔，說道：「呃……你……你不回林場了？不幹了？坐下坐下，我……我的話還沒說完。」王貴坐下來，應道：「好，你說！」

盧周氏起身，走到他跟前，打起笑臉和聲和氣地說：「剛才只是跟你講道理，我沒說不給你錢。好吧，你們做虎柵花了多少錢，報個數，我補給你。」王貴掐指算了一下說：「鐵釘、鐵線各一百斤，2號麻繩兩大捆，還有兩頭羊。多少錢你自己算！」「什麼我自己算？」盧周氏睜大眼睛看著他，「你說，一共多少？」王貴應道：「大約三百塊。」盧周氏說道：「三百塊？這麼貴？」王貴說道：「我說你不信，算了，拉倒吧！」說完起身走了。

「等等！」盧周氏拿過算盤，滴答撥了一下，說道：「好吧，給你三百五十塊。怎麼分你自己處理。」王貴應道：「三百塊是本錢，剩下五十塊，每人分不到兩塊錢。不行，你還是請別人吧！」「那麼，你到底要多少？」盧周氏問。王貴應道：「每人分十塊，加上本錢三百塊，總共六百。」

盧周氏打開手提包，拿出一疊鈔票。說道：「我要趕去廟堂，沒空和你磨牙。哪，」她晃了晃手裡的鈔票，「這裡四百塊，要多沒有，拿去！」「不，六百塊，不能少。」王貴沒拿，加重語氣。

盧周氏看看懷錶，轉向坐在後面的阿德叔：「阿德叔，來一下。」

阿德叔應聲走過來。

盧周氏把錢交給他，轉對王貴：「這錢我交給德叔，你要就拿去，不然你找盧老闆談。」說完噔噔噔地走了。

阿德叔望著她離去的背影，轉身問王貴：「怎麼樣？拿還是不拿？」

王貴冷笑一聲，沒理他。阿德叔搖頭苦笑，回去座位。

丁香心裡納悶。她滿以為王貴他們可得到一筆可觀的外快，沒想到盧周氏竟然如此絕情。「送虎」是她提議的，當初她很天真，以為這頭白虎會帶給大家好運，讓工人、老闆同心同德，打成一片。然而事與願違，盧周氏過河拆橋，令王貴吃了大虧。她感到歉疚。不過，盧周氏已拿出四百塊，算是寬宏大量了。找盧水雄不濟事，他老奸巨猾，不容易對付，後果可能更糟。

這麼一想她有了主意，移步到王貴跟前，低聲說：「去外面，有話跟你說。」

王貴瞥她一眼，開門出去。

丁香轉對阿德叔：「德叔，把錢給我。」

阿德叔把錢交給她。

她開門出去把錢塞到王貴手裡，一邊說：「大娘說如果你不滿意去跟老闆談。盧老闆不是省油的燈，你還是死了心吧！」說著打開手提包拿出幾張鈔票遞給王貴，「我補貼兩百，一共六百。好啦，就這樣，我走啦！」「不不，」王貴攔住她，「這事和你無關，我不能要你的錢。」說著把錢還給她。丁香沒接，卻說：「坦白對你說，把老虎當生日禮物送給蘇丹王是我的主意，不過我要他們先和你講好價錢。可是他們先斬後奏，把老虎抓走再和你講價。沒辦法，胳膊扭不過大腿，你們吃了大虧。事情由我而起，我願意承擔一切。貴哥，收下吧！」王貴愣了一下，說道：「冤有頭，債有主，老虎是他們捉走的，我怎能拿你的錢？」丁香拉長語音：「貴哥，事情是我惹起的，你不拿我心裡不好過。這事夏先生也參與，你不收錢、事情沒解決，以後我可沒臉去見夏先生！」

王貴愣了一下，說：「好，聽你的，多謝啦！」他拿了錢大踏步走了。

5

丁香雖然贏得盧周氏的歡心和信任，但她很清楚，這樣的情景不會長久。盧周氏允許丈夫娶她的目的無非是要她生兒子，為他們盧家傳宗接代。盧周氏唸經拜佛，祈求菩薩保佑丁香早日懷孕、早日為盧家添丁，然而，單個鈸擊不響，一支槌敲不出鼓點子，女人懷孕生子還得靠男人。她嫁給盧水雄已經一年多，盧水雄的老毛病始終沒有好轉。巧婦難為無米炊，做丈夫的連「基本任務」都沒法完成，做妻子的也實在無可奈何。再過一年半載，如果丁香的肚子還是不爭氣，盧周氏對她失去信心，這麼一來，往後的日子就不好過了。

每想到這裡她就惴惴不安。

丁香還有一個隱憂：自從羅海彪這個不速之客闖入她的心扉以來，她就魂牽夢縈地思念著他。羅海彪還在7號林場時，她老為他擔心，現在他已經住在竹園，近在咫尺，要見他就容易多啦。曾經好幾次，她決定去竹園找他，但每次走到半路又改變主意折回頭。她心虛膽怯，有所顧忌，雞蛋密密都有縫，萬一被人看見，後果不堪設想。

強烈的欲望折磨著她。她慨然長歎：「上蒼啊！你不讓黑鯧客和我終身廝守也就罷了，為什麼又造另一個和黑鯧客一模一樣的男人來戲弄我？」

這些日子，她魂不守舍，心緒紛亂。

她茶飯無味，身子消瘦了許多。

今年的天氣反常，已進入臘月，應該是雨季，然而，九月重陽以來就沒下過雨。白天炎陽高照，晚上沒有一絲兒風。池塘水淺了，井水乾涸了，路旁的野草枯萎了。

冬至過後天氣轉涼，北風驟起，吹來朵朵黑雲，帶來閃電和沉雷。這樣的情景持續好幾天，然而就是不見雨點落下來。

這天，下午四點多鐘，丁香照樣到漁場坊處理例常事務。漁船豐收歸航，魚蝦堆積如山，丁香忙到傍晚才離開。

這時候，天空烏雲密佈，電光閃閃，雷聲隆隆。人們站在屋簷下，仰望著天空，喜形於色，等待一場甘霖到來。

丁香站在漁場門口仰首看看天空，西邊天腳雲層裡漏出一抹霞光把雲層鍍上金邊。從經驗判斷，大雨不會那麼快到來，趕回去還來得及，於是離開漁場疾步走著。

走了一陣，狂風驟起，路邊椰樹東擺西搖，「嘩啦嘩啦」，殘枝敗葉紛紛落下。她趕緊避開，抄小路繞道而行。她低著頭默默走著。不一會，走上一道斜坡，頭頂霍地打起霹靂響雷，雨點隨著如箭般斜射下來。她嚇了一跳，看看周圍，右邊附近有片竹叢，竹叢裡有鐵皮寮子。唷，那是竹園。她心中一喜，邁步跑過去，拉開柵門，衝進寮子。

好大的雨點，她的頭髮、肩膀和胸襟全濕了。她站在五腳基[29]，用小手絹抹著身上的雨水。

風呼呼地颳著，雷聲隆隆，大雨傾盆而下。

丁香哆嗦了一下，心想：「幾次來看他都半途折返，今兒沒想來卻是來了；來就來了，也罷，反正是避雨，再說，外面大風大雨，有誰會到這裡來？然而，羅海彪呢？怎地不見他？」

這時候，羅海彪剛沖好涼，進入廚房拿了鍋正要淘米煮飯。他霍地聽見外頭開柵門的聲響，探頭往外看去，是四娘匆匆闖進來。他一怔，放下鍋上前迎接。

「啊！四娘，下這麼大的雨，妳怎地還來？」丁香理了理衣衫，答道：「我回家路過，進來避雨。」

---

[29] 五腳基：在新加坡或馬來西亞的閩南移民習慣稱騎樓下的走廊為五腳基，「腳基」是直譯自馬來語「kaki」一詞。「kaki」意思是「腳」，這裡是指英尺，是馬來語對英語的「feet」一詞的意譯。別稱為「五腳氣」，係轉音之誤，意指店鋪住宅臨街騎樓下的走廊，因法規規定，廊寬都是五英尺。

羅海彪看她那副狼狽的樣子，忙說：「哎呀，你衣服都濕了，當心著涼。進來，快進來！」

丁香移步進入廳裡。

羅海彪進入房間，想找一塊布或面巾什麼的給丁香抹乾身上的雨水，然而，他家徒四壁，只好拿一件乾淨的上衣，趕緊出來遞給丁香。

「給你，這裡沒有面巾，連塊像樣的布都沒有。這是我的衣服，乾淨的，別介意！」

丁香接過來，打開看著，沒抹，僵住了似地眯縫著眼睛癡癡地看著他。

「你身上衣服全濕了，快抹乾呀，不然會生病的！」

丁香沒抹，仍舊癡癡地看著他。

她的目光像電波一般撩得羅海彪心猿意馬。「她為什麼用這樣的眼光看我？她對我動了情？難道上回那場夢要成為現實？」

丁香擦乾身上的雨水，把衣服塞給羅海彪一邊說：「謝謝你，彪哥！」

羅海彪如觸電般全身震了一下，心隨著怦怦地跳起來。原來塞到他手裡的除衣服外還有一隻柔滑的纖纖玉手。

「四娘！」他情不禁叫了一聲。「嗯！」丁香含情脈脈地看著他，「別叫我四娘，我叫丁香！」

丁香？多好聽的名字。羅海彪看著她。她朱唇皓齒，花容月貌，目光充滿柔情，叫她的真名丁香也是一種幸福。

「丁香！丁香！丁香啊！」他連叫三聲。「嗯，你怎麼啦？」丁香看著他。「丁香，你身上還有雨水，給你抹乾。」

他把衣服遞給丁香，丁香卻緊緊地握住他的手。

「我好冷！」她把羅海彪的手緊貼在自己胸口，「彪哥，我冷，好冷！」說著緊挨著他的肩膀。

羅海彪把她摟到懷裡。一切就像那天晚上的夢。哦，不，那晚畢竟是夢，而今次卻是現實，是真的。她的胸脯，兩個奶子，還有腰肢和大腿，像雪一般白，像玉一樣潤滑，比夢中的還要好看，還要迷人。

丁香像一頭飢渴的母狼，緊摟著羅海彪寬闊的胸脯，那雙朱唇搽了黏膠似地緊緊地貼在他的嘴上。這時候，屋外傳來「嘩啦嘩啦」的雨聲，其中還夾著風聲、電光和雷鳴。

久旱逢甘雨，外面的竹叢和樹木搖晃歡呼。

是這場大雨令丁香順情順理來到竹園，是這場大雨把竹園和外面的世界完全隔絕，是這場大雨為這對野鴛鴦設下屏障，拉上天窗。

雲雨巫山，如飢似渴，肌膚一接觸就如魚得水跌進福窩。

風靜止，雷電消失，雨下得更大。寮子裡除了「嘩啦嘩啦」的雨聲之外，什麼也聽不見。

丁香依偎在羅海彪懷裡，閉著眼睛默默享受飽嘗甘露後的歡愉和愜意。

羅海彪吻著她的秀髮。

外面突然打了個霹雷響雷，他們倆從美夢中驚醒。

羅海彪起身穿衣服，丁香則緊摟著他的脖子不讓他離開。

「很晚了！」羅海彪說。

丁香擁著他，在他臉上、脖子、胸脯瘋狂地吻著。

「你怎麼了？」羅海彪問。

丁香貪婪地望著他：「彪哥，再來！」

6

街場那邊不時傳來鞭炮聲，新年快到了。「每逢佳節倍思親」，那鞭炮聲喚起過番豬崽重重的鄉愁。

除夕前兩天，即臘月二十六日，早上，羅海彪坐在門口啃玉米，那是早餐。外面傳來開門聲，抬頭一看，是哥哥夏薄情。

他忙出去，驚訝地說：「唷，大哥，你怎麼來了？坐坐，裡面坐。」

進入屋內，夏薄情說道：「我今次來是要叫你到我那裡一起過年。」羅海彪愣了一下，問道：「大哥是說到藥材店嗎？」夏薄情擺手說：「不，我家在哥打鎮，搭船去得三個多鐘頭。我還沒告訴你，我已另娶番婆，還有三個兒子。我想趁這機會帶你去見見你嫂子。」羅海彪高興地說：「好哇，我該去見見大嫂，還有三個侄子。只是我年初三開工，初二就得回來，趕得及嗎？」夏薄情一怔，說道：「初三就開工？來不及，算了，下次吧！」

羅海彪點點頭，岔開話題說：「前幾天我拿了工錢，還有新年紅包，共十二塊。我想匯給家裡，怎麼匯？找水客嗎？」夏薄情擺手說：「不必，上個月我匯二十塊給大哥伯愷，要他轉交給你弟弟，現在他們應該收到了。你的錢留著，買幾件新衣，買些好吃的，高高興興過個年吧！」

大哥給弟弟匯了錢，羅海彪很感動。「謝謝大哥，謝謝！」他眼睛泛紅，忍著眼淚。夏薄情說道：「謝什麼呀？自己兄弟。你不能去我家過年，一個人在這裡太單調，不然這樣，邀賴旺土來一起過年，豈不更好？」羅海彪興奮地說：「對對，我也這麼想。回頭我叫莫哈末通知賴旺土。」「唔，有個伴，吃東西也香，是不是？好啦，給你壓歲錢，利市利市，過個好年。」說完，掏出紅包塞到他手裡。

夏薄情走了後，羅海彪舉眼看看太陽，時間還早，便去西岸渡口找莫哈末，把事情交代清楚才去膠園幹活。

中午回來，人事部管事張發來傳話，說明天早上收工，除夕、初一、初二放年假，年初三開工。初二下午在林場坊進行團拜，有舞龍舞獅，有點心吃，歡迎參加。

所謂「收工」就是把工作場地打掃乾淨、把工具收拾好準備過年。他幹活的場所是橡膠園，工具只有一把鋤頭，不必收拾不必打掃，明早不必上工。羅海彪很高興，說年初二的團拜他一定參加。

吃過飯回到膠園，傍晚放工回竹園時遇見莫哈末。莫哈末說已經通知賴旺土，他很高興，說除夕那天一定會到。

回到竹園天色已黑，吃過飯街場那邊傳來鑼鼓聲。鼓聲咚咚，鑼聲鏗鏘，那是迎接新春的「七點鼓」。不過，鼓角雜亂無章，鑼鈸落音不齊，節奏沒勁，死氣沉沉。「大概是小孩子鬧著玩的。」他想。

一時興起，拿出螺笛，坐在門外吹起〈喜迎春〉曲子。

說也奇怪，螺笛聲響起，鑼鼓聲卻停了。

吹過〈喜迎春〉又吹〈百鳥朝鳳〉和〈喜氣洋洋〉，直到夜闌才回房就寢。

隔天清早起身，正要生火煮開水，外頭有人進來。是老番客。他提著籃子，一拐一拐地走進來。

「符大哥早！」羅海彪迎上前說。「阿哥早！」老番客把籃子放在桌上，「過年啦，給你送東西，拿簍子來。」

羅海彪拿來笪箕。

老番客把東西一件一件放在笪箕裡，一邊說：「這些東西都是四娘吩咐買給你的。」

羅海彪探頭一看，有隻雞，殺好的，一個豬肘子，特大的。四個橘子，一個年糕，一串鞭炮，還有紅包。

「你看，」老番客指著說，「都是好料，阿哥，你這個豬崽福分不淺哪！」

那是丁香對他好，羅海彪心裡明白，然而口裡卻說：「託我哥的福，四娘才送我這些東西。」老番客含意頗深地笑了一下，點頭說：「也許是吧，所以四娘待你特別好！這鞭炮你知道什麼時候放嗎？」老番客問。羅海彪點頭說：「知道，這是開年炮，年初一三更雞啼後就放。開年炮帶來好運哪，符大哥！」老番客應道：「對對！你鴻運當頭遇到貴人。放炮前記得許個願，很靈的。好啦，時候不早，我還得上街買東西，再見啦！」

老番客走後，羅海彪拆開紅包，是兩張十元大鈔。他傻了眼，心裡甜絲絲，喃喃地說：「丁香啊，妳待我真好！」

年糕是丁香給的，切一半生火蒸熱當早餐，吃在口裡甜在心裡。「有緣千里來相會，丁香待我這麼好，這是緣分。」他想。

今天不必幹活，吃過早點便提著籃子去街場買東西。雜貨店裡年貨琳琅滿目，他買了些大蒜、大白菜、青橄欖、茶葉和兩瓶玫瑰露酒。今天早潮，漁船早回，海邊寮子很熱鬧，他走過去，買了條石斑魚和兩斤大蝦。

回到竹園著手預備明天的年夜飯。醃的醃，鹵的鹵，入味了再煮，吃起來特別香。

吃過晚飯，洗好碗筷，柵門那邊有人進來，是羅丙才。他帶來年糕、一塊燒肉和四個橘子。他和羅海彪同姓，也是同鄉，因而把羅海彪當親戚。

禮尚往來，羅海彪家徒四壁，沒東西回禮，便送他一小包茶葉，碧螺春，從家鄉帶來的。

看到故鄉茶，想起故鄉事。說起故鄉事，羅丙才百感交集，喟然長歎。

羅丙才走後，羅海彪端張椅子坐在門外抽煙納涼。

一根煙還沒抽完，街場那邊又傳來鑼鼓聲。「咚哐咚哐」，鼓點凌亂，鑼鈸落音不齊，應該是昨晚那班小孩子敲著玩的。

這是在番邦頭一次過年。「每逢佳節倍思親」，他霍地想到母親，急忙到臥房從布包裡拿出那個玉鐲子。「鐲子好娘就好」。鐲子完好無損，他放下心來。

半夜躺在床上，思潮起伏，輾轉難眠。妻子怎麼樣？兒子怎麼樣？還有舅舅一家人，那幾畝薄田日子怎麼過？他朦朦朧朧，似睡非睡，直到三更雞啼。

早上，吃過早餐，到街上買了些日用品，回來後便著手準備年夜飯。

中午時分，賴旺土來了。他沒來過竹園，屋裡屋外巡視一遍，驚訝地說：「有廳，有臥房，還有電燈，這是有錢人住的地方。阿彪，這是你前世修來的福分哪！」羅海彪說道：「什麼前世修來？是託我哥哥的福！」賴旺土應道：「我就沒這命水。我前世不知做了什麼孽，千里迢迢來到這鬼地方，窩在山旮旯裡做牛做馬，豬狗不如。唉，我今生今世看來沒指望啦！」羅海彪說道：「怎地老發牢騷？別談這些，餓了嗎？這裡有年糕，有燒肉，墊墊肚子吧！」

賴旺土移步到桌前，掀開筲箕蓋子，讚道：「唷，燜豬手、白斬雞、紅燒魚，還有酒，全是好料。阿彪，你發財啦！」羅海彪笑道：「什麼發財？我哥給我壓歲錢，買幾樣好吃的和你一起過年。如果不餓就去洗個澡，涼快涼快，回頭舒舒服服地喝兩杯！」賴旺土說：「也好，天氣這麼熱，沖個涼吃起來才有味道。」

賴旺土去沖涼，羅海彪把菜蒸熱。

一頓飯工夫，賴旺土沖涼回來。剛坐下，街場那邊傳來鑼鼓聲，還是亂七八糟的「七點鼓」。

賴旺土側耳聽了一下，說道：「聽見嗎？誰在打『七點鼓』？沒章沒法，亂敲一通，太差勁啦！」羅海彪說道：「昨晚也是這樣，大概是小孩子鬧著玩的。」賴旺土說道：「可惜我的嗩吶沒拿來，不然露兩手，吹〈賀新年〉和〈迎春接福〉，湊湊熱鬧。」「對對！嗩吶一響，氣氛就熱鬧了！別說這些，紅燒魚熟了，坐下來！」

羅海彪端上菜肴，熱騰騰。擰開酒瓶蓋，倒滿兩杯，酒色清醇，香氣撲鼻。

羅海彪說：「吃吃，儘管吃，別客氣！」說著夾一塊燜腿肉到賴旺土碗裡。

賴旺土咬了一口，慢慢咀嚼，細細品味，讚道：「好，夠火候，功夫到家。」

羅海彪沒答話，夾塊雞腿放在他碗裡。賴旺土嚐了一口，讚道：「這白斬雞和我們在新加坡吃的一樣滑嫩，這套功夫哪學來的？」羅海彪應道：「這裡有個管事叫符克南，外號人稱『老番客』，海南人，是他教我的。來，吃吃，別講話。」賴旺土拿起酒杯：「來，乾杯！」羅海彪舉杯一飲而盡。

羅海彪把杯子添滿，賴旺土以指節敲敲桌面表示感謝。

羅海彪接著說：「吃過飯我們去街上走走，看看這裡的人怎麼過年。」賴旺土說道：「好哇，我來仙鶴鎮這麼久還沒去過街場，聽說這裡有間廟叫『雲鶴寺』，我想去燒支香，你知道在哪裡嗎？」羅海彪應道：「在街場附近，回頭陪你去。來，喝酒！」「喝，乾了！」

菜肴可口，大快朵頤。香醇美酒，一杯一杯復一杯。

賴旺土酒量差，三杯下肚面紅耳赤，已有幾分醉意。精神亢奮，酒後吐真言，他說很後悔，不該抛下老婆、兒子到番邦來。他說上了水客的當，被騙到這鬼地方。他說番邦山窮水惡，待在這裡永無翻身之日。愈說愈傷心，他捶胸頓足，嚎啕痛哭。

羅海彪好不容易把他勸住，扶他到臥房。他爛醉如泥，倒頭便睡。

入夜，外頭的鞭炮聲逐漸稀疏，臥房裡鼾聲如雷。

賴旺土剛才那番話令羅海彪感觸頗深：「我不該抛下老婆兒子到番邦這鬼地方，待在這裡永無翻身之日……」是的。如果沒遇見哥哥，我的情況就和賴旺土以及那批豬崽一樣。

心裡納悶，端張椅子坐在門外舒口氣。

周圍漆黑，竹叢裡夜鳥啼得熱鬧。

他掏出煙盒拿根喇叭筒叼在嘴裡，正要劃火柴，霍地想起布袋裡有一包烤煙絲，那是過番時從家裡帶來的。他捨不得抽，時日一久就忘了。他輕手輕腳步入臥房拿出那包烤煙絲，順手拿過旱煙管回到門外，劃火柴吱吱地吸著。

烤煙濃郁馨香，家鄉味濃。吸著吸著，家鄉的花草樹木、田疇稻穗，還有妻兒、老母的身影一幕幕地映入眼簾……

想起家人心裡不好受。人隔萬重山，不好受又能怎樣？萬般無奈，只好以煙解愁。吸完一鍋子煙，拿出螺笛，試了試簧舌便悠悠揚揚地吹起來。他吹〈小放牛〉和〈趕鴨子過河〉，都是家鄉的曲子。他吹一陣螺笛，吸一鍋煙。烤煙吸出鄉土味，螺笛吹出故鄉音。青煙嫋嫋，像在夢中；笛聲哀怨，如泣如訴。愁絲如網，悱惻纏綿，他的心在瀝瀝淌血。他哭了，臉上爬滿淚珠。他邊哭邊吹，邊吹邊哭。哭聲抽搭，笛聲哽咽。笛聲飄過老巫河，飄過原野，飄過森林，喚起開荒豬崽重重的鄉愁。

笛聲把賴旺土喚醒。他側耳傾聽，笛聲似乎從一片綠油油的水稻田裡傳來，同時也聽見老牛的哞叫，還有淙淙的溪流和咯咯的蛙聲。啊！那噴著煙的煙囪不正是龍窯嗎？煙囪前那間破舊的瓦屋不就是我的家嗎？田裡插秧的女人和水溝邊撿田螺的孩子不正是妻子、小兒嗎？站在門口那個衣衫襤褸、背脊佝僂的婦人不正是老母親嗎？奇怪呀，我怎麼突然回到唐山鄉下？我的老母親已經過世了呀！這……這是怎麼回事？我在做夢嗎？

悠悠揚揚的笛聲繼續從屋外傳來。賴旺土擦擦眼皮，舉眼望望窗外，星光下漂浮著幾朵白雲。他一怔，心想，這裡莫非是蓬萊仙境？笛聲悠揚動聽，莫非是仙人吹仙笛？哦，他想起來了，那是螺笛，羅海彪在吹螺笛。

賴旺土爬起身，走出臥房，舉眼一看，沒錯，羅海彪坐在門外吹螺笛。他沒打擾，站在房門口默默地聽著。

曲終，羅海彪發現有影子晃動，知道是賴旺土，回頭說：「你醒啦？來，那裡有椅子，坐！」賴旺土拉過椅子，坐下來，說道：「我酒量不好，一喝就醉，不好意思。」羅海彪笑道：「這沒什麼，醉了就睡，醒了再喝，這樣才痛快！」

說著，遠處傳來雞啼聲。啼聲未了，鞭炮聲劈哩啪啦地響起。那是開年炮。羅海彪拿出丁香買給他的那包鞭炮，拆開芯子結頭，吊在晾衣柱子上，正要擦火柴，卻又想起燃放前得先許個願。許什麼願呢？丁香對我好，就祝她身體健康，萬事如意吧！

許了願，心裡甜絲絲。擦火柴點燃，芯子迸出火花，劈哩啪啦，震耳欲聾。

外邊的鞭炮聲此起彼落，天還未亮，周圍黑不溜秋。夜風冷颼颼，他們回去臥房，有點累，一躺下就睡熟了。

酒後酣睡，醒來已是中午時分。

早餐和中餐一併吃。之後，他們到街場溜達。

街上又是另一番景象，店家門楣上掛著紅綢，柱子上貼著春聯。街道猶如鋪上紅地毯，那是鞭炮碎片。行人穿著新衣，拿著柑橘，有的牽著孩子，熙熙攘攘，串門拜年。

除拜年外，人們最熱衷的莫過於賭博。賭檔比比皆是，半掩著門的店鋪裡、五腳基、咖啡店後室、漁棚、閒置的寮子、樹蔭下，一堆堆，有的圍在桌邊，有的蹲在地上。賭的樣式頗多，搓麻將、打撲克、呼么喝六的擲骰子、翻牌九等等。

羅海彪和賴旺土邊走邊看，不覺來到頤春堂藥店。店門沒開，「子規玄學金吊桶」的幡子在窗口隨風飄揚。他們駐足看了一會兒便繼續往前走。

來到盡頭正要往回走，巷口那邊傳來鑼鼓聲，還是亂七八糟的「七點鼓」。賴旺土說：「走，進去看看！」

走進巷子，前面有片椰林。林裡有間樓房，樓房前有片空地，空地上人頭攢動。鑼鼓聲就是從那裡傳出來的。

他們加緊腳步往樓房走去，樓房門楣上有個招牌，寫的是：「仙鶴鎮銅鑼社」。

咚哐咚哐咚咚哐，鑼鼓聲震耳欲聾。

他們擠進人群，只見那個打鼓的是個年約二十七八的男子，身穿白色棉線衫、黑色長褲，繫著紅色腰帶。他胸前吊著哨子，像武術教練。敲鑼打鈸的都是十七八歲的小夥子。羅海彪和賴旺土站在一邊默默地聽著、看著。當鼓點進入「轉角」時，鑼鈸走板跟不上，節拍就亂了。

打鼓的停手嚷道：「不對不對，節拍要跟鼓聲，不能停。再來！」說罷揮動鼓槌，「咚咚咚咚」，使勁地敲著。然而，當鼓點進入「轉角」時，敲鑼鈸的還是和先前那樣手忙腳亂跟不上。

「不行不行！」打鼓的向那幾個敲鑼鈸的喊，「你們得聽鼓聲，過門時下槌要齊，按掉尾音，停兩拍，然後跟上。記住。好，休息十分鐘。」他丟下鼓槌，拿瓶汽水坐在一邊默默喝著。

羅海彪覺得好笑，耐不住走上前去，問那人道：「你們打的是『七點鼓』嗎？」那人一怔，點頭說：「對，正是『七點鼓』！」羅海彪說道：「『七點鼓』不是這樣打的，節拍、板子全錯啦！」那人說道：「就是嘛，鑼和鈸老跟不上，氣死人啦！」羅海彪應道：「這不關鑼鈸的事，錯在鼓點子！」「什麼？」那人加大嗓門，「你是說我的鼓點子出錯？」「對！」羅海彪繼續說，「鼓點子不對，鑼鈸跟不上，打到『轉角』時就亂了。」「呃……你是誰？沒見過你呀！」那人睜大眼睛看著羅海彪。

羅海彪被他這麼一問，臉色泛紅，忙說：「我……我……是我多嘴，對不起，對不起！」說罷，向賴旺土打了個手勢轉身就要走。「等等，」那人叫住他，「你說我的鼓點子不對，那麼怎麼打才對？請指教一下。」說著拿過鼓槌遞給他。

羅海彪沒接，不知所措，轉眼去看賴旺土。

賴旺土趨前把嘴湊到他耳旁低聲說：「你捅了馬蜂窩，騎虎難下，就顯顯身手吧！」羅海彪點點頭，向那人拱手說：「好，小弟獻醜了！」

他接過鼓槌，來到鼓邊，用手指掃了一下鼓面，鼓裡「嗡嗡嗡」地引起共鳴。

接著他對敲鑼鈸的說：「『七點鼓』以鼓為主，鑼和鈸由鼓聲帶動。你們看我的手勢，我點鼓時槌子舉得高，敲鑼鈸的就得使勁，聲音要大，敲後按掉尾音，這叫鎮尾。相反地，鼓槌舉得低，鼓聲便小，鑼鈸聲也要小，讓尾音拉長。這是基本常識。來，俺們試試，打開頭兩節就好！」

說罷，他立起馬步，雙槌往鼓邊猛擊兩下，接著便「咚咚咚」地擂起來。

他雙手麻利，神態自若。「咚咚咚咚咚咚哐！咚咚咚咚咚咚哐！」鼓是鼓，鑼是鑼，鈸是鈸，節奏比先前快三分之一。

羅海彪一邊擂鼓一邊以目光和表情向敲鑼鈸的示意。

打完開篇兩節，羅海彪停手叫道：「這就對了！」

頓了頓，他繼續說：「就以這樣的節奏，多練幾回就熟了。接下來我們練『轉鼓角』。這段要鎮尾音，鎮尾音前我高舉鼓槌，看我眼色。我敲鼓邊你們停一拍。這樣重複三遍，隨後恢復正常。來，俺們試試！」

說罷，他揮起鼓槌「咚咚咚」地敲著，打鑼鈸的照他的指示「哐哐哐」地跟著。

羅海彪顯得輕鬆，手上的鼓槌在鼓面上輕巧地跳動，打鑼鈸的跟著鼓點愈敲愈起勁。

動作一致，默契十足。鼓聲輕快，鑼鈸鏗鏘。「咯——咚咚……咯……咚咚——咚哐咚哐咚咚哐……」

連續三回，「鼓角」就輕易地「轉」過去了。鼓聲停一拍，鑼鼓聲恢復正常。鼓聲帶動鑼鈸，「咚哐咚哐咚咚哐」，人們和著節拍感受到新年歡樂的氣氛。

打完三個章節，羅海彪把鼓槌放在鼓面上，向周圍觀眾拱拱手，一邊說：「見笑了，見笑了！」

那人來到羅海彪跟前抱拳一鞠，說道：「兄臺原來是高手，小弟有眼不識泰山。剛才得罪了，請兄臺多多包涵！」

羅海彪吃了一驚，拱手說：「不不，是我打擾了，老表別見怪！」那人應道：「兄臺客氣了，請裡面坐，還有你這位朋友，請！」

羅海彪和賴旺土隨他進入屋內，坐定，一個小夥子端來熱茶、年糕果品。

那人自我介紹，說名叫方天浩，是銅鑼社理事長。羅海彪和賴旺土也道出自己的名字。

左邊牆腳有個木架，架上擱著刀槍棍棒等武器。右邊靠牆有張長桌，桌上有個架子，上面有橫簫、短笛、梆子、嗩吶等樂器。

羅海彪和賴旺土對架子上的樂器很感興趣，便起身過去看。樂器蒙上一層厚厚的塵埃。賴旺土拿過那把嗩吶，把玩了一下便放回原位。

「羅兄可會吹嗩吶？」方天浩站在一邊問。羅海彪指向賴旺土說：「他是吹嗩吶高手，我幫幫腔勉強可以！」賴旺土謙恭地說：「我也是半桶水，玩玩而已！」

方天浩拿過嗩吶，掏出手巾拍掉上面的灰塵，遞給賴旺土，一邊說：「不瞞你們，這些樂器買來已經兩年多，至今還沒人動過，賴兄既然會吹嗩吶，那就請兄臺露一手，讓我們開開眼界！」「呃，不不，」賴旺土忙擺手，「剛才我說過，我是半桶水，不敢獻醜。」方天浩笑道：「我們這裡沒人會吹嗩吶，這把嗩吶買到現在還沒發過聲，難得兩位光臨，兄臺就別推辭啦！」

賴旺土轉眼看看羅海彪。

羅海彪趨前在他耳邊說：「你也騎虎難下嘍，不露一手脫不了身哪！」

方天浩轉向眾人拉開嗓門說：「大家鼓掌，請旺土大哥吹嗩吶！」說完拿過嗩吶遞給賴旺土。

觀眾興奮，熱烈鼓掌。

盛意拳拳，賴旺土接過嗩吶，發現沒有簧舌，說道：「嗩吶沒舌子，不能吹呀！」

方天浩到桌邊拉開抽屜，找出一個小紙包，拆開一看，盡是些約一寸長的稻草管子。他拿幾支給賴旺土，一邊問：「是不是這個？」

賴旺土點頭說是。拿了一支，裝好，舉到唇邊，吹了口氣，「嗒」的一聲，喇叭筒裡噴出一團灰塵。賴旺土打了幾個噴嚏，舉袖抹抹嘴唇，把嗩吶簧舌放在嘴裡，鼓起腮幫，按起骨眼，這把塵封已久的嗩吶像啞巴開口，滴滴答答地響起來。他吹了幾聲便打住，轉眼去看羅海彪，意思是問他吹什麼曲子。

羅海彪想了一下說：「今天是大年初一，就來個〈喜迎春〉吧！」賴旺土說道：「〈喜迎春〉得有個搭檔，你也來！」羅海彪點頭說好。

方天浩拿來另一把嗩吶，用手巾撲掉灰塵遞給羅海彪。

羅海彪接過來，裝上簧舌，試吹一下。

賴旺土說：「你帶頭，我幫腔！」羅海彪說：「不，你是主角，我幫腔。」

賴旺土不再推讓，把嗩吶舉到嘴邊，雙唇夾著簧舌，鼓起腮幫，按起骨眼，嗩吶喇叭便發出如公雞啼般的聲響。

聲音很清，很亮，中氣十足，收聲時帶顫音，由尖而細，由細而終，餘音嫋嫋。

晨雞報曉，大地回春，這是〈喜迎春〉的開篇前奏。開篇清亮，聲震大地，響遏行雲，展現一幅「春暖花開，萬象更新」的田園景象。

嗩吶音量大，音域廣，音色清脆，有「中國民間樂器之王」之稱號。由於具備這些特點，除吹奏悅耳動聽的曲子外，還能模仿各種聲音，如雞啼鳥叫、風聲蟬鳴，或哭或笑，一旦掌握就能隨心所欲，模仿得惟妙惟肖。

唐山鄉下，婚嫁壽宴、酬神祭祖或辦喪事都少不了嗩吶。嗩吶聲一響，喜的、悲的，輕鬆的，嚴肅的，氣氛就來了。

賴旺土的家鄉牛角坳有句歇後語：「啞巴吹笛——會說話。」這笛就是指嗩吶。嗩吶已深入民間，已成為農村人民生活的一部分。

晨雞報曉的引子過後，羅海彪便跟上去。兩把嗩吶發出和諧的音調，悠悠揚揚，像一股柔和的春風，帶著椰花茅絮的芬芳，帶著新春佳節的喜悅，在仙鶴鎮上空飄蕩。

鎮上的人沒聽過嗩吶，悠揚悅耳，石破天驚，好奇心驅使，好些人放下手裡的活兒，或離開賭檔，朝銅鑼社這邊奔來。不一會兒，銅鑼社門前空地上擠滿了人。

〈喜迎春〉共有四個小節，吹完需要二十分鐘。

曲子進入第三小節的時候，也是吹奏難度最高的時候。其中有暴風驟雨和霹靂狂雷。風雨過後，太陽出來了，鷓鴣飛到田野咕咕啼唱，牧童騎著老牛吹起牧笛，村婦挑著擔子打起山歌……

領奏的如行雲流水，清逸嘹亮。幫腔的如玉潤珠圓，曲盡其妙。

觀眾愈來愈多，外面的空地擠得水泄不通。

樂曲在進入最高潮的時候戛然而止。羅海彪和賴旺土放下嗩吶，站起身朝觀眾鞠躬。

屋裡的人帶頭鼓掌，外面的人立刻回應，「啪啦啪啦」，掌聲如雷。

羅海彪和賴旺土向觀眾頻頻拱手，一邊說：「獻醜了！獻醜了！」

「再來一個！」外面有人大聲喊。

「對，」眾人回應，「請兩位再吹一首！」

他們兩個擺手說：「見笑了！見笑了！」說著放下嗩吶，轉身就要走。「兩位請留步，」方天浩急忙過來和他們握手，一邊讚道：「太好了，吹得太好了。我還要向兩位請教，請坐，請坐呀！」

羅海彪和賴旺土互看一眼，沒答話。

方天浩看他們仍站著，哈腰客氣地說：「坐呀！羅兄，賴兄，你們府上在哪裡？沒急事趕著回去吧？」

羅海彪答道：「沒什麼急事，我們只是走走看看，見識見識！」賴旺土接著說：「難得有兩天閒日子，今次我還是頭一次來街場呢！」

「啊？你們不是仙鶴鎮人嗎？」方天浩驚訝地問。羅海彪應道：「我們是過番新客，被人當豬崽賣到仙鶴鎮。」

「那麼，你們住在哪裡？」方天浩又問。賴旺土指向羅海彪：「他住在盧家莊，我住在7號林場。」方天浩點頭說：「唔，你們是盧家莊的工人……」羅海彪打斷他：「不是工人，是豬崽！」方天浩則說：「豬崽也是人，我們銅鑼社需要像你們這樣的人才。走，到我家吃午餐，順便介紹我們的會長給你們認識。」羅海彪一怔，拱手說：「不不，方大哥的好意我們心領了。改次吧！啊，謝謝啦！」

說完，把嘴湊到賴旺土耳邊說：「喂，我們走！」賴旺土點點頭，轉身離去。

7

一場傾盆大雨把街道上的鞭炮碎片沖得乾乾淨淨，新年過去了。

南洋鄉下不熱衷鬧元宵，反而是初八晚上半夜，鞭炮劈哩啪啦地響個不停，熱鬧盛況不亞於年初一大清早的開年炮。那是海邊河洛村的福建人拜天公時燃放的。福建人是仙鶴鎮的「大族」，占華人人口三分之一。

元宵節後三個星期便是柔佛蘇丹五十華誕壽辰，因此元宵節過後，柔佛巴魯市中心、警察局、回教堂、政府行政機關和學校都掛起彩旗。

在仙鶴鎮，今年的蘇丹華誕慶祝儀式比往年隆重，掛彩旗的範圍擴展到碼頭和大街小巷，另通往盧家莊的大路口搭起牌樓。這座牌樓碧瓦朱甍，走鸞飛鳳，很是堂皇。兩邊柱子有副對聯。上聯：興邦振業，國泰民安；下聯：時和年豐，普天同慶。橫批很長，寫的是：恭祝蘇丹陛下福如東海，壽比南山。下聯末端還有幾個端正明顯的小字：盧水雄攜眷叩首拜賀。

原來，這牌樓是盧水雄出錢叫人搭的。當然，碼頭和街上的那些彩旗也是他捐獻的。此外他還鄭重宣佈：盧家莊上下員工包括林場工人在蘇丹華誕之日放假一天，以示慶賀。

盧水雄怎麼突然對王室忠心耿耿？對員工慷慨大方？無風不起浪，事出有因，新年剛過，盧家莊來了兩位貴客——蘇丹王室派來的使者，他們帶來由蘇丹王親手簽發的文書，當著盧水雄一家人面前宣讀：「盧水雄樂善好施，熱心社會；對王室心虔志誠，忠貞不渝。本王特於華誕之日封賜拿督榮銜以資褒獎。柔佛蘇丹欽賜。」

盧水雄對拿督銜頭覬覦已久。這些年來，他絞盡腦汁，煞費苦心，幾經波折。壓抑了十幾年的願望終於實現，怎不叫他千恩萬謝、感激涕零呢？

不過，他今次能夙願得償還得歸功於丁香。要不是丁香的「獻虎之策」，盧水雄今年恐怕還要望「拿督」榮銜而興歎。

丁香今次立了大功，盧水雄對她當然要刮目相看。兩個王室使者走了後，他才意識到丁香是那麼地賢淑、能幹。他一反常態、情不自禁地緊握著丁香的手感激地說：「四娘，今次多虧妳，我終於受封拿督。妳立了大功，很好，很好哇！」他躊躇滿志、樂不可支，要和她分享這份喜悅和榮耀。

丁香受寵若驚。自從嫁到盧家，盧水雄就冷心冷面、視同陌路沒把她當人看。她簡直不敢相信眼前這個溫情脈脈、握著她的手的男子就是她的丈夫盧水雄。太陽打西邊出，她還以為自己在做夢。

「四娘的腦筋轉得快，」盧水雄繼續剛才的話題，「送金山、銀山都沒用，還是那頭小老虎送得得體。四娘，多虧妳呀！」

丁香莞爾而笑，算是心領了。他好歹也是自己的丈夫，丈夫平步青雲、加官進爵她確實高興。

不過，她把喜悅藏在心裡，不卑不亢地說：「小白虎固然送得得體，不過時機也很重要。當時大家都為送禮的事而操心，那頭小白虎來得合時。更巧的是，那天下午我到頤春堂藥材店買藥遇到王貴才知道他們捉到老虎，要不機會就錯過了。說句實話，立功的不是我而是7號林場的工人。雄哥今次能如願以償還得感謝他們！」

「時機是一回事，」坐在太師椅上的盧周氏突然插話，「我看主要是運氣，今年是雄哥的本命年。三陽開泰，雄哥開始走運啦！」盧水雄笑道：「大娘說得是，風水輪流轉，等了十幾年，終於輪到我啦！」「雄哥說得沒錯，」盧周氏洋洋得意，「夏薄情真有一套，他的話還真靈。早知這樣，我們盧家莊就該請他當顧問！」「說得是！」盧水雄點點頭，「夏薄情功不可沒，改天我要親自登門向他道謝，還要請他把俺盧家莊的花園重新策畫，重新修整。」盧周氏應道：「改天擺酒席慶祝時請他坐上座。呃，對了，冊封典禮那天，要人陪你去嗎？」盧水雄應道：「當然要。有個助理或祕書陪著才像樣嘛！是不是？」「那麼，你想叫誰陪你？」盧周氏問。盧水雄隨口應道：「當然是四娘啦！」「四娘行嗎？符木隆念過中學，馬來話說得好，我看他比較適合。」盧水雄應道：「四娘是『峇峇』出身，她的馬來話說得比馬來人還要好，她更加適合。四娘，妳是陪我入宮的最佳人選。」

盧周氏聽了不是滋味，心想：「她夠格嗎？配嗎？別忘記，這女人不乾不淨，那些不光彩的事萬一被抖出來，你臉上可不光彩呀！」

她心裡酸溜溜、火辣辣，愈想愈氣憤，想數落一番，然而話到喉頭卻繞了個彎：「妹妹手無縛雞之力，跟著進宮能幫你什麼？」盧水雄應道：「能，她可幫我傳話。有她在身邊，和蘇丹陛下講起話來心就踏實了。」

盧周氏笑了一下，是苦笑。她轉對丁香：「俗話說，伴君如伴虎，在皇上面前說錯話可要殺頭的呀！妳不怕嗎？」丁香應道：「我只顧傳話，說話的是雄哥，殺頭還輪不到我！」盧水雄說道：「沒那麼可怕。該說的就說，不該說的就別說，這一點我有分寸。哦，對了，四娘有新衣服嗎？不然去訂做幾件，還有十幾天，應該來得及。」

盧周氏說道：「趕工沒細活，粗針粗線的，縫出來見不得人。」說著轉對丁香，「上回我給妳的幾塊料子，妳不是叫黃師傅做了唐裝袍子嗎？黃師傅的手工可是一流的呀！還有那塊料子，花草、顏色沒得嫌，穿起來既高貴又大方。我看妹妹還是穿唐裝袍子來得好！」盧水雄擺手說：「不不，見蘇丹陛下穿唐裝不合適，應該穿沙籠卡巴亞，那是馬來王族的服裝，蘇丹王見了肯定會喜歡。這樣也表示我們對王室的尊敬！」哪壺不開提哪壺，盧周氏不讓丁香穿沙籠卡巴亞，現在盧水雄卻指定要她穿。盧周氏如吞了蒼蠅滿肚子的不舒服。

丁香笑在心裡，尋思道：「山不轉路轉，石不轉磨轉！妳說沙籠卡巴亞過於暴露，十分礙眼，不讓我穿，現在雄哥偏要我穿，還說蘇丹王見了肯定會喜歡。好哇，往後我就天天穿，看妳還礙眼不礙眼？」

盧水雄問丁香：「妳以前不是喜歡穿沙籠卡巴亞的嗎？來到俺家後怎麼就不穿了？」不是她不穿而是盧周氏不喜歡她穿。這話問到點子上，盧周氏聽了神情尷尬，以威脅的目光盯著丁香。丁香看在眼裡，應道：「穿沙籠做事挺不方便，以前喜歡穿是因為不用做事。這裡事情多，穿唐裝幹活麻利多啦！其實唐裝也挺好，妳看，大姐穿唐裝多精神，多亮麗，我和她一塊出門，人家還當我是姐姐哩！」

盧周氏心虛，以為丁香會趁機揭露，心裡七上八下，聽丁香這麼一說也就寬下心來。「嘖嘖嘖，」她起身踱到丁香跟前，在她下巴輕輕捏了一下，「妳這張嘴比蜜糖還甜，由妳陪雄哥去見蘇丹王我可放心啦！」

盧水雄對丁香說：「去做幾套紗籠卡巴亞，選最好的料子，配玉紐扣，這樣更高貴，更大方。」丁香說道：「衣櫥裡還有幾套新的，不必做！」

當晚，丁香從衣櫃拿出幾件紗籠卡巴亞，那是兩年前嫁給盧水雄時縫製的。試穿一下，仍貼身合體。照照鏡子，身段三圍依舊豐盈均勻。四娘又恢復原來風姿綽約的丁香。

盧水雄很欣賞，說她穿紗籠卡巴亞年輕了十歲。

此外，他還帶丁香到新加坡珠寶店買了條珍珠項鍊和一枚鑽石戒指。

蘇丹華誕那天，盧水雄西裝革履，丁香濃妝豔抹登上一艘快艇直奔柔佛巴魯碼頭。好友拿督李萬千派專車迎接他們。

來到蘇丹王宮，王宮花園已冠蓋雲集、高朋滿座了。

拿督李萬千率先前來和盧水雄握手道賀，隨後好些認識的、有過一面之交的甚至不認識的都前來向他拱手致賀。

往年進宮，盧水雄低首下心、飽嘗被人奚落的滋味，今天終於揚眉吐氣，嘗到向人炫耀的歡樂和愜意。妒忌或看不起他的人也不少。仙鶴鎮偏僻遙遠，盧水雄經營的是土產生意，因而那些人叫他土包子。

土包子平步青雲受封拿督榮銜，從此和他們平起平坐，爭寵分羹，怎不叫他們心忌眼紅？往年盧水雄妄自菲薄、對那些鄙夷的目光和帶刺的語言默默忍受，今次他挽著老婆的手昂首挺胸、高視闊步穿過花園直奔王宮大殿。

經過一道長廊，前面便是王宮入口處，那裡有侍衛看守。盧水雄向他們出示邀請信函，其中一個畢恭畢敬帶領他們到正殿大廳。大廳富麗堂皇，地上臺階鋪著阿拉伯式的名貴地毯，沙發桌椅邊緣鑲著紅寶石。後殿中間有兩張路易十六型的貂皮沙發，那是蘇丹王和蘇丹后接見貴賓的椅座。椅座後面牆壁上掛著蘇丹王和蘇丹后的肖像。蘇丹王平頭正臉，中等身材，上唇蓄著兩撇鬍鬚，神情肅穆莊嚴。蘇丹后四十開外，容貌端莊，身段稍胖。

一個身穿白色制服的官員帶他們到拱門邊，指示他們停步等候。

不一會，另一個肩章閃閃的官員出來帶他們到後殿臺階前，說坐在那裡的就是蘇丹王和蘇丹后。

盧水雄和丁香屈膝跪下。

盧水雄說：「臣盧水雄攜內人丁香拜見蘇丹陛下，拜見王后，恭祝陛下暨王后聖安吉祥！」

「起來！」蘇丹王打了個手勢。

盧水雄和丁香起身走上第三級臺階，跪下躬身吻蘇丹王和蘇丹后的手，然後退下肅然而立。

「賜坐！」蘇丹王說。

兩個侍衛各端來製作精緻的檀木椅子放在盧水雄和丁香身旁。

「坐吧！」蘇丹后打手勢說。

「謝陛下，謝王后！」盧水雄夫婦正襟危坐。

「盧水雄，」蘇丹王語氣平和，聲音朗朗，「你做得很好！你獻給本王的那頭小白虎長得很快，現在已經是兇猛的大白虎啦！這種白虎是稀有品種，本王很喜歡，很喜歡！以後如果捉到像這類的稀有動物，立刻通知本王，知道嗎？」

盧水雄受寵若驚，激動地說：「臣知道！臣知道！臣以後捉到這類動物一定稟告陛下！還有，陛下如果有用得著臣的地方，只要陛下吩咐一聲，臣一定盡力，一定效勞！」

「很好！」蘇丹王滿意地捋著鬍子，「本王很忙，要見的人很多，本王和你談到這裡為止。本王歡迎你們進宮來玩！」

盧水雄和丁香齊聲說：「謝陛下！謝王后！臣告退！」說罷，他們倆起身往後退。

「慢點！」蘇丹后慈眉善目，起身上前向丁香上下打量，然後牽著她的手，「來，我們到那兒坐！」說著拉丁香到牆邊那張貂皮雙人沙發坐下來。

蘇丹后再次向丁香仔細端詳，然後對蘇丹王說：「陛下您看，她像不像我們的公主？」

蘇丹王看了一下似乎發現什麼起身前來朝丁香打量許久，一邊點頭說：「唔，很像，像極了！」「我才說呢，」蘇丹后接過他的話茬兒，「她和我們公主簡直是孿生姐妹，陛下，您看世界上竟有這麼巧的事。」

蘇丹王點頭說：「是啊，很巧，很巧！」

隨後蘇丹后問丁香的名字和歲數。

丁香如實彙報，話末加上一句：「丁香是一種香料，王室的話叫cengkih！」

「什麼？cengkih？」王后驚異地看著丁香，「我們公主也叫cengkih，Puteri cengkih（丁香公主），世界上竟有這麼湊巧的事，我看一定是真主的安排！」

丁香大吃一驚，說道：「謝謝陛下，謝謝王后。公主一定長得很漂亮，臣是否有榮幸見公主一面？」

王后應道：「公主的確很漂亮，不過妳見不到她了！」

「臣沒福氣，公主出門去了嗎？」丁香失望地問。

王后淡然應道：「公主已離開人世，不久前安拉把她召去了！」

「不，已經三年多啦！」蘇丹王更正她。「是的，」蘇丹后沉下臉語氣哀傷，「在我腦海裡好像是昨天的事！」丁香忙說：「對不起，臣不該提起，臣不知道這件事，請王后恕罪！」王后答道：「妳沒說錯話，別放在心上！」丁香說道：「臣為公主感到難過！」王后應道：「那是安拉的旨意，妳不必難過。還有，丁香，」王后握住她的手，「本王后見到妳就好像見到公主，妳以後要常來宮裡看本王后。一有空就來，知道嗎？」丁香驚喜地說：「好好，臣一定來。只是，臣少出門，不懂入宮的規矩，臣怕……」「這妳甭愁，」王后打斷她，疼愛地撫摸她的秀髮，「傻孩子，回頭本王后給妳一張通行證，有這張通行證，王宮裡的人就會把妳當公主！」丁香感激地說：「謝王后，臣一有空就來看王后！」「好，這樣就好！」王后興奮地把丁香擁到懷裡，「今天賓客很多，本王后暫時和妳談到這裡，回頭典禮完了後妳再回來和本王后敘話！」說罷，輕輕拍了聲掌。

一個侍衛應聲而到。

王后吩咐他道：「這裡沒你的事，你隨他們去，好好侍候！」說罷轉對丁香，「妳有什麼事儘管吩咐他。記得典禮完畢後回來看我！」丁香跪下說：「一定一定。謝王后，謝謝！」

丁香和盧水雄向蘇丹王和蘇丹后鞠了個躬，轉身退下臺階。侍衛帶領他們離開正殿大廳。

這個侍衛身材英俊，儀表堂堂。剛才在殿內滿臉嚴肅，走出廳堂話就多了。他說他名叫沙立夫，今年二十五歲，四年前參加宮中侍衛隊，今年年初升任曹長。他說拿督夫人和丁香公主長得確實很相像，連說話的聲音和神態都一模一樣。他說今天能侍候拿督和夫人是他的榮幸。他說如果有事要他辦或有什麼要求儘管吩咐，他一定效勞，一定會把事情辦好。

低首下心，奉命唯謹。盧水雄躊躇滿志，洋洋得意。

回到王宮花園，沙立夫帶他們到授勳典禮講臺前的貴賓席。「大人、夫人請坐！」沙立夫哈腰恭敬地說。

「謝謝！」盧水雄和丁香坐將下來。

沙立夫退到一邊等候使喚。

剛才盧水雄趾高氣揚挽著夫人進入王宮大殿，出來時有宮廷侍衛伴隨左右，看不起他、叫他土包子的人都看傻了眼。

盧水雄喜不自勝，勳章還沒領已經感受到「拿督」榮銜的分量。

半個鐘頭後，禮堂坐滿了人，冊封儀式隨後開始。今年受封拿督榮銜的只有盧水雄一個，等級較低的太平局紳[30]有四個。

司儀逐一叫他們的名字，他們魚貫走上講臺從蘇丹王手裡接過勳章。最後一個是盧水雄，他是今年唯一受封的拿督，蘇丹王對他刮目相看，親自把勳章別在他的胸襟上。

臺下掌聲如雷。

蘇丹華誕及頒發勳章於有功人士是件大事，馬來亞各語文報社都派記者到蘇丹王宮進行採訪。

[30] 太平局紳，又稱太平紳士（Justice of the Peace），由政府授權信譽良好的民間人士行使特定的司法權力。在馬來西亞，拿督封銜比太平局紳高級。

受封儀式簡單而隆重，前後歷時兩個鐘頭，接著便是進餐時間。

盧水雄和丁香有侍衛隨身侍候令人刮目相看，進餐時還被請到王室席位和蘇丹后坐在一起，這下可驚動了報界記者。他們紛紛前去採訪拍照，弄得侍衛手忙腳亂。

宴會結束，記者們一擁而上採訪丁香。

丁香雖然見過世面，但像這樣的場面卻是頭一遭。盧水雄提醒她說話要小心，一些小報記者往往誇大其詞，胡扯報導。

丁香有點緊張，想敷衍搪塞打發他們走。然而記者和旁觀者把她團團圍住，連侍衛沙立夫都動彈不得。

一個靠近她的記者問：「夫人的馬來話講得那麼好，您念過馬來學校嗎？」丁香定下神來，答道：「你的馬來話也不差，我剛才聽你說過，你念過馬來學校嗎？」

另一個記者問：「夫人平時喜歡什麼消遣？」丁香隨口答道：「讀你們的報紙就是最好的消遣！」

丁香幽默的言詞令周圍的人開懷大笑。

眾人反應熱烈，丁香如服了定心丸。

「剛才有傳言說蘇丹后要認夫人為義女，有這回事嗎？」另一個接著問。這問題很新鮮，丁香不由得一怔，應道：「這個問題你最好去問王后！」

「請問夫人，」另一個說，「有傳言說夫人是拿督盧的二房，這個傳言是否真實？」

丁香眉頭蹙成一團，尋思道：「這傢伙想揭我的底？好，本姑娘就給你來個瘸子唱戲，下不了臺。」於是說：「這是我的私事，挖人隱私是文化人幹的嗎？你不覺得無聊嗎？你是哪間報館的？」那個記者垂下頭灰溜溜地走開了。

一個記者轉對盧水雄：「拿督盧，聽說您捉了一頭老虎獻給蘇丹王，蘇丹王很是喜歡，是嗎？」

這個問題來得突然，盧水雄不知所措，轉眼看丁香。

丁香笑道：「喲！我丈夫豈不變成武松了嗎？」

另一個問：「有人說：成功的男人後面必有個賢慧的女人，夫人對這句話的看法如何？」丁香反問道：「那你算是成功人士嗎？」那記者謙虛地答道：「我離成功還遠得很呢！」丁香笑道：「那你後面少了個賢慧的女人！」

丁香的話逗得周圍的人忍俊不禁。

丁香伶牙俐齒，有問必答。記者意猶未盡，連連提出問題。一個侍衛擠進來說王后有旨要拿督夫人到後宮園林敘話。

丁香如釋重負，和丈夫隨侍衛離開。

來到後宮園林，那裡有個亭子，蘇丹王和王后坐在裡面聊天。

丁香和盧水雄來到亭子石階邊，一鞠躬，齊聲說：「拜見蘇丹王！拜見王后！」

「唔，進來，坐吧！」蘇丹王指了指他前面的椅子。

「是！」他們進入亭子，坐將下來。

「丁香，過來，坐這邊！」王后挪動身子，騰出座位。丁香起身過去坐在王后身邊。「丁香，」王后握起她的手，「本后有意認妳為乾女兒，妳可願意？」

剛才那個記者曾提過，她以為是憑空揑造，果然還真有這回事。她又驚又喜，跪下說：「這是臣的福氣，臣當然願意！」「好，很好！」王后很滿意，頻頻點頭，「本后賜妳『cengkih』這個名字。從今以後妳就是宮裡的『puteri cengkih』——丁香公主！」丁香伏在王后跟前激動地說：「謝父王，謝母后！」「起來，坐下！」王后拍拍她的肩膀。丁香起身坐回原位。

王后向亭外的侍女拍聲掌，吩咐道：「把箱子拿來！」

侍女應了聲，轉身進入室內，拿來一個小木箱放在茶几上。王后打開，指著說：「這是本王后送妳的禮物，妳看，喜歡嗎？」

丁香探頭一看，只見盒裡有一對白金髮簪，五個翡翠紐扣，用金鏈連成一串，另有一條配以紅寶石雞心的足金項鍊。這些都是世上罕有的高檔首飾。她感激涕零，跪下說：「小女很喜歡。謝謝父王！謝謝母后！」

蘇丹王很滿意，捋著鬍子點頭微笑。

王后撫摸丁香的秀髮，一邊說：「我的乖女兒，以後要常來看母后，知道嗎？」「孩兒知道，」丁香依在王后肩上，「孩兒一有空就來看父王，看母后！」「好好！時候不早，等一下還有客人，我們很忙。去吧，需要什麼跟沙立夫說。」王后向他們揮了揮手。「謝父王，謝母后！孩兒告退！」

盧水雄和丁香回到王宮花園已是午後三點鐘，客人陸續離開。一個剛認識的太平局紳毛遂自薦說要載盧水雄回飯店，侍衛謝絕，說王室有專車。

不一會，一輛沒有牌號、車頭掛著王宮標誌的大型轎車緩緩駛來。侍衛上前打了個手勢，車停下。侍衛拉開車門哈腰請盧水雄夫婦上車，那個太平局紳和旁人看傻了眼。

回到飯店，丁香有些累，洗澡更衣後就不想出去了，晚餐在飯店吃。九點多鐘，李萬千和幾個朋友來飯店邀盧水雄去海邊吃夜宵，丁香和他們不熟，找個藉口，沒隨他們去。

半夜，盧水雄打包回來，丁香已經睡熟了。

隔天早上，茶房送來報紙。盧水雄接過，翻開看了幾頁，驚喜地說：「四娘，來看，我們上報啦！」

丁香過去探頭一看，率先映入眼簾的是蘇丹王為盧水雄別上勳章的照片，新聞標題是：

企業家盧水雄樂善好施

蘇丹陛下冊封拿督榮銜

「還有！」盧水雄翻開第二頁，丁香轉眼看去，標題寫的是：

蘇丹陛下認拿督夫人為義女

王后贈名貴首飾並賜名丁香

標題下有一張蘇丹后和丁香的合照。

「這下可好，」盧水雄喜不自勝地握著丁香的手，「妳是公主，我就是駙馬了。蘇丹陛下有金山銀山，我們得好好把握機會！」

丁香淡淡一笑，沒答話。

8

回到盧家莊已是午後兩點鐘。鎮上訂報紙的人不多，四娘被蘇丹后認作義女的新聞則傳遍整個仙鶴鎮。烏鴉當鳳凰，小妾四娘變公主，要不是白紙黑字登在報紙上，無論如何也不會有人相信。

盧周氏卻是格外高興，她說：「蘇丹王認四娘為乾女兒，我們雄哥就是姑爺，俺們和蘇丹王就是一家人啦！」

還有一個人比盧周氏更高興，他就是盧家莊管家周貴祥。他說：「剛才我去街場買東西，呵，街頭巷尾的人都搶著看報紙，還說俺家老闆受封拿督，蘇丹后收四娘為乾女兒，這是俺們仙鶴鎮的光榮和驕傲。少爺呀，您得到街場走一趟，和村民打個招呼，說聲謝謝才好呀！」

盧周氏腦筋轉得快，拍手說：「祥叔說得對，村民這麼熱心，雄哥最好去應酬一下，聊表心意！」盧水雄轉眼看丁香，問道：「怎麼樣？去嗎？」丁香打了個呵欠，說道：「走了兩天，晚上沒睡好，頭疼，很累，我不去啦！」盧周氏接過她的話茬兒：「那妳歇著，我陪雄哥去！」

盧水雄聽了納悶，心裡在說：「丁香是公主，是主角，她不去妳去，喧賓奪主豈不叫人笑話？」

盧周氏看他愣著，便說：「怎麼樣？現在就走嗎？」

盧水雄則說：「這兩天我也沒睡好，有點累。我看不如這樣，揀個日子請鄰里街坊來俺家喝杯酒，吃頓飯，熱鬧熱鬧，算是報答他們，好不好？」盧周氏原本滿肚子的不高興，聽了卻喜形於色，說道：「這樣也好，要全面一些，新加坡柔佛巴魯那些大老闆和官員都得請。酒席菜肴不得馬虎，你可是拿督加姑爺了呀！」「唔，好好，就這麼辦！」盧水雄頻頻點頭。

兩個星期後，盧家莊設宴百席，招待鄰里街坊、各村村民以及來自新加坡和柔佛巴魯的富商巨賈和達官顯貴。

飲水思源，盧水雄當然不會忘記夏薄情。一年前，夏薄情第一次到盧家莊時就提醒盧水雄那假山、魚塘對著正屋大門乃風水之大忌，左邊那個蓮花池也有問題。他說假山、魚塘有阻官運，仕途多舛。蓮花池圓不圓，方不方，有礙人丁之興旺。他建議假山、魚塘得改形狀和方向，蓮花池得測風水地脈，比較複雜，工程較大，延後修建未嘗不可。盧水雄聽從他的建議把魚塘、假山改了形狀和方向。說來還真靈，假山、魚塘修不到一年他就如願以償，受封拿督還意外當了駙馬。盧水雄感恩懷德，把夏薄情當貴客，而且請他和主人同席並居上座。

然而，夏薄情說無功不受祿，婉言謝絕。盧水雄懇請再三，說不居上座就不給面子，把他當外人。恭敬不如從命，夏薄情只好悉聽其便。

一陣震耳欲聾的鞭炮聲過後，筵席開始了。

帳篷裡電扇呼呼，涼風習習。賓客濟濟一堂，談笑風生，敬酒交杯，好不熱鬧。

酒過三巡，盧水雄離開席位走到旁邊備好的小講臺。他拍了聲掌，要大家暫時擱筷停杯。大家頓時靜下來。

盧水雄說：「歡迎各位撥冗出席今天的午宴，薄酒便飯，不成敬意，請大家海涵。現在我宣佈兩件事：

「第一件：大家對小弟的支持與愛戴，小弟衷心感謝。取諸社會，用諸社會，我趁今天這個機會向大家宣佈：我盧水雄捐兩千元給金蛇小學當建校基金。」

「第二件：小弟承蒙蘇丹王錯愛，封賜拿督榮銜，我得感謝『萬千公司』董事長拿督李萬千兄長和金吊桶醫社主持人夏薄情先生。拿督李萬千先生出國公幹未能出席，十分可惜。夏薄情先生就在席上。夏薄情先生，請起立，讓大家認識認識。」

夏薄情起身來到講臺邊向大家拱手鞠躬。

盧水雄繼續說：「薄情先生博古通今，高瞻遠矚，為報答他的隆情厚誼，小弟特地到新加坡訂製一幅橫彩送給薄情先生作為紀念。」

說罷，盧家莊主管符木隆拿來橫彩，另一個人幫他把橫彩攤開，掛在牆上。

橫彩圖案古樸亮麗，繡著八個金色大字：

識破天機　料事如神

席間響起熱烈的掌聲。

盧水雄舉起酒杯大聲說：「多謝夏薄情先生，我們乾杯！」

賓客起立高喊「飲勝」[31]把酒喝盡。

觥籌交錯，酣暢淋漓，盛宴直到傍晚方散。

高朋滿座，貴客如雲，盧周氏非常滿意，和夫婿站在門口哈腰送客。夏薄情趨前拱手告辭，盧水雄叫他留步，說有要事相商。夏薄情回到廳堂，點燃一根煙，坐在沙發上默默地吸著。

抽完一根煙，撚滅煙蒂，盧水雄和盧周氏走進來。

盧水雄說：「關於修建蓮花池的事，我看了那張草圖，有幾個小問題請教先生。請到書房說話。」

「好！」夏薄情隨他們進入書房。

傭人端茶進來。

盧水雄從抽屜裡拿出改建蓮花池的草圖，攤開，用鎮尺壓著，後說：「現有的蓮花池橢圓稍長，現在要改為新月形，請教先生，有何含義？」

夏薄情喝了口茶，應道：「陽宅風水講究地脈，地脈又以青龍和白虎為主。龍出於水，虎出於山。盧家莊後有蛇尾嶺，前有老巫河，符合陽宅風水基本要求，然仍有缺憾。俗話說：『遠山打不了乾柴，遠水救不了近火。』意思是說陽宅後邊除了有遠山外還得有近脈，前面除有遠水外還得有溪流。府上右邊有個小土坡，即竹園之所在地，此土坡也算是蛇尾嶺之一脈，合乎陽宅風水所需；然而沒有溪流，這就是貴府不足之處。溪流者，曲水也！把那蓮花池改窄拉長，曲如彎月，即溪流也！這麼一來，遠山近脈，大河、小溪皆具備，盧家莊便是大吉之宅第呀！」「哦，明白明白！」盧水雄頻頻點頭。

「那麼，彎月中間那個麻石墩子又是何意用？」坐在一邊的盧周氏突然問。夏薄情答道：「半夜明月

31 飲勝：此詞來自粵語，代表喝盡、喝乾，也就是臺語的「呼乾啦」。馬來西亞人和新加坡人在過節或是聚餐時喝酒，眾人圍成一圈舉起酒杯，高喊「飲勝」是約定俗成的習慣。

當空，倒影在池水中，形成蓮花伴月，月中有月。月圓花開時，為人妻者獨自到彎月中坐坐石墩子，曬曬月光，看看蓮花，回味值得回味的事，這樣就可心想事成。」「幹嘛要在半夜坐呢？白天不行嗎？」盧周氏又問。夏薄情笑道：「晚上才有月光，半夜最亮。到那時候，頭頂有月，腳下有月，心中有月，坐在月中，這叫坐月子！」「呃？對呀！」盧周氏恍然大悟，頻敲額頭。

夏薄情繼續說：「《皇帝宅經》曰：『宅以形勢為身體，以泉水為血脈，以土坡為皮肉，以草木為毛髮，以屋舍為衣服，以門戶為冠帶。』彎月形蓮花池建好後，上述條件都具備，這麼一來，盧家莊便是吉祥之宅，莊主東家飛黃騰達、添丁添喜不在話下！」盧周氏欣喜地說：「好哇，謝謝先生，謝謝！」

盧水雄興致勃勃，說道：「魚塘、假山已經修好，果然靈驗。蓮花池也得修，就照先生那張草圖。先生揀個日子，我已交代水泥匠，日子定了就可開工。」夏薄情應道：「我翻過通書，明後兩天都是好日子，午時動土為佳！」盧水雄拍掌說道：「好，就明天，有請先生前來主持動土儀式。」夏薄情欣然應道：「行，小弟一定效勞！」

蓮花池工程複雜，難度大，泥水匠花了整個月才竣工。水到渠成，只待睡蓮開花。盧水雄期待著。

平步青雲，喜從天降。有蘇丹王當靠山，盧水雄拿到金鑰匙，之前向蘇丹王申請的幾百畝森林開發權一直沒著落，受封拿督後隔天就批准了。不過以他拿督加駙馬的地位，幾百畝不過是小菜一碟，他的目標是旺山腳下那片上千英畝的原始森林。不過，他是「偽駙馬」，要成事還得靠四娘。丁香建議聯名向王室土地局提出申請，看看反應、該怎麼做到時再決定。盧水雄頓開茅塞，便到王室土地局交了申請表格。

廣交權貴，拉幫結派。錦上添花，鳥槍換炮。盧水雄愈來愈忙，一出門就是好幾天。

盧周氏也很忙。丈夫有今天的成就，那是她虔誠拜佛修來的福分。神明顯靈，天從人願，為答謝神恩，她更積極施捨行善和參與佛事。她廣交佛友，新加坡、柔佛巴魯、麻六甲甚至吉隆坡的佛堂道觀都有她的足跡。

忙不及履，應接不暇，她每次出遠門也得好幾天才能回來。

遠在馬來半島的吉隆坡有間叫「萬佛寺」的廟宇舉行金剛大佛開光典禮。金剛大佛從中國汕頭運來，價格不菲。盧周氏是這間廟宇的贊助人，金剛大佛的鑄造、運輸等費用全由她捐助。博施濟眾，慷慨解囊，廟宇主持授予「萬佛慈善基金會」榮譽會長，同時邀她主持金剛大佛開光典禮。

妻子聲名遠揚，盧水雄顏面生光，盧水雄百忙之中抽空陪她去。往返吉隆坡得五六天，盧周氏要丁香代她審查兩間帳房的現金收支紀錄。

盧水雄和盧周氏走了，盧家莊清靜多啦。白天，丁香勞勞碌碌，忙這忙那，時間容易打發。晚上冷冷清清，孤獨寂寞，時間難挨。

那晚，月明風清，涼風習習，她信步走出臥房。繞過假山，穿過花園，來到蓮花池邊。改建後的蓮花池夏薄情取了個名字叫彎月溪。彎月中間那個麻石墩子也有名字，叫月子座。丁香在月子座上坐下來。天上有月，水裡有月，月中有月。月色溶溶，池水如鏡。山風蕭瑟，椰影婆娑，夜色多撩人哪。石墩子下用彩磚砌成的「月子座」三個字十分搶眼。哼哼，她不禁冷笑，喃喃自語：月子座，坐月子，他無能、窩囊，薄情先生，您這番心思可白搭啦！

坐了一陣起身正要離開，竹園那邊霍地傳來螺笛聲。心裡咯噔一下，她踟躕不前。這些日子，每天晚上羅海彪都吹螺笛。笛聲婉轉纏綿，她心醉神迷，情慾騷動，恨不得插上翅膀飛到他身邊。夜深人靜，寂寞難耐，笛聲撩得她心猿意馬，慾念的火苗躥遍全身。人非草木，性的飢渴也是一種折磨。羅海彪健壯的身影映入眼簾，強烈的意念帶來勇氣，今晚盧水雄、盧周氏都不在，何不趁此機會去竹園看他？

心意已決，無所顧忌。她踏著月光，走出東牆側門朝竹園走去。

月色溶溶，竹園猶如浸在水晶宮。

情人相會，如魚得水。擁抱熱吻，寬衣解帶。

慾火中燒，雲雨巫山，月亮躲在雲層裡。

她這一去直到半夜才回來。

她神采奕奕，臉色紅潤，猶如飽吮甘露的海棠。經過蓮花池，「月子座」三個字奪目耀眼。她在石墩子上坐下來，昂首望望天空，低頭看看水裡的圓月，臉上露出會心的微笑。

隔天中午，丁香到林場坊帳房查完流水帳正要回去西廂房，管家周貴祥匆匆趕來說有人找東家盧少爺。

「誰找盧少爺？」丁香問。周貴祥說道：「這人沒來過，穿白色官服，帶著公文袋，好像是蘇丹王府裡的人。」

丁香猛然一怔，隨他來到宅院大廳。

沒錯，找盧水雄的人就是蘇丹王室祕書塞哈里，他帶來王室大臣英仄巴卡簽署的公文。

丁香是蘇丹后義女，塞哈里對她畢恭畢敬。

公文以「爪夷文」[32]書寫，丁香看不懂，問他公文寫什麼。塞哈里說拿督盧水雄曾向王室土地局申請旺山森林開發權，由於面積太大，土地局官員要申請人到王室向土地局官員說明土地用途和發展計劃。

丁香問他土地局的長官是誰，塞哈里說是王室大臣英仄巴卡。丁香見過此人，說會儘快和丈夫去王宮拜會英仄巴卡。

塞哈里走後，丁香喜滋滋，心裡在說：「好鋼使在刀刃上，機會來了得好好把握，充分利用。」

她心裡很清楚：盧水雄娶她無非是要她生兒子，為他們盧家傳宗接代。然而，盧水雄沒這本事。歲月不饒人，再過三幾年她就會像三姨太那樣被打入冷宮。她不能坐以待斃，她得把握時機，支配自己的命運。上回進宮，機遇來了，王后愛她疼她，收她為義女。這是緣分，也是她命運轉折的契機。邁開頭一步就有無數

---

[32] 爪夷文，以阿拉伯文字書寫馬來語。

的第二步，只要和王后保持這層關係就有受用不盡的好處。清泉涓涓，細水長流，他盧水雄往後要用她的地方多著呢！旺山腳下上千依格森林開發權是她和盧水雄聯名申請的，如果批准她也是地主之一。如今有了眉目，她得充分利用和蘇丹母后這層關係，把開發契約拿到手。

兩天後，盧水雄和盧周氏回來了。她把塞哈里送來公文以及公文內容如實相告。

盧水雄聽了後搔搔腦袋，說：「要我說明土地用途和發展計劃，以前沒有這樣的手續，我看這次申請可能有問題。」丁香應道：「以前地方小，手續簡單，這次上千依格，他們會嚴格一點，這不奇怪！」盧周氏插話道：「手續只是官樣文章，你是駙馬，應該不會有問題。」盧水雄說道：「什麼駙馬，說笑而已。我看這樣，萬千兄和英仄巴卡交情很好，不如找他再幫我一次。」丁香說道：「不必麻煩人家，直接找英仄巴卡。我也是申請人之一，由我跟他談。」盧水雄應道：「對，妳是公主，名正言順！」丁香接著說：「不過，土地什麼用途、怎麼發展、工作怎麼進行，這些得先預備好，心裡有個底，到時就不會手忙腳亂。」盧水雄想了一下說：「這樣吧，明天我和兩個總管商量一下，還有符木隆，開個會吧！到時妳也得參加。」丁香點頭說：「好，集思廣益，應該這樣！」

隔天，他們在辦事處開會，談了好幾個鐘頭。符木隆把結論記錄下來，共十六頁，命名為「旺山土地發展計劃書」。

準備就緒，盧水雄和丁香帶了「旺山土地發展計劃書」來到王宮土地發展辦事處。王室大臣英仄巴卡請他們到會議廳。問題很多，程序繁瑣，不過都是官樣文章。由於準備充足，丁香口齒伶俐，對答如流，英仄巴卡頻頻點頭，表示滿意。他最後說：「土地面積上千依格，批不批准得由我老闆蘇丹王決定。有了結果就會立刻通知你們。」

隨後盧水雄陪丁香到王宮拜候王后。王后很高興，帶他們參觀新闢的胡姬花園。花園裡姹紫嫣紅，美不勝收，丁香和盧水雄讚歎不已。參觀過胡姬花園，到湖心亭喝咖啡。回到王宮，蘇丹王打馬球回來。他心情很好，說他打進三粒球，把一向獨占鰲頭的英軍隊打得落花流水。隨後他要盧水雄夫婦陪他們吃午飯。

吃過飯，蘇丹王問盧水雄那些森林開發得怎麼樣。盧水雄說發展得很好，種下的橡膠樹已綠葉成蔭，過兩年就可開割。蘇丹王問到時需用多少工人，盧水雄以目光詢問丁香。丁香說開始時幾十個，全部開割後需要幾百個。蘇丹王聽了很高興，說開發森林目的就是要解決人民的生活問題。

丁香見兔撒鷹，說對旺山腳下那片森林已經提出申請，開發時也需要好幾百個工人，希望父王恩准。蘇丹王說還沒看到文件，不過應該沒問題。

兩個星期後，盧水雄收到王室土地局發來的通知書，說「旺山土地發展計劃」已經批准了。

四娘立了大功，盧水雄心花怒放，買價值數千元的鑽石戒指和玉牌項鍊送給丁香，並親手為她戴上。

然而，盧周氏心裡納悶，前些時候出席蘇丹華誕慶典時才買珍珠項鍊和鑽石戒指給四娘，現在又買給她，而且更值錢、更名貴。她又忌又恨，但無可奈何，只好忍著。

9

盧周氏平時很少逛街，自丈夫獲頒拿督榮銜後，她一反常態，一有空便到街上轉悠或到雲鶴寺和香客閒聊。以往街上的人叫她水雄嫂、周大嬸或老闆娘，如今已改口叫她「拿督大嬸」、「拿督太太」，佛堂佛友稱她「拿督夫人」。「大嬸」也好，「太太、夫人」也罷，總之前頭帶「拿督」兩個字她聽了就喜歡，就高興。

奉承話如雷貫耳，羨慕的目光令她洋洋得意。她心花怒放，盡情享受被人稱羨的殊榮和樂趣。

不過事情難有十全十美。這些日子，丈夫老往外埠跑，而且帶著四娘，一去就是五六天，這事叫她納悶；還有，自四娘被蘇丹后認為義女後，不論出門或在家裡就一直穿令她最礙眼的紗籠卡巴亞，而且戴著盧水雄剛買給她的鑽戒和項鍊。心裡很不是滋味。她忍著。

最令她憤慨的是丁香竟然參與盧家莊的發展計劃。

開發旺山腳下上千英畝原始森林是一項大工程，別的不說，單長工、豬崽就得好幾百個。現有的管理方式必須改革，人事也得整頓。

盧水雄和幾個高管人員開了幾天會，決定實行以下事項：一，盧家莊註冊為有限公司；二，公司制度化，聘請行政管理專業人員；三，家事和公事分開，人員不能兩邊兼差；四，廣羅人才，任人唯賢，發揮知人善任精神；五，林埸坊改建裝修為公司行政辦事處。

丁香是關鍵人物，她受委為公司董事。

從此，丁香朝九晚五，在公司主持業務。她發號施令，日不暇給，忙得不亦樂乎。

行政制度化，人事專業化。這麼一來，好些冗員被降職或辭退。首當其衝的是盧周氏的遠房叔叔周貴祥；家事、公事分開，不能兩邊兼差，油水斷絕，損失慘重便向盧周氏訴苦。其次是白拿薪水沒事幹的「元老族」，超過六十歲的全部被辭退，他們向盧周氏叫屈喊冤。

盧周氏氣急敗壞，到辦事處和人事部職員理論。人事部職員說是上頭指示，他們是照章行事。上頭指示？上頭不就是四娘嗎？好哇，飛上枝頭當鳳凰，想坑我？哼，沒那麼簡單。她噔噔噔地上樓找丁香。然而她不在。祕書說她身體不舒服，請假沒上班。

身體不舒服？裝病哪！盧周氏回到宅院大廳，氣呼呼地喊道：「來人！」傭人進來。「叫四娘！」她說。

不一會兒，丁香來了。「姐姐找我嗎？」她病病歪歪，說話有氣無力。「唔，我問妳，」盧周氏橫眉豎目，「你們為什麼開除我叔叔？啊？妳說！」丁香一怔，說道：「開除？沒有哇，公司定了條例，家事、公事分開，人事部公事公辦。再說祥叔已經六十多，該退休了呀！」盧周氏應道：「退休？好，他的退休金呢？妳給他了嗎？」丁香應道：「這個要問人事部。」盧周氏應道：「祥叔問過了，人事部說他不屬公司職員，沒有退休金。哼，明明是妳在搞鬼。四娘，祥叔哪點得罪妳？啊，妳說，妳說！」「這……這不關我的事，大娘……」丁香掏出手絹掩口咳嗽。「混帳！」盧周氏猛拍桌子，「不關妳的事關誰的事？妳手握大權，在公司發號施令，辦公樓的人都聽妳的。哼，這笑面虎，背後捅我一刀，還說不關妳的事……」「大娘，」丁香打斷她，「人事部不……不歸我管……」「妳住嘴！」她怒不可遏，指向丁香額頭，「我忍妳已經很久了，今天妳得跟我講清楚，不然老娘絕不放過妳！」「這……這……真的……不關我的事呀！姐姐……咳……咳……」她氣喘噁心，說不下去。

盧周氏嘴一撇，繼續說：「還有，我兩個堂弟、三個外甥，還有我的表哥，全被妳搞掉。四娘，妳膽大包天，烏鴉當鳳凰，妳以為妳是公主就了不起了嗎？告訴妳，這裡的盧家莊，不是王宮。敢跟我較勁？哼，還嫩呢！」盧周氏愈說愈離譜，丁香心裡冒火，應道：「跟妳說妳不信，妳……妳想怎……怎樣？」

「想怎樣？」盧周氏前去抓住丁香的手，「走，去辦公樓跟大家說清楚！」

丁香掙扎，眼前一黑，天旋地轉，打個趔趄，暈了過去。

「狐狸精，別詐死，妳走，走……呃……妳……」丁香倒在地上，她心裡著慌，改口說，「妳……妳怎麼啦？怎麼啦？」

她蹲下拍丁香的臉。沒有反應。她大驚失色，向外面喊：「喂，來人哪，四娘出事了，快來人哪！」

兩個傭人進來把丁香攙到牆邊藤榻上，讓她躺著。

盧周氏拿來萬金油擦丁香的鼻孔和太陽穴。

管家周貴祥前來說：「我看不行，得叫大夫。」

盧周氏忙說：「對對對，去請薄情先生，快！」

周貴祥應了一聲，匆匆走了。

丁香隨後蘇醒過來。

一頓飯工夫，夏薄情提著藥箱拉高長衫，隨周貴祥匆匆趕來。

丁香看見夏薄情便要起身，夏薄情忙阻止她：「躺著，躺著，別起來！」

盧周氏哈腰說：「先生請坐！」

「別客氣！」夏薄情向她拱拱手，然後指向丁香，「讓我先看看她！」

傭人端張椅子放在藤榻邊，夏薄情坐將下來，撩起袖子為丁香把脈。把過左手把右手，「來月事嗎？」他問。

「沒有。」丁香搖搖頭。「多久了？」夏薄情又問。

「三個多月了！」她聲音很輕，怕人聽見似的。

「唔！」夏薄情點點頭，放下她的手。

「四娘什麼毛病？」盧周氏問。

夏薄情起身向她拱拱手，一邊說：「恭喜恭喜，夫人有喜啦！」

「啊？」盧周氏愣著，哭笑不得。

夏薄情接著說：「開張方子給妳，拿紙筆來。」

傭人端來文房四寶。

夏薄情坐下來，拿過紙筆寫了兩行字交給盧周氏：「這是安胎方子，回頭叫人去頤春堂，抓五帖，二十天內服完。」說完轉對丁香，「別拿重的東西，早晚散散步，心情要開朗。好啦，沒事了，我走啦！」說完提起藥箱，拉高長衫匆匆離開。

兩個傭人攙扶丁香回去西廂房，周貴祥也走開了。

盧周氏在廳裡走來走去，她心亂如麻，不知如何是好。

如果三個月前聽到四娘有喜的消息，她必欣喜若狂，洗手焚香在觀音菩薩面前磕三個響頭。然而如今，心裡五味雜陳說不出是什麼滋味。喜嗎？有的，那是往日殷切渴望、苦苦等待遺留下來的，正如吃橄欖後口裡留下的甘甜；哀嗎？是的，情況有所改變，往日希望的曙光已經成為黃昏的夕陽，轉眼即逝；愁嗎？四娘受寵於蘇丹王室，利害攸關，投其所好，丈夫對她的寵信已多過自己。過些時日孩子出世，給盧家增添人氣，她如虎添翼，到那時她這個做正室的就得靠邊站。

想到這裡，她誠惶誠恐，方寸大亂。不行，必須提醒雄哥，叫他別忘初衷，別忘當年在床頭許下的諾言。然而，鬼迷心竅，他會聽嗎？

心急火燎，茶飯無味。晚上輾轉反側，沒法入睡。

挨到三更雞啼，她洗澡更衣，跪在觀音菩薩塑像前焚香磕頭，敲響木魚，閉上雙眼唸誦經文〈大悲懺〉：

我及眾生，無始常為。三業六根，重罪所障。……今對阿彌陀佛及十萬佛前，普為眾生皈命懺悔……

發露懺悔，斷相續心。發菩提心，斷惡修善。……能救拔我，及諸眾生。……本性空寂，廣造眾惡。今知空寂，為求菩提。為眾生故，廣修眾善。偏斷眾惡……

每當她遇到難以釋懷陷入苦海時她就祈求菩薩為她排憂解難。她認為人的一生是命中註定，唯有把命運交給菩薩，萬能的菩薩就可把她從苦海中拯救出來。菩薩就是她智慧和力量的源泉，如今，她跪在觀音菩薩面前，虔誠地呼喚佛祖，把〈大悲懺〉唸了一遍又一遍。

第五章

1

丁香懷孕之後就辭掉公司董事以及所有職務，待在家裡等待分娩。夏薄情每個月都來看她。盧水雄從新加坡請來婦產科護士住在盧家莊照顧她的起居飲食。盧周氏對丁香雖然有芥蒂，但「不孝有三，無後為大」，想起初衷也就息怒了，不再計較了。

懷胎十月，瓜熟蒂落，丁香分娩了，是個男孩。盧周氏如願以償。

終日躺在床上的盧老太爺聽到這個消息，竟然高興得雙肘一撐，坐起半截身，喊道：「好，好哇，我盧家有後啦！」

照顧他的看護大吃一驚，忙過去把他扶住。

「謝謝，謝謝，」盧老太爺雙掌合十念念有詞，「多謝老……老天爺！多……多謝菩薩，多謝！」他很激動，使勁要爬起來。

「老爺想要做什麼？」傭人問。他伸手指向大廳：「我要……拜……拜天公，拜……拜祖宗。去……去叫阿蘭，叫阿蘭來！」

看護向另一個傭人使了個眼色，她點頭會意，出去了。

看護墊高枕頭讓老太爺靠在床頭。

頃刻，盧周氏疾步走進來。「老爺叫我嗎？」她問。「來，過來，」他向盧周氏招招手，「四娘給……給俺盧家生孫子，大喜的事呀！我……我要拜天公，拜……拜祖宗！」盧周氏應道：「拜神的事我已經交代祥叔去料理了！」

「妳說……說什麼？」老太爺大聲問。

盧周氏把嘴湊到他耳邊，提高嗓子：「老爺放心，我已經叫人料理了。除拜天公、拜祖先外，我還得去雲鶴寺添油還願！」「哦，這……這就好！給……給小孫子取名字了沒有？」盧周氏應道：「取了，叫虎子！」

「虎子？剛強勇猛……，虎父……無犬子，這……這名字好，取得好！……咳咳……」他太興奮，痰哽在喉嚨說不下去。

盧周氏上前說道：「老太爺歇歇吧，別說了！看住他。」她向看護使了個眼色，轉身出去。

這也是奇蹟，盧老太爺癱瘓在床已經十幾年，雙手不靈活，兩腳不能動，吃飯、大小便都要人服侍，這次竟然能撐起半截身，要不是傭人扶住，說不定會走到大廳在祖宗靈前磕頭呢。

丁香產子的消息傳出後，人們率先想到的是盧家莊花園那個修建不久取名「彎月溪」的蓮花池和池邊的「月子座」。夏薄情說彎月形蓮花池建好後盧家莊莊主飛黃騰達、添丁添財。果然應驗，修建不到一年，四娘就給盧家生了個兒子。

添丁之喜，稱心如意，其樂無窮，不在話下。

孩子彌月那天，盧家莊大擺筵席。場面比上回受封拿督答謝街坊好友時小了些，赴宴的富商巨賈和達官顯要卻比上回多了些。

夏薄情自然是座上嘉賓。識破天機，料事如神，屢創奇蹟，在座的富商顯貴對他佩服得五體投地。散席之後，一群人圍著夏薄情，請他不吝賜教，指點迷津。夏薄情把握商機，給他們上一堂「風水課」。

「風水是一門學問，不是迷信，」他從容不迫，侃侃而談，「看風水就是為生人之陽宅找個藏風聚秀之地，或為死者尋個陰陽匯合之穴。藏風聚秀之地和陰陽會合之穴看來是相對的，其實不然。陽宅要找龍穴，陰宅也要找龍穴，所以這兩者是統一的。清朝蔣平階的《祕傳水龍經》有曰：龍是穴的根本，只要找到生氣流動的山，循山勢之綿亙起伏就可在界水之處找到生氣凝聚之吉穴。其因果關係就是尋龍為了點穴，點穴為了尋龍。由此可見『真龍穴的』和『山環水抱』為陽宅風水和陰宅吉地之最高境界。」

他呷了口茶繼續說：「世界上沒有十全十美的事情，風水也一樣，沒有十全十美的風水。要找『真龍穴的』和『山環水抱』之最高境界，委實不易。不過甭憂，可以補救，看風水就是要找出不足之處然後給予補救。就以盧家莊的風水來說吧，你們看，」他伸手指向門外，「盧家莊前有老巫河，後有蛇尾嶺，風水極佳，但有缺陷。砌假山、挖魚塘、築蓮花池原意很好，符合風水條件所需，可是位置方向有偏差。差之毫釐，失之千里，心想事不成，運氣不佳事小，三災八難、飛來橫禍事大。找出缺陷就得糾正。你們看，假山、魚塘、蓮花池改建後問題不就解決了嗎？」

聽的人頻頻點頭表示讚賞。

一個激動地翹起拇指：「好，很好！聽先生一席話，勝讀十年書啊！」

一個趨前說：「我買了塊地要建房子，想請先生為我看看風水，先生何時有空？」

另一個說：「家父年近八十，他要做壽穴，改天請先生到墳場選塊墓地，看看風水。」

另幾個也爭著邀夏薄情為他們的新居或先人的墓穴擇地脈，看風水。

夏薄情一一遞上名片，邀他們到「金吊桶事務所」安排看山和動土的好時辰。

正事安排停當，一個問夏薄情「子規玄學」是什麼意思，有何典故，出自何處。

這話可問到點子上了。「你問得好！」夏薄情加重語氣提高聲量，「子規是我爺爺的名字，我爺爺乃鶴嗚山玄法大師的弟子。清朝末年光緒帝和慈禧太后相繼駕崩，玄法大師被召入宮主持喪禮，我爺爺以徒弟身份隨玄法大師入宮。由於玄法大師的提拔，清廷授予我爺爺御玄大師之美名。為紀念爺爺，我的事務所便取『子規玄學』這名號。」

夏薄情這番話有分量，自這次宴會之後，「金吊桶事務所」門庭若市，請夏薄情批命或看風水的人絡繹不絕，好些還是遠道而來。

看風水，擇地脈，翻山越嶺，勘選吉穴，夏薄情忙得不可開交，一連幾個月都沒空回去哥打看望妻兒。一天，午後三點鐘，夏薄情從外埠回來。剛坐定，盧家莊管家周貴祥匆匆趕來頤春堂藥店。他踏進店門劈頭就說：「哎呀，先生，我找您找得好辛苦呀！」「請坐！管家何事找我？」夏薄情問。周貴祥氣喘吁吁地說：「我家老太爺病重，拿督吩咐我來請先生。事情很急，先生馬上跟我走！」「老太爺病重，多久啦？」夏薄情又問。周貴祥應道：「前天早上發病的。我來過兩次先生都不在，這下可好，您總算回來了。先生走吧，我家拿督在等您呢！」

夏薄情提了藥箱隨他走了。

來到盧家莊，進入大廳，盧水雄請他到書房說話。

「令尊怎麼樣？」夏薄情問。盧水雄應道：「家父原本好好的，前天開始就不對勁，早餐沒吃，叫他不理睬，眼睛直愣愣的好嚇人。」夏薄情說道：「去看看！」

他隨盧水雄進入老太爺的臥房。

盧水雄走到榻前躬身拍拍老太爺的肩膀，一邊說：「阿爸，大夫來了，醒醒，醒醒！」

老太爺沒有反應。

夏薄情趨前打量了一下，只見他臉色紫亮，瞳孔睜大，目光呆滯，氣息奄奄。

傭人端來凳子，夏薄情坐下來為他把脈。病人的手冰涼，脈搏沉伏無力。把過左手把右手，隨後翻他眼皮看他的眼珠。

「近日令尊的情緒怎麼樣？」夏薄情問。盧水雄想了一下說：「這個我倒沒有注意，怎麼樣呢？」夏薄情說：「比如激動、興奮、生氣、哀傷，有過嗎？」

站在一邊的盧周氏插話道：「這些日子四娘常抱孩子來看老太爺，他很開心，要起來逗孩子。我們沒讓他起來，墊高枕頭讓他半躺著。他握住孩子的手，高興得眼淚直流。這情況算不算呢？」夏薄情點頭說：「唔，這就對啦！」「那又怎麼樣？」盧水雄問。

夏薄情起身，答道：「到外邊說話。」

回到書房，盧周氏也跟著進來。盧水雄以為他要開方子，吩咐傭人拿文房四寶。

「不必了！」夏薄情打手勢阻止。「家父怎麼樣？沒方子嗎？」盧水雄問。夏薄情應道：「有幾句話和你們說。」他轉眼看看傭人。

盧水雄會意，打手勢叫傭人退下。

盧水雄隨後說：「先生請講！」夏薄情歎了口氣，說道：「令尊情況不好！」「怎麼樣？」盧水雄和盧周氏同時問。夏薄情應道：「你們注意到嗎？令尊臉色油亮，目光呆滯，四肢冰涼，那是迴光返照啊！」

「啊？」盧水雄和盧周氏大吃一驚。

「還有，」夏薄情繼續說，「令尊呼吸急促，脈搏虛弱，我看就是這幾天的事，你們得有心理準備才好！」

盧水雄黯然神傷，緘默不語。

盧周氏歎了口氣，說道：「得了個孫，老太爺卻病成這樣，沒福氣，唉！」

盧水雄眨巴著眼睛，忍著眼淚。

夏薄情安慰他說：「拿督看開一點，生老病死乃人生難以避免的事。令尊如此高齡，算是福壽雙全了！」

盧水雄點頭應道：「說得也是！家父的壽木、壽衣、生壙都預備妥當。墓地是十幾年前家父親自己選的，家母也葬在那裡。七八年前風水先生說那墓地不十分好，但怎麼不好卻沒說清楚。後來要問他，他卻回唐山去了，到現在仍不見他蹤影。有請先生陪我去墳場走一趟，看看是否真的不妥，如果真的該怎麼著，請先生指點。」

夏薄情答道：「墓地是令尊親自選的，那就證明他自己喜歡。他既然喜歡，俺們做晚輩的就不便更改。不過，墓穴的方位、深淺和高低倒是不能馬虎。只是生壙已經做好倒有些麻煩。看了後再說吧！現在就去嗎？」盧水雄應道：「對，事不宜遲，現在就去！」

墳場離盧家莊七八公里，在斜坡上。

他們來到盧老太爺的壽穴已近黃昏。壽穴占地半英畝，東面大海，西背蛇尾嶺，南有老巫河，北邊森林無邊無際。

夏薄情從藤箱裡拿出羅盤測量壽穴方位，後用玉尺和土圭藉斜陽投影測量壽穴高低深淺。隨後從壽穴邊抓把泥土放在掌上輕輕搓揉。

盧水雄注目凝神地看著。

夏薄情拍掉掌上的泥沙一邊說：「土質細碎微潤，不乾不燥，乃為吉壤。墓地環境方位也不差，你看，背山面海，右有老巫河，左邊森林廣闊無邊，青龍白虎、朱雀玄武俱全，實為墓穴佳境。不過有缺陷，海離得太遠，還隔著幾座小山包，擋住地脈，有礙地氣的流暢。我想七八年前那位風水先生指的就是這個缺陷。」

「可有法子補救？」盧水雄問。

夏薄情應道：「沒法補救，不過也不必補救。山中有谷，谷裡有溪，土質絕佳，地脈猶繼，地氣猶存。

我說過，世事難十全十美，風水亦然。那點小瑕疵拿督不必介意！」

盧水雄聽了點頭表示放心。

回到盧家莊天色已黑，夏薄情再次為盧老太爺把脈。脈搏微弱，氣息奄奄，夏薄情搖搖頭，提起藥箱準備離開。

「怎麼樣？」盧水雄問。

夏薄情沒答話走出廳堂。

盧水雄送他到門口。

夏薄情回頭留下一句話：「我看令尊挨不過今晚。」說完疾步離開。

不出夏薄情所料，盧老太爺在午夜時分便斷氣了。

當時他的家人包括剛出世的小孫子全都在他身邊。彌留之際，丁香抱虎子來到病榻前，流著淚逗他叫爺爺，老太爺睜開眼皮嘴唇翕動好像要說什麼。丁香把虎子的手放在他掌上，他握著小手眼定定地看著虎子，似乎在說：「你這小子，爺爺臥病在床十幾年，為的就是等你。你總算來了，我可放心啦……」

虎子霍地咕哇咕哇地哭起來，老太爺眼裡沁出淚珠兒。他咳了一聲，閉上眼睛，斷氣了。

天亮後，盧水雄派人通知夏薄情。夏薄情吃過早餐便匆匆趕去，來到大廳，和管家聊了幾句，銅鑼社理事長方天浩、忠義堂武館館長林崇武、雲鶴寺住持白鶴林、「茂德葉記」雜貨店老闆葉茂枝和漁具行掌櫃趙大海幾個也陸續趕到。

開了個會，盧水雄成立治喪委員會，請夏薄情主導殯葬事宜，夏薄情欣然接受。一番商議後決定以下事項：一，起草訃告，明天刊登於各大報章；二，靈堂設在大廳，外面加蓋帳篷；三，請新加坡佛林寺遊宏大師和天河觀雲林道長主持法事，為亡魂超渡；四，邀新加坡「白鶴社」和「精武館」鑼鼓隊在送殯時為亡魂鳴鑼開路。

新加坡佛林寺遊宏大師、天河觀雲林道長、白鶴社社長巫天明、精武館館長拿督趙大明都是德高望重的顯赫人物，仙鶴鎮乃窮鄉僻壤，夏薄情擔心他們不會賞臉。盧水雄說這幾個都是他的至交好友，拿他的帖子去肯定給面子。

隨後夏薄情翻閱通書，決定停柩七天，並敲定祭祀和出殯時辰。

中午，符木隆帶著訃告草稿和盧水雄的帖子乘摩托船趕赴新加坡。

下午，靈堂佈置停當，大廳外的帳篷隨後搭好。

大門外左邊牆上貼出訃告，用黑布條框著。門內兩邊孝幔懸垂，魂幡飄飄。靈臺上燃起香燭，臺下燒起冥紙。燭光晃動，青煙嫋嫋，氣氛肅穆莊嚴。

夏薄情肩披紅綢坐在太師椅上。

孝子披麻戴孝跪在死者身邊。大殮時孝子哭得呼天搶地，仵夫呼呼喝喝把靈柩移進靈堂。夏薄情拿下紅綢，在靈前三鞠躬，大殮儀式宣告結束。

孝子停止哭號，蹲在靈柩前焚燒冥紙。

夏薄情揮筆寫了副挽聯叫人貼在帳篷柱子上。寫的是：

壽晉期頤我輩同聲稱厚福

魂歸極樂大家共悼老先生

下午，臨近村民陸續前來弔喪。

家公往生，哭是兒媳的本分。不管家公生前對她怎麼樣，他兩腳伸直腳趾朝天時，做媳婦的就得痛哭，哭得愈大聲、愈傷心就表示她愈孝順、愈守婦道。

盧周氏是盧家大媳婦，親友來慰唁，她必須「領哭」。她哭聲嘹亮，而且有板有眼：「老天爺您太不公，賤人還沒好好服侍俺家老爺，您為何急匆匆把他交給天公？土地爺呀您太無情，賤人還沒好好孝敬俺家老爺，您為何倉促促把他送去陰曹地府？老爺子您太忍心，賤人的好酒好肉您老人家半口沒嘗就悄悄離去，沒有您俺們往後的日子怎麼過……」

丁香也是盧家媳婦。她沒哭，只流淚，蹲在火爐邊燒冥紙。

入夜，盧家莊燈燭輝煌，前來弔喪的村民鄉里絡繹不絕。

第二天早上翻開幾份報紙，盧老太爺往生的訃告整版刊出。盧水雄、盧周氏和管家周貴祥等人看了都點頭表示滿意。

中午開始，送挽軸和花圈的人源源而來。開始時負責人把花圈挽軸放在帳篷外，放滿後移去左邊空地，沒多久，空地也滿了，負責人在幾棵椰樹之間拉起繩子，上面掛挽軸，下面放花圈。

挽軸顯目，花圈搶眼，場面既排場闊氣又莊嚴肅穆。

每一張挽軸、每一個花圈都給盧家莊增添一份光彩，盧水雄看了心花怒放。

正當他躊躇滿志之際，符木隆回來了。

「怎麼樣？搞定了嗎？」盧水雄急著問。

符木隆沉下臉，搖頭應道：「沒有，遊宏法師、雲林道長、白鶴社和精武館的鑼鼓隊全被人請去，我白走一趟。」「什麼？」盧水雄幾乎跳起來，「全被人請去？這麼巧？」「唔，是這麼巧！」「誰請他們？氣派不小，什麼來頭？」盧水雄不屑地問。

符木隆喝了杯開水，應道：「麻六甲甲必丹陳振福的母親三天前去世，報紙上有訃告，有挽詞，版位很大，當時我沒注意。同鄉會館的人說，新加坡有名的法師道士鑼鼓隊兩個星期前就接到通知，說甲必丹的母親病危，要他們做好準備。陳振福是麻六甲首富，還有丹斯里[33]榮銜，也是慈善家，地位這麼高，即使不受邀，那些法師、道長什麼的自己也會去！」

「盤陀寺的雲山道長、佛陀山的法源大師、德和觀的住持，他們也被請去了嗎？」盧水雄又問。符木隆應道：「我去找過他們，都不在，管理人說去了麻六甲。是受邀還是自己去我不知道。」

盧水雄沉下臉，沉默片刻，喃喃說道：「沒人超渡做法事，場面冷冷清清，不好看哪！」符木隆說道：「冷冷清清倒不會，我們盧家莊贊助那麼多佛堂寺廟，新加坡、柔佛巴魯、哥打丁宜，還有本地，少說也有二十幾間。相信那些佛堂寺廟會派團來進行公祭。二十幾團，我看還得排隊呢！」

「唔，那倒也是！我看這樣吧，」盧水雄加重語氣，「安排時間，一班一班接下去才不會亂。還有，他們得穿法衣或道袍，氣氛嚴肅、場面莊重而又熱熱鬧鬧。如果沒有法衣、道袍就雇裁縫馬上做，所有開銷進盧家莊的帳。」符木隆說：「這點子好，回頭我去聯絡他們。」

站在一邊的管家周貴祥插話道：「場面是熱鬧，可是他們都是香客，只會讀經唸咒，總得有個法師或道士給老爺做法超渡才行。少爺，您說是不是？」盧水雄點頭應道：「當然當然，可是時間這麼急，哪兒去找呢？」

「誒，有了，夏薄情先生怎麼樣？」符木隆問。「薄情先生？他行嗎？」盧水雄反問他。符木隆應道：「他經常為喪家主持法事，有助手和幫腔，我看過，做功很好，我看他行！」周貴祥接著說：「我也看過，他唱腔很好，做功到家，我看可以。」

盧水雄點頭說：「好，那麼鑼鼓隊呢？銅鑼社那班人行嗎？」符木隆應道：「這個要問方天浩，我看問題不大。」盧水雄說道：「行，你去聯絡他們。」

---

33 丹斯里：此頭銜為馬來西亞國家榮譽，由國家元首冊封給對國家有極大貢獻的傑出人士，意為「護國將軍」。

符木隆正要出去，夏薄情、方天浩、林崇武幾個卻來了。

他們開個會，商量法事和鑼鼓隊的事。方天浩說鑼鼓隊重組後進步很快，不過如果由羅海彪和賴旺土出陣領軍，這樣就十拿九穩。夏薄情說場面這麼大，時間這麼長，也要羅海彪和賴旺土兩個和他搭檔，不然，一個人沒法做。方天浩說時間分配好應該沒問題。「不過，羅海彪和賴旺土會答應嗎？」方天浩問夏薄情。夏薄情說：「我弟弟阿彪沒問題，賴旺土得去問他。」

盧水雄插話道：「問題是他們行不行？不是答應不答應。」方天浩說道：「去年年初一羅海彪和賴旺土曾到我們社裡，我們請他們露點本事，他們很謙虛，說只是半桶水，不敢獻醜。我們再三要求，他們才答應。」「表現怎麼樣？」盧水雄忙問。「嘿，出乎預料，他們兩個是高手呀！」方天浩翹起拇指。夏薄情說道：「在唐山鄉下，他們兩個是我們松口鎮鑼鼓隊的骨幹，新年喜慶，廟會打醮，他們倆是主角。如果有他們兩個相幫，場面可風光啦！」

盧水雄恍然說道：「是嗎？好好，叫他們來，現在就去，說是我盧水雄請他們，把本事全使出來。功夫做得好，我盧水雄不會虧待他們！」

有盧水雄這句話事情就好辦，會議結束後夏薄情看看腕錶便去竹園找羅海彪。

羅海彪正在吃午飯，夏薄情突然到來他感到驚訝。「唷，大哥，您怎麼來了？」他問。夏薄情應道：「跟你說個事。」「好，進來坐。」

進入廳裡，夏薄情說明來意。羅海彪聽了後說：「老番客說盧老闆已經派他兒子符木隆去新加坡請大和尚，怎麼還請您呢？」夏薄情應道：「事有湊巧，新加坡的大法師、大和尚、著名的道長都被人請去了。時間緊迫，他們沒辦法，只好求我。」「您答應嗎？」夏薄情點頭說：「這是機會，當然答應。三弟，你的機會來啦！」「機會？什麼機會？」羅海彪問。夏薄情應道：「做法事不能演獨角戲，我要你和賴旺土兩個幫我，出殯那天銅鑼社的鑼鼓隊也要請你們幫忙。上回盧水雄不讓我為你贖回合約，好，這次就跟他耍心眼兒，非但要他答應，而且是取回，不是贖回。如果不答應就不幹。」

「怎麼說？」羅海彪聽了搔搔腦袋。夏薄情說道：「贖回合約要給錢，取回合約就不必，相差可大囉！」

羅海彪應道：「這點子固然好，可是我們是豬崽，能不幹嗎？」夏薄情應道：「合約寫明豬崽的工作是砍樹開荒，打醮做法事不包括在內。你們有權不答應。」羅海彪恍然地說：「對呀！不過得先通知賴旺土，他會來嗎？」夏薄情應道：「已經派人通知了，我想他會先來找你，到時跟他說，或者叫他來見我。你們兩個口徑要一致，盧水雄不答應就堅決不幹。」

不出所料，傍晚時分，賴旺土來竹園找羅海彪。

羅海彪把情況和取消豬崽合約為條件的事從實相告。

賴旺土一怔，拍手說：「這點子好！想起上次那頭老虎的事我就生氣。哼，山水有相逢，這次來求我們了。好，俺們聯手，共同進退，不取消合約就不幹！」

晚上，符木隆和方天浩來竹園找他們。

寒暄幾句，符木隆說明來意。

賴旺土聽了後說：「盧老闆是拿督，德高望重，盧老太爺往生，該請大和尚、名道士為他做功德。我們是豬崽，身份卑賤，奴僕不如，打醮超渡這麼大的事，合適嗎？」

賴旺土話裡有話，羅海彪暗暗叫好。符木隆則皺起眉頭，看方天浩一眼。

方天浩說：「豬崽身份卑賤、奴僕不如，這話是你說的。我們絕對沒這個意思。」

「對，」符木隆接過他的話，「我們是受盧老闆的委託，請兩位幫薄情先生為盧老太爺做法事。盧老闆交代，紅包利市你開個價，他會儘量滿足你們的要求……」「不，我不是這個意思。」賴旺土拉長語音打斷他。「那你是什麼意思？」方天浩問。「好，」賴旺土換了語氣，「打開天窗說亮話，我為你們做法事，出殯時幫你們的鑼鼓隊敲鑼打鼓吹嗩吶。條件是：把豬崽合約還給我們。就這麼簡單！」

符木隆和方天浩聽了皺緊眉頭，面面相覷。

「那你呢？」符木隆問羅海彪。羅海彪應道：「旺土怎樣，我就怎樣！」

符木隆沉吟片刻，後說：「你們提的是件大事，我得轉告盧老闆和薄情先生，情形怎麼樣回頭告訴你。」賴旺土點頭說：「好，我們等你消息！」

他們倆走後，羅海彪問賴旺土：「你看，盧水雄會答應嗎？」賴旺土應道：「我看會。道理很簡單，我們不幹你哥就幹不了，你哥幹不了還有誰會幹？人死了沒人做法超渡，牛頭馬面就不讓他過奈何橋。嘿，孤魂野鬼天天哭，天天鬧，盧水雄不怕嗎？」羅海彪聽了點頭笑，沒答話。

頓了頓，賴旺土繼續說：「你哥是關鍵，有他配合，盧水雄就拿我們沒辦法！」羅海彪應道：「這點子是我哥出的，他當然會配合！」

半夜，他們正要回臥房睡覺，符木隆和方天浩急匆匆地回來了。

「好消息，」符木隆笑逐顏開，「你們提的條件盧老闆全答應。他叫你們放心，事情完後就把合約還給你們，還有紅包利市一起給你們。」「不，」賴旺土拉長語音，「合約得先還給我們，紅包利市給不給不要緊。」

「啊？」符木隆睜大眼睛瞪著他，「盧老闆是拿督，一言九鼎，你竟然不信任，這……這……豈有此理！」

「一言九鼎？」賴旺土不屑地看著他，「上回坑了我們那頭老虎，打死狗講價，我們吃了啞巴虧。我們7號林場的兄弟都吞不下這口氣。現在盧老闆又來這一套，想坑我們？兩位老兄，你們回去告訴盧老闆別把我們當傻瓜。總而言之一句話：先給回合約，其他的不必說！」

「什麼？你說老闆坑你們的老虎？有這樣的事？」方天浩睜大眼睛驚訝地問。羅海彪說道：「有，不信去問我哥！」「是嗎？」方天浩轉眼看符木隆。符木隆點頭說：「唔，確有此事！」方天浩恍然大悟，問符木隆：「你看怎麼樣？回去問你老闆嗎？」符木隆聳聳肩，苦笑道：「唉，這……這怎麼向老闆開口呢？」

方天浩不屑地說：「賴旺土，看不出，你好厲害呀！」賴旺土應道：「被人坑了，吃了虧，傻瓜也變得聰明，是不是？」符木隆說道：「旺土兄，你的要求我實在很難向老闆開口！」賴旺土不經意地說：「那好，明早我回林場幹活去！」

符木隆想了一下說：「這樣吧，我和薄情先生商量一下，明早答覆你們。」賴旺土說：「行，我等你！」

他們走後，羅海彪對賴旺土說：「嘿，你這招，了得呀！」賴旺土應道：「該笨時就得笨，該聰明時就得聰明，這叫戆戆吃天公！」

隔天早上，符木隆和方天浩沒來。中午，夏薄情卻來了。

他說：「你們幹得很好！今天早上符木隆和方天浩來找我，隨後我們一起去見盧水雄。盧水雄答應打完醮後就把合約無條件還給你們，另給你們放三天假。這話符木隆和方天浩都聽見，盧水雄不會反悔。你們放心好啦！」賴旺土聽了後說：「先小人，後君子。既然你們都在場，好，薄情先生，聽您的！」「那麼，打醮的事該怎麼進行？」羅海彪問。

夏薄情說：「現在我就要跟你們談這件事。」

2

人間有卑鄙小人，陰間有牛頭馬面。人間有江洋大盜，陰間有魑魅魍魎。人生有三災八難，死後有火海刀山。人生旅途漫長艱險，死後更長、更險。

陰府冥冥，暗無天日。凶神惡鬼，青面獠牙。人死後的日子比生前還要難挨。

不過，只要子孫爭氣，請法師、道士為死者打醮超渡，亡魂幽靈就可順順利利地越過鬼門關，平平安安地渡過奈何橋，風風光光地來到陰曹地府。

當官的講究官威，做生意的重視交情，讀書人講求學問，法師、道士除有長者風範外，還得威嚴、交情、學問三者兼備。

新加坡佛林寺的遊宏法師和天河觀的雲林道長聞名遐邇，是這行當的佼佼者，可惜的是盧老太爺和他們無緣。然而夏薄情也非泛泛之輩，論學問，他不輸遊宏法師；講威嚴，他那兩道劍眉和八字鬍再加上一身皂條道袍和佛冠素履，凶神惡鬼見了也怕三分；說交情，只要打出他祖父、弼玄大師傳人夏子規的名字，即使閻王爺也得給他幾分情面。不同的是：遊宏已入空門，是個奉守規誡的法師，屬專業性質，夏薄情只是副業，屬玩票性質。不過，他有羅海彪和賴旺土兩人搭檔，加上幫腔伴唱者的默契，夏薄情對這場法事可應付裕如，遊刃有餘。

道場設在帳篷裡，分前中後三部分。靈堂前置一長臺，上面擺著一排畫像，中間較大那張是玉皇大帝，兩邊的是天上諸神，有太白金星、王母娘娘、佛法僧、四大金剛、普庵祖師、觀音菩薩、文殊、普賢等。諸神畫像前有個金光閃閃的香爐。長臺前置一長桌，上面擺著豬羊雞鴨魚等七牲供品和瓜果鮮花。中間為幫腔伴唱者的座位。道場末端擺著用彩紙糊的豪宅府第、馬車遊艇、衣箱櫥櫃、金童玉女等製作精美的玩意兒。這些都是從新加坡買來的。

最顯眼的是掛在道場門口那張幌子。幌子黑色，繡著「子規玄學」四個金色大字。上端有鍾馗的畫像。鍾馗乃抓鬼大王，他手握尚方寶劍，殺氣騰騰。

氛圍肅穆莊嚴，法事還沒開始，兩邊的觀眾已感受到「子規玄學」的威嚴。

午時一過，鼓聲咚咚，法事拉開序幕。

夏薄情坐在太師椅上，揮動朱砂筆畫了幾張符籙，逐一貼在諸神像的畫框上，然後手持三炷香，在諸神像前一一合掌鞠躬。這叫「開壇起師」，意思是祈求玉皇大帝頒佈敕令，天上地下及四方諸神輔佐，讓他（道士）到陰曹地府執行任務。

儀式完畢，鼓聲停止。夏薄情帶領眾孝子繞道場一匝，經過靈臺神像前令孝子跪下叩首，起來後賴旺土分給每人一炷香，令他們插在香爐上，意思是向諸神表示謝忱。

鼓聲又起，夏薄情從袖口裡掏出一張靈符，在燭前點燃，拿在手裡，帶領孝子，口中念念有詞，繞靈柩走一圈，然後把靈符投進火爐。意思是告訴亡魂，祭祀即將開始。

回到祭壇，鑼鼓聲大作。夏薄情拿出寶劍佩在腰上，踱起方步沿道場走了一圈。

回到祭壇前，鑼鼓聲戛然而止。

夏薄情唱道：

黑漆漆，冷清清，
暗無天日，
足不著地。
寒氣逼人，
如墜深淵。

「咚咚咚，咚咚咚！」羅海彪手持小鼓打拍子。

幡飄飄，影幢幢，

飛沙走石，
邊關在望。
牛鬼蛇神，
青面獠牙。
哼哈二將，
面目猙獰。

幫腔的聲如貫珠，餘音繚繞，扣人心弦。

唱畢，他踱到靈柩前大聲說：「盧老先生，莫怕！」說罷，「嗖」的一聲拔出寶劍，昂首闊步，繞道場一圈。回到祭壇前，收劍入鞘，在太師椅上坐下來。

鑼鼓聲隨著響起，「咚哐咚哐」，震耳欲聾。

羅海彪拿下貼在諸神像框上的符籙交給夏薄情。夏薄情提起朱砂筆，在符籙上勾螺旋圈，然後交給羅海彪。羅海彪接過投入火爐。

夏薄情拿起驚堂木往桌上猛地一拍，「啪！」鑼鼓聲戛然止住。

夏薄情站起身，拿過招魂鈴，丁鈴搖著，拉開嗓門念念有詞：「天靈靈，地靈靈，玉皇大帝敕令，各界神仙輔佐，我夏薄情乃弼玄大師傳人夏子規嫡孫，今次帶領盧家莊莊主盧正華老先生路過此地，各派妖魔鬼怪、魑魅魍魎休得妄動。本官帶來銀元五百兩，識趣的話叫個頭目拿去分派，否則，哼哼，尚方寶劍在此，違者格斬勿論！」說罷嗖地拔出寶劍，擺起架勢，左顧右盼。收劍入鞘，臉上露出笑容，轉身指著火盆，拉長語音：「賜銀兩！」

賴旺土拿一疊冥紙投入火盆。

夏薄情帶領眾孝子隨他繞道場一圈，經過火盆時，賴旺土分給每人幾張冥紙，叫他們投入火盆。這是施小費。原來閻王易見，小鬼難磨；孝子識趣，好歹打賞些，往後有事好商量。

夏薄情站在一邊，待眾孝子投入火盆的冥紙化為灰燼後，打起笑臉拱手說：「承蒙各位關照，多謝多謝！」

這是第一關，叫鬼門關。下來是過奈何橋。這段路冥暗艱險，賭鬼、煙鬼、色鬼、屈死鬼、無頭鬼等青面獠牙，殺氣騰騰。不過陽間陰間烏鴉一般黑，有錢萬事通，只要捨得撒銀兩，上下打點，即使閻王殿也可闖過去。

過了鬼門關，法事暫時打住，讓孝子喝口水，喘口氣。

十五分鐘後，鼓聲咚咚響起，孝子站在靈前，各就各位。

夏薄情整了整衣冠，從容地回到祭壇，拔出寶劍，拿張符籙別在劍梢，隨著鼓聲節奏，踏著碎步繞道場走一圈。

鼓聲霍地打住。嗩吶跟著滴答響起。

夏薄情唱道：

天蒼蒼，地茫茫，
道路崎嶇，
步履艱難，
一邁三拐，
踉踉蹌蹌。

他步履蹣跚，踱到靈柩前，繼續唱道：

風蕭蕭，路遙遙，
前頭有刀山，
山裡有九頭雕；
山後有火海，
海裡有無頭妖。

他臉上露出恐懼的表情，在祭壇和靈堂間來回踱步，隨後唱道：

毛悚悚，心慌慌，
三步一喪膽，
三步一回頭，
沒有回歸路，
山再高，海再深，
也得向前闖。
……

黃泉道途何其艱險，怪不得夏薄情有了玉皇大帝的赦令還要請求天上地下及四方諸神助他一臂之力。

法事分「安魂」、「送魂」和「回魂」三大章節。如果要把這三大章節從頭到尾做完須兩天兩夜。職業道士一般有好幾個助手，可以輪流，時間再長也挨得住。但孝子可受不了。如果在唐山，父母往生是人生中的一件大事，孝子無可避免，受不了也得受。不過來到南洋就變了樣，名義上是給亡魂打醮超渡，實質上是做給活人看的。法事做得愈熱鬧就愈能顯示死者子孫的孝心，以及炫耀喪家的財富和社會地位。這點，道士比誰都清楚，選些章節故弄玄虛把氣氛弄得淒淒慘慘，令人掉淚，場面卻要熱熱鬧鬧，讓喪家主人臉上增光，聲名遠揚。

職業道士尚且如此，何況玩票性質的夏薄情？由於人手不夠，他除了選章之外還抽段。今天下午做的是〈安魂〉和〈送魂〉。這兩個章節原本有十個關，每過一關得四十五分鐘。夏薄情選做三個小節，即過三關。第一個鬼門關已經過去，下來做的是第五關，即酆都鬼蜮關。

孝子步履蹣跚似乎頂不住，夏薄情讓他們休息十分鐘，然後選做最後那節中間那段。

鼓聲咚咚，那是引子。隨後嗩吶滴答響起。

夏薄情唱道：

回首前塵皆是夢
傷心何處望歸魂
黃泉路上思兒女
陰府門前想族親
……
孝子千愁萬念總是空
你爹好比奈河千尺浪

渺渺茫茫不見蹤

……

嗩吶滴答，如泣如訴。夏薄情表情淒切，唱腔哀怨。在座賓客和帳篷外的觀眾無不潸然落淚。做完這個小節已是傍晚時分。

法事告一段落。夏薄情收起寶劍，脫下道袍，和羅海彪、賴旺土以及伴唱幫腔的一班人去吃晚餐。是素餐，廚師是新加坡請來的。

吃過晚飯，歇了一陣，夏薄情穿起道袍，佩上寶劍站在玉皇大帝畫像面前，雙掌合十，念念有詞。法事即將開始，羅海彪、賴旺土和幫腔伴唱的各就各位。

下午做的是〈安魂〉和〈送魂〉選段，今晚要做的是〈招魂〉。〈招魂〉有兩個章節，做起來得四個鐘頭，夏薄情只選中間和末尾兩個小節：中間小節是過「阿鼻地獄」關，「關主」是掌握人畜生死大權的閻羅王；末尾小節是「地府關」，「關主」是主轄天地、佛道、人畜、神鬼六道輪回的法輪王。

鼓聲咚咚，嗩吶滴答，法事開始。

夏薄情唱道：

孤燈冷冷照廳堂
長夜漫漫星空寒
杜鵑聲聲如泣血
人呀燭呀淚漣漣
一更鼓響驚流螢

音容宛在情猶深
月照堂前人不見
六親飲泣斷腸嗚
……
……
二更鼓響起寒風
天上明月照門庭
只見樹影不見人
半盞孤燈空掛壁
回頭不見點燈人

唱到這一段，夏薄情感到吃力。為了提神，休息時他猛吸煙。然而吸煙於事無補，反而口乾舌燥，頻頻咳嗽。

一個男子走上前來，掏出煙盒，拿根遞給他說：「來，試試我的！」

這人約五十歲，骨瘦如柴，滿口黑牙，他就是鎮上鴉片煙館館主煙屎彭。

煙屎彭的煙是自己用煙紙捲的喇叭筒。夏薄情沒接，客氣地說：「這煙我抽不慣，謝了！」

煙屎彭說道：「這可不是一般的紅煙，抽了包你精神百倍！來，試試！」

對方盛意拳拳，夏薄情便接了。煙屎彭劃火柴為他點燃。

夏薄情輕輕吸了一口，味道確實和一般不同，於是深吸幾口，喲！果然順喉潤肺。

「是不是？」煙屎彭翹起拇指，「這是上等煙，抽過後來杯濃茶，包你精神到天亮！」

沒有濃茶，羅海彪給他倒來一杯熱茶。
原來，這根煙裡摻了鴉片膏。
抽完這根煙，夏薄情果然精神起來。
時間到了。
鼓聲咚咚，嗩吶滴答。
夏薄情精神奕奕，拉開嗓門唱道：

四更明月落西山
慟念你爹在生苦萬般
靈堂素食湯飯朝朝有
不見亡魂把口嘗
……
……
五更拂曉天將亮
堂前酒肴冷如霜
靈雞聲聲爭報曉
七朵金蓮祭亡魂
……
……

夏薄情愈唱愈精神，嗓子愈唱愈清亮，神態逼真，表情十足，叫人歎為觀止。席棚裡座無虛席，兩旁空地站滿了人，一個個屏氣凝神，似乎在欣賞一齣大戲。法事做到雞啼二遍方告結束。

夏薄情聲情並茂，法事做得到家，盧水雄非常滿意。前來弔唁的人源源不絕，好些來自新加坡、柔佛巴魯、麻六甲甚至遠在檳榔嶼的富商巨賈，盧水雄感激涕零。那些來自各間佛堂、寺廟和道觀的團隊更是引人矚目，他們身穿道袍、法衣，手拿念珠，集體唸經，集體祭奠，莊嚴肅穆，井然有序，盧水雄很是欣慰。

最令盧水雄受寵若驚的是蘇丹王宮大臣英仄巴卡和祕書塞哈里也來弔唁。高官巨富紛至沓來，顏面生光，盧水雄熱淚盈眶，說這是盧家莊的殊榮，也是仙鶴鎮的驕傲。

場面如此熱烈，銅鑼社社長方天浩不敢大意，令鑼鼓隊加時演練。這麼一來，羅海彪和賴旺土可席不暇暖，疲於奔命了。

鑼鼓乃中國民間傳統樂器，打法分「喜慶」和「殯葬」兩種，一喜一悲內容大相逕庭。然而萬變不離其宗，基本調子是從主體「七點鼓」演變而來。

殯葬鼓有「家祭」和「公祭」之分。顧名思義，「家祭」是出殯前打的，「公祭」是送葬和「街祭」時打的。打法有異，意義卻相同，就是增添哀傷氛圍，令人有「悲壯感」。鼓聲要雄渾，鑼鈸聲要沉鬱。羅海彪諄諄教導，賴旺土循循善誘，隊員們頓開茅塞，心領神會，熟能生巧，反覆練習三幾回便運用自如，可以上陣了。

出殯那天，早上九點鐘，方天浩率領鑼鼓隊來到盧家莊。隊員們穿白色制服，頭戴黑邊白色氈帽，個個英姿煥發。他們敲著鑼鼓踏著整齊的步伐來到靈堂前。羅海彪鼓槌一揮，鑼鼓聲戛然而止。

方天浩吹響哨子，隊員除下帽子。方天浩喊道：「全體肅立，敬禮！一鞠躬，再鞠躬，三鞠躬。禮成！」

眾孝子跪地叩頭答謝。

禮畢，羅海彪敲響鼓角，鑼鈸跟上，「咚哐咚哐咚咚哐」，震耳欲聾。響了十幾分鐘霍地停住。這是向死者致敬的前奏叫〈八仙敬酒〉。

下來的程序是靈屋開光。靈屋開光如同生人的新居落成，是件喜事。賴旺土和羅海彪吹起嗩吶，是〈喜氣洋洋〉的調子。

夏薄情把寫著「盧正華邸宅」的紙條貼在靈屋門楣上，接著用朱砂筆在馬車、衣箱、櫥櫃上打勾做記號。最後用毛筆在金童玉女的眼珠點上黑墨，額頭貼上符籙，這叫「點睛賦靈」。

靈屋開光儀式完畢，辭靈儀式開始。親朋好友拿著香站在靈堂前向死者三鞠躬。

禮成，夏薄情一聲令下，仵夫呼呼喝喝把靈柩移出靈堂，停放在道場外備好的架座上。

槓夫把棺材杆子繫好。

用膳時間，休息三十分鐘。

未時一到，鼓聲咚咚，家祭開始。

夏薄情朗讀祭文。祭文無非是褒揚死者生前的成就和貢獻，什麼德高望重、高風亮節、急公好義等等，文謅謅，興味索然，引不起人們的興趣。

鑼鼓隊各就各位，祭文朗讀完畢，方天浩吹響哨子，鑼鈸鏗鏘響起。羅海彪使出看家本領，鼓槌在手猶如耍雜技，「督督督」，「咚咚咚」，雄渾有力。「哐鏘哐鏘」，鑼鈸手動作整齊，力度一致。空谷傳聲，山鳴谷應，鑼鼓隊使出渾身解數，把殯葬場面推向最高潮。

歷時二十分鐘，鑼鼓聲戛然止住，嗩吶滴答響起。吹嗩吶的是賴旺土，羅海彪敲板子。嗩吶如泣如訴，催人落淚。板子梆梆，敲碎了孝子們的心。

鑼鼓聲霍地停住，家祭結束。槓夫各就各位，哨聲一響，槓夫齊喝一聲抬起棺材。棺材很重，十六個槓夫吃力地撐著。

鼓聲咚咚，鑼鈸哐哐，殯葬隊出發了。走在前頭的是一張二十多尺高的紅布金字銘旌，接著是彩幡和挽軸，好幾十張。下來是金蛇小學全校師生，百多人，他們袖子上掛著白布，兩人一排，默默走著。再來是銅鑼社和忠義堂武館成員五六十人。再下來是扛靈屋、馬車和冥箱、冥櫃的，其中有挑冰塊、咖啡、茶水的。鑼鼓隊在這批人後面，抬鼓的走在前頭，羅海彪隨在鼓邊，打的是〈八仙過海〉。他使出看家本領，每到「過門」便耍雜技般把鼓槌拋到空中，風車般轉了幾轉，槌尖隨後跟著節拍準確地落在鼓面上。

靈柩跟在鑼鼓隊後面，十六個槓夫晃晃悠悠地抬著走，孝子和送殯的跟在後頭。

半個鐘頭後，送殯隊來到街上。街道中間設了祭壇，上面擺著豬羊雞鴨等七牲祭品。臺上燃著白燭高香，兩旁吊著祭幛彩幡和二十四孝剪紙圖樣。拿挽軸的列隊站在祭壇兩邊。場面莊嚴，氣派非凡。這是街祭，也叫公祭，是鎮上店家對死者的為人和貢獻表以敬意。

靈柩停放在祭壇前的架座上，上面蓋著五彩絨毯。

一聲哨子響，鑼鼓聲大作，十分鐘後戛然打住。那是公祭前奏。

方天浩喊道：「街祭開始，敬請商家代表就位！」

兩邊人群裡陸續有人走出來，列隊站在祭壇前，一個老頭兒分給每人一炷香，隨著方天浩的喊聲向死者靈位三鞠躬；孝子伏地叩頭拜謝。禮畢，老頭兒收回香插在香爐上；孝子跪著。

正當商家代表鞠躬行禮時，夏薄情悄悄走到羅海彪和賴旺土身邊，輕聲說：「等一下鑼鼓打開頭那段就好，下來改吹嗩吶〈孟宗哭竹〉最後那段。」

依照程序，公祭得吹二十四孝之一的〈湧泉躍鯉〉，〈孟宗哭竹〉是到墳頭棺材下葬時吹的。賴旺土心裡疑惑，睜大眼睛看著他。

「現在人多，改變一下。」夏薄情拍拍他的肩膀。

〈孟宗哭竹〉最後那段難度最高，也最感人。街祭觀眾多，機會難得，夏薄情要他們顯身手，讓人們刮目相看。

賴旺土點頭表示會意。

鼓聲咚咚，街祭開始，老頭兒搬兩張椅子放在祭壇前。

賴旺土和羅海彪拿過嗩吶，前去坐下來。

方天浩吹響哨子，鑼鼓聲咚哐咚哐響起來。幾分鐘後霍地打住。賴旺土拿起嗩吶，鼓起腮幫按著骨眼滴滴答答地吹起來，羅海彪拿起板子打節拍。

孟宗生於三國時代，是個有名的孝子。他的老母想吃竹筍，當時正是嚴冬，泥土硬如冰塊，竹筍長不出來。找不到竹筍他憂心如焚，放聲大哭。哭呀哭的，竹子被他的孝心感動便冒出土來。後人宣揚孝道，二十四孝裡便有「孟宗哭竹」這個故事。

〈孟宗哭竹〉穿插一段肝腸寸斷的哭聲，這段哭聲以嗩吶吹奏難度極高。賴旺土不愧為嗩吶高手，抽搭哽咽、啜泣哀號，婉轉傳神，沁人肺腑，在場的人無不愴然淚下。

盧水雄除了父親嚥氣前眼裡沁出兩滴淚珠兒外再也沒有流過淚。他並非不孝，父親去世也很悲痛。然而，這幾天令他稱心如意的事太多了，例如：雪片般送來的挽軸，外埠的富商巨賈、達官顯貴紛至沓來；再來是夏薄情、羅海彪、賴旺土祭祀打醮時的精湛表演令他大開眼界；出殯隊伍聲勢浩大，街祭闊氣排場，場面如此壯觀在仙鶴鎮還是頭一遭。他先前所擔心的出乎預料全都圓滿解決了，他所盼望以為難以實現的也全都兌現了。人生還有什麼比這更有意義、更令人心曠神怡的呢？

男兒有淚不輕彈，只緣未到傷心處。嗩吶能讓人打開心扉，流露真情。〈孟宗哭竹〉婉轉哀怨，悱惻纏綿。盧水雄彷彿聽見父親的哭聲，彷彿看見他彌留之際握著虎子的手淚如泉湧。父親走了，消失了，往後再也聽不見他的聲音，看不見他的身影了。想到這裡他痛不欲生，淚如泉湧。

嗩吶滴答，時而哽咽，時如抽泣，扣人心弦。盧水雄的心在瀝瀝淌血，他捶胸頓足，哭得呼天搶地。幾個親友上前勸慰。然而，愈勸他哭得愈傷心，一時衝動，往棺材猛地撞過去。旁人一驚，忙把他拉住。

嗩吶聲戛然而止，盧水雄收住哭聲，胸襟濕淋淋，不知是汗還是淚。

祭臺上燭殘香盡，街祭結束。槓夫齊喊一聲，扛起棺材顫悠悠地走出街場，朝墳場那邊走去。

3

羅海彪和賴旺土的表現可圈可點，備受讚賞。盧水雄臉上增光，一時高興，給每人一個大紅包。

夏薄情畢竟不是全職道士，名銜雖大，和遊宏法師或雲林道長比起來卻相形失色。然而，今次為盧老太爺打醮超渡包括登墳山看風水所報的費用比遊宏法師和雲林道長的價碼高三成。當初盧水雄暗自嫌貴，然而過了這個村就沒那個店，十分無奈，只好打起笑臉說能請到先生是他的榮幸，區區費用何足掛齒。不過，夏薄情絕非池中物，「子規玄學」非徒有虛名，安魂、送魂、招魂，一絲不苟，唱腔、表情，惟妙惟肖，扣人心弦。盧水雄非常滿意，隔天便託符木隆把羅海彪和賴旺土的合約以及一袋鈔票送到夏薄情店裡。

隔天早上，夏薄情去竹園找羅海彪，賴旺土也在那裡。夏薄情把合約交給他們，說盧水雄履行諾言，有君子風度。同時讚他們兩個配合得很好，鎮上的人讚不絕口。說完給每人一筆可觀的賞錢。

他們兩個欣喜若狂，感動得熱淚盈眶。

夏薄情問他們今後做何打算。羅海彪說想離開盧家莊自己出來闖，這裡魚蝦多，買艘船出海打魚。夏薄情支持他，說打自己的工，自由自在，不必看人臉色，比待在這裡強得多。

「你呢？」夏薄情轉問賴旺土。賴旺土說道：「我也想出來闖，只是沒本錢，沒門路，還是回林場幹他一年半載，積點錢看看情況再做打算。」夏薄情點頭說：「腳踏實地，騎驢找馬，穩紮穩打，這想法好！」賴旺土說道：「人地生疏，沒辦法，只好這樣。」夏薄情說：「別急著回林場，你不是有三天假期嗎？和阿彪到處逛逛，鬆懈一下。下午到我店裡坐坐，傍晚我請你們吃飯。」羅海彪說道：「不行哪，大哥。等一下我們要去蝦頭村，鑼鼓隊隊友請我們去他家吃飯。吃過飯和他們一起去白家港，可能很遲才回來。大哥，明天行嗎？」夏薄情說道：「已經有節目？好哇！明天可以，下午吧，順便和你說個事！」

這次打醮做法事羅海彪和賴旺土交了幾個新朋友。他們是住在蝦頭村的馮阿全和鄭大興，另兩個是住在白家港的馬湧泉和郭青山。馮阿全和鄭大興是漁民，擁有深海拖網漁船。馬湧泉和郭青山是商人，馬湧泉經營五金漁具，郭青山經營建築材料。他們的生意是父親留下的。他們是銅鑼社幹事，也是鑼鼓隊隊員。他們意氣相投，一見如故。昨天殯葬收場後約定到馮阿全家吃飯，然後隨馬湧泉和郭青山遊覽白家港。

蝦頭村位於海邊，離竹園約三公里，走路得半個鐘頭。馮阿全和鄭大興的家相距五百米，大聲喊都聽得見。馮阿全的房子是單間，兩層樓。家有老母、姐姐和兩個弟弟。他年二十五六，未娶。姐姐紅姑年近三十，丈夫早逝，守寡多年。

這幾天晚上，紅姑陪母親去盧家莊看熱鬧。夏薄情仙風道骨，聲情並茂，令他們佩服得五體投地。賴旺土的嗩吶吹得好，感人肺腑。羅海彪的鼓打得棒，叫人讚歎。荒山野嶺出秀才，兩個豬崽竟然有那麼大的本事，他們拍案叫絕。

羅海彪和賴旺土來到馮阿全的家，剛坐定，鄭大興、馬湧泉、郭青山也來了。

昨天馮阿全的弟弟出海放網捉到一隻大石斑，重十六斤。紅姑靈機一動，做她最拿手的「一魚三味」款待稀客。

顧名思義，「一魚三味」就是一條魚做三樣菜肴，即咖哩魚頭、紅燒魚排和魚丸酸辣湯。

打魚丸工夫多，早上已經做好。咖哩佐料已經備好，魚排已經醃好，客人到齊就可下鍋，一個鐘頭後就可上桌。

好友來訪，馮阿全沏功夫茶。功夫茶是漁民招待客人的最高禮節，正如客家人以擂茶招待貴賓那樣。

話匣子一打開，羅海彪把他和賴旺土已經從盧水雄那裡拿回豬崽合約的事告訴大家。大家聽了很驚訝，問他們是怎麼回事？盧水雄怎會那麼慷慨？

賴旺土說：「這是我們的條件，不還合約我們就不幹。他們沒奈何，只好答應！」大家很高興，異口同聲地說：「太好了，真是太好了！」賴旺土很得意，繼續說：「我們不幹，薄情先生一個人也沒法幹。沒人打醮，盧老太爺的魂魄就過不了鬼門關。盧水雄難道不怕？敢不答應？」

「高招，高招！」馮阿全和鄭大興向他翹拇指。馬湧泉隨後說：「拿回合約，可喜可賀。兩位今後有什麼打算？」賴旺土應道：「我沒什麼打算，人地生疏，沒門路，過兩天就回林場繼續砍樹。」「你呢？和旺土哥一樣，繼續幹嗎？」馬湧泉轉問羅海彪。羅海彪應道：「我想自己出來闖，買艘二手船，在海裡找生活比較容易。有二手船嗎？還有漁網、浮標，不要太舊，有嗎？介紹一下。」郭青山插話道：「我們那邊有一間造船廠也賣舊船，改天我去問一下。」馬湧泉說：「不久前我的顧客在那裡賣一艘小舢板，全面翻新，連槳連帆，兩百塊。」鄭大興說：「網和浮標我那裡有，長五十碼，舊的，還可用。如果不嫌棄，不必錢，送你。」羅海彪很高興，拱手說：「太好了。大興兄，謝謝你！」

「誒，」馮阿全忽然想起，「馬來村的哈之阿末你認識嗎？他的船要賣，還有那個小奎籠[34]和那塊地。如果海彪兄有興趣我跟你拉線。」「什麼船？多少錢？」羅海彪急著問。馮阿全答道：「中型舢舨，多少錢得問他。」「小奎籠呢？河裡的還是海邊的？」羅海彪又問。馮阿全應道：「河口那個，到碼頭就看得見。」

[34] 奎籠：是採用檳榔樹木樁、亞答搭建的海上屋子。「奎籠」一詞源自福建話（閩南話）的「雞籠」。早期放養的雞群，夜間必須趕入雞籠以防走失，馬來西亞和新加坡漁業業者的捕魚設施，功能和雞籠有點類似，因此人們稱它為「雞籠」。馬來語將「雞籠」音譯為「kelong」，後人誤以為這個詞語是馬來詞語，將它音譯為華語詞語「奎籠」。

地點不錯，不過年久失修，木柵破破爛爛。多少錢也得問他。這樣吧，改天我去問他，有消息就通知你。」羅海彪說道：「好，你順便問他只要船和小奎籠，地不要，哦，是沒錢買，不是不要！」馮阿全點頭說：「他急著要錢，我看應該沒問題！」郭青山說道：「他那塊地在河口對岸，靠近紅樹林，很偏僻，我看很難脫手！」

說著說著，紅姑叫吃飯。

咖哩麻辣，魚排香脆，魚丸湯酸甜。這是「一魚三味」的特色。既可口又開胃，大快朵頤，各都吃得滿頭大汗。

吃過飯，二度功夫茶。聊了一陣，轉移陣地，羅海彪和賴旺土隨馬湧泉和郭青山去白家港。

白家港位於淡水河中游。淡水河為老巫河北岸的頭一條支流，離老巫河口二十多公里。白家港有幾百戶人家，造船廠有七八間。「伯樂造船廠」規模最大，歷史悠久，仙鶴鎮以及附近水域的大帆船、深海拖網漁船、各類型舢舨都是那裡建造的。此外，白家港的古廟「泰安宮」也很出名，香火很盛，羅海彪和賴旺土一直想去那裡燒香許願，可是天天幹活沒有機會，今天總算如願以償。

馬湧泉和郭青山盡地主之誼，除帶他們到「泰安宮」燒香膜拜之外，還帶他們看人造船、逛街場和品嘗各種小吃。傍晚請他們到客家餐館吃飯，他們嘗到和功夫茶一樣出名的客家擂茶。

吃過飯陪他們逛夜市。白家港的夜市很特別，很熱鬧。回到竹園已近十點鐘。

隔天早上羅丙才聞訊而來，他為羅海彪和賴旺土拿回豬崽合約而高興。他說這是盧家莊開業以來的頭一遭。他讚羅海彪和賴旺土有種，說敢和盧水雄過不去的豬崽只有他們兩個。

來到仙鶴鎮，拜神是羅海彪和賴旺土唯一的精神寄託。羅丙才走後他們到河洛村的媽祖廟燒香膜拜，隨後到雲鶴寺祈福添油。下午到街場看哥哥夏薄情。

夏薄情心情很好，和他們到咖啡店喝咖啡。羅海彪向他反映昨天到蝦頭村馮阿全家吃「一魚三味」以及隨馬湧泉和郭青山到白家港遊覽的經過。夏薄情說白家港他去過三次，頭一次是慕名而去，下來兩次是出診。他說那裡有好些古蹟，例如白家港碼頭、「伯樂造船廠」、「泰安宮」古廟和伯樂山上的古墓，那些古蹟都有數百年歷史。

賴旺土說這兩天他們進了三間廟，香火最盛的是雲鶴寺。他求了支籤，「你看。」他把籤文遞給夏薄情。

夏薄情接過一看，寫的是：「車到山前必有路，船到橋頭自會直。」橫批：「柳暗花明。」「好籤，好籤！」夏薄情把籤文還給他。「廟裡的人也是這麼說！」他喜滋滋地把籤文收進衣袋裡。

閒聊後說正事。「哥哥說有事跟我說，什麼事？」羅海彪問。夏薄情點頭說：「對！告訴你兩件事：一，西街有間店要賣，我去看過，環境不錯，我想買下來。另歌樂村有塊椰園，六依格，樹齡五年，已經結椰子，如果價錢適合，我打算買下來。第二，我想把你嫂子婉兒接過來，還有你老婆、兒子。長期分離不是辦法，你說是嗎？」

羅海彪愣了一下，點頭說：「唔，我也這麼想。可是我這情況，無能為力。現在豬崽合約拿回來了，自由了，我想拚它一兩年，多積點錢再……」「不行！」夏薄情打斷他，「唐山情況愈來愈亂，不能等，過些年月可能來不了！」「那麼，大哥打算什麼時候把他們接過來？」羅海彪問。夏薄情應道：「我堂大哥伯愷來信說現在手續比較麻煩，弄得來得一個多月。不過重陽節過後一定要啟程，不然年底颳北風，浪大，你嫂子可受不了！」羅海彪點頭應道：「說得是！船艙不通風，又焗又悶，我們打魚的也受不了！」夏薄情說道：「我已寫信給堂大哥，叫他儘快安排。我看今年之內他們會到。有消息就通知你。」

賴旺土聽了羨慕地說：「家人團聚，多好呀！」夏薄情說道：「你老婆、兒子也一起來，手續一起辦，要嗎？我寫信通知我大哥。」「您看得花多少錢？」賴旺土問。夏薄情笑道：「昨天給你的那筆賞錢足夠啦！」賴旺土愣了一下說：「沒房子，工錢少得可憐，他們來了住哪裡？吃什麼？唉，慢點再說吧！」

羅海彪心裡很矛盾。老婆、兒子來團聚再好不過，然而阿蓮走了母親怎麼辦？她年紀這麼大，弟弟有工夫照顧她嗎？他心裡發愁，苦著臉，沒搭話。

夏薄情知道他在想什麼，於是說：「怎麼？擔心你母親？有你弟弟在，你愁什麼？萬一有事我大哥伯愷也會幫忙。你放心好啦！」羅海彪感激地說：「好好，我放心，代我謝謝伯愷大哥！」夏薄情說道：「自己兄弟客氣什麼？走，去西街看那間店。」

西街在岔路口，前去只需二十分鐘。店是單間，兩層樓。周圍有空地，圍著竹籬。環境清幽，出入方便，很理想。夏薄情說價錢略高，還在談。

夏薄情看看錶，時間還早，便帶他們去歌樂村看椰園。歌樂村在郊區，離街場約三公里，路不好走，前去得半個多鐘頭。

園地在斜坡上，樹約兩丈高，結滿椰子。園裡有間亞答屋，空著。周圍有人放羊，牧童是印度人。夏薄情說這一帶有好些人養羊。他說羊吃草，省得除草；羊拉屎，給椰樹施肥。相得益彰，所以園主歡迎牧童來放羊。

看過椰園，回到街場已是傍晚。夏薄情帶他們到熟食店吃晚餐，還添兩瓶啤酒，說是答謝他們這次的幫忙。

第三天早上，賴旺土回7號林場，羅海彪送他到西岸渡口。正要離開，一艘舢舨朝他這邊划來。定睛一看，是馮阿全。

船來到渡頭邊，馮阿全跳上岸，綁好船繩，後說：「我找過哈之阿末，他答應只賣船和小奎籠。船齡五年，九十塊。小奎籠已經十多年，破舊不堪，算一百二十。」「什麼船？在哪裡？」羅海彪問。阿全指著說：「喏，就是這隻，小舢板。下去看看。」

羅海彪跳下船，裡裡外外敲敲看看。骨架結實，船身堅固，很滿意，於是說：「保養得很好，九十塊，不貴，我要了。小奎籠已經十多年，這麼舊，你有空嗎？去看看。」阿全點頭說：「行！哈之阿末叫我順便起網，看看有沒有魚。」「他呢？為什麼不自己去？」羅海彪問。馮阿全說道：「他腳痛，風濕病，走不動，已經三天了。走吧！」說完解開繩子，跳下船，打手勢說：「你來！」

羅海彪拿過槳，調轉船頭，欸乃欸乃地往河口划去。

來到河心，阿全指向河口那排木柵說：「喏，就是那個。木柵橫在河口，地點很好。」

木柵很長，向對岸伸延。

船沿著木柵緩緩滑行。羅海彪說：「木柵爛成這樣，魚都跑掉啦！」阿全說道：「不一定，哈之阿末說這裡地點好，石斑、紅曹[35]、大蝦、螃蟹，多少有一些。」「木柵全換新的，你看需要多少錢？」羅海彪問。阿全說：「我估計，連工包料最少四百塊。如果自己砍木料，工錢大約一百五十塊。」羅海彪聽了沒搭話，繼續划船。

木柵盡頭有個木棚，方形，約十尺寬，周圍圍著鐵絲網。木棚離岸約二十碼，岸邊有個小渡頭。

羅海彪把船泊在木棚邊，舉眼看了一下，不屑地說：「爛羍籠還要一百二十塊，我看不合算。」

阿全沒答話，只顧拉繩子起網。當網框子露出水面時，網裡劈哩啪啦，水花四濺。一看，唷，兩條大紅曹，大蝦數十隻，還有兩隻大螃蟹。

紅曹每條約五六斤，爛羍籠抓大魚。阿全驚喜地說：「地點好就是好。一百二十塊，值啊！你不要我要，怎麼樣？」羅海彪應道：「很意外，我看走了眼。好，一百二十塊，我買！」

他把魚蝦放進倉裡。阿全鬆繩子讓網框沉到水底。

阿全環顧四周，河岸右邊有個小山包。他指著說：「小山包後那條河就是淡水河，昨天我們去白家港

---

35 紅曹魚：學名銀紋笛鯛，為笛鯛科的一種。紅曹魚喜歡在較混濁、較深的外礁區或礁石外緣產卵，屬肉食性，以其他魚類及甲殼類為食，成魚體長可達一百二十公分。

河灘。

就打那裡經過，有印象嗎？」羅海彪看了一下點頭說：「唔，有印象。河口好像有人住，這裡看來不是很偏僻。」馮阿全說道：「對，因為小山包擋住，所以看來很偏僻。誒，你看那是什麼？」他霍地伸手指向右邊河灘。

羅海彪朝他指的方向看了一下，說道：「好像是船。走，上去看看。」

他們登上岸，前去一看，只見河灘上躺著一艘破船。這艘破船約十五六丈長，三丈寬。船身斑駁，桅杆斷成兩截，船頭左右兩邊刻著「海螺」兩個字。

馮阿全恍然大悟，說這船的主人就是盧家莊老闆娘的前夫黑鯧客。「老闆娘？妳說的是四娘嗎？」羅海彪問。馮阿全點頭說：「對，就是她。盧水雄的小老婆。」

羅海彪感到震驚，因為丁香從來就沒和他提過這件事。「老闆娘的前夫黑鯧客還在嗎？他的船怎會丟在這裡？」羅海彪又問。馮阿全說道：「他死了，聽說是被海盜殺死的。我們村裡的何舟叔把他的船拖回來，棄置河口。大概是大浪把它沖到這裡。」

羅海彪靈機一動，回去船上拿來一根木棍，到破船邊敲敲船身，爬上船舷敲敲甲板。「嘿，」他說，「堅固牢靠，很好！把船身扶正，釘個框架，蓋上亞答，圍上板牆，把破船改為房子，省錢省事，多好呀！」馮阿全舉眼看了一下說：「這主意好，暫時住，以後有錢再搭房子。」羅海彪說道：「釘框架、蓋亞答不難，扶正船身功夫大，一兩個人沒法幹。」阿全應道：「這個容易。潮水漲高時，借助浮力扶正船身，打木樁撐住，搬石頭壓艙，把船穩住。這不就行了嗎？」羅海彪應道：「功夫是不大，可是人手呢？我們兩個是幹不來的呀！」「沒問題，」阿全拉長語音，「我們銅鑼隊有三十幾個隊員，不怕沒人手。」說完掐指算了一下，「如果你真的打算住在這船上，那好，下個星期五是月頭大潮，中午十二點潮水最高。到時叫些人過來，一天就搞定！」頓了頓，他繼續說：「不過，動工之前得備好三樣東西：一是木樁子，紅樹林裡有得是，自己砍，很方便；二是壓艙的石頭，岸邊有，撿些來；三是亞答、木板、鐵釘、鐵線。這些東西郭青山店裡有，改天去找他，叫他算便宜。」

羅海彪皺起眉頭說：「明天開工，我得幹活呀！不然這樣，我明天辭工。拿錢還給哈之阿末，順便辦好換名手續。你有空嗎？陪我走一趟。」阿全點頭說：「行！換名手續很簡單，簽個名而已。如果時間還早就去白家港找郭青山，跟他買材料。」羅海彪感激地說：「多謝多謝，花你這麼多時間，妨礙你出海，不好意思！」馮阿全應道：「沒事，有我弟弟，他們會搞定。還有砍木料和撿石頭一個人行嗎？」羅海彪點頭說：「行，這點小的事我自己來！」

安排停當，回到西岸渡口已近傍晚。羅海彪去人事部向張發辭工，同時要求繼續住在竹園，找到房子後才搬出去。張發說辭工沒問題，能不能繼續住下去得問老闆。羅海彪聽了後說：「能不能繼續住得早點告訴我。」張發笑道：「別擔心，我沒趕你走你就儘管住下去。」

回到竹園，把冷飯冷菜蒸熱當晚餐。

八點多鐘，張發來了，說找過老闆娘，她允許繼續住兩個星期，如果找不到房子可延遲，延多久到時再跟她說。羅海彪很感激，問他找哪個老闆娘。

張發說道：「當然是四娘，如果找大娘你得馬上滾蛋！」羅海彪感激地說：「謝謝你，張發兄。還有代我謝謝老闆娘！」張發說道：「你儘管住，誰也不必謝！」

隔天早上他和阿全去找哈之阿末。還清帳目，到漁業部辦好換名手續，然後去白家港找郭青山。

郭青山看見羅海彪很高興，劈頭就問：「船買了嗎？還有那個小奎籠？」羅海彪說道：「全買了！多謝阿全幫忙。還有，我已經辭工，還沒找到住的地方，老闆開恩，讓我繼續住兩個禮拜，如果不行還可延長。不過房子不好找呀！」郭青山聽了後說：「那就別找，索性自己搭一間豈不更好？」羅海彪說道：「自己搭當然好。只是我買了船和小奎籠，荷包就空了，沒錢啦！」阿全插話道：「小奎籠岸邊有艘破船，他打算住在那艘破船裡。」「什麼？」郭青山吃了一驚，「破船能住嗎？開玩笑吧！」羅海彪應道：「不開玩笑，是真的。我今天來是要跟你買材料，亞答、木板、鐵釘、鐵線，還要半捆帆布。」說完遞給他一張字條，「寫在這裡，多少錢你算一算。」

郭青山接過單子看了一下說：「沒多少，送給你，不用錢！那艘破船在小奎籠旁邊嗎？你幾時會在那裡？我叫人送過去。」羅海彪大喜過望，拱手說：「青山兄，多謝多謝。如果我不在，放在船上就行啦！」郭青山點頭說：「好，過兩天就送過去！」

一個星期後，木樁、材料、石頭全具備。早上十點鐘，馮阿全和鄭大興帶領十幾個銅鑼隊隊員分乘兩艘船浩浩蕩蕩來到破船邊。正午時分，潮水漲高，破船浮在水面。他們打木樁把船身扶正，搬石頭壓艙，把船身穩住。

午後潮水退盡。「海螺號」端端正正、牢牢穩穩地擱在河灘上。

大功告成，如願以償，羅海彪感激涕零。

隔天早上，馮阿全、鄭大興和四個隊員來幫忙。釘框架，蓋亞答，隔牆板。釘釘錘錘，忙了一整天。有廳有房，前有曬臺，後有廚房。刷上白灰，儼然像個小宅院。

此外，利用多餘的木樁子和木料把渡頭修得更牢靠，更平穩。

羅海彪把這小宅院取名「海螺屋」，馮阿全把這渡頭管叫「柴船頭」。

三天後，羅海彪離開竹園，搬來鍋碗瓢盆。

新家落成，喬遷之喜，羅海彪請哥哥來作客。

船纍過桐油，好像新的。夏薄情看了很滿意。小奎籠破破爛爛還有魚蝦入網，夏薄情說是奇蹟，叫人難以置信。

破船當家，夏薄情搖頭苦笑，上去看了後卻倍加讚賞。羅海彪很得意，說這是吊腳樓，通風涼快，好過住亞答屋。然而夏薄情卻說單身漢住很好，老婆來了後就不行。

羅海彪聽了一怔，說道：「有房，有廳，有廚房，有曬臺，和普通房子沒兩樣，怎地不行？」夏薄情應道：「怎麼好也是破船，千里迢迢過番來，沒有房子住在破船上，你老婆受得了嗎？」呃？羅海彪恍然點頭，沒搭話。夏薄情繼續說：「鳥有鳥巢，狗有狗窩，無論如何得弄間房子。」羅海彪說道：「買船和小奎籠，我的荷包已空了，建房子，不少錢，談何容易呀！」夏薄情說道：「搭間亞答屋沒多少錢，可想辦法。那間店和椰園我已經買下來。椰園裡不是有間亞答屋嗎？修整一下，你老婆來了就搬去住。」羅海彪說道：「椰園相當遠，路不好走，我出海也不方便。」夏薄情沉吟片刻，說道：「不然這樣，那間店樓上有四個房間，還有小客廳。住在那裡也可以。總而言之，有房子就行！」羅海彪想了一下說：「好，到時再看吧！」

一天，蘇拉曼、穆沙、耶谷幾個馬來朋友來柴船頭看望羅海彪。談起那個小奎籠時，蘇拉曼建議把靠近柵子的木柵修一修，腐爛的木條換新的，這樣收成肯定會更好。羅海彪說他也這麼想，可是荷包空空，過些時候再說。穆沙說如果要省錢，木條自己砍，工錢不會很多。

「不會很多，到底是多少？」羅海彪問。穆沙轉眼看耶谷，他是這方面的行家。耶谷說：「從海潮的流向來看，不必太長，三十碼就夠了。木條一百支足夠。換木條得三個人，三十碼做起來得三四天。我看這樣，你砍好木條，不要急，我們出海回來就幫你，有空就做，一天換幾條，一個月內大功告成，行嗎？」羅海彪應道：「當然行。工錢呢？怎麼算？」「怎麼算？」耶谷轉眼看蘇拉曼。蘇拉曼笑道：「到時請大家吃一餐就行！」羅海彪大喜過望，說道：「行行！別說一餐，十餐都行！」蘇拉曼接著說：「我敢打包票，木柵修好後，進網的魚蝦肯定多一倍。」羅海彪興奮地說：「謝謝大家，謝謝！那時候再請大家上館子，吃大餐！」

砍木料花了十幾天，修整木柵花了一個月。蘇拉曼說得對，木柵修好後效果果然好，每次大潮，進網的大蝦大魚特別多。活魚活蝦特別搶手，價錢也好，還沒送到市場就被搶購一空。

羅海彪實現諾言，請大家包括馮阿全、鄭大興、馬湧泉和郭青山吃大餐，不過不是上館子而是穆斯林小餐館。

此外，他也隨馮阿全和鄭大興出海放網。海裡魚蝦多，滿載而歸，載到市場賣個滿堂紅。

白天忙於幹活，時間容易過，晚上則孤單、寂寞。他坐在甲板上仰望星空，星空遼遠，牽牛星向他眨眼睛。他已經很久沒見到丁香。他想念她，盼望她來。然而，隔著一條河，這條河比天上的銀河還要闊，她過得來嗎？魂牽夢縈，望眼欲穿，他吹起螺笛。空谷傳音，夜空傳情，笛聲悠揚，飄過老巫河，飄過盧家莊，帶著他深深的懷念。

4

羅海彪辭工離開竹園後，丁香就旁敲側擊地打探他的消息。張發告訴她羅海彪搬去河對岸一個叫柴船頭的地方，住在一艘破船上。無家可歸，住在破船上，可憐哪！她焦急，心疼，想去看他。看他得過河。過河得有藉口，還得保密。貿然前往，被人識破，傳出去麻煩可大。

曾經好幾次，她決定雇船去對岸看他，然而到了渡口又改變主意折回頭。

一次，盧水雄和盧周氏去吉隆坡參加雪蘭莪州蘇丹華誕慶典，五六天才回來。她靈機一動，先去白家港串門子，回的時候雇艘船載她到柴船頭。

上了岸，看到那艘破船，心裡咯噔了一下，這破船似乎在哪兒見過。前去一看，船頭下「海螺」兩個字映入眼簾。她猛然一震，原來這破船就是黑䱐客的「海螺號」。當時何舟叔把它拖回來棄置河口，它怎會泊在這裡？他又怎會住在這艘船上？

這時候羅海彪正坐在曬臺補網。渡頭那邊有人影，舉眼一看，唷，是丁香。大喜過望，忙下去迎接。

「妳怎知道我在這裡？」他問。丁香打趣地說：「聽見螺笛聲，我就來了！我倒覺得奇怪，你怎會搬來這裡？」她驚訝地問。羅海彪說道：「我也沒想到，偶然發現這艘船，大概是緣分吧！」「緣分？」丁香搖搖頭，「無家可歸，住這破船，這也叫緣分？」羅海彪說道：「一個人，暫時住，將就點。走，上去看看。梯子滑，小心。」

上到甲板，丁香巡視了一下，轉嗔為喜，不禁讚道：「唷，這地方好哇！」「好？」羅海彪不禁苦笑，「你不是說住在破船上很可憐嗎？怎麼又說好了？」

丁香莞爾而笑，沒答話。她望望河灣，望望紅樹林，陶醉地說：「好，真的很好！多麼清靜，說話再大聲也沒人聽見，天掉下來由我們兩個頂著。如果仙鶴鎮的人全都死光，只剩下我們兩個，那多好啊！」「嘖嘖，」羅海彪搖搖頭，「鎮上的人沒得罪你，幹嘛要他們全死光？」

「哼哼！」丁香冷笑一聲，「鎮上沒個好人。我嫁給盧水雄之前，他們叫我爛貨，叫我狐狸精、黑油桶！他媽的，我勾引男人關他們什麼事？自我嫁到盧家後，那些人把我當王后，個個畢恭畢敬，四娘長四娘短的，那張嘴比女人下面還要滑。哼哼！奴以主貴，他們還不是看在盧水雄分上？盧水雄除了有幾個臭錢外哪有什麼本事？銀樣蠟槍頭，天下男人像他這樣，人就要絕種啦！還好，遇見你，不然活在世上還真沒意思！」說完投入他懷裡。

「進去房裡。」羅海彪說。「不，這裡好！」「光天化日，不好！」「怕什麼？」丁香聲音朗朗，「天是我們的家，這艘船是我們的床。」說完緊摟著他，熱烈地吻著。

寬衣解帶，耳鬢廝磨，如膠似漆。

河面吹來柔和的風，紅樹林那邊飄來淡淡的霧。浪舐著河灘，沙啦沙啦。船起航了，床漂了，搖啊搖，經過油頭崠，經過扁擔坳，經過筆架山，經過肚臍排，經過毛胡寨，搖進福窩，進入美妙的世界。

幸福的時光是短暫的，春光再好終會消逝，美夢再長也得醒來，船不能在福窩裡拋錨停泊。

丁香依偎在羅海彪懷裡，羅海彪輕輕撫摸她的秀髮。西邊落日蹣跚而下，金色的霞光照在甲板上。

「喂，」丁香突然說，「那天看你做法事，有板有眼，還真有一套！」羅海彪笑道：「主要是我哥，我敲邊鼓，幫幫腔而已。」「你們做得很好，盧水雄很滿意，給你和賴旺土一個大紅包，是嗎？」「呃，你怎知道？」羅海彪看著她問。丁香應道：「他吩咐我包紅包給你們兩個，他沒說多少，只說給多點。我就多放幾張。這次他的確慷慨。」羅海彪笑道：「不，是妳慷慨！」「你哥呢？給你們的賞錢不少吧？」丁香問。羅海彪說：「不少，比你們給的紅包多兩倍。」丁香笑道：「做法事這麼好賺，你索性剃光頭改行當和尚好啦！」羅海彪應道：「我當和尚可苦了妳呀！」「呸！」丁香鳳眼圓睜，嗤之以鼻，「你也太小看老娘了？哼，只要我丁香到街上眨巴下眼睛，男人還不是像蒼蠅一樣飛過來！」

「嘖嘖嘖，」羅海彪搖搖頭，「我們男人在妳眼裡是隻小蒼蠅！」「不，你例外，」丁香伸手指向他鼻尖，「你在我眼裡是一頭兇狠的餓狼！」羅海彪說道：「有妳這隻母狼俺不餓！」

說完他們又吻得難捨難分。

好一陣，丁香推開他，說道：「那天遇到蘇拉曼，他說你買了船，還有這個小奎籠，是嗎？」羅海彪點頭應道：「對！船很不錯，就是那隻。」他指向渡頭，「還有小奎籠，原本破破爛爛，蘇拉曼、穆沙、耶谷幾個幫我修了一下，收成好多了。還有前面這塊地地主也要賣，八依格，每依格五十塊。我哥那天來，他說這塊地很好，看了很喜歡。我也喜歡，只是沒那麼多錢。妳給的紅包，還有我哥的賞錢，全空啦！」

「小奎籠的木柵全部換新的，得花多少錢？」丁香問。羅海彪說道：「木料紅樹林裡多得很，自己砍不必花錢。可是換木柵功夫大，得請人幹，工錢大約兩百塊。」丁香說道：「如果魚蝦多，收入好，值得呀！」羅海彪應道：「這小奎籠位置好，石斑、紅曹、大蝦螃蟹都有。如果木柵換新的，魚蝦不漏網，一年半載就回本！」

丁香說道：「既然這麼好，就全換新的。包工包料，得花多少錢？」她問。羅海彪掐指算了一下說：「最少四百塊。我沒那麼多錢，想叫哥哥幫，可是他剛買了間店，還有一塊椰園，花了不少錢，我不敢開口。我想自己砍木條，慢慢砍，砍夠了再說吧！」

丁香依偎在他懷裡，說道：「砍木料很辛苦，也很危險。雇人做吧，包工包料，費用不必愁，改天我拿錢給你！」羅海彪應道：「不不！男人睡女人是大丈夫，拿女人的錢就是大烏龜。我怎能要妳的錢？」

丁香睜眼瞪著他，說道：「我孩子都給你生了，你還說這話？」

羅海彪若有所思，看著她，沒答話。

丁香繼續說：「我已經是你的人了，還計較什麼呢？孩子他爸！」

孩子他爸？羅海彪聽了不禁哧哧地笑。「你笑什麼？」丁香問。羅海彪答道：「我過番是想賺點錢，錢沒賺到卻賺個女人和兒子，妳說好不好笑？」「你笑得可開心啦！」丁香擰他的鼻子。「喂！孩子真的是我的嗎？」羅海彪突然問。丁香猛然一怔，推開他罵道：「他媽的，這還有假的嗎？盧水雄公雞都不如，他哪來的本事？」

羅海彪覺得這話問得過分，吻她一下說：「對不起，我不該這樣問妳，別生氣！」

丁香瞪他一眼，換了語氣：「孩子的臉蛋和你一個樣，尤其鼻子，像是同個模子印出來的。你的種啊，孩子他爸！」

「好好，」羅海彪緊緊摟著她，「找個機會讓我看看我們的孩子。」丁香點頭說：「好，我想辦法！」「我們的孩子叫什麼名字？」羅海彪問。丁香說：「叫虎子！」「虎子？是妳取的？」羅海彪又問。丁香說道：「不，是他取的！」「他怎會取這名字？」「怎麼，有什麼不對？」丁香問。羅海彪應道：「我沒說不對，我的意思是這名字取得好！」「取得好，怎麼說？」丁香看著他。羅海彪繼續說：「我叫彪，彪就是虎。孩子叫虎子，嘿！這不就承認孩子是我這頭大老虎的種嗎？」

丁香指著他的鼻尖笑道：「你想得美呀！他給孩子取這名字是因為他的拿督頭銜是那頭小白虎給他帶來的。為了感謝那頭小白虎就把孩子叫虎子。盧水雄還說花園裡那個彎月溪和月子座的風水好，來年還有二虎、三虎、四虎。嘿，盧家莊人丁興旺，子孫滿堂啦！」

羅海彪聽了哧哧地笑。

「你笑什麼？」丁香盯著他問。羅海彪說：「以後我得加把勁，是不是？」「哼！」丁香指著他額頭，「你老給人家戴綠帽，當心腦袋開花呀！」說完看了看腕錶。

「怎麼？要走了嗎？」羅海彪問。丁香說道：「不，他們去了吉隆坡，兩三天才回來。彪哥，難得來一次，我捨不得離開！」說完緊緊地摟著他，吻他。

雨打芭蕉，寒梅吐豔。海棠再開，梅花二度。

夕陽無限好，只是近黃昏。

事畢，羅海彪起身坐著，沉下臉說：「有件事我得告訴妳，我哥……唉，怎麼說呢？」丁香起身，依偎著他說：「說吧，彪哥，在我面前有什麼話不好說的呢？」羅海彪緊摟著他，說道：「我哥說唐山鄉下很不平靜，他要把家眷接過來。還有我的老婆和兒子也一塊過來！」

丁香聽了心猶如被揪了一下，推開他，看著他，欲言又止。那樁明知迴避不了而又一廂情願老以為不會發生的事就要成為事實。她神思恍惚，心怦怦跳得厲害。她這一生中經歷不少驚濤駭浪，但心情從來就沒如此慌亂過。

眼睛霍地泛紅，她忍著眼淚。

羅海彪緊摟著她，不知說什麼好。

丁香咬著嘴唇，梳理思緒，回到現實，定下心，尋思道：「是的，他已有妻室，我明知故犯。咎由自取，自作自受，不能怪他……」她伏在羅海彪懷裡泣不成聲。

羅海彪深感歉疚，說道：「對不起，丁香。可是，我也沒辦法，不能拋下他們不管，是不是？」

丁香「哇」的一聲，嚎啕痛哭。

羅海彪慌了手腳，不知如何是好。

丁香哭了一陣，情緒恢復平靜。「他們幾時到來？」她問。羅海彪應道：「我哥說不會太久，年底之前會到。」

丁香抹乾眼淚，說道：「我不怪你，她應該來。女人沒有男人在身邊日子不好過。你放心，她來了之後我不會再來找你！」說完眼淚又撲簌簌地掉下來。

羅海彪替她抹眼淚，一邊說：「妳對我這麼好，我心裡難受，可是，這……這是沒辦法的事……」

「不，」丁香打斷他，臉上擠出一絲笑容，「說實話，我得感謝你，盧水雄沒法給我的你給了，我知足啦！天下沒有不散的筵席，該分手時得分手。能和你相好，我丁香今生不枉做女人！」

說著站起身理了理頭髮，穿好衣服，說道：「你老婆來了後不能讓她住在這艘破船上。蓋間房子吧，這塊地也買下來，明天我拿錢給你！」

「不不，唉，丁香……」「別說不，」丁香打斷他，「以後我們見面的機會不多，或許永遠也不會再見面。我愛你，彪哥。幫你一把是我的心願，你就答應了吧！啊？」

羅海猶豫了一下，點頭說：「好吧，我欠妳太多，今生今世報答不了，等來世吧，來世我願為妳做牛做馬！」

「不，」丁香摟著他，「來世我要你做我的丈夫！」說著投入他的懷抱，吻了好一陣才說：「不早了，送我過河！」

第六章

1

五年後。

五年的時間不算長，然而仙鶴鎮的變化卻很大。先說老巫河畔。以往，從河口到金沙灣兩岸只有零零星星的亞答屋，如今村子比比皆是，房屋鱗次櫛比；金沙灣過後兩岸盡是藤蔓糾纏的百年老樹，如今卻是遍野的椰林和橡膠林。房子也有很大的變化，以前多半是茅草屋、亞答屋，如今是鐵皮屋、磚瓦屋；離金沙灣約兩公里的山腰上有數十棟園林宅院，那是富商顯貴的豪華別墅。那些別墅都背山面河，因而那一帶取名清水嶺。

白家港更繁榮，「伯樂造船廠」生意更好，技術人員和工人增加了許多。古廟「泰安宮」和伯樂山上的古墓成了旅遊景點，外地遊客絡繹不絕。

金沙灣之後的林場已開發完畢，種下的橡膠樹綠葉成蔭。林場也改了名字，如7號林場因當年抓到一頭白老虎而叫白虎村，5號林場的河水呈黑色而叫烏水港，8號林場有許多白蟻墩因而叫白蟻崗，9號林場因山頂有個巨石遠看像猴子，因而取名石猴村，10號林場生長蘑菇因而叫蘑菇村。每個村子都有二三十戶人家，那是園丘工人的家眷。此外，旺山腳下那片上千英畝的原始森林雖然還在開墾，不過也取了名字，叫公主園，意思是紀念蘇丹王已逝世的女兒丁香公主。

仙鶴鎮街場也今非昔比，範圍比五年前大兩倍，店鋪多了百多間。此外，仙鶴鎮多了三間小工廠：一間是繩索廠，設在街場西邊椰芭村；繩索的原料是椰皮，椰芭村盛產椰子，一個來自海南島的新客帶來利用椰皮製造繩索的技術。另一間是設在蝦頭村的「巴拉沾」製造廠；「巴拉沾」就是蝦醬，主要原料為蝦苗。第三間是設在白土村燒製缸盆罎罐等器皿的姚氏龍窯；龍窯主人姓姚，人稱姚老闆。姚老闆新加坡人，經營陶瓷生意，一次他來仙鶴鎮探訪親戚，無意間發現白土村的泥土乃燒製陶器的上乘原料，靈機一動便出資在白土村一座小山腳下建龍窯，從唐山請來燒窯師傅和幾個技工。如今工人已增加到三十多個。

仙鶴鎮還有三個顯著的變化：一是家家戶戶有了電燈，一到晚上，大街小巷、雲鶴寺、漁場、廟宇都燈火通明；二是河上載人的橄欖船和海上打魚的舢板船都裝上舷外摩托，往返新加坡和柔佛巴魯的客船也換了可載五六十人的小渡輪；三是老巫河上不時出現流線型快艇，那是有錢人消閒兜風的遊艇。

形勢大好，人口倍增，購買力強，來自外埠的推銷員也多了起來。其中兩個來自柔佛巴魯的男子給人印象最深：他們一個叫老古，一個叫小趙，推銷的是日本出產的狗皮膏藥。他們帶著手提麥克風，擺攤時吹口琴，吹的是當時最流行的「周璇小調」。麥克風音量大，琴聲一響，整個街場都聽得見。日本膏藥療效特別好，蹩了腳踝，筋骨扭傷，一貼就好。日本膏藥很受歡迎，不過，他們來了幾次之後就不見蹤影。

每年的重陽節還是一樣熱鬧，鎮上依舊擺集市，雲鶴寺依舊舉行廟會和做大戲。鶴群依舊準時飛來，那隻依舊站在河口那根木樁子上。

不過今年有些不同，新加坡「抗日救國籌賑會」屬下的文工團應銅鑼社之邀來仙鶴鎮呈獻一場文娛表演。文工團團長名叫黎晨，副團長是女的，叫盧小芬。此外還有兩個「華僑抗敵動員總會」高級幹部，他們是薛培農和韓文森。

文娛演出在仙鶴鎮還是頭一遭，當天傍晚，離開幕還有一個多鐘頭臺下已坐滿了人。

七點正，幕徐徐拉開。臺上燈光明亮，布景如畫。報幕員為盧小芬，她字正腔圓，風度翩翩，令人耳目一新。

節目有歌詠、獨唱、舞蹈、樂器獨奏、說相聲和獨幕劇。獨幕劇為《放下你的鞭子》和《臺兒莊的英雄》。

節目別致新穎，村民讚不絕口。

幕落，觀眾都說看這場演出比看大戲還要過癮。

隔天，團員們帶著「抗日救國」的宣傳品挨家挨戶進行籌款。日本鬼子侵略中國，罪大惡極，村民熱烈響應，慷慨解囊。商家表現尤其可嘉，雜貨店老闆葉茂枝、魚蝦收購商陳豐盛、繩索漁具行掌櫃趙大海和金吊桶醫社夏薄情各捐兩百元。

盧水雄是仙鶴鎮首富，拜訪他是籌款的「壓軸戲」。盧水雄家大業大，忙不及履，要見他得預先約好。方天浩和他聯繫，約定明天早上九點鐘和薛培農、韓文森、黎晨和盧小芬四個登門拜訪。

隔天早上，一行人到咖啡店用早餐，隨後趕去盧家莊。

盧水雄掃榻相迎，進入會客廳，坐定，傭人端來龍井香茶。方天浩給他一一介紹，盧水雄和他們握手寒暄。

盧水雄翹起拇指說：「你們愛國愛民，令人敬佩！我盧某和你們同心同德，不過很慚愧，我是商人，才疏學淺，做不了什麼。這點還望幾位兄臺多多包涵！」薛培農忙說：「拿督太客氣、太謙虛啦！」盧水雄應道：「不是謙虛，不是客氣，這是實話！不過，國家興亡，匹夫有責，這道理我懂，所以你們的工作我一向很支持。這次籌款怎麼樣？順利嗎？」他關切地問。黎晨應道：「這裡的人很熱心，對我們很支持，工作很順利，我們很感動！」方天浩插話道：「商家的反應很好，捐兩百塊的有好幾個。」盧水雄欣喜地說：「是嗎？很好哇！」說完向門外拍拍掌。

傭人應聲進來。

盧水雄甕聲甕氣地說：「叫大娘！」

傭人應了聲「是」轉身出去。

「聽說你們的演出很成功，可惜我在柔佛巴魯，沒法給你們捧場，這點還望幾位多多見諒！」「別客氣，別客氣！」黎晨和薛培農同時說。

盧水雄拱拱手，繼續說：「文娛演出在我們仙鶴鎮還是頭一遭，讓村民大開眼界，很有意義……」

外面有人敲門，進來的是丁香。

「大娘呢？」盧水雄皺起眉頭問。丁香應道：「她帶虎子到花園玩去了，有緊要的事嗎？我去叫她。」

盧水雄擺手說：「不必，去把保險箱裡的錢匣子拿來！」

丁香點頭轉身出去。

「你們在這裡打算待多久？」盧水雄問。薛培農和黎晨同聲應道：「明天就離開。」盧水雄一怔，說：「仙鶴鎮風景好，人情好，既然來了就多待幾天嘛！」薛培農應道：「我還真想多待幾天，只是工作太多，難以分身。改次吧！」

丁香拿來錢匣子。

盧水雄打開拿出幾疊鈔票交給黎晨，一邊說：「一點小意思，一千塊，您算一算。」

黎晨接過鈔票，看了一下說：「謝謝，不必算啦！」

一千塊不是小數目，薛培農很感動，說道：「拿督大義凜然，對祖國忠心耿耿，叫人肅然起敬。小弟代表『華僑抗敵動員總會』向拿督致以萬分謝意！」盧水雄笑道：「謝什麼呀！你們憂國憂民，日夜奔波，叫人肅然起敬。我出這點錢算不了什麼！」

黎晨吩咐小芬開收據。

盧水雄聽了後忙阻止，說這是捐款，不是商業來往，不需要收據。黎晨堅持要開，說要入帳，這是手續也是規矩。不但要開收據，而且要向報界發新聞稿。

「不不不，」盧水雄忙擺手，「別發，千萬別發，捐這點錢就上報，笑死人啦！」韓文森說道：「愛國愛民，精神可嘉。上報表揚，應該的嘛！」「不不，」盧水雄加強語氣，「捐錢是為國家，不是為出名，開收據和發新聞稿全可免啦！」

黎晨說道：「新聞稿可以不發，收據一定要開，不然沒法入帳。」盧水雄遲疑了一下說：「那好吧，別寫我的名字，嗯……就寫無名氏吧！」

淡泊名利，赤膽忠心，多高尚的情操。黎晨、薛培農、韓文森和盧小芬向他投以敬佩的目光。

小芬開了張誌名「無名氏」的收據遞給盧水雄。

盧水雄接過轉給丁香。

丁香感到驚訝。盧水雄是個見縫插針的生意精，名和利是他的第二生命，捐款上報，求之不得，這次拒絕，收據也不具名，這是為哪般？

盧水雄精於算計，捐鉅款拒絕上報，收據也不要當然有原因。今次的捐款非同一般，日本鬼子心懷叵測，野心勃勃，他已看出苗頭，總有一天，日軍將攻占亞洲甚至全世界。大勢所趨，環境逼迫，人得隨大流，籌賑會的款子是要捐的，而且身為拿督得捐個像樣的數目。捐款上報、收據留名後患無窮，日本一旦打過來可吃不了，兜著走；捐鉅款不上報、不留名反而顯示他為人謙虛、低調，品格高尚。

送走薛培農、韓文森幾個，丁香揚了揚手裡的收據問盧水雄：「一千塊錢不是小數目，怎地不掛名字？」「哼哼，」盧水雄臉上露出不屑的笑紋，「掛名得看時機，而且要看對象。那班人是抗日分子，他們籌款救國，漢奸知道了可不得了啊！」

丁香點頭表示理解。

「形勢不樂觀，」盧水雄繼續說，「我估計，日本人遲早會打新加坡，太平的日子不多啦！馬來亞是英國人的地方，我們是唐人，搞什麼抗日呢？日本人和英國人沒什麼分別，照樣統治我們，換個老闆而已，是不是？哼哼，我看黎晨、薛培農、韓文森這班人是在捅馬蜂窩！」

「如果日本鬼子打進來，你看我們仙鶴鎮會有影響嗎？」丁香隨後問。盧水雄應道：「當然有影響，只是程度大或小的問題。」「怎麼說？」丁香問。盧水雄答道：「英軍反不反抗那是他們的事，對我們平民影響不大。如果有華人反抗，比如剛才那幾個抗日分子，這樣事情可大囉！」「怎麼樣？」丁香急著問。盧水雄應道：「道理很簡單，華人反抗日本，日本就對付華人。到時抗日分子躲在森林裡，倒楣的是我們老百姓呀！」「啊？這麼嚴重？那怎麼辦？我們的孩子怎麼辦？雄哥？你看這樣的事會發生嗎？」

丁香惶恐不安，臉色刷白。她和羅海彪已斷了關係，心靈空虛，寂寞，便把精神寄託在孩子身上。她已經有兩個孩子，小的今年四歲，叫二虎。

盧水雄看她怕成這個樣子，便說：「仙鶴鎮是個小地方，人民百姓向來安分守己，只要薛培農、韓文森、黎晨那批抗日分子別來攪亂，我們仙鶴鎮就不會有事。」「他們幾時回去新加坡？」丁香問。盧水雄應道：「明天就走。這些人好高騖遠，自命不凡，希望以後別再回來！」

其實薛培農、韓文森、黎晨和盧小芬四個並沒如盧水雄所說的「明天就離開」。隔天他們雇摩托船直奔旺山公主園。開船的是羅海彪，方天浩安排的。來到公主園，羅海彪住在長工家裡，他們四個帶著乾糧進入森林進行考察，三天後才出來。原來他們未雨綢繆，上山觀察地形環境，做好準備，日軍一旦來犯，他們就離開新加坡到旺山和蛇尾嶺打游擊。

2

羅海彪已經買下柴船頭那塊地，在海螺屋附近蓋了間房子。他的老婆和兒子小岡已經過番和他團聚。隔年第二個兒子出世，取名小泉。

年頭，夏薄情告訴他收到堂大哥伯愷的來信，信裡說半年前一支抗日部隊進駐墨魚島，土匪被一網打盡，倭寇海盜落荒而逃，墨魚島太平無事，家人已搬回銀沙村，羅海彪的弟弟和母親以及其他村民也陸續回來。信裡還說父親年老多病，醫社工作由他接手。

雨過天晴，墨魚島太平無事，家人、母親和弟弟已經回去老家，羅海彪大喜過望，情不自禁地握著夏薄情的手，熱淚盈眶，激動地說：「好消息，好消息！家人、母親和弟弟已經回去銀沙村，太好了，真是太好了！」

喜訊傳來，好事成雙。仙鶴鎮成了旅遊勝地，羅海彪受益匪淺，他不再出海放網。他的小奎籠木柵翻新後收穫倍增，由於遊客多，活魚活蝦成了搶手貨。還沒起網，餐館的人已經在那裡等候。此外，他的舢板船已裝上舷外摩托，餘暇時載遊客遊覽老巫河。

這些年賴旺土也幹得不錯。他離開盧家莊後到白土村龍窯幹活。兩年後離開龍窯買了摩托船出海放網，隨後在柴船頭搭了房子。地是羅海彪的，租金、地稅全免。他除出海捕魚外還打菜園種莊稼。他刻苦耐勞什麼都幹，積了些錢便把鄉下的老婆、兒子接過來。

這些年變化最大的是夏薄情。他買下那間店鋪和那塊椰園後，接著又買了一塊橡膠園，在東村，十英畝。橡膠樹是接種的，樹幹如茶杯般粗，再過兩年便可開割。然而，兩年後，橡膠樹可開割時卻賣了，隨後又放出風聲，說那塊椰園也要賣。他髮妻婉兒極力反對，二房袁木香再三勸慰，那塊椰園才保留下來。此外，他身體不好，心情鬱悒，面容憔悴，本來就瘦削的他，更顯得形銷骨立，弱不禁風。

人有三衰六旺，夏薄情諳熟命理，能卜會卦，卻萬萬沒料到只三五年工夫竟然落得這般田地。

幾年前，他把元配何婉兒接過來。他滿以為有了房子和園地就可讓她舒舒服服地過日子，然而，事與願違，婉兒是個醋罐子，當她聽到丈夫在哥打另有家室時竟然撕破臉，大吵大鬧，一時說要回唐山，一時說要去找那「番婆」算帳，好幾次拿了繩子說要上吊自盡。

婉兒那番德性，夏薄情簡直匪夷所思。男人納妾平常不過，他爺爺、伯父和幾個叔叔就有妻有妾。當年在唐山，婉兒通情達理，賢淑端莊，對他俯首帖耳，沒料到來到這裡竟然如此刁蠻，不顧情面和他鬧個沒完。其實也難怪，婉兒思想單純，生活樸素，丈夫就是她人生的整個世界，如今鵲巢鳩占，她豈能善罷甘休？

夏薄情手足無措，不勝其煩。還好，在羅海彪夫婦和左鄰右舍的極力勸慰下，婉兒的情緒終於穩住。不過，她說要去哥打找那個「番婆」，看她憑什麼本事奪走自己的丈夫。

仇人相見格外眼紅。爭風吃醋，大打出手，那還了得？羅海彪夫婦攔住，不讓她去。夏薄情以退為進，給她地址，叫羅海彪帶她去。

當時婉兒還在氣頭上，打算給「番婆」顏色看。然而，人地生疏，她有點怕。她想打退堂鼓，但又不願認輸。騎虎難下，只好硬著頭皮隨羅海彪夫婦前往哥打。在路上，她問羅海彪有沒有見過個「番婆」。羅海彪說見過，那個「番婆」叫袁木香，農家出身，刻苦耐勞。她聽了心裡暗忖：「農婦手腳粗，一旦翻臉，發狂打人怎麼辦？」這麼一想，她心裡發怵，不寒而慄。

然而來到番婆家，出乎意料，袁木香溫文爾雅，落落大方。經羅海彪介紹，知道婉兒是夏薄情髮妻時，她不慌張，不為難，不尷尬。她和顏悅色，掃榻相迎。她叫婉兒為姐姐，稱羅海彪夫婦為三叔、三嬸。她胸懷坦蕩，真心誠意。一句好話三分暖，幾聲「姐姐」打動了婉兒的心扉。此外，三個孩子聰明伶俐，活潑可愛。反觀自己，結婚十幾年膝下猶虛，因此，她的思想大轉彎，消氣了，解恨了，接受她了。

哥打離仙鶴鎮約八九十里，夏薄情身體不好，沒法兩地奔波。婉兒自覺自願，把袁木香和孩子接來仙鶴鎮住在一塊兒。

破鏡雖已重圓，往日的恩愛和歡樂一去不復返。

夏薄情心裡糾結，終日鬱鬱寡歡，沒多久就病了。他患的是心病。心病得用心藥醫，然而，婉兒不理會，她可以接受「番婆」卻不能原諒丈夫。冷言冷語，指桑罵槐，不絕於耳。他火氣攻心，病情加重，連起床行走都感到吃力。他霍地想起當年盧老太爺去世、在盧家莊打醮超渡那晚煙屎彭給他吸的那根煙。他於是去找煙屎彭。煙屎彭說那根煙不算什麼，還有更好的，於是做了一鍋子大煙讓他抽。果然，一抽就來了精神，病立刻有起色，心情也舒暢了。就這樣，他染上了鴉片煙癮。從此他不務正業，終日躺在煙床上吞雲吐霧。魂迷心醉，飄飄欲仙，別說給人看病或出門看風水，就是門口有金子也懶得去撿。

男人一旦抽上大煙，妻好兒好不如煙槍好。

坐吃山空，膠園賣了。椰園也要賣，要不是婉兒及時醒悟，強行阻止，下來連店鋪也會被賣掉。

早知今日，何必當初，夏薄情慾哭無淚。

3

仙鶴鎮的人都關心中國，關心故鄉。軍閥割據、百姓顛沛流離，他們痛心疾首。日本侵略，屠殺同胞，他們義憤填膺。八百壯士痛殺鬼子兵，他們拍案叫絕。總之，凡是關於中國的新聞他們都愛聽。

仙鶴鎮訂報紙的人不多，聽人讀報的則不少。望海樓茶室加蓋披屋，擺長桌長凳讓顧客邊喝咖啡邊聽人讀報。讀報的是個年近八十的老頭兒，村裡人叫他老叔公。老叔公見多識廣，博古通今，他讀完一則新聞就畫龍點睛地加上幾句評語，如日軍偷襲珍珠港，讀完就說：「魔鬼發瘋了，小心點！」又如英國視為海上堡壘的戰艦「威爾斯太子號」和「擊退號」在馬來半島東海岸水域遊弋時被日本飛機擊沉，讀完後就說：「我還以為是銅牆鐵壁，原來是紙糊的。」兩天後日軍在馬來半島登陸，老叔公感歎地說：「我讀報的日子不多啦！」

日軍先遣部隊登陸馬來半島後長驅直入，所向披靡。英軍嚇破了膽，棄甲而逃，不戰而降。

報紙停刊，報人紛紛逃離，有些取道仙鶴鎮去印尼廖內島，他們說英軍不堪一擊，新加坡淪陷是早晚的事。

沒有報紙，老叔公不來了，不過望海樓茶室的生意並不受影響。其他店鋪照常營業，漁人照舊出海捕魚，農夫依舊把瓜果蔬菜挑到街上賣。不過往返新加坡和柔佛巴魯的船隻已經停航，貨物進不來也賣不出去，仙鶴鎮成了孤島。

日軍只花兩個星期就占據了整個馬來半島，三軍統帥山下奉文躊躇滿志，揚言一天內可拿下新加坡。當時，橫跨柔佛海峽的新柔大橋已被英軍炸毀，攻占新加坡得通過水路。

隔天，拂曉時分，百多個日軍先遣隊分乘十幾艘橡皮艇浩浩蕩蕩橫渡柔佛海峽，半個鐘頭後抵達新加坡林厝港海邊。先遣隊跳下水大模大樣朝岸邊進發，然而還沒上岸槍響了，火力很猛，子彈像蜂群似地朝他們飛去。百多個先遣隊全數報銷，橡皮艇全沉入海底。

擊潰日軍先遣部隊的是由華人族群組織的「新華義勇軍」，人數三個連五百多人。他們在英軍一〇一訓練營接受十來天的基本訓練後就派上戰場。新兵上陣旗開得勝，殲滅日軍先遣部隊，這是奇蹟，英軍刮目相看。

先遣部隊被殲滅，山下奉文暴跳如雷，出動飛機大炮在新加坡境內狂轟濫炸，同時調派特種部隊在林厝港和三巴旺海邊強行登陸。

義勇軍彈盡糧絕，退到武吉知馬山轉入地下，化整為零：一批乘小艇潛入柔佛州東部森林繼續和日軍對抗，另一批由薛培農和韓文森帶領的第二連隊六十多人分乘幾艘漁船繞過德光島進駐老巫河北部旺山和蛇尾嶺森林打游擊。

這支游擊隊打的番號是「蛇尾嶺抗日軍分隊」，薛培農和韓文森出任分隊正副書記，黎晨和盧小芬任正副隊長。他們經常穿便衣以平民身份到鎮上買東西。村民知道他們的身份，但心照不宣，暗中給以支持和協助。盧水雄則陰奉陽違，慣用兩面手法。

一天晚上，黎晨和小芬到柴船頭拜訪羅海彪和賴旺土，邀他們加入抗日地下組織，負責傳遞情報工作。羅海彪滿口答應，賴旺土卻婉言謝絕。

隔天早上，羅海彪和賴旺土談起這件事。

「你答應了？」賴旺土忙問。羅海彪應道：「傳遞情報，不費工夫，答應了。你呢？」羅海彪反問他。他說：「俺們是小百姓，多一事不如少一事，免得惹麻煩，我沒答應。」羅海彪說道：「抗日軍打鬼子，就像中國的八路軍，是好人。傳遞情報只是話傳話，一點不麻煩，是不是？」「哼，說得倒輕鬆！」賴旺土不屑地看著他，「打日本是英國人的事，我們華人摻和什麼？槍打出頭鳥，明哲保身，天掉下來有高的頂著。老哥呀，先顧好自己，別的事就甭管啦！」羅海彪答應：「形勢比人強，到時可由不得你呀！」

羅海彪說得沒錯，兩天後，幾艘出海放網的漁船遭日本軍艦開炮襲擊，賴旺土也在其中。一艘船被打沉，一個漁民失蹤，另一艘桅杆被彈片削斷。賴旺土的船篷被射穿幾個洞，他和兒子泥團則有驚無險；上岸後心有餘悸，說他們的命是撿回來的。

日本軍艦在仙鶴鎮水域橫行無忌，看來鬼子很快就會到來。

禍患連連，氣氛緊張，漁民再也不敢出海，連退潮時近海拉網的大網船也絕跡了。

老叔公提醒大家：日本鬼子橫行霸道，無惡不作，大家最好在郊外找個地方，鬼子來了就避開。還有年輕婦女穿著別太顯露，出門得小心機警，免得受到傷害。

老叔公言之有理。鎮上的人紛紛到郊外找地方搭茅棚，備好乾糧，形勢不對就到那裡避風頭。

4

謠言漫天飛，店家不敢開店門，村民不敢上街。

海上沒船，河上沒帆，街上沒人，仙鶴鎮冷冷清清。

羅海彪的小奎籠收成好，魚蝦一筐筐。可是碼頭沒人，收購店沒開，魚蝦賣不出去。賴旺土更著急，番薯、木薯、豆莢、蔬菜堆在船上，在碼頭邊站了老半天，東張西望卻不見人影。

羅海彪有所質疑，對賴旺土說：「街上的人都到郊外躲起來了？日本鬼子還沒來，我看不可能。」賴旺土說：「我也這麼想。不如這樣，我挑菜你挑魚，到街上喊一喊，也許有人出來買。」羅海彪點頭說：「這點子好，俺們試試，沒人買就拿回去餵雞鴨。」

他們把東西放進籮筐，挑到街上邊走邊喊，賣魚賣菜。

店門緊閉，街上靜悄悄，幾隻狗在那裡閒蕩。他們從街頭走到街尾，喉嚨喊啞了，沒有動靜。來到西街，羅海彪拿些魚蝦給哥哥。回到街場轉了一下正要回去，忽然聽見咿呀開門聲。舉眼一看，左邊洋服店裡閃出一個男子。

他們移步上前。「魚蝦、菜豆、番薯、木薯，都有，很新鮮，要嗎？」賴旺土提高嗓子問。那男子沒答話，前來挑了幾條魚和幾把蔬菜。賴旺土和羅海彪各自過秤，說了個價。那男子付了錢，拿了東西回去店裡砰地把門關上。

收了錢挑起擔子正要離開，對面又有人開門出來。都是男的，好幾個。這個要魚蝦，那個要菜豆。這個要番薯，那個要木薯。過秤還錢，人愈來愈多，賴旺土在羅海彪耳邊說：「可以起價了！」羅海彪想想，渾水摸魚，趁火打劫很缺德，不幹。賴旺土則漫天要價。便宜也好貴也罷，一頓飯工夫，擔子裡的東西被搶購一空。

他們挑著空擔子喜滋滋地回到船上。

羅海彪說：「街上的人杞人憂天，日本鬼子還沒來就怕成這樣，莫名其妙！」賴旺土笑道：「肚子餓了膽子就會大，明天再來，包你賣個好價錢！」

隔天早潮，天濛濛亮羅海彪便去起網。收穫不錯，大蝦、小蝦二十來斤，石斑、紅曹十多條，大的五六斤，小的兩三斤。

賴旺土一早就到園裡挖了兩畚箕番薯和木薯，另有蔬菜、豆莢兩大籃，冬瓜、西瓜七八個，和老婆、兒子興致沖沖地挑到船上，和羅海彪一起到對岸叫賣。

今早的情況比昨天好，東西挑到街上，喊了幾聲，人們便紛紛開門出來，不到一個鐘頭，魚蝦、瓜果、蔬菜被搶購一空。

第三天情況愈加地好。船靠岸後，東西還沒挑到街上就被人攔住，買的人走了，另一群人圍上來，還沒到街場東西就賣光了。

第四天早上，碼頭邊已有人捷足先登，賣魚賣菜的有好幾檔。羅海彪和賴旺土找不到適當的位子，便在船上進行交易。買的人還真不少，幾畚箕的瓜果、蔬菜和幾籮筐的魚蝦不到兩個鐘頭就換來花花綠綠的鈔票。

第五天，好些店鋪開門營業了，雜貨店和咖啡店的生意特別好。

日本鬼子沒來，淺海作業的大網船也出動了，海邊賣魚不用秤的魚市場也開檔了。

寮子裡有人打麻將，榕樹下有人擲色子，仙鶴鎮又恢復往日的生氣。

轉眼間過了一個多月，日本人仍舊沒來。仙鶴鎮位於山旮旯，是個窮鄉僻壤，日本人的地圖大概沒有這個地方。

正當人們警戒心鬆懈的時候，日本人突然來了。

一艘掛著膏藥旗的白色艦艇乘風破浪朝碼頭這邊開來。

最先發現的是望海樓茶室的夥計，他指著喊道：「喂，你們看，那艘白色的好像是海關船，沒見過呀！」

茶室老闆出來望了一下說：「桅杆掛著的膏藥旗是日本國旗。喂，鬼子來啦！這次真的來了。關門，快關門！」

他這麼一喊，顧客紛紛離去，打麻將和擲色子的撿了錢拔腿就逃。

一根煙工夫，店門全關上。街上不見人影。

然而，西街的金吊桶醫社的大門仍開著，夏薄情坐在門口蹺著二郎腿悠閒地抽煙。

二房袁木香勸他道：「當家的，人家都關門了，你還坐在這，進去吧！」原配何婉兒埋怨道：「鬼子來了你還若無其事，一個大男人得想想辦法呀！」

夏薄情只顧抽煙沒理會，過了好一陣才撚滅煙蒂慢條斯理地說：「要來的總是會來。來了就來了，怕他個甚？」袁木香說道：「當家的，日本鬼子不好惹，留在這裡不是辦法呀！」夏薄情沉思良久，說道：「這樣吧，把貴重的東西收拾好，帶些衣服，備些乾糧，你們和孩子先去柴船頭三弟那裡。如果形勢不對就去白虎村找王貴，那裡比這裡安全。」「那你呢？一起去嗎？」袁木香問。夏薄情應道：「我要看店，不去。」

何婉兒聽了驚叫道：「什麼？你不去？在這裡等死啊！」

夏薄情瞥她一眼，沒答話，點燃一根煙，默默地抽著。

5

掛著大丸旗的日本艦艇進入河口在碼頭靠了岸，日軍一行三十多人登上碼頭朝街場走去。帶頭的是日本軍官小禾田，他個子矮小，蓄小鬍子，年近五十，腰佩一把和他身材極不相稱的武士道長劍。走在後頭的兵士背著特大的行軍背包，有的扛著子彈箱，有的馱著大皮囊，這說明他們是來長期駐紮的。

他們列隊默默走著。

街場冷冷清清，「橐橐」的鐵靴聲震得板牆簌簌作響。

穿過大街，轉入橫巷朝警察局走去。經過「頤春堂」藥材店門前時，小禾田霍地打手勢叫停。他看著頤春堂門外柱子上的招牌一字一板地唸道：「子規玄學金吊桶。金吊桶沒聽過，連桑，什麼意思？」他以普通話問後面的那個穿便服的華人部下。

這個華人腰佩短槍，沒拿東西，是個文官。他姓連，名叫天星。「桑」是日本話，先生的意思。他上前應道：「嗨！金吊桶是陰陽學名詞，也是算命和看風水的特有名詞！」小禾田點頭說：「唔，叟德士嘎，大大的好！敲門。」他轉身向後面的兵士一揮手。

那兵士應聲前去輕敲幾下。沒有回應。加大力度敲了十幾下，依舊沒人回應。

另兩個前去準備撞門，門卻咿呀一聲，開了。

開門的是翁水斗。「你們……，哦不，太君，你們……有什麼……吩……吩咐……」他聲音發抖，詞不達意。

小禾田嘰哩咕嚕地和連天星說了幾句話。

「嗨！」連天星哈腰應了聲，上前以唐話對翁水斗：「太君叫你不用怕，你是那個算命的嗎？」

連天星和顏悅色。翁水斗心神稍定，應道：「回太君的話：我是開藥店的，算命的是夏薄情先生已經搬走了。」「搬走了？」連天星疑惑地看著他，「招牌還在這裡，怎麼就搬走了，你沒講騙話吧？」翁水斗應道：「我沒講騙話。夏先生搬去西街，他除算命外還掛牌行醫。病人拿他的方子來這裡抓藥，所以他的招牌還留著！」

「唔，叟德士嘎！」小禾田點點頭，隨後改用普通話對翁水斗，「好，沒事啦！開店門，繼續做生意，不必怕！」

「還有，」連天星接過他的話，「叫其他的人都開店門，不必怕，繼續做生意。知道嗎？」翁水斗驚喜地說：「好好，我叫我叫……呃，太君怎麼稱呼？」他哈起腰恭敬地問。

連天星應道：「我是華人，翻譯官，名叫連天星，叫我連桑吧。好，沒事了，回去吧！」說完揮揮手，轉身走了。

翁水斗哈腰說：「太君走好！連桑走好！」

回到店裡，他覺得那個連天星耳熟面善，好像在哪兒見過。搜索枯腸，回顧再三，腦裡「梆」的一聲，恍然大悟：此人就是幾年前來仙鶴鎮吹口琴賣日本膏藥的老古。原來他是個探子，那次他來仙鶴鎮賣狗皮膏藥目的是摸底子，探情況。

小禾田除了會說普通話外還會說上海話，他在中國東北日本情報局工作五年，出任中國東北偽滿洲國總領事為期四年，後調去上海日軍情報部當副部長長達八年。太平洋戰爭爆發後調來馬來半島在日軍統帥山下奉文麾下當參謀。他是新加坡大檢證、大屠殺的幕後黑手之一。大檢證結束後他擢升上校，派往仙鶴鎮當欽差大臣，統管柔佛州南部各個村鎮。

連天星生於柔佛州永平縣，初中畢業後就一直在市區日本人開的鐘錶店當書記。其實這間鐘錶店是日本特務的祕密聯絡站。當日軍占領永平縣時，這間鐘錶店原形畢露，成為日本特高科行政機關。連天星搖身一變，成為特高科行政機關的機要祕書。幾年前他和手下小趙來仙鶴鎮推銷日本膏藥實為摸清柔南情況。他們以買膏藥為名走遍仙鶴鎮各個村子，他們畫好地圖，標明碼頭、街場、警察局以及老巫河畔各個村子的位置和地理形勢。柔佛州淪陷後，小趙留在柔佛巴魯，連天星出任小禾田助手，一同到新加坡參與大檢證工作。他工作積極，對大檢證有功，升任特高科情報局柔佛分局總幹事。小禾田很信任他，委他出任柔南事務官，幫他掌管仙鶴鎮。

離開頤春堂，小禾田一隊人馬走出橫巷來到警察局。

仙鶴鎮警察局周圍空地很大，行政機關卻很小，一排兩層樓房，樓下中間為辦公廳，左邊為儲藏室，右邊為軍械庫。二樓為檔案室、招待室、消閒室和警官宿舍。辦公廳後面有兩棟單層排屋，左邊為警察和員工宿舍，右邊為扣留室、審問室、刑房和牢房。不過仙鶴鎮的人都安分守己，審問室、刑房和牢房一向空著。

警務人員不多，一個警長，一個三劃警曹[36]，兩個便衣警探，六個特警和十八個普通警察。

警長是華人，姓楊，洋名叫皮特，人們叫他皮特楊。三劃警曹是土生華人，姓旺名阿呇，回教徒，家裡講馬來話，職務是處理馬來社群案件。便衣警探兩個，一個是華人，名叫黃良才，外號人稱黃狼崽。另一個為馬來人，回教徒，名叫阿布沙立。特警和警察有華人、馬來人和印度人。

皮特楊和黃狼崽貪贓枉法，橫行霸道，村民對他們咬牙切齒，恨之入骨。

當天，正午時分，皮特楊在辦公廳擦他剛買的「雷禮」牌腳踏車，三劃警曹旺阿呇坐在藤椅上打瞌睡，四個特警在打牌，兩個坐在旁邊看。黃狼崽和其他警察嘻嘻哈哈地聊髒話，日軍突然到來他們大驚失色，倉皇逃竄。然而警察局已被日軍包圍，在槍口下他們只好舉雙手投降。

「你們聽著，」連天星大聲喊，「今天我們大日本帝國來接管仙鶴鎮，你們如果服氣，歸順大日本，效忠天皇，把帽子丟在地上，往後退三步。如果不服氣就站著別動，我送你們去見閻羅王。」說完拔出手槍「咔啦」一聲推子彈上膛。

警長、警曹、警探、特警和警察全都摘下帽子，丟在地上，往後退三步。

「很好，」連天星收起槍，「從今以後你們就是大日本帝國的子民，和我們一起為大東亞共榮圈的繁榮

---

[36] 三劃警曹：警察級別之一，警階的一種，袖章上有三道V字形標誌。警曹（police sergeant）的警銜低於警曹長（staff sergeant），高於二劃警員（corporal）。

而努力。好，你們有什麼話或有什麼要求，說出來，別客氣！」

皮特楊立正說道：「我是這裡的警長，我代表仙鶴鎮政府機關和所有官員以及警務人員歡迎各位長官大駕光臨！」說完向其他同僚使眼色。

其他人會意，齊聲喊道：「歡迎各位長官大駕光臨！」

連天星喜形於色，說道：「很好，現在請大佐小禾田上校給你們說幾句話。兜叟！」他哈腰打「請」的手勢。

小禾田清了清喉嚨，以普通話說：「英國人已經投降了，現在由我們大日本帝國統治馬來亞。我問你們：是大日本統治好還是英國人統治好？」

皮特楊翹起拇指說：「長官的普通話說得這麼好，當然是日本人統治我們好！」「對！」黃狼崽上前附和，「我也認為是日本人統治好，其實你們早就該來了！」

「為什麼？」小禾田板起臉孔問。

黃狼崽畢恭畢敬地說：「英國人不會講普通話，長官的普通話講得那麼流利，當然是日本人統治的好！」

「唔！」小禾田滿意地點點頭。

連天星插話道：「如果我們要你們依舊當警察，當大東亞共榮圈的警察，你們可願意？」隨後以馬來話重說一邊。

他們異口同聲地說：「願意，我們當然願意！」

「好，現在給你們第一個任務，」小禾田伸手指向廳堂，「把牆上那個臭洋婆的掛像取下來，換上我們大日本天皇的肖像，還有，」他轉身指向外面的旗杆，「把上面的英國旗扯下來，換上大日本的太陽旗。馬上行動！」

皮特楊應了聲「是」。警察、特警立刻動手取下廳堂牆上英女皇肖像，扯下門外旗杆上的米字英國旗。便衣黃狼崽把英女皇肖像和英國旗扔進垃圾桶。

一個日本兵把日本天皇肖像和太陽旗交給皮特楊。

沒多久，日本天皇肖像掛上了，日本太陽旗也升起了。

小禾田帶領大家向太陽旗敬禮，然後進入廳堂向天皇肖像三鞠躬。

禮畢，皮特楊和黃狼崽各端張椅子放在小禾田和連天星跟前，一邊說：「長官請坐！」

小禾田坐將下來，叼上煙，皮特楊給他劃火柴。

連天星沒坐，從兵士的皮囊裡拿出一疊印著大紅丸的袖圈放在桌上，對皮特楊說：「拿去分，每人一個，戴在左邊袖子上。」

皮特楊應了聲「是」，把袖圈分給大家，留下一個自己戴上。

「等等，」小禾田打手勢阻止他，從皮囊裡搜出另一個，「過來，你戴這個。」

皮特楊上前接過，只見大紅丸下多了「警司長」三個字。

皮特楊喜不自勝，立正向小禾田敬禮，後說：「謝謝太君，謝謝提拔，謝謝！」

連天星趨前向皮特楊拱拱手，一邊說：「恭喜楊先生，從今以後我們就是同袍了！」

皮特楊拱手回禮：「謝謝連桑，請連桑多多指教！」

「唔，好說！」連天星點點頭，隨後拍掌轉向其他警察，「大家聽著，你們戴上這個袖圈就是大東亞共榮圈的警衛。我連天星是你們的上司，你們今後做任何事或執行任務都得向我負責。明白嗎？」

他們立正應道：「是，明白！」

「好！」連天星滿意地點點頭，然後轉向皮特楊，「你聽著，現在給你一項任務：通知仙鶴鎮所有的華籍村民到雲鶴寺廣場集合，男女老幼都得去。下午四點鐘之前趕到，大佐小禾田上校有話跟村民說。好，去吧，立刻行動！」

皮特楊立正應了聲「是」，隨後向其他人一揮手，神氣十足地說：「跟我來！」

6

消息傳得真快，羅海彪已經知道日軍到來的事。

他老婆阿蓮憂心忡忡，說鬼子無法無天，問他怎麼辦。

羅海彪沉思良久，後說：「等一下去找大哥，看他有什麼打算。」阿蓮想了一下說：「不然這樣，叫大哥一家人和我們一起搬去白虎村王貴哥那裡避一避。」羅海彪應道：「對，白虎村比較安全。你收拾一下，弄些乾糧，我去找大哥。」

當年在唐山，收拾細軟、備乾糧逃難是常有的事，羅海彪的老婆阿蓮習以為常。炒米花、烙鹹餅、煮鹹菜飯她熟悉不過。然而，她正要去廚房生火，黃狼崽和兩個警察突然闖進來，令他們全家人去淡水河口小碼頭集合。

羅海彪大吃一驚，問黃狼崽為什麼要到那裡集合。

「別問，」黃狼崽老氣橫秋，「去渡頭那邊等，快點！」

來到渡頭，兩個荷槍實彈的鬼子兵像木偶般站在那裡。不一會兒，賴旺土一家人也來了。一艘摩托船風馳電掣來到渡頭邊。黃狼崽令他們上船，羅海彪問黃狼崽要載他們去哪裡。黃狼崽說去雲鶴寺集合，日本長官有話和大家說。「有話說？說什麼？」賴旺土插話問。

黃狼崽神氣活現，瞪著他說：「你囉嗦什麼？等一下到了那邊不就知道了嗎？」

來到河口碼頭，羅海彪、賴旺土兩家人隨黃狼崽上岸來到雲鶴寺廣場。

廣場已經聚集了好多人，周圍有日本兵把守。羅海彪東張西望，尋找哥哥夏薄情，然而望眼欲穿都不見蹤影。

眼前有空位，羅海彪和老婆孩子席地而坐。

剛坐下，忽然聽見後面有人叫他。回頭一看，吃了一驚，是盧家莊老管家周貴祥，旁邊還有盧水雄、盧周氏、丁香、兩個孩子和幾個傭人。

羅海彪向他們拱拱手，一邊說：「祥叔、盧老闆、兩位夫人，你們也在這！」

「這位是你老婆嗎？」盧周氏指著他身邊的女人問。羅海彪答道：「是，是我內人，這兩個是我孩子，大的叫小岡，小的叫小泉。」

丁香看看羅海彪的老婆，看看那兩個孩子，對兩個虎子說：「小岡比你們大，叫哥哥，小泉比你們小，叫弟弟！叫，叫呀！」

他們張大眼睛看著，沒叫。

羅海彪打量兩個虎子，心裡在說：「他們倆的確像我，是我的種，他們和小岡、小泉是兄弟。」

「拿督，日本人為什麼叫我們來這裡？」坐在一邊的一個村民問盧水雄。盧水雄應道：「剛才旺阿峇跟我說日本長官要見村民，打個招呼，和大家見見面，沒什麼的，放心好啦！」

羅海彪和周圍的人聽了後鬆了口氣。

警司長皮特楊從人群中擠到盧水雄跟前，說道：「拿督在這裡呀！我到處找您，走走，到前面坐，請！」

盧水雄一怔，欣喜地說：「好好，謝謝，謝謝！」

戲臺前放著兩排椅子，商家、廠家老闆都被請去坐在那裡。盧水雄是仙鶴鎮首富，他和妻子盧周氏坐在中間，那是皮特楊刻意安排的。丁香、大虎、二虎和管家、傭人坐在椅子後草地上。

丁香已經好久沒見到羅海彪，當年分手時她許下諾言以後不再和他來往，這些年月她確實沒找過他。她強迫自己把他的影子從腦裡抹去。然而這一點她做不到，一靜下來，他的影子就倏地鑽進腦際。此外，她還時常夢見他，耳鬢廝磨，幽會交歡，如魚得水，多美的夢呀。然而夢醒時心裡空落落，靈魂似乎出了殼。這夜，多難熬呀！

中午，警曹旺阿峇帶兩個鬼子兵來盧家莊請他們一家人去雲鶴寺聚合，當時她著實害怕。日本鬼子姦淫擄掠、殺人成性，她為兩個孩子擔心，也為自己擔心。後來聽了警曹旺阿峇的話才稍微放心。

兩個虎子是羅海彪的親生骨肉，可是他們還沒見過面，剛才她要兩個兒子叫小岡為哥哥、叫小泉為弟弟，這看似是家教，是禮貌，其實還有一層心照不宣、心知肚明的特別含意。此外，她看到羅海彪的老婆時也震驚不已。在她心目中，這個女人不過是腦滿腸肥、目不識丁的唐山村婦，或者是粗布衣衫、舉止猥瑣的黃臉婆。然而都不是，這個女人和她想像的大相逕庭。她閉門造車、從門縫裡看人。這個女人身上穿的雖是粗布衣衫，腦後盤著和她年齡極不相稱的髮髻，腳下穿的是仙鶴鎮早已淘汰的邋遢草鞋，然而，女人看女人著重的不是衣冠而是胴體。丁香目光銳利且富有想像力，從對方的雙臂和肩垂可測度她的胸圍，從對方的臀股可臆度她的腰圍。羅海彪的老婆膚色白皙，雙肩勻稱，臀部圓渾，如果讓她穿沙籠卡巴亞，她的三圍身段可和自己媲美；更動人心弦的是她那雙水靈秀氣的眼睛。丁香腦裡一連打了幾個閃，心裡猶如打翻了五味瓶，是怨？是恨？是妒？是哀？實在說不出是什麼滋味。

「坐好，大家安靜，別講話！」黃狼崽扯開喉嚨大聲喊。

談話聲戛然而止。

小禾田來了，連天星和兩個荷槍實彈的鬼子兵跟在後面。

小禾田腰佩短槍，沒佩劍，皮特楊和旺阿峇忙前去迎接。

小禾田和連天星隨他們走上戲臺，臺上已經擺好幾張椅子。皮特楊和旺阿峇請小禾田和連天星坐在中間，他們兩個坐在兩旁。

黃狼崽走上戲臺向臺下大聲喊：「喂，大家拍掌歡迎小禾田長官到來！」說完帶頭鼓掌。

臺下只有坐在前排椅子上的人鼓掌。

掌聲稀落，黃狼崽很惱火，喊道：「喂，拍掌呀，拍呀！怎麼不拍呢？對，多一點，大聲一點！」

掌聲逐漸多起來。

黃狼崽轉身向坐在右邊的皮特楊打了個「請」的手勢。

皮特楊起身站在臺前大聲說：「各位鄉親，英政府已經倒臺，取代它的是世界上最強大的大日本帝國。統管我們仙鶴鎮的長官是小禾田上校。長官今天剛到，他想見見你們，所以請大家來這裡。現在我們以熱烈的掌聲歡迎長官小禾田上校。」他轉向坐在後面的小禾田，畢恭畢敬，「太君，兜叟，請！」

臺下坐在前排的人帶頭鼓掌，後面的人跟隨，掌聲比剛才熱烈，皮特楊向臺下翹拇指表示很滿意。

小禾田站起身，理了理軍服，上前幾步，清了清喉嚨，以普通話說：「各位鄉親父老，各位兄弟姐妹，還有兒童們，我代表日本政府向大家問候。今天，來仙鶴鎮當你們的長官是我小禾田的榮幸。剛才我來的時候，發覺你們很害怕，躲在家裡大門關得緊緊，是不是？怕什麼呢？我是老虎嗎？不，我和你們一樣，是人。大家都是人，有什麼好害怕的呢？以前，這裡是英國人的殖民地，英國人統治你們，剝削你們，你們因此沒好日子過。今天我們日本人來了，日本人和英國人有很多不同，而且是大大的不同。我們管轄的不只馬來亞，而是亞洲所有的地方，所有的國家。這就是大東亞共榮圈的版圖。我向大家保證：在大東亞共榮圈政府的統治下，你們的生活會比以前更好，日子過得更愉快，更美滿。好啦，我講到這裡，阿里咖多，謝謝！」

皮特楊向小禾田一鞠躬，哈腰說：「謝謝長官，謝謝太君，謝謝！」

小禾田坐回原位。皮特楊轉身繼續說：「下來我要介紹另一位長官，他就是柔南區事務官連天星先生。

現在請連天星先生給我們講幾句話。連桑，請！」

連天星起身向臺下拱拱手，一邊說：「各位鄉親，你們好！我是這裡的事務官，以後你們有什麼意見，什麼提議，有什麼要求，或者有什麼事要商量，儘管來找我，不必客氣。好啦，我講到這裡，謝謝你們，謝謝！」說完一鞠躬，回到原位。

皮特楊上前向臺下村民說：「大家有意見嗎？有什麼話要說嗎？請上來，不要客氣，有嗎？」他舉眼搜索，目光落到坐在前排中間的盧水雄身上。「拿督，您帶個頭，上來說幾句。拿督，請！」

盧水雄愣了一下，起身走上臺，向小禾田一鞠躬，然後說：「我沒有準備，口才也不好，警司長皮特楊先生點名要我說話，那好，我就說幾句。首先，我代表仙鶴鎮村民歡迎小禾田長官，歡迎日本人統治仙鶴鎮。為什麼我這樣說呢？理由很簡單，我們華人和日本人膚色相同，文字相同，中國人和日本人是同種同宗，原是兄弟，所以呀，日本人統治馬來亞，我們無任歡迎。好啦，我說到這裡。謝謝大家，謝謝！」他一鞠躬，下臺回到原位。

小禾田滿意地頻頻點頭。小禾田一點頭，皮特楊、旺阿峇和黃狼崽熱烈鼓掌，而且打手勢叫大家鼓掌。臺下掌聲稀稀落落。

掌聲停止，連天星隨後說：「謝謝盧水雄先生，謝謝！」頓了頓，他換了語氣，提高聲量，「現在我宣佈幾條仙鶴鎮村民必須遵守的條文法紀：一，從今以後你們要學日本文，說日本話；二，英國錢不能用，要兌換日本錢；三，遇見日本長官要行禮；四，打架罰款五百至一千元；五，偷東西坐牢五年，打搶坐牢十年；六，抽鴉片坐牢三年，販賣鴉片坐牢三十年；七，調戲婦女坐牢三年；八，強姦婦女要槍斃；九，綁票被捉到要斬首；十，殺人要償命！好了，這就是我們大東亞共榮圈的十大法紀，你們要牢牢記住！」

連天星講完後，小禾田向旁邊的衛兵拍了聲掌。

衛兵會意，把擱在一邊的兩個大皮囊搬到臺下。

小禾田走下臺，從皮囊裡拿出幾個小包裹向前面的幾個小孩子招招手，一邊說：「小弟弟，小妹妹，來，過來，給你們糖吃，別怕，過來呀！」

那幾個小孩子嚇青了臉，躲在媽媽懷裡，其中兩個「哇」的一聲嚎啕大哭。小禾田哈哈大笑。

連天星拿過小包裹揚了揚說：「各位村民，這是昭和糖，日本出名的特產，是小禾田長官送給孩子們的禮物。」說完向站在一旁的幾個警衛打手勢。

那幾個警察會意，應了聲「是」便動手分糖。

昭和糖消除了人們的緊張和顧慮，同時覺得日本人並不如想像中的那麼壞。然而，稗草長不出穀子，狗嘴裡吐不出象牙，日本法西斯野心勃勃，兇殘成性，小禾田和連天星不過是披著羊皮的狼外婆。

果然，隔天晚上日軍開始捉人。名單由皮特楊和黃狼崽提供，街上開店的、經營海產的、拖網漁船舵工、椰園和橡膠園園主，繩索廠造船廠龍窯的老闆、金吊桶醫社主持人夏薄情和盧家莊莊主拿督盧水雄都在名單之內。白家港「伯樂造船廠」主席白軒軻、四個股東和八個高級主管也在名單之內。警衛帶著鬼子兵挨家逐戶地抓人。「伯樂造船廠」主席遠見卓識，新加坡淪陷後公司就解散，他和幾個股東以及高管人員移去印尼廖內島，船廠工會的領導和幹部也到附近島嶼避風頭。這次被捕的人共計五十六個。

夏薄情抽鴉片罪加一等，他的煙槍、煙燈和幾小包鴉片膏全被帶走。

仙鶴鎮的牢房興建以來一直空著，今天卻有人滿之患。

日本鬼子狼子野心，兇相畢露，村民們如夢方醒。

白色恐怖，人人自危，仙鶴鎮籠罩著愁雲慘霧。

鶴神是村民們的精神寄託，雲鶴寺是他們心靈膜拜的殿堂。太平盛世時他們酬神還願，慶祝狂歡，如今大禍臨頭，村民們到雲鶴寺燒香膜拜，祈求鶴神為他們消災化難。

然而，廟祝開壇起師，高香燒盡，咒訣唸了一遍又一遍，老是進不了狀況。

幾天都是這樣，村民們很震驚，很失望。

問神不得要領，有人去問給人讀報的老叔公。

老叔公看出端倪，便說：「鬼子捉的人多半是做生意的，或收入較多家底較好的，他們為什麼不來捉我這個窮老頭呢？依我看，日本鬼子要的是錢。破財消災，大家不必太擔心！」

老叔公說得沒錯，日本鬼子抓人是下馬威，目的是要他們繳奉納金。款額因人而異，少則幾千，多則幾萬，盧水雄是仙鶴鎮首富，小禾田要他繳納二十萬。

有人拿不出那麼多錢，向連天星求情。連天星向小禾田反映。小禾田說可商量，千元以下打九折，千元以上打八折。

開大數，折小數，這是策略，是手段。

保命要緊，砸鍋賣鐵，傾家蕩產，到處籌措，繳清贖金的人便可回家。一個月後，監牢裡只剩盧水雄和夏薄情。

盧水雄沒那麼多現錢，要求分期付款。連天星請示小禾田。小禾田不答應，考慮後說可減三成，剩十四萬一次繳清。

盧水雄還是搖頭，說賣妻賣兒也籌不到十四萬現款。連天星聳聳肩，說是上頭指示，他無能為力。

一次，小禾田來巡視，盧水雄跪下向他求情：「太君開恩！十四萬現款哪裡找？數目這麼大，這……豈……豈不是要我的命嗎？」

小禾田冷笑道：「你的命不只十四萬，不交錢就留在這裡，有吃有住，我們不會虧待你的。」

隔壁牢房裡的犯人就是夏薄情。

這些年月，夏薄情吞雲吐霧，沉迷煙床，坐吃山空，別說一千幾百，就是一百幾十也拿不出。抽鴉片的人可以三天不吃飯，不能一天沒煙抽。夏薄情被關進來已經整個月，煙癮難耐，渾身乏力，病懨懨地躺在鋪板上一動不動。不過，當獄警送飯或經過時，他大喊大叫，一時要煙，一時要水。獄警把他當瘋子，沒理會。

被抓進來的人都被帶去問話，夏薄情是最後一個。問他的是連天星，地點在審問室。

連天星告訴他該繳的款額原本是二千塊，小禾田長官批准減三成，只須繳一千四百元。

夏薄情睡眼惺忪，搖頭說沒錢，別說一千四百塊，就是十四塊也交不起。

「沒錢？」連天星瞋目而視，「你是仙鶴鎮有名的醫師，會看風水又會算命，一千四百塊交不起，騙鬼去吧！」

「沒錢就是沒錢，騙你做什麼？」夏薄情袖著雙手，乜斜著眼睛，大有死豬不怕滾水燙的氣概。

連天星當狗腿已經十幾年，經驗告訴他：愈有錢的人愈吝嗇，也愈狡猾，說到出錢就裝得比乞丐還窮。但這種人最怕死，最不經嚇，一聲叱喝加一記耳光，準叫他們如雞啄米似地點頭。

「喂，」連天星敲敲桌面，「別裝蒜，一聲沒錢就了事了嗎？哼，沒那麼容易！」「那你想怎樣？又不欠你的！」夏薄情沒拿正眼看他。「不想怎樣，要你交錢，一千四百塊！」「跟你說沒錢，你聾了嗎？」「混帳！」連天星猛拍桌子，「不交錢還牙嚓嚓，你活得不耐煩啦？啊？」夏薄情說道：「沒錢交什麼？命有一條，要不要？」

世界上最大膽的莫過於餓鬼，人餓到沒有東西吃的時候什麼都敢做。但餓鬼又不如煙鬼，煙癮發作時連命都可以不要。

連天星氣急敗壞，罵道：「他媽的還跟老子打哈哈，再問你一句，交還是不交？」「命你又不要，割塊肉去吧，要嗎？」夏薄情捋起袖子。「他媽的還嘴硬？」連天星勃然大怒，狠狠地扇他一記耳光。

夏薄情摸摸臉，一字一板地說：「無恥的漢奸，呸！」口水星兒噴在連天星臉上，他怒不可遏，起身舉起拳頭就要揮過去，窗外霍地有人拍掌。

他轉眼一看，是上司小禾田。

「唷，長官，您怎麼來了？」連天星忙去開門。

小禾田進來看看夏薄情，後轉對連天星：「和你說點事，不過不打緊。這人怎麼樣？答應交錢了嗎？」

連天星應道：「這傢伙刁得很，老說沒錢，不肯交，還嘴硬罵我。這樣的人，目無法紀，不教訓他行嗎？」小禾田點頭說：「唔，剛才我都看見了。好，你退下，我跟他談。」

「請！」連天星打個手勢，站在一邊。

小禾田坐下來，問道：「你叫什麼名字？」

「夏薄情。」

「夏薄情？哦，想起來了，你就是那個叫什麼金吊桶的風水先生，是嗎？」

「正是！」

「生意很好吧？夏先生？」

「廢話！你把我關在這裡，怎麼會有生意？」

「你沒繳奉納金，我的手下不讓你回去。這是你的錯，怪誰呢？」

「我沒錢，拿什麼交？」

「你名氣很大，看一次風水，或給人算一次命就可賺幾百塊，你說沒錢，我不信。」

「信不信由你！」說完咳嗽，氣喘。

「你臉色不好，病了嗎？」

「莫名其妙被你們關起來，臉色怎麼會好看？」

「呃……這……」小禾田語塞，轉眼看站在一邊的連天星。

連天星趨前弓腰和他耳語。

「哦，」小禾田恍然大悟，拉長語音，「原來你是個癮君子。真混蛋，大男人什麼都好做，怎麼去抽鴉片？你，你呀！」他伸手戳他額頭，「根據我們大日本法律，抽鴉片得坐監牢。知道嗎？哼，鴉片鬼，沒志氣，可恥，可恥啊！」

剛才被連天星扇耳光，他怒火中燒，恨之入骨。今次小禾田辱罵他，戳他額頭，他深感愧疚，無地自容。他低下頭，不敢出聲。

頓了頓，小禾田繼續說：「英國人賣鴉片給你們中國人，鼓勵中國人抽鴉片，他們的心腸多狠毒呀！我們日本人愛你們中國人，禁止你們抽鴉片。現在我警告你：如果你的煙癮沒戒掉，你一輩子就關在這裡。」

夏薄情低著頭，不出聲。

「好，給你一個機會，」小禾田換了口氣，「聽說你諳熟命理，名氣很大，你就為我算一算。算得準就讓你回去，奉納金免交。來。」他把手掌伸到夏薄情跟前。

「不算！」夏薄情口氣堅決。

「為什麼不算？」小禾田板起臉。

「沒精神，心情不好，算了也不準！」

小禾田掏出煙盒，遞根煙給他，一邊說：「抽根煙，提提神！」

「不抽！」夏薄情還是剛才的口氣。

「不抽？哦，你是抽鴉片的，我忘了！」說完把煙放回煙盒，「那好吧，你就永遠待在這裡好啦！」說完，逕自走了。

小禾田對「子規玄學金吊桶」這個招牌印象很深。他看過夏薄情的檔案，也向皮特楊了解夏薄情的情況。他諳熟中華文化，對道學、禪機很感興趣。惺惺惜惺惺，他對夏薄情十分仰慕。

小禾田離開後，夏薄情被帶回牢房。他頭暈目眩，煙癮難熬，蜷伏在鋪板上，渾身發抖，眼淚鼻涕直淌。晚餐沒吃，只喝杯開水，夜裡昏昏沉沉。早上獄警送來咖啡和咖哩飯。飯太辣，嚥不下，只喝咖啡。牢房陰沉沉，腦裡空蕩蕩，躺下來還是睡。迷迷糊糊，似夢非夢。忽然聽見開門聲，睜眼一看，是警衛，以前的警察，馬來人，高個子，外號叫「班讓」。夏薄情認得他。

「跟我走！」警衛班讓說。

夏薄情躺著，沒理他。

「喂，跟我走，聽見嗎？」班讓朝他喊。夏薄情一動不動，卻問：「去哪裡？」班讓應道：「別管去哪裡，跟我走就是！」「你不說我不去！」「去辦公樓，長官要見你。行了吧？」「哪個長官要見我？」「哎呀，你真囉嗦。不走嗎？好，我叫人拿繩子綁你，抬著去，看你走不走？」

前幾天有人被五花大綁拉著走，夏薄情無可奈何只好起身跟他走。

長官辦公廳在前面那座樓上，得走十五分鐘，還得上樓。

夏薄情弱不禁風，走路磕磕絆絆，上氣不接下氣。上樓更要命，雙腿乏力，踉踉蹌蹌，冷汗直冒。上了樓，沿著走廊走，來到角頭那間門前，渾身癱軟，跌坐在地上。

班讓敲門。開門的是小禾田，原來這裡是他的辦公室。

班讓扶夏薄情進入室內。

小禾田看他這副邋遢憔悴的樣子，冷笑一聲，不屑地說：「看你還像個人嗎？坐吧！」他指向牆邊的椅子。

夏薄情沒坐，卻說：「我……我沒錢，昨天不是跟你說……說了嗎？還……還……要我來……幹……幹嘛？」「我知道你沒有錢，」小禾田打斷他，「你的錢，還有你的財產被你抽大煙抽掉了，是不是？」夏薄情瞥他一眼，說：「你既……既然知道我沒錢，為……為什麼還不放我出去？」小禾田笑了一下，說：「你答應我一件事，我就讓你回去。」「什麼事？」夏薄情不屑地問。

小禾田點燃一根煙，吸了幾口，應道：「聽說你爺爺夏子規在中國很有學問，名氣很大。你是他的第二代傳人。那好，你為我看看相，批批命，如果批得準，哦不，應該說批得有理，使我信服，你就免繳奉納金，讓你回家！怎麼樣？」

夏薄情不假思索地說：「不算！」

小禾田愣了一下，說：「為什麼不算？要錢嗎？多少錢，我給！」「不要你的錢！」「啊？給錢也不幹，什麼意思？」小禾田問。夏薄情應道：「沒什麼意思，心情不好，精神欠佳，沒法算。」「心情不好，精神欠佳？好，」他拍拍掌，向外面喊，「拿來！」

不一會兒，一個衛兵拿來一支煙槍和一盞煙燈。

小禾田起身接過煙槍，走到夏薄情面前，說：「給你這個，算還是不算？」

啊？我的煙槍？夏薄情睜大眼睛。

爹親娘親不如煙槍親，他奮袂而起，一個箭步奪過煙槍，動作之快猶如從魔王手裡奪過自己的孩子。他興奮地把它摟在懷裡，鼻子對著煙槍鍋子如親膩孩子般深深地嗅著，嗅著。

小禾田手裡拿著一個蠶豆般大、形狀如粽子的竹葉疙瘩，像拿著花生逗引猴子似地晃來晃去。

「煙在這裡，你算還是不算？」

夏薄情一手抓過那個竹葉疙瘩，點頭說：「算，我算！」

小禾田笑了一下，把火柴丟給他。

夏薄情點亮煙燈，放在桌上，抖著雙手拆開竹葉疙瘩，用根火柴棍刮出煙膏，顧不及調勻就把它塞進煙鍋窟窿，對著燈罩上的火苗兒嗞巴嗞巴地抽起來。

古人對春風得意者有詩云：「久旱逢甘雨，他鄉遇故知，洞房花燭夜，金榜題名時。」其實，對夏薄情來說，這些哪會比煙好。一口氣抽完一鍋煙，酣暢淋漓，世界上還有什麼比這鍋煙更痛快？

何止痛快，這鍋煙比仙丹還靈。

夏薄情放下煙槍，打了個長呃，吸口丹田氣，搓搓鼻子，眉兒眼兒又活了。他整了整衣衫，用尖尖黃黃的指甲理了理鬍子拉碴，用衣袖抹掉額上的汗跡。打個噴嚏，臉上來了光彩，兩隻眼睛炯炯有神。一鍋煙就把夏薄情變成另外一個人。

小禾田很得意，因為他征服了夏薄情。

「怎麼樣？過癮嗎？」小禾田問。

「唔，過癮！」

「好！」小禾田吹滅煙燈，從夏薄情手裡拿過煙槍，「這是你最後一鍋煙，如果你再抽就是重犯，重犯是要砍頭的！夏薄情，哦不，該叫你夏先生，我已經把你當朋友，站在朋友的立場，我不想你掉腦袋！」說罷，啪啦一聲，把煙槍折成兩截，丟進垃圾桶裡。太君想知道什麼？」夏薄情問。

小禾田坐回原位，隨口答道：「我想問你，我幾時可以凱旋回家？」

夏薄情不假思索地說：「太君已經凱旋，任何時候都可以回家！」

小禾田愣怔了一下，擺手說：「不不，大東亞共榮圈的計劃還沒有完全實現，世界還是亂糟糟，我們還沒有凱旋，我不能回家。」

「好哇！」夏薄情輕拍一聲掌，「大丈夫志在四方，太君有包藏宇宙、吞吐天地之志，乃英雄好漢也！」

此話正中下懷，小禾田樂得哈哈大笑。

笑罷，他從抽屜裡拿出一個約八寸長、六寸寬的檀香木鏡框，裡面鑲著相片，是女人，身穿和服，很年輕，很漂亮。背景是一棟藍色瓦頂的小樓房。

「這是我夫人。」小禾田神采煥發，自我陶醉，「她是中國人，出生在蘇州，蘇州美女。我給她取了日本名字，叫櫻子。她身後這棟房子就是我們的家。屋頂的瓦片是從中國運來的，江西景德鎮燒製，叫鴛鴦瓦。櫻子喜歡芙蓉花，哪，她左邊這幾棵就是芙蓉樹，也是從中國移植過來的。還有家裡的傢俱都是中國製造的。我喜歡中國，真的，夏先生，請你相信我，我在中國住了十幾年，中國真是好地方，山水好，資源多，文化深厚，還有女人，我們日本的就大大地比不上！」

夏薄情接話道：「可惜，中國這麼大，你們沒法把它搬回日本去，是不是？」

「哦，不不，」小禾田一本正經地擺擺手，「我們日本人不會要你們中國一寸土地。我們要的是大家一起開發，共同繁榮，這就是我們施行大東亞共榮圈的目的。只要這個計劃獲得成功，不論是日本人還是中國人，甚至全世界的人都受惠！」

「男兒志在四方，偉大！」夏薄情向他翹拇指。

「唔，」小禾田躊躇滿志，「那些白種人心懷叵測，把世界搞得亂糟糟，唯一能救世界的就是我們日本人。現在我還有一個問題，」他把目光移到相片上，癡癡地看著，一邊說，「我已經十幾年沒見到我的櫻子，我要問我幾時才能回去和我的櫻子團聚？」

夏薄情說道：「請告訴我您的生日時辰。」

小禾田把他的生辰八字寫在一張紙條上。

夏薄情接過看了一下便閉上眼睛默默掐算起來。

小禾田有點緊張，像等待重要消息似地望著夏薄情。

少頃，夏薄情睜開眼睛說：「我看太君還是不算的好！」小禾田一怔，忙問：「不算？為什麼不算？」夏薄情笑道：「卜算乃信口雌黃，孟浪之言，太君豈可當真？」「不，」小禾田加重語氣，「算！你一定要算！」

夏薄情話鋒一轉，說道：「俗話說，算命先生騙人十年八年，意思就是說算命卜卦乃信口開河，招搖撞騙，不足為信，所以太君還是別算的好！」「你怎地突然改變主意？」小禾田板起臉孔，「算，你一定要算，信不信我自有分寸！」

夏薄情點頭應道：「不瞞太君，我已經算過了！」

小禾田忙說：「算過了怎不講給我聽？」

夏薄情轉眼看看鏡框，以惋惜的口吻說：「從相片看，櫻子傾國傾城，美若天仙，然而紅顏薄命。太君，你辜負了她！」「什麼？」小禾田跳起來，「你胡說，我怎會辜負她？珍珠瑪瑙，綾羅綢緞，我一樣不少，還有，那小樓房是我給她蓋的，芙蓉是我給她栽的，我天天都在想念她，我怎會辜負她？」「太君錯矣！」夏薄情指著相片，「您看，櫻子的和服為你穿，眉毛為你畫，胭脂為你搽；她等你已經十幾年了，可是還得等下去！『君問歸期未有期』，櫻子要等到什麼時候？女人最愛的莫過於自己的丈夫。太君，您說，世界上還有什麼比和自己心愛的人長久分離、長久思念、長久等待還要痛苦？」

夏薄情這番話可說到小禾田的心坎上，他看似神色自若，心裡卻愧疚交加。

他拿起鏡框，凝神地看著。「我幾時才能和我的櫻子見面？」他輕聲地問。「您最近曾和櫻子通過信嗎？」夏薄情反問他。「沒有，我太忙，已經好幾年了，我日夜想她。你說，我幾時才能回去和櫻子見面？」「剛才我說過，算命卜卦乃信口開河，孟浪之言，不足為信。我說出來您可別當真。」「你儘管說，當不當真是我的事。」「好，我說。唐詩云：『醉臥沙場君莫笑，古來征戰幾人回？』太君，您回不了啦！」

「什麼？」小禾田勃然變色，「我回不了家？胡說八道！你等著瞧，兩年後頂多三年，我們皇軍就拿下整個亞洲，再過三年就可以征服全世界！那時候我就回去日本，和其他英雄一樣坐在坦克車上走過東京銀座大街，我的櫻子給我送上鮮花，投我懷抱。哼！你等著瞧，等著瞧！」

說罷飛身立馬，「唰」的拔出長劍，站了個出擊的豪邁姿勢。然而，他的手微微發抖，劍鋒瑟瑟顫動，眼角滾落幾顆淚珠兒。

夏薄情趨前以安慰的口吻說：「方才我說過，算命卜卦乃信口雌黃，不可信。太君不必放在心上！」

小禾田收劍入鞘，站在那裡呆若木雞，一言不發。

「太君，您怎麼啦？」夏薄情問。

小禾田揮揮手，一邊說：「你走吧！」

「好，太君再見！」

「等等，」小禾田從抽屜裡拿出幾張鈔票遞給夏薄情，「這是你為我算命的利市錢，拿去。」「不，您已經給過了。」「給過了？哦。你是說剛才給你抽的那口煙？」「正是！」「不，那煙原本是你的。拿去！」他把錢塞到夏薄情手裡。頓了頓，他繼續說：「那是你最後一口煙。雖然我已經把你當朋友，不過你得記住，你再抽的話我就砍你的頭！」

「謝謝太君關照。為保住我的頭，我一定戒煙！」

「唔，」小禾田滿意地點點頭，「我得提醒你，戒煙比死還要痛苦，你得下最大決心。」說著從抽屜裡拿出兩包香煙，「這是我們日本最好的太和煙，對你戒煙很有幫助，拿去吧！」說著把煙遞給他。

「謝謝太君！」夏薄情一鞠躬，接過煙離開。

夏薄情自由了，回家了。

沒繳奉納金竟然安全回來，婉兒固然高興，卻也疑惑問他是怎麼回事。夏薄情神情淡漠，冷冷地說：「他們怕我死在監牢裡便放我出來。」

7

小禾田說得對，戒煙比死還要痛苦。夏薄情蜷縮在床上，煙癮難耐，涕淚滂沱，茶飯不思，病病歪歪，足足十天沒起床。這叫「凍火雞」。「凍火雞」是戒煙者成敗的關鍵，很多戒煙者熬不過這一關而功虧一簣。夏薄情能熬過「凍火雞」得歸功於小禾田。

戒了煙，夏薄情猶如惡夢方醒。痛定思痛，這些年月吞雲吐霧，多年刻苦經營得來的整十依格橡膠園和那些存款隨煙而去。噫嘻可歎，往者不可諫，來者猶可追，他下定決心，重起爐灶，東山再起。

所幸的是，原配婉兒痛定思痛，自認丈夫墮落和自己有關。她後悔莫及，從此對他關懷備至。

然而，今非昔比，環境愈加惡劣。在敵人的血腥統治下，朝不保夕，人人自危，誰還有閒情逸致請夏薄情算命看風水？不過看病的人卻多起來。自日本人統治後，村民們水深火熱，寅吃卯糧，沒錢付診費。況且藥材早已斷貨，有錢也買不到。醫者父母心，夏薄情脈照診，方子照開，不收診費，藥材以野生藥草代替。

一天早上，丁香陪盧周氏到西街看夏薄情。盧周氏有病，頭昏眼花，尿頻，沒胃口，十幾天了都不見好轉。

夏薄情問明病象，為她把脈，看過舌苔，說是憂鬱過度，火氣攻心，經血失調。盧周氏問他該吃什麼藥。夏薄情說喝點竹蔗涼茶，放寬心情，三幾天自然會好。

盧周氏點頭說：「先生說得極是，當家的被搞成這樣，我怎能不憂鬱呢？」「拿督一直沒消息嗎？」夏薄情問。「沒有，」盧周氏搖搖頭，「不准探監，不知死活。可是……唉……」她不禁哽咽，說不下去。

丁香接話道：「鬼子蠻不講理，我們一點辦法都沒有！」

「誒，」夏薄情輕拍一聲掌，對丁香說，「蘇丹后不是妳的乾娘麼？好鋼使在刀刃上，怎不用這層關係？去柔佛巴魯的水路已經通航，去蘇丹王室找妳乾娘，我看只有王室的人能幫到妳們！」「對呀！」盧周氏恍然大悟，「我怎麼就沒想到呢？妹妹，走一趟，去柔佛巴魯找妳乾爹乾娘，趕快去，現在就去！」

丁香看了看壁上的掛鐘，說道：「下午一點鐘開船，還來得及。好，現在就去。先生，我們走啦！」

「等等，」夏薄情打手勢攔住她，「日本鬼子姦淫擄掠，為所欲為。柔佛巴魯關卡、崗亭很多，妳單獨一個人很危險，這個妳想過嗎？」「我知道！」丁香點點頭，「這是唯一的機會，危險也得走，機警點就是了！」

「誒，」夏薄情突然想起，妳是蘇丹陛下的乾女兒，有證件嗎？」丁香應道：「有王室通行證，還有胸章，父王給的。怎麼樣？」丁香問。夏薄情喜形於色，拍掌應道：「很好，很好，這是護身符，通行證帶在身上，胸章別在胸前，這樣就沒人敢碰妳！」「好，謝謝先生！我們走了，先生再見！」「好，小心點，再見！」

夏薄情的擔心絕非空穴來風，丁香走後隔天，仙鶴鎮浮橋村發生一件大事：兩個婦女被日本兵輪姦，其中一個被殺害。受害者家屬到憲兵部舉報，憲兵部不理，理由是案發當時沒有目擊者。受害者家人說當時皮特楊和黃狼崽在場，他們兩個就是目擊者。憲兵部官員問皮特楊和黃狼崽，他們竟然說沒看見。含冤莫白，叫天天不應，受害者家人捶胸頓足，嚎啕痛哭。

自日本鬼子入侵後，皮特楊和黃狼崽就經常帶領鬼子兵到處巡邏。鬼子兵目無法紀，為所欲為，順手牽羊、調戲婦女、毆打村民的事層出不窮。皮特楊和黃狼崽為虎作倀，村民們無不恨之入骨。

仙鶴鎮向來河清海晏，國泰民安，這起姦殺案是仙鶴鎮有史以來頭一宗。

豺狼當道，草菅人命，村民們這才體會到亡國的悲哀。

一個星期後，仙鶴鎮發生第二起殺人案，是槍殺。

案發地點在淡水河邊，離白家港約三公里的一道小路上。時間是下午三點鐘左右。被殺者是皮特楊和黃狼崽。當時他們帶領七八個日本兵到一個叫甘榜榴槤的村子巡視。他們順手牽羊採了好多芒果和鳳梨。滿載而歸，興沖沖地沿著一道小路要去河邊渡頭乘船回憲兵部。他們來到小山包後的轉角處，突然「砰砰」兩聲槍響，走在前頭的皮特楊和黃狼崽應聲倒地，其餘的鬼子兵作鳥獸散。

小禾田知道這件事後震驚不已，馬上拍電報向柔佛巴魯憲兵總部彙報，並要求增兵援助。

傍晚時分，兩艘艦艇載來上百個頭戴鋼盔、手持衝鋒槍、腰佩長刀的鬼子「大刀隊」。

小禾田到碼頭迎接。

入夜時分，大刀隊開始行動，在警衛帶領下分頭到街場和各個村子令十四歲以上的華籍男子到雲鶴寺廣場集合。

羅海彪和賴旺土住在河對面，他們兩個是晚上才得到通知，被帶到雲鶴寺廣場已經是半夜。

這天是農曆月頭，月亮還沒出來，廣場一片漆黑。戲臺兩邊柱子上掛著探照燈，強烈刺眼的光束在人群中划來划去。荷槍實彈的鬼子打著手電筒呼呼喝喝、叱令人們坐在地上，不准說話，不聽話的或行動稍慢的就挨拳頭、挨槍柄甚至被帶走。

二更時分，下弦月打蛇尾嶺後升上來，月色朦朧，廣場擠滿了人。頭戴鋼盔、手持衝鋒、槍腰佩鬼頭刀的大刀隊五步一崗，十步一哨。廣場四個角落搭起棚架，上面架著機關槍，槍手坐在旁邊虎視眈眈。

人們看了心驚膽顫，冷汗直冒。

夏薄情在人群中，他知道今晚這件事和皮特楊、黃狼崽被殺有關，同時認為這件事是薛培農、韓文森、黎晨那班人幹的。看勢頭，鬼子的目的是要找凶手，找抗日軍；如果達不到目的，鬼子兵就拿村民開刀。日本鬼子窮凶極惡，血洗仙鶴鎮的可能性很高。三十六計，走為上策。然而，能逃嗎？他引頸環顧四周，鬼子兵團團圍住，就是老鼠也闖不出去。怎麼辦？等死嗎？想到這裡他心慌意亂。不過主角小禾田還沒露面，情況尚未明朗。稍安毋躁，看看情況再理會。

可是有人等不及，當月亮被雲層遮住、廣場一片漆黑時，好幾個往後面草叢那邊逃。他們逃出重圍，但逃不過探照燈光，兩個起步慢的被抓回來，飽挨一頓毒打。三個跑得快，卻快不過子彈，「砰砰砰」三響就把他們擊倒在地。

連天星走上戲臺以擴音喇叭警告臺下的人別想逃跑，否則下場就和那三個人一樣。

廣場寂靜無聲，探照燈像魔鬼的眼睛虎視眈眈。

好容易挨到雞啼。

天濛濛亮，周圍一片死寂。

天大亮，街場那邊傳來「橐橐橐」的皮鞋聲，一隊日軍耀武揚威朝雲鶴寺這邊走來。帶頭那個是小禾田，他腰佩短槍和長劍。連天星上前迎接。

其實小禾田半夜來過，不動聲色地在廣場周圍巡視一遍便離開。

根據皮特楊之前的反映：仙鶴鎮只有激進分子，沒有抗日軍。新加坡「抗日救國籌賑會」文工團曾來表演過，他們住在銅鑼社和忠義堂武館。銅鑼社理事長方天浩、忠義堂武館館長林崇武和所有會員都是籌賑會的落力支持者。可是皮特楊和黃狼崽是誰殺的？方天浩、林崇武他們怎會有槍？小禾田滿腹疑團。

他檢驗過兩個死者的傷口，射穿他們腦袋的不是鳥槍或獵槍而是彈頭尖尖的萊福槍子彈。凶手只開兩槍，一槍一個，全中額頭。槍法奇準，火力很猛，由此可斷定仙鶴鎮有抗日軍。情況緊急，事關緊要，柔佛巴魯憲兵部接到小禾田的電報後派來大刀隊，同時捎來情報總長山口米酒指令：查明抗日軍下落，兩個星期內提交報告。

寧可錯殺一百個，不能漏掉一個。小禾田因而下令仙鶴鎮所有十四歲以上的華籍男子到雲鶴寺廣場集中，進行集體審問，要他們供出抗日軍名字和藏身之處，否則全殺掉，一個不留。

小禾田的出現吸引了人們的視線，他一舉手、一投足甚至一眨眼都牽動每個人的神經。

小禾田登上戲臺，連天星和幾個軍官模樣的鬼子兵跟在後面。

臺上備好一排椅子，連天星哈腰連說幾聲「請」。

小禾田和其他軍官坐下來。

連天星拿起麥克風，走到臺前說：「大家注意，大家注意，昨天下午，皇軍警衛長皮特楊和警衛黃良才被人槍殺，和他們在一起的八個皇軍憲兵閃得快，安然逃脫。從這件事可以證明仙鶴鎮有抗日軍，為什麼沒人向皇軍舉報？這說明仙鶴鎮的人對皇軍不忠。包庇敵人、知情不報，這是嚴重的罪行，是要殺頭的。好吧，這裡有多少抗日軍、藏在哪裡，知道的人上來說，只要說明白，講清楚你們就沒事，不然哪，哼，你們看，」他指向兩邊棚架裡的機關槍手，「你們全死在這裡，一個也逃不出去！」

「叟得士嘎！」小禾田起身上前拿過麥克風，「你們聽見嗎？連桑說的話就是我的話。抗日軍藏在哪裡？有多少人？誰和他們接頭？我給你們十五分鐘，要說話的站起來，如果沒人出來說，我就下令開槍，」他霍地立馬拔劍，指向兩邊的棚架，「幾把機關槍一分鐘可射出上千顆子彈，你們甭想逃出去。好啦，我說完了，現在輪到你們了。誰有話說，站出來。」

小禾田在中國當官十幾年，他處理過不少這類案子，在他的心目中，中國人最難搞，不下重壓、不用毒刑他們是不會屈服的。

五分鐘過去，沒人站出來。

連天星看看腕錶，看看臺下，說道：「怎麼沒人站出來？你們都想掉腦袋嗎？不要命嗎？時間不多了，快出來呀！」

時間一分一秒地過去，還是沒人站起來。

「喂喂，」連天星大聲喊，「還剩五分鐘，怎麼沒人出來？你們真的不要命嗎？啊？」

五分鐘過去，依舊沒人站起來。

「好，」小禾田拿過麥克風提高聲量，「我再給你們兩分鐘，這是最後機會。」

小禾田咬著嘴唇，看著腕錶。

兩分鐘悄然過去。

小禾田一咬牙，拔出手槍，朝他前面的人群射出三顆子彈，「砰砰砰」，三個人應聲倒地。

人群開始騷動，有的驚叫，有的往後退，有的往草叢那邊跑。「咯咯咯」，機關槍響了，往草叢跑的人倒下去了。

人們驚慌失措，撕心裂肺，大哭大叫。

小禾田哈哈大笑。「好，大大地好，」他洋洋得意，「你們不說就得死，一個個地死，死，統統死！哈哈哈！」

他霍地收斂笑聲，舉手一揮。棚架上的機關槍手「咔啦咔啦」推子彈上膛。

「等等！」群眾中忽然有人站起來。

大家定神一看，是夏薄情。

接著左右兩邊也各有一個人站起來，左邊的那個是老叔公，右邊的是金蛇小學的前任校長鍾逸民。

夏薄情走上戲臺，老叔公和鍾逸民跟在後頭。

小禾田認識夏薄情，他錯愕了一下，說道：「是你呀！你能回答我的問題，好得很，好得很！」說著，他轉對老叔公和鍾逸民，「你們兩個是誰？幹什麼的？」

鍾逸民向小禾田一鞠躬，報上名字，說是金蛇小學以前的校長。老叔公也一鞠躬，報上名字，說已經年邁，賦閒在家。

「唔，很好，很好，」小禾田臉上露出一絲笑紋，「終於有人出來。誰先？夏薄情，你先說！」

夏薄情對抗日軍的活動並不熟悉。不久前，薛培農、韓文森、黎晨和小芬幾個來仙鶴鎮只是宣傳抗日和募款。至於他們到旺山公主園的事他聽人說過，但這是禁忌萬萬不能提。不知道的沒法說，知道的不能說，要說什麼他沒想過，他站出來是形勢所迫，是一時衝動。剛才小禾田開槍殺人的時候，他既害怕，又心疼，不知如何是好。小禾田向劊子手揮手，劊子手推子彈上膛，一場大屠殺就要開始，他撐不住便情不自禁地站起來。老叔公和鍾逸民校長隨著站起來是他沒料到的。他感到欣慰而且在想：「這下可好，在這生死關頭，多些人好壯膽，好互相照應，互相幫腔。」他靈機一動，即興編個故事，先挽住大局，之後怎樣講了再說。

「請太君原諒！」他向小禾田再鞠躬，「我心緒紛亂，說起話來詞不能達意，還是由太君提問吧！我知道的將毫不隱瞞地說出來！」

小禾田應道：「你有話說為什麼不早出來？好，我問你，這裡有多少抗日軍？是哪些人？躲在什麼地方？在哪裡活動？」

夏薄情再鞠躬，從容說道：「回太君的話，這裡根本沒有抗日軍！」「混帳！」小禾田橫眉怒目，指向夏薄情，一步一步走到他跟前，「你胡說八道，當我是小孩子？我檢驗過兩個死者的傷口，全是萊福槍子彈打的，除了抗日軍之外誰會有萊福槍？你說，你說！」他以指頭點向夏薄情的額頭。

夏薄情神色自若，怡聲下氣，應道：「太君有所不知，前幾個月，皇軍攻陷新加坡時，英軍倉皇逃走，兵營裡留下好多武器，還有子彈，手榴彈。有些人進兵營拿出來到郊外打山豬。從這點看，萊福槍的出現並不奇怪。」

「你狡辯！」小禾田加重語氣，「你說的就算是真的，那麼我再問你，皮特楊、黃良才又是誰殺的？凶手槍法奇准，一槍就中額頭，如果不是抗日軍誰又會有這麼好的槍法？」

「回太君的話，」夏薄情從容不迫，不卑不亢，「小的不是偵探，凶手是誰無可奉告。他們槍法奇準不見得就是抗日軍。我們這裡有人用竹箭射水獺，有人用鳥槍打鷓鴣，有人用火銃打果狸，打山豬，他們都彈無虛發，百發百中，難道他們也是抗日軍？」

「廢話！」小禾田疾言厲色，「皮特楊和黃良才效忠天皇，是我的得力助手。抗日軍怕他們供出情報，所以才把他們幹掉。是不是？你說，是不是？」

小禾田言中有破綻。夏薄情靈機一動，擺手說：「非也非也，太君差矣！假如皮特楊和黃良才有抗日軍情報的話，他們早就提供給太君了，是不是？但沒有，在太君面前他們提也沒提，是不是？這就證明俺們仙鶴鎮沒有抗日軍！」

小禾田一時語塞。片刻後才說：「那麼，我再問你，凶手殺人的動機又是什麼？」

「回太君的話，」夏薄情提高聲調，「以我的推測，他們兩個乃仇家所殺。」

小禾田一怔，問道：「有何根據？」

「嗯，這……」夏薄情遲疑了一下，「據我所知，皮特楊和黃良才兩個行為極不檢點，到處惹事生非，和人結仇積怨，所以才遭殺身之禍！」

這時候，老叔公突然趨前向小禾田一鞠躬，說：「太君，我有話說！」

仙鶴鎮以老叔公的年紀最大，人生百歲，七十者希，他年近八十，死不足畏。看到村民晚輩遭此劫難他心疼如刀割，如果能以死換取晚輩的活他義不容辭。多少次他想站起來，但要說什麼呢？大話他說不來，臨時編造他沒這個本事。沒水滅不了火，心裡沒詞兒站出來於事無補反而白丟性命。正當他回腸九轉、五內如焚之際，夏薄情忽然站出來，他很激動，心想我沒口才幫幫腔也好，便毫不猶豫地跟著站起來。

他站在一邊默默地聽著。夏薄情語調鏗鏘、振振有詞他打從心底裡佩服。聽著聽著，茅塞頓開想起幾件事，話兒一股腦衝到喉頭。

小禾田瞥了他一眼，不屑地說：「你有什麼話，快說！」

老叔公再次向小禾田鞠躬，後說：「我在仙鶴鎮土生土長，仙鶴鎮的人要算我年紀最大。好人壞人、好事壞事我看得最清楚。皮特楊和黃良才兩個人品低劣，目無法紀，貪得無厭。以前英國人統治的時候，他們仗勢欺人，膽大妄為，欺詐百姓，村裡的人對他們兩個無不恨之人骨。英國人走了，他們又為皇軍做事，為皇軍做事也非壞事，只是他們兩個死性不改，重施故技，假借皇軍神威作威作福，欺詐百姓。我想，他的仇人忍無可忍便下此毒手。這是小的推測，有請太君明察！」

小禾田沉下臉，咬著嘴唇，默不出聲。

夏薄情向鍾逸民飛個眼色，告訴他對方已理屈詞窮，應該加緊配合，不要鬆懈。

鍾逸民原是私塾老師，金蛇小學設立後擔任校長二十幾年。他德高望重，深得村民愛戴。喜慶擺酒席，村民請他坐上位。遇到棘手難題，村民請他出主意。村民對他敬若父母，他愛村民猶如己出。禍從天降，一場大屠殺即將來臨，與其束手待斃不如放手一搏，反正是一死，事情到這般田地，只好豁出去。他正要挺身而出告訴小禾田仙鶴鎮沒有抗日軍，出乎預料，夏薄情和老叔公卻率先站出來。

剛才夏薄情所說的正是他要說的，不過，還有很重要的一點沒提到。

他趨前向小禾田一鞠躬，隨後說：「仙鶴鎮六十歲以下的人多半是我的學生。他們的個性、品行我最清楚。我的看法和夏薄情先生一樣，仙鶴鎮沒有抗日軍，皮特楊和黃良才兩個為仇家所殺。剛才連天星先生說和皮特楊、黃良才走在一起的還有八個日本兵，如果這件事情是抗日軍幹的，以槍手那麼好的槍法，我想那八個日本兵士也不可倖免。然而，他們都沒事，安然無恙，這一點足以證明槍殺皮特楊和黃良才的是他們的仇家，不是抗日軍。我用人頭擔保，如果你們能在仙鶴鎮範圍內抓到一個帶槍的抗日軍，太君先砍我的頭！」

「你們三個配合得很好，事先商量好的吧？」小禾田不屑地問。

夏薄情應道：「回太君的話，我坐在中間，老叔公坐在左邊，鍾校長坐在右邊，相隔十幾丈，不許走動，也不准講話，能商量嗎？」

小禾田沉思良久，後說：「好，這件事我要好好研究，你，你，還有你，」他指向他們三個的額頭，「跟我回憲兵部，其他的人統統給我滾蛋！」

一場滅頂之災終於化解，夏薄情寒毛倒豎，冷汗直流。鍾校長和老叔公情緒激動，熱淚盈眶，幾乎昏厥。

8

丁香來到柔佛巴魯蘇丹王宮，前王宮衛隊曹長沙立夫接待她。沙立夫已升任王宮辦公室祕書接任塞哈里的職位。丁香把丈夫被捕的情況和來意坦言相告。

沙立夫說曾經有兩位拿督遇到這樣的事來求蘇丹陛下幫忙，蘇丹陛下愛莫能助，一一回絕，他們兩個後來怎麼樣不得而知。

丁香聽了很失望，說日本人要拿督繳納這麼大的數目，而且要現款，一時半刻的去哪裡找這麼多現款。

沙立夫想了一下說：「您是蘇丹陛下的乾女兒，也許他會幫忙。這樣吧，妳坐一下，我向陛下反映您的情況，看他怎麼說。」「好，謝謝您，沙立夫先生！」「別客氣，我去去就來！」

一頓飯工夫，沙立夫回來了。

「怎麼樣？沙立夫先生。」丁香迫不及待地問。沙立夫應道：「王后說要見您。他們在花園涼亭喝茶。走，跟我來！」

丁香隨他來到花園涼亭。

王后看見她劈頭就說：「日本人的事我們不便過問，就是問了他們未必會領情。唉，公主呀，妳的麻煩可大呀！」丁香應道：「是呀，母后，這麼大的事我們沒法解決，所以才來找父王和母后幫忙。」蘇丹王想了一想說：「這樣吧，回頭我寫封信叫人送去日本憲兵部，希望他們會給我面子。」丁香跪下感激地說：「謝謝父王，謝謝母后！」蘇丹后說道：「剛才我說過，日本人的事我們不便過問，妳是公主，這個忙我們不得不幫。不過僅此一次，下不為例。好啦，信寫好了就派人送去，妳回去等消息吧！」「好好，謝謝父王母后，謝謝！」說完轉身就要走。「等等，」蘇丹王阻止她，「時局很亂，一個人走很危險。」說完轉對沙立夫，「叫人送公主去碼頭。」沙立夫點頭說：「好，我送她去！」

送丁香去碼頭的是掛著王室牌照的大型轎車，沙立夫和另一個衛士陪著她。過關卡和檢查站不須排隊，不必檢查，一路通行無阻。

來到碼頭衛士為她買船票，登碼頭上船時由沙立夫陪著，監視碼頭的便衣警探和鬼子兵對她刮目相看。船離開碼頭，沙立夫向她揮手，直到船走遠了才離開。

丁香搭乘的是最後那班船，回到仙鶴鎮已經是傍晚。

盧周氏迫不及待地問她見到蘇丹王沒有，丁香點頭把情況一五一十向她反映。

「寫信給日本人？有用嗎？」盧周氏疑惑地問。丁香應道：「蘇丹陛下是大人物，我想日本人會給他面子，應該有作用！」「妳看，什麼時候會有消息？」盧周氏又問。丁香應道：「難說，十天八天吧！」「十天八天？這麼久？」丁香應道：「這是我猜的，也許不會那麼久！」

頓了頓，盧周氏歎了口氣，喃喃說道：「雄哥被抓去快兩個月了，一點消息也沒有，急死人啦！」丁香說道：「急也沒用，姐姐就多等幾天吧！」盧周氏搖搖頭，沉下臉：「不等又能怎麼樣？唉，揪心哪！」說著眼裡沁出淚珠兒。

9

小禾田把連天星叫到辦公室，給他看一通電報。

連天星看了很驚訝，喃喃地說：「從十四萬減到八萬，可用黃金抵押。這……怎麼回事？」他問。小禾田應道：「聽說柔佛蘇丹寫信給憲兵總長大覺西將軍，總長看在蘇丹王分上便下令減到八萬塊。」「那麼，蘇丹王和盧水雄又是什麼關係？」「哼，鬼知道！」小禾田不屑地聳聳肩。

「那怎麼樣？您的意思呢？」連天星又問。小禾田冷笑道：「電報是憲兵總部拍來的，能不執行嗎？

他奶奶的，便宜了那兔崽子！」頓了頓，小禾田繼續說：「還有一件事，柔佛巴魯情報部要我查明抗日軍下落，要我兩個星期內提交報告。期限快到，你看這分報告該怎麼寫？」連天星應道：「這問題倒是很棘手。那天您不是要夏薄情、老叔公和老校長來見您的嗎？他們那裡有線索嗎？」小禾田應道：「沒什麼，我只是要他們簽名保證，一旦發現或抓到抗日軍就拿他們是問。說實話，我只是唬弄一招，嚇嚇他們而已。」「你看，那天他們三個說的話可信嗎？」連天星突然問。「你說呢？」小禾田反問他。

連天星遲疑片刻，說道：「我看他們三個說的是實話，仙鶴鎮沒有抗日軍。不過，抗日分子肯定有。」「哦？是嗎？哪些人？有多少？能查到出來嗎？」小禾田急著問。連天星應道：「皮特楊和黃良才肯定知道，可是他們死了，誒，有了，」連天星突然想起，「哪些人是抗日分子，盧水雄肯定知道。叫他列名單，作為釋放他的條件之一。有了名單，這份報告就好寫了！田桑，您說是不是？」「對呀！」小禾田驚喜萬分，「好，好點子！就這麼辦。傳我命令：通知盧水雄的家屬，叫他們趕快來交錢！」

正當盧周氏和丁香愁腸百結之際，一個警衛和兩個日本兵乘兵車來到盧家莊。這個警衛就是調任獄警的班讓，他來傳達監獄長官指令，要盧水雄家屬隨他去憲兵部，長官有事情交代。

盧周氏猶如驚弓之鳥，聽到監獄和憲兵部就膽戰心驚。「啊？去……去憲兵部……幹……幹什麼？」她問。丁香腦筋轉得快：「雄哥有消息，姐姐，別怕，跟他去！」盧周氏一怔，說道：「雄哥有消息？好……好……跟他去！」

盧周氏和丁香帶兩個家丁隨班讓來到憲兵部辦公樓。

接見他們的是連天星。連天星告訴她們政府上頭答應盧水雄的奉納金減至八萬塊，如果沒有現款可用五十斤黃金抵押。三天內繳清，繳清就放人。

盧周氏和丁香聽了驚喜交加，立刻趕回盧家莊。

進入密室開啟保險箱拿出幾大疊鈔票，盧周氏算了一下說八萬塊剛剛夠。為了安全符木隆開車送他們去。

來到憲兵部，他們把錢交給連天星。

連天星一一點算，八萬塊分文不差。

「你們和柔佛蘇丹王什麼關係？」連天星突然問。

問到點子上了。盧周氏得意地說：「俺當家的是蘇丹陛下的女婿，是駙馬。」「駙馬？怎麼說？」連天星疑惑地看著她。

盧周氏瞥丁香一眼。

丁香會意，接話道：「蘇丹陛下是我乾爹！」

連天星轉眼直看丁香。

丁香掏出王室通行證：「您看這個。」連天星接過看了一下還給丁香，點頭說：「唔，明白了。怪不得，老巫河邊的土地全是你們的！」丁香應道：「這個時候，土地產業什麼的都不管用，沒有現錢什麼事都不能做。長官您說是不是？」連天星點頭應道：「這位太太說得是。好啦，事情解決了，拿督沒事了。恭喜妳們，兩位太太！」他拱了拱手。

「多謝連先生幫忙！」丁香拱手回禮。

連天星說道：「太太別客氣，自己華人幫點忙不算什麼。好啦，拿督在樓下等妳們了，走吧，請跟我來！」

連天星打著笑臉，摧眉折腰。盧周氏這才領會到蘇丹陛下那封信的分量。

來到樓下，進入招待室，盧水雄已經坐在那裡。他衣著整齊，刮過鬍子，容顏依舊，只是瘦了點。

盧周氏抓著他的手，打量著他，眼淚一串串，不知是高興還是悲傷。

盧水雄納悶，奉納金突然減至八萬塊，冷言冷語的連天星和凶神惡煞監獄官對他的態度一百八十度轉變，讓他住在招待室，提供剃刀、肥皂，讓他刮鬍子、洗澡，讓他穿自己的衣服，說很快就可以回家。盧水雄猶如丈二金剛摸不著腦袋，他問盧周氏怎麼回事。盧周氏說這裡人多，回家再說。

回到家裡，盧周氏告訴他四娘去柔佛巴魯向蘇丹陛下求助，蘇丹陛下給日本人寫信的事。

盧水雄聽了淡淡一笑，沒出聲。

傍晚，掌廚的做了幾道盧水雄最愛吃的菜，可是他沒胃口。夜裡，丁香噓寒問暖，撫慰再三；但他魂不守舍，心情煩躁。

盧周氏見他鬱鬱寡歡，心裡納罕，問他還有什麼為難之事。盧水雄告以日本人要他提供抗日分子名單的事。

「提供名單？這裡有抗日分子嗎？」盧周氏驚訝地問。盧水雄說：「沒有，他們說有，我有什麼辦法？」盧周氏想了一下說：「前些時候，什麼文工團那批人來這裡搞演出，宣傳抗日，幾十個，還籌款，鬧了好幾天。那班人算不算抗日分子？」盧水雄點頭說：「算，當然算！那幾個頭頭來找過我，叫什麼我忘了。妳還記得嗎？」他問丁香。

丁香想了一下說：「記得是三男一女，女的叫盧小芬，一個姓薛，薛仁貴的薛，哦，想起來，叫薛培農，另一個記得姓韓，嗯……叫……韓文森，沒錯，韓文森。還有一個姓黎……黎什麼忘記了，哦，那張收據有他的名字，我還留著，我去拿……」「啊？妳還留著那張收據？」盧水雄幾乎跳起來，「去拿來，去，趕快拿來！」

丁香愣了一下，出去了。

「豈有此理！這麼危險的東西還留著，他媽的，騷婆娘，想害我呀！」盧水雄罵罵咧咧。

不一會，丁香回來了，一邊說：「那個姓黎的是文工團團長，叫黎晨。」說完把收據遞給盧水雄。

盧水雄接過看了一眼，氣憤地說：「這麼危險的東西還留著，妳害得我還不夠嗎？啊？」說完把它撕得粉碎丟進垃圾桶。

丁香拂然變色，瞪著他說：「喂，盧水雄，我害你？害你什麼？啊？」「呃……」盧水雄啞口無言。

丁香無名火起，繼續說：「冒險為你去柔佛巴魯王宮求母后救你出來，你反而說我害你。狗咬呂洞賓，不識好人心……」「好啦好啦，」盧周氏打斷她，「別再說啦，好不好？雄哥心裡煩，妳就讓著點，少說幾句。行嗎？」「哼，窩囊廢！」丁香轉身走了。

丁香走後，盧周氏說：「這些日子，四娘為你的事奔上奔下，心裡也煩，你別怪他，嗯？」盧水雄沉吟片刻，問道：「剛才你說四娘去柔佛巴魯向蘇丹陛下求助，有這回事嗎？」盧周氏點頭應道：「有！四娘苦苦哀求，蘇丹王才答應寫信給日本頭頭。不然，贖金哪會減到八萬塊？」

盧水雄聽了點點頭，沉下臉，沒答話。

出錢消災，盧水雄總算回到家裡。然而，事情還沒了結，抗日分子名單怎麼列？上回「抗日救國籌賑會」屬下的文工團是銅鑼社邀請的，那麼銅鑼社那批人算是抗日分子嗎？他本身是銅鑼社名譽會長兼顧問，如果算的話，他本身也脫不了干係。他進退維谷，左右為難。他鬱鬱寡歡，成天關在書房裡。他唉聲歎氣，惶惶不可終日。

時間一天天過去，盧水雄和盧周氏沒再提起提供抗日分子名單的事。丁香頗為關注，但又不便過問。一天晚上九點多鐘，她從孩子的臥房出來正要回西廂房，穿過院子看見書房的燈還亮著，窗內有兩個人影，定睛一看，是盧水雄和盧周氏。她停步想進去問他們關於提供抗日分子名單的事。然而，來到門前卻聽見盧周氏和盧水雄的對話：

盧周氏：「名單的事過兩天就到期了，你列好了嗎？」

盧水雄：「列好了。新加坡那邊四個，銅鑼社八個，忠義堂武館七個，共十九個，十九個，應該夠了。」

盧周氏：「銅鑼社和忠義堂有哪些人？」

盧水雄：「方天浩、符木隆、王貴、羅海彪、林崇武、張德寶、朱青海、林永清、江明、盧大光、鄭大興……」

丁香一聽，全身寒毛倒豎，心似乎要跳出胸口。原來你們暗中行事，企圖出賣自己村裡的人，其中好些是盧家莊的員工，你們的心好狠毒啊……

她急忙回返臥房。怎麼辦？她焦急萬分，在床邊踱來踱去。不行，應該通知羅海彪、方天浩、符木隆這班人，叫他們趕緊離開。可是怎麼出去？羅海彪住在對岸，這麼晚了哪裡找船過河？她看看手錶，近十點鐘。不必緊張，盧水雄的名單還沒交上，明天一早去通知他們還來得及。這麼一想她定下心來。

她更衣上床，然而沒有睡意，輾轉反側，思潮起伏。她墊高枕頭望著窗外的星空等待天亮。時鐘滴答，時間一分一秒地過去。夜鳥啼了一陣又一陣，還有如狼嗥般的狗吠聲。

月落星沉，椰影婆娑，外頭傳來雞啼聲。

丁香起身，換了套褐色唐裝，把頭髮捲到腦後，戴上箬笠，扮成村婦。她躡足潛蹤，溜出柵門大踏步朝渡頭那邊走去。

來到渡頭天濛濛亮。河灘邊有間房子，那是莫哈末的家。她正要過去叫莫哈末載她過河，卻望見河心那邊有艘摩托船朝她這邊駛來。定睛一看，唷，正是他，羅海彪。她暗暗叫好。

原來今天潮水早退，羅海彪起網捉了魚正要拿到街場賣。

丁香忙向他招手，對方揮著帽子表示看見了。

來到岸邊，羅海彪定睛一看，說道：「唷，是妳呀！戴著箬笠我還以為是誰呢！」關掉摩托，拿起繩子要跳上岸來。

丁香心急火燎，忙阻止他：「彪哥，別上來，你快走，快走，有多遠走多遠！」「快走？」羅海彪丈八金剛摸不著腦袋，「急成這樣，發生什麼事？」他問。

丁香長話短說，告訴他關於盧水雄給日本人列抗日分子名單的事。

「抗日分子新加坡才有，為什麼要我快走？」羅海彪疑惑地問。丁香應道：「不，你，方天浩、林崇武、王貴、張德寶、符木隆等幾個的名字全在名單內。」

「啊？出賣我們？」羅海彪驚慌失色，「這……這……」丁香打斷他：「別說了，快走。順便通知王貴。我去找方天浩和小番客他們。沒時間了，快走呀！」

羅海彪向她揮了揮手，開動摩托，調轉船頭，消失在濛濛的霧氣中。

丁香隨後去找方天浩，並令他轉告林崇武、張德寶、盧大光等人。交代完畢去西街找夏薄情，告訴他黑名單裡有羅海彪的名字。

丁香見義勇為、大義凜然，夏薄情對她肅然起敬。

回到盧家莊已日上三竿，她丟下箬笠，理好頭髮在花園裡信步轉悠。走著走著，來到符木隆的家。符木隆不在。老番客看她神色慌張，問她出了什麼事。丁香如實相告。符木隆是公司骨幹又是盧水雄的得意助手，老番客半信半疑，說會轉告符木隆。

丁香回到西廂房，盧周氏在門口等她。

「妳一早走去哪裡？我到處找妳。」她板起臉說。丁香應道：「我到外面走走，在老番客那裡待了一下。姐姐找我什麼事？」「我要去雲鶴寺上香添油，陪我去，有空嗎？」盧周氏甕聲甕氣地問。「好哇，現在就去嗎？」「唔，現在就走！」「雄哥呢？叫他一起去，散散心嘛！」「他一早走啦！」「走啦？去哪裡？」

盧周氏前來在她耳邊說：「去憲兵部，列名單的事明天到期。唉，這種事真煩，早點交上早了事。走吧！」

來到雲鶴寺，她們上香磕頭，盧周氏隨後到籤房求籤。廟裡香煙繚繞，悶熱難耐，丁香到外面納涼，忽然聽到後面有人叫她。回頭一看，是忠義堂武館館長林崇武的老婆武大嫂。

丁香一怔，上前問她：「今早方天浩找過妳老公嗎？」

「找我老公？沒有哇，什麼事？」丁香把嘴湊到她耳邊：「日本鬼子要抓妳老公。回去叫他趕快走，快，馬上去！」「啊？為什麼要抓我老公？」武大嫂驚訝地看著她。

丁香轉眼望望籤房，盧周氏拿著籤文出來。

丁香在她耳邊說：「改天告訴妳。快去，叫妳老公趕快走！」

武大嫂應了聲走了。

「好籤，好籤！」盧周氏喜滋滋地前來把籤文遞給丁香。

丁香接過看了一下，籤文寫的是：「雲開見日，絕處逢生。吉人天相，出入平安。」

丁香點頭說：「唔，好籤！」盧周氏笑逐顏開，接著說：「住持說雄哥有貴人相助，命大福大，前程似錦哪！」

「是嗎？這樣就好！」丁香嘴角擠出一絲笑容，心裡卻說：「他的貴人不就是日本鬼子嗎？」

回到盧家莊，盧水雄已經回來。

盧周氏把他拉到一邊，低聲問：「怎麼樣？」

盧水雄向她使了個眼色，沒答話。顯然，丁香在旁他不想多說。

10

小禾田雷厲風行，從盧水雄手裡拿到名單後當晚就開始抓人，張德寶、朱青海、林永清、江明、盧大光和另外幾個「銅鑼社」和「忠義堂武館」的理事全被帶走。

符木隆去了柔佛巴魯，得不到消息，隔天下午一上碼頭就被漢奸扣上手銬，押上軍車帶走。

銅鑼社和忠義堂武館那幾個理事卻是大意。昨天早上九點多，方天浩馬不停蹄趕去通知他們東窗事發趕快離開。他們幾個不以為然，說自己沒參與抗日活動，沒做虧心事，沒什麼好怕的。固執己見，自行其是，結果招致殺身之禍。

中午時分，七八個鬼子和漢奸到柴船頭逮捕羅海彪。羅海彪不在家，領頭的鬼子見羅海彪的老婆身材豐滿，面目俊秀，淫念驟起便把她帶走。

弟婦阿蓮被帶走，夏薄情震驚不已。他先把侄兒小岡和小泉帶回家照顧，然後去憲兵部打聽阿蓮的消息，然而每次去都徒勞往返。

這兩天被捕的人包括阿蓮共十個，一個星期後再捕三個。這三個不在黑名單內，是被捕者在嚴刑拷打之下供出來的。

被捕者家屬不准探監，關在監牢裡是死是活沒人知道。

一個星期後，即農曆五月初四，端午節前夕，狂風大作，潮水高漲，大浪滔天。隔天早上，濤聲遠去，海水退盡。這情景只有重陽大潮期間才會出現。

這些年月，豺狼當道，禍患連連，人們猶如驚弓之鳥，看到這景象心裡七上八下。

有人去雲鶴寺問鶴神。乩童開壇起師，高香燒盡，咒訣唸了半天仍進不了狀況。

有人去找夏薄情。夏薄情翻看通書，到牌樓望望大海，夜裡看看星空，說時序反常，潮汐失常。星宿隕落，乾坤倒掛，那是凶兆。

日上三竿，數百米外的沙灘上有一堆什麼東西在晨光下奪目耀眼。

有人說是死海豚，幾年前有過這現象。有人說是死豬，不久前附近島上曾發生豬瘟。

幾個漁夫蹚爛泥前去看，他們嚇了一跳，是死屍。數了一下，十三個。十二男一女，手腳綁著磚塊。男的穿囚衣，女的全身赤裸。

漁夫知道是怎麼回事，他們把屍首抬到岸邊。消息傳開，村民們競相前去看。沒錯，死者就是前幾天被鬼子兵帶走的張德寶、朱青海、林永清、江明、盧大光、符木隆等十三個人。

十二個男的臉呈紫黑，眼珠翻白，緊咬舌頭，身上沒有傷痕。女的就是夏薄情的弟婦——羅海彪的老婆阿蓮。她頭蓋骨破裂，肢體卻完好無損。

死狀慘不忍睹，夏薄情掩面落淚。

有人到憲兵部報案，憲兵部官員警告他們別管閒事，否則就和那些屍體一樣。

夏薄情和鍾逸民校長籌錢買棺材把那些屍首收殮安葬。

三天後，下午時分，看守監獄的警衛班讓打西街經過，看見夏薄情便揮手和他打招呼。

「唷，班讓老弟，我正要找你。請進來坐坐，有空嗎？」夏薄情出來問。班讓愣了一下，點頭說：「也好。先生有事找我嗎？」「問你件事，請坐，回頭再說。喝什麼？咖啡還是茶？」「不必客氣，我不渴。」

「那抽根煙吧！」那是大禾牌香煙，不久前小禾田給的。

班讓接過煙，夏薄情為他劃火柴。大禾牌香煙純正順喉，他知道這煙的分量。

班讓吸了幾口，噴著煙讚道：「不錯，好抽，日本煙比英國的海軍牌好多！」夏薄情笑道：「當然啦！上回小禾田長官給兩包，我不捨得抽，留到現在。」

「是嗎？託你的福，這麼好的煙，我總算嘗到啦！」

夏薄情拿過煙盒，遞給他說：「盒裡還有幾根，拿去吧！」「唷，那就謝啦！先生什麼事找我？說吧！」

夏薄情點燃一根煙，吸了幾口，後說：「向你打聽一件事：上個星期日本憲兵抓了十三個人。三天前，海灘上出現十三具屍體，其中有個女屍。那個女屍是怎麼死的？你知道嗎？」

班讓一怔，瞥夏薄情一眼，沒答話。

夏薄情從抽屜裡拿出幾張鈔票遞給他，一邊說：「請你喝茶，小意思！」他沒接，卻問：「你和那女人什麼關係？」夏薄情應道：「不瞞你，那女人是阿彪的老婆，也是我的弟婦。」「啊？你的弟婦？好，你問對人了。告訴你，那女人被捕後日夜被輪姦，她受不了，撞牆自殺。」

「唔！」夏薄情點點頭，「她頭蓋骨破裂，怪不得。那麼，那十二個男屍呢？身上沒有傷痕，他們又是怎麼死的？」班讓應道：「那天傍晚，我送飯給他們。隔天早上，他們就死了。我看他們在飯裡下毒藥，是被毒死的！」

「很好，謝謝你，班讓。一點小意思，請收下。」他拿起錢遞給他。

班讓沒接，繼續說：「他們的屍體由我和幾個同事處理。他們的手腳綁磚塊是上頭吩咐的，意思是沉在海底沒人知道。可是瞞不過安拉，海水突然退得那麼遠，這是天意呀，先生！」

「好，謝謝你！」夏薄情把鈔票塞到他手裡。

他把鈔票放在桌上，一邊說：「錢誰都要，可是這錢我不能拿。」「為什麼？嫌少嗎？」「不，安拉有眼，拿了你的錢，安拉會罰我的！」「呃……這……」夏薄情驚訝地看著他。「好啦，我走了，再見！」他揮揮手，走出店門。

11

符木隆、朱青海、張德寶、林永清、盧大光等十三個人被日本鬼子殺害棄屍於老巫河口，盧周氏捶胸頓足，嚎啕痛哭。這也難怪，符木隆在盧家莊長大，在盧家莊工作；還有他的父親老番客，一輩子為盧家莊賣命，受了傷還撐著殘疾的身軀為盧家操勞。還有張德寶、林永清和盧大光，他們十四五歲起就一直在漁場幹活，漁場經營得這麼好，他們三個功不可沒。今次他們被殺害，她和丈夫是幫凶，是同謀，是內奸。每想到這事她就惴惴不安，悔恨交加。然而，人不為己天誅地滅，在這兵荒馬亂、人人自危的時刻，誰還顧得了誰呢？命得自己保，福要自己求，小小螞蟻尚且貪生，這道理菩薩是最清楚的。她信佛敬神，對鬼魅魍魎尤其敬畏。冤有頭債有主，她相信總有一天那些屈死鬼會找上門來。庸人自擾，杯弓蛇影，她心驚膽戰，惶惶不可終日。

果不期然，就在那十三個死者斷七的那個晚上，半夜，鬼魂出現了，七八個，在蚊帳外走來走去。她看得很清楚，他們是符木隆、朱青海、張德寶、盧大光等幾個。她要喊，喉嚨被卡住。她下床要出去，門推不開。她撞門，門卻霍地開了。她要衝出去，卻被人擋住，「還我命來，還我命來」，是符木隆的聲音。「啊，不不，名單是雄哥交上去的，和我無關，你去找他……去找他……」她掙扎，大聲喊。那人鬆開手，走了。她睜開眼睛，摸摸額頭，全是汗，原來是惡夢。雖然夢醒，神志仍迷糊。外頭傳來狗吠聲，外面好像有人走動。從門縫窺看，啊！牛頭馬面，他們來抓我了，我快死了，怎麼辦？怎麼辦？束手無策，只好回到床上，躲在被窩裡。她渾身哆嗦，冷汗直淌。夢醒比夢中還要可怕。

好容易挨到雞啼，聽見雞啼猶如聽見福音。她掀掉被單翻身而起，衝進後堂，在菩薩塑像前磕三個響頭。「阿彌陀佛，觀音菩薩，救救弟子，救救弟子！」她歇斯底里。

唸著，唸著，她來了勇氣。心神稍定，回到臥室，盥洗，更衣，梳頭，到後堂焚香磕頭，跪在觀音塑像前開始唸經。《金剛經》、《藥師咒》、《阿彌陀佛經》，唸了一遍又一遍，直到天亮。

天亮後她把這幾晚做夢的事告訴丈夫，盧水雄說前幾個晚上他也做這樣的夢。不過他一點也不怕，還安慰她說夢是睡覺時腦裡的幻覺，不必當真，別理它就沒事。

其實，盧水雄自己心裡也忐忑不安。不過，他怕的不是鬼魂，而是這個夢提醒他：列名單的事雖是祕密進行，但方天浩、羅海彪、王貴、林崇武、鄭大興幾個一定是預先得到消息，要不然，怎會跑得無影無蹤？若要人不知，除非己莫為。紙包不住火，雞蛋密密都有縫，列名單的事一旦被揭穿，死者的家人和三教九流之輩必找他算帳。好漢不吃眼前虧，今後得隨時警惕，小心提防。

盧周氏依舊夜夜做惡夢，而且夢裡的鬼魂愈來愈多、愈來愈兇，夢的時間也愈來愈長，有時直到三更雞啼。

萬般無奈，她只好勤於唸經，勤於到寺廟上香膜拜，祈求神明保佑一家老幼平安無事。

一次，她到柔佛巴魯「萬佛堂」添油還願，同時把這些日子深受惡夢困擾的事告訴住持蓮心大師。當然，列名單的事是絕對不能說的。

蓮心大師聽了後提醒她：七月中元在即，到時給那些孤魂野鬼供些祭品，燒些紙錢安撫安撫，聊表寸心，以示敬意！

蓮心大師的話猶如當頭棒喝，盧周氏回去後決定在中元節進行，地點在河口岸邊。為免驚動村民，時間定在晚上二更時分。

供品豐富，分十三份，每份寫上死者的名字。

中元節當晚，夜靜更深時，管家、傭人在河口沙灘擺神臺設香案。十三份供品擺在香案前，每份相距一丈，周圍擺上鮮花。

盧周氏穿道袍，坐在香案前，敲響木魚，口裡念念有詞。

星空遼遠，周圍漆黑，燭光晃動。

夜風輕拂，夜鶯啼血，遠處傳來狼嚎般的狗吠聲。

香火燃盡，木魚聲戛然而止，十三朵火堆隨著燃起。火焰熊熊，把河水映照得通紅。

烈火持續二十幾分鐘才逐漸減弱。

盧周氏逐一在火堆前鞠躬致歉：「在下有禮，在下有苦衷，大哥大姐多多包涵。中元佳節，區區薄禮，聊表敬意！」

逐個頓首拜謝，誠心誠意。

禮畢，盧周氏離去。傭人收拾杯盤祭品，然後離開。

晨曦微露，遠處傳來雞啼聲。

海風颼颼，潮水上漲，浪濤拍岸，把祭祀留下的雜物餘燼沖得一乾二淨。

天大亮，河水清澈，沙灘潔淨如雪，昨晚的祭祀似乎沒有發生過。

祭祀果然靈驗，冤魂野鬼得了好處心滿意足不再騷擾，盧周氏的精神狀態逐漸好轉，晚上也睡得踏實。

天下洶洶，世道紛亂，從此，盧水雄、盧周氏和四娘丁香深居簡出，杜門謝客。

林場早已停頓，漁場沒作業，盧家莊柵門鎖住，人們由旁邊小門進出。傍晚天一黑，正屋、廂房，大門、小門，都關緊上閂。

丁香閒來沒事，把精神放在兩個孩子身上，早上教他們讀書寫字，下午學畫畫，晚上練寫大楷，有時給他們講故事。

盧周氏坐在一旁監督，孩子畫好一張畫或寫一頁大楷便先拿給她看。她看了親親他們的臉，總是說：「虎子真聰明，虎子真乖，虎子畫得好。」大虎很得意，拿去給媽媽打分。丁香打六十分。大虎不高興，說大媽說他很聰明，說他畫得好，怎麼只得六十分。丁香指出缺點，說貓比狗大，人比屋子高，不對；大楷也不好，這撇太長，那橫太短，中間那豎寫歪了。

「哼！」大虎嘟著嘴走開了。

盧水雄從監牢回來後就沒離開盧家莊，白天他在花園溜達，或幫園丁剪草施肥，晚上看孩子寫字，或聽丁香講故事。

一晚，吃過飯，丁香在廳裡教兩個孩子寫大楷。今晚寫他們的名字「虎」。盧水雄霍然來了興致，要他們寫「盧」字。丁香說「盧」字筆畫多，四五歲的孩子寫不來。

「寫不來就學，不學哪裡會？」盧水雄悶聲悶氣地說。「你這樣不是難為孩子嗎？」丁香駁斥他。盧水雄心浮氣躁，瞪著她說：「什麼難為？啊？我教孩子要妳管？」「你是拿孩子出氣，哪是教孩子？」丁香頂過去。「你說什麼？豈有此理！」他怒不可遏，舉起巴掌要打丁香。

外頭突然有人敲門，盧水雄一驚，放下手。

盧周氏愣了一下，說道：「這麼晚了，會是誰呢？」

「什麼人？」盧水雄氣沖沖地問。

「是……是……我……開……開門！」是老管家周貴祥的聲音。

盧周氏埋怨道：「祥叔，這麼晚還來，什麼事？」說完示意丁香去開門。

丁香起身過去，拉開門閂。

門「砰」的一聲被踢開，丁香打個趔趄跌坐在地上。

兩個蒙面大漢衝進來，手裡握著槍。

「你這個漢奸，」一個槍口瞄著盧水雄，「你害死那麼多人，今晚要你償命！」盧水雄嚇青了臉，擺手說：「別……別開槍，有……有話好說……」另外一個槍手罵道：「你死有餘辜，去跟閻羅王說吧！」盧周氏大驚失色，上前說：「別開槍，求你們，要什麼儘管拿……」

在這關鍵時刻，盧水雄急中生智，攔腰抱起兩個孩子，一左一右當盾牌。
丁香上前擋住槍口，哀求說：「別開槍，求你們，別傷到孩子……」
「滾開，滾開！」槍手朝她喊。
丁香不理，應道：「孩子無辜，要殺就殺我，別傷到孩子！」
冤有頭，債有主，兩個槍手愣住了。
盧水雄趁這空檔抱著兩個孩一步一步往後退。
槍手氣急敗壞，吆喝盧周氏和丁香快滾開。
她們不聽，張開雙臂擋在前面。
盧水雄退到側門邊，騰手拉開門閂，屁股頂開門扇，丟下兩個孩子，一溜煙消失在黑夜裡。
兩個槍手推開盧周氏和丁香，箭步衝出門去。
「砰砰！」槍響了。
「怎麼樣？打中嗎？」一個問。
一個罵道：「他媽的，給跑了！」

12

太陽彷彿受了傷，每天清晨從遠山後冉冉升起，黃昏蹣跚下落，在天邊留下斑斑血跡。
老巫河嗚嗚咽咽奔流入海，時光像八旬老叟磨磨蹭蹭。仙鶴鎮人們戰戰兢兢，在敵人的刀口下苟且偷生。
中秋節人們早已忘記，燕子飛來才想起農曆九月重陽節。
北風起，黑鮨肥，群集海面唼喋飛躍。然而，高桅杆的大帆船不再來，捕黑鮨的漢子已銷聲匿跡。

重陽大潮的暴風雨比往常弱，潮水的漲幅卻比往常高，風浪比往常大。海潮帶來大量泥沙，把河口岸上那根木樁子完全掩埋。

雲鶴寺廣場沒有做大戲，也沒擺集市。仙鶴鎮街場冷冷清清，幾隻瘦骨嶙峋的狗無精打采地躺在街邊。這些日子，雲鶴寺廟祝扶乩總是進不了狀況，初九重陽那天廟祝焚香唸咒再試，搞了半天還是徒勞。

然而，當天下午，老巫河上空忽然傳來「咕哇咕哇」的叫聲。

那是村民們熟悉的聲音，大家喜出望外，忙到屋外仰首觀看。沒錯，正是往年的鶴群，排成「一」字形沿著老巫河飛來，在仙鶴鎮上空繞了幾圈，一隻落在河口岸邊的牌樓上，其餘的散落在河對岸的紅樹林裡。

村民紛紛趕到，在牌樓前肅然跪下。

紅冠褐頸，全身雪白，村民認得這隻仙鶴就是往年的那隻。牠不時向河灘張望，好像在尋找那根木樁子。

仙鶴瘦了，眼睛黯淡無神，羽毛不如以前那麼光澤亮麗，眼皮一眨一眨顯得很疲倦。牠好像有病，喉嚨一吸一頓呵呵作響，嘴裡流出一串長長的唾液。

老叔公說牠不是有病而是傷心，牠喉頭抽搐不是咳嗽而是抽泣，嘴裡流的不是唾液而是眼淚。老叔公還說六十多年前有一回牠也是這個樣子，那時仙鶴鎮發生瘟疫死了好幾十個人。

仙鶴在牌樓上待到傍晚就飛走了。

豺狼當道，草菅人命。長夜漫漫，天幾時才亮？

一天下午，一個憲兵部嘍囉突然來找夏薄情，說小禾田長官有事，要他去一趟。

要我去一趟？莫非因為我殮葬棄屍的事？抑或打聽阿蓮屍首的事被揭發要拿我問罪？也罷，在這時刻也沒有什麼好怕的了。

夏薄情隨嘍囉來到憲兵部小禾田的辦公室。

出乎預料，小禾田很客氣，給他遞煙遞茶。

「夏桑，怎麼樣？近況可好？」他好像問候老朋友。

夏薄情應道：「馬馬虎虎，得過且過。太君有何吩咐？」

「我叫你來是要告訴你一個好消息。」

「好哇！什麼好消息？」

小禾田清了清喉嚨，侃侃道來：「仙鶴鎮是個好地方，海裡盛產魚蝦，山上有豐富的礦產。我們的專家勘探過，蛇尾嶺有豐富的鋁礦和銅礦，旺山有上好的玻璃沙，白家港北邊伯樂山有豐富的鐵礦。這幾樣礦產正是我們日本缺少的，也是迫切需要的。所以我們要鋪設兩條公路，一條從仙鶴鎮碼頭經金沙灣到旺山公主園，全長八十多公里，還要建兩座橋。這條公路叫『柔南大道』。另一條從白家港碼頭到伯樂山腳下。這條較短，只有十四公里，叫『伯樂通路』。此外金沙灣和白家港的碼頭周圍水域也要挖深，不然運載重型機械的船隻沒法靠岸。這些都是大工程，需要很多勞工。這麼一來，村民們都有工作，收入增加，大家的日子就好過了。夏桑，我們日本政府開路造橋，百姓也受惠，是不是？」

夏薄情聽了後欣喜地說：「好消息，果然是好消息！你們這麼做，百姓受惠，功德無量啊！」

「唔！」小禾田滿意地點點頭，「今天我叫你來是要請你幫我，當我的助手。」「多謝太君抬舉！小的不才，能幫太君什麼？」夏薄情恭敬地問。

「不忙，請喝茶！」小禾田打了個手勢。

夏薄情敲敲桌面表示感謝，拿起茶杯喝了幾口。

「什麼茶？喝得出來嗎？嗯？」小禾田問。夏薄情答道：「好像是烏龍茶，日本有烏龍茶嗎？」夏薄情問。小禾田點頭說：「沒錯，烏龍茶，凍頂烏龍，臺灣特產。」說完拿起茶壺往杯裡添茶。

頓了頓，小禾田繼續說：「開路要用大量石頭。這裡有很多石山，可以就地取材。開採石頭，鋪路基，需要大量勞工。徵聘勞工和管理方面的工作我要請先生幫忙。」「太君的意思是要我當工頭？」「對，就是這個意思！」夏薄情笑道：「小的是文弱書生，從沒幹過這樣的事，這差事恐怕不能勝任！」「不，你能勝任！」小禾田起身拍拍他的肩膀，「你腦筋轉得快，辦事能力強，我欣賞你，所以才把你當朋友。還有，你是仙鶴鎮的秀才，有學問，心地好，村民們都敬重你。只要你出面，村民一定聽你的。所以招募工人和管理方面的工作非你莫屬。當然，薪酬特優，這點你儘管放心！」

夏薄情應道：「薪酬事小，怕的是我沒經驗，難負此重任。」「你這是藉口！」小禾田瞪著他，加重語氣，「只要你出面，說一聲，村民們就會擁著來。夏桑，你不要推卻，這個忙你一定要幫。有什麼問題，有什麼要求，坦白跟我說，我會儘量滿足你！」

小禾田目光逼人，看來這差事是推不掉的。

「那，好吧！」夏薄情點點頭，「這些年月，村民寅吃卯糧，日子難過，現在有工作，生活有著落，村民一定很高興。不過，不瞞太君，村民有顧慮，看到日本人就害怕，他們恐怕不敢來。」「什麼？看到日本人就害怕？怕什麼？」小禾田問。

夏薄情應道：「說句得罪的話，太君聽了不要生氣。憲兵動不動就打人、搶人財物、調戲婦女，這些事層出不窮，村民看到憲兵就躲得老遠，太君您說，他們還敢來嗎？」

小禾田沉吟片刻，應道：「我們憲兵部不參與這件事。工程由一間叫南崗松下公司承包，管理人員是他們的員工。我向你保證，他們的員工不會幹那些事。而且，我將設立新條例令所有官兵嚴格遵守，包括我自己，違者嚴懲。這樣你可放心了吧！」

夏薄情喜形於色，說道：「很好！王子犯法和庶民同罪，這樣才符合大東亞共榮圈的精神。太君您說對不對？」「哈哈哈，說得好，說得好，就這麼辦！」

隨後小禾田帶夏薄情到樓下南崗松下工程公司臨時辦事處會見工程師兼總經理宮澤二郎。

南崗松下工程公司是商業機構，總經理穿工作制服，沒佩槍。他斯文，友善，給夏薄情留下很好的印象。

通過翻譯，宮澤二郎敘述工人的工作性質、工作時間和待遇。他說工人的工作範圍是把從石山炸下的石頭搬運到絞石機房，把絞碎的石子運到施工場地。工作時間早上八點到下午五點。中間休息一個鐘頭。六十歲以下的男女和十二歲以上的男孩都歡迎。工人待遇：大人男工每天六角錢，另加白米一升，糖二兩；女工日薪五角，米糖和男工一樣；童工日薪三角，白米半升，糖一兩。如果趕工得加時工作，工錢另計。

「怎麼樣？這樣的條件很不錯，是不是？」小禾田聽了後問。夏薄情應道：「對，有米有糖可解三餐溫飽，很不錯！只要工作環境好，可安心工作，村民必踴躍參加。好，我回去後就貼佈告告訴村民這個好消息。」小禾田興奮地說：「好，很好。拜託啦，夏桑！」

隨後宮澤二郎向夏薄情介紹幾個高層管理人員，握手問候，友善大方，同樣給夏薄情留下好印象。

隨後，宮澤二郎帶夏薄情去參觀貨倉。其實是四邊圍著鐵皮的露天棧房，裡頭有發電機、壓路機、挖泥機、碎石機、起重機、吊機、千斤頂等器械。

離開棧房，告別時小禾田對他說：「工程龐大艱巨，時間又緊，所以工人愈多愈好。夏桑，這次全靠你啦！」「太君別客氣，我一定盡力！」

夏薄情回到家已經是晚上，他連夜寫了幾張南崗松下工程公司招聘工人的佈告。隔天一早貼在幾間咖啡店的牆壁上。

反應非常熱烈，村民紛紛到夏薄情家裡了解情況。

夏薄情把日本政府要開山造路的事和小禾田的承諾如實相告。

一個聽了後說：「怎地忽然間要開山造路？這麼好心？可能嗎？」

另一個說：「日本鬼子沒安好心，我看其中有陰謀，大家還是小心點好！」

「夏先生，您說呢？」幾個問。

夏薄情說道：「小禾田告訴我，說蛇尾嶺有鋁礦和銅礦，旺山有玻璃沙，伯樂山有豐富的鐵礦。日本沒有資源，他們正需要這類礦產。開礦用機器，這個不難，可是怎麼運到碼頭，這就是他們開路的目的。我看小禾田這一次是真心的，他的擔保是算數的。」

一個婦女說：「我們天天吃番薯、木薯，大人不要緊，孩子可受不了。這份工有米有糖，很不錯，你看可以去做嗎？」

一個男的看她一眼，說道：「日本鬼子橫行霸道，目無王法，你這麼年輕，很危險，最好別去！」

一個接話道：「說得是，做他們的工等於自己送上門。為了一點米，一點糖，不值呀！夏先生，你說是不是？」

夏薄情想了一下說：「日本人急著要開礦，急著要工人，他怕請不到工人，才答應設新條例，管住他的手下。我看這樣，男的先去試試，婦女慢點，情況好，安全有保障，到時再去也不遲。你們看怎麼樣？」

夏薄情言之有理，大家都點頭表示贊同。

當天報名的人就有百多個。

消息傳開，人們紛至沓來，只三天就有幾百個。

反應如此熱烈，小禾田樂不可支，不過都是男工。

「全是男的，女的一個也沒有，怎麼回事？」他問。

夏薄情說道：「給點時間，男工做得開心，女的就會跟著來。」

夏薄情話有所指，小禾田會意，點頭表示理解。

一個星期後，開工了。石山在石猴村，離市區約十幾公里。上石山鑽洞裝火藥炸石頭和操作機械全由日本技工負責。工人用獨輪車把炸下的石頭搬運到碎石機輸送帶上，然後把絞碎的石子運到鋪路工地。

工廠沒有憲兵，沒有警衛。督工全是日本技工。他們頭戴鋼盔，身穿工作制服，好些會講閩南話。他們是從臺灣調來的。

薪酬半個月發一次。看到亮晶晶的白米和白糖，人們心裡樂開了花。此外，鎮上巡邏的日本憲兵也有所收斂，打人、拿人財物、調戲或強姦婦女的事從此就沒發生過。

村民對日本人的印象有所好轉，女工和童工逐漸多起來。

工程進展順利，小禾田眉開眼笑。

然而，有人罵夏薄情不顧原則，甘當敵人走狗，幫敵人掠奪資源。街邊牆上出現「夏薄情大漢奸」、「夏薄情出賣同胞」、「夏薄情，當心你的狗命」等「大字報」。

夏薄情想過這個問題。為敵人做事固然是大逆不道，卻也為村民解決了斷炊之憂；敵人搭橋造路卻也惠及各村村民，惠及後代子孫。英國人統治整百年什麼都沒做，從盧家莊到各個林場的小路都是豬崽走出來的。村民對這條馬路和那幾座橋樑盼望已久。我為村民解決三餐、排憂解難、搭橋造路，何錯之有？魚與熊掌不能兼得。塞翁失馬，焉知非福？我薄情問心無愧，你們要罵就儘管罵吧！

小禾田看到街邊牆上罵夏薄情的「大字報」，擔心有人要害他，把自己的佩槍勃朗寧送給他。夏薄情謝絕，說他光明正大，沒做虧心事，跳樑小丑威脅恐嚇不須理會。

一天，小禾田的上司山口米酒來仙鶴鎮視察，憲兵部舉行隆重歡迎儀式。他巡視工地和礦山，對工程的進展非常滿意，離開時他送一把武士道短劍嘉獎夏薄情。

小禾田躊躇滿志，每到休息日便約宮澤二郎和幾個高管到他的住所一起用餐，夏薄情是席上嘉賓。

這麼一來，街邊牆上的「大字報」就更多了。

工作如火如荼地展開，工程進展神速，不到兩年，柔南大道已開到金沙灣，伯樂通道也完成三分之二。

夏薄情有四個助手，其中兩個兼任保鏢。那是罵夏薄情的「大字報」出現後，小禾田特別安排的。此外，為提高工作效率，南崗松下工程公司提供專用快艇。

此外，南崗松下工程公司總經理宮澤二郎在辦事處設了個「出土文物陳列室」。原來開鑿馬路時挖到好些耒耜、犁鏵、鋤頭、釘耙、鶴嘴鎬等古農具。此外，挖深白家港碼頭周圍水域時發現水底有兩排石墩子和撈起好些古陶器碎片。石墩子相片和陶器碎片也收藏在陳列室。修築伯樂通道時挖到兩具僵屍。一具明朝衣著，是明代人，另一具腦後有辮子，無疑是清朝人。出土僵屍風化迅速，沒多久只剩幾根骷髏，那些骷髏也收藏在陳列室。

隨行的勘礦專家早稻田博士看了後說那兩排石墩子是碼頭遺址，建築年代和老巫河口那座牌樓和亭子不相上下。他同時推斷，四五百年前，淡水河航運繁忙，白家港曾經是繁榮昌盛的通商口岸。

一次，小禾田邀夏薄情到他住所品茗聊天。

坐定，茶還沒沏好，小禾田饒有興致地說：「給你看一樣東西。」說完從臥房拿出一把劍遞給夏薄情。這把劍連劍柄約兩尺半長，劍鞘是銅鑄的，雕著仙鶴、帆船、大海等圖案。

夏薄情接過，把玩著。

「你看，這劍是來自中國嗎？」小禾田問。

夏薄情拔劍出鞘，反覆察看，沒答話。

劍身有刻字，是篆書，一面是「雲海風濤」，另一面是「仙鶴展翅」。下端有圖章，圖章下有幾個小字：「永樂癸亥年」。

「哪來的？」夏薄情問。小禾田應道：「先別問這個，這劍是不是來自中國？」夏薄情點頭應道：「劍上刻著中文字，當然產自中國。」「是古劍嗎？」小禾田又問。夏薄情應道：「劍上刻著『永樂癸亥年』，永樂是明朝明成祖朱棣的年號，距離現在約六百年，當然是古劍啦！哪來的？」他又問。

小禾田答道：「前幾天我去白家港巡視，村長雲漢奧馬邀我到他家喝咖啡，我發現他家牆上掛著這把劍。我問他這劍打哪兒來，他說是他的爺爺的爺爺留下來的。這東西我喜歡，問他要不要賣。他說不賣，送給我。我給他二十塊，他不要。我給他兩包香煙，日本最好的大和煙，他說他不抽煙。我脫下手錶跟他換，他擺手不敢接。沒辦法，我只好拿回來了。」

「早稻田博士看過這把劍嗎？」夏薄情問。小禾田說道：「沒有，他回東京去啦！我很驚訝，中國六百年前的東西竟然流落到番邦，不可思議，不可思議呀！」

夏薄情笑道：「古董就是這樣，可以思議的話就不是古董了！」小禾田拔劍出鞘，一邊說：「我們日本人都喜歡劍。刀光劍影，廝殺鏗鏘，戰馬嗚嗚，多壯觀哪！這把古劍完好無損，還蘊藏著六百年歷史，難得，難得啊！大東亞共榮圈計劃完成後，我就把它帶回東京，獻給我們的國家博物館，彰顯我們大和民族的榮耀！」「可喜可賀！」夏薄情向他拱拱手，「請問太君，大東亞共榮圈計劃什麼時候才能完成？才能實現？」「呃……這……」小禾田霍地沉下臉，收劍入鞘，強顏笑道：「說不準，三五年吧！」

13

時光像個耄年老叟，磨磨蹭蹭，一年又過去了。

柔南大道已經開到蘑菇村，往前二十多公里便是旺山公主園了。伯樂通道基本竣工，只是還有一座橋，橋墩已築好，過幾個月，架上橋樑鋪上洋灰即可通行。然而，汽油突然中斷，發電機、壓路機、碎石機等器械動彈不得。夏薄情以為是暫時的，然而等了一個多月仍沒著落。隨著米和糖也斷了貨，總經理宮澤二郎只好宣佈暫時停工。

工程管理人員走了，技工走了，最後總經理宮澤二郎帶著陳列室裡所有的文物也走了。

自從石油中斷後，小禾田就日夜守在鐵匣子旁收聽無線電廣播。他愈收聽心情就愈沉重，愈沮喪。日本人諳熟中華文化，卻忘了，或者是小覷孟子的「得道多助，失道寡助」這句話。遠的不說，單就新加坡就殺了近十萬個無辜百姓。小禾田也不手軟，單憑盧水雄提供的黑名單就殺了十三個村民棄屍於老巫河口。還有他的手下，姦淫擄掠，殘酷暴戾。罄竹難書，天理難容。

「失道寡助」，日本法西斯已經窮途末路。

當年，黑匣子頻報佳音，日軍成功偷襲美國海軍基地珍珠港，山下奉文、大覺西、山口米酒、小禾田等一班將領高唱凱歌，舉杯慶祝。日軍登陸馬來亞，攻陷新加坡，日本天皇發賀電表揚。佳音訊傳，小禾田洋洋得意。

然而，黑匣子帶來的壞消息也不少：

——盟軍攻勢凌厲，太平洋南部瓜達爾卡納爾島爭奪戰歷時八個月，日軍落敗棄島而逃。盟軍乘勝追擊，收復附近水域所有島嶼，奪回太平洋和印度洋的海空控制權……（BBC廣播電臺）

——歷史加快進程，聯軍在義大利西西里登陸，大獨裁者墨索里尼垮臺，義大利投降……（BBC廣播電臺）

——美軍在法國諾曼地登陸，包圍柏林，希特勒自殺，德國投降……（BBC廣播電臺）

——在亞洲，盟軍收復菲律賓，徹底肅清緬甸日軍殘餘，隨即占領沖繩島，東京、大阪、神戶等城市天天挨炸彈……（重慶廣播電臺）

自太平洋瓜達爾卡納爾島那場戰役失敗之後，小禾田就心存隱憂。日軍喪失太平洋和印度洋的海空控制權，小禾田惶惶不可終日。希特勒自殺，德國投降，菲律賓和緬甸相繼失守，他火燒火燎，心急如焚。當沖繩島被盟軍占領的消息從黑匣子的揚聲器播出來時，他如金瘡迸裂，狂叫道：「江山盡失，大勢已去，tei koku wa o wat ta！我大日本帝國——完啦！」

說罷，跪在天皇掛像前嚎啕痛哭。

仙鶴鎮地方偏遠，資訊不通，鋪設馬路突然停工，公司還欠米欠糖，村民當然不知道是怎麼回事。總經理宮澤二郎說因為石油供應短缺才停工，是暫時的。不過，有些機器已經搬走，管理人員和技工也撤離，看來復工是沒指望了。

家沒隔日糧，手停口停，工人們只好拿鋤頭下地種莊稼。

日子難過天天過，轉眼間，農曆七月十五中元節又到。當晚，海水高漲，退潮時老巫河湍急澎湃，「吼啦吼啦」，一夜之間把堆在河口岸邊的泥沙帶走。

那根先前被泥沙埋沒的木樁子重見天日，人們又驚又喜。這兆頭是好是壞人們都在問。一個到雲鶴寺求籤，籤文寫的是：「天將亮，雄雞報曉。日上三竿，年景好。」橫批：「冬去春來。」廟祝說這是上上籤，是好兆頭，也許太平的日子就要到來。

日本鬼子一天不走，人們就沒有好日子過。仙鶴鎮能太平嗎？天下能太平嗎？人們心裡雖然疑惑，然而也盼望著。

小禾田日夜守著黑匣子，希望戰情有所轉機。然而，半夜，廣播中斷。他敲敲黑匣子，沒有反應。他調到另一個頻道，講普通話：

「這是中國昆明廣播電臺，向全世界人民宣佈一個好消息：美國空軍在日本廣島和長崎先後投下原子彈，日本天皇向世界人民宣佈無條件投降……」

啊？小禾田大吃一驚，腦裡猶如爆了個炸彈，瞬息間天旋地轉，眼冒金星，幾乎昏厥。

他關掉無線電，跪在天皇掛像前，心情激動不能自已：「天皇聖上，臣僚不才，臣僚有罪，臣僚該死……」他起身立馬，「唰」的一聲拔出長劍，擱在腰間要切腹自盡。然而，櫻子的倩影霍然出現在眼簾。

「啊，櫻子！」他叫了一聲，丟下劍迎上去。然而前面黑漆漆什麼也沒有。是幻覺，是夢。夢幻無痕，心卻有愧。「櫻子啊，我對不起妳！」他跪在地上，淚如泉湧。

小禾田是條漢子，是個軍人，自詡是英雄。英雄流血不流淚，他沒流過淚，今次是頭一遭，不過不是為國家，是為櫻子，是女人淚。

小禾田原是個小兵，十七歲派往中國東北。打從那時起就燒殺擄掠，壞事幹盡。他踏著中國人的屍體平步青雲，從小兵一丁升到上校。他的雙手沾滿無辜者的鮮血，袖子上的勳章閃爍著罪惡的寒光。血海深仇，血債血還，過幾天他就要戴上鐐銬，送進監獄等待戰犯法庭的審判。死他不足惜，也不害怕，死在沙場，那是軍人的無比光榮；死在戰犯絞刑臺是軍人的奇恥大辱。他想切腹以報天皇陛下的恩典，然而蘇州美女比自己的生命還要寶貴。

他自疚自咎，無地自容。他紋絲不動木雕似地跪在那裡。

外頭傳來雞啼聲。

天濛濛亮，外面傳來衛兵換班的口令聲。

天大亮，窗外樹梢頭的鳥兒唱得熱鬧。

心情稍定，去浴室洗臉。回到辦事處，晨曦從窗戶照進來，牆上那把古劍在晨光中鋥光發亮。他前去拿下，對劍鞘上的圖案默默地看著。

外面忽然有人敲門，是侍衛端早餐進來。

侍衛把餐點放在桌上，一鞠躬正要出去。

「等等！」小禾田叫住他，「通知警衛部，派人去請夏薄情，我有要事見他。馬上去！」

侍衛應了聲「是」轉身離開。

警衛不敢怠慢，一頓飯工夫，夏薄情來了。

「請坐！」小禾田心平氣和，「倒茶！」他向外面喊。

侍衛端茶進來放在夏薄情跟前。

「請！」小禾田向他打個手勢。

「謝謝！」夏薄情以指節敲敲桌面，「太君一早叫我來是不是汽油運來了，要復工了？」他問。

「我還在休假，別談這個，」小禾田語氣顯得輕鬆，「請你來沒什麼重要的事，好些日子沒見你，想和你聊聊天。僅此而已，沒有別的！」

夏薄情心裡納罕，大清早的叫我來和他聊天，他哪來這麼好的興致？然而不對，他睡眼惺忪、神情憔悴，晚上肯定沒睡好。他遇到棘手難題嗎？或有什麼緊要的事要告訴我……

小禾田見他以異樣的目光看著自己，便說：「怎麼，大清早的叫你來和我聊天，感到很突然，是不是？」

夏薄情點頭說：「對，我有這樣的感覺！」

小禾田呵呵笑道：「你們支那人把我們日本人叫做鬼子，其實我們也是人，和你們一樣有七情六欲，要吃飯，要睡覺，也需要朋友。今早我有興致找你這位老朋友聊聊天，有什麼不妥，嗯？」

夏薄情應道：「實不相瞞，太君臉色很不好，太君有何為難之事？」

小禾田苦笑一聲，點頭說：「你是看相的，名副其實，明察秋毫，一眼就看透我的心。告訴你吧，我要走啦。我叫你來就是要和你告別的！」

夏薄情猛然一怔，忙問：「您要走？調去別的地方嗎？還是回去東京老家？」

小禾田搖頭說：「這個問題我沒法答覆你，因為連我自己也不知道會去哪裡。總之，以後我們再也沒有機會見面了。唉！我們相處這麼多年，今天突然要離別，真有些依依不捨！哼哼，」他搖頭苦笑，「不捨又怎麼樣呢？以前我不相信命運，現在我信了！夏先生，我要跟你說『沙唷哪啦』啦！」

他語氣委婉而哀傷，夏薄情心裡直打鼓。

「太君為何如此傷感？到底發生什麼事？」夏薄情看著他問。

小禾田應道：「『人有悲歡離合，月有陰晴圓缺。』這是你們中國宋代大詩人蘇東坡的詩。天下沒有不散的筵席，我總不能一輩子待在這裡，是不是？」

「說得也是！太君什麼時候走？」夏薄情問。

「今晚，永別今宵。朋友，請多保重！」他情不自禁地趨前和夏薄情握手。

夏薄情緊握著他的手，心裡激動不已，眼淚奪眶而出。

小禾田雖然罪惡昭彰，不過對夏薄情有恩，當年要不是他的當頭棒喝，嚴厲告誡，今天的他說不定還是個不務正業的癮君子。還有，日本人搭橋造路的目的雖是掠奪財富，卻也解決了村民們幾年來的溫飽問題。再有，村民們對這兩條馬路盼望已久，英殖民政府對村民的要求始終置之不理，今天小禾田卻做到了：寬敞的柏油路已經開到石猴村，白家港那條只差一座橋。事實擺在眼前，是對是錯，是功是過，世人自有公論。今天他要離開，而且不再回來，夏薄情聽了心裡隱隱作痛。

「太君，」他眼裡充滿感情，「這些日子承蒙太君關照，我薄情沒齒不忘。太君吉星高照，祝太君一路平安，萬事如意！」他向小禾田深深鞠躬。

「多謝先生！」小禾田鞠躬回禮，「我有一樣東西送給先生做紀念！」說罷，轉身拿下牆上那把古劍，雙手捧給夏薄情，「六百年古物，相信你會喜歡！」

夏薄情一驚，忙說：「不不，此乃無價之寶，太君愛不釋手，您帶回東京……」

「拿去！」小禾田打斷他，「我前程未卜，幾時回到東京說不準，也許永遠回不了了！」

「啊？」夏薄情頓時目瞪口呆，輕聲問道，「太君為何說此話？東京是您的家呀，怎會回不了呢？」

小禾田把劍遞到他手裡，一邊說：「你儘管拿去，別的就甭問啦！」

夏薄情雙手接過，看看劍鞘，看看小禾田，尋思道：「他說前程未卜、永遠回不了東京，為何如此悲觀？莫非是犯了軍紀被上頭處分？或者是日軍已走投無路打算撤離……」

小禾田看他愣著，指著劍說：「這是古董，擁有六百年歷史。掛在牆上可使家門蓬華生輝，拿去拍賣可得幾十萬，你為人算一輩子的命、看一輩子的風水也賺不到這麼多錢。收下吧，猶豫什麼？夏先生！」

夏薄情心裡在說：「六百年古劍價值連城誰不要？然而，君子愛寶得之有道，這把劍原為白家港村長雲漢奧馬所有，小禾田仗著權勢奪人財物，今天他借花獻佛轉送於我，如果要了豈不證明我夏薄情與小禾田同惡相濟，朋比為奸？不不，這把劍是絕對不能要的。」

「夏桑，你在想什麼？」小禾田問。

夏薄情應道：「我在想，無功不受祿，這麼貴重的東西，薄情消受不起呀！」

「不可思議！」小禾田霍地拿過拔劍出鞘，目光從劍鋒沿著雙刃溜到柄端，「你看，」他加重語氣，指著劍上了那行字，『雲海風濤，仙鶴展翅』，六百年前的歷史就在這八個字之中。這是無價之寶呀，夏先生！你不是也很欣賞古董的嗎？現在送給你你卻不要，為什麼？是客氣嗎？還是有別的原因？」

夏薄情答道：「好花美女戴，好馬勇士騎，我無德無能，又不諳熟劍法，不配擁有此劍！」

「何必如此謙虛？你夏薄情不配還有誰配？」小禾田蹙緊眉頭看著他。

夏薄情應道：「能配此劍者惟太君耳！」

小禾田聽了冷哼一聲，搖頭說：「既然你不要，也罷！」說完，向門外拍兩聲掌。

一個衛兵應聲進來。

小禾田向他喊道：「備船！」

衛兵應聲出去。

小禾田收劍入鞘，說：「先生有空嗎？陪我走一趟！」

夏薄情鞠躬答道：「遵命！不知太君要往何處？」

小禾田臉上露出詭祕的笑紋，應道：「待會兒先生就明白了。請！」

小禾田帶著古劍和夏薄情來到碼頭，一艘日本兵船已經在那裡等候。上了船，小禾田指示船夫往河口開去。

兵船走得飛快，半個鐘頭後來到深海。海水墨綠，風浪很大。

小禾田向船夫打了個手勢。引擎聲霍地轉小，船速轉慢，迎著浪頭緩緩而行。

小禾田霍然拔劍出鞘，眼睛盯著劍鋒，喃喃地說：「這把劍古樸典雅，底蘊深厚，不知為何會流落到蠻子之邦？劍鳴匣中，它期待著俠客義士。歲月悠悠，一等便是六百年。好不容易才被我發覺。良駒遇伯樂，惺惺惜惺惺，這是天意。我滿以為從此以後我就是這把劍的主人，而它終有好歸宿。然而，沒想到我和它竟然有緣無分，而你夏桑雖非武人劍客出身，卻也是滿腹經綸、才德兼備之人，所以我才把它轉送予先生。然而，先生是個謙謙君子，和它有分無緣，令我失望。啊！千金易得，知己難求，劍何嘗不是一樣？如今，你我即將分離，與其空留此劍徒悲傷，不如讓它回歸大海！」說著收劍入鞘，走出船艙，來到尾部甲板，舉劍就要把它拋進海裡。

夏薄情大吃一驚，忙阻止他：「慢著！此劍為白家港村長雲漢奧馬所有，太君為何不物歸原主？」

「不，」小禾田臉上露出輕蔑的表情，「他不是此劍的主人，番邦的野人村夫不配擁有此劍！」門縫裡看人，豈有此理。夏薄情眼定定地看著他。

小禾田又道：「人有靈魂，劍有劍魂，人死往生，劍滅魂歸。這把古劍既然沒有主人，就讓它毀滅吧！」說罷，把劍投入海裡。

斑駁古劍載著六百年悠悠歷史，說輕不輕，說重也不重，落入水裡只激起一陣細細的浪花。

第七章

1

古人曰：「順天者昌，逆天者亡。」日本鬼子罪大惡極，天理難容，註定是要失敗的！

三天後，中午時分，從新加坡開來的第一艘船載來今天出版的報紙。報紙頭版印著「日本無條件投降」黑體特號大標題。

消息一傳開，村民欣喜若狂，銅鑼社鑼鼓隊、忠義堂武館的舞獅舞龍隊紛紛出動。仙鶴鎮街場和雲鶴寺廣場鑼鼓喧天，人頭攢動，熱鬧非凡。

傍晚，街上掛起歡迎抗日軍的橫幅和標語。

隔天早上，抗日軍下山了，六十多個，列隊經過盧家莊，穿過街場朝憲兵部走去。村民夾道歡迎。帶頭的是黎晨、盧小芬、許克漢等來自新加坡的四十二個。他們隸屬「新華義勇軍」，因而稱「義勇兵團」。下來是本土兵員方天浩、林崇武、羅海彪、王貴、孫大明、劉鶴立、鄭大興等二十二個。其中十二個被盧水雄列為「抗日分子」受日軍通緝而投奔，其餘十個是後來加入的。除孫大明和劉鶴立外，他們沒經過軍事訓練，文化程度也不高，在部隊裡的任務是狩獵、尋找糧食、種莊稼，因而戲稱「鋤頭兵」。

他們進駐憲兵部，頭一件事就是把柵門口的「日本憲兵部」招牌拆掉和降下旗杆上的日本膏藥旗，換上用厚紙皮寫的「抗日軍總部」臨時招牌，旗杆上升起三個星的抗日軍紅旗。

鋤頭兵准許回家看家人，傍晚七點鐘前得回來。「義勇兵團」留在總部打掃衛生、接待訪客和分發〈告各民族同胞書〉油印傳單。

「茂德葉記」雜貨店老闆葉茂枝率先送來三大麻袋白米、一大麻袋白糖和兩聽[37]咖啡粉。隨後有人送來番薯、木薯、魚蝦和蔬菜。黎晨和盧小芬熱情招呼，說群眾如此支持是抗日軍的驕傲，他們將盡心盡力為人民服務。

葉茂枝問他們在仙鶴鎮待多久，什麼時候回去新加坡。黎晨說臨時政府剛剛成立，他們沒那麼快離開。葉茂枝說抗日軍是我們自己人，由自己人當政府再好不過。盧小芬聽了洋洋得意，說由抗日軍管理國家，人民的生活肯定會更好。說完給葉茂枝一疊傳單，拜託他分給商家和附近的住戶。

2

二十幾個「鋤頭兵」因逃命才參加游擊隊，整整三年沒見到家人，牽腸掛肚，恍如隔世，上頭允准，他們便迫不及待地趕回家去。

羅海彪回到西街哥哥夏薄情的家，家人驚喜萬分。袁木香叫來小岡和小泉要他們叫「爸爸」，他們沒叫，怯生生地站在牆角頭。羅海彪激動地把他們摟在懷裡。

夏薄情趨前說：「能回來就好。坐吧，肚子餓嗎？叫他們給你弄點吃的。」羅海彪阻止說：「別忙，我不餓！」夏薄情說：「那麼喝杯茶吧！」

袁木香給他倒茶，何婉兒拿來木薯糕，叫他墊墊肚子。

---

[37] 聽：量詞，計算罐頭食品的單位，為英語tin的音譯。一聽，傳統容積為五百毫升。

「不不，」羅海彪擺擺手，「我們隊裡吃木薯吃到厭，看到木薯就飽了！」袁木香說：「三叔瘦了許多，隊裡很苦嗎？」羅海彪應道：「苦是不用說的。穿山越嶺，到處奔波，吃野果，吃木薯，怎會不瘦呢？」「穿山越嶺，到處奔波，為什麼？」夏薄情問。羅海彪說道：「打獵呀，找吃的呀！黃大牛、林昌明、劉鶴立他們還砍樹開荒種番薯呢！」何婉兒插話說：「身體好就好，瘦不要緊，休息幾天就胖回來了！」

小岡、小泉躲在牆角頭，袁木香說：「他們想念爸爸，常問我爸爸什麼時候回來。現在回來了又老躲著，好像不認得了！」何婉兒說道：「三年沒見，生疏啦！」

袁木香過去對兩個孩子說：「小岡、小泉，爸爸回來了，叫呀，怎麼不叫呢？」何婉兒也說：「你們不是想回家嗎?叫爸爸帶你們回家。叫呀!怎麼不叫?真沒用！」

兩個孩子不但沒叫，反而嚎啕大哭。

哭聲淒涼，動人心扉，在場的人無不潸然淚下。

何婉兒和袁木香好容易才把他們勸住。

隨後羅海彪提起妻子被殺害的事。夏薄情說已為她安了靈位，墳墓也做好，回去柴船頭家裡燒支香，揀個日子上墳祭一祭就行了。

「哼！」羅海彪疾言厲色，「盧水雄害得我家破人亡，血債血還，這仇我一定要報！」

「三弟別衝動，」夏薄情勸慰他，「找盧水雄報仇的人多得很，你急什麼?人家報仇你出氣，沒人動手就等著。惡人自有惡人磨，何必弄髒你的手，是不是？」

羅海彪聽了緘默著，沒答話。

夏薄情繼續說：「聽哥一句話，先理好自已的事，其他的暫且擱著。旺土告訴我，說你的小奎籠木柵被鬼子拆掉一半，剩下的破破爛爛，魚蝦都漏網了。改天叫人修一修，錢我替你想辦法。現在和平了，魚蝦收購商已經開門營業。賺點錢好好過日子，把孩子養大，這才是正路！」

羅海彪尋思道：「哥哥說得有理，兩個孩子還小，還有很長的路要走。」「好吧，聽你的！」他點點頭，岔開話題，「我想回家看看，還有小奎籠，順便去看幾個老朋友。」夏薄情說：「好，去吧！記得傍晚回來吃飯。」

羅海彪轉身正要出去，賴旺土提著一籃蔬菜疾步走進來。看見羅海彪，又驚又喜，叫道：「唷，阿彪，幾時回來？昨天我還問你哥呢！」羅海彪應道：「剛剛回來。正要去柴船頭，你卻來了。好久沒見，這些日子你怎麼樣？還好嗎？」賴旺土笑道：「日子難過天天過。天天拿鋤頭，自己種，不求人，吃不飽也餓不死。你呢？怎麼樣？瘦了許多，身體還好吧？」羅海彪應道：「每天都餓，沒一天飽，不瘦才怪。不過，託你的福，身體還好，沒病沒痛，幹活沒問題！」賴旺土點頭說：「這樣就好，瘦點不要緊！」說著從籃子裡拿出兩條魚，「你看，從你的小奎籠抓的，石斑和紅曹，這樣的斤兩清蒸最好。今天運氣很不錯。嫂子，拿簍子來。」他向屋裡喊。

袁木香拿來一個筲箕，接過魚說：「這麼好的魚該拿去賣，前天給的還沒吃完呢！」

夏薄情前來插話道：「這些日子多虧旺土哥，魚呀菜呀沒斷過。給錢又不收。旺土哥，我們欠你太多啦！」賴旺土應道：「先生千萬別這麼說，菜，園裡有得是，魚是從阿彪的小奎籠抓的。算起來是我欠你才對，是不是？」羅海彪笑道：「菜長得這麼好，也該拿去賣。」「賣？哼，」賴旺土換了語氣，「說到賣我就生氣。昨天挑一擔木薯給雜貨店，他給我日本錢。我說日本錢不管用，要紅毛錢[38]。他說沒有紅毛錢，可用兩斤糖抵銷。我要五斤，他不肯。我冒火，挑擔子就要走，他說加一斤。你看，兩畚箕木薯才換三斤糖，你說氣不氣人？」「你說的是『茂德葉記』雜貨店吧？」羅海彪問。賴旺土應道：「對，就是那個葉茂枝，

38 紅毛錢，英國人紅頭髮，新馬華人稱之為「紅毛鬼」，因此當時英國殖民地鈔票又稱為「紅毛錢」。

那傢伙刁得很，可是只有他那裡才可換到糖。」

夏薄情笑道：「做生意得賺錢，不能怪他。是不是？」賴旺土說道：「做生意賺錢天公地道，趁火打劫、趁機坑人，得天誅地滅。葉茂枝那狗崽子得當心哪！好啦，阿彪，你不是說要回去柴船頭的嗎？我們走！」

告別夏薄情，來到碼頭邊。上了船，羅海彪說：「我家幾年都沒人住，周圍的野草可藏山豬了吧？」賴旺土應道：「不不，每個月我都為你割草，打掃房子，裡裡外外都很乾淨。還有你的船，我偶爾用一下，這樣就不會漏水。」

賴旺土拿過槳，調轉船頭往河心划去。

「鬼子已經投降了，還買不到汽油嗎？」羅海彪問。賴旺土說道：「油站還沒開，即使有也得用紅毛錢，這個時候誰有紅毛錢？」「你還出海放網嗎？」羅海彪又問。賴旺土應道：「先前有，後來網破了，補了幾次不能再補，只好留在家裡種稻子。這地方還真不賴，一畝地產兩百多斤，一年種三回，填飽肚子沒問題，只是種旱稻，翻土很辛苦！」

來到河心，賴旺土指著說：「你看，你的小奎籠木柵被鬼子拆掉一半，說妨礙他們行船。還有剩下的木條爛的爛，倒的倒。我看最好把木條全部換掉。」羅海彪說道：「這個時候哪有錢換木條？擱著吧。我想去放網，找點家用，可是我沒網，你看哪裡有？我想買一張，只要能用，舊的也可以。」賴旺土想了一下說：「去找馮阿全，他有辦法！」羅海彪點頭說：「對，回頭我去找他。」

來到柴船頭，羅海彪的船泊在渡頭邊。

賴旺土指著說：「去年我為你的船髹過桐油，去看看，應該不會漏水。」

上了渡頭，羅海彪把船拉近，敲敲船身，上船揭開船板，檢查了一下說：「很好，沒漏。」

上了岸，羅海彪舉眼一看，只見房子周圍綠草如茵，籬笆邊的夾竹桃紅紅火火，開得熱鬧。

拉開柵門，開門進入屋內，客廳、神臺、餐桌、凳子井井有條，和以前完全一樣。看到神臺上亡妻阿蓮的靈位，他的心情霍然落到谷底。他愣著，心裡發酸。拿過靈牌猶如握著妻子的手，心如刀割，悲痛欲絕，不禁嚎啕痛哭。

賴旺土在旁勸慰：「人死不能復生，阿彪，你就看開點！」羅海彪嗚咽道：「早知這樣就不該讓她過番，我害了她！」賴旺土應道：「不能這麼說，唐山鄉下待不了才過番來，是不是？」

羅海彪點點頭，抹乾眼淚，把靈牌放回原位。

賴旺土繼續說：「過去的事別再想它。現在鬼子投降了，天下太平了，從頭再來吧！」說完趨前拍拍他的肩膀。

羅海彪感激不已，握著他的手說：「老哥，這些日子多虧你啦！」賴旺土說：「自己兄弟不必客氣！這樣吧，先到我家吃飯，粗茶淡飯，別見怪！」羅海彪說道：「我感謝還來不及，怎會見怪？好吧，去你家打秋風，吃了再走！」

飯是大米飯，菜是豆莢炒小蝦。賴旺土的老婆特地給他煎七八粒荷包蛋。這些年月，大米飯和荷包蛋對羅海彪來說可是山珍海味。

垂涎欲滴，大快朵頤，羅海彪吃得很開心。

吃完後他說：「在隊裡不是番薯、木薯就是野果野菜。三年沒吃過雞蛋，這荷包蛋特別香，你看，一大盤差不多被我吃光啦！」賴旺土的老婆高興地說：「吃，再吃，全是為你煎的！」說完把剩餘的三個全夾到他碗裡。

「謝謝，謝謝！」羅海彪以指節敲敲桌面，「還有，」他繼續說，「大米飯也很香，自己種的嗎？」賴旺土答道：「對，自己種的。剛才跟你說過，這裡的土地肥得很，穀子粒粒飽滿，和唐山的大白米差不多。」

柴船頭全是旱地，旱地能長出這麼好的米，羅海彪也感到意外。

聊了一陣，羅海彪告辭去蝦頭村馮阿全的家。

王貴也在那兒。羅海彪告訴馮阿全要買漁網的事。阿全說新網買不到，舊的他有，補一補就可用。羅海彪問他多少錢，馮阿全說老朋友別講錢。羅海彪很高興，說過幾天潮水回流就去放網。王貴說剛回來沒事幹有點無聊，改天和他一起去。阿全的姐姐紅姑說王貴是「山雞」，禁不住大浪，到淺海還可以，去深海就不行。王貴說不入虎穴焉得虎子？不到深海哪有大魚？王貴的幽默令他們兩個哈哈大笑。

說著，蘇拉曼、耶谷、穆沙幾個馬來朋友也來了。

話匣子一打開就有說不完的話，日本投降、部隊裡的生活和紀律以及獵野獸、採野果都是新鮮的話題。

他們聊到太陽偏西才散。

回到西街哥哥的家已近傍晚，兩個嫂子在廚房裡忙著，她們準備幾樣羅海彪喜歡吃的菜說要為他接風洗塵。夏薄情拿出一瓶酒，酒名叫「山多麗」，日本酒，上回小禾田給的。

有酒有肉，這餐吃得痛快。羅海彪說已經找到漁網，馮阿全給的，過幾天潮水回流就去放網。夏薄情勸他好歹多休息幾天，下個月再去放網也不遲。羅海彪說好久沒出海，得活動一下筋骨，吸口新鮮空氣。

聊了一陣，天色已黑，羅海彪回到抗日軍總部已是七點半鐘。

八點正，黎晨叫開會。他說這是抗戰勝利後第一個會議，很重要，大家得集中精神把會開好。

辦公廳裡擠滿了人。會議由盧小芬主持，議題只有一個，就是如何接管仙鶴鎮。一番討論後決定成立三個小組：即治安組、敵產組和捉奸組。治安組的任務是維持治安和社會秩序，組長三個，即方天浩、孫大明和林崇武，組員二十四個，地點著重於仙鶴鎮碼頭、街場、白家港街市和幾個小渡頭。敵產組的工作是登記日本留下的財物，如船隻、車輛、武器、藥物和糧食，儲藏地點為3號和6號兩個貨倉，露天棧房和軍用碼頭；登記時得分類，列出清單交給上頭。這組的正副組長為許克漢和劉鶴立，組員有趙江、趙河、趙海三兄弟、黃大牛、林昌明、王貴和羅海彪，工作由該組自行分配。抓奸組由黎晨和盧小芬兩個親自抓，組長兩個，即「義勇兵團」副隊長杜朋生和幹部彭大通；組員二十個，都是來自新加坡的「義勇兵團」成員。

大會決定三天後舉行慶祝抗戰勝利群眾大會，下午公審漢奸，晚上文娛表演，節目由「新加坡抗日軍文工團」呈獻。

會議開到半夜才結束，炊事員煮了幾大鍋魚粥給大家宵夜。魚粥美味可口，黎晨說傍晚「茂德葉記」老闆葉茂枝送來十幾條紅曹魚和幾十斤大蝦，大家有此口福得感謝葉茂枝老闆。

3

隔天早上，抓奸組天還沒亮就出動。漢奸有八個，名單是上頭提供的。有人問組長杜朋生要抓的是哪些人，杜朋生說這是祕密，到時去雲鶴寺戲臺前看就知道了。

治安組人員戴著袖圈，上面寫著「公安」兩個字。方天浩負責仙鶴鎮街場和雲鶴寺，孫大明負責碼頭和附近的露天小市場，林崇武負責白家港。吃過早餐他們在總部操場集中，然後列隊到指定的地方執行任務。

敵產項目很多，組員包括組長只有九個人；分配工作時王貴毛遂自薦說要負責3號和6號倉庫，同時點名要羅海彪幫他，理由是那兩個倉庫靠河邊，那裡有小碼頭，羅海彪有船，進出很方便。理由充分，組長許克漢便答應了。隨後決定由趙江、趙河、趙海三兄弟負責檢查艦艇、摩托船和車輛，劉鶴立、黃大牛、林昌明、鄭大興四個負責登記露天棧房裡的機械、器材和工具。

王貴早有心計，他想：艦艇、車輛、開山機械等那些大傢伙擠不出多少油水，那些吃的、用的多半放在3號和6號貨倉。人不為己，天誅地滅。近水樓臺，順手牽羊搬些回去才是正經事。他把想法告訴羅海彪，羅海彪面有難色卻又躍躍欲試。王貴說被日本鬼子害得這麼慘，拿些回去自己用並不過分。羅海彪覺得他言之有理便答應了。

工作分配停當，組員各就各位分頭工作。

抓奸組成績可觀，一口氣就抓了五個，他們是金吊桶醫社的夏薄情和之前他的兩個保鏢仄呇卡和仄阿旺，另兩個是南崗松下公司包工頭黃良發和通譯員李力安。他們胸前掛著寫滿罪狀的牌子，綁在雲鶴寺戲臺前的柱子上。這五個曾被拳打腳踢，一個個鼻青臉腫，嘴角、鼻子血跡斑斑。

「冤枉，我不是漢奸，我沒罪……沒罪……」夏薄情歇斯底里，喊冤叫屈。

仄呇卡和仄阿旺眼冒兇光，操馬來粗話，罵罵咧咧。

黃良發和李力安耷拉著腦袋，氣息奄奄。

消息很快傳開。人們競相奔來。

人愈來愈多，看守的兵士在柱子前拉起繩子不讓人靠近。

繩子剛拉好，一個婦女怒氣沖沖地上前來，扯斷繩子，來到夏薄情跟前，抓住他的胳膊，激動地說：「先生，先生，怎麼會這樣？怎麼會這樣？」

這個婦女就是盧水雄的姨太太丁香。

夏薄情說道：「他們冤枉我，我……我沒出賣任何人，我不是漢奸，我沒罪，沒罪！」丁香說道：「先生是我們村民的大恩人，怎麼會有罪？他們……」

「阿嫂，」一個兵士趨前打斷她，「這位阿嫂請走開，這裡不是妳說話的地方！」「放屁！」丁香怒目圓睜，指著他問，「誰把先生打成這樣？啊，說，是誰？」

另一個個子矮小的兵士得意地過來說：「是我打的，怎麼樣？」這個兵士就是抓奸組組長杜朋生，鋤頭兵暗地裡叫他瘦皮猴。

「是你打的？來，過來，我有話跟你說。」丁香向他招招手。

瘦皮猴不知好歹，大搖大擺地走前去。「你有什麼話？快說！」他兩手叉腰神氣活現地問。

丁香起身向他笑了笑，問道：「同志怎麼稱呼？」瘦皮猴應道：「小姓杜，名朋生，抓奸隊隊長。怎麼樣？有什麼話？說吧！」丁香笑道：「杜隊長，你幹得很好！」說著，狠狠地扇他一記耳光。

瘦皮猴大驚失色，捂住臉訥訥罵道：「妳……妳……他媽的敢打我？妳……妳這潑婦，妳……妳……是誰？是誰？」

丁香應道：「他媽的，老娘是誰你都不知道。過來，靠近一點，告訴你我是誰。」瘦皮猴看她來勢洶洶，倒退幾步，指著罵道：「他媽的，妳這臭婆娘竟敢跟老子撒野？妳再來老子跟妳不客氣！」他捋起袖子似乎要動手。

丁香沒放在眼裡，指向他額頭罵道：「你他媽的忘恩負義，當年要錢的時候像條狗，拿了錢翻臉不認人。日本鬼子在的時候你們夾著尾巴躲在森林裡，鬼子投降後就作威作福欺壓百姓。呸！」一口濃痰吐到他臉上。

瘦皮猴怒不可遏。命令手下：「把這潑婦抓回去。」

丁香兩手叉在胸前，對那些兵士說：「來呀，有本事就來抓我。別怕，來呀！」

丁香的冷靜反而使那幾個兵士躑躅不前。

「什麼事？」後面有人問。

瘦皮猴回頭一看，是治安組組長方天浩。

瘦皮猴指著丁香說：「她……這潑婦……竟敢打我！」

丁香對方天浩說：「你來得正好，你們為什麼把先生當漢奸？為什麼把先生打成這樣？先生做錯什麼事？啊，你說，你說呀！」方天浩應道：「四娘，問我沒用，妳得去問黎晨同志！」「黎晨？那兔崽子在哪裡？」方天浩應道：「在抗日軍總部，就是以前的憲兵部。」

「好，我去找他！」說完掉頭就走。

4

王貴和羅海彪先去3號倉庫，倉庫大門鎖著。王貴拿塊磚頭砸掉，開門進去看，左邊牆腳擱著好些木箱，前去撬開幾箱，裡頭裝的是武器，機關槍、來福槍、卡賓槍、短槍和各種子彈。

王貴看了說：「這些都是好傢伙，可惜日本鬼子已經投降了。」羅海彪說：「傢伙再好也沒用，黎晨他們只會打山豬。」王貴笑道：「那些秀才兵打山豬都不行。我說呀，如果沒有我們這些鋤頭兵，那幫秀才兵準餓死！走，去那邊看看。」他指向右邊貨架上的紙皮箱。

前去拿下幾箱，拆開一看，箱裡裝的是軍衣、軍鞋、襪子、綁腿、行軍袋。

王貴說：「衣服、鞋子、襪子管用，拿些回去。」羅海彪說：「軍衣、行軍袋出海時用得著，我要些！」

他們把打算拿回家的箱子打上記號。

查完後便去6號倉。6號離3號只有百米之遙，這間倉庫面積和3號倉不相上下。前半部儲藏的多半是糧食，白米、白糖各二十幾包；掂掂重量，每包約五十斤。架子上有好些鐵皮聽，撬開蓋子，裡頭裝的是餅乾，小一點的裝的是巧克力、牛奶粉和咖啡粉。後半部靠牆的貨價上有好幾十個大大小小的木箱子，一一撬開，小箱子裝的是針筒、溫度計、手術刀、小剪刀、針和線等醫療器材，大箱子裝的是藥棉、藥布、紗布、繃帶、消毒酒精等醫療用品。

東西琳琅滿目，吃的、用的都有。王貴看了垂涎欲滴，說這麼多東西兩個人搬不完，得增添人手，不過必須是自己親信，這是祕密，不能讓外人知道。

商量了一下，王貴叫來老相好紅姑和她的弟弟馮阿全，羅海彪叫來鄰居賴旺土夫婦和他們的兒子泥團。泥團已經十二歲，個子比他爹還高，嗓音變粗，頭腦精靈，幹活麻利，儼然是個大人了。

阿全和紅姑划來的是大舢舨，裝載量比羅海彪和賴旺土的小舢板多一倍。他們帶來雞公車和獨輪車，這樣搬運貨物就省事得多。

他們把米、糖、餅乾、巧克力、牛奶粉、咖啡粉等食品飲料搬到渡頭邊，然後搬上船。阿全的大舢舨裝滿了，羅海彪的小舢板還有空位，王貴和阿全特地到3號倉搬來獵槍、短槍和子彈各一箱。羅海彪問王貴搬來有何用。王貴說獵槍可打獵，短槍可防身，黑市一把百多塊，那兩箱值得千多塊。餓了三年，囊空如洗，弄點橫財買點好吃的補補力氣。

兩艘船裝得滿登登。他們正要回去6號倉搬那些醫藥器材，馬路那邊有個人疾步朝他們跑來。定睛看去，是治安組組長孫大明。

他來到碼頭，氣喘吁吁地說：「不好了，阿彪，黎晨他們把你哥當漢奸，綁在戲臺前柱子上示眾……」「啊？」羅海彪大驚失色，「我哥怎麼會是漢奸？黎晨他們瞎了眼嗎？他娘的，我找他算帳去。」說完，到船裡拿了一把短槍，裝上子彈就要走。

「慢點，別衝動！」孫大明攔著他，「這件事很複雜，不是你一個人對付得了的。」「黎晨他們憑什麼說夏先生是漢奸？」賴旺土問。孫大明答道：「他們說夏先生為日本人做事，幫敵人掠奪資源，助紂為虐，欺壓百姓，是不折不扣的反動派！」「什麼？」紅姑聽了幾乎跳起來，「那些人眼睛瞎了嗎？夏先生救了那麼多人怎麼會是漢奸？這些年要不是夏先生，全村的人都得餓肚子。那批人太沒良心啦！」孫大明應道：「這些事我們都清楚。夏薄情確實是好人，所以我們才決定救他。」「你打算怎麼救？」羅海彪問。孫大明應道：「正在計劃。所以你得沉著、冷靜，不要衝動！」

「方天浩、劉鶴立、林崇武他們幾個知道嗎？」王貴問。孫大明應道：「已經派人通知了，等一下他們會來這裡。」「被抓的除夏先生外還有誰？」王貴又問。孫大明應道：「日本公司的包工頭黃良發和傳話的李力安，還有仄峇卡和仄阿旺兩個馬來人。他們和薄情先生一樣被綁在雲鶴寺戲臺前的柱子上。」賴旺土插話道：「我見過那兩個馬來人，他們以前是警察，人很不錯，怎麼會是漢奸呢？」馮阿全說道：「當時他們兩個曾經是薄情先生的保鏢，我想他們被抓是這個原因。」賴旺土聽了後說：「保護薄情先生沒什麼不對呀。是不是？」王貴說道：「是非對錯他們分不清，不然，薄情先生怎麼會被當漢奸呢？」「唔，說得也是！」賴旺土點點頭。

孫大明突然問羅海彪：「剛才你拿的那把短槍，哪來的？」羅海彪應道：「3號倉庫拿的，那裡有機關槍、來福槍，還有手榴彈，多得很哪！」孫大明一怔，忙說：「去，把機關槍和來福槍搬來這裡，還有子彈，用得著！」

馮阿全點頭說：「好，我們去搬，走！」紅姑、賴旺土、他老婆和兒子泥團拉了雞公車隨他走了。他們剛離開，馬路那邊一群人大踏步朝碼頭這邊走來。他們是方天浩、趙江、趙河、趙海三兄弟、鄭大興、黃大牛等七八個。接著林崇武、劉鶴立、林昌明幾個也先後趕到。

鋤頭兵差不多到齊了。太陽很熱，孫大明指向二十幾米外的一棵大樹說：「大家到那邊去。」來到樹蔭下，孫大明提高嗓子說：「薄情先生被黎晨他們當漢奸，綁在雲鶴寺戲臺前示眾。我先問大家：薄情先生是不是漢奸？誰認為是，請舉手。」大家緘默著，沒人舉手。「很好！」孫大明繼續說，「當年日本鬼子逼村民供出抗日軍名字和藏身之地。沒人敢講話，日本頭目小禾田令機關槍手向村民掃射。薄情先生挺身而出，救了數百村民的性命。夏薄情對村民有恩，我決定拯救他。所謂拯救說不好聽就是『搶人』。人是抗日軍頭頭下令抓的，搶人在他們看來就是背叛。好，願意跟我背叛的人請舉手。」

羅海彪率先舉手，其他人隨著高舉雙手。

「大家想法一致，很好！」孫大明滿意地點點頭，「黎晨他們有四十幾個人，我們只有二十二個，怎麼搶？」他接著問。「你說怎麼搶？」幾個反問他。

站在一邊的劉鶴立說：「我看成立『搶人小隊』，由大明同志指揮。大家同意嗎？」

林崇武舉手說：「行，我同意！」「我也同意！」其他的人隨聲應和。

劉鶴立接著說：「大明同志，有什麼計劃？說出來，我們都聽你的！」

孫大明點頭應道：「好！劉鶴立、王貴、林崇武、趙家三兄弟、黃大牛、林昌明，你們幾個去船上拿短槍負責搶人。」

他們幾個應了聲「是」，到船上拿短槍，裝上子彈。

孫大明接著問羅海彪：「剛才你說倉庫裡有機關槍和來福槍，是嗎？」羅海彪應道：「對，還有手榴彈。阿全他們去拿了呀！」「機關槍和來福槍有多少？」孫大明又問。羅海彪想了一下說：「一箱機關槍，七八支吧。兩箱來福槍，多少支，沒算。」王貴接話道：「來福槍有十幾把，子彈各一箱。」

孫大明聽了後說：「總共二十幾把，夠啦！除剛才拿短槍的同志外，等一下阿全他們回來後，其他同志把手裡的打狗槍放下，換機關槍和來福槍，然後到雲鶴寺和碼頭邊找地方藏起來，等待命令。」

那些人聽了後應了聲「是」。

「救出薄情先生後送去哪裡？」林崇武問。

孫大明應道：「下來就要談這個問題。白虎村地勢險要，村民單純，送薄情先生去那裡最好不過！」王貴說道：「我家空著，環境很好，歡迎薄情先生。想住多久就住多久！」孫大明點頭說：「行！紅姑，給你個任務，薄情先生到了後由你照料，吃的、喝的，餵藥、搽藥，全包，行嗎？」紅姑欣然應道：「能為薄情先生做點事，再好不過啦！」王貴笑道：「要你當護士，白衣天使，不像划船拿鋤頭，粗手笨腳可不行哪！」紅姑應道：「園裡的番薯是我種的，枕頭上的花也是我繡的。是輕是重我心裡有數，你摻和什麼？」她的話逗得人們哈哈大笑。

「行啦！還有一件事，」孫大明繼續說，「白虎村離這裡十多里路，怎麼去？坐船嗎？」一直沒出聲的方天浩說道：「沒車，當然是坐船。船的問題我解決，到時在碼頭等你們就是了！」林崇武說：「棧房裡有幾十輛腳踏車，護送薄情先生的人坐船，其他人踏腳車。踏腳車，更快呀！」孫大明說：「救出薄情先生後，你們坐船也好，踏腳車也好，總而言之，儘快趕去白虎村集中就是了！」

這時候，馮阿全、紅姑、賴旺土和他老婆兒子拉著雞公車，車上有四個木箱。

大家前去撬開一看，箱裡裝的是機關槍、來福槍，還有幾顆手榴彈。每把槍都鋥光瓦亮，是新的。

大家過去丟下獵槍，有的拿機關槍，有的拿來福槍，劈哩啪啦地裝上子彈。

一切就緒，孫大明說：「大家聽著：現在開始行動，拿短槍的同志跟我走，對付的對象是瘦皮猴、彭大通那幾個抓奸組的人。到時一人對一個，槍口對背脊，叫他們別動，如果反抗就把他幹掉。拿長槍的同志到雲鶴寺和碼頭邊找地方藏起來，看我手勢，等待命令。救出薄情先生後，方天浩同志留下來監視黎晨他們的行動，我估計薄情先生被我們搶走後，黎晨會找你。找你問罪嗎？還是要求和解？不知道。總之，情況怎樣到時通知我們。還有，船裡的東西吃的喝的，送去白虎村。羅海彪同志，這個任務交給你。好啦，有問題嗎？」

羅海彪很生氣，舉手說：「這個任務交給阿全和紅姑，夏薄情是我哥，讓我和大家一起去救他！」孫大明應道：「就因為薄情先生是你哥我才不讓你去！」「啊？為什麼？」羅海彪睜大眼睛看著他。「別問這麼多！」孫大明加重語氣，「你的任務是把船裡的東西載去白虎村。這是命令，聽見嗎？」

羅海彪一怔，只好點頭說：「是，聽見！」

「放心！」孫大明過去拍拍他的肩膀，「我保證把你哥救出來，安全送到白虎村！」

羅海彪立正應道：「謝謝隊長！」

孫大明、方天浩、劉鶴立、林崇武等人走後，賴旺土問羅海彪：「倉庫裡還有很多東西，你看還要搬嗎？」羅海彪想了一下說：「要，繼續搬。放在我家。今天搬不完，明天、後天再搬。怎麼分等他們救出我哥，王貴回來後再處理。」賴旺土想了一下說：「東西那麼多，如果你家放不下，怎麼辦？」羅海彪隨口應道：「放不下就放在你家，多走幾步而已，有什麼難？」賴旺土驚喜地點頭說：「對對，這樣省事，一點不難！」

阿全、紅姑和羅海彪解開繩套跳下自己的船，用篙撐離碼頭。今天早潮，他們蕩槳順流而上。來到河心，涼風颼颼。他們揚起風帆，「啪啦啪啦」。羅海彪在後面緊緊地跟著。

賴旺土站在碼頭目送他們離開。船走遠了喃喃唸道：「人直不富，港直不深。馬無夜草不肥，人沒外財不富。日本鬼子留下的東西，不拿白不拿。泥團他媽，你說是不是？」他老婆應道：「風水輪流轉，今次到俺家。泥團他爸，機會難得，能拿多少就拿多少，還客氣什麼？」

5

夏薄情被當漢奸綁在雲鶴寺戲臺前示眾，鍾校長和老叔公看了氣急敗壞，立刻去抗日軍總部找黎晨。黎晨不知好歹，把他們當貴客：「唷，兩位老先生大駕光臨，歡迎歡迎，請裡面坐。同志，倒茶！」

「不必！」鍾校長板起臉打手勢阻止，「我問你，夏薄情犯了什麼罪？」

黎晨猛然一震，收斂笑容，不屑地說：「夏薄情甘當敵人走狗，幫敵人開山造路，幫敵人掠奪馬來亞資源。他的罪都寫在他胸前的牌子上，你沒詳細看嗎？」

老叔公怒目喝道：「混帳！你信口雌黃，含血噴人。我問你：皮特楊和黃狼崽是不是你們殺的？」站在旁邊的盧小芬應道：「對，是我們殺的。怎麼樣？和夏薄情當漢奸有關係嗎？」盧小芬反問他。

「好！」鍾校長點點頭，接著問黎晨：「皮特楊和黃狼崽被殺之後，你們知道這裡發生什麼事嗎？」

「發生什麼事？」黎晨和盧小芬同時問。鍾校長不屑地說：「這麼大的事你們竟然不知道？騙鬼去吧！」

黎晨沉吟片刻，應道：「你是說當時日軍頭目小禾田把村裡的男子叫到雲鶴寺戲臺前問話逼供的事？」

老叔公說道：「你知道還裝傻？什麼意思？啊？」黎晨應道：「之後小禾田不是把所有村民放了嗎？」「你知道小禾田為什麼放了村民嗎？」老叔公反問他。黎晨應道：「這些枝節的事我不知道。你說，小禾田為什麼放了村民？」

「你混帳，孬種！」老叔公以拐杖指著他罵，「你打著抗日軍的旗子，堂而皇之的說什麼救國抗敵。村民面臨這麼大的災難你竟然說是枝節的事。黎晨，我警告你，放了夏薄情，馬上放。不然，我叫你走不出仙鶴鎮！」

「黎晨，你昏庸，無能。你們成事不足，敗事有餘。」

「黎晨，我問你：你們殺了多少個日本鬼子？」

「黎晨，我問你，你們吃了多少村民的番薯、木薯？」

鍾校長和老叔公你一句我一句，聲音愈來愈大。黎晨和盧小芬瞠目結舌，啞口無言。

柵門外看熱鬧的人愈來愈多。

鍾校長繼續說：「薄情先生為村民的生計才為日本公司做事，我們全村的人都感激他。你們這麼做就是和村民們作對。抗日軍是這樣的嗎？哼，恩將仇報，卑鄙！」

「街上歡迎你們抗日軍的橫幅標語是夏薄情親筆寫的。哼，忘恩負義，狗咬呂洞賓，小人！」

「為日本人開山造路的村民有幾百個，依你這說法，他們也是漢奸，你們為什麼不把他們抓起來？」

外面有人回應：「說得對！當年要是沒有薄情先生，村裡幾百個男子全都死在日本鬼子的機關槍下！」

「沒有薄情先生，我們村民早就餓死了！」

「……」

外面的群眾紛紛響應。

一個女人闖進柵門破口就罵：「喂，黎晨，盧小芬，兩個狗崽子給我滾出來！」

老叔公和鍾校長轉身一看，是丁香。

黎晨認得丁香，湊近盧小芬在她耳邊說了幾句悄悄話。

「唷，是她呀，」盧小芬臉上露出不屑的笑紋，轉向丁香，「妳就是大漢奸盧水雄的小老婆嗎？我幾乎忘啦！妳來得正好，我問妳，盧水雄藏在哪裡了？說出來，不然，妳休想回去！」

丁香冷笑一聲，答道：「好，我告訴妳，過來，別讓人聽見。」

盧小芬不疑有他，走過去。

丁香舉手要扇她耳光，她閃開，拔槍指著丁香。

「還想打我？別動！不然我要你的命！」盧小芬緊繃著臉，嚴厲警告。

黎晨趕緊攔著她，喝道：「把槍放下！」

盧小芬說：「我只是嚇嚇她！」說完，收起槍。

「開槍呀，抗日軍同志！」丁香拉長語音，「沒本事殺鬼子，殺個平民百姓也好，過癮一下，是不是？」

「妳動粗，她拔槍自衛，沒什麼不對！」黎晨替小芬解圍。丁香冷笑道：「哼哼，你們這些窩囊廢，有本事就去抓我丈夫，還有連天星，他們才是大漢奸，你們怎麼不去捉呢？心軟還是手軟？哼，欺善怕惡，狗熊！」

柵門外的有人回應：「你們恩將仇報，冤枉好人。抗日軍是這樣的嗎？冒牌的吧？」

「你們有什麼證據說夏先生是漢奸？」

「還有黃良發和李力安，你們有什麼證據證明他們是漢奸？」

「還有仄沓卡和仄阿旺，你們憑什麼說他們是漢奸？」

喊話的是幾個馬來人。

群眾熱烈響應，你一句，我一句，問得黎晨和盧小芬難以招架。

就在這時候，一個兵士衝過人群，氣喘吁吁地跑進來，喊道：「報告，那個姓夏的漢奸被……被人搶走了！」

「什麼？」黎晨大驚失色，「說清楚點，誰被搶走了？」

那兵士趨前說：「住在西街的夏薄情，他被……被人搶走了！」「啊？有這樣的事？誰幹的？」黎晨急著問。

那個兵士答道：「搶人的我沒看到，槍口指著我的是趙海。他拿的是短槍。奇怪，他怎麼會有短槍？」

黎晨愣了一下，說道：「我們隊裡只有我和小芬同志才有短槍，趙海拿短槍？你沒看錯吧？」

那兵士應道：「沒看錯，還有王貴、黃大牛、林昌明他們拿的也是短槍！」

「他們多少個？」盧小芬問。

「好多，十來個吧！」

聽到這裡，鍾逸民大略猜到是怎麼回事。

老叔公調侃地說：「哈哈，半路殺出個程咬金，想不到哇！」鍾逸民說道：「程咬金哪有這本事？我看是蒼天有眼，派來天兵天將搭救夏先生！嘿，甭說了，俺們走！」

6

白虎村就是當年的7號林場，村民也是7號林場的員工。全村三十六戶人家，房子坐落在離渡頭約五百米的山坡上。林場泥土變黃，河水變清。烏水港已改稱清水河，渡頭改名黃渡口。

當年，7號林場環境惡劣，頭六個月死了五個人，有的被毒蛇咬死，有的被老虎叼走，有的無端端被斷裂下來的樹丫壓死。工頭跑了，工人散了，停工半年沒人敢接手。老闆盧水雄開出徵招工人條件：五年內完成砍伐工作，工頭和長工每人可得相等三個月工資花紅；願意留在7號林場繼續工作每人可得兩畝地和一所房子。以往的慣例是每人可得半畝地和一間亞答屋。王貴和拍檔熊大河前往應徵，簽下合約，保證五年內竣工交差。

王貴人緣好，號召力強，不到一個星期就有二十幾個長工加入，資方也派來七八個「實習勞工」（即豬崽），那是合約裡明文規定的。

工頭監督嚴格，工人合作勤奮，任勞任怨，完工時間竟然比預期早了半年。全體員工願意留下繼續工作。老闆履行承諾，發給花紅，撥給每人兩畝地和一所房子。這所房子原本指的是亞答屋。王貴代表工人向老闆要求改建磚牆鐵皮屋，原因是新墾地風大，白螞蟻多，亞答木屋不安全。那時由四娘主事，她答應，不過每戶家庭得補六十塊，付不起的可分期付款，兩年還清，免息。四娘豁達大度，工人欣然接受。

7號林場占地面積近四百英畝，除幾十畝給員工搭房子種莊稼之外，其餘的全種橡膠樹。王貴依舊當工頭，熊大河依舊當管事，黃亞九當村長。當時的簽約豬崽如高佬林、周大木、錢三弟等七八個都升任長工，有的已經成家，有的依舊單身。

有家有地，守望相助，日子過得很踏實。然而，日本鬼子來了後就亂了套，老闆被關進監牢，林場停工。手停口停，沒了生計，村民只好揮鋤頭種莊稼。

紅姑是當年到白虎村避風頭時認識王貴的。她是寡婦，丈夫死了七八年始終沒改嫁。她體態豐盈，容貌端莊，媒婆為她走穿鞋底，卻沒一個合她心意。千里姻緣一線牽，她和大鬍子王貴一見鍾情。陷入愛河，卿卿我我，佈置新房，結婚的日子已經定好。然而好事多磨，王貴被人出賣，鬼子要抓他；他遠走高飛，從此失了音信。日本投降，他安全回來。久別重逢，猶如隔世。紅姑欣喜若狂，和他緊緊擁抱，眼淚一串串。

戰爭結束，天下太平，好日子就在前頭。然而，鬼使神差，黎晨他們瞎了眼，竟然把夏薄情當漢奸。怎麼會這樣？上回黎晨他們來仙鶴鎮宣傳抗日籌款演出，《放下你的鞭子》給她留下深刻的印象。當時夏薄情也很支持他們，捐了大筆錢。他們過橋抽板，含血噴人，把夏薄情當漢奸綁在戲臺前示眾，任人羞辱。那班人太可惡了。

機緣湊巧，今次搭救薄情先生竟然趕上了，還派給任務，她感到光榮。

風愈來愈大，阿全拉帆繩，她把舵。船走得快，一個多鐘頭後拐入一道河汊。河汊沒風，他們卸下帆改用槳。大舢舨船身重，吃水深，他們倆划得吃力。羅海彪的小舢板船輕吃水淺，越過他們走在前頭。一個鐘頭後，前面有個渡頭，那就是黃渡口。渡頭後的斜坡上有幾排鐵皮屋，那裡就是白虎村。

船還沒靠岸，村裡衝出幾隻狗，「汪汪」狂吠。

船靠了岸，套好船繩，阿全和紅姑的船也到了。

村裡走出幾個人，紅姑舉眼一看，叫道：「唷，你看，王貴他們先到了！」「他們怎麼來？這麼快？」羅海彪問。阿全恍然說：「踏腳車，早上林崇武不是說日本棧房裡有腳踏車的嗎？」

「喂，我哥怎麼樣？」羅海彪拉開嗓門問。

王貴前來應道：「搞定了！你哥很安全。他們坐船，我們踏腳車，路好走，先到啦！」趙江說道：「瘦皮猴那個狗崽子，我槍口頂著他的腰，他還以為我跟他開玩笑！」黃大牛接話道：「抓奸組那幾個窩囊廢，人被我們搶走還不知是怎麼回事！」羅海彪欣喜萬分，拱手說：「好好，謝謝你們，謝謝你們！」

王貴指著船上的東西說：「喂，大家動手，把東西搬去我家。還有，」他轉對紅姑，「屋裡我已經收拾好，讓薄情先生住後面的那間房。妳把床單被子換一換。」紅姑點頭說：「行啦！這些東西呢？這麼多，放在哪裡？」王貴應道：「搬上去再說！」

王貴的家位於最後那排角頭間。圍著竹籬。屋前有曬場，屋後有椰園。椰樹兩丈高，樹上結滿椰子。東西搬完了，堆積在前面的兩間空房裡。

馮阿全還要幫忙賴旺土搬東西，卸完貨便把船划走了。

剛剛離開，載夏薄情的船也到了。

孫大明和劉鶴立扶夏薄情登岸，林崇武背他直奔王貴的家。

村民們已經知道是怎麼回事，他們義憤填膺，看到夏薄情被打得遍體鱗傷，對抗日軍非常反感。

夏薄情躺在床上氣息奄奄，村民們很擔心，拿來各種療傷藥物。

劉鶴立說已經檢查過他的傷勢，左邊臉頰、右臂，和左小腿流血之處只是皮肉之傷，胸部和腹部淤血的地方比較嚴重。如果傷及內臟麻煩可大了。

王貴拿來一小瓶藥酒，說是剛才一個村民拿來的。劉鶴立擰開瓶蓋嗅了一下，驚喜地說：「好哇，跌打藥酒，可消毒，治內傷，散瘀血。哪來的？」王貴應道：「那個村民說是戰前唐山親戚託水客帶來的。」劉鶴立點頭說：「難得好藥，不過藥性很強，搽在傷口上比刀割還痛。」

紅姑拿來一包草藥，說是解毒涼茶，村長黃亞九剛才拿來的。劉鶴立拆開來看，嗅了一下，說是雞屎藤、地膽草和金銀花。金銀花和地膽草清熱解毒，雞屎藤祛風活血、止痛消腫，內傷咯血都適用。劉鶴立隨後說：「這三樣草藥在唐山很普遍，農忙季節，家家戶戶煮水當茶喝。很好，一樣搽的，一樣喝的，紅姑，交給妳啦！」孫大明也說當年當兵的時候，每次演練或出兵回營，炊事員就把這三樣藥草煮水給士兵們當茶喝。

孫大明和劉鶴立十六歲參加北洋軍。孫大明十九歲當班長，一年後升任排長。劉鶴立更上一層樓，二十二當連長。之後他們一起退伍，一起過番南洋，在伯樂船廠當文員。日軍南侵、新加坡淪陷，他們沒跟隨高管人員逃亡印尼廖內島。日軍進駐仙鶴鎮，他們到旺山參加由黎晨、盧小芬領導的抗日游擊隊。由於他們源自北洋軍閥，在黎晨和盧小芬眼裡屬「反動派」，他們雖是軍人出身，作戰經驗豐富，但始終不受重視。鋤頭兵對他們尊敬有加，把他們當軍師。

急救、診療是軍訓的必修課，孫大明和劉鶴立懂得醫藥，白虎村村民有這麼好的跌打藥酒和清熱解毒的藥草他們感到驚訝。

夏薄情衣著邋遢，血跡斑斑，劉鶴立吩咐紅姑為他搽藥前得用溫水洗淨傷口。紅姑做事一絲不苟，她用濕面巾為夏薄情抹身子，洗淨傷口後向鄰居借了套乾淨的衣服為他換上。跌打藥酒刺鼻嗆喉，辛辣夠勁，搽在傷口猶如撒鹽，正如劉鶴立說的比刀割還痛。夏薄情咬緊牙根，紅姑邊搽邊往他傷口吹氣。臉上、額頭、胸部、腹部、腿部傷口累累，夏薄情痛得冷汗直冒。

搽過藥酒，疼痛消除，夏薄情精神稍微好轉。

傍晚，解毒涼茶煮好，紅姑倒一大杯讓夏薄情喝下。

隨後羅海彪端來一碗魚粥，說是鄰居張大嬸為他哥熬的。紅姑餵夏薄情吃粥。他被綁以來沒吃過東西，這時候才覺得餓。一碗粥吃完，還吃了塊木瓜和半個橘子。吃了後覺得累，便躺下休息，沒多久就睡著了。

安頓停當後，孫大明和劉鶴立就忙著設立哨站，部署哨兵，防備敵方來襲。

指揮部設在村口，渡頭、村前村後都有人把守。殺雞不須用牛刀，黎晨的「義勇兵團」雖然不堪一擊，不過得做最壞打算。

半夜，孫大明和劉鶴立去看夏薄情，紅姑告訴他們薄情先生搽了跌打藥酒、喝了解毒涼茶後，精神好了許多。他已經睡熟。劉鶴立掀開被子為他把脈，隨後拉開衣襟看他胸部的傷痕。「唔，很好！」他滿意地點點頭，「看來都是外傷，問題不大，過幾天就會好。紅姑，辛苦妳啦！」紅姑應道：「我沒什麼，辛苦的是你們！」

王貴隨後進來，他們聊了幾句便離開。

紅姑忙了一天有點累，為方便照料，她在牆腳打地鋪。

夏薄情一夜睡得很好。早上醒來，摸摸臉頰，不疼。深吸幾口氣，胸部、腹部不痛。照照鏡子，臉上浮腫已經消退，右邊眼眶、胸部和腹部的瘀血也消散了許多。

紅姑拿熱面巾為他抹臉，他說自己來。抹過臉，紅姑為他搽傷口。傷口開始結痂，疼痛減緩。搽過傷口，羅海彪端來魚粥要餵他，他說自己能吃。吃過粥，精神體力好多了，正想到外面走走，方天浩、孫大明、劉鶴立、王貴幾個忽然來看他。

孫大明估計得沒錯，黎晨昨晚果然去找方天浩。他對方天浩說名單有誤，錯把夏薄情當漢奸。他要求談判，和平解決這件事。方天浩答應為黎晨傳話，天一亮便趕來了。

方天浩看到夏薄傷勢轉好，精神恢復，很是欣慰。

坐定，方天浩把昨晚黎晨找他的事向夏薄情如實反映，同時問他有何想法。

夏薄情聽了後說：「他們把我當漢奸綁在雲鶴寺戲臺前示眾，讓我蒙受罵名，遺臭萬年。這點我要抗議，向抗日軍組織和黎晨他們的黨提出強烈抗議。這是其一；其二，他們誣衊我，冤枉我，我要他們承認錯誤，向我道歉，還我公道。」

羅海彪接過他的話茬兒：「道歉要隆重，送紅綢，在眾人面前還我哥公道！」

王貴幫腔：「對，在雲鶴寺戲臺前，就是綁薄情先生的地方舉行道歉儀式，貼告示通知村民，叫他們前去參加！」

方天浩、林崇武、孫大明、劉鶴立聽了只點頭，沒答話。

夏薄情繼續說：「各位鄉親好友，多謝你們把我救出來。人要臉，樹要皮，他們冤枉我，誣衊我，讓我背黑鍋，叫我以後怎麼做人？王貴哥和我弟說得對，為洗脫罪名，恢復我名譽，黎晨他們必須送紅綢、當著眾人向我道歉。各位鄉親摯友，請你們再幫我一次，你們的大恩大德我永銘於心。拜託啦！」說完，拉高褲腳霍然跪下。

他們幾個大吃一驚，忙扶他起來。

劉鶴立說：「別這樣，我們受不起呀，薄情先生！」

孫大明則說：「薄情先生請放心。如果黎晨他們不答應，我們也絕不甘休。給點時間，我們一定會把事情辦好！」

吃過早餐，孫大明、劉鶴立、方天浩和林崇武到指揮部開了個會。隨後孫大明宣佈戰場轉去仙鶴鎮抗日軍總部，羅海彪、王貴、黃大牛和林昌明四個留下保護薄情先生，其餘的回去鎮上聽候指示。

那班人走後，村子靜多了。

下午，村民林虎、丁牧，何舟叔和馬來朋友蘇拉曼、耶谷、穆沙等七八個來看夏薄情。蘇拉曼說仄峇卡和仄阿旺是他的好朋友，他們兩個沒做壞事，沒出賣村民沒當漢奸，馬來村的朋友都很生氣，如果黎晨他們不放人，馬來社群絕不甘休。林虎、丁牧、何舟叔表示支持，說有什麼行動他們一定參加。

這班人聊到傍晚才離開。

隔天中午，丁香、翁水斗、袁木香和大兒子夏彬以及羅海彪的大兒子小岡也來了。

丁香是頭一次來白虎村，村民沒見過她，不過對她仰慕已久。當年搭建房子時，依照慣例應該是亞答木屋。村民要求改建磚牆鐵皮屋。據估計，搭建磚牆鐵皮屋得六百塊。丁香只要他們支付象徵式的六十塊。村民很感動，要當面向她道謝，然而，十幾年了，始終沒機會見到她，今天終於見到了。村民喜出望外，紛紛前來問候。

人愈來愈多，王貴搬來椅子，紅姑泡咖啡，拿出從貨倉搬來的日本餅乾和巧克力款待大家。

丁香和他們寒暄拉家常，直到傍晚才離開。

隔天中午，劉鶴立和林崇武匆匆趕來。劉鶴立說黎晨答應所有條件，道歉儀式明天下午在雲鶴寺戲臺前舉行。

大家很驚訝，問他為何這麼順利，甚至懷疑黎晨他們可能耍手段。

劉鶴立笑道：「黎晨這個草包能耍什麼手段？」

林崇武接著說：「抗日軍總部被我們包圍，柵門口架著機關槍，他們敢耍手段嗎？敢說個『不』字嗎？」

「那兩個馬來人和黃良發、李力安他們四個怎麼樣？」王貴隨後問。劉鶴立應道：「放了！馬來村長以及黃良發和李力安的家人，一起到抗日軍總部責問黎晨有什麼證據證他們四個是漢奸？黎晨理屈詞窮，拿不出證據，只好把他們放了。」林崇武接著說：「如果不放，馬來人和我們一樣也會包圍抗日軍總部。一旦釀成種族衝突，黎晨他們可吃不了，兜著走啊！」

「好啦！」劉鶴立提高聲量，「薄情先生，還有你們幾個，現在回去仙鶴鎮。道歉儀式明天下午兩點鐘舉行，如果這裡的村民想參加，看熱鬧，我們無任歡迎。」

夏薄情向村民辭行，感謝他們的照顧與關懷。村民依依惜別，送他到黃渡口，直到船走遠了才離開。

夏薄情、羅海彪、紅姑、王貴以及黃大牛、林昌明一班人回到仙鶴鎮已近傍晚。夏薄情和羅海彪住在西街醫社，孫大明令黃大牛、林昌明和另四個鋤頭兵紮在那裡保護他們的安全。

當晚，吃過飯，來了幾個稀客，他們是白家港前鎮長白向榮、村長雲漢奧馬，「伯樂造船廠」總管白松林、船廠工會代表雲木凡和蕭曉琳。

坐定，打開話匣子，他們盛讚「鋤頭兵」做得對，幹得好，不然薄情先生準沒命。

白家港前鎮長白向榮說：「日本投降，全民歡慶。大好的事搞成這樣，真掃興！」「黎晨他們不是要開群眾大會嗎？怎麼，不開啦？」問話的是船廠工會代表蕭曉琳。站在一邊的黃大牛插話道：「黎晨他們走都來不及，還開什麼會？」工會代表雲木凡說：「黎晨他們原本要開群眾大會公審漢奸，想不到反而要當著眾人向漢奸道歉。丼掉進桶裡，真好笑！」村長雲漢奧馬感歎地說：「堂堂的抗日軍搞成這樣，真丟人！」船廠總管白松林說：「幸虧有鋤頭兵，不然薄情先生蒙受的恥辱跳進老巫河一百年也洗不清！」

夏薄情感激涕零，說道：「對對！沒有孫大明和劉鶴立他們，我今次必死無疑。他們捨己相救，我感恩戴德，永世不忘。還有各位對小弟的關心和愛戴，我永銘於心。謝謝各位，謝謝！」他頻頻拱手。

羅海彪插話說：「明天下午的道歉儀式很重要，希望大家撥時間參加！」

他們齊聲說：「當然當然，一定參加！」

隔天早上，前來探望夏薄情的村民源源不絕，有些還是遠道而來。

下午，時間還沒到，雲鶴寺戲臺前已聚滿了人。

兩點正，司儀方天浩上戲臺宣佈儀式開始。

主持人林崇武上臺說道：「抗日軍領導誤把夏薄情先生當漢奸，使薄情先生名譽嚴重受損。抗日軍領導承認錯誤，願意以書面以及送紅綢向夏薄情先生道歉。現在道歉儀式開始，有請夏薄情先生。」

夏薄情從容登上戲臺，兩個腰佩短槍的「鋤頭兵」伴隨。這兩個鋤頭兵就是王貴和羅海彪。

雲鶴寺住持搬來太師椅，請夏薄情坐下。

夏薄情坐定，司儀又喊：「請認錯方代表黎晨和許克漢兩位同志上臺。」

黎晨和許克漢面無人色，步履沉重走上戲臺。

「請認錯方代表黎晨同志致道歉詞。」司儀提高聲量，拉長語音。

黎晨掏出講稿，展開唸道：「上頭提供錯誤名單，我們誤把夏薄情先生當漢奸，使他蒙羞受辱。我黎晨代表上頭領導依照仙鶴鎮風俗送紅綢向夏薄情先生賠禮道歉。」

說完向夏薄情呈上道歉信，轉身從許克漢手裡拿過紅綢披在夏薄情肩上，隨後向夏薄情三鞠躬。

夏薄情起身點頭表示接受道歉。

「禮成！」司儀帶頭鼓掌。

臺下掌聲如雷。

黎晨和許克漢垂頭喪氣走下戲臺。

善游者溺，善騎者墮。勇於認錯，善莫大焉。這件事終於落幕。

慶祝抗戰勝利公審漢奸的群眾大會開不成，反而得當眾認錯，送紅綢向曾被當漢奸的夏薄情道歉。上頭提供錯誤名單，黎晨和盧小芬也叫屈喊冤。但無可奈何，不認錯、不道歉就走不出抗日軍總部。

隔天早上，黎晨、盧小芬和許克漢帶領義勇兵團離開抗日軍總部，默默地經過街場，來到碼頭下了船，靜悄悄地走了。

前幾天，黎晨一班人列著整齊的隊伍，龍驤虎步、神氣活現來到仙鶴鎮；今天拖著沉重的步伐，灰溜溜地離開。

早知今日，何必當初？村民們不禁噫嘻長歎。

7

抗戰勝利沒給人民帶來柴米油鹽，仙鶴鎮村民依舊生活在水深火熱之中。

盧水雄不知去向，盧家莊辦公樓大門深鎖。漁場停止運作，十幾艘深海漁船泊在碼頭邊。林場停工，橡膠園荒廢，為了生計，數百工人依舊揮鋤頭，種莊稼。

往返新加坡和柔佛巴魯的客船和貨船已經復航，而且是摩托船，速度比帆船快兩倍。然而市場低迷，情況始終沒有好轉。更要命的是，日本鈔票不能用，也無從兌換，有錢沒錢一樣窮。

日本鈔票成了廢紙，村民只好以物換物，比如雞換鴨，大蝦換豬肉，小蝦換番薯，小魚換蔬菜；擺渡過河有什麼給什麼，沒給什麼船家也不計較。

行情有起落，換率有變動。這樣的情況維持了一個多月，直到英國官員回來接管仙鶴鎮，情況才有所改善。

接管仙鶴鎮的英國官員名叫大衛・傑遜。戰前他是哥打園丘種植公司總經理。當年，盧家莊林場所種的橡膠育苗、接枝胚芽、肥料、殺蟲藥等就是這間公司供應的。盧家莊是這間公司的大客戶，盧水雄也是大衛・傑遜的好朋友。

大衛・傑遜重回官場，他的職位是柔佛州南區內政部主任兼公安局副局長。他上任後第一件事就是收回抗日軍的槍支彈藥，讓他們復員回歸社會。條件是：每交一把槍可得三十塊，復員生活補貼一百五十塊，另加交通費三十塊。給的是英國新鈔票，當地人叫「紅毛紙」。

黎晨那批人已經離開，仙鶴鎮的抗日軍只剩鋤頭兵二十二個。槍包括從倉庫裡拿來的共六十把。他們一把一把地交，收槍的官員一把一把地給錢。所得的錢大家平分，每人分得紅毛紙八十塊。繳械費加上復員費和交通費，每人所得總共二百六十塊。逃亡三年囊空如洗，正當缺錢的時候無端端發了這筆橫財，緩解了他們當前的困境。

兩個月後，紅毛紙逐漸普遍，購買力逐漸加強，前來收購魚蝦土產的外埠客商也逐漸多起來。交易多了，市場又活了，村民的生活逐漸好起來。

大衛・傑遜的辦公室在柔佛巴魯內政部行政樓。他有一艘專用快艇，每個月來仙鶴鎮兩次，每次逗留兩三天，如果有重要的事情就多待幾天。

大衛・傑遜接管仙鶴鎮最高興的是盧水雄。三年前被仇人追殺，他機警，以兩個孩子為擋箭牌逃過劫數。他先到德光島，然後到新加坡。他改名換姓，住在郊區，以踏三輪車為人拉貨維持生計。當然，那是幌子，掩人耳目而已。

日本投降，抗戰勝利，新加坡鑼鼓喧天，舞龍舞獅，爆竹聲不斷。人民歡天喜地，盧水雄卻高興不起來。他斷定，當時刺殺他的就是王貴、羅海彪、方天浩、林崇武、孫大明、劉鶴立那班人。他們是漏網之魚，逃脫後進入森林投靠抗日軍。日本已經投降，王貴、羅海彪、林崇武那班人已經回來。回去仙鶴鎮他們必報仇無疑。

天下已太平，有家歸不得，盧水雄心煩意亂。誠惶誠恐、坐臥不安之際，霍地從報上看到大衛・傑遜出任柔佛州南區內政部主任兼公安局副局長的新聞。山重水復疑無路，柳暗花明又一村，他高興得整晚睡不下覺。

隔天早上，他直奔柔佛巴魯內政部找大衛・傑遜。

大衛・傑遜看見他劈頭就說：「嘿，拿督盧，我的老朋友，這些日子你跑去哪裡？我到處找你呀！」

「唉，」盧水雄猛搖頭，「有人要殺我，這幾年我一直在逃亡！」大衛・傑遜笑道：「拿督在逃亡？你是蘇丹王的女婿，誰敢欺負你？」盧水雄歎了口氣，說道：「我都愁死了，別開玩笑。你當了大官，這次無論如何得助我一臂之力……」「等等，」大衛・傑遜打斷他，「你說有人要殺你，是誰？抗日軍嗎？」盧水雄點頭說：「對，抗日軍。仙鶴鎮有幾十個抗日軍，所以我一直不敢回去。」

「哦，Don't worry，別擔心，」他拉長語音，「仙鶴鎮的抗日軍已經回去新加坡，剩下二十幾個本地人，本地薑不辣，幾個小嘍囉怕他什麼。沒事的，回去吧！」盧水雄應道：「沒事是你說的。他們有槍，回去就是送死，不怕是假的！」

「No，no，no，」大衛・傑遜猛搖頭，「抗日軍已經解散了，復員了，他們的槍被我收回了。這事報紙上有新聞，你沒看到嗎？拿督，放心回去，我包你沒事！」

盧水雄沉思良久，還是搖頭：「不行。我在明，他們在暗，防不勝防，不能冒險！」大衛・傑遜應道：「現在統治馬來亞的是我們英國人。英國人講究法律，人人都得遵守法律。犯法輕的罰款，重的坐牢，殺人得償命，我們英國政府一點不含糊。仙鶴鎮那些小嘍囉並不怎麼壞，我叫他們繳槍他們就繳槍，叫他們復員他們就復員，有錢拿嘛！如果你還有顧慮，那好，我派人保護你，還有你的公司，這樣夠朋友了吧？」

「保護我？怎樣保護？」盧水雄看著他問。

大衛・傑遜說道：「我派警衛看守盧家莊和你的辦公樓，另派兩個隨身保鏢保護你。這樣夠安全了吧？」盧水雄沉吟片刻，後點頭說：「可以考慮！」

「考慮什麼？」大衛・傑遜提高聲量，「我的警衛隊精明幹練，我給你打包票，你回去後沒人敢動你一根毫毛！」

盧水雄緘默沉思，沒答話。

大衛・傑遜接著說：「仙鶴鎮很多人靠你吃飯，你的漁船沒出海，漁場沒開門，林場沒開工，工人、漁民沒生計，日子不好過。拿督，你知道嗎？很多人在等你回去哪！」

盧水雄依舊緘默，沒答話。

大衛・傑遜繼續說：「村民沒工作，魚蝦、土產賣不出去。仙鶴鎮市場蕭條，死氣沉沉，我這個官不好當呀！拿督，你得和我合作，讓你的漁船快點出海，漁場快點開市，林場快點開工，儘快把市場搞好。你回去後有什麼問題或有什麼需要跟我說，我會儘量配合，盡力幫你！」

「銀行方面呢？抵押貸款還受理嗎？」盧水雄突然問。大衛・傑遜應道：「盧家莊這麼多園地，還有這麼多漁船，不會有問題！」

盧水雄臉上露出笑容，點頭說：「好！我需要現錢，能貸款就好！行啦，聽你的，過幾天我就回去！」

「No，no，no，」大衛・傑遜擺擺手，「不要過幾天，明早我要去仙鶴鎮，你跟我一起走！」盧水雄受寵若驚，說道：「是嗎？這樣更好，謝謝您啦，我的好朋友！」「記住，」大衛・傑遜加重語氣，「回去後要大方一點，大膽一點，想去哪裡就去哪裡，要做什麼就做什麼。這樣你的仇人反而怕你。還有，戰爭剛結束，百廢待興，回去後你要多做善事，慷慨解囊，幫助有需要幫助的人。這麼一來，村民都感激你，尊敬你，把你當上帝，到時誰還會把你當漢奸？拿督，你說是嗎？」盧水雄心花怒放，應道：「對對，你說得很對！慈善事業我向來不遺餘力，回去後我會更加努力！」

就這樣，盧水雄狐假虎威，和大衛・傑遜一同乘坐快艇，威風凜凜地回到仙鶴鎮。

更令盧水雄感動的是仙鶴鎮新上任的警長、警曹、村長和數十名警察在碼頭列隊等候，熱烈歡迎。大衛・傑遜煞費苦心，這樣的安排既提高盧水雄的身份地位，也起著威懾仇敵的作用。

盧水雄感恩戴德，說改天要好好報答。大衛・傑遜說把仙鶴鎮搞好就是最好的報答。

盧水雄雷厲風行，隔天就拉開辦公樓大門，號令員工回來上班，準備開業。

大衛・傑遜說到做到，一隊荷槍實彈的保安警衛一早來到盧家莊，有的守柵門，有的站在辦公樓大門前監視進出的客人。盧水雄出門時，兩個帶槍的便衣大漢跟隨在側。

一個星期後，漁船出海了，漁場開市了，林場開工了。

隨後，伯樂造船廠、椰芭村的繩索廠和蝦頭村的「巴拉沾」製造廠開工了。白土村姚氏龍窯的員工也回來清理廠房，準備開業。

不到一個月，盧家莊恢復以往的繁忙和熱鬧。業務恢復正常，盧水雄鬆了口氣。

雲鶴寺歷史悠久，香客遍及新加坡、柔南各個村鎮和附近島嶼。淪陷期間，雲鶴寺被日軍占用；日軍走後，留下一堆垃圾，周圍一片狼藉。如今要重新運作，重燃香火，神臺、壁龕、香爐、神主牌得修葺更新。桌椅板凳破舊不堪，也得修整或翻新。此外，重陽節即將到來，這是和平後頭一個重陽，雲鶴寺理應隆重慶祝。

修整廟宇，慶祝重陽，開銷不少，錢從哪裡來？

還有，學校屋頂鐵皮鏽蝕，課室漏水，桌椅搖搖欲墜，必須修整和翻新。樣樣得用錢，錢從哪裡來？

基於這兩件事，葉茂枝自告奮勇發信給柔南工商聯誼會所有理事要求開會討論如何解決這兩個問題。

柔南工商聯誼會是柔佛州南區具有代表性的商業組織，會員遍及柔南各個村鎮及周圍小島，會所設在仙鶴鎮，盧水雄當會長。日本統治期間停止運作，和平後欲重整旗鼓，然而市場蕭條，銀根吃緊，商家左支右絀，愛莫能助。

葉茂枝慷慨解囊，出錢修整會所，召開茶話會，新舊理事、商家老闆以及外埠村鎮代表都受邀參加。盧水雄是會長，葉茂枝帶了帖子親自登門拜會。

盧水雄說他已經不是會長，不過到時會以會員身份出席。

會議在週末午後兩點鐘開始。那天剛過一點鐘，會所就擠滿了人，握手寒暄，談笑風生，氣氛和諧，熱鬧異常。

盧水雄準時出席。以往開會，他一出現人們便擁上前爭著和他握手問好。今次也不賴，握手問候，一如往年。不過，外熱內冷，皮笑肉不笑。

滄海桑田，今非昔比，盧水雄心裡五味雜陳。

不過也有例外。一個中年男子進入會所，看見他就旁若無人、疾步前來驚喜地說：「哎呀，拿督，久違了，您好嗎？」

盧水雄一看，驚叫道：「唷，薄情先生，您也來啦？好，好，看見你真高興！」夏薄情應道：「我來湊湊熱鬧。您呢？幾年沒見，近況如何？還好吧？」「呃……怎麼說呢？」盧水雄看看左右，「這裡人多，走，到外面說話。」

他們步出會所，站在走廊外的樹蔭下。

「你瘦了，身體有問題嗎？」夏薄情打量著他。盧水雄冷笑一下，說道：「這年頭，能不瘦嗎？您也好不了多少呀，薄情先生！」夏薄情點頭應道：「是的，這年月，是非好壞沒準兒，什麼事情都會發生。水雄兄，我的命是撿回來的！」盧水雄很感慨萬千，點頭說：「我也是。我們同病相憐哪，薄情先生！」夏薄情歎了口氣說：「事情已經過去，別想它啦！」盧水雄應道：「是的，我已看開了。那年代，兵荒馬亂，為了保命誰也顧不了誰。現在和平了，誰也不要去怪誰。您說是嗎？薄情先生！」「對，應該向前看！」「沒錯！我也這麼想法，所以今天來參加。」

話語剛落，門口有人朝他們喊：「時間到，兩位先生，開會啦！」

盧水雄和夏薄情進入會場，坐在後面角落頭。

會議由葉茂枝主持。

問題很多，主題只有一個，就是錢。

雲鶴寺住持尹師父報告：神臺、壁龕斑駁必須重新修葺，桌椅也得修整翻新，費用估計五百塊。慶祝重陽節，豬牛羊三牲祭品、請戲班做三天大戲，開銷估計一千塊，總共一千五百塊。請大家想辦法籌錢。

剛上任的羅校長報告：學校屋頂鐵皮生鏽、桌椅搖搖欲墜都得翻新，費用估計八百塊，另買教具二百塊，總共一千塊。錢的問題請大家想辦法解決。

銅鑼社代表方天浩和忠義堂武館館長林崇武先後說要東山再起，因缺少費用，活動直到現在都沒法展開。

葉茂枝掐指算了一下說：「總共兩三千塊，數目這麼大，怎麼解決？」

提到出錢，與會者都低下頭，緘默不語。

雲鶴寺住持尹師父說：「行情不好，大家都缺錢。不如這樣，不請戲班，不做大戲，三牲豬牛羊改為豬雞鴨，少點香，多添油，做個意思，來年行情好再隆重一點。怎麼樣？」

沒人答話。

羅校長說：「不然這樣，屋頂鐵皮換亞答，亞答便宜，工錢也不多。請個木工，修一修桌椅，能坐可寫字就行，待來年行情好再斟酌。」

葉茂枝聽了後說：「家家有本難唸的經，大家手頭緊，只好這樣。天浩兄，崇武兄，你們兩個呢？怎麼打算？」

他們兩個是「仇人」，盧水雄乜斜著眼睛等他們兩個說話。然而他們倆聳聳肩，搖頭苦笑。

夏薄情側過身把嘴湊到盧水雄耳邊，說道：「拿督，重振雄風，您的機會來啦！」

盧水雄點頭笑道：「我今天就是為這事而來。」

「把握機會，見兔撒鷹，高明！」夏薄情向他翹拇指。

「知我者薄情先生也！」盧水雄拍拍他的肩膀。

葉茂枝看他們倆交頭接耳，便說：「薄情先生，您有話要說嗎？」「沒有！」夏薄情擺擺手。

盧水雄起身說：「我說幾句，行嗎？」

葉茂枝忙點頭：「行行，當然行，拿督請！」

「謝謝！」盧水雄向他拱拱手，「關於慶祝重陽節的事，這次的重陽是和平後第一個重陽節，我認為應該慶祝，而且要像戰前那樣，以豬牛羊三牲祭品，還得請戲班，做三天大戲。這是我們仙鶴鎮的傳統，不能破例！」

葉茂枝說道：「拿督說得沒錯，大家都希望這樣，可是經費呢？哪裡來？」

「甭愁，一千五百塊，我負責！」盧水雄拍拍放在桌上公事包。

「啊？好，歡迎！謝謝拿督！」葉茂枝帶頭鼓掌。其他人跟上，掌聲不斷。

盧水雄向大家拱拱手。「還有，」他繼續說，「金蛇小學以我爺爺命名。屋頂漏水沒錢補，桌椅壞了不能坐，讓學生站著上課豈不丟盡我爺爺的臉？好吧，那一千塊我出，如果不夠到時告訴我……」

這次他話還沒說完在場的人就熱烈鼓掌。

盧水雄照樣向大家拱拱手。「還有，」他繼續說，「我原本是銅鑼社和忠義堂武館的顧問兼贊助人，現在我以個人身份向銅鑼社和忠義堂武館各捐五百塊作為活動基金……」

他的話還沒說完，席間就響起如雷的掌聲。

盧水雄向大家拱手回禮。

羅校長起身說：「整修學校迫在眉睫，請問拿督的贊助金何時能到位？」

盧水雄拍拍公事包，一邊說：「錢我帶來了，現在就分發給你們！」說完從公事包裡拿出一疊疊鈔票。

那是新鈔票，紅毛紙，整潔耀眼，疊起來兩尺高。

盧水雄隨後提高嗓門說：「羅校長，尹師父，還有銅鑼社和忠義堂武館代表，請來領款。」

羅校長和尹師父在掌聲中上前領了錢。

方天浩和林崇武面有難色，窘迫不前。

淪陷期間，人人自危，誰也顧不了誰。盧水雄為了自保，樹敵太多，結怨很深，以致逃亡在外。如今回來，很多人對他不屑一顧，嗤之以鼻，方天浩和林崇武便是其中之一。如今，盧水雄不計前嫌各捐助五百元，方天浩和林崇武哭笑不得，處境尷尬，前去領錢嗎？他們猶豫不決。

盧水雄看在眼裡，於是心平氣和地說：「天浩兄，崇武兄，這是我一點心意，請收下！」

掌聲再次響起，他們只好前去和盧水雄握手，領了錢，說了聲謝，回到座位。

問題解決了，皆大歡喜。

會議進入「其他」議程時，主席葉茂枝提到修建公路和搭橋的事。他說日本人已經把柔南大道開到蘑菇村，其中一座橋還沒修好，另從白家港到伯樂山的伯樂通道已經修好，只是那座橋還沒架橋樑。功虧一簣，很可惜。

夏薄情插話說：「如果把那兩座橋修好通車，把路重新修一修，這樣對發展仙鶴鎮有很大的幫助。」

夏薄情言之有理，大家不約而同把目光投向他身邊的盧水雄。

盧水雄說道：「搭橋修路是政府的事，不該由人民掏錢。改天我向鄉村發展部的官員反映一下，看他們怎麼說。」

一個說：「紅毛鬼只會耍嘴皮，十幾年前他們就說要建公路，說了好幾次，到頭來連個屁也沒放。現在要他們接手修橋開路，我看希望不大。」

另一個說：「紅毛政府只會抽稅刮我們的錢，這些事他們從來不管，拿督找他們，我看不管用。」

盧水雄說道：「管不管用不知道，總得試試嘛！」

夕陽斜下，海潮上漲，外面傳來浪頭沖擊岩礁的「啪啦」聲。

大會圓滿結束，與會者爭著前來和盧水雄握手，親切寒暄，熱情不減當年。

盧水雄出錢整修雲鶴寺和學校、請戲班慶祝重陽節的消息很快就傳開。村民大喜過望，都說盧水雄早就該回來。有的說盧水雄這麼慷慨，心地這麼好，不可能當漢奸出賣村民。有的甚至說那是一場誤會，和夏薄情那樣，是被冤枉的。

苦日子已經過去，雲鶴寺又要做大戲，又要擺集市，人們數著日子，等待著。

重陽節還沒到，燕子卻來了。

隨著吹起北風，海上掀起白頭浪，捕捉黑鯧的季節到了。

漁夫修葺船身，修好機器，拿出已經三年沒用的漁網、釣具。他們把船泊在老巫河口，重陽一過就起航到深海捕黑鯧。

今年的重陽大潮來得特別早，農曆九月剛過，每天傍晚西邊天腳就堆積著厚厚的黑雲。浪愈來愈大，沖來大量泥沙，河口那根木樁子愈來愈短。

重陽前夕，海水漲得特別高，風卻不大，只吹倒岸邊的幾棵椰樹。

隔天清早，潮水退了，把大量泥沙帶走，木樁子又高了。

中午時分，一群白鶴排成「一」字形掠過老巫河，來到仙鶴鎮上空，「咕哇咕哇」地叫著。鶴群在街場繞了兩圈，一隻飛到河口，在牌樓上站了一會便落到那根木樁子上，其餘的掠過河面散落在紅樹林裡。

人們依舊跪在白鶴灘，對著仙鶴雙掌合十默默禱告。

隔天傍晚，仙鶴飛離，集市開市，大戲開鑼。熱鬧了三天，香客觀眾盡興而歸。

重陽節剛過，一批政府官員到柔南大道和伯樂通道視察那兩座尚未完工的橋樑。半個月後報上刊出政府文告，說鄉村發展部應仙鶴鎮村民要求，決定接手把柔南大道和伯樂通道的橋樑建好，把路修好，並延長柔南大道二十公里直達旺山公主園。全部工程耗資一百五十萬，預定一年半完工。

天大的好消息，村民歡欣雀躍。

盧水雄神通廣大，說話有分量。村民感激涕零，都說盧水雄捨己為公，為民請命，他肯定不是漢奸；他和夏薄情一樣，是被冤枉的。

8

馬無夜草不肥，人無橫財不富。賴旺土夫婦和兒子泥團忙了好幾天，把3號和6號倉庫裡的東西搬到柴船頭。那些針筒、玻璃管、手套、口罩和不知名的藥水列清單歸公，把小剪刀、藥布、藥棉、紗布、繃帶和外用醫藥用品一小部分放在羅海彪家裡，其餘的搬回家占為己有。

往返新加坡的渡船開航後，他和兒子帶了些樣品到新加坡走訪藥店。戰爭結束，百廢待興，這些東西缺貨已久，藥店老闆都搶著要。賴旺土算盤打得精，誰出高價賣給誰，而且言明交貨還錢，要紅毛紙。

從此，他和兒子經常去新加坡，每次帶幾麻袋貨物。為掩人耳目，麻袋裡參些番薯、木薯。

他們父子倆去了十幾趟，幾十麻袋的貨物換來一疊疊紅毛新鈔票。

有了錢，賴旺土想做生意當老闆。然而他沒做過生意，沒有門路，無從著手。他曾在龍窯工作，諳熟打坯子、燒製陶器和控制火候的竅門。白土村有上好的陶土，他想在那裡搭座龍窯做陶器生意。缸盆罈罐本小利大，但不熟悉市場，坐冷板凳可不好受。老巫河畔的橡膠園廣袤無邊，膠樹開割後得用杯子盛膠汁。一棵膠樹用一個杯子，盧家莊的橡膠園需求的杯子數以萬計。一個杯子賺五分錢，幾年後就是個大富翁。然而，築龍窯費用不少，像姚氏龍窯得五六千塊。即使窄一點、短一點的也得三四千。他那筆「橫財」還差了許多。不過不急，目前開割的橡膠樹不多，盧水雄的大園丘雜草叢生，除草施肥到開割還得兩三年。先在白土村找個地方，買些洋灰磚頭，找個幫手夯實地基，砌磚搭灶抹牆自己來，這樣費用就少多啦。

當他去白土村物色地點時卻發現姚氏龍窯的工人在龍窯邊的空地鋤地種莊稼。

賴旺土心裡納罕，前去問是怎麼回事。他們說姚老闆至今還沒回來，不能開工，沒有收入，為了生計，只好種番薯。

「啊？不久前你們不是在做坯子嗎？」賴旺土驚異地問。一個應道：「我們以為老闆很快就會回來，便動手做坯子，水缸、花盆、罐子、鹹菜甕都有，放在窯裡，老闆一回來就可生火開爐。誰知一等就是幾個月，始終沒消息。沒辦法，只好繼續種番薯。」

賴旺土恍然大悟，點頭說：「唔，這樣等不是辦法，去新加坡找他，看看是怎麼回事！」一個應道：「林祥叔去了，已經整十天，不知找到老闆沒有。」

林祥叔是龍窯主管。

「你來找姚老闆嗎？」另一個問。賴旺土應道：「沒事，來走走，問一下。不打擾，我走啦！」

兩天後，龍窯主管林祥叔和姚老闆一起回來了。

原來，新加坡淪陷後姚老闆的妻子、十八歲的兒子、哥哥和侄子在「大檢證」時遭日本鬼子殺害，他本身改名換姓到鄉村當農夫才逃過劫數。逃亡期間身體一直不好，和平後找大夫診治服藥，調養了幾個月健康才逐漸恢復。這就是他遲遲沒回來的原因。

姚老闆的健康雖然已經復原，但家破人亡，心灰意冷，始終振作不起來。他說新加坡是傷心地，走在街上還聞到血腥味，河面上屍體漂浮的景象老在腦裡揮之不去。他打算離開新加坡到泰國發展。他今次回來，是要安頓員工，結束營業。至於龍窯，如果有人要就頂出去，出租也行，如果員工要就優惠一年不必繳租錢。不然就擱著，以後再處理。

姚老闆的瓷器店是姚氏龍窯的最大客戶，姚老闆走了，瓷器店關了，單靠本地銷量不大，外埠市場沒把握，員工都搖頭不敢要。

姚老闆於是在街上貼出龍窯出頂的佈告，可是一個星期過去沒人問津。姚老闆很失望，打算遣散員工，如有願意跟他去泰國發展的也歡迎。結果有一半員工包括主管林祥叔願意隨他去泰國。

姚老闆離開前夕，賴旺土忽然去找他。

賴旺土曾在姚氏龍窯打過兩年工，他手藝好，工作勤勞，給姚老闆留下很好的印象。

姚老闆看見他很高興，問他是不是想接手龍窯。賴旺土說看到佈告才知道龍窯要出頂的事，他來看看情況順便問候姚老闆。姚老闆表示感激，並說賴旺土手藝好，是接手龍窯的最佳人選。

「不不不，」賴旺土聽了忙擺手，「我哪有這本事？我哪來這麼多錢？八字還沒一撇呢！」姚老闆說：「你是我的舊員工，如果你想要，價錢方面可優惠。」「那好哇，優惠多少？」賴旺土問。姚老闆想了一下說：「你是內行人，新建一座像這樣的龍窯得花多少錢？」賴旺土掐指算了一下說：「以仙鶴鎮目前的物價，大約五千塊。我說的是紅毛紙。」姚老闆點頭說：「沒錯，很內行！包括坯盤工具近六千。半價優惠就是三千。三千塊，怎麼樣？」

賴旺土沉吟片刻，點頭說：「三千塊不貴，值啊！不過說句心裡話，我砸鍋賣鐵也拿不出三千塊。」

「差多少？」姚老闆問。賴旺土應道：「差一大截，不行，姚老闆，我沒本事，您還是找別人吧！」說完拿了箬笠準備走。

「等等，到底差多少？」姚老闆攔住他問。賴旺土答道：「差一千，我只有兩千，連吃飯的錢在內。」

姚老闆遲疑片刻，說道：「好吧，就算兩千，讓給你！」賴旺土點點頭，隨後又搖搖頭。「不行！兩千給了您，荷包就空了。沒錢周轉，家裡揭不開鍋，工人要吃飯，還得發工錢。姚老闆，您說是不是？」

姚老闆想了一下，皺起眉頭說：「好，減兩百，一千八，這是底價，不要就拉倒。」「底價？嗯……那些坯模工具和其他設備，還有窯裡所有的東西算不算在內？」賴旺土問。坯模工具等設備當然在內，賴旺土避重就輕，指的是窯裡那些已經做好的坯子。開爐一燒那些坯子就是現貨，一百多件值得好幾百塊。

賴旺土精於算計，不愧為鐵算盤。

姚老闆不疑有他，笑道：「在內在內，這還用問嗎？」

賴旺土暗喜，不過，眼神臉色仍顯得猶豫。

「怎麼樣？不要就拉倒！」姚老闆提高聲量。

賴旺土遲疑了一下，點頭說；「好吧，我回去拿錢！」說完戴上箬笠，喜滋滋地走了。

姚老闆望著他離去的背影，喃喃唸道：「這個賴旺土看來土頭土腦，算盤倒是精得很哪！」

賴旺土回到家裡，滿面春風，把和姚老闆談判的經過一五一十告訴老婆。

價值六千元的龍窯一千八百元就買到了，窯裡還有百多件製成品。撿了大便宜，泥團喜出望外，翹拇指說老爸真行。

他老婆則指著他額頭說：「你呀，笨口拙舌的我還為你擔心呢！」「為我擔心？擔心什麼？」賴旺土不屑地看著她。

「戇頭戇腦的怕你吃虧囉！」他老婆加重語氣。

賴旺土得意地說：「我戇？哼，戇戇吃天公！」

9

羅海彪的小奎籠破舊不堪，蘇拉曼估計修起來得三百二十塊。復員費加繳槍費才二百六十塊，還差一大截，羅海彪只好搖頭苦笑。然而天無絕人之路，賴旺土突然分給他一百二十塊，說是賣「敵產」的錢。原來他暗地裡到新加坡賣「敵產」的事被王貴和馮阿全揭穿，他只好承認，說賣了五百多塊，除了船費用費，四份分，每人得一百二十塊。王貴心裡有數，幾十麻袋醫療用品，少說也值三四千塊。不過這些都是贓物，鬧出去大家都不好，既然他承認，肯分點給大家，王貴和馮阿全便不再追究。

一百二十塊加復員繳槍二百六十塊，羅海彪的小奎籠整修好了，圍欄、木架、漁網、繩索全部翻新，柵欄加長三十米。

手頭有餘錢，房子也翻修，地板鋪水泥，板牆換磚牆，屋頂換鐵皮。兒子小岡、小泉也進了學校。學校在對岸，上學得乘船，很不方便，他們仍住在夏薄情家裡，和異姓兄弟夏彬、夏廉、夏勇一同上學，週末和假期才回柴船頭。

夏彬、夏廉和夏勇三個也喜歡柴船頭叔叔的家。河邊釣魚、河灘挖蚌、退潮時在紅樹林裡鉤螃蟹。附近幾戶人家的孩子也加入，成群結夥，談天說地，歡欣雀躍。

夏薄情曾答應幫羅海彪整修小奎籠。然而，手頭存款無從兌換，日本鈔票成了廢紙。左支右絀，周轉困難，幫不到羅海彪他心裡很過意不去。如今他的小奎籠修好了，問題解決了，生計有了著落，他也寬心了。

日本投降已有好些日子，百廢俱興，市場已大有起色，然而他的醫社和卜算、看風水這行當仍門庭冷落，毫無生氣。怎麼會這樣？難道和被人誣蟣、背負漢奸罵名有關係？人心叵測，難說！他心裡納悶，晚上睡不好，經常做夢，不過卻是好夢。他夢見回到潮州彩虹坪，姨奶奶頭戴紗巾身穿白袍在禪房打坐修行。有時夢見回到銀沙村鄉下，在祠堂向祖先磕頭。有時夢見和羅海彪在銀沙河抓小螃蟹，捕虎斑魚……

孩子受了委屈想媽媽，遊子不得意時特別思念故鄉。

墨魚島叫他魂牽夢縈，他萌起回鄉的念頭。

一天，忽然接到堂大哥伯愷的信。信裡說戰後百廢俱興，國內形勢不錯。南洋那邊如果情勢不好，可以考慮回來發展。家人都很想念他，希望回來看看，和家人團聚。云云。

看了這封信，他決定回唐山鄉下。他和家人商量。髮妻婉兒看了這封信後表示贊成，說她也想回家。袁木香說離鄉這麼久回去看看理屬應該，不過家裡有妻有兒，定居或發展得三思而行。羅海彪同意她的說法。

一朝被蛇咬，十年怕井繩。每想起被人當漢奸，綁在雲鶴寺前任人羞辱的事就耿耿於懷，加上醫社生意蕭條，他想離開仙鶴鎮。他把心事告訴老叔公和鍾校長。老叔公說國內局勢仍不平靜，回去看看和家人團聚無可厚非，回去發展是件大事，得從長計議。鍾校長說：「國共兩黨矛盾極深，形勢不樂觀。世事多變，得速去速回。內戰一旦爆發，待不下又回不來，麻煩可大了。」

肺腑之言，夏薄情鏤骨銘心，說會看著辦。

消息傳開，鄉鄰好友紛紛來看他。

一天晚上，羅海彪交給夏薄情一百塊，說他的母親已經七十多歲，到了汕頭後買點參茸補品給她老人家補補身子，剩下的錢交給弟弟。此外，交代他抽點時間到白沙村代他問候那批漁民朋友。夏薄情說白沙村的人他都認識，即使沒交代他也會去探望他們。

隔天早上，頤春堂老闆翁水斗聞訊而來。談起故鄉他的心情特別沉重。他說古陽縣多災多難，當年鬧兵變，鬧土匪，鬧倭寇，兵荒馬亂，村民四處逃亡。他就是那個時候過番南洋的。他說家裡有兩個弟弟，一個叫水清，一個叫水廉，他們現在在哪裡不得而知。他交一百塊託夏薄情交給家人，如果家裡沒人就捐給祠堂。

下午，賴旺土來找夏薄情。

「聽說先生要回唐山鄉下？」他問。「是啊，有什麼要交代嗎？」夏薄情問。賴旺土搖頭說：「沒有，當時世道這麼亂，家人都逃荒去了，下落不明，沒什麼好交代的。」「現在和平了，你的家人該回牛角坳了吧？」夏薄情問。賴旺土搖頭說：「我看不會。戰前我託水客帶過信，水客回來說我家沒人，房子塌了，田地野草比人高。我今天來是要拜託先生一件事。」說完從衣袋裡掏出一疊鈔票遞給夏薄情，「是這樣的，」他繼續說，「當年過番時我在松口鎮搭船。渡頭邊有間關帝廟，那是一間小廟，破破爛爛。我站在廟前向關帝爺許願：我過番南洋如果賺到錢就捐錢修廟。目前我的龍窯生意還可以，賺了點小錢。這兩百塊勞駕先生交給廟堂住持，轉告他我先捐點小錢聊表寸心，賺了大錢就把整間廟堂翻新擴建，兌現我許下的願。」

夏薄情拍掌讚道：「好哇！許願還願，財源廣進。一諾千金，有始有終。可敬可敬！」說完向他拱拱手。賴旺土起身說道：「好啦，謝謝先生。祝先生一帆風順，平安歸來！」說完轉身走了。

這幾天陸續有人來拜訪。王貴和紅姑，漁家朋友林虎、丁牧、馮阿全、「鋤頭兵」那班人馬以及丁香和盧周氏，他們依照仙鶴鎮風俗送「利市紅包」，祝夏薄情一路順風，平安吉祥。

千里鵝毛，深情厚誼，夏薄情感激涕零。

船期漸近，有些手續要辦，夏薄情提早動身。

離開前夕，袁木香弄幾道他喜歡吃的菜，羅海彪打瓶酒，一家人高高興興為他餞行。

酒過三巡，夏薄情說：「過番足足十三年，想到鄉下、想到姨奶奶我就開心。昨晚我又做夢，一個很奇怪的夢！」「哥哥夢見什麼？」羅海彪問。夏薄情應道：「夢見回到老家，向爺爺請安，他很生氣，不理我。我問姨奶奶爺爺為何生氣。姨奶奶沒說，只抿著嘴笑。隨後就醒了！」

羅海彪說道：「爺爺飽讀詩書，博古通今。他識破天機，料事如神。可惜沒把本事傳給你們，太可惜啦！」

夏薄情心裡咯噔了一下，於是說：「別談這個，來，喝酒！」

離開那天，早上到碼頭，鄉鄰朋友來送行。

依依惜別，聲聲珍重。汽笛嗚嗚響起，催搭客上船。

夏薄情登上甲板，進入船艙。

船徐徐開動，鄉親們揮手目送，直到船駛出河口才離去。

送走哥哥，羅海彪心裡悵然若失。

他想念母親，想念弟弟。他們已經回到老家。大伯送的十畝肥田產量高，只要不鬧蝗災、河水不氾濫，一家人的吃用就不必愁。然而母親已入古稀之年，遠在南洋不能伴隨在側，啊！母親，孩兒不孝……。他不禁哽咽，眼淚奪眶而出。

日子過得飛快，夏薄情回唐山已經一個多月。他數著日子，等著哥哥的來信。

然而，哥哥的信還沒到，水客何千卻來了。

何千帶來他母親去世的壞消息。

晴天霹靂，羅海彪大吃一驚。

片刻，羅海彪問道：「什麼時候的事？」何千應道：「一個多月了。當時我在松口鎮，你堂大哥伯愷告訴我，我便去弔喪。喪事辦得很好，很排場。令堂已經七十多，算是壽滿天年了！」

羅海彪沉吟片刻，說道：「我哥回唐山去了。何千叔，你看我該怎麼做？」何千想了一下說：「法事已經做了，醮也打了，是你堂大哥伯愷安排的。我看你這裡不需做什麼，家裡安個靈位，備些祭品，請個道士唸唸經。子孫服喪四十九天，就算是功德圓滿了。你哥回唐山多久了？」他隨後問。在旁的何婉兒說道：「一個多月啦！」何千一怔，說道：「一個多月前我還在松口鎮，他該到了呀！」何婉兒說道：「他先去彩虹坪姨奶奶那裡，然後再回松口鎮。」何千恍然地說：「哦，怪不得我沒見到他。」

事情交代完了，何千起身告辭。何婉兒留他吃午飯。何千謝絕，說還要趕去別地方，改天再來拜候。

羅海彪悲痛不已，含淚回柴船頭家裡為母親設靈位，安靈牌。

隔天中午，何婉兒和袁木香買來香燭祭品、請來道士為死者揚幡招魂。黃大牛從何千那裡得知羅海彪母親去世的消息，便約馮阿全、紅姑、王貴和鄭大興前去慰唁。

羅海彪和兩個孩子披麻戴孝，隨著道士在靈前跪拜磕頭，直到午後四點鐘方告結束。祭奠完畢，何婉兒和袁木香帶小岡、小泉回街場，羅海彪在家守靈。

入夜，萬籟寂靜，心裡空落落，便從布包裡拿出母親給他的玉鐲子。燭光晃動，鐲子亮錚錚，他看著、摸著，親膩地貼在臉上。他思潮起伏，心緒翻騰，老家、田疇、銀沙河、父親踩踏水車、母親弓腰插秧、弟弟溪邊看牛等景象像影片般一幕幕出現在眼簾。窗外月色溶溶，他似乎聽見銀沙河淙淙的流水聲。風和日麗，稻田翻浪，他似乎聽見老牛哞哞的嗷叫。

思鄉心切，他拿出螺笛，坐在月下吹起家鄉的曲子。笛聲哀怨，如泣如訴。愁絲如網，悱惻纏綿，他的心在瀝瀝淌血。他哭了，臉上爬滿淚珠。他邊哭邊吹，邊吹邊哭。哭聲抽搭，笛聲哽咽。笛聲飄過老巫河，飄過原野，飄過森林，喚起遊子重重的鄉愁。

第八章

1

夏薄情抵達汕頭已經是農曆十月中旬，炎夏已過，涼風習習，樹葉轉黃，汕頭秋色正濃。秋高氣爽，令人心曠神怡，然而道路坑坑窪窪，市區彈坑累累，叫花子滿街走，一片淒涼景象，天空再藍，氣候再好、秋色再濃也叫人「爽」不起來。

潮州似乎更糟，到處殘垣斷壁，街道滿目瘡痍，當年的海產中心、雜貨廣場、陶瓷大街等馳名街市已不復存在。

夏薄情在潮州住了兩天，走訪當年有過來往的朋友和商家，然而不是人去樓空就是換了主人。不過市場倒是興旺，商鋪門庭若市。大哥說得對，戰後百廢俱興，國內前景不錯。不過，一個來自香港的客商卻說以國內目前的政治形勢來看，那是迴光返照，這樣的繁榮景象不會持續太久。

另一個來自上海的商人說日本雖然投降，但國內局勢依舊嚴峻，國共兩黨矛盾激化，內戰勢所難免。他的總公司已移去香港，過些時候廣州、汕頭的分號也要結束，轉移泰國和新加坡。

春江水暖鴨先知，商人的頭腦最機靈，嗅覺最靈敏。

夏薄情原本打算去汕尾市和揭陽市繼續考察，聽了這兩個商人的話後便打消念頭，買船票直奔彩虹坪探望姨奶奶。

彩虹坪位於韓江中游北岸，離潮州九十多公里。十幾年前，穿行於彩虹坪和潮州之間的是大帆船，航程時間一天一夜。現在是摩托船，六個鐘頭便到了。

「鳳仙憩苑」離彩虹坪碼頭十多公里，當年是黃泥路，交通工具是驢車，得走兩個多鐘頭。如今路已加寬，鋪上碎石，交通工具為小吉普。司機說日本鬼子留下好些兵車，有大有小，這段路窄，路基不好，只能走小吉普。路還是舊路，兩邊環境沒多大變化，村莊、土房、田疇、小山包、白楊樹仍依稀可辨。

走了半個多鐘頭，來到一座小山包腳下。車速放慢，拐進竹林，走了七八分鐘，在一座牌樓前停下。司機說到了。

下了車，拿了行李，舉眼看看牌樓，駭然發現牌匾上的「鳳仙憩苑」改為「鳳仙寺苑」。一字之差，雲泥之別。此外，牌樓內十幾米處有座白石雕像。仙風道骨，道袍飄飄，這是哪個仙人的雕像？心裡疑惑便前去看。底座上有個銅牌，上面刻著「祖師張道陵神像」幾個字。這座石像以前沒有，宅院周圍的柵欄以前也沒有。

心裡納罕，便去扣環叫門。

「這位先生找誰？」一個家丁穿著的男子前來問。

「我找這裡的主人鳳仙居士。她在嗎？」

「在。請問先生怎麼稱呼？」他又問。

「小姓夏，名伯琴。憩苑主人是我姨奶奶。」

「請稍等！」他轉身走了。

不一會，家丁從假山後出來，後頭跟著一個頭戴白紗巾、身穿白袍的婦女，繞過荷塘朝柵門這邊疾步走來。

夏薄情看清楚了，那個頭戴紗巾、身穿白袍的婦女就是姨奶奶鳳仙。

夏薄情喊道：「姨奶奶，我回來了！」

他們來到門前，家丁開鎖拉開柵門。

夏薄情深深一鞠，說道：「伯琴謁見姨奶奶！」

鳳仙趨前握住他的手，激動地說：「好好，伯琴，我老惦著你，你回來我就放心啦！」夏薄情再次鞠躬，應道：「多謝姨奶奶關心！姨奶奶一切可好？」

「好，我很好！走，回屋裡說話！」

家丁從夏薄情手裡接過行李，朝宅院走去。

他們並肩走著。「和平後我給你捎過信，收到嗎？」夏薄情答道：「沒有，只收到伯愷的來信。您什麼時候寄出的？」鳳仙應道：「日本投降後一個禮拜，郵政局開始運作，我便把信投入郵箱。」夏薄情說道：「戰爭剛結束，我們那邊還很亂，我看多半是丟失了！」

進入宅院大廳，坐下，傭人端茶進來。

「你餓嗎？要不要吃點東西？」鳳仙問。夏薄情應道：「船上吃了午餐，不餓！」鳳仙說道：「不餓就好，喝茶吧！婉兒呢？她怎麼樣？還好吧？」夏薄情喝了口茶說：「她沒事，都好！」鳳仙說道：「沒事就好！日本鬼子窮凶極惡，殺人成性，我還真為你們擔心。」夏薄情說道：「我也為您擔心。大哥伯愷前次來信說他們已經回去銀沙村，這裡留下奶奶一個人，萬一有事怎麼辦？」鳳仙笑道：「你杞人憂天，這裡很好。其實呀，日本還沒投降他們就走了。出乎預料，那時候墨魚島反比這裡好。先前逃難的村民也都回去，包括羅海彪的母親和弟弟。哦。羅海彪的母親已經去世，你知道嗎？」「啊？什麼時候的事？」夏薄情驚訝地問。鳳仙應道：「前年初冬，一年多了吧！」夏薄情說道：「一年多前還沒通航，資訊不通，家鄉的事我們一無所知。剛才您說伯愷他們回去後墨魚島反而太平無事。那時候日本鬼子還沒投降，怎會太平無事嗎？」鳳仙應道：「沒錯，確實是！事出有因，說來話長，回頭再講。你的結拜兄弟羅海彪呢？他老婆阿蓮不是過番了嗎？她怎麼樣？」夏薄情沉下臉說：「不幸哪，鬼子統治期間，羅海彪被人誣告，說他是抗日分子。他逃得快，鬼子抓不到他便抓他老婆。結果被殺害，棄屍大海。同時被殺害的有十幾個。唉！說來揪心，先別談這個！這裡怎麼樣？情況很嚴重嗎？」

鳳仙歎了口氣，應道：「傾巢之下無完卵，到處都一樣。鬼子喪盡天良，殺人成性，這裡被殺的人不是十幾個，而是幾百個。」「啊？這麼嚴重！伯愷他們所以趕快離開，是嗎？」鳳仙應道：「那又不是！禍不單行，彩虹坪天災連連，先是旱災，半年沒下雨，禾苗枯死，農事歉收。隔年韓江氾濫，稻田被淹沒，有些人的房子被大水沖走。大水退後，重整家園，風調雨順，稻子長得好，然而蝗蟲來了，鋪天蓋地。連年天災，饑荒嚴重，能走的都走了，有些淪為乞丐，到處流浪。我們這裡人這麼多，坐吃山空，怎麼辦？你二伯他們原本打算搬去古陽縣杏仁村你二奶奶那邊，這是你爺爺臨終前交代的。然而打聽一下，那裡和彩虹坪一樣糟，你二奶奶一家人已經搬去湯坑親戚的家。道盡途窮，託足無門，你三叔因而想起老家銀沙村，便和崇禮、崇浩和你堂姐夫丁作鳴幾個率先回去。為我們看家的阿財叔說我們走後土匪鬧了一陣，扛走我們家的自鳴鐘，之後就銷聲匿跡。你三叔他們在老家住了半年，很平靜，安然無事，你大伯、二伯、三叔、四叔、嬸嬸侄子和丁作鳴整家人隨後也就搬回去。」

「安然無事？那時候日本鬼子還在，可能嗎？」夏薄情聽了後問。鳳仙應道：「聽說有一支打著紅旗的抗日部隊進駐墨魚島，土匪被消滅，倭寇海盜落荒而逃。這事我略知一二，詳細情況你回去問伯愷。」夏薄情恍然說道：「哦，原來是這樣！那支部隊是解放軍吧？」鳳仙搖頭說：「不知道，這個我外行，回去問伯愷吧！」

「對了，還有一件事，」夏薄情霍地想起，「外面牌樓匾額上的『憩苑』為何改為『寺苑』？還有那座張天師石像，以前沒有的呀！」鳳仙莞爾而笑，說道：「別急，你剛回來，舟車勞累，先洗個澡，休息一下。我交代廚子做幾樣你喜歡吃的菜為你接風，晚飯後我們再好好聊。」說完吩咐傭人帶客人去客房。

客房在後院，窗外有幾棵老松樹，松針蒼勁，松濤蕭蕭。門前院子裡有兩棵古松盆栽，樹幹盤曲，松針如芒，看起來比窗外的松樹還要古，還要老。

房內窗明几淨，擺設古色古香。牆上有幅人像素描，線條粗獷，區區幾筆就勾勒出鶴髮童顏、老當益壯的老人形象。夏薄情認得畫中老人就是他的爺爺夏子規。

洗澡更衣，躺在床上閉目養神，窗外秋陽皎皎，帶著涼意，不知不覺就睡著了。

有人敲門，睜開眼睛，房裡黑黝黝。已經入夜，傭人來請他去吃飯。

隨傭人來到餐廳，鳳仙已在那裡等候。

桌上兩菜一湯，菜是釀豆腐和燜豬肘子，湯是牛肉丸粉絲湯。這是典型的客家菜，新加坡、馬來亞這樣的客家菜很普遍，可是已經「南洋化」，吃不出客家菜原來的味道。

吃過飯，步出餐廳來到後廳。正牆上掛著一幅水彩畫，畫幅約兩尺寬，三尺長。畫境月色朦朧，雲煙氤氳，題目為《夢》。

鳳仙指著說：「這幅是新作，日本投降後畫的。你看和我以往的格調有何不同？」夏薄情趨前看了一下，說道：「筆法不同，意境深邃，不看落款印章，哪會想到是奶奶的作品？」鳳仙笑道：「說對了！這是夢，虛無縹緲的夢，採用朦朧線條才能表現出來。」「奶奶夢見什麼？」夏薄情饒有興致地問。鳳仙應道：「夢見你爺爺，好幾次，為了把夢境留住，鬼子投降後心情好轉，來了興致，便提筆做此畫，題曰《夢》。」

夏薄情起身移步到牆邊再看那幅畫。「您夢過爺爺好幾次，他交代什麼嗎？」夏薄情問。

鳳仙呷了口茶，說道：「頭一次是你走後沒多久，我午睡時夢見他在牌樓下踱步端詳。我問他在看什麼，他說憩苑的設計有欠缺。我問他缺了什麼，他說牌樓內空蕩蕩該擺點什麼東西。我問他該擺什麼，他說我是這裡的主人，想擺什麼就擺什麼。我滿頭霧水，想問個清楚，他卻飄然走了。」

頓了頓，她繼續說，「該擺什麼呢？一時想不起，隨後就沒當回事。兩個月後，我去錙隍市辦點事，回的時候發現路邊一間打石店門前擺著一尊丈來高的人像石雕。雕像人物仙風道骨，虬髯飄飄，氣度非凡。我一眼就認出這是先師張道陵的雕像。石是玉石，上好的材料。雕工精湛細膩，神乎其神，我很喜歡。店家過來和我搭訕。我問他價錢，他請我進店用茶。」

夏薄情插話道：「奶奶和先師石像有緣。」鳳仙應道：「你說得對！店家說此石雕乃一客戶所定，言明半年內來取貨，然而刻好擺在那裡已經兩年多，仍不見客人蹤影。諒想他是不要了，如果我要就便宜點讓給我。我二話沒說就買下來。這是機緣哪，伯琴。」

夏薄情接著說：「有了天師的石像，您就把『憩苑』改為『寺苑』，是嗎？奶奶。」鳳仙點頭應道：「對！『憩苑』是休閒的地方，『寺苑』是修行的地方。修行比休閒好，是不是？」夏薄情笑道：「爺爺莫非是要奶奶多修行多做功課？」鳳仙笑道：「可以這麼說，不過，我想你爺爺是為我們一家人的安全著想。」

「安全著想？怎麼說？」夏薄情疑惑地看著她。

鳳仙笑道：「世界上有些事很玄妙，叫人不可思議。你爺爺託我這個夢確實是為我的安全著想。這尊石像設立後很快就得到驗證。沒多久，日本鬼子來到彩虹坪，逐戶炒家，掠奪財物，強姦婦女，無惡不作。我們這一家卻例外，沒人敢騷擾，平安無事，你知道為什麼？」

夏薄情沉思片刻，答道：「這裡是寺院，日本鬼子也敬神靈，在天師面前不敢造次。奶奶，您說是嗎？」

鳳仙笑道：「是的，我也這麼想。當時一隊鬼子兵來到來到牌樓下，有的叉腰看楹聯，有的昂首看牌匾，有的站在石像前指指點點。另兩個氣勢洶洶地站在柵門前喊開門。家丁很怕不敢開。鬼子把門踢得乒乓響。我前去問他們想幹什麼。他們問我為什麼不開門。我說這裡是寺院，來修行，來學道，歡迎！來撒野，來搗亂，沒門！一個氣急敗壞，掄起槍柄要砸鎖頭，石像那邊一個軍官模樣的鬼子大聲喊停，隨後嘰哩呱啦地好像在罵他們。他們低下頭嗨嗨嗨地應著，隨後鬼子兵就走開了。從此，日本鬼子就沒來過。所以我認為你爺爺託夢給我是為了我們一家人的安全。」

夏薄情說道：「爺爺參透禪理，識破天機。禪理天機神祕深奧，玄之又玄。身為凡人，不可思議！」鳳仙應道：「道家所說『玄之又玄，眾妙之門』就是這個意思！」「除了這次的夢外，奶奶還夢見什麼？」夏薄情又問。「還夢見，呃……」她舉眼看看壁上的掛鐘，「晚了，早點休息，明天再說。」

回到臥房，秋風蕭瑟，窗外樹影婆娑，晚上的彩虹坪氣候格外冷。

夏薄情雖然疲倦卻難以入睡。爺爺乃風水學一代宗師，名滿京城，德高望重，卻不准後代子孫繼承衣缽，這是為什麼？姨奶奶知道個中緣由嗎？他曾以算卜和看風水為業，這事瞞得過爺爺嗎？

輾轉反側，夜闌人靜，時間一分一秒地過去。

聽堂裡的自鳴鐘霍然噹噹響起，外頭傳來狺狺的犬吠聲。報曉的公雞隨後喔喔啼起。

天將亮，他摒除心中雜念，合上眼就迷迷糊糊地睡著了。

一覺醒來已是日上三竿。

吃過早餐，窗外陽光燦爛，鳳仙陪他到外頭散步，他們邊走邊聊。繞過假山，來到魚塘邊，鳳仙到亭子裡抓把飼料撒進塘裡，斑斕多彩的鯉魚擠擠插插地躍出水面搶食。鳳仙說淪陷期間塘裡的鯉魚所剩無幾，和平後魚也享受到自由的空氣，繁殖得很快，不到半年，大大小小已有百多條。夏薄情說魚池太小應該擴建，不然小魚長大後有魚滿之患。鳳仙說已吩咐管家叫泥水匠開條水道通到隔鄰荷塘，讓魚游過去，這麼一來，魚的活動空間就大得多。

走著走著，不覺來到柵欄側門前。柵欄外是一片稻田，黃澄澄的有好幾十畝。此刻正是秋收季節，一夥農人忙著幹活。

一個年約六十歲的老漢放下鐮刀上前來說：「太太早，出來看看嗎？」說著掏鑰匙開柵門。鳳仙說：「沒事，別開門，去忙你的！」

老漢走後，鳳仙說此人叫丘水田，五華鎮人。五華是個窮鎮，天災人禍連年不斷，加上鬼子迫害，村民活不下去，只好四處逃亡。兩年前丘水田一家大小來到彩虹坪。沒親戚，沒朋友，流離失所，乞討為生。那年冬天特別冷，眼看他們一家人就要餓死凍死，她便叫管家給他們送糧送衣。他們感激涕零，對管家說只要給口飯吃，願為東家做牛做馬。管家跟她說丘水田這夥人看來誠實、可靠，田裡正需要人手，何不叫來使喚。她答應，叫他安排。開始時管家安排他們當散工。他們很勤勞，表現很好，管家便讓他當長工。

「現在和平了，他們不打算回去嗎？」夏薄情聽了後問。鳳仙說道：「我問過丘水田，他說回去也是當佃戶，地主要七分，他們拿三分，吃不飽還得看人臉色。他說我們這裡好，不走啦！」「我們這裡怎麼分？」夏薄情又問。鳳仙應道：「六四分。因為是長工，如果年成好，年終有花紅，有獎勵。只要時局好，天時好，留在這裡就不會挨餓。看到他們有衣穿，有飯吃，孩子能上學，我也高興呀！」

離開後，他們轉了一圈，回到宅院已是正午時分。

吃過午餐，休息一陣，鳳仙叫夏薄情到書房品茗敘話。

書房寬敞古雅，書櫥貼牆而立，左邊藏的是線裝書，那是夏薄情的爺爺留下的。右邊櫥裡的藏書參差不齊，精裝平裝線裝都有。鳳仙說那些書是後來買的。

正牆掛著三幅水彩畫，左邊的是《鯉魚戲水》，中間的是《蜻蜓點水》，右邊的是《青蛙潛水》，統稱「三水」。

落筆工整細膩，畫境栩栩如生，夏薄情讚歎不已。

牆角邊還有個玻璃櫥，櫥裡放著一把琵琶和一把摺扇。夏薄情認得那把琵琶，摺扇卻沒見過。扇面上寫著「紅葉題詩，花好月圓」八個字。

夏薄情看了很驚訝，說道：「筆勢龍飛鳳舞，筆畫剛勁有力，這是出自哪位大家之手？」他饒有興致地問。鳳仙說道：「有眼力！這八個字出自四川鶴鳴山正一禪林方丈、你爺爺的師傅空溪道長之手。」「這摺扇怎會落到奶奶手裡？」夏薄情又問。鳳仙應道：「說來話長，改天再說！」夏薄情說道：「那就長話短說，現在就說！」

鳳仙遲疑了一下，點頭說：「好吧！這事除你爺爺之外我沒告訴任何人，今天算是破例。三十年前，四川鶴鳴山正一禪林舉行聯歡大會，慶祝空溪道長一百零一歲壽辰。我和幾個道友隨恩師前往。那次與會的人很多，正一禪林足足熱鬧了一個星期。空溪道長每天早上都和與會者宣講道法。他鶴髮童顏，神采奕奕。他嫻於辭令，把道家「生而不有，為而不恃，長而不宰」的學說講得妙趣橫生，引人入勝。空溪道長沒有架子，講完後便和與會者聊天話家常。一天，我在道院小賣店買了把檀香摺扇，就是這把，」她指了指那個玻璃櫥，「那把扇精緻幽香，圖案也好，我很喜歡。離開那天，我請空溪道長在扇上題字留念。空溪道長看我一眼便拿筆在扇上寫了『紅葉題詩，花好月圓』八個字。你知道這八個字的含義嗎？」她問。夏薄情點頭應道：「知道，請繼續！」

她呷了口茶，繼續說：「我父親涉及戊戌變法被殺害的事你應該知道！」夏薄情點頭說：「知道，您講過！」「當時，我的未婚夫譚左頤也被殺害，這個你可能不知道。」「啊？」夏薄情驚叫道，「奶奶當時有未婚夫？您沒說過呀！」「是的！」鳳仙點點頭，「我十六歲那年，父母把我許配給鄰居譚家少爺譚佐頤。譚左頤大我六歲。他和譚嗣同、林旭、劉光第等六君子那班人一樣，剛正不阿，胸懷坦蕩，志在四方，為變法維新不遺餘力。結果好人沒好下場，他們被慈禧太后……殺了！」她哽咽著，忍著眼淚，說不下去。

她把杯裡的茶喝完，夏薄情拿過茶壺把杯子添滿。

情緒稍定，她繼續說：「在我心目中，像譚左頤這樣的人不會有第二個。我決定守節，終身不嫁。然而，空溪道長在扇上的題字顯然是向我暗示，說我仍有姻緣，要嫁人才會有『花好月圓』的日子。我想，人生驛道已經已走了一大半，年華即去，紅顏將老，哪還會有姻緣？然而世事難料，無巧不成書，幾年後就遇到你爺爺。他寫的那對嵌字聯就奪走我的心。唉，俗話說『姻緣配合憑紅葉，月老夫妻繫赤繩』，看來還真有這回事。」

夏薄情說道：「空溪道長只看奶奶一眼就斷言您姻緣未斷，仍有人為您『殷勤獻紅葉』，有月老為您『繫紅繩』，可見空溪道長的修行已到了半人半仙的境界！」

「說得是呀！為我『繫紅繩』的月老就是我恩師雲山道人。」她揚起眉梢，繼續說，「恩師疼我如父母，想到他就感到安慰。兩年前我夢見他和你爺爺在黃狼洞弈棋，我在旁為他們沏茶。這夢境在我腦裡一直揮之不去，後來日本投降了，心情特別好，拿出畫紙，揮筆如神，只花兩天就完成了。」

夏薄情舉眼看看周圍，問道：「掛在哪裡？沒看見呀！」鳳仙應道：「還沒拿去裱，在這裡。」說完到桌邊拉開抽屜，拿出一卷畫紙，在桌上攤開，用鎮紙壓著。

這是大型水墨畫，畫幅寬兩尺，長三尺。畫的是兩個老翁坐在古松下弈棋。

鳳仙說：「你沒見過我恩師，看看畫也能留下印象，是不是？」夏薄情凝神看了一會，說道：「天庭飽滿，地閣方圓。雍容瀟灑，儀態萬方，一副仕官模樣。」鳳仙拍掌說：「形容得好，可惜當時朝廷腐敗，容不得有志之士，所以恩師只好到黃狼洞當隱士。」夏薄情說道：「姨奶奶妙筆生花，畫裡的爺爺呼之欲出，不凡的氣度躍然紙上。」鳳仙擺手說：「過獎了！這幅畫神韻是有，但我禪悟不深，沒法把你爺爺和恩師超塵拔俗的高貴品德表現出來。」

夏薄情笑道：「奶奶，您這個要求太高啦！」

天色轉暗，鳳仙看看窗外，說道：「好啦，別談這些，你打算什麼時候回銀沙村老家？」她岔開話題。夏薄情沉吟片刻，應道：「不急，我還有很多話和奶奶說，過幾天吧！」鳳仙點頭說：「也好！哦，婉兒過番好些年了，有孩子沒有？」她岔開話題。夏薄情應道：「沒有，不過有三個男孩，是二房生的。」「三個男孩，好哇！那裡生活怎麼樣？還寫意吧？」「寫意？」夏薄情不禁苦笑，「酸甜苦辣，五味雜陳，一言難盡！」

話語剛落，傭人敲門進來，說晚飯已經做好，問他們要在哪裡吃。鳳仙說拿來這邊吃。

書房角頭有個小房間，那是喝茶聊天的地方。

吃過晚飯，言猶未盡，他們回到書房繼續敘話。

坐定，夏薄情突然說：「我有一件事老梗在心裡，不知該不該問奶奶。」鳳仙一怔，應道：「想問就問，猶豫什麼？說！」夏薄情於是說：「爺爺生前乃風水大師，為何不准我們繼承衣缽？奶奶知道個中緣由嗎？」

鳳仙聽了莞爾而笑，說道：「我問過你爺爺，他不肯說。一次，我和你大伯父偶爾談起這件事。他的說法令我驚訝。」「大伯父怎麼說？」夏薄情問。鳳仙答道：「他說風水玄乎其玄，難以理解。有人信有人不信。這行當得靠機緣。機緣可遇不可求，時代已經改變，夏子規不會有第二個。言下之意就是沒有出路。」

夏薄情沉思良久，後問：「奶奶的看法呢？」鳳仙點頭說：「我同意這說法。時代不同了，你爺爺的師傅空溪道長、我的恩師雲山道人包括你爺爺，今後不會有第二個。呃，你突然問這個幹什麼？」鳳仙驚訝地看著他。

夏薄情沉下臉，緘默良久才說：「不瞞您，奶奶，我犯了忌，沒遵從爺爺遺訓，當年生意失敗，捉襟見肘，不名一文，便改行行醫。可是門可羅雀，坐冷板凳。萬般無奈，只好掛起幡子兼職為人算卜看風水。」鳳仙一怔，說道：「當時你信裡怎麼不提這件事？有困難我可幫你的呀！」夏薄情應道：「我問心有愧，難以啟齒呀！還有我爺爺，在天之靈我如何向他交代？」夏薄情心情激動，眼睛泛紅。

鳳仙沉思片刻，後說：「算卜看風水不是壞事，何況你有苦衷。你爺爺是明理人，他在天之靈是會諒解的。放心吧，別想它！」

夏薄情沉下臉，緘默不語。

「時運不濟，多災多難，日本統治時期，你又是怎樣挺過來的？」鳳仙轉了話題問。夏薄情苦笑一聲，說道：「我死過兩次，這條命是撿回來的！」鳳仙一怔，說道：「大難不死必有後福，你這後福可是雙份呀！」夏薄情說道：「不敢指望，能留住這條命我就燒高香啦！」鳳仙笑道：「好吧，怎地死兩次？說來聽聽！」

夏薄情於是把當年在危急之際挺身而出拯救數百村民的經過、之後為解決村民的生計而在日本工程公司當工頭、日本投降後被抗日軍當漢奸綁在柱子上示眾、村民如何把他救出來以及抗日軍頭目後來承認錯誤、送紅綢當眾向他道歉的事一五一十如實相告。

他感慨萬端，最後說：「要不是村民出手相救，我就被釘在歷史的恥辱柱上，永不翻身，遺臭萬年哪！」

他情緒激動，眼淚撲簌簌地流出來。

鳳仙聽了驚訝地說：「這些年你險象環生，歷盡艱辛，可是你沒氣餒，你不顧個人安危，力挽狂瀾，救村民於水火。你有志氣，有膽量，為我們夏家增光。你功德無量呀，伯琴！」

夏薄情說道：「話是這麼說，可是，每想起被綁在寺廟前示眾，受盡恥辱，我心裡就隱隱作痛，晚上徹夜難眠。」鳳仙說道：「他們已經送紅綢當眾向你道歉了，大人大量，你就敞開胸懷，別當回事啦！至於你違背爺爺遺訓，為人算卜看風水那是生活所逼，不得已而為之。這一點，爺爺是會原諒你的。回到老家後，你就大大方方地到祠堂向祖先磕頭，坦坦蕩蕩地敲開竹筒看看爺爺對你有什麼指示！」

夏薄情聽了猶豫了一下，說道：「好，過兩天我就回去墨魚島！」

2

頤春江是韓江東岸的一條支流，經黃金埠、梅州市、梅子鎮、古陽縣、墨魚島然後注入大海。松口鎮位於頤春江下游，離墨魚島河口二十多公里。

船抵達松口鎮已是午後三點鐘，風和日麗，白雲悠悠。碼頭陳舊，街道狹窄。店鋪古老，松口鎮沒多大變化。

雇輛人力車來到東大街8號。「儒正醫社」招牌依舊掛在那裡。隔壁10號店鋪以前是「海發五金」，現在是「儒正藥材行」。「儒正」是夏薄情大伯的名字，醫社是老字號，大伯兩年前去世，現由堂大哥伯愷接手。隔壁10號的招牌是「儒正藥材行」，這麼說伯愷接手醫社外還做藥材生意。

來到醫社門前，一個店員前來問他要買什麼藥。夏薄情說要找老闆夏伯愷。店員指向櫃檯叫他去跟掌櫃的說。

夏薄情道了聲「謝」來到櫃檯前。掌櫃的正在撥算盤，夏薄情站著沒打擾他。

掌櫃沒看他，卻說：「請坐一下，就來！」

櫃檯前有椅子，夏薄情坐將下來。

掌櫃的停下手，看看算盤上的數字寫在藥方上。用鎮紙壓著，按了按鈴，然後舉眼看夏薄情。

「先生有何指教……誒，」他猛然一怔，看到夏薄情身邊的行李便改口，「你不是過番南洋的夏伯琴嗎？」

夏薄情驚訝地看著他，點頭說：「對，我是夏伯琴。請問您是誰？怎會認識我？」掌櫃的應道：「我是丁作鳴，你的堂姐夫，怎麼？不認識啦？」「呃，對呀！」夏薄情恍然大悟，「姐夫莫怪，十幾年沒見，一時沒認出來。」「沒事沒事，」掌櫃的和他緊緊握手，「我看到你的行李才想到是你，不然，我也認不出來。伯愷在樓上，崇智也在。行李放裡面，我們上去。」

夏薄情放好行李隨他上樓。

當年，夏薄情的大伯夏儒正除行醫外還收門徒傳授衣缽，夏薄情是他的得意門生之一。

醫社在樓上，佈置略有改變。之前，前半部是學堂，中間為診所，後面為針灸室；如今前面是候診室，問診和針灸在中間，後面改為會客廳。

候診室裡有五六個病人，助手正忙著。丁作鳴和他低聲說了幾句話，便帶夏薄情到後面會客廳。

「坐！」丁作鳴指了指牆角的沙發椅。

夏薄情坐將下來。

丁作鳴倒杯茶給他，一邊說：「喝杯茶，休息一下。我樓下還有事，你請便，失陪啦！」夏薄情說：「姐夫別客氣，去忙你的！」

丁作鳴走後，牆上一副對聯吸引了夏薄情的視線。上聯：「華陀在世，起死回生。」下聯：「伯愷在世，藥到病除。」廣告性質，沒韻味，不過吸引他的是書法。鸞翔鳳翥，鐵畫銀鉤，好像是姨奶奶的手筆，趨前看落款和圖章，果然是。玻璃櫃裡有好些線裝書，那是大伯父留下的。伸手正要拿來看，霍地有人敲門。回頭一看，進來的是個年近五十、身材修長、身穿長衫的男子。此人的相貌和大伯父幾乎一個樣，夏薄情一眼就認定他就是堂大哥夏伯愷。

久別重逢，他們緊緊握手。

夏薄情說：「你沒變，只是胖了點。」伯愷說：「你也沒變，只是瘦了點。」說著，一個身穿唐裝、年二十七八的男子敲門進來。

「認得他嗎？」伯愷問。

夏薄情打量著他，搖頭說不認得。

伯愷說：「他是我老大崇智呀！」

夏薄情搔搔下巴，指著他問：「你是小智哥？」那人點頭笑道：「對，細叔記性好，現在已經沒人知道『小智哥』是誰了！」

伯愷對崇智說：「我陪你細叔，剩下的病人你搞定。傍晚早點收工，我們到隔壁街餐館吃飯，為你細叔接風。順便通知姑丈。還有交代帳房阿錢叔通知家裡，說南洋的細叔已經回來，我們吃了飯後才回去。」

崇智應了聲「好」轉對夏薄情：「細叔失陪了，今晚我們再聊！」

「崇禮和崇浩現在幹什麼？」崇智走後夏薄情岔開話題。伯愷應道：「他們打理隔壁那間店。」「那間『儒正藥材行』嗎？」夏薄情問。伯愷點頭說：「對！以前是五金店，店主移居梅州，我頂過來經營藥材，由崇禮和崇浩兩個打理。」「伯軒、伯運、伯鈞、伯桑、伯榮幾個呢？他們在幹什麼？」夏薄情接著問。伯愷應道：「伯軒和伯運在梅州開醫社和經營藥材，和這裡一樣。伯鈞在香港弄了間店，經營藥材，剛剛開始，他來信說沒有生意，還在坐冷板凳。伯桑、伯榮和兩個叔叔在家打理田地。」

夏家家大業大，夏薄情有四個伯伯，三個叔叔，堂哥、堂弟、堂姐、堂妹三十多個。

伯愷隨後說戰爭剛結束，百廢俱興，市場前景很好。梅州市人口多，購買力強，崇禮、崇浩正在物色店鋪，打算多開一間。他說人總會生病，醫藥這一行永遠不會過時。

夏薄情聽了後說：「根據報載：國共兩黨矛盾尖銳，內戰一旦爆發，怎麼辦？」伯愷點頭說：「這問題我想過。我要伯鈞去香港開分店就是這個原因。未雨綢繆，國內如果不行就移去香港。香港是自由港，外銷市場大，這點我有信心。好啦，先別談這個，先下樓到隔壁參觀一下，然後載你去兜兜風，看看老地方，懷懷舊。怎樣？有興趣嗎？」夏薄情欣然應道：「我正有此意，再好不過啦！」

他們下樓到隔壁店鋪。生意火紅，崇禮、崇浩和幾個夥計忙得不可開交。伯愷沒打擾他們，帶夏薄情樓下樓上瀏覽一遍，臨走前交代崇禮和崇浩今晚到隔壁街餐館一起吃飯。

離開店鋪，他們登上泊在醫社門前的那輛小吉普。鈴木牌，舊車，和彩虹坪的差不多。伯愷說隔壁店鋪和家裡各有一輛，是大型的。雇了司機，店裡的載貨，家裡的載人也拉貨。「載人?你是說載客？」夏薄情問。「不，載孩子上學，包括鄰居的孩子。當然，村民也搭順風車。」「回家的路又曲又窄，能走車嗎？」夏薄情又問。伯愷應道：「路已加寬拉直，鋪小石子，比以前的好多啦！此外我們家門前的銀沙河也搭了橋，鋼骨水泥，可走車子。有了那座橋就方便多啦！」

車子駛出東大街，轉入三馬路。夏薄情又問：「搭橋修路誰出錢？」伯愷應道：「是這樣的，我們走後的第二年，應該是西元一九四三年，盟軍反攻，日軍吃緊，駐紮在墨魚島的日軍突然撤走。一支抗日部隊乘虛而入，他們抓土匪，殺海盜，把數十個留守的鬼子殘餘全部殲滅。我們回去太平無事就是這個原因。」夏薄情聽了後說：「哦，原來是這樣。後來呢？」他問。

伯愷繼續說：「我們回去後，其他村民也陸續回來，其中包括羅海彪的弟弟一家人。抗日部隊於是成立臨時政府，維持社會秩序和公益。他們成立『漁農合作社』，助漁民農民經銷魚蝦和農產品。臨時政府幹得很好，深受百姓的擁護和愛戴。那時候，從松口鎮到海口白沙村只有山路，而且曲裡拐彎，交通很不方便。臨時政府決定把原有的山路擴建、拉直，同時造一座橋跨過銀沙河。可是政府沒錢，便向公眾籌錢。公眾很熱心，砸鍋賣鐵，盡力捐助。然而，那時大家剛回來，手頭緊，籌的款項還差一大截。部隊領導找我商量。我看了藍圖，銀沙河大橋就建在我們家門前。銀沙河水不深，造橋功夫不大。路只是擴建、拉直，鋪小石子，工程開銷不是很多。我和二叔他們商量了一下，便答應餘額由我們夏家承擔。」

夏薄情聽了後說：「造橋開路，百姓受益，功德無量，出錢出力，應該的！」

伯愷繼續說：「軍隊、村民日夜趕工，不到一年，路寬了，直了，橋通車了。日本投降後留下上百輛軍車。這麼一來，魚蝦和農作物銷量就大了，農民漁民收入增加，市場就活起來了！」

車子轉入郊外，速度加快。伯愷說：「這條路就是黃猄路東段，還記得嗎？」夏薄情看看左右，應道：

「路沒印象，記得這一帶有間村塾學堂，還在嗎？」伯愷應道：「有，前面那棟便是，現在改為松口小學。後面那三排樓房原來是日本軍營，那支抗日部隊也曾駐紮在那裡。和平後部隊撤離，市政府把它改為松口中學。」

過了松口中學前面是鄉村，車子掉頭回去市區。

走了一陣，伯愷繼續說：「鬼子投降後，墨魚島形勢大好，外埠的人都來買房子，買田地。目前這裡的店鋪很搶手，像我們醫社那樣的雙層店鋪賣到六千塊。看來價錢還會漲。」夏薄情於是說：「勢頭這麼好，撥些資金投資產業，與時俱進，分一杯羹，行嗎？」「不行！」伯愷加重語氣，「局勢不穩，內戰一旦爆發，首當其衝的就是產業這一行。」

車速減緩，拐入一道胡同。胡同盡頭有十幾棵枝葉繁茂的大樹，樹下有幾十檔小吃攤，取名「胡同美食」。名副其實，這裡的茶葉蛋最香，八寶茶、六味湯最好喝，客家擂茶、釀豆腐、油蔥餅最可口。當年，夏薄情在「儒正學堂」臨床實習時，中午就常來這裡吃午餐。如今，攤檔已移到兩邊空地，中間樹下改為停車場。

泊好車，瀏覽了一下，選個攤檔坐下來，吃了幾樣小吃便離開。

回到東大街，醫社已經關門，隔壁店鋪正在收拾。崇智前來說已交代阿新叔通知家人細叔已經回來，吃了晚飯才回去。

阿新叔是伯愷的表弟，在「儒正藥材行」當會計，家住銀沙村，是夏家鄰居。

上樓洗澡歇息，來到餐館天已全黑。頃刻，崇智、崇禮、崇浩和丁作鳴也來了。

餐館名叫「家鄉菜館」，鋪面不大，生意火紅。

晚上天氣冷，點了幾樣暖胃熱身的菜，有梅菜扣肉、酒糟雞、清蒸馬刀魚、鮮蠔煎蛋、甲魚燉湯和一瓶紹興酒。

顧客很多，座無虛席，上菜得等些時候。

先上小菜，茴香豆、酒糟紅薯、醃瓜絲和一壺碧螺春。

十幾年沒見面，話匣子一打開，丁作鳴急著探問夏薄情的結拜兄弟羅海彪的情況。夏薄情把羅海彪過番後的生活情況、妻子被鬼子殺害和投奔抗日軍的事大略反映。

喪失親人，大家心情沉重，沉下臉沒搭話。

伯愷打破沉默問夏薄情：「羅海彪的母親已經過世，你知道嗎？」夏薄情點頭說：「知道，姨奶奶跟我說過。」伯愷繼續說：「他母親患的是傷寒，那時日本鬼子還沒投降，缺乏藥，我束手無策！」「那麼，牛角坳的賴旺土呢？他的情況怎麼樣？」丁作鳴接著問。夏薄情應道：「賴旺土的情況比較好，日本投降後以低廉的價格頂了座龍窯，生意不錯，賺了些錢。我啟程前他來找我，說牛角坳老家已經沒人，田地荒了，房子也塌了。他交兩百塊叻幣[39]說要捐給松口鎮渡頭邊那間關帝廟。他說他過番時曾在廟前向關帝爺許願：他過番南洋如果賺到錢就捐錢修廟。他說目前賺了點小錢，先捐兩百塊聊表寸心，來年賺了大錢就把整間廟堂翻新擴建，兌現他許下的願。錢我已兌換為國幣。那間廟呢？還在嗎？」夏薄情問。崇浩說道：「還在。關帝廟的理事長我認識，這事交給我吧！」夏薄情欣然應道：「好，這樣我可省事啦！」

崇禮說：「那間關帝廟破破爛爛向來沒人理，和平後香火卻很盛。聽說廟堂住持在籌錢準備重修擴建。賴旺土這筆錢來得正是時候！」崇智笑道：「風水輪流轉，關帝爺也轉運啦！」

「還有一個，」夏薄情繼續說，「我的朋友翁水斗，家在古陽鎮，他託一百塊交給家人。他說已經幾十

---

[39] 叻幣：叻嶼呷國庫銀票，俗稱叻幣（Straits Dollar），是馬來西亞、新加坡與汶萊在英殖民地時期，由英殖民政府所發行的貨幣。發行單位是叻嶼呷政府（即海峽殖民地），一八九九至一九三九年間發行，在馬來聯邦、馬來屬邦、海峽殖民地、砂拉越王國、汶萊和不列顛北婆羅洲使用。一九四〇年，英殖民政府發行新貨幣馬來亞元來取代叻幣，但華人民間有時仍然沿用「叻幣」來指稱當地的貨幣。

年沒聯絡，如果家裡沒人就把錢捐給祠堂。」崇智說道：「這個容易，古陽鎮那裡我們有好些客戶，託他們轉交就行了！」夏薄情應道：「好，回頭我把錢和他的地址給你。」

說著，上菜了。菜肴清醇爽口，原汁原味，是地道的「家鄉菜」。

酒過三巡，夏薄情突然說：「有一件事我想不通，當年墨魚島情況惡劣我們才搬去彩虹坪。後來你們怎麼又突然回來？什麼原因促使你們回來？」伯愷笑了一下指向丁作鳴：「這個問題得問他！」

丁作鳴呷了口茶，說道：「當時彩虹坪連年天災，坐吃山空，這麼多人再待下去就得喝西北風。三叔本想去古陽縣二奶奶那裡，可是古陽縣同樣糟，二奶奶早就搬走了。山窮水盡，走投無路，怎麼辦？三叔想起老爺子臨終時留給你們男丁的竹簡箴言。老爺子臨終前交代，如果遇到什麼棘手難題就回去老家敲開竹簡，細讀箴言，或許能指示一條生路。你三叔、我、崇禮和崇浩四個便抄小路潛回銀沙村老家。為我們看家的阿財叔說我們走後土匪海盜鬧了一陣，找不到值錢的東西就不來了。海盜土匪會不會再來誰也說不準。三叔拿不定主意，便到祠堂老爺子靈前燒香跌杯珓。頭一次就是陰陽聖杯，老爺子點頭了。隨後拿出竹簡敲開一看，哈，伯琴你猜，竹簡裡寫的是什麼？」

夏薄情說：「茫無頭緒沒法猜，寫的是什麼？」丁作鳴說道：「寫的是『當歸』兩個字。哈，三叔身子弱，老太爺要他吃當歸補血氣呀！」

「什麼？」夏薄情驚叫道，「走投無路叫他吃當歸補血氣，牛頭不對馬嘴呀！那麼你們兩個的呢？」夏薄情問崇禮和崇浩。

崇禮呷了口茶，應道：「我和崇浩的也是『當歸』。老太爺這下可糊塗了，我們倆身強力壯，吃當歸會爆血管的呀！」說完他們兩個哈哈大笑。

夏薄情沉吟片刻，說道：「我看『當歸』別有他意，不是藥材。」丁作鳴點頭說：「對，不是藥材。你道是什麼？」夏薄情想了一下，恍然地說：「『當歸』的意思是回家。爺爺要你們回銀沙村老家！」丁作鳴拍掌應道：「對啦！老爺子的意思是叫我們回家。」「你們於是回去了？這麼大膽？」夏薄情問。丁作鳴應道：「當初，我們半信半疑，暫且住下，看看有什麼動靜。我們住了五六個月，什麼事都沒發生，全家人就搬回來了。我們回來沒多久，其他村民也陸續回來。」

伯愷插話道：「主要是來了一支抗日部隊。」崇智說道：「對！當初沒人知道。他們殺土匪，打倭寇，海盜不敢來，墨魚島從此太平無事。」「那麼你竹筒呢？還有其他叔叔和堂兄弟的，敲開了沒有？」崇智應道：「有，都敲了，全是『當歸』。現在祠堂土洞裡只剩你的了。細叔回去後記得敲開，看看爺爺對你有什麼指示？」丁作鳴接話道：「我看也是『當歸』，大家都『當歸』了，你也該『當歸』啦！」

把盞言歡，津津樂道。開懷暢飲，直到打烊方散。

3

銀沙村離松口鎮約十公里，從前路窄彎多，徒步得兩個鐘頭；如今路寬且直，坐車只需半個鐘頭。伯愷、夏薄情、丁作鳴幾個回到家已近十一點鐘，姑嫂孩子們等不及已經回房就寢，廳裡只剩夏薄情的大伯母、二伯父、三個叔叔和兩個嬸嬸。

廳裡燈火通明，夏薄情剛踏進大門，一個老奶奶拄著拐杖顫巍巍地上前激動地說：「么兒啊，你終於回來啦！大娘日望夜望，頸項都望長啦！」夏薄情趨前緊握她的手，一邊說：「大娘，孩兒伯琴回來看您啦！」

崇浩在旁插話道：「細叔再不回來，奶奶就變成長頸鹿啦！」

他的話逗得大家哈哈大笑。

「別插嘴，」老奶奶瞪他一眼，轉對夏薄情，「過來，」她睜大眼睛打量著，「好，沒變，頭髮沒白，還俊得很。坐，別老站著。你餓嗎？要弄點吃的嗎？」夏薄情應道：「大娘，我剛吃過飯，不餓。」「好，不餓就好。」她滿意地點點頭。伯愷說：「娘，很晚了，去睡吧，有話明兒再說。嗯？」她打了個呵欠，說道：「也好，我睏了，你們也早點睡！」

伯愷過去扶她，她揮手說：「走開，我自己能走！」

老奶奶年近九十，是夏家年紀最大、輩分最高的長者。

老奶奶走後，二伯父對夏薄情說：「你的房間已經收拾好，很晚了，先去睡覺。大家也去睡，其他的事明兒再理會。」

崇浩幫夏薄情提行李，走出廳堂穿過後院來到東廂最後那間房間。

進入房內，崇浩放下行李，點亮燭燈，說了聲「細叔晚安」便帶門出去。

夏薄情舉眼四顧，床鋪、衣櫃、桌椅還是當年的，被褥、枕頭卻是新的。

夜已深，寒氣逼人。剛才喝了點酒，有點醉意。洗臉更衣，鑽進被窩，頃刻間便睡著了。

隔天早上被雞啼聲叫醒，推開窗門，天已大亮。

洗臉更衣，走出臥房，三叔前來叫他吃早餐。

穿過院子來到飯廳，周圍靜悄悄。夏薄情於是問：「其他人呢？還沒起身嗎？」三叔笑道：「在稻穀場，幹活去啦！」

夏薄情看他穿草鞋，手裡拿著氈帽，知道他也要去幹活，便說：「三叔去忙你的，不必理我。」三叔愣了一下說：「也好，有饅頭、豬肉粥和炒飯，自己來，慢慢吃！」說完戴上氈帽出去了。

吃過早餐走出飯廳。昨晚回來夜色朦朧，老家模糊不清。如今外頭陽光燦爛，得出去多看幾眼。

穿過走廊來到大門前，舉眼看看左右，拱門朱牆，玉階雕柱，氣勢依舊宏偉。出去回頭看看宅院，雕甍碧瓦，飛簷凌空，老家依舊壯觀。轉身縱目遠眺，銀沙河銀光閃閃，兩邊阡陌縱橫。天腳下白雲飄忽，炊煙嫋嫋。

走下石階，前面就是曬穀場。秋陽杲杲，難得好天氣，農人正忙著。他一時興起，脫口唸道：「『白水明田外，碧峰出山後。農月無閒人，傾家事南畝。』哈，好個『農月無閒人』，我得去湊湊熱鬧。」

曬穀場面積如籃球場般大，鋪洋灰，平滑乾淨。旁邊為打穀場，場裡有十幾架手搖打穀機。打穀場後便是銀沙河，幾架戽水機像怪獸般矗立在河邊。

夏家有上百畝田地，都是肥田。門前二十多畝自己耕，其他的租給佃戶。河邊的戽水機和打穀場的打穀機是佃東提供的，任何佃戶和臨近的個體戶都可免費使用。

來到曬谷場，叔叔、嬸嬸、兄弟姐妹都前來問好寒暄。不妨礙他們幹活，聊了幾句便離開。

來到打穀場，機聲隆隆，裡面的人正忙著。穀碎紛飛，睜不開眼，只好離開。前面就是銀沙河。他沿河漫步，來到那座橋。羅海彪的家就在對面，正要過橋去找他弟弟羅海光，一個嬸嬸前來叫他去吃午飯。

農忙時節午飯都在曬穀場邊的茅棚裡吃。

秋高氣爽，在茅棚裡吃飯別有一番風味。

一大夥人邊吃邊聊，談笑風生，妙語解頤，其樂融融。

一個說：「河西村的劉大仙過番五六年就發了財，回來買田地起樓房；張家坳的張平凡過番後也發了財，鎮上那間『平凡金店』就是他開的。細叔，南洋地方賺錢好像很容易，是不是？」夏薄情說道：「人找錢難，錢找人容易。到處都一樣，不單只南洋。像劉大仙、張平凡這樣衣錦榮歸的其他村子也有，但畢竟是少數。這十幾年來，隨水客過番的人沒一千也有八百，別說衣錦還鄉，像我這樣能回來的也沒幾個，是不是？」

大夥兒聽了點點頭表示理解。

夏薄情接著說：「南洋那邊好的是沒有冬天，衣著簡單，兩件背心一件紗籠就可過一年。此外，那裡土地肥沃，種稻不用等季節；海裡魚蝦多，勤勞就不會餓肚子。」

另一個岔開話題：「何千叔說南洋那邊滿山都是金子，細叔過番十幾年，有沒有挖到一些？」「有！」夏薄情拉長語音，「好幾百斤。南洋賊多，放在家裡怕人偷，墨魚島土匪多，帶回來怕他們搶，想來想去還是放在山上比較安全！」

話語詼諧幽默，逗得大夥兒哈哈大笑。

有人還要問什麼，上工時間卻到了。

大夥兒回去幹活，夏薄情過河去找羅海彪的弟弟羅海光。

還是那間老屋，土牆斑駁佈滿青苔，屋簷上長著寄生草。羅海光夫婦在屋後園裡幹活，兩個孩子在田邊小溪撿田螺。稀客來訪他們夫婦倆受寵若驚，放下活兒熱情招呼。

進入屋內，映入眼簾的是神臺上羅海彪母親的靈位。

夏薄情到神臺前拿了三炷香，藉燭火點燃，在靈牌前三鞠躬，然後把香插在香爐上。

他隨後說：「我回到彩虹坪姨奶奶那裡才知道你娘已經過世。捎信給你哥哥嗎？」羅海光說道：「沒有，當時日本鬼子還沒投降，信寄不出去。何千叔來過，我託他捎口信。日本投降後何千叔就走了，我哥應道見到他了。」「打過醮嗎？」夏薄情問。羅海光點頭說：「打過。當時家裡什麼都沒有，幸虧伯愷大哥幫忙，功德、法事全做啦！」夏薄情點頭說：「唔，這樣就好！」

「坐，大哥請坐！」羅海光給他端椅子。

夏薄情坐下來，羅海光的妻子給他倒茶。

茶散發著香氣，是碧螺春，地道的家鄉茶。夏薄情喝了一口，點頭表示讚賞。

「我哥的情況怎麼樣？你們住在同個地方嗎？」羅海光隨後問。夏薄情應道：「我們住同個村子，隔著一條河。他有自己的房子，六七畝地，有捕魚的小奎籠，生活過得去。只是很不幸，你嫂子阿蓮被日本鬼子殺害。揪心哪！」

「啊？」羅海光和他妻子大吃一驚，「這……這……日本鬼子喪盡天良，到處殺人，唉，我哥……命苦啊！」他眼睛泛紅，忍著眼淚。

夏薄情繼續說：「村裡同時被殺害的有十多個，下來還有七八個。其他村子有上百個，新加坡最多，十幾萬個。日本鬼子惡貫滿盈，罪魁禍首已被送上絞刑臺。好啦，不說這個。」他從袋裡掏出一疊鈔票，「我臨走前你哥給我叻幣一百塊，要我買些補品給你娘。補品未必適合，我沒買。我已把叻幣換為國幣。一比二，兩百塊，拿著。」他把錢遞給羅海光。

羅海光接過錢，愣著，眼裡沁出淚珠。

「你娘的墳墓做了沒有？」夏薄情問。羅海光面有難色，說道：「錢不夠，今年穀子收成好，茶樹也壯，明年春天再看看。」「葬在哪裡？我想去看看。」羅海光說道：「茶園後面，走路二十幾分鐘。我帶你去！」

羅海光從神臺抽屜拿出一紮香、兩根蠟燭和一疊冥紙。

夏薄情隨他沿著田埂，穿過茶園來到墳頭前。

羅海光放下香燭冥紙，拔掉周圍的野草。

夏薄情點燃香燭，合掌鞠躬，然後站在一邊。

羅海光說：「我娘捨不得這茶園，臨終前交代要葬在這裡。」夏薄情說：「這裡環境清幽，地脈風水也不錯！」羅海光點頭應道：「是的，何千叔和你二伯也這麼說。」

說著說著，香火燃盡。夏薄情燒了冥紙，在靈碑前膜拜磕頭，然後離開。

進入茶園，園地半畝，茶樹百來棵，是碧螺春。枝幹盤曲，疙裡疙瘩，葉子卻是鬱鬱蔥蔥。

這些茶樹是羅海彪的母親親手栽的，幼苗是她出嫁時從娘家帶來的。那時羅家還是佃戶。屋後盡是石頭，疙裡疙瘩，不能種稻，茶樹倒是長得鬱鬱蒼蒼。

羅海光隨後說：「當年我們還是佃戶，種茶樹也得繳租。後來您爺爺買下這塊地，租錢就免了！」夏薄情說道：「這裡的地質特別好，茶樹愈老愈壯，長的茶葉特別香。」羅海光應道：「對，已經六十年，是老樹！前些年逃難，茶園沒人理，回來時茶樹全枯了。本想鏟掉，刮刮樹皮，青綠色，還活著，沒死。除掉野草澆水施肥，十幾天後長出新芽。枯樹逢春，枯枝發芽，去年的春茶就曬了百多斤，拿到街上可搶手呀！」

回到屋內，夏薄情說：「關於你娘的墳墓，剛才你說錢不夠，還差多少？」羅海光答道：「原本差一大截，剛才您帶來我哥給的兩百塊，還差百多塊。明年春天賣了穀子和茶葉就差不多了。」夏薄情聽了後說：「穀子別賣，留著自己吃。」說著掏出幾張鈔票遞給他，「這裡兩百塊，把你娘的墓做好。年內開工，別等明年。」

羅海光一怔，說道：「不不，你們夏家已幫我很多，這錢不能收。大哥，謝謝您啦！」「還跟我客氣？拿著！」他把鈔票塞到羅海光手裡。「大哥，這……」「這什麼？」夏薄情打斷他，「不拿就是把我當外人！」

羅海光愣了一下，只好把錢收下。

「大哥什麼時候回南洋？」羅海光的妻子岔開話題問。夏薄情應道：「剛回來，還沒定。什麼事嗎？」羅海光的老婆答道：「大哥喜歡喝茶嗎？園裡種的全是碧螺春，樹種很好，茶葉很香。這裡還有十幾斤，您帶回去，要嗎？」夏薄情應道：「就是剛才喝的嗎？很香，是好茶，我喜歡。不必那麼多，幾斤就夠了！」羅海光插話道：「順便帶些給我哥。過番十幾年，喝到自家園裡的茶就像回到家，見到娘！」夏薄情點頭說：「好好，你哥一定喜歡，給他多一點。」羅海光應道：「行啊！包好後給你送去。」

離開羅海光的家，順路拜訪臨近幾家佃戶，回到宅院已近傍晚。

鎮上開店的提早回來，穀場幹活的提早收工，廳裡擺了筵席。問了一下，原來今晚開席為他接風洗塵。

七點鐘開席，羅海光、隔鄰幾個親戚也來了。

家人親戚歡聚一堂，談笑風生，妙語如珠。觥籌交錯，划拳乾杯，熱鬧異常。

飯後猶有餘興，轉移廳堂品茗聊天。三叔問夏薄情過番後幹些什麼，生活情況怎麼樣。夏薄情把當年生意失敗、改行行醫的經過大略說一遍，至於為人算卜看風水的事則隻字不提。

二伯父隨後說：「聽丁作鳴說羅海彪的老婆被日本鬼子殺害，羅海彪進森林參加抗日軍，直到日本投降才回來。你本身呢？那幾年幹什麼？日本鬼子沒為難你嗎？」夏薄情歎了口氣，說道：「有，鬼子要我繳五千塊奉納金。我沒錢，他們把我關進監牢，一個多月後放我出來。手停口停，家人吃番薯、木薯過日子。有的人比我更慘，患腳氣病，雙腿浮腫，走路都難。那是餓，缺少營養，這樣下去是會死人的。還好，天無絕人之路，日本鬼子要開礦，要開路搭橋，要我當工頭為他們找工人。雖然是強迫，不過為鬼子做工有米有糖還有工錢，為數百個村民著想我便答應了。」

三叔聽了後說：「這是好事呀！況且，搭橋開路村民也受益，何樂而不為，是不是？」夏薄情應道：「對，我也這麼想。我不但答應，而且幹得很賣力。村民高興，承包公司高興，日本頭目更高興，升職加工錢，還把我當朋友。然而，日本投降後，萬萬每想到，抗日軍頭目竟然把我當漢奸，綁在寺廟前示眾，還要開群眾大會進行公審，批鬥……」

「豈有此理！」四叔猛拍桌子，「為日本鬼子做工就是漢奸嗎？那些村民也為日本鬼子做工，他們也是漢奸，為什麼只抓你一個？他們……」

「等等，」二伯打斷他，「後來怎麼樣？」他問夏薄情。夏薄情應道：「蒼天有眼，我命不該絕，有人打抱不平，把我從寺廟前救出來。」「啊？那些人是誰？這麼大膽？」幾個同時問。

夏薄情於是把羅海彪那批「鋤頭兵」見義勇為、不惜代價，拯救他、保護他、要抗日軍頭頭拿出證據證明他是漢奸，不然就得承認錯誤，向他道歉、給予平反的經過略述一遍。

「他們有多少人馬？」伯桑和伯榮同時問。夏薄情應道：「四十多個，全是新加坡那邊來的。」伯桑說：「他們人多呀，承認錯誤嗎？向你道歉了嗎？」夏薄情應道：「他們拿不出證據，阿彪他們逼他們向我道歉，不然就不讓他們離開仙鶴鎮！」「阿彪他們哪來的底氣？」伯愷問。夏薄情說道：「兩個原因：一是村民同聲譴責；二是『鋤頭兵』非平庸之輩，其中兩個在國內當過兵，而且是軍官。在強大的壓力下，抗日軍頭頭只好認錯，送紅綢當眾向我道歉。如果沒有阿彪那班人，我蒙受漢奸罵名，成為千古罪人，遺臭萬年哪！」

伯榮不屑地說：「你們那邊的抗日軍太沒水準，和我們這裡的抗日部隊比起來差得太遠啦！」

夏薄情說道：「雖然我已平反昭雪，可是每想起這事就不寒而慄，心有餘悸！」

三叔歎了口氣，喃喃說道：「生意不順利，生活不如意，做好人被人當漢奸。番邦之地賺吃難，賺錢難，做人更難。我看你索性搬回來好啦！現在和平了，耕田、行醫、做生意，幹什麼都行。你看怎麼樣？」

夏薄情沉下臉，緘默不語。

四叔看他猶豫不決，便說：「這樣吧，去敲開老爺子留給你的竹簡箴言。我們都『當歸』了，看老爺子是不是也要你『當歸』。如果是就回來，和伯愷一樣，行醫、做生意，這樣總比番邦強，是不是？」伯桑說道：「這點子好。爺爺識破天機，他的指示絕對不會錯，當年我們『當歸』回來，墨魚島天下太平，不是嗎？」二伯想了一下說：「好吧，伯愷、崇智、崇禮、崇浩，你們幾個明天早點回來，陪伯琴到祠堂拿出竹簡，敲開看看老爺子有什麼指示。」伯愷說道：「明天是星期日，醫社藥行開半天，明天下午兩點多我們就回來了。」二伯點頭說：「那更好，就三點鐘吧！到時穀場幹活兒的也抽空過來湊個熱鬧。」「伯琴，明兒下午三點鐘，行嗎？」三叔問。夏薄情面有難色，遲疑片刻，點頭說：「也好！」

4

隔天下午，伯愷、崇智、丁作鳴等幾個兩點鐘就回來了。

二伯到祠堂燃起香燭，穀場幹活的男丁陸續到來。

香火落，燒過冥紙，二伯對夏薄情說：「去吧，給爺爺磕個頭！」

夏薄情應了聲進入祠堂，來到爺爺靈位前，燃炷香插在香爐上，雙掌合十，唸道：「爺爺，孫兒伯琴回來看您啦！」說完拿過杯筊，輕輕拋下。

旁人前去看：雙筊朝下，陰筊——爺爺生氣了。

伯愷撿起要他再拋。夏薄情接過，在爺爺靈前合掌鞠躬，然後拋下。

大家前去看：雙筊朝天，是笑筊——轉嗔為笑，爺爺冷笑。

伯愷撿起要他再來。夏薄情接過，在爺爺靈前合掌三鞠躬，再次拋下。

大家前去看：陰陽筊，好筊——爺爺高興了。

夏薄情於是到後牆土洞伸手拿出竹籤，那是唯一的一個。藉著燭光看了一下，沒錯，上面寫著他的名字。回到爺爺靈位前，伯愷遞給他錘子。

他接過錘子，心裡在說：「大家都『當歸』了，難道我會例外？」他把竹籤放在桌上，著力一敲，「咔喳」一聲，竹籤掰成兩片，掉在地上。

他撿起一看，竹籤裡寫的是：「何顏見爺？面壁思過！」

「啊？」大家驚叫一聲，面面相覷。

夏薄情大驚失色，臉上熱辣辣，似乎被爺爺扇了記耳光。

「怎麼會這樣？伯琴，你在番邦到底幹了些什麼？」二伯瞪著他問。夏薄情囁嚅著，說：「我……我對不起爺爺！」「你是說你為日本鬼子做事，被人當漢奸，丟盡夏家的臉，是嗎？」二伯問。夏薄情搖頭說：「不，當年我生意失敗，血本無歸，走投無路。開醫社門可羅雀，坐冷板凳。一家大小要吃飯，不得已違背爺爺，為人算命看風水，賺點錢糊口。」

「啊？你……你……」二伯手指點向夏薄情額頭，「什麼都好做，偏偏和老爺子過不去，哼！」他拂袖而去。

違背爺爺遺訓在夏薄情心裡始終是個難解的結，他今次回來也想解開這個結。別人的竹簡箴言都是「當歸」，他滿以為爺爺也要他「當歸」。遊子歸家，到祠堂燃炷香向爺爺磕個頭就是「當歸」了，這麼一來心裡的結也就解開了。然而，爺爺嚴懲不貸，要他「面壁思過」。他羞愧交加，無臉面對祠堂列祖列宗。他霍地跪下，說道：「爺爺，伯琴知錯，爺爺海量，且饒伯琴這次！」說完伏地磕頭，嗚咽不起。

三叔前去扶他起來，安慰說：「別難過，你有困難，那是不得已，爺爺會原諒你的！」四叔也說：「你雖然犯忌，也做了很多好事，幫了那麼多村民。功德無量，將功贖罪，祖先會寬恕你的！」

夏薄情拭乾眼淚，說了聲「謝謝」，垂頭喪氣地走了。

回到臥室，坐在床頭，思潮起伏，心亂如麻。

晚飯沒吃，三嬸叫了幾次都沒去。

四叔來勸慰他，說了很多開解的話。他說沒事，只是沒胃口，不想吃。

八點多鐘，伯愷來了。他沒提吃飯的事，只問他什麼時候去白沙村。夏薄情說打算明天去，如果能叫到車子。伯愷說家裡有車，不麻煩，他會安排，明早八點鐘在大門口等。

夏薄情高興，拱手道謝。

「你還想去哪裡？」伯愷又問。夏薄情想了一下說：「想去古陽縣探望二奶奶，然後去汕頭買船票回南洋。」

伯愷一怔，說道：「既然來了就別急著回去，不然這樣，去梅州市住幾天，看看我們的分店，輕鬆一下。」

夏薄情沉吟片刻，搖頭說：「我是想去，只是心情不好，輕鬆不起來！」伯愷說道：「我陪你，怎麼樣？」夏薄情應道：「放下工作陪我？花你這麼多時間，不好！謝謝您啦，大哥！」伯愷說道：「先別拒絕，聽我說。過幾天我要去香港辦點事，已經和朋友約好，順便看看伯鈞。我陪你去古陽，然後去梅州，再去廣州做簽證去香港。如果你能和我一起去香港那就更好！怎麼樣？香港，東方之珠，想去嗎？」

夏薄情遲疑片刻，說：「香港為自由港，市場大，我還真想去看看。唉，心情不好，去哪裡都沒勁。」伯愷說道：「別這樣，打起精神，」他加重語氣，「國內局勢瞬息萬變，內戰一旦爆發，香港就成為國內貨物出口的跳板，要買中國貨的人就得到香港。我要伯鈞在那裡開分店就是這個原因。到時把握時機，藥材這行業大有可為呀！」頓了頓，他繼續說：「你在南洋日子過得不開心，就去香港和我們一起打拚。我們兄弟、侄子合作，建立夏家中藥王國。怎麼樣？看法如何？」

夏薄情應道：「你目光遠大，深思熟慮，我很讚賞。和你一起工作，肯定受益。建立夏家中藥王國，我是夏家的一分子，得全力支持。不過，哪裡跌倒哪裡爬起來，我決定回去番邦，從頭做起，再來一次。大哥的好意我心領啦！」伯愷說道：「很好！你面對現實，接受挑戰，有種！那麼，梅州市呢？去不去？」夏薄情想了一下說：「好，去，住幾天，然後去汕頭。你打算什麼時候動身？」伯愷掐指算了一下說：「後天下午有船開往古陽，開航時間大概兩點半，買了船票才能確定。明天你去白沙村早點回來，把行李收拾好，這樣明早就不會太匆忙。」

夏薄情要說什麼，三嬸敲門進來，說做了夜宵，伯琴喜歡吃的牛肉米粉。

伯愷欣喜地說：「牛肉米粉我也喜歡。走，吃夜宵，別和肚子過不去。」

暢然釋懷，如釋重負，還沒到餐廳就聞到香味。

夏薄情胃口大開，吃了一大碗。

吃過夜宵，回到臥房。躺在床上正要入睡，妻子婉兒、袁木香和三個孩子的身影霍地映入眼簾。離開家只有十幾天，離開他們好像好幾年。回去吧，東山再起，奮力拚搏，把孩子養大才是正事，能不能發家致富還得看命運……

他思潮起伏，浮想聯翩，直到三更雞啼才入睡。

隔天早上，吃過早餐，車夫老胡已在大門口等候。

他開的是大型吉普，後面車廂裝滿袋裝貨物。老胡說那是稻糠，白沙村養鴨人家訂購的。

白沙村離銀沙村十五六公里，半個鐘頭就到了。夏薄情在街場下車，老胡說下午三點鐘回來載他。

街場很小，最熱鬧的是街邊樹下的咖啡檔。

稀客到來，人們投以驚異的目光，愣了半天才認出此人是羅海彪的結拜兄弟夏薄情。驚喜萬分，寒暄問候。他們很關心羅海彪，夏薄情說羅海彪也很關心他們，託他來這裡問候打魚的朋友。

他們很感動，問他關於羅海彪的情況。夏薄情說羅海彪現在依舊當漁夫，擁有自己的小奎籠，有時出海放網。番邦魚蝦多，生活還過得去。

中午，村長留吃飯。吃過飯，回到樹下咖啡檔繼續聊天。聊了一陣，老胡來了。村民送來幾條馬刀魚。馬刀魚乃席上珍饈，價錢不菲。夏薄情要付錢，他們戲說付錢就不賣。盛意拳拳，夏薄情只好收下。

回到家裡，沒多久伯愷也回來。他說已買了船票，明天下午兩點半開航，中午時分離開還來得及。

大娘看夏薄情在收拾行李，驚訝地問他是不是要回番邦。伯愷聽了搶著說要陪他去梅州市玩幾天，順便看看伯軒和伯運。她聽了很高興，頻頻說好，該去看看，玩得高興點。

晚上，吃過飯，大夥兒依舊移去廳裡茶敘話家常。伯愷只說要去梅州市然後去香港，沒提到夏薄情回番邦的事。

明天要坐船出遠門，茶敘提早結束。

隔天早上，吃過早餐，夏薄情要向大娘辭行。伯愷阻止，說萬一漏了嘴，知道他要回南洋就難收拾了。

午餐提早吃，老胡把行李搬上車，三叔、四叔、伯桑、伯榮和羅海光放下活兒隨車送他們去碼頭。

車徐徐離開，夏薄情依戀地望望宅院，望望祠堂，望望曬穀場，望望銀沙河。別了，老家，還回來嗎？

他搖搖頭，眼淚撲簌簌地掉下來。

第九章

1

星移斗轉，日月如梭，三十年時光匆匆過去。

歲月悠悠，塵事多變。白雲蒼狗，仙鶴鎮今非昔比。

顯著的變化有以下幾項：

一，從河口碼頭經各個村鎮直達旺山公主園全長一百二十公里的柔南大道已改為快速公路，有公車和德士穿行。

二，老巫河中游和上游各有一座橋，中游的叫「東菇橋」，上游的叫「拉薩橋」。都是拱橋，上可走汽車，下可通帆船；老巫河口兩岸的碼頭已重建，可停泊運載汽車的小渡輪。另載客渡河的摩托船和小舢板隨處可見，隨叫隨到。

三，市中心已移到老巫河東岸離河口約八公里的黃土坡上，街道寬闊，商店整齊，還有百貨大樓、大小旅店和電影院，警察局、郵政局、土地局、市議會、農業發展部都設在那裡。南郊區有華文中學，北郊有醫院和老人院。那一帶人稱新街場。有這新街場，河口碼頭邊原來的就改稱「舊街場」了。

四，老巫河中游東岸河灣闢為帆船俱樂部，碼頭邊泊著來自各國的豪華帆船和遊艇。老巫河上游兩岸公寓林立，洋房別墅比比皆是。下游房屋鱗次櫛比，工廠煙囪高入雲霄。

五，往返新加坡和柔佛巴魯的摩托船已由快艇代替，每趟可載搭客上百人，行程只需一個半鐘頭。

六，老巫河源頭即蛇尾嶺東部劃為旅遊區，那裡有豪華大旅店、高級度假營、高爾夫球場和各種娛樂設施。

前年亞細安十國峰會就在那裡召開，與會代表百多人，採訪記者數百人。會議連開三天，仙鶴鎮空前熱鬧。

會後，盧水雄宴請各國記者，並提供遊艇暢遊老巫河。這一招果然了得，各國報章和電臺報導新聞時把仙鶴鎮形容為世外桃源，兩家權威大報刊出好幾篇介紹仙鶴鎮和表揚慈善家盧水雄的特寫文章。

盧水雄心花怒放，說仙鶴鎮有今天是村民的驕傲。

七，河口地帶被政府徵用，雲鶴寺已經拆除，六角亭、牌樓和那根木樁子仍留在那裡。

雲鶴寺移去新街場東郊一個叫茅草崗的山坡上，那塊地面積六依格，是政府償還的。新的雲鶴寺雄偉壯觀，遠看像座宮殿。

下來說人事。引人注目、可圈可點的有以下幾項：

一，新的雲鶴寺建築費用上百萬，政府的賠款不到三分之一，其餘的由村民捐助。捐款最多的是盧水雄，其次是「旺土陶土公司」老闆賴旺土和「茂德葉記」的老闆葉茂枝。

二，六角亭、牌樓和河口那根木樁子是古剎，是文物，村民要求保留。當局不答應，說非拆不可。方天浩向有關當局交涉多次都不得要領。一天下午，承包商開來鏟土機，說是奉當局命令要把六角亭和牌樓鏟平。方天浩帶領群眾把鏟土機團團圍住，防爆軍警前來令群眾離開。群眾不依，軍警發射催淚彈，同時逮捕方天浩、孫大明、劉鶴立、林昌明幾個領頭羊。不過只是嚴厲警告，後被保釋。

像這樣雙方對峙的事發生過好幾次，方天浩、孫大明、劉鶴立、林昌明幾個也被逮捕好幾次。古剎文物始終沒拆是因為國會選舉：為討好民心，撈取選票，拆古剎文物便成為「誰拆誰倒楣」的選舉魔咒。

很多事平時不能做也做不了，大選臨近時進行就無往不利，事半功倍。比如：魔鬼島外泊著許多大油輪污染海水，魚蝦少，影響漁民生計，漁民投訴官員不理；老巫河邊工廠煙囪日夜噴煙污染空氣，排出的廢水污染河水，居民怨聲載道，投訴無門。然而，國會選舉來臨時，不用投訴，不用抗議，也不用高舉布條遊行示威，只要向各政黨的候選人提一提就立竿見影。泊在外海的大油輪開走了，老巫河邊的煙囪不噴煙了，污水不流了。天空藍了，海水清了，魚蝦回來了。

大選結束，方天浩當了國會議員，孫大明當州議員，劉鶴立當市議員，林昌明、林崇武幾個也當了官。

三，羅海彪依舊住在柴船頭。由於碼頭改建，他的小奎籠柵欄被拆掉一半。柵欄短了，加上渡船穿行，小奎籠的收成大不如前。不過他的兒子小岡和小泉已長大成才，在新加坡幫夏薄情打理業務。兒子有出息，不愁吃，不愁穿，自由自在，日子過得愜意。

四，賴旺土發了財，盧家莊屬下近兩千英畝橡膠園，割膠時盛膠汁的杯子全由他供應。他的兒子泥團精明能幹，十年前接手生意。他獨具慧眼，除出產杯子外還燒製磚頭，雄獅集團屬下的建築承包商都向他買磚頭。

賴旺土言而有信，三年前回墨魚島牛角坳鄉下，實現諾言，把渡頭邊的關帝廟翻修擴建。此外，他對慈善事業不遺餘力，因而受委為銅鑼社名譽社長和忠義堂武館名譽顧問。

五，「茂德葉記」老闆葉茂枝經營有方，取得名牌香煙、啤酒和多種暢銷飲料的柔南區代理權。他的兒子大狗和細狗青出於藍，經營電單車和二手車兼做借貸生意。

葉茂枝發了財也熱心公益，新建雲鶴寺、華文學校、醫院老人院都慷慨捐款。他曾出任柔南商聯會會長和忠義堂武館館長，現在是仙鶴鎮村委會主席和慈善基金會顧問。

六，盧家莊也有很大變化。由於海水污染，魚蝦產量少，漁場已經停止運作。林場坊也拆了，改建十幾層的辦公樓。九個林場近兩千依格橡膠園全翻種新種橡膠樹，產量比原來的多一倍。五十年代初朝鮮戰爭，橡膠價格翻兩番，盧水雄賺得盆滿缽滿。

盧水雄的兒子大虎和二虎自幼聰慧伶俐，日本投降後盧周氏帶他們到新加坡念書。念完小學念中學，念完中學去英國倫敦念大學。大虎念工商管理和國際財經，二虎念法律兼修經濟。他們學有所成，回來後幫父親料理生意。三年後，大虎出任總經理，二虎掌管財務。隨後他們設立「雄獅控股集團公司」（簡稱「雄獅集團」），半年後收購「英吉利地產公司」。此外，重整盧家莊產業管理機構，為雄獅集團掛牌上市做好準備。

大衛・傑遜已經離開內政部和公安局，盧水雄為了報答他，委任他出任集團董事兼業務部總經理。「英吉利地產公司」由英國人經營，業務在馬來亞和新加坡，主要是接管日本人留下的產業，項目有廠房、貨倉、礦場和數千英畝橡膠園。大衛・傑遜商人出身，又有官方背景，他了解商業法令，諳熟市場需求，向董事部提兩個建議：一，人造膠已代替天然膠，應該把橡膠樹砍掉改種油棕；二，政府鼓勵發展工業，應該把廠房和貨倉改建為工業大樓。

他的提議正合時宜，獲得董事部接納。

隔年年頭，馬來西亞國會選舉，執政黨高奏凱歌。年尾，新加坡國會大選，執政黨囊括所有席位。政治穩定，市場繁榮，形勢一片大好，大虎把握時機，讓雄獅集團掛牌上市，開市那天股價竟然比原價高出三倍。

三年後，油棕開花結果，油棕價格節節攀升，提煉工廠蓋了一間又一間。

種植油棕為國家賺取龐大外匯，國家元首賜予盧水雄丹斯里銜頭。

大虎精明能幹，二虎長袖善舞，雄獅集團股價節節攀升。

馳騁商場，嘔心瀝血，勾心鬥角，精力耗盡，盧水雄垂垂老矣。

大虎、二虎深謀遠慮，手段高明，盧水雄很是放心，便卸下要職退居二線當集團顧問。

大樹底下好遮蔭，大衛・傑遜財源滾滾，年近七十便告老還鄉，回去倫敦頤養天年。

2

夏薄情從唐山鄉下回來後就不再為人算命看風水。不過，戰爭剛結束，百業蕭條，人民依舊貧困，單靠行醫難維持生計。此外，仙鶴鎮畢竟是小地方，難有什麼作為。思前想後，決定去新加坡開醫社。家人都贊成。羅海彪說他會照顧家人，叫他儘管去，不必顧慮。

為了節省開銷，夏薄情在牛車水附近小巷弄了間店，掛上「華夏醫社」的招牌，和堂大哥伯愷一樣行醫兼賣藥材。

他單槍匹馬，坐了三個月冷板凳，生意稍有好轉。一年後，來看病的人多了，藥材生意也逐漸好起來。他請了個夥計幫忙抓藥，隨後又請多兩個夥計幫忙賣藥。

一天中午，他在小坡海南街吃雞飯，剛坐下就聽得後面有人叫他。回頭一看，唷!怎麼是他——老甄!

老甄是當年三合棧的股東，分手後就沒見過面，今日重逢格外欣喜。老甄坐下來和他一同吃飯，吃過飯來杯咖啡繼續聊天。老甄告訴他公司倒閉後去麻六甲當教員，日本統治時期他參加抗日軍，日本投降後他回來新加坡，目前在一家報館當編輯。夏薄情也把這些年的經歷以及目前在牛車水開醫社的事如實相告。

老甄聽了驚喜地說：「開醫社還賣藥，自己做老闆，不用看人臉色，好呀！」夏薄情說道：「不，你錯了，我這行業就得看人臉色。」老甄愣了一下，笑道：「你看的是病人的臉色，我看的是上司的臉色。上司臉一沉，血壓馬上升高！」夏薄情聽了哈哈大笑。

吃過飯，夏薄情帶老甄去參觀他的醫社。

店鋪已裝修過，樓下為門市，樓上為醫社，晚上當宿舍。

生意不錯，兩個夥計正忙著。瀏覽了一下，上樓敘話。

夏薄情沏茶——是碧螺春，上回從老家帶回來的。聊了一陣，老甄突然說：「有件事要你幫忙，你有空嗎？」他問。夏薄情應道：「能力範圍內即使沒空也得幫。什麼事？請說！」老甄說：「請你當顧問，為讀者解答問題。」「什麼顧問？解答什麼問題？」夏薄情問。老甄應道：「醫藥顧問，為讀者解答醫藥問題。」夏薄情應道：「這是我的老本行，沒問題。」

原來老甄除了編新聞外還兼編《社會服務》版，每星期兩次，每次半版。最近老總要在這一版闢一欄「醫藥顧問」，專門為讀者解答醫藥問題。

「你是說讀者來信提問，我以文字解答，對嗎？」夏薄情問。老甄應道：「對！新加坡的中醫師多得很，可是要把病症、藥方、診治程序寫成文字就不簡單。這事拖了好幾個月都找不到適當人選，今天突然遇見你，算我走運。好，我解釋一下，這欄目開張後，讀者來信相信會很多，版位有限，你選些比較有代表性的問題來解答。每篇三百字左右，我看最好用真名，這是免費廣告，對你的醫社大有好處，是不是？」

夏薄情面有難色，說道：「當然好，可是，喂，」他壓低聲量，「人怕出名豬怕壯，我們『三合公司』還欠人一屁股債，債主在報上看到我的名字，找上門來向我要錢怎麼辦？」老甄笑道：「別杞人憂天，如果有人來討債你就推給我！」「推給你？怎麼應付？」夏薄情疑惑地看著他。老甄應道：「欠債還錢，這還不簡單！」「呵，好大的口氣，幾萬塊呀，你還得起嗎？」「沒問題！」老甄拍拍胸口，「別說好幾萬，就是好幾百萬也沒問題。我那個賣豬肉的叔叔，日本投降時他家裡留著好幾麻包袋香蕉票[40]（日本鈔票），他要燒掉，我卻要了，留著當古董。如果債主來要錢，就連本帶利還給他，一分也不少！」說完哈哈大笑。

笑後他繼續說：「據我所知，超過十年的民事官司法庭是不理的。再說那些債主在唐山，已經幾十年，如果是你，會來追究嗎？伯琴兄，你放一百個心好啦！」夏薄情點頭說：「唔，言之有理。好吧，就用我的

---

40 香蕉票：俗稱為日本錢或日本紙，為日本占領馬來亞、新加坡及北婆羅洲時期所通行的貨幣。實際使用年限從一九四一年末至一九四五年日本戰敗。日本軍用手票被稱為香蕉幣，是因為十元面值的日本軍用手票印有香蕉樹。

真名，不過『伯琴』得改為『薄情』。」說完遞上名片。

兩天後，「醫藥顧問」的預告刊出來了，編輯以黑體字特地介紹解答醫師夏薄情和他的「華夏醫社」。

幾天後，不出所料，老甄交來幾十封詢問信件。夏薄情挑了些，先以簡練的文字分析病症的來龍去脈，然後對症開方。

內容充實，行文簡練，老甄和同事們都很讚賞。

之後，詢問信件如雪片般源源而來，「醫藥顧問」欄目受到廣大讀者的歡迎。

不出所料，「醫藥顧問」這欄目為夏薄情打開知名度。解答刊出後，醫社的病人逐漸多起來，藥材生意也愈加地好。

一年後，他頂下隔壁那間三層樓店屋，裝修後樓下當門市，二樓當醫社，三樓當住家，原來那間當貨倉。家眷也搬來團聚，還有羅海彪的兒子小岡和小泉。

小岡、小泉聰明伶俐，學業成績很好。中學畢業後夏薄情原本打算送他們到外國念大學，他們謝絕，說要留在店裡幫他打理生意。那時夏薄情的兒子夏彬、夏廉和夏勇在外國還沒回來，店裡事情多，他一個人忙不過來，還真希望有個幫手，他們既然對經商有興趣便欣然答應。

小岡、小泉謙虛好學，任勞任怨，工作表現很好，夏薄情很滿意。兩年後設立「華夏藥材公司」，納他們為股東。他們兩個幹得更起勁，營業額節節攀升。

隔年夏薄情的兒子夏廉和夏勇學成歸來，他們念的是科學和工商管理，在大商行工作兩年，有了經驗後便回來協助老爸打理生意。

年底，夏薄情、夏廉和小岡去了趟香港。

半年後，買了棟六層樓工業大廈當棧房，隔壁的貨倉改為門市部，原有的門市和醫社改為辦公室。醫社移到三樓，住家搬去加東花園新買的洋房。

這樣的整頓是業務上的需要。原來夏薄情的堂大哥伯愷移居香港後大展拳腳，不到兩年就博得中國商品外銷部領導青睞，指定「儒正藥材行」為中國藥材香港分銷處，隨後成藥、罐頭食品、棉織品的香港代理權也給了他，他把「儒正藥材行」改為「儒正國貨出口總公司」。一九四九年中華人民共和國成立，貨物出口得通過香港，香港因而成為中國貨出口的集中地。「儒正國貨出口總公司」壟斷大部分市場，兩年後，「儒正國貨出口總公司」掛牌上市，開市那天股價飆升五六倍。

肥水不流他人田，夏薄情的「華夏藥材公司」就成為中國藥材東南亞的分銷處。

夏薄情的兒子夏廉和夏勇精明幹練，和異姓兄弟小岡、小泉合作無間，他們成立「華夏控股公司」，集中資金，盡心竭力經營中國貨。那年代，東南亞華人多半傾向中國，希望中國強大，熱烈回應「東風壓倒西風」的口號。他們把握時機，和香港總公司配合默契，順應潮流設立子公司，命名為「東風百貨公司」、「東方時裝成衣店」、「中國藥材中心」、「長白山參茸補品總滙」等等。不到兩年，分行遍及新馬各大城市。

顧客響應熱烈，每間店鋪都擠得水泄不通。不到十年，「華夏控股公司」建辦公大樓，買貨倉，建工業大廈，樓高十幾層，占地幾十畝。

夏薄情的大兒子夏彬另闢蹊徑，仙鶴鎮古蹟多，他深受影響，對歷史、考古特別感興趣。老巫河口的牌樓楹聯和六角亭裡的石碑刻字漫漶不清，學校老師、校長以及他的父親夏薄情琢磨幾十年都沒法破解；他也常到那裡查考，仔細觀察，琢磨再三，希望能找到蛛絲馬跡，然而都不得要領。

他念高中三那年，暑假回來仙鶴鎮。一天清晨，他挎著照相機到河口岸邊散步。晨光斜照，牌樓和六角亭像鍍金一般奪目耀眼。他選好角度，舉起相機調準光圈，正要按快門時，駭然發現柱子上的刻字好像被人填上黑漆。前去細看，不是黑漆，而是晨光側射，凸處明，凹處暗。明暗相間，筆畫分明，楹聯刻字顯而易見。刻的是：

南海晨觀東海日
他鄉暮望故鄉月

六角亭裡石碑上的刻字也一目了然，刻的是：

雲海風濤
仙鶴展翅

下款：

嘉靖壬午年雲揚帆書

他喜不自勝，拍下幾張珍貴的照片。

從筆跡看，楹聯和石碑上的刻字出於同一個人。嘉靖壬午年為西元一五二二年，離現在近五百年。楹聯的含意是思念故鄉，石碑刻字是思念親人。可以肯定，「南海」是指南洋，即番邦；「故鄉月」指的是唐山鄉下。由此可證明，中國人五百年前就來到仙鶴鎮。

夏彬的分析合情合理。夏薄情問他哪來的靈感，他說看看周圍環境，借助晨光側射，仔細推敲，答案就出來了。

夏彬到外國留學時念的是歷史和文學，畢業後留校當研究生，兩年後考獲博士學位。博士論文題為《鄭和下西洋考查新議》，其中有三個章節談仙鶴鎮白家港的伯樂造船廠、伯樂山的古墓、老巫河口的雲鶴寺、牌樓、六角亭和那根木樁子。

他是知名學者，目前在大學當教授。

老大夏彬學富五車。老二夏廉和老三夏勇學貫中西，見多識廣。小岡和小泉腳踏實地，任勞任怨。公司健全發展，夏薄情很放心，和盧水雄一樣，退居二線當顧問。

不過，他每天依舊上班，依舊為病人把脈開方，夜間依舊為讀者解答醫藥問題。有時出席講座會，暢談行醫心得和臨床經驗。

一天，夏廉拿來一封電報，說是香港大伯拍來的。他的大伯就是夏薄情的堂大哥夏伯愷。

「電報說什麼？」夏薄情問。夏廉答道：「三件事：一，橫跨頤春江的『子規大橋』即將通車，到時要你出席通車典禮；二，墨魚島松口鎮的『子規中學』新址即將竣工，到時希望你能參加落成典禮；三，曾祖父的墓已動工修建，預定半年內修好，圓墳日子定在明年清明，到時你一定要參加。」

夏薄情聽了後說：「第一和第二件我不想去，第三件，明年清明省墓的事我一定參加。」夏廉點頭應道：「好，我回電告訴大伯。」

中華人民共和國成立前夕，風聲鶴唳，形勢緊張，夏薄情的堂大哥夏伯愷和伯軒、伯運、侄子崇智、崇禮等人移居香港。一九六六年文革爆發，紅衛兵通緝夏伯愷兄弟，夏家被抄，夏子規的墳墓被砸毀。一九七六年文革結束，夏伯愷兄弟和侄子平反昭雪，被抄財物予以歸還。弔詭的是，通緝犯夏伯愷移居香港後竟然取得國貨代理權。「儒正國貨出口總公司」壟斷東南亞市場，建立了夏氏商業王國。夏氏兄弟包括夏薄情賺了大錢。他們回饋社會，做善事、捐善款不遺餘力。頤春江大橋、松口鎮的「子規中學」以及先前竣工的「梅江子規醫院」、古陽鎮以夏薄情二奶奶名字命名的「白芙蓉老人院」等建築全由「夏氏慈善基金」撥款興建。

算命看風水不是壞事，當年爺爺為何不允後代子孫繼承衣缽，夏薄情始終想不通。現在終於想通，而且心悅誠服。如果後輩子孫繼承衣缽，堂大哥和他就不會有今天的成就，也不會有享譽海內外的「夏家商業王國」。

「反躬自省，面壁思過。」爺爺識破天機，神機妙算，他佩服得五體投地。明年清明省墓時他決定回去向爺爺磕三個響頭。

3

一天晚上，九點半鐘，夏薄情寫了篇關於傷寒症的短文，放進信封貼上郵票，準備明早投郵寄給老甄。伸個懶腰，正要熄燈下樓回家，外面忽然有人「砰砰砰」地敲門。「誰呀？」他問。外面的人說道：「開門，我找夏薄情。他在嗎？」他猛然一怔，忙問：「你是誰？」那人答道：「我叫李鐵生，人叫李鐵拐。你是夏薄情嗎？我有事找你。」

夏薄情心裡納悶：「汕頭有間雜貨批發商的老闆叫李傑生，外號也叫李鐵拐。三合公司沒欠他錢呀，來找我幹什麼？」「你哪裡來？找我什麼事？」夏薄情於是問。「哎呀，你真囉嗦。我找你醫病，人都快死了，快開門呀！」

「找我醫病，不是追債。」夏薄情寬下心來，於是下樓拉開門閂。「砰」的一聲，外面那個人推門闖進來。

夏薄情定睛一看，是個五大三粗的漢子，豹頭環眼，額頭有道疤痕，雙臂刺滿「昂公」（刺青），右手食指戴個閃著寒光的貓眼戒指，一看就知道是個黑道人物。

「你說找我看病，哪裡不妥？」夏薄情問。那漢子應道：「我沒病，是我娘。她病得很重，跟我走，快點！」「你娘患什麼病？」夏薄情又問。漢子應道：「我不是大夫，哪知道她患什麼病？哎呀，求求你，我娘都快死了，快點走吧！」夏薄情點頭應道：「好吧，你住哪裡？有車嗎？」漢子說：「我住木屋村，車停在後巷，我去開過來。」說完轉身出去。

夏薄情提了藥箱，關燈鎖門，站在門外等。

車來了，是一輛舊款的「奧士丁」。

木屋村在加冷河畔，不遠，沒堵車，半個鐘頭便到了。

巷口很窄，沒有路燈。夏薄情隨他走進一間亞答屋，廳很小，牆上掛著臭土燈，一個老婦人躺在帆布床上。那漢子指著說：「她就是我娘，不知為什麼，吃飯時還是好好的，一倒下就不動了！」隨後他到布床邊握著病人的手說：「娘，你挺著，大夫來啦！」

夏薄情打量了一下：病人六十開外，膚色黝黑，滿臉皺紋，是個勞動婦女。她眼神呆滯，右邊嘴角往下歪，口水流淌不能自制。

夏薄情為她把脈，把過左手把右手，然後從藥箱裡拿出小鐵錘敲敲病人的膝蓋。「令堂平時常鬧頭痛嗎？」夏薄情問。那漢子應道：「對！我娘身體向來很好，就是鬧頭痛，好幾年嘍！」「唔！」夏薄情點點頭，「你娘中風，也就是腦裡爆血管。這樣的病輕則癱瘓，重則死亡。」「我娘的病到底是輕還是重？」漢子問。夏薄情答道：「中等。如果不醫，拖下去就愈來愈嚴重，到時神仙也救不了。」說罷，拿出銀針燒起艾條給病人針灸。

夏薄情隨後告訴他中風是富貴病，頭一個療程為期十天，得天天扎針，天天服藥。第二個療程為期二十一天，三天扎一次針，兩天服一次藥。第三個療程為期一個月，五天扎一次針，不必服藥。下來病人得練習走路，幾個月後就恢復正常。

那漢子皺起眉頭「哦、哦、哦！」地應著。

半個鐘頭後，針灸完畢，那漢子載夏薄情回藥鋪抓藥。藥好幾包，夏薄情向他說明煎藥時間、水的分量和服用次數。那漢子一絲不苟，在藥包上一一畫上記號。

夏薄情撥了撥算盤，告訴他今晚的出診費和藥錢。漢子掏出幾張鈔票，說不必找。夏薄情說不行，找錢給他。他拿了藥說聲「謝」就匆匆走了。

夏薄情望著他的背影，心裡嘀咕：「這莽漢倒有幾分孝心，難得。」

隔天下午，夏薄情去木屋村李鐵拐的家。他不在，他母親由一個中年婦女照顧。這婦女自我介紹說是李鐵拐的妹妹，名叫阿晴。

扎完針，夏薄情把單子交給她。她接過看了一下說不好意思，手頭錢不夠，改天哥哥回來再算。這樣的事司空見慣，夏薄情習以為常，叫她別煩惱，改天手頭方便時再還。

下來幾天李鐵拐都不在家。阿晴說她哥一直沒回來，診費老欠著不好意思。夏薄情說了聲「沒關係，改次還」就走了。

十天後，第一個療程完畢，她母親的病大有起色，嘴不歪，能自己起床，拄著拐杖走路。

阿晴說她母親的病好了，不必麻煩大夫，診費和藥錢改天叫她哥送過去。夏薄情說不行，療程必須繼續，要扎針也要吃藥，一次不能停。阿晴面有難色，說欠大夫這麼多錢心裡過意不去。夏薄情叫她別煩惱，錢的事會和她哥解決。阿晴感激，說以後她帶母親到醫社，不必麻煩大夫親自來。出門走動對病人有益，夏薄情點頭說可以。

第二個療程最後那天，阿晴照樣陪母親來醫社。

「怎麼樣？好些嗎？」這是大夫接見病人的口頭禪。阿晴的母親說：「好多啦，大夫，謝謝你啦！」夏薄情叫她別用拐杖走走看。她放下拐杖，起身走到樓梯口轉身走回來。「很好！」夏薄情很滿意，繼續為她扎針。扎完針，夏薄情交代她下來的針灸療程很重要，一次不能少。阿晴的母親感激涕零，可是身上沒錢，不知說什麼好。

第三個療程頭一天，阿晴陪她母親準時到來。進入針灸室，夏薄情正要為她扎針，她從衣袋裡掏出一個玉鐲子交給夏薄情：「大夫菩薩心腸，欠大夫這麼多錢心裡過意不去，這鐲子不值錢，算是我一點心意，請先生收下……」「不可不可，」夏薄情推回玉鐲，「我說過錢的事不必煩惱，我會和妳兒子算。妳安心養病，別再提錢的事！」「大夫，大夫……」她哽咽著，緊握著夏薄情的手，眼裡沁出淚珠兒。

光陰荏苒，轉眼過了兩個月，療程結束，阿晴的母親已經痊癒。不過李鐵拐始終沒出現，夏薄情也沒去找他。行醫以來，這樣的事見怪不怪，夏薄情付之一笑。

兩個月後，晚上，也是九點多鐘，夏薄情寫完幾篇回答稿子，放進信封貼上郵票放在櫃檯上。正要熄燈下樓回去，外面有人「梆梆梆」地敲門。「誰呀？」他大聲問。外面的人答道：「是我，李鐵拐，先生開門。」

夏薄情一怔，忙下樓開門。

李鐵拐進來劈頭就說：「對不起，對不起，我去了趟暹羅，今天才回來，不好意思。」夏薄情笑道：「來這裡就是客，有什麼不好意思？坐！」夏薄情拉張椅子給他。他沒坐，卻說：「你有空嗎？請你去喝兩杯！」「喝酒？行啊，我請你！」「不，」他忙擺手，「我今次來有三件事：一，你醫術高明，我娘的病全好了，我向你道謝！」說完向夏薄情拱拱手。「二，你不嫌麻煩、不計較錢，連續兩個月為我娘治病。你菩薩心腸，我向你致敬！」說完向夏薄情一鞠躬。「三，還錢給你，同時請你喝酒，希望你能賞臉！」說完掏出三張百元大鈔放在桌上，「欠你多少？三百塊，夠嗎？」他問。夏薄情從抽屜裡拿出帳單，看了一下說：「多了，兩百五，找你五十。」李鐵拐忙說：「欠了這麼久，甭找啦！」夏薄情擺手說：「不行，親兄弟，明算帳，是不是？」說完把錢放進抽屜，拿五十塊遞給他。李鐵拐接過錢說：「好，現在去喝酒，走吧！」「去哪裡喝？」夏薄情問。李鐵拐應道：「南天大廈，天一景酒樓。你鎖門，我去叫車。」「等等，」夏薄情阻止他，「這麼高檔，隔壁街夜來香酒樓不就行了嗎？」李鐵拐笑道：「天一景環境好，喝起來比較痛快。」說完逕自走出去。

夏薄情鎖好櫃檯，關燈出去。鎖上鐵門，一轉身，一輛德士停在他前面。跨進德士，夏薄情問他怎麼沒開車來。他說去喝酒最好別開車。這莽漢粗中有細，夏薄情頗感意外。

南天大廈在附近東軒大街，前去不過半個鐘頭。南天大廈高十一層，是當時新加坡數一數二的高樓。天一景酒樓在頂層，上下有電梯接送。那時候電梯是一種新鮮的玩意兒，搭客不會應用，由專人操作。

進入電梯，操作員哈腰說：「鐵爺您好。」上到頂層，剛出電梯，門口的招待員鞠躬說：「歡迎鐵爺。」進入酒廳，掌櫃的放下電話出來迎接：「歡迎大哥光臨！」李鐵拐拱手應道：「黃掌櫃別客氣，我是老客戶，去忙你的！」「不行不行，」黃掌櫃拉長語音，「大哥是貴客，不可怠慢！兩位跟我來。」

他們隨黃掌櫃來到角頭那間廂房。「兩位請坐！喝點什麼？XO白蘭地還是藍帶媽爹？」李鐵拐轉眼問夏薄情。夏薄情打了個「隨你」的手勢。李鐵拐說：「好，XO白蘭地，半瓶裝，再來點花生、牛肉絲。」「薑片侑酒最好，要不要？」黃掌櫃問。「好，來點！」黃掌櫃記下，交給站在後面的侍應生，一邊說：「除XO外，其他的算我的帳。好啦，兩位請便，小的失陪啦！」

夏薄情看著他離去的背影，心裡在說：「原來李鐵拐是這裡的紅人。」

黃掌櫃和侍應生走後，幾個花枝招展的吧女擁進來。「契爺怎地這麼久沒來？」「契爺忘記我們啦？」「契爺，我想死您啦！」「契爺，我昨晚還夢見您呢！」

矯揉造作，嬌聲嬌氣，一個個叫得比親爺爺還要親。

李鐵拐左擁右抱，親親這個，吻吻那個，樂開了懷。

一個吧女看夏薄情默默地坐在那裡，便過去伸出手自我介紹：「我叫小蓮，請問先生貴姓？」夏薄情輕輕握了一下，應道：「我姓夏，夏天的夏。」李鐵拐插話道：「夏先生可是正經人，斯文點喏！」小蓮應道：「這麼說契爺就不正經啦？」李鐵拐應道：「妳又騷又逗，我能正經嗎？」小蓮點頭說：「那好，今晚我就陪契爺！」李鐵拐點頭應道：「可以可以，不過我的契女這麼多，妳得排隊，下個月初一吧！」「啐！」小蓮一甩手，「我的契爺不止你一個，我找別的去！」

他們的對話逗得大家哈哈大笑。

打情罵俏，嘻嘻哈哈，其樂無窮。

侍應生端來酒和小吃，隨後擰開瓶蓋倒兩半杯放在他們跟前，打手勢說了聲「兩位慢慢用」便轉身出去。侍應生走後，李鐵拐收斂笑容對吧女說：「好啦，我們有事相商，妳們去招呼別的客人吧！」吧女聽了前來親親他的臉，有的吻他的手，說聲「契爺拜拜」就出去了。

李鐵拐舉起酒杯說：「第一次和先生喝酒，很榮幸，乾杯！」夏薄情舉杯應道：「有緣結識李兄，很高興！」他們碰杯，一飲而盡。

李鐵拐往兩個杯裡添酒，後問：「這樣的場合先生喜歡嗎？」夏薄情應道：「偶爾消遣一下可以，說不上喜歡。」李鐵拐卻說：「這裡看到的都是笑臉，聽到的都是笑聲，和和氣氣，樂以忘憂，我倒喜歡！」夏薄情說：「他們是做生意，那些小姐是賣笑，虛情假意，搔首弄姿，那是麻醉，說不上快樂。」李鐵拐點頭應道：「說得對。麻醉對我來說也是一種快樂！」夏薄情搖頭苦笑，用筷子夾了片薑片放進口裡咀嚼著，沒答話。

李鐵拐呷了口酒繼續剛才的話題：「人愈來愈靠不住，凡事不能認真。渾渾噩噩，自我麻醉，這樣的日子反而好過。我這一生遇到的盡是小人，像您這樣大慈大悲的好人還是頭一次遇到！」夏薄情笑道：「世界上好人很多，你沒遇到和你的出生環境和生活圈子有很大的關係。」李鐵拐拍掌應道：「對！烏鴉堆裡沒鳳凰。你不騙人人騙你，你不吃人人吃你。我的腦子全壞啦！」「你是幹哪行的？」夏薄情問。李鐵拐苦笑一聲，說：「我也不知道我幹的是哪一行。」說完夾點肉絲放進口裡。「以前呢？你幹過些什麼？」夏薄情又問。李鐵拐呷了口酒，說道：「我十二歲出來打工，替人洗碗、派報紙、敲梆子幫人賣麵。後來跟人走江湖，敲鑼打鼓，翻跟斗，豎蜻蜓。挨罵、打耳光、敲腦袋，師傅把我當出氣筒。我十六歲出來跑碼頭，麻六甲、吉隆坡、檳城、暹羅、緬甸，還有中國雲南騰衝……」「你去緬甸幹什麼？」夏薄情打斷他。「做生意，緬甸出產玉，上好的玉，一個暹羅朋友熟這行，我隨他去。」夏薄情聽了後說：「玉屬於珠寶，本錢大，是嗎？」李鐵拐應道：「說句實話，做生意只是幌子，實際上是走私。走私靠的是膽量，不是本錢。」夏薄情點頭說：「唔，有理！」李鐵拐繼續說：「那個暹羅朋友門路多，我膽子大，我們配合得很好，賺了不少錢。可是那傢伙靠不住，當我去玉山的時候，他跑了，把錢捲走了。他還栽贓，害我被抓，判刑三年。我表現良好，一年半就出來了。我重回玉山，那裡的翡翠玉很多，很便宜。緬甸和雲南邊境有個小鎮叫瑞麗。離瑞麗不遠有個城市叫騰衝。騰衝有玉器加工廠，有專賣店，翡翠玉到了那裡價錢高出幾十倍。不過不必拿去騰衝，拿到瑞麗玉商就搶著要。問題是玉山周圍幫派多，惡霸多，毒梟多，土霸王多，還有軍政府，走私翡翠玉就得過五關斬六將。我在玉山待了好幾個月，終於弄到八塊『玉王』，騰衝人叫『玉后』。每塊比豆腐乾還要大一點。這樣的尺寸最值錢。我要錢不要命，背著上百斤的玉后，帶著駁殼槍另有五梭子彈，穿山越嶺、冒著槍林彈雨往瑞麗那邊逃。很幸運，終於逃出森林。等了半天，劫一輛貨車來到瑞麗。脫手後就洗手收山，回去緬甸買船票回來新加坡。」

「這麼順利，你運氣很好！」

「順利？」李鐵拐不禁苦笑，一字一板地說，「六梭子彈打到完，你說順利嗎?運氣呢，能到瑞麗，應該算好。不過你看，」他指向額頭上的彈痕，隨後捋起褲腳指著扭曲變形的腿肚子，「一句話，那幾塊玉后是用我的命換來的！」夏薄情聽了後點頭說：「唔，出生入死，驚心動魄，拍成電影可賣座呀！」李鐵拐苦笑道：「現在想起來才覺得怕。不過過程很精彩，改天有空慢慢跟您講。」

「回來後幹什麼？」夏薄情問。李鐵拐笑道：「正經事我不會幹，也幹不了。沒辦法，為了吃飯只好為人管閒事。」「管什麼閒事？」夏薄情饒有興致地問。李鐵拐應道：「這簡單，政府管不了的，我管！別人不敢做的，我做！別人沒法解決的，我為他們解決。先生，」他笑了一下，「請問我這一行屬於哪一行？」夏薄情煞有介事地說：「屬於第七十三行！」李鐵拐聽了哈哈大笑。

「你有家庭嗎？」夏薄情岔開話題。李鐵拐應道：「女人有過好幾個，都是歡場女子，我風光時百依百順，倒楣時就把我甩開。有時候是我甩她。合就來，不合就去，男女平等嘛，是不是？」夏薄情笑道：「找個正經的嘛，生兒育女，豈不更好？」「哎呀，先生，」他拉長語音，「如果我十多歲時認識您，我就不是這個樣子，天下竟然有像您這樣的大好人，近朱者赤，我的心就不會變得這麼黑。」夏薄情聽了呵呵地笑。「先生呀，」李鐵拐繼續說，「我服你啦！我再說一次，今晚和您一起喝酒是我畢生的榮幸。來，乾杯！」說完舉杯一飲而盡。

他往杯裡添酒，酒瓶卻空了。他喊酒保再來一瓶，夏薄情阻止，說夠了。「好，聽您的。買單！」他大聲喊。

服務員拿來單子，他沒看，掏出鈔票放在桌上：「甭找了！」服務員鞠躬說聲「謝謝」出去了。剛才那幾個吧女隨著擠進來，「契爺要走啦？」她們齊聲問。「唔，走了，下次再來。」他吻吻這個，親親那個，掏出鈔票一人一張。「謝謝契爺。契爺再見！」「好好，小乖乖，再見！」走出廂房，他轉身過來把小蓮擁到懷裡：「下個月初一輪到你，記得呀！」小蓮掙脫他說：「下個月我嫁人啦！」「陪了我再嫁嘛！」

打情罵俏，嘻嘻哈哈。來到櫃檯前，掌櫃的出來鞠躬道謝，送他們進電梯，直到電梯門關上才離開。

夏薄情心裡暗忖：「酒樓上上下下對李鐵拐畢恭畢敬，看來這莽漢不只是常客那麼簡單。」

兩天後，晚上九點多鐘，老甄下班來找他。他談起前晚李鐵拐請他到天一景喝酒的事。老甄聽了後說：「你醫好他母親的病，他高興請你喝酒，這很正常。不是嗎？」夏薄情應道：「是很正常，不過此公看來不簡單。」老甄笑道：「黑道人物都一樣，有什麼不簡單？」夏薄情應道：「他去過緬甸，到過雲南騰衝；他走私、殺人、越貨，這可不是一般黑道人物能幹的呀！」老甄沉吟片刻，點頭說：「唔，說得也是，的確不簡單。好，我探聽一下。」

兩天後，晚上九點鐘，老甄下班來找夏薄情。

「打聽到了嗎？」夏薄情問。老甄應道：「打聽到了。你說得對，此人確實是個人物。」「什麼人物？」夏薄情問。老甄一字一板地說：「鴻門會一把手李鐵生，外號人稱李鐵拐。」

「啊？有眼不識泰山，這下可真跌破眼鏡了！」

4

盧周氏對丁香愈來愈反感，當年允許丈夫娶她無非是要借她的肚子為盧家傳宗接代。她雍容嫻雅，願做天下女人不願做的事，願吃天下女人不願吃的虧，然而每天半夜想到自己的丈夫和別的女人共枕交歡，那種滋味確實不好受。

不過已得到回報，四娘生了兩個男孩，盧家有後了，如願以償了。

兩個孩子天真活潑，聰明伶俐。有了他們，家裡充滿歡聲笑語，盧周氏和四娘之間的矛盾就緩和了許多。

丁香教孩子唸唐詩，給他們講故事，教他們做人的道理。

盧周氏嬌慣縱容，給他們買新衣新鞋、玩具和糖果。

一天，奶媽問他們兄弟倆：「你們說說，你們有幾個媽？」大虎說兩個，二虎說三個。大虎不服，問他怎會有三個。二虎掐著指頭說：「大媽一個，媽媽一個，還有奶媽，不是三個嗎？」奶媽聽到自己也被劃在裡頭，樂得親他臉蛋，讚他乖巧。

那時盧周氏也在場，她乘興問道：「哪個媽媽最疼你們？」大虎、二虎異口同聲地說：「媽媽最疼我。」二虎隨後加上一句：「還有奶媽也疼我！」

奶媽笑呵呵地又問他們哪個媽媽好，他們毫不思索地說媽媽最好。盧周氏聽了心裡很不是滋味，暗暗罵道：「兩個臭伢崽，白疼你們了！」

一次，丁香生病，兩個孩子坐在房門口愁眉苦臉。保姆喊他們吃飯，他們搖頭說不吃。盧周氏好聲好氣勸他們吃，他們還是不吃。盧周氏兇起臉說：「愁什麼呢？死不了人的！」大虎聽到死心裡害怕，忙說：「大媽可以死，媽媽不能死！」二虎也說：「還有奶媽可以死，爸爸可以死，媽媽不能死！」

盧周氏聽來猶如被人捅了一刀，眼淚撲簌簌地掉下來。

童言無忌，聽者有心，多年積下的委屈和怨氣一股腦兒轉化為憤恨。她向丈夫傾訴。盧水雄也有同感，說這樣下去會教壞孩子，必須想辦法阻止她。

盧周氏靈機一動，計上心來。好吧，哪壺不開提哪壺，妳和孩子相依為命，就把孩子送去新加坡念書，讓你們母子分離，看妳又能奈我何？盧周氏把想法告訴丈夫。孩子已近入學年齡，仙鶴鎮沒有好的學校，盧水雄早有此意。

說做就做，他們倆沒和丁香商量就把孩子帶走了。

兒子被送去新加坡念書，理由堂而皇之，丁香十分無奈，只好忍氣吞聲。

在新加坡房子是現成的，為照顧孩子他們請了保姆、傭人、車夫和保鏢。盧周氏對他們照顧無微不至，要什麼就給什麼。不過，他們畢竟是孩子，想家、想媽媽是必然的，每次學校假期回來都不捨得離開。然而，玩具、糖果、幼稚園的遊戲場誘惑力很大，一年半載後，他們反而不想回家、不想媽媽了。

十幾年後，孩子長大了，媽媽也老了，彼此之間也就生疏了。

大虎和二虎到英國念書後，盧周氏沒事幹便回來盧家莊。

深宅大院寂靜冷清，孩子不在身邊，心裡空落落。為了排解寂寞，盧周氏勤於唸經拜佛，參加廟會做善事。

這些時日她神思恍惚，神經過敏，老是疑神疑鬼，自己嚇自己。

一次，傍晚時分，她從白家港搭乘渡輪回盧家莊。

日落西山，夕陽把河水照得通紅。河面上漂浮著一堆堆的枯枝垃圾。她一看，嚇了一跳：「河水怎地變成紅色？喲，那一堆堆的不是浮屍嗎？浮屍在流血呀！阿彌陀佛，阿彌陀佛，罪過，罪過。」她心驚膽顫，雙掌合十默默唸著、唸著。

回到家裡，惶惶不可終日。當晚輾轉反側，一閉上眼，符木隆、朱青海、盧大光、張德寶幾個的身影霍地出現在眼簾。她心神不定，惡夢連連，直到天亮。

十幾年前也有過這樣的事，符木隆、朱青海、盧大光、張德寶幾個屈死鬼入夢找她。她惶恐不安，去柔佛巴魯求教「萬佛堂」住持蓮心大師。大師說這是惡鬼作祟，中元節那晚備七牲祭品在惡鬼出現的地方打醮祭奠，安撫亡魂，聊表心意。她照辦了，果然靈驗，精神立刻好轉，晚上也睡得踏實。

經驗良方，中元節那晚，她如法炮製，祭品十三份，周圍擺滿鮮花。她穿道袍坐在香案前敲木魚唸經直到三更雞啼。燒冥紙時，她逐一在火堆前雙掌合十鞠躬致謝。

果然，回到家後心情舒暢，精神好轉，晚上一覺到天亮。

此後，中元節半夜在河邊打醮祭祀就成了盧家莊的慣例。盧周氏對佛事、法會、捐善款做善事就更積極了。

那年九月重陽節，她到新街場東郊雲鶴寺參加廟會。廟會完畢，她到籤房求了支籤，籤文寫的是：「包公三審蝴蝶夢，悠悠冤魂終昭雪。」橫批：「清風明月。」她看不懂，求廟祝解籤。廟祝給她講「竇娥含冤」的典故。這是一則很普通的籤文，勸告得此籤者如遇困境或蒙受委屈暫時忍耐，總會有煙消雲散、沉冤昭雪的時候。然而，當她聽到「冤魂」兩個字時竟然大驚失色，歇斯底里地頻頻問廟祝可有禳解之法。廟祝知道她有所誤會，便多費唇舌再三解釋。她心裡有鬼，愈聽愈疑惑，愈害怕。

回到家裡，驚魂未定，戰戰兢兢。當晚夢見一個無頭鬼來找她，指著她口口聲聲說要報仇。盧周氏問他：「你我素不相識，哪來的仇？」無頭鬼反問她：「妳還記得張水妹嗎？」盧周氏大吃一驚，張水妹就是當年難產而死的二姨太。她記得，當然記得。「你……你提她幹……幹什麼？」她怕得渾身發抖。無頭鬼答道：「我是張水妹的兒子，我出世時你們沒給我取名字，沒為我洗身，沒給我衣穿，也沒有棺材，只用一個木箱把我埋在亂葬崗。閻王見我這副落魄相，把我當惡鬼砍掉我的頭，把我打入十八層地獄，令我永世不能超生。我媽更慘，她生我而死，你們連她身上的血衣也沒換就草草把她埋葬，害得她到現在還是『坐月鬼』。這仇我一定要報，一定要報！」無頭鬼話剛說完，投井而死的三姨太也來找她，還有符木隆、朱青海、盧大光幾個也來了。一個個金剛怒目，青面獠牙。夢醒後仍驚慌不已。

失魂落魄，惶惶不可終日，她於是向菩薩求助。她洗臉更衣，燃炷香插在觀音塑像前磕頭唸經。她對《金剛經》領悟最深，她認為《金剛經》能震蒼穹、通宇宙，菩薩即使在九天之外也聽得見。她希望通過《金剛經》和菩薩對話。她要闡明事實，二姨太、三姨太和符木隆、朱青海等人之死和她無關。她捐了那麼多善款，做了那麼多善事，這一點菩薩是知道的，理解的，會站在她這一邊的。

每天晚上，每到半夜她便起床洗臉更衣，跪在觀音塑像前唸《金剛經》。唸了一遍又一遍，直到三更雞啼方磕頭起身回房就寢。

一次半夜，正當她唸得起勁的時候忽然聽見天鼓響，聲音很沉好像來自天外。她仰頭一看，只見漆黑的天際裂開一道縫，縫裡閃著電光。不一會，一個高大的身影頭上帶著光環騰雲駕霧降落大地。啊！她認得這高大的身影就是菩薩。她跪伏地上，說道：「弟子有罪，弟子叩見菩薩！」菩薩說：「妳何事找我？」盧周氏應道：「弟子求見菩薩是要闡明事實……」菩薩打斷她：「妳的事我全明白！」她驚喜地說：「多謝菩薩明察！弟子一向遵照菩薩旨意，多唸經，多拜佛，多做善事！」「哼！」菩薩忽然板起臉，「妳說得好聽，妳回頭看看，那些人你認識嗎？」她轉身一看，不禁叫道：「啊？怎麼是……是你們……」一群冤魂冤鬼，有的衣衫襤褸，有的蓬頭垢面，當中有二姨太、三姨太、符木隆、張德寶、朱青海，還有那些當年為盧家莊砍樹開荒而丟命的枉死鬼，一個個橫眉怒目朝她走來。她驚惶喊道：「菩薩恕罪，菩薩救我！」菩薩應道：「妳害死這麼多人，罪孽深重，天地不容，我救不了妳！」她叫道：「不公平，太不公平。一切事都由我當家的主使，我婦道人家，嫁雞隨雞，嫁狗隨狗，哪由得我說話？」菩薩應道：「宇宙之大，佛法無邊，妳當家的做好事、壞事，我們的護法神自有公斷，妳無須多言。妳等著吧，時辰一到，牛頭馬面自然會找他！」說罷，天空劃過一道電光，大地騰起雲霧，菩薩拂袖而去。

「菩薩，菩薩！」她叫著，喊著，起身追上去。然而周圍漆黑，一個踉蹌跌倒在地。那群冤魂冤鬼衝過來憤怒喊道：「她走不了的，兄弟姊妹們，有仇報仇，有冤報冤……」「救命啊！救命啊！」盧周氏驚慌失措，拔步奪門而出。

隔天早上，傭人發現她死在後院那口井裡。

5

盧家莊所有的林場已開發完畢，種下的橡膠已開割多年，油棕茁壯成長，產量一年比一年多。那幾年橡膠價格年年攀升，油棕價格有起無落，盧水雄的錢多得數不完。

然而，流年似水，歲月不留人，盧水雄已年逾六十。鳩形鵠面，鬢髮皤然，精神體力大不如前。不過他不認老，白髮染黑梳得油亮，穿著依舊白衣白褲，參加宴會或應酬接客時結紅色領帶。不過他很少出門，除非有病看醫生或檢查身體，不然連近在咫尺的新加坡也不去。

大虎和二虎青出於藍，接手公司後業務突飛猛進；他很放心，很滿意，不再插手公司的事。其實也無從插手。科技發展一日千里，交易手法日新月異，以前算帳用算盤，現在用電腦；以前幾萬塊的買賣得斟酌再三，現在幾千萬的生意按按電腦就成交。神乎其神，不可思議。不過看到公司股價如芝麻開花節節高，集團屬下的高樓大廈一座座平地而起，他服了，認輸了，交棒了，連顧問也不當了。

還有一件令他樂不可支的事：河口那塊地已被政府徵用，政府原本打算在那裡興建移民廳和稅務大廈，不知為什麼突然改變主意取消計劃，沒多久憲報以及各語文報章登出標售那塊地皮的廣告。

一百年前盧水雄的曾祖父盧金蛇到蛇尾嶺開墾荒地，老巫河口那塊地就是他祭拜四方諸神、動土搭建棲身茅棚的地方。這是盧家莊的發源地，他看到報紙廣告後立即打電話給大虎，叫他無論如何得想方設法把那塊地奪回來。然而出乎意料，大虎說標售只是形式，奪回那塊地不成問題。大虎還透露他已擬好計劃，在那塊地興建四座三十層的高級公寓，河邊設花園，有假山、瀑布和噴水池。噴水池旁豎立高祖父也就是仙鶴鎮開埠始祖盧金蛇的銅像，他打算把那裡取名「金蛇灣花園」。他說「金蛇灣花園」的彩色廣告已經畫好，模型也將竣工，地一到手就可招待記者向外公佈。

取名「金蛇灣花園」，豎立銅像，為盧家榮宗耀祖，盧水雄正有此意。「很好，很好哇！」他喜不自勝，掛上電話。

然而，月有圓缺，福無雙全，他的髮妻盧周氏竟然死在後院那口井裡。已經十幾年，他始終不能釋懷。自殺嗎？她唸經拜佛，清心寡欲，她普渡眾生，慈悲為懷，說她自殺任誰也不會相信。謀殺倒是有可能。四娘和她結怨已久，可能是她下的毒手。不過，那天適逢柔佛蘇丹王七十華誕，四娘受邀進宮參加慶典，盧周氏出事時她在王宮還沒回來。

自殺、他殺、謀殺都不能成立，警方束手無策，只好當懸案處理。

有人說後院那口井煞氣重，不吉祥，二十年前三姨太林美麗跳井自殺，二十年後盧周氏也死在那裡。

管家建議把那口井填掉。盧水雄不同意，說那口井是古蹟，由盧家曾祖親手挖掘，已經百多年，井水仍源源不絕。這口井是龍泉，填了財運就絕了，不來了。

龍泉、財運固然令他躊躇滿志，不過，盧周氏去世後卻也感到孤單寂寞。為打發時間，他改變生活方式，邀約三五好友到處遊山玩水，一去就是十幾天。

管家周貴祥七十出頭，五年前已告退。不過他退而不休，仍留在盧家莊，有些看不慣的事他還是要管的。新的管家叫林茂，他原是林場主管，有幾分小聰明，也善於奉承，給盧水雄留下好印象，林場工作結束後便令他接替周貴祥的職位。

周貴祥閒得無聊，便走村串戶，一出門也是好幾天。

盧水雄和周貴祥經常不在家，這麼一來，丁香和羅海彪幽會的機會就多了。幽會的地方在柴船頭羅海彪的家。乾柴烈火，情意纏綿，如膠似漆，如魚得水。然而進得山多終遇虎，沒多久他們幽會的事就曝光了。

一天，午後四點鐘，管家周貴祥從新加坡回來，上了碼頭沿河邊小路回去盧家莊。走著走著，無意間發現河心有隻小船朝他這邊徐徐駛來。他認得開船的是羅海彪，不過吸引他視線的是坐在船裡的那個女人。他暗忖：「羅海彪已經死了老婆，難道是另娶的嗎？」好奇心驅使，他躲在椰樹後默默地盯著。當那隻船快到岸邊時，他幾乎叫出聲來。那女人正是四娘。

船靠了岸，丁香捨不得離開，脈脈地看著羅海彪，許久許久才揮了揮手跳上岸來。

三天後盧水雄回來，周貴祥迫不及待請他到書房告訴他這回事。

盧水雄聽了沉默良久，問道：「你懷疑四娘和羅海彪有私情？」周貴祥應道：「對，他們之間一定有見不得人的事！」「有證據嗎？羅海彪載四娘回來不能當證據呀！」「呃，這……」周貴祥囁嚅著，後說：「如果不是，那麼四娘無緣無故去柴船頭找羅海彪幹什麼？」盧水雄反問他道：「你肯定四娘是去柴船頭找羅海彪嗎？」周貴祥應道：「船從那個方向駛來，我想一定是。」「不，」盧水雄搖搖頭，「船從那個方向駛不能當證據！」「哎呀，老爺！」周貴祥拉長語音，「天地良心，我服侍老爺幾十年難道還騙您不成？當時我躲在椰樹後看得清清楚楚，船到岸時兩個狗男女眉來眼去依依不捨看了就噁心。我敢肯定他們之間一定有姦情。」盧水雄沉默了一下，揮手說：「好啦，知道了，去吧！」

周貴祥老來懵懂，口沒遮攔。盧水雄因而故作鎮定，對他所說的顯得不在意。沒有不透風的牆，流言蜚語漫天飛，他早就懷疑四娘和羅海彪有私情，只是沒有證據沒奈她何。周貴祥說的都是真話，好吧，今次得刨根究柢，無論如何得把姦夫淫婦揪出來。

當天晚上，他吩咐傭人叫四娘到書房說話。

沒多久，丁香敲門進來。「什麼事？」她問。「把門鎖上！」丁香拉上門閂。「三天前的下午，你去了哪裡？」他甕聲甕氣地問。丁香腦筋轉得快，難道前兩天去彪哥那裡的事被人看見了？那裡偏僻，沒聽見狗吠聲，不可能。「喂，」盧水雄敲敲桌子，「我在問你哪，三天前下午你去了哪裡？」丁香應道：「我在想嘛。下午一點多我去洗頭髮，過後上街買東西，再過後去白家港找朋友。四點鐘左右要過河回家，羅海彪正要去街場賣魚，我便坐他的船過河回來。回來後就沒出去。怎麼樣？找朋友聊天不可以嗎？」「找誰聊天？」盧水雄不屑地問。丁香應道：「阿美納、蘇拉曼太太、法蒂瑪嬸嬸。我的馬來朋友多得很哪！」

丁香面不改色，對答如流，說得煞有介事。盧水雄一時語塞，便說：「好啦，沒事了，去吧！」他揮揮手。

丁香開門出去。盧水雄望著她的背影，冷哼一聲，喃喃自語：「能言善道，巧舌如簧，看你得意到幾時？」

隔天中午，盧水雄吩咐家丁去叫賴旺土說有事相商。家丁應了聲正要出去，不料賴旺土和他兒子泥團卻來了。

盧水雄見到他們驚喜地說：「唷，說曹操曹操就到，我正要找你。最近好嗎？很忙嗎？」賴旺土笑道：

「我這個賣力氣的生意就得一個『忙』字，圖個好看罷了！」盧水雄應道：「忙點不要緊，主要是有錢賺。呃，別站著，進裡面說話！」

賴旺土父子隨他進入書房。

「兩位請坐。」盧水雄打了個手勢。賴旺土沒坐，卻問：「水雄叔找我什麼事？」盧水雄應道：「不忙。你先說，找我有事嗎？」賴旺土擺手說：「沒事，只是路過，順便來看看您。」他的兒子泥團接話道：「我們忽然到來不會打擾拿督休息吧？」盧水雄叫道：「什麼話？你們來，我歡迎還來不及，怎能說打擾呢？」泥團笑了一下說：「這樣就好！我沒讀過書，不懂禮貌，老怕說錯話。拿督這麼說，我就放心啦！」「說得是，」賴旺土接過他的話，「如有得罪的地方，請水雄叔多多包涵。」「怎麼會？怎麼會？」盧水雄提高聲量拉長語音，「你們說話耿直，很熱情，心地又好，能和你們聊天話家常，那是我的福氣呀！」賴旺土驚叫道：「哎喲，拿督，您這麼說可折我的壽呀！」

外面有人敲門，傭人端茶進來。

「坐下坐下，兩位喝茶，請！」

他們坐將下來。賴旺土喝了口茶，問道：「剛才水雄叔說有事找我，什麼事呢？」盧水雄抿了口茶，說道：「旺土兄，你老實、忠厚，我把杯子、磚頭的生意全給了你。看你生意好，賺了錢，我為你高興。旺土哥肝膽相照，我已經把你當兄弟。目前我們公司有幾座高樓正在打地基，我已經交代所用的磚頭全由你供應。每座高樓三十層，所用的磚塊你三年也燒不完。到時你得多建一座龍窯啊！」「是是是！謝謝水雄叔，謝謝，謝謝！」賴旺土雞啄米似地點頭。

「兄弟呀，」盧水雄繼續說，「有我盧水雄，雄獅集團是不會虧待你的！好好幹哪，兄弟！」說完趨前拍拍他的肩膀。

盧水雄慈眉善目，具有長者風度。「兄弟」聽來如玉錘敲金鑼，鏗鏘悅耳。賴旺土心花怒放。「當然當然，」他很激動，「我旺土有今天全是水雄叔的提拔。水雄叔的大恩大德，我旺土永世不忘！」「很好很好！」盧水雄滿意地點點頭，「你我既然是兄弟，彼此就不用客氣，是不是？」賴旺土點頭應道：「是是！水雄叔，哦不，我們已經是兄弟，我該叫您大哥。大哥剛才說有事找我，什麼事呢，大哥？」盧水雄點頭說：「唔，有點事問你，請你給我說實話！」賴旺土應道：「大哥放心，我向您掏心，儘管問吧！」

「是這樣的，」盧水雄收斂笑紋，語氣鄭重，「三天前，下午三點鐘左右，你家裡有人在嗎？」賴旺土想了一下說：「我和內人都在家，怎麼樣呢？」盧水雄繼續說：「我家四娘去了柴船頭，到過你家嗎？」賴旺土聽了頓開茅塞，知道是怎麼回事，應道：「四娘去找羅海彪，沒到我家。」「她在羅海彪家待多久？」盧水雄又問。賴旺土答道：「一兩個鐘頭吧！」「她常去羅海彪的家嗎？」「對，常去！」「你知道她在羅海彪家裡幹些什麼？」

賴旺土愣了一下，應道：「我不知道，即便知道也不能說！」「你我是兄弟，還有什麼不能說的？說吧，我不會怪你。」「唉，大哥！」賴旺土歎了口氣，「說句難聽的話，孤男寡女在屋裡能幹什麼好事嗎？」「這是什麼時候的事？三天前嗎？」盧水雄又問。賴旺土點頭應道：「對！三天前這樣，鬼子投降後，您還沒回來也經常這樣！」

盧水雄很滿意。「兩位喝茶！」他說。賴旺土父子拿起茶杯喝了幾口。盧水雄起身為他們添茶，隨後語氣莊重地說：「感謝你給我說真話，不然我可丟盡臉哪!好啦，沒事了。兩位留下來吃午餐，怎麼樣？」賴旺土受寵若驚，應道：「唷，多謝啦，大哥。工廠那邊正忙著，我得趕回去。下次吧！」盧水雄點頭說：「也好，我就不留你們了！」他站起身，把嘴湊近賴旺土，放低聲量，「剛才說的別傳出去，免得別人笑話！」賴旺土應道：「大哥放心，我對天發誓，跟外人說就不得好死！」盧水雄滿意地點點頭：「好，這樣就好！」說完拉開房門，送他們到柵門口才回去。

離開盧家莊，賴旺土父子到碼頭開摩托船回去柴船頭。在船上，泥團問他盧水雄會不會對付羅海彪。賴旺土說會，肯定會。「你看要不要提醒阿彪叔？」泥團問。賴旺土瞪著他說：「別多管閒事。阿彪太過分，玩人家的老婆這麼缺德的事都敢做。哼，這下可好，穿鍋啦，有好戲看啦！」泥團聽了沉下臉，沒搭話。

賴旺土和羅海彪一同過番，一同在7號林場當豬崽。他們原是情同手足、患難與共的好朋友。不過，自他私吞「敵產」的事被揭發後，他懷恨在心，認為是羅海彪告密，揭他的底；此外還有另一個原因：賴旺土有錢了，身價升高了，驕傲自滿、看不起人了。羅海彪吊兒郎當，到現在還守著那個小奎籠。他橫眉冷對，嗤之以鼻。他阿諛奉承，頗得盧水雄器重。他發了財，羅海彪在他眼裡就矮了幾寸。

6

送走賴旺土父子，盧水雄回到書房，坐將下來，愈想愈氣，喃喃罵道：「他娘的，瞞著我偷漢子，吃了豹子膽啦！來人！」他起身向外面喊。

家丁進來哈腰問道：「老爺有什麼吩咐？」

「叫四娘進來！」他氣呼呼地說。

家丁應了聲「是」，出去了。

不一會兒，丁香敲門進來。盧水雄喝道：「把門鎖上！」丁香瞥他一眼，扣上門閂，轉身問：「什麼事？」盧水雄踱到她跟前，狠狠地扇她一記耳光。

丁香驚叫道：「啊？你敢打我？」盧水雄指著她罵道：「打妳又怎樣？無恥的娼婦！」說著舉起巴掌還要打，丁香隨手拿過桌上的玻璃鎮尺準備還擊。盧水雄霍地打住，指向她額頭：「你這娼婦，我問妳，大前天下午妳去哪裡？」丁香放下鎮尺，應道：「去白家港找朋友，不是跟你說過了嗎？」「妳撒謊！」盧水雄聲色俱厲，「妳這騷婆，去柴船頭和羅海彪鬼混。是不是？啊，妳說，是不是？」丁香應道：「我去白家港和朋友聊天，回的時候經過羅海彪的家，順便串串門，然後坐他的船回來。怎麼樣？這是鬼混嗎？」「放屁！」盧水雄嗤之以鼻，「去他家串門聊天那麼簡單？孤男寡女關在屋裡幹什麼妳自己知道。」丁香反問他道：「我幹什麼來著？啊，你說，我們幹什麼？」盧水雄冷笑一聲，一字一板地說：「姦夫淫婦，偷歡野合，敗壞家風，丟盡我們盧家的臉。不知羞恥的騷婆，今天妳得給我講清楚，不然妳就滾出盧家莊！」丁香指著他說：「盧水雄，你嘴巴乾淨點。明人不做暗事，你說我和羅海彪關在屋裡偷歡野合，誰看到？叫他出來當面對證！」盧水雄應道：「不必狡辯！一對狗男女關在屋子裡會做好事嗎？」丁香罵道：「他媽的盧水雄，你光說沒用，捉賊見贓，捉姦見雙，有人親眼看見嗎？拿出證據來！」「呃……你……你……」盧水雄一時語塞答不上來。丁香繼續說：「如果你拿不出證據，我就撕破你的臉，到街上把你當年當漢奸出賣村民的醜事統統抖出來！」「呃……妳……妳……」盧水雄怒不可遏，舉起巴掌要打丁香。丁香趨前說：「還想打我嗎？好，你打，我不回手！」丁香說得緩和，眼裡似乎要冒出火焰。盧水雄反而犯怵了，膽卻了，放下手說：「哼，別弄髒我的手。給我滾，滾出去！」丁香應道：「我當然會出去。不過盧水雄，你聽著：當年小妾四娘能幫你得到拿督頭銜，今天娼婦丁香也能讓你陰溝裡翻船。你別大意失荊州呀！尊貴的丹斯里！」說完開門出去。

盧水雄望著她的背影，喃喃罵道：「哼，娼婦，神氣什麼？妳等著瞧！來人。」他向外面喊。家丁進來，盧水雄怒氣沖沖地說：「叫峇卡林進來！」

家丁哈腰應了聲出去了。

峇卡林是盧水雄的貼身保鏢，他是空手道高手，曾任英殖民政府柔南刑事部特務，退休後出任夜總會打手。他交遊廣闊，黑白兩道吃得開。他加入盧家莊保安組已經兩年，表現很好，盧水雄很滿意，擢升他為貼身保鏢。

峇卡林敲門進來。「丹斯里，叫我有事？」峇卡林問。盧水雄點頭說：「唔，就是昨天跟你說的那件事。」「哦，怎麼樣呢？」峇卡林問。盧水雄應道：「照原定計劃進行，一個星期內給我回話！」峇卡林應了聲「是」出去了。

言簡意明，顯然，盧水雄曾和他商量過這件事。

丁香見過世面，這一生經過不少狂風大浪。盧家莊龍蛇混雜，到處是陷阱，當初她謹言慎行、處處遷就，希望能息事寧人。然而，日本投降後，盧水雄和大衛・傑遜朋比為奸，沆瀣一氣。盧水雄狂妄自大，不可一世，丁香的處境愈加惡劣。她無路可退，只好破釜沉舟，背水一戰。不過，她擔心的是羅海彪。她估計，盧水雄拿不到證據必轉移目標對付羅海彪。隔天她到舊街場頤春堂藥店借電話打給王貴，向他反映昨天被盧水雄扇耳光的事。她要王貴轉告羅海彪，說盧水雄會對付他，叫他今後出門要小心。

王貴仍住在白虎村，依舊當工頭。他家裡裝了電話，還有一輛小貨車，那是公司提供的。他和羅海彪情同手足，生活上互相照顧。他有獵槍，常去打獵，他常給羅海彪送野味。禮尚往來，羅海彪給他送魚蝦。他們之間無所不談，羅海彪和丁香的事他早已知曉。他讚賞丁香，敬重丁香，說她嫁給盧水雄簡直是鮮花插在牛糞上。

當天傍晚，王貴去找羅海彪，轉告丁香被盧水雄扇耳光逼供問罪的事。

羅海彪聽了後說：「動手打人，這麼兇？四娘怎麼樣？白白被打嗎？」王貴應道：「怎麼樣她沒說。她要我轉告你出門要防著點，盧水雄可能會對付你。」羅海彪說道：「怎麼防？人家在暗處，防不勝防呀！」王貴遲疑片刻，說道：「這樣吧，出門帶支打狗棒，打架時管用。有打狗棒嗎？」

羅海彪想了一下進廚房拿出一支扁擔。「你看，紫檀木，又堅又韌，一棍劈下，腦袋開花。」王貴接過掂掂重量，點頭說：「唔，很好！莊稼漢帶扁擔出門名正言順，以後出門就帶著。還有，別走偏僻的路，別到人少的地方。一旦有事就打電話給我，或者去找阿全。總而言之，自己小心就是了！」

羅海彪點頭說：「好吧，聽你的！如果丁香打電話給你就說我感謝她，叫她小心點，照顧好自己！」

自從和盧水雄鬧翻後，丁香就我行我素，想去哪裡就去哪裡。一天下午，她去舊街場東街買布，駭然發現有個戴氈帽、肩上挎著小冰箱搖鈴賣冰棒的男子老跟在後頭。當初沒當回事，買了兩塊布拿去西街裁縫店量身縫製，那賣冰棒的男子也跟在後頭。腦門一閃：「這傢伙可能是盧水雄派來監視我的。好，驗證一下。」她截輛三輪車到海濱咖啡店吃雲吞麵。吃完麵出來，四下裡一看，那個賣冰棒的男子果然站在對面柱子後朝她窺望。

「哼，我長尾巴了！」她對自己說。

幾天後，跟蹤她的又多了個賣狗皮膏藥的。丁香不在意，照舊出門逛街找朋友。

羅海彪也照樣起網撈魚，照樣到街上賣魚，照樣去喝咖啡、買東西。無論去哪裡，肩上總是揹著那根扁擔。

一天早上，他開船把起網撈上的魚蝦載去對岸魚市場。過了河揹著網兜走大路，走著走著，來到河岔口，路邊茅草叢裡忽然跳出五六個潑皮漢子，有的拿著木棍，不由分說就把羅海彪圍著來打。羅海彪揮扁擔還擊，然而對方人多難以招架。

這麼多人圍毆一個，路人打抱不平，上前喝令停手。潑皮不理會，死命地打。圍觀的人愈來愈多，有的出手相助。形勢不對，潑皮奪路而逃。路人窮追，他們逃到河邊，跳上一艘等待接應的快艇。快艇開足馬力，調轉船頭飛馳而去。

羅海彪傷痕累累，倒在地上動彈不得。路人幫他止血，包紮傷口。阿全知道後打電話通知王貴，然後送他到附近藥房檢查。醫生檢查後說他右小腿傷勢嚴重，是否骨折要照X光才知道，此外左臂關節脫臼，可能傷到肩胛骨。他建議送傷者去醫院做全身X光檢查。

王貴、蘇拉曼和穆沙隨後趕到。王貴說已經致電羅海彪的兒子小岡。小岡交代包船送他老爸到新加坡樟宜碼頭，將安排救護車在那裡等候。阿全找了艘快艇，為了安全，他和王貴、蘇拉曼、穆沙四個隨船護送。

海上風平浪靜，船走得飛快，晚上八點鐘來到新加坡樟宜碼頭。救護車和羅海彪的大兒子小岡已經在那裡等候，醫務人員用擔架把羅海彪抬進救護車。他們四個坐小岡的車趕去醫院。

來到醫院，羅海彪已被推去緊急部治療室。

羅小岡辦好手續，帶他們四個到醫院咖啡店喝茶敘話。

阿全向他反映當時的情況。蘇拉曼說幸虧路人奮勇相助，不然後果不堪設想。

「依你們看，幕後指使的人是誰？」小岡聽了後問。王貴斬釘截鐵地說：「盧水雄，肯定是他！」「有證據嗎？」小岡問。王貴應道：「最近四娘給我打兩次電話，說盧水雄大發雷霆，向她興師問罪，還扇她耳光。她說盧水雄遲早會對付你老爸，要我轉告他出門要小心。這個算不算證據？」蘇拉曼加上一句：「盧水雄的保鏢峇卡林不是好人，那幾個打你老爸的流氓肯定是他指使的！」

羅小岡聽了點頭表示贊同。「好吧，」他說，「我爸傷得嚴重，醫生檢查可能很久。你們先回去，檢查報告出來後我就立刻給你們打電話。」說完掏出一疊鈔票遞給王貴，「這是包船的費用，夠嗎？」王貴接過算了一下說：「不必這麼多，一半就夠了。」說完把剩餘的還給羅小岡。羅小岡沒接，卻說：「剩下的請大家喝咖啡。」王貴笑道：「吃大餐還綽綽有餘。」羅小岡說：「那就吃兩餐吧！」他的話逗得大家哈哈大笑。

這間醫院原本是英殖民政府開辦的軍醫院，英軍撤離後由私人接辦，改名為「樟宜醫院」，醫務人員還是原班人馬。

這是一間貴族醫院，仍保留英殖民政府的傲慢作風，收費昂貴暫且不說，除非有人介紹，一般平民是進不了的。

羅小岡是「華夏控股集團」的董事，也是「夏氏慈善基金」理事會委員。有錢有地位好說話，羅小岡不必自己出面，吩咐祕書撥通電話，他老爸入院的事就搞定了。

羅小岡在接待室等到半夜一點多鐘護士才來找他，她說病人檢查報告已經出來，主治醫生在會客室等他。

來到會客室。主治醫生是個洋人，他向羅小岡彙報，病人有兩個部位傷勢比較嚴重：右小腿和左肩胛骨破裂；左臂關節脫臼，有沒有骨折待X光片曬出來才知道。他說一般X光片曬出來得兩天，傷者情況特殊，負責人加班加點，四個鐘頭後就知道結果。洋醫生說傷者身上還有好幾個傷痕，不過不嚴重，敷藥後就沒事。洋醫生叫他放心，病人沒有生命危險。他叫羅小岡回家休息，X光片出來後就立刻致電通知。

傷勢雖然嚴重，但沒有生命危險。羅小岡放下心來。

回到家已是三更雞啼，洗臉更衣正要入睡，電話忽然鈴鈴作響。是醫院護士打來的。她說傷者的X光報告已經曬出來，情況比預想的好，右小腿和肩胛骨有裂痕，但不是很嚴重。左臂關節只是脫臼，已經校正，過幾天就沒事。

小岡聽了如釋重負，隔天早上便致電轉告王貴。沒有生命危險，王貴感到慶幸，致電蘇拉曼，叫他轉告丁香。

早上九點鐘，小岡、小泉到醫院看老爸。隨後，異姓兄弟夏彬、夏廉、夏勇三個也來了。羅海彪躺在床上，左腿包石膏，右肩纏繃帶，左手吊肘兜，額頭、手臂、小腿包紗布。

小岡問他痛不痛，他說不痛。夏廉問他想吃什麼，他說什麼都不想吃。夏彬說那些打手不會善罷甘休，向他建議傷好後留在新加坡，別回仙鶴鎮。小泉也說新加坡的房子比柴船頭的好，一家人住在一起熱熱鬧鬧豈不更好？

「不！」羅海彪咬牙切齒，「我傷好後就回去。盧水雄害死你們的媽，現在又要我的命，我得和他算清這筆帳！」小岡說：「報仇解決不了問題。這樣的事得大事化小，息事寧人，各讓一步。」「人家跟你大事化小嗎？跟你息事寧人嗎？會讓我一步嗎？」羅海彪反問他。

夏勇覺得此話有理，便說：「叔叔說得對，盧水雄心狠手辣，不會就此甘休。他錢多勢大，叔叔不是他的對手。這樣就更不能回去了！」羅海彪聽了沉下臉沒出聲。

夏彬勸他別生氣，好好休息，回不回去傷好了後再說。

中午，小岡和小泉到牛車水老店把父親遭人暗算、入院留醫的事告訴大伯夏薄情。

夏薄情聽了頗感吃驚，緊皺眉頭卻沒說什麼。

小岡隨後說：「根據王貴叔的反映，這件事的幕後指使者是盧水雄。」夏薄情點頭說：「唔，不是他還有誰？四娘呢？她沒事吧？」小岡應道：「王貴叔說，她被盧水雄打耳光，還派人跟蹤她。看來他不會放過四娘。」夏薄情點頭說：「盧水雄和四娘之間的恩怨由來已久，你爸爸糾結其中，今次發生這樣的事並不奇怪。」「那怎麼辦？聽它這樣下去嗎？」小岡問。夏薄情擺手說：「不，事情到這地步該想辦法解決，不然要出人命的！」「您看該怎麼解決？」小岡又問。「你爸什麼時候可以出院？」夏薄情反問他。小岡應道：「醫生說兩個星期後可出院，不過得回去做物理治療。小腿的石膏一個月後才能拆，拆後照X光，如果情況好就學走路。天天學，天天走，三幾個月就可康復。」

夏薄情意味深長地說：「皮肉之傷容易醫，心裡的傷就難囉！」小岡點頭應道：「大伯說得是。我老爸渾身是火，現在腦裡只有『報仇』兩個字，其他的都聽不進耳。」夏薄情說道：「那怎麼辦？冤冤相報何時了？報仇能解決問題嗎？」小岡應道：「我也這麼想。不然這樣，和盧水雄開誠佈公地談一談，大家讓一步，從此井水不犯河水……」「不可！」夏薄情打斷他，「盧水雄財大氣粗，他會和我們談判嗎？能讓一步嗎？」「那怎麼辦？」小岡、小泉同時問。

夏薄情遲疑片刻，繼續說：「打你們老爸的是黑道人物，不是盧水雄。既然這樣，就得以其人之道還治其人之身，讓盧水雄知難而退！」「大伯的意思是找您的黑道朋友李鐵拐？」小岡問。夏薄情點頭應道：「唔，好鋼用在刀刃上，這樣的事只有他才能擺平。」小岡點頭說：「對！以黑治黑，以牙還牙，李鐵拐是最適合的人選！」

下午，夏薄情撥電給李鐵拐。電話響了半天沒人接。

隔天中午，夏薄情再次撥電話，響了半天還是沒人接。

李鐵拐是天一景酒樓的紅人，打電話到那裡就能找到他。下午四點鐘，夏薄情正要撥電天一景酒樓找掌櫃，李鐵拐卻忽然來了。

這些年月，李鐵拐每隔三四個月就來牛車水老店和夏薄情喝茶聊天，或到天一景酒樓喝酒。

李鐵拐七十出頭，已經退位，和夏薄情一樣出任「顧問」，不過黑道不叫「顧問」而稱「師爺」。

夏薄情看見他劈頭就說：「唷，你來得正好，我有事找你。坐！」說完倒杯茶給他。

李鐵拐坐下，一邊問：「找我什麼事？請說。」「你聽過仙鶴鎮這個地方嗎？」夏薄情答非所問。李鐵拐呷口茶說：「聽過，也去過。誒，那裡是你的老巢呀！」夏薄情點頭說：「對，我在仙鶴鎮住了幾十年。我的家還在那裡，另有一塊椰園，我的結拜兄弟幫我看管。那地方很好，有人出高價，我捨不得賣，我還想回去養老呢！」李鐵拐笑道：「別岔開，言歸正傳，找我什麼事？」夏薄情應道：「為我看管椰園的結拜兄弟叫羅海彪，他出事了，很麻煩，想請你幫一幫。」「哦？他人呢？家人呢？在仙鶴鎮嗎？」他連問。夏薄情答道：「目前他住在我家。我的侄子小岡和小泉就是他的兒子，你見過的，有印象嗎？」李鐵拐恍然說道：「我認識他們，當然有印象。好啦，你結拜兄弟出了什麼事？」

夏薄情於是把羅海彪被人暗算受傷進醫院的事來龍去脈、一五一十地告訴他。

李鐵拐聽了後說：「原來是這麼回事。好，要我怎樣幫你？教訓他們一頓？還是把他們幹掉為你兄弟報仇消氣？」「不不不，」夏薄情忙擺手，「你幫我查明那批打手的身份，給以警告；同時放話給幕後指使的人，叫他就此罷手，別再給我兄弟找麻煩。我的要求就是這樣。」「這麼簡單？不想討回公道？」李鐵拐問。夏薄情說道：「住在同個村子，低頭不見抬頭見，況且報仇解決不了問題。是不是？」「你兄弟的傷勢嚴重嗎？」李鐵拐問。夏薄情應道：「傷得很重，不過現在已經好多了。」李鐵拐說道：「不報仇也罷，可是得向他要醫藥費呀！」夏薄情笑道：「事情已經發生了，吃點虧無所謂。今後井水不犯河水，各幹各的，互不干涉，相安無事。我的要求就這麼簡單。」李鐵拐說道：「大人有大量，行！那個幕後黑手什麼來頭？」

夏薄情喝了口茶，說道：「仙鶴鎮首富、盧家莊莊主拿督盧水雄。聽過嗎？」李鐵拐恍然說道：「是大人物，何止聽過？如雷貫耳！不過，人怕出名豬怕壯，這樣的人物反而好對付！」「好對付？怎麼對付？」夏薄情驚訝地看著他。李鐵拐應道：「皇帝怕醉漢，大官怕瘋子，有錢的怕不要命的。先查明那批打手的底細，下來的事就好辦了！」「好辦？怎麼說？」夏薄情問。李鐵拐笑了一下，一字一板地說：「八個字：以毒攻毒，對症下藥！」夏薄情恍然地說：「這是內科療法。好吧，什麼時候給我消息？」李鐵拐掐指算了一下說：「大約一個星期，或者會早一些。一有消息就通知你。」「好！麻煩李兄。你有事找我嗎？」李鐵拐應道：「沒事，本來要請你喝酒。改天吧！」說完起身離開。

李鐵拐走後，夏薄情致電小岡和小泉，叫他們放工後來一趟，談談關於他們老爸的事。

傍晚，他們來了。

坐定，夏薄情把剛才和李鐵拐談話的經過向他們大略反映。

小岡聽了後說：「能和平解決最好。可是我爸能接受嗎？」小泉也說：「那天我載老爸四處走走，散散心。可是他除了報仇外，其他的都沒興趣。和平解決，我看他不會接受。」

夏薄情呷了口茶，捋了捋頷下的鬍子，說道：「我的看法是這樣：一，盧水雄雖然可惡可恨，但四娘畢竟是他老婆，老婆跟別的男人有染，做丈夫的當然不能容忍，這點可以理解；二，殺人一千自損八百，報仇出口氣，沒意思！三，我的要求是：擺平關係，擱置仇恨，從此井水不犯河水。我和李鐵拐也是這麼說的。」「如何擺平？要求談判嗎？」小岡接著問。夏薄情搖頭說：「不可！這樣盧水雄認為我們怕他、求他、屈服於他，是不是？」「那怎麼辦？」小泉問。夏薄情應道：「以毒攻毒，以黑治黑，讓他知道我們絕非池中物，這樣對方就不敢輕舉妄動。」小岡應道：「能嗎？盧水雄吃這一套嗎？」夏薄情笑道：「他會不會吃這一套，那就要看是誰開的方子了！」

小泉聽了後說：「這點子好，不過我看我爸不會接受。」夏薄情應道：「要做點工作，今晚我跟他談。」「好，大伯的話我爸可能會聽！」

當晚回到家裡，吃過飯，夏薄情叫羅海彪到書房說話。

「什麼事？大哥。」羅海彪問。夏薄情問他道：「你的腳怎麼樣？走路還疼嗎？」羅海彪應道：「走路不疼，站著反而有點痠。醫生說很正常，過個把月就沒事。」夏薄情點頭說：「很好，你打算什麼時候回仙鶴鎮？」羅海彪答道：「我早就想回去，可是小岡、小泉不讓我走。」夏薄情應道：「他們跟我說你一直想報仇，怕你出亂子，所以不讓你回去。」「哼！」羅海彪怫然作色，「盧水雄害得我家破人亡，這仇我一定要報！」夏薄情勸他道：「別那麼衝動。盧水雄不是省油的燈，你這樣盲打莽撞，仇報不了，吃虧的反而是你自己。」羅海彪應道：「頂多同歸於盡！我爛命一條，怕什麼？」夏薄情說道：「問題不是怕不怕，而是值不值！」

羅海彪氣呼呼地坐在那裡，沒答話。

夏薄情繼續說：「盧水雄這樣的卑鄙小人，跟他賭命，值得嗎？」羅海彪應道：「不值又怎樣？難道就這樣算了嗎？」夏薄情應道：「當然不是。我已託朋友查那幾個打手的底細，要他們還你一個公道；同時向幕後指使的盧水雄放話，叫他就此罷手，以後井水不犯河水。」「啊？這樣不是便宜他了嗎？」夏薄情應道：「冤家宜解不宜結，住在同個村子，各讓一步海闊天空，不然，問題怎麼解決？」「這樣我不是吃啞巴虧？」羅海彪不服氣地看著他。夏薄情應道：「吃點虧無所謂。我這一生吃的虧可多啦！」

羅海彪沉默良久，後說：「好，就算我吃虧，不計較。可是盧水雄肯讓一步嗎？會罷手嗎？」夏薄情說道：「這要看放話的人是誰！」「是誰？」羅海彪問。夏薄情說道：「黑幫老大，我的好朋友，由他出馬盧水雄不敢不給臉！」

「黑幫老大？哪個幫派？他是誰？能告訴我嗎？」夏薄情笑道：「怎麼，沒有信心？好吧，跟你說無妨，他是鴻門會的掌門人李鐵拐。鴻門會，聽過嗎？」羅海彪點頭說：「聽過！如果能保證盧水雄不再給我找麻煩，那好，聽您的！那麼，我什麼時候可以回去？」夏薄情應道：「過幾天吧，安排好了就讓你回去！」

隔天早上，小岡、小泉到店裡找夏薄情。夏薄情向他們反映昨晚和他們老爸談話的經過，並吩咐他們騰出時間帶他們老爸四處逛逛，讓他開開眼界。

他們於是載老爸上街購物，品嘗佳肴，看電影，逛公園。

羅海彪心情開朗，大城市的先進設備令他長了見識，眼界大開。

羅海彪已心悅誠服，夏薄情格外高興。

五天後，李鐵拐到店裡找夏薄情，說事情已經搞定：那幾個打手屬柔佛巴魯「紅洪山」人馬。「紅洪山」頭目阿福哥對這件事深表歉意，將令那幾個惹事的手下去仙鶴鎮向受害人道歉。此外，阿福哥也向幕後指使者喊話：事情到此結束，互不侵犯，如果繼續生事，後果自負。

李鐵拐最後說：「阿福哥是柔佛巴魯的土霸王，他的話誰敢不聽？還有，」他從手提包裡拿出一面繡著青龍白虎的小旗子遞給夏薄情，「這小旗子給你兄弟帶回去掛在大門前，記得喔，一定要掛！」

夏薄情接過翻看著。「有何作用？」他問。李鐵拐笑道：「避邪呀！掛上這小旗子，別說人，就是鬼也不敢到你家惹事！」

夏薄情收下旗子，很興奮，說今晚請他去喝酒。他卻說：「今晚沒空，改天我請！好，事情辦完了，再見！」說完飄然而去。

李鐵拐走後，他把玩著那面旗子，心想：「以毒攻毒，以黑治黑，當今社會，這一套還是管用。」

一個星期後，中午時分，羅海彪回到仙鶴鎮。

他先去蝦頭村找馮阿全，同時打電話給王貴和蘇拉曼，告訴他們他和盧水雄之間的事已經擺平，並交代蘇拉曼轉告丁香他已經沒事，已經安全回來。

王貴、蘇拉曼喜出望外，說傍晚去柴船頭看他。

阿全開船載他回柴船頭。經過小奎籠柵欄時阿全說這些日子每天都為他起網，魚不多，蝦不大，拿去賣太少，自己吃太多，只好做人情送給朋友。羅海彪說之前他也是這樣，經常把魚蝦送去老人院。

來到柴船頭，羅海彪邀他進屋裡敘話。阿全說要趕去別地方，傍晚再回來。

羅海彪說了聲「再見」跳上渡頭。來到柵門前，房子周圍雜草叢生，枯葉滿地，一片狼藉。開門進入屋內，一群蝙蝠從屋樑下撲棱棱地飛出來。

放下行李打掃房子，清除井裡的枯枝敗葉。起灶火燒開水，拿出帶回來的餅乾當午餐。吃了後繼續工作。除掉門前的野草，檢查摩托船，到淡水河口買了些飲品和日用品。

回到家已是傍晚時分。咖啡剛泡好，阿全、蘇拉曼、耶谷、穆沙、莫哈末幾個就來了。王貴隨後趕到。

王貴開小貨車，下了車，四下裡看了一下說一個人住在這裡很危險，提議到白虎村住在他家。

蘇拉曼、耶谷、穆沙、莫哈末幾個認為王貴說得對，盧水雄心狠手辣，防不勝防，住在白虎村王貴的家比較安全。

羅海彪說結拜哥哥夏薄情向他保證回來後安全無事。

王貴問他道：「你哥憑什麼保證你安全無事？」

「憑這個，」羅海彪拿出那面小旗子，「我哥說這小旗子可避邪，掛在門前就是鬼也不敢來給我找麻煩！」

王貴接過旗子看了半天，後說：「青龍白虎是鴻門會的標誌，哪來的？」他驚異地問。羅海彪應道：「我哥說是鴻門會掌門人李鐵拐給的。」

「啊?李鐵拐?」在座的大吃一驚。

蘇拉曼接著說:「鴻門會赫赫有名,掌門人親自送旗子,好大的面子。阿彪,你哥行啊!」

隨後,羅海彪請大家到到舊街場新開的馬來餐館吃飯,那裡的咖哩魚頭、牛肉串、羊肉湯別有風味。

吃過飯,王貴送羅海彪回到家。他從車裡拿出一把獵槍給羅海彪,說暫時留在家裡,一旦有事就管用。

羅海彪接過,把玩了一下說:「也好,有這傢伙晚上睡覺也踏實!」

王貴還是放心不下,臨走前叮囑他別走偏僻的路,別到人少的地方。如果有事就打電話給他,或者找阿全。

羅海彪很感動,叫他放心,會照顧好自己。

晚上睡覺時,他把槍擱在床頭。

隔天,吃過早餐到屋後菜園除草,他把槍掛在籬笆邊。

第二天早上,他帶槍到哥哥的椰園撿椰子。那裡偏僻,常有野豬出沒,心想:「打一隻回來就不必到街場買豬肉。」

然而幹了一天活,野豬沒出現,撿來一籃子的山雞蛋。

第三天中午,吃過飯,休息了一下,拿了火柴正要去屋後把那幾堆枯葉垃圾燒掉,忽然聽見柵門外有人說話。舉眼一望,五六個男子在那裡指指點點。仔細一看,喲,就是上回圍毆他的那幾個流氓潑皮。

丟下火柴,從門角頭拿出獵槍,走到門外推子彈上膛,瞄著他們說:「好哇!等著你們,果然來了!自尋死路,成全……」那幾個流氓潑皮舉起雙手大聲喊:「不不,大哥,別開槍!……別開槍!」「你們來幹什麼?」羅海彪厲聲問。一個拱手說:「我們來給大哥賠不是!」另一個說:「上次我們有些誤會,打傷大哥,今天我們特地來向大哥道歉!」

說罷,從手提袋裡拿出一塊紅綢、一對大紅燭和兩包千頭鞭炮,畢恭畢敬地送到羅海彪面前。

「誰叫你們來的？」羅海彪不屑地問。一個應道：「我們老大阿福哥。送紅綢、紅燭和鞭炮是他吩咐的。」

羅海彪心想：「大哥的朋友李鐵拐果然了得，對方縮手了，認輸了，盧水雄這龜孫子不敢惹事了。」「好吧，」他說，「把東西放下。這筆帳不跟你們算，要是再來惹事，我結拜哥哥絕不饒你們！」幾個爭著說：「不敢不敢，我們保證以後不會發生這樣的事，不會給大哥惹麻煩！」羅海彪揮手說：「走吧，滾遠一點，別讓我看見，不然一槍嘣了你！」他們抱拳應道：「是是！大哥大量，大哥再見！」說完抱頭鼠竄。

他們走後，羅海彪立刻到蝦頭村找阿全，同時打電話給給哥哥夏薄情，告訴他剛才發生的事。夏薄情說送紅綢、紅燭和鞭炮是黑道人物向人道歉的最高規格，這件事算是擺平了。

隨後羅海彪打電話給王貴。

王貴聽了後說：「盧水雄奈何不了你會把氣出在四娘身上，四娘以後的日子就更不好過了。」羅海彪應道：「你說得對，這下我把她給害慘了！」

7

就在那幾個流氓潑皮向羅海彪道歉的那個晚上，盧水雄接到柔佛巴魯土霸王阿福哥的電話。他說交給他的任務已經完成，所託的事已經交差。同時提醒盧水雄，以後別再和羅海彪過不去，免得惹禍上身。

盧水雄大吃一驚，問他發生什麼事，然而電話「咔嚓」一聲掛斷了。

到底是怎麼回事？盧水雄心裡直打鼓。

隔天早上峇卡林來上班，盧水雄把昨晚接到阿福哥電話的事告訴他。峇卡林說他也接到阿福哥的電話，叫他以後別再插手這件事。

「這麼說阿福哥背叛了我？」盧水雄問。峇卡林應道：「黑道人物誰有錢、誰的勢力大就為誰服務，沒有所謂背叛或出賣。」「怎麼說？」盧水雄疑惑地問。峇卡林應道：「昨天黃狗、林古、鱷魚頭等五六個帶著紅綢、紅燭和鞭炮來仙鶴鎮向羅海彪道歉，你知道嗎？」「什麼？向羅海彪道歉？憑什麼向他道歉？」盧水雄驚訝地問。峇卡林應道：「帶著紅綢、紅燭和鞭炮去向人道歉，在黑道中是最高的道歉規格。這說明阿福哥遇到比他更強的對手，他只好屈服，以最高規格向對方道歉。老爺，我看這件事就這樣算啦！」盧水雄沉吟片刻，說道：「這麼說羅海彪的後臺比土霸王阿福哥還要硬？可能嗎？」峇卡林應道：「聽說羅海彪家門口掛著青龍白虎小旗子。你知道青龍白虎是什麼嗎？」盧水雄搖頭說：「不知道，是什麼？」峇卡林說：「那是鴻門會的標誌。鴻門會，老爺聽過嗎？」

盧水雄恍然大悟，點頭說：「唔，聽過。羅海彪沒這能耐，是他哥哥夏薄情的面子。哼哼，夏薄情，有種！」峇卡林接著說：「鴻門會頭子比土霸王還要土霸王，老爺，這件事該收手啦！」

「哼！」盧水雄勃然變色，猛拍一下桌子，「他媽的，便宜了羅海彪那狗崽子！」

王貴說得沒錯，盧水雄對付不了羅海彪便把氣出在丁香身上。他對丁香雖然恨入骨髓，不過，去年蘇丹華誕王室還派人送來請柬邀她參加慶典，這說明她還有靠山，腰桿子還硬，盧水雄不敢過分。今年蘇丹華誕王室同樣在王宮隆重慶祝，然而丁香並沒受邀。隨後王子結婚，皇親國戚、達官顯貴都受邀赴宴，唯獨漏了乾女兒丁香。這說明她已被王室遺忘。

沒了靠山，虎落平陽。她失勢了，盧水雄暗自高興，便斷絕丁香的月俸，她出門派人跟蹤，同時以裝修西廂房為藉口令她搬去後院那間堆積雜物的小瓦屋。小瓦屋旁邊有口井，當年三姨太和盧周氏就死在那口井裡。井水污濁發出臭味，小瓦屋陰森森煞氣騰騰，傭人、家丁都說那裡有鬼。當時說是暫時住，然而西廂房裝修後就一直鎖著。無可奈何，丁香就一直住在小瓦屋裡。

大虎、二虎業務繁忙很少回來，即使回來待不到一個鐘頭便離開，所以母親被令住小瓦屋的事他們始終蒙在鼓裡。

丁香曾經考慮離開盧家莊，不想再看盧水雄的棺材臉。然而，一番琢磨後認為出走乃為下下策。盧水雄陰險毒辣，丁香一走，他必借題發揮說她做了虧心事，無地自容，畏罪而逃；甚至造謠中傷，說她刮走盧家一大筆錢財。這麼一想，她下定決心，無論如何不能離開盧家莊。

大虎和二虎知道父母之間素有嫌隙，便要她搬去新加坡和他們同住。她拒絕，說住慣了盧家莊，哪裡都不想去。

不過，小瓦屋很清靜，除了炊事員給她送飯、傭人來打掃衛生之外就見不到第三個人。環境也不錯，對面就是老巫河。河水泱泱，白天風帆破浪，晚上漁火點點。端張椅子坐在門外仰望星空，星空遼遠，銀河燦爛，牽牛星向她眨眼睛。看到牽牛星就想起牛郎織女的故事。牛郎勤勞，織女手巧，多好的姻緣，可恨的王母娘娘把他們分開。好心的喜鵲，約好每年七月七日在銀河搭橋讓牛郎織女相會⋯⋯。然而她和羅海彪呢？盧家莊如陰曹地府，牛頭馬面守得嚴，今生今世恐怕沒有機會見到羅海彪了⋯⋯

然而，空谷傳音，夜空傳情。夜闌人靜時，螺笛聲驟然響起，悠悠揚揚，飄過河面在盧家莊上空蕩漾。笛聲時而淒切哀怨，時而悱惻纏綿。心有靈犀，羅海彪為她牽腸掛肚。「彪哥，我和你一樣，日日夜夜、魂牽夢縈地想念你。」

笛聲令她振作，予以慰藉，為她催眠，笛聲陪伴她度過每一個夜晚。

可是，白天的日子就難熬。小瓦屋裡悶熱難耐，井裡臭味升騰。萬般無奈，她只好出門逛街。便衣狗腿跟蹤倒是不怕，最可惡的是街上的人指指點點，說她淫蕩，人盡可夫，叫她狐狸精、黑油桶。深惡痛絕，嫉惡如仇，她於是罵街、罵娘，詛咒，操他們祖宗十八代。

街上的人叫她「瘋婆子」。

潑婦罵街，丟人現眼，盧水雄給兒子打電話，說他們母親神經失常，當街罵人，丟盡顏面，要把她送去瘋人院。

大虎、二虎了解媽媽的性子。吵架、罵人確有此事，說她神經病，該送去瘋人院，那是父親對她有成見。心裡有數，他們沒回來，說幾句勸慰的話搪塞了事。

盧水雄不死心，繼續找碴兒，拿四娘的不是，不達到目的絕不甘休。

一次，他遛狗經過小瓦屋。狗眼看人低，看見丁香便「汪汪」狂吠。丁香火起，隨手抓個空瓶子摔過去。瓶子「啪啦」炸開，盧水雄和狗嚇了一大跳。他怒不可遏，指著丁香大罵：「瘋婆子，瘋婆子！」

離開後，盧水雄靈機一動，計上心來。三天後，他依舊遛狗，吩咐保鏢峇卡林和管家林茂跟在後頭。來到後院，他令峇卡林和林茂躲在牆後，自個兒牽著狗往小瓦屋那邊走。丁香有預感，估計盧水雄會再來，備好兩個空瓶子。哈，果然來了。狗仗人勢，這次吠得更兇。丁香抓起瓶子摔過去。盧水雄已有準備，從容避開。瓶子在牆腳炸開，碎片橫飛，倒楣的是那隻狗。狗腿受傷，血流如注。

「瘋婆子，瘋婆子！」盧水雄指著她罵。

回到書房立刻給大虎打電話，說他母親又向他摔瓶子，幸虧閃得快，卻打傷露西（狗名）。他同時警告：「你母親的病愈來愈嚴重，得趕快送她去瘋人院，不然可要鬧出人命了。」

大虎轉告弟弟。一個星期後，中午時分，他們回來了。

盧水雄把遛狗經過小瓦屋時他們母親向他摔瓶子的事一來二去如實相告。保鏢峇卡林、管家林茂和那隻狗站在一邊。峇卡林說當時他跟在老爺後面，老爺閃得快，不然擊中頭部後果可不堪設想。「少爺您看，」林茂拆開布包，「這些瓶子碎片是從現場撿回來的，又尖又利，比手榴彈還厲害呀！」峇卡林指著狗說：「你們看，玻璃片打中露西後腿，我帶牠去藥房縫了六針，如果打中頭部，露西就沒命了。」

盧水雄最後警告：「這樣下去怎麼得了？如果不把你們媽送去瘋人院我就搬出去。」

人證、物證、狗證俱在，大虎咬了咬嘴唇，向外面喊：「來人！」

大虎對他說：「請太太！」家丁應了聲出去了。

高張，丁香坐在門檻打瞌睡。她被腳步聲驚醒，睜眼一看，問道：「你來幹什麼？」家請您去廳堂說話。」「哪個少爺？」她又問。家丁應道：「兩個都在，還有老爺、峇卡林、。」丁香一怔，心想：「父子出動，還有管家、保鏢和那隻狗。嘿，好熱鬧，老娘倒要看看他們麼名堂。」丁香站起身要過去，回頭一想卻說：「外面這麼熱，老娘沒勁，叫他們來這裡。」家丁應了聲「是」走開了。

家丁回到廳堂，敲門進去說：「太太說沒勁，叫你們去她那裡說話。」

「好，我們過去。」大虎起身就要走。盧水雄一怔，忙說：「你們去，小心她的玻璃瓶。」二虎說：「爸爸不去怎麼解決問題？」盧水雄說：「你們先去跟她說，什麼結果再告訴我。」二虎點頭說：「也好，我們走！」

他們兄弟倆起身往西廂房走去，家丁忙過去攔住，一邊說：「少爺少爺，太太在那邊，請跟我來。」大虎、二虎隨他來到後院那口井邊。

「喂，你帶我們來這裡幹什麼？」大虎問。家丁指向小瓦屋說：「太太住在那裡。」大虎、二虎聽了面面相覷。

家丁前去敲門，門「呀」的一聲開了。大虎、二虎大吃一驚，叫道：「啊？媽媽您怎麼會在這？」丁香心平氣和地說：「這是我的家，住十幾年嘍，你們不知道嗎？」「什麼？您的家？」大虎幾乎跳起來，「這裡這麼窄，又熱又悶，怎麼住呀？」「什麼東西這麼臭？你們嗅到嗎？」二虎接著問。

丁香含沙射影地指著說：「那口井，你們大媽死在那裡，之後就一直這麼臭！」二虎沒聽懂話中含意，繼續說：「我嗅到就想嘔，您竟然在這裡住了十幾年？媽呀，這……這是怎麼回事？您……您……太……」二虎很激動，喉頭梗塞說不下去。

丁香說道：「你們在這裡只待幾分鐘就受不了，我在這裡待了十幾年，日子好過嗎？兒子呀，你們的父親怎麼對待我，現在你們清楚啦！誒，你爸爸呢？不在嗎？」丁香問。大虎應道：「他在廳堂，沒來。」丁香冷笑道：「不敢來，是不是？」二虎說：「爸爸瞞著我們，這樣的地方您竟然住了十幾年，爸爸太過分啦！」丁香繼續說：「你們爸爸以裝修為藉口，令我搬出西廂房。裝修不過五六天，之後就鎖著不讓我回去。還有，從那天開始他就扣發我的薪酬和零用錢，我出門還派人跟蹤。他把後院的電燈拆掉，晚上漆黑，目的是要我像三姨太和你們大媽那樣死在那口井裡。兒子呀，你們爸爸的心腸好毒啊！」大虎、二虎聽著聽著，眼裡不禁沁出淚珠兒。

丁香接著說：「我為盧家莊做牛做馬，沒有功勞也有苦勞。還有，9號林場那塊地是我幫你們爸爸向蘇丹王要來的。旺山公主園上千依格土地是我乾媽蘇丹后給我的，地契上有我的名字，不信你們可去查。兒子呀，我為盧家付出這麼多，今天落到這樣的下場，太……太不值啦！」說著眼淚奪眶而出。

大虎趨前緊握著她的手激動地說：「媽，太委屈啦！」二虎起身說：「哥，走，找爸去！」大虎應了一聲，轉對丁香：「媽，您等著，我們去去就回來！」

他們走後，丁香嚎啕痛哭。

不到一個鐘頭，大虎回來交給母親西廂房的鑰匙，並叫她現在就搬回去。

丁香愣了一下，說這裡雖然又髒又臭，不過已經習慣了，不想搬。大虎聽了後說：「這鑰匙是爸爸叫我交給你的呀！」丁香苦笑道：「他是看在你們的分上，我就更不想搬回去了。算啦，別為我操心，去辦你們的事吧！」

母親不領情，大虎有些失望，默默走了。

隔天早上，管家林茂前來說要裝修小瓦屋，請丁香到西廂房暫住幾天。丁香不允，說狗窩總比廂房好。林茂說是少爺交代，太太不搬就沒法開工。既然是兒子交代，丁香改變主意，答應騰出白天讓工人幹活，晚上才回去。林茂無奈只好答應。

下午林茂帶來十幾個工人，清除屋裡所有的雜物，補牆修地板，修飾門窗，安裝空調，粉刷後搬來新傢俱。最後把那口井填平，種上幾棵樹。

小瓦屋煥然一新。井填了，臭味消失了。

一個星期後，管家林茂帶兩個工人來釘電線。丁香問他釘電線幹什麼，林茂說裝電話。丁香一怔，問他那天裝修屋子時為什麼不一起裝。林茂說那天少爺沒交代，所以沒裝；前天老爺說要裝，電話局的人便來釘電線。

原來是盧水雄叫裝的。丁香尋思道：「不對呀！他這麼好心莫非是想偷聽我和朋友講電話？對，這老狐狸是不會死心的。好吧，兵來將擋，水來土掩，老娘等著你。」

8

一個月前，老巫河口那塊地公開標售，雄獅集團不費吹灰之力就拿回那塊地。

一個月後，各家中英文大報刊出銷售「金蛇灣花園」高級公寓的整版廣告，發展商同時在新加坡喜來登大酒店設雞尾酒會招待達官顯貴、商界好友和報界記者。集團總裁盧大虎宣佈「金蛇灣花園」發展計劃，他說仙鶴鎮老巫河口那塊地將興建四座三十層的高級公寓，河邊設花園，落成後將是環境優美、空氣最好、最適於居住的高尚住宅區。他同時宣佈，為慶祝仙鶴鎮開埠一百零八週年紀念，集團將捐給仙鶴鎮中學、白家港老人院、神農中醫院和雲鶴寺各兩萬元。

隔天，中英文報章以顯著版位給以詳細報導。

幾天後，老巫河口豎起「金蛇灣花園」的巨型看板，同時在報上宣佈「金蛇灣花園」將於農曆八月十五中秋節早上九點正舉行破土儀式，敦請國會議員方天浩主持，屆時有雞尾酒會，歡迎村民好友參加。

「金蛇灣花園」即將動工，最高興的就是盧水雄。一天早上，他和保鏢呇卡林到河口觀看那個巨型看板，看板上掛著橫幅布條，牌樓柱子上和六角亭裡也有。白底紅字，很是顯眼。難道是祝賀橫幅？心裡高興便前去看。然而大吃一驚，看板上的布條寫的是「抗議盧水雄出賣仙鶴鎮」。牌樓柱子上寫的是「抗議雄獅集團破壞歷史古蹟」。六角亭裡的寫的是「譴責賣國賊盧水雄踐踏歷史文物」。盧水雄火冒三丈，令呇卡林把那些布條標語統統扯下扔進河裡。

「什麼歷史古蹟，他媽的全是垃圾。鏟掉，全給我鏟掉！」盧水雄指向牌樓和六角亭，疾言厲色，罵罵咧咧。

布條是幾個思想激進的中學生掛上去的。十幾年前，方天浩、孫大明、劉鶴立、林昌明等人曾帶領群眾高舉布條標語，遊行示威，反對有關當局鏟掉古蹟。保護古蹟，後繼有人，方天浩、孫大明他們理應高興。然而，彼一時，此一時，當學生代表向他們投訴時，他們竟然打官腔，勸學生代表好好念書，別多管閒事。

兩天後，知名學者夏彬博士在報上發表文章，說仙鶴鎮老巫河口那座牌樓和六角亭具有數百年歷史，是不可多得的稀有古蹟，應該保留。他說牌樓和六角亭雕工精湛，造型壯觀，留在那裡既可令花園蓬華生輝，又可增加居民的文化意識。這麼好的事希望發展商給予重視。云云。

然而，言者諄諄，聽者藐藐，夏彬博士這篇文章是白寫了。

「金蛇灣花園」動土儀式的前一天，看板邊搭起帳篷，牌樓旁停著一輛巨型鏟土機。

舉行儀式那天，大清早，承包商工頭老張前來設祭臺，擺香燭祭品，把紅綢絲帶繞在鏟土機上。

集團總裁盧大虎和盧家莊主人盧水雄一早就到了。盧水雄西裝革履，繫紅色領帶，一頭白髮染得烏黑油亮。

工頭老張請盧水雄點燃香燭，這是祭祀「開場白」，意思是稟告地方諸神這裡將大興土木，建高樓大廈，祈求保佑工程順利，工人平安，公寓旺銷，公司賺大錢。

八點鐘剛過，「旺土陶土公司」老闆賴旺土和「茂德葉記」老闆葉茂枝率先到來。這兩個是盧家莊的「榮譽客戶」，盧水雄和他們緊緊握手，親切寒暄。

隨後賓客陸續到來，其中有國會議員方天浩、州議員孫大明和市議員劉鶴立，另有好些來自新加坡和柔佛巴魯的富商巨賈。

盧大虎熱情招待，寒暄問候，忙得不亦樂乎。

一根煙工夫，帳篷裡上百個位子就坐滿了。

九時正，承包商老張點燃鞭炮。劈哩啪啦，煙霧瀰漫，破土儀式開始了。

鏟土機隆隆開動，來到牌樓前霍地停住。方天浩用手提擴音喇叭大聲喊：「金蛇灣花園動土儀式開始！」鏟土機鳴起汽笛，「嗚嗚嗚」，加大油門，「隆隆隆」，舉高鏟斗朝牌樓撞去。「砰」的一聲巨響，瓦片碎落，塵土飛揚，牌樓搖搖欲墜。鏟土機再次衝撞，「轟隆隆」，牌樓倒了。鏟土機把廢墟瓦礫推到一邊，然後調轉頭來到六角亭前。「嗚嗚嗚」，「隆隆隆」，開足馬力把亭子撞倒，然後高舉鏟斗，往石碑猛砸。「砰啪砰啪」，火星迸射，眨眼間就把石碑砸得粉碎。

這不是破土，是破舊。

歷史古蹟灰飛煙滅，方天浩、孫大明和劉鶴立帶頭鼓掌。掌聲如雷，盧水雄大聲叫好。

雞尾酒會開始，賓客邊吃邊喝邊聊，破土儀式在歡樂聲中結束。

當天是農曆八月十五中秋節，離重陽大潮還有兩個星期。然而熱帶氣候如政客嘴臉說變就變，早上風和日麗，牌樓和六角亭被鏟掉後西邊天腳就堆起烏雲。雞尾酒會剛剛結束，天色忽然轉暗。狂風驟起，飛沙走石，老巫河波濤洶湧。

然而，雷聲大，雨點小，半個鐘頭後，彤雲消散，風和日麗，老巫河波平如鏡。

山雨欲來風滿樓，那是重陽大潮的前奏曲。

隔天中午，晴空萬里，火傘高張。午後，西邊天腳黑雲捲土重來，轉眼間就籠罩了整個天空。

大地一片昏黑，家家戶戶亮起電燈。剎那間，狂風怒號，走石飛砂。閃電撕裂天空，迅雷不及掩耳。

重陽大潮來早了。

晚上，大海發怒了，「砰啪砰啪」，滔天巨浪沖擊沙灘。老巫河咆哮了，「吼啦吼啦」朝大海奔流。天河決堤了，大雨傾盆而下。風聲雷鳴，震耳欲聾。蒼穹崩裂，搖搖欲墜。

拂曉時分，雷電消失，風止雨停，大海息怒。

昨晚大風大浪，羅海彪擔心他的小奎籠，天還沒亮就拿了手電筒到河邊張望。柵欄木條還在，只是東倒西歪，損失不大。舉眼看看對岸，駭然發現白鶴灘那邊有些異樣，沙灘不見了，河床好像寬了許多。牌樓和六角亭原址那邊好像有個龐然大物，鏟土機嗎？不像。打樁機鐵架？那裡還沒打樁。好奇心驅使，他到渡頭邊拉過摩托船，開動引擎往對岸駛去。

船走得飛快，眨眼間來到河心。舉眼望去，那個龐然大物的輪廓好像一艘大船。

來到岸邊，定睛一看，驚叫道：「一艘破船，好大唷！」

泊好摩托船，跳上岸，扭亮手電筒，睜大眼睛仔細端詳。

是一艘帆船龍骨，龍骨下有罎罎罐罐，撿幾件看了一下，陶瓷器，是古董。侄子夏彬博士最喜歡古董，於是到船上拿來網兜，把較完整的鍋碗、羹匙、茶壺、酒杯盡往兜裡裝。撿著撿著，裝不下了，正要離開，駭然發現前面那堆垃圾打橫突起，裡頭好像有什麼東西。前去翻開一看，是獨木舟，本地人叫「歌樂」。說也奇怪，這隻獨木舟和他家的那隻歌樂竟然一模一樣。掂掂船頭，不重，於是把它一起搬上摩托船。

天微微亮，藉著晨曦對這龍骨看個仔細。是艘木製大帆船。船頭朝東，尾部朝西，船底背河，兩舷面岸。船身約三丈高，五六丈寬，三十幾丈長。舵吊在船尾，錨擱在船頭邊。船頭龍骨尖端嵌著鷁首。鷁是水鳥，不過這艘龍骨嵌的是銅鑄的仙鶴。

看馬鞍可知馬主的身份，看鷁首可知船主的地位。仙鶴展翅鵬程萬里，這艘船的主人必有來頭。

這艘古船有三根桅杆：前後兩根斷成兩截，打橫擱在地上；中間那根折成「L」形，下段連著基座，上段指向天空。末端光滑油亮似曾見過，亮手電筒看個仔細，想起來了，這桅杆末端就是重陽期間仙鶴飛來站在上面的那根木樁子。

日上三竿，看熱鬧和撿古董的人愈來愈多。羅海彪看看錶，已經八點鐘，便去街場打電話給侄子夏彬，告訴他大船龍骨出土的事；同時叫他儘快來，潮水回漲就看不見了。

夏彬驚喜萬分，說要包快艇，漲潮之前趕到。

羅海彪隨後到咖啡店吃早餐，然後把撿到的古董載回家。

回到河口碼頭等夏彬。一頓飯工夫，海面上一艘快艇朝河口駛來，沒多久來到碼頭。靠了岸，船裡走出三個人，一個是夏彬，羅海彪認得另兩個是他的學生。

時間寶貴，寒暄幾句，羅海彪便帶他們去白鶴灘看大船龍骨。

來到白鶴灘，龍骨像龐然怪獸橫臥在那裡，夏彬和兩個學生看傻了眼。

岸外傳來嘩啦嘩啦的浪濤聲，潮水開始上漲。

時間緊迫，他們分頭工作，主要的工作是拍攝和測量。

風和日麗，光線極佳，攝影條件很好。龍骨很高，歪歪斜斜，測量有難度。幾個看熱鬧的村民搬來梯子，另幾個爬上爬下，幫他們一把。

測量船頭時駭然發現左邊三根龍骨折斷，另有鉚釘脫落，骨架搖搖欲墜。夏彬看個仔細，拍掌叫道：「好哇，謎底揭穿啦！」「謎底？什麼謎底？」幾個問。夏彬說道：「船頭下端龍骨折斷，說明這艘船撞到暗礁。外面深海魔鬼島周圍不是佈滿暗礁嗎？我相信這艘船在魔鬼島那邊觸礁擱淺，船底破洞，動彈不得，重陽大潮把它沖到這裡。」

博士學富五車，洞察入微，言之有理，大家敬佩不已。

人多好做事，潮水漲到龍骨時測量工作已經結束。

大功告成，夏彬請幫忙的朋友去街場吃午飯。他們說自己人不必客氣，說幫點小忙不算什麼，說完扛了梯子走了。

吃過午飯，羅海彪載他們回去看先前撿來的古董。

他們小心翼翼地把古董擺在桌上，把出土歌樂和羅海彪家裡的那隻擺在一起。他們把玩細看，嘖嘖稱奇，愛不釋手。

晚上依舊狂風暴雨，雷聲隆隆，直到拂曉才停止。

早上來到白鶴灘，岸邊一群人指手畫腳，談論什麼。擠進去一看，傻了眼，河床空蕩蕩，龍骨不見了。

「怎麼回事？被人搬走了嗎？」一個學生問。夏彬博士說：「不是被人搬走，是被大水沖走。不過，錨和舵是鐵鑄的，鵜首是銅鑄的，很重，大水沖不走，應該還在，找找看。」

一個村民指著說：「錨和銅鶴在這邊，舵在那邊。」夏彬和學生分頭去看，果然是。錨、舵和鵜首佈滿螺殼，不過「雲鶴號」三個字刻得深，摸得著，看得清，其他的字和圖案模糊漫漶，沒法辨認。

一個老頭兒前去看，他說東西這麼重，當爛鐵賣也值錢，不如雇輛吊車把它吊上來，賣了錢大家分。另一個說離岸這麼遠，吊上來不容易。老頭兒拉長語音說：「可以，我駕過吊車，絕對沒問題。」夏彬卻說：「這是文物，無價之寶，吊上來，不能賣！」「吊上來後東西屬於誰的？」一個中年男子問。夏彬想了一下說：「這是仙鶴鎮的文物，不屬於我，不屬於你，屬於仙鶴鎮，是公家的。」那個中年男子聽了後點頭說：「對，文物很珍貴，不能賣，留著大家看。好，我去叫吊車，費用我負責。不過潮水開始上漲，來不及了。明天早上這個時候我在這裡等你們。」說完拱拱手，轉身走了。

走遠後，夏彬問羅海彪：「這人看來面熟，是誰呀？」羅海彪應道：「茂德葉記的少東，葉茂枝的兒子葉錦倫。他是『銅鑼社』社長。你忘記了嗎？」夏彬恍然說道：「原來是葉錦倫，我離開時他還是小孩子，認不得啦！」羅海彪笑道：「你離開時也是小孩子呀！」他的話逗得在場的人哈哈大笑。

夏彬博士隨後說這艘破船龍骨形狀類似幾十年前這一帶運載貨物的大帆船，那些大帆船多半由白家港伯樂船廠製造，他想去伯樂船廠看看，收集些資料。羅海彪說船廠很嚴格，不讓人參觀。夏彬博士說去試試，碰碰運氣。

吃過午餐，羅海彪載他們去白家港伯樂造船廠。夏彬博士是知名學者，也是大學教授，船廠經理看了名片對他刮目相看，除帶他們到處參觀外，還提供船身結構藍圖和數百年來船廠發展的歷史資料。

參觀船廠後他們順路到伯樂山考察古墓，拍了些照片，做了些筆記。他們原本要去參觀媽祖廟，由於黑雲漫天，大雨即將到來，只好作罷，急忙離開。

回到柴船頭，羅海彪到魚棚起網，一條大石斑，十幾隻大蝦。運氣不錯，晚餐有著落。

回到屋內，狂風驟起，大雨傾盆而下。

吃過晚飯，羅海彪沏茶，碧螺春，家鄉茶，上回夏薄情回鄉時帶回來的。

夏彬博士拿出那些罎罎罐罐，邊喝茶邊觀察邊推敲。

狂風呼嘯，雨愈下愈大。海口那邊傳來浪濤聲，「砰啪砰啪」，地動山搖。老巫河洶湧澎湃，「吼啦吼啦」，雷霆萬鈞，猶如千軍萬馬。

夏彬博士工作到半夜方歇手，羅海彪做了夜宵——魚頭米粉。剛才起撈的那條大石斑，魚身紅燒，晚餐吃了，留下魚頭煮米粉，還沒上桌已香氣四溢。

吃過夜宵，羅海彪問夏彬研究得怎麼樣。夏彬說參觀船廠受益匪淺，已有頭緒，端倪漸露，成竹在胸，揭開仙鶴鎮歷史真相指日可待。

吃過夜宵，回房就寢，已是三更，風聲、雨聲戛然而止。

天濛濛亮，羅海彪、夏彬和兩個學生興致勃勃地來到白鶴灘，一愣，眼前地坪如茵，沙灘如雪，他們以為走錯了地方。跳上岸，四下裡看看，沒錯，這裡就是白鶴灘。

晨光熹微，河面波平如鏡。

旭日東升，雲蒸霞蔚。環顧四周，白鶴灘恢復原來的面貌，只是少了那根木樁子。

觀看的人愈來愈多。沒多久，一輛吊車徐徐駛來，葉錦倫騎摩托車跟在後頭。

吊車停下，車夫和葉錦倫看傻了眼。

日上三竿，萬里無雲。蛇尾嶺巍峨突兀，老巫河像條銀鏈。天氣漸熱，人們開始離去。

遠處忽然傳來「咕哇咕哇」的叫聲。

「喂，你們看，仙鶴飛來了！」幾個指著大聲喊。

大家朝他指的方向望去，只見遠山那邊一群白鶴排成「人」字形朝河口這邊飛來。越過旺山上空改為「一」字形。來到蘑菇嶺便徐徐下降，沿老巫河撲棱撲棱地飛著。來到舊街場便「咕哇咕哇地」叫，好像通知人們牠們已經到來。

以往，鶴群在街場上空繞了幾圈便飛去河口，站在牌樓和六角亭屋頂歇息，其中一隻飛到白鶴灘站在那根木樁子上。如今牌樓和六角亭被鏟掉了，木樁子不在了，鶴群在河口繞著、「咕哇咕哇」地叫著。繞了五六圈，落在椰樹上，東張西望，好像在尋找那根木樁子。

岸邊的人雙掌合十，默默禱告，直到鶴群飛走才離去。

鶴群飛走了，重陽大潮過去了。夏彬和兩個學生回去柴船頭收拾行李，羅海彪叫他們把那些罎罎罐罐和那隻出土歌樂一起帶走。

滿載而歸，不虛此行，夏彬博士和兩個學生喜出望外。

一個星期後，報上刊出幾樣陶瓷文物和歌樂的照片，還有一篇記者對夏彬博士的訪談。

內容摘要如下：

一，仙鶴鎮白家港伯樂山南邊有兩座墳山，東邊屬華人，稱「中華義山」，西邊屬伊斯蘭教徒，當地人稱「穆斯林墳場」。中華義山有古墓二十七座，穆斯林墳場十二座。十二座的碑文皆為漢字。兩座墳山的墳墓破舊不堪，碑文剝蝕難認。穆斯林古墓中有一座占地面積比其他墳墓大好幾倍，基座較完整，碑文兩行。經考究，上行為漢字，寫的是「雲中鶴大帥之墓」。下行為阿拉伯文，譯成中文為：「元帥雲中鶴・奧馬之墓」。

二，鄭和隨身使者馬歡著作《瀛涯勝覽》所載：鄭和下西洋船隊中有大帥九十三人，千戶一百四十人，百戶四百零三人。船隊中有位大帥姓雲名忠字白鶴，另名雲中鶴・奧馬。回民。夏彬博士斷定古墓中的雲中鶴就是此人。夏彬博士還推斷：雲中鶴的戰船經過柔佛水域時觸礁擱淺，被風浪沖到老巫河口。船長雲中鶴大帥、官兵和船員流落到老巫河口。那裡風大浪大，尤其在重陽大潮期間。他們便移去伯樂村，即現在的白家港。他們和當地土人通婚繁衍，死後，他們的子女以各自的宗教信仰分別把先人安葬於兩座墳山。

經考究，雲中鶴墓碑上的年代為明朝英宗正統十二年，即西元一四四七年。由此推斷：雲中鶴的船應該是第七次下西洋時出事。

三，馬來亞柔佛海峽兩岸包括仙鶴鎮、新加坡、麻六甲沿海、印尼巴領旁、三寶壠等地的漁民所使用的大帆船、放網漁船以及獨木舟「歌樂」和鄭和下西洋所用的大寶船、中船以及登岸所用的櫓舟，即獨木舟，在形狀、龍骨結構、鉚釘榫頭等都有許多相似之處。由此證明：鄭和下西洋把中國造船技術傳給當地漁民。白家港的「伯樂造船廠」就是他們的後代經營的。

四，夏彬博士提到當年被日本軍官小禾田丟進海裡的那把古劍。根據他父親夏薄情描述，古劍兩面刻的是篆字，一面是「雲海風濤」，另一面是「仙鶴展翅」。這把古劍原為白家港村長雲漢奧馬的傳家之寶，後被日本軍官小禾田占為己有。日本投降前夕，小禾田知道難逃戰犯之罪，便把古劍送給他父親。他父親不敢要，建議物歸原主。小禾田認為村長乃山野村夫，不配擁有此寶劍，便把它沉入大海。他很同意父親的說法：這把古劍原為雲中鶴生前佩劍，死後留給後代子孫。白家港村長雲漢奧馬擁有此劍，證明他就是雲中鶴後代。

五，夏彬博士也提到老巫河口那座牌樓和六角亭。那兩座古蹟的建築年代皆為明朝嘉靖壬午年，即西元一五六一年，和雲中鶴墓碑上的年代相距六十年。由此證明牌樓和六角亭為後人思念故土和紀念先人而建。

六，古船龍骨長五十點九米，寬十九點二米，「吃水」深度為四米，排水量約八百噸。有三根桅杆，船頭有鷁首，左舷下吊著錨，尾部桁架吊著舵。錨、舵和鷁首刻著「雲鶴號」三個字。由此證明雲中鶴就是「雲鶴號」的船長兼指揮統領。

結語：古船龍骨的出土揭開仙鶴鎮的歷史真相，給研究鄭和下西洋的專家學者提供豐富的素材和資料。

9

金蛇灣花園動工了，幾架打樁機噴著黑煙，「砰啪砰啪」，震耳欲聾。

盧水雄很高興，每天都到工地籬笆外瀏覽張望，直到中午才回來。

一天，也許過於興奮，回到家後感到不舒服，頭暈，心跳，冷汗直冒。他撐著，說話氣喘吁吁，吃午飯沒胃口。管家看他臉青唇白，問他是不是病了。他說沒事，一點感冒，休息一下就會好。然而不對，雙腳無力，雙手不聽使喚，嘴唇歪了，說話口齒不清，口水直淌。

管家嚇壞了，趕快帶他去新街場看醫生。醫生檢查後說他中風，得馬上送去醫院。管家打電話給大虎。

[illegible]當機立斷，派手下以快艇送他去新加坡私營高級醫院。

[illegible]掛了號，大虎也趕到。大虎是雄獅集團總裁，身份特殊，院長親自接待。醫生檢查得很仔細，[illegible]頭後報告出來。院長看了後說病人腦溢血，太遲送醫院病情加重，不過暫時沒有生命危險。大虎問他如何治療，如何照顧。院長說有兩件事要做：一是定期服藥，緩住病情不讓惡化；二是進行物理治療，讓病人血液流通，不然肌肉壞死，甚至腐爛。

物理治療由專人護理，盧水雄得留在醫院。

盧水雄中風入院，最高興的是丁香。丈夫病重妻妾幸災樂禍固然缺德，但想起他當漢奸出賣村民，想起自己被趕出西廂房在小瓦屋挨了十幾年，想起他暗算羅海彪，等等，她就咬牙切齒，怒不可遏。「盧水雄，我們的帳還沒算，恩怨還沒完，你不能死，你等著。」她心裡在說。不過為了不傷兒子的心，顧及做母親的尊嚴，她把仇暫時擱下，裝出關懷的樣子，噓寒問暖，還經常隨兒去醫院看他。

盧水雄臥病在床，好不了也死不了。現在醫學昌明，他有得是錢，雇用最好的醫生，多活十年八年沒問題。丁香心裡盤算：「百足之蟲死而不僵，這魔頭老奸巨猾，要撥雲見日、反戈一擊、解我心頭恨，還得殫思極慮，運籌帷幄。」

一天，二虎回來看她。她說：「你來得正好，跟你說件事。」二虎應道：「什麼事？您說。」丁香說：「你爸在醫院，那些保鏢和保安人員無所事事，何不把他們辭了？」「怎麼，他們不好嗎？」二虎問。丁香說道：「你爸不在家，一個個就變鬼了，賭博、喝酒，更要不得的是，晚上在小瓦屋外走來走去。我有點怕，老睡不好。老二呀，那些人是你爸爸請來監視我的，還留著幹嘛呢？」「唔！」二虎點點頭，「盧家莊這麼大，大門總得有人看。這樣吧，表現好的留下，其他的辭掉，行嗎？」丁香應道：「不，統統辭掉，請新的。還有，家丁、傭人也過多，該辭掉一些。」二虎想了一下說：「好吧，讓他們做到月底，拿了工錢再令他們走。」丁香說道：「別婆婆媽媽，現在就發工資，叫他們立刻滾蛋！」二虎點頭說：「好吧，這件事您看著辦！」

傍晚，保鏢包括呇卡林、保安人員捲鋪蓋全走了。

隔天來了六個新人，全穿制服，日夜輪班，每班兩個。二虎說他們幾個是從集團保安部調來的。

家丁留下四個，傭人六個，都是丁香的心腹親信。管家林茂也炒了，由掌管炊事的阿福叔接替。

鷹犬幫凶拔掉了，眼線耳目清除了。丁香脫困了，自由了。她要做的頭一件事就是去柴船頭找羅海彪，把這天大的好消息告訴他。

十幾年沒見面，她蝸居小瓦屋，日坐愁城，寸陰若歲，只有半夜聽見他的螺笛聲才心懷敞亮，感到慰藉。

羅海彪對她何曾不是牽腸掛肚，寢不安席。盧水雄中風入院的喜訊令他振奮，他想丁香一定會來找他。他等著，等著。

那天入夜，她果然來了。

咫尺天涯，久別重逢，格外激動。然而不叫屈，不喊冤。不悲傷，不掉淚。心有靈犀，彼此默契。擁抱熱吻，耳鬢廝磨，如膠似漆，他們始終沒說一句話。進入房間，寬衣解帶，共赴巫山都在默默中進行。相愛幾十年，患難與共幾十年，他們的心靈早已息息相通，慨歎、哀傷、悲憤、泣訴、撫慰這些已經沒有意義。

時光飛逝，如影隨形、如魚得水的日子一眨眼就過了三個月。

盧水雄回來了，另有四個護理專人，全是女的。

盧水雄死不去是因為心願未了。「金蛇灣花園」還沒落成，曾祖父的銅像還沒豎立，他放心不下。回到仙鶴鎮就迫不及待要去工地參觀。然而工地危險，保安人員不讓車子進去。盧水雄無奈，便吩咐司機把車開[illegible]籬笆邊，搖下車窗，讓他朝裡面張望。

[illegible]在打樁，幾架打樁機噴著黑煙，「砰喳砰喳」，震耳欲聾。盧水雄精神振作，情緒激動，頻頻讚[illegible]子，很好哇！」

[illegible]，他的臥房已經收拾好，然而他不喜歡，說要睡在東廂房。原來東廂房窗戶朝西，從那裡可以[illegible]金蛇灣花園」工地。「砰喳砰喳」的樁錘聲、鏟土機「隆隆」的引擎聲和「叮噹叮噹」的鐵錘聲對他來說是一支雄壯悅耳的交響樂。

每天早上，開工鈴聲過後，打樁機就噴著黑煙，「砰喳砰喳」地響起來。他的手指像打拍子似地在床沿輕輕點著，鼻孔和著樁錘聲輕快地哼著。

樁錘聲停止了，地基打好了。高樓平地起，摩天吊機懸臂在揮動，鋼骨水泥一層一層地建起來了。

三十層大樓兩年才能完成，他看著，等著。他要參加花園大廈落成典禮，要主持曾祖父銅像的揭幕儀式，要住在主樓最高一層。他豪情壯志，雄心勃勃，信心滿滿。

「金蛇灣花園」是盧水雄唯一的精神寄託，看到大樓一層層地建起來，他喜不自勝。

白天他過得充實、愜意，晚上的時間就難熬，寂寞、孤單，長夜漫漫，度日如年。他想找人說說話，可是保鏢峇卡林呢？管家林茂呢？還有家丁和保安人員呢？連個鬼影都不見，跑到哪兒去了？

一天，他問丁香。丁香說：「這幾個月你不在家，他們全走了。」「什麼？全……全……走了？為什麼？」他一臉疑惑，睜大眼睛瞪著丁香。丁香搖頭說：「我不知道，你問二虎吧！」「你……你在家裡怎……怎會不知道？」他問。「不知道就是不知道！」丁香提高聲量。「妳……他……他媽的講……講鬼話，妳……妳這……臭……臭婆娘……妳……嘚嘚嘚……」他惱羞成怒，要罵娘，嘴唇卻歪了，口水流出來。

護士前來為他抹口水，一邊說：「盧老先生，別生氣，別說話，好好休息，身體要緊哪！」說完為他蓋好被子。

盧水雄無奈，歎了口氣，不說了。

一天傍晚，大虎回來，盧水雄問他為什麼辭掉他的保鏢、保安人員和管家林茂。大虎說是二虎的意思，他也不知道為什麼。盧水雄很生氣，要罵娘，可是嘴唇歪了，口水直流，「嘚嘚嘚」地罵不出來。

大虎勸他別生氣，別煩惱，好好養病，別管家裡的事。

他看看大虎，看看丁香，長歎一聲，認命了。

不過，令他最不能容忍的是丁香每晚都穿紗籠卡巴亞、搽香水、打扮得漂漂亮亮，大搖大擺地出門到半夜才回來。他明白而且肯定，她是去柴船頭和姦夫羅海彪幽會。

羅海彪膽大包天，三番四次地勾引他老婆。上回已經教訓過他，可是不死心，今次再來。還有，更可恨的是每到半夜羅海彪就吹螺笛向他叫板，和他挑釁。是可忍，孰不可忍。重賞之下必有勇夫，他有的是錢，只要幹掉羅海彪，要多少給多少。他孤注一擲，豁出去了。

俗話說：「男人三十一朵花，女人三十爛茶渣。」丁香年近六十，像這般年紀的女人多半相貌走樣，身材臃腫，鬢髮皤然。然而上蒼對丁香獨寵，她容貌依舊俊俏，身段依舊苗條，風采姿色不減當年。

當年，男人拜倒在她石榴裙下，盧水雄引以為榮。然而花香引蝶，樹大招風，有得有失，有榮有辱，公平。弔詭的是，羅海彪是個山野村夫，是盧家莊的豬崽，是個徹頭徹尾、道道地地的窮光蛋，四娘竟然和他卿卿我我、難捨難分，叫他不可理喻。

一天半夜，一陣香水味從窗戶飄進來，隨著河對岸傳來螺笛聲。以前笛聲悱惻纏綿，如今換了調，雄壯有力，「叭嗡叭嗡」，像凱旋的軍號，穿雲裂石，震得天花板簌簌作響。

盧水雄氣得咬牙切齒，恨不得把羅海彪剁成肉醬。「來人！」他大聲喊。護士上前來：「盧老先生，您叫我？」「唔，把我的電……電話本……本子拿來！」「電話本子？在哪裡？」護士問。盧水雄答道：「在書房……抽屜裡，你找……找黑鬼林的電話，打……打給他，叫……叫他來見我。去……快去！」護士應道：「書房鎖著，我沒鑰匙呀！」盧水雄氣急敗壞：「哎呀！去找……找管家，向他……拿……拿！」「管[illegible]太太剛回來，我去找她！」「呃……找太太？她……她……唉，他媽的，去去去！」

[illegible]三六派黑幫頭目，是盧水雄的黑道好友。不過樹倒猢猻散，這個時候即使找到他也未必會來。

[redacted]孤獨無援。顧影自憐，悔不當初。盧水雄眼淚直淌。[redacted]思痛，仔細掂量。病成這樣，癱瘓在床動彈不得，又能拿他們怎麼樣？與其活活氣死，不如和她開[redacted]佈公地談一談，找個折中辦法，好來好去，給點顏面好下臺。

隔天半夜，丁香從外頭回來。她從窗口經過，飄來濃郁的香水味。

「四娘，別……別走，請……進……進來一下！」他說。

丁香進去，說道：「這麼晚了，你還沒睡？」

盧水雄應道：「沒睡，等你回來！」

人之將死其言也善，鳥之將死其鳴也哀。他和顏悅色，低聲下氣。

丁香應道：「什麼事？你說！」「妳去……去哪裡？為……為什麼不……不跟我說……說一聲？」他問。丁香說道：「我每天晚上都要出去走走逛逛，習慣了，所以沒跟你說。」

話語剛落，螺笛聲驟然響起，「叭嗡叭嗡」，雄渾嘹亮，猶如檢閱軍隊的喇叭。

「聽……聽見嗎？」盧水雄忍氣吞聲，「坦……坦白……告……告訴我，妳……是不是……去他那裡？」丁香點頭應道：「是的，我每天晚上都去他那裡！」他不屑地說：「妳……妳要……報復？要……要氣死我？是不是？」「不，」丁香加重語氣，「他被人打得重傷，差點兒丟命，當時我沒法去看他，我內疚！現在有機會我得補償。雄哥，做人要有良心哪！」「妳……妳……是我老婆，妳……妳不守……守婦道，妳……偷漢子……妳……妳有……有良心嗎？」他聲音發抖，嘴唇又歪了。

丁香從床頭拿過手絹為他抹口水，一邊說：「雄哥別生氣，保重身體要緊，金蛇灣大樓快蓋好了。落成典禮等你去剪綵，老太爺的銅像等您去揭幕呀！」盧水雄應道：「別……別岔開話……話題。妳……咳咳……妳……妳都近……近六十了，對他還……還念念……不忘，這……這是為……為什麼？」

丁香應道：「不為什麼，因為我愛他！」

盧水雄接著說：「他……不過……是個……野人……村夫，對妳……怎……怎會有……那麼大……大的吸……吸引力？」

丁香冷笑一聲，說道：「這很簡單，你不能的，他能！你沒有的，他有！」

「這……不……不公平，」盧水雄提高聲量，「當初……我給……妳的……肯定……比他……多，如今，妳……有的……也不少，兩個……孩子……對妳……很……很孝順，他們……已經……繼承……我……我的財產，妳的……日子……還……很多，可以……慢慢……享受。妳……還有……有什麼……不足……的呢？」

丁香點頭應道：「沒錯！盧家莊的榮華富貴我沾過光，但這些對我並不重要。其實，我要的只有一樣，而且簡單不過。可是你沒有，以前沒有，現在更沒有。反而是他，以前有，現在也有，只要他還活著就永遠會有！」

「啊？那……那是……什麼？」盧水雄睜大眼睛看著她。

丁香一字一板拉長語音：「良心！」

盧水雄沉下臉，揮揮手指，說：「沒事了……去……去吧！」

「晚安！」丁香出去了。

隔天早上，盧水雄處於昏迷狀態，值班護士立刻打電話向醫院報告。

中午，醫生來了，檢查後說病人脈搏弱，體溫低，血壓高。醫生為他打針，說二十四小時內沒好轉就得送回醫院。

傍晚大虎、二虎回來看他，護士說病人情況好轉，體溫、血壓、脈搏已恢復正常。大虎、二虎放下心晚飯便走了。

然恢復正常，然而鬱鬱寡歡，工地那邊摩天吊機懸臂的揮動、巨型鏟土機「隆隆」的引擎聲和，鐘錘聲已經也引不起他的興趣。

丁香依舊出門。香水味和螺笛聲折磨著他，他痛心疾首，悔恨交加。顏面丟盡，無地自容，恥辱病痛還要難受。

他喊護士，說睡不下，要安眠藥。護士讓他服一粒，他說不夠，要十粒。護士知道他要幹什麼，不給。「給……給我吧，妳……做做……好心，妳看我……活得多……多痛苦，讓我……早點……死吧，好……好心的護士！」說完嗚嗚痛哭。

隔天下午，醫生來看他，大虎、二虎也回來。病情依舊，一切正常，醫生走了。大虎、二虎陪伴他到傍晚。他晚餐照吃，藥也照吃。護士來檢查，血壓、心跳、體溫依舊正常。大虎、二虎放心地走了。

心裡的痛苦沒法用儀器測量，只有自己知道。哀莫大於心死，盧水雄這次真的想死了。安眠藥不給，上吊沒本事，他決定絕食。從現在起不吃不喝，連藥在內。他閉上眼睛等待死亡。

迷迷糊糊好像嗅到香水味，聽見螺笛聲。他深惡痛絕，拿把刀要和羅海彪決鬥。來到渡頭等船，霍地發現河面上漂浮著許多屍體。定睛一看，嚇了一跳，是符木隆、張德寶、朱青海等十幾個。他拔腿就跑。那些浮屍霍地躍出水面指著他喊：「捉住他，捉住他！」盧水雄怕得渾身發抖，腳也軟了，一個踉蹌跌倒在地。他喊救命，但喊不出來。心一急就醒了。原來是做惡夢。

美夢成真，惡夢未必全假。死了後，符木隆、張德寶、朱青海那班人等著他。還有二姨太、三姨太和許許多多屈死鬼也在等他。他罪孽深重，死後閻王也饒不了他。

這個夢猶如當頭棒喝，死不是痛苦的結束而是更大苦難的開始。活也不成，死也不是，菩薩呀，您到底要我怎麼樣？

漫漫長夜多難熬呀！

丁香依舊每天來看他。他的精神愈來愈差，開始時還睜開眼皮瞟她一眼，之後就閉上眼睛無動於衷。醫生每天都來看他，大虎、二虎也常回來。醫生告訴他們，病人已病入膏肓，得有心理準備。

一天早上，丁香去看他，他的精神反而好轉。

「妳……來了！」盧水雄說。丁香說：「你精神不錯，好多啦！」「唔！」他稍微點頭，「我……我……等妳來！坐下，我……我有話……跟妳說。」

丁香拉張椅子坐在他身邊。

盧水雄繼續說：「我……有個……問題……要……要問妳，希望妳……能說……說實話！」丁香點頭應道：「好，你說！」

「大虎……和……二虎……是不是……我……我生的？」他問。

丁香這方面的神經最敏感，盧水雄的問話令她腦門一連打了幾個閃，幾十年前洞房花燭夜的情景又如影像般出現在眼簾。想起挨他一巴掌的奇恥大辱心裡就如金瘡迸裂般的疼痛。她咬著嘴唇，臉上熱辣辣的好像剛被他掌摑過，憤與恨霍然衝上心頭。然而現在他已經是個行將就木的老頭兒，是個可憐兮兮的病人。她心軟了，胸腔裡的怒氣、怨氣、晦氣剎那間消失殆盡。

「雄哥！」憐憫之情油然而生，叫了一聲眼淚便撲簌簌地掉下來。

「妳……妳……妳說呀，」盧水雄張大眼睛看著她，「兩個……孩子……是不是……我……我生的？請……請妳……回答我！」

丁香抹乾眼淚，搖搖頭一字一板地說：「不是，兩個都不是！」「那……那麼……是他……他的種？」丁香點頭說：「是，兩個都是！」「那……那麼，」盧水雄繼續說，「四娘，我……有……兩件事……請……你，希望你……能……答……答應我。」丁香點頭應道：「好，你說，我能做到的一定答應你！」

盧水雄點了點頭，「第一，妳……別……把……這些事……告訴……孩子！」

的手說：「嗯！沒有必要告訴他們，我絕對不會說出去！第二件呢？」

盧水雄開始喘大氣，胸部一起一伏，「妳……轉……告……羅……羅海彪，說……我……叫……叫人打他，我對不起他，求他……放……放我一馬，別……再……吹……吹螺笛。我……死了，讓我……靜靜地……靜靜地……死……死去！」

丁香嗚咽地說：「好，我叫他別吹！」

盧水雄臉上露出一絲笑容，向丁香輕輕揮手：「妳……去吧，我……的話……說……說完了！」

丁香回到小瓦屋忍不住嚎啕痛哭。

隔天晚上開始，老巫河上空便不再有螺笛聲。

三天後盧水雄就斷氣了。

後記

二十年前（即二〇〇二年）北京文聯出版社出版《海螺》，反應熱烈，海內外評論文章數十篇，文聯出版社收集二十二篇出版《海螺評論集》。

大陸文友說《海螺》題材層面廣，意境深邃，令人遐想聯翩；同時問我創作靈感打哪兒來。靈感者，玄乎其玄，可遇不可求。劇作家曹禺因「天亮了，太陽出來了，太陽不是我們的，我要睡了」這句話給他靈感，寫出名劇作《日出》。俄國作家果戈里的好友普希金給他講賭徒冒充巡撫御史的故事而觸發靈感，寫出傳世名著《欽差大臣》。我寫《海螺》的靈感來自故鄉邊佳蘭海邊紅樹林裡的那艘破船。

故鄉邊佳蘭位於馬來半島柔佛州極南端，東面南中國海。年底颳東北季候風，海上大浪滔天。潮汐時，浪潮帶來大量泥沙，隔天又把泥沙帶走。《海螺》所描述的「重陽大潮」確實有這麼回事。

邊佳蘭屬下有六個海灣，一個海灣一個村。每個村子都有廟，有墳場。廟不大，飛簷瓦頂斑駁陳舊，磚牆長滿青苔，是古廟。墳場裡有些墓穴基座殘缺，墓碑字跡漫漶，清明時節沒人掃墓，那是荒塚。一個叫「蘭如」的村子有十幾座穆斯林古墓，墓碑上刻的是阿拉伯文。據尋寶者考據，那些古廟、荒塚、穆斯林古墓的年代皆為十九世紀中葉，至今已有一百八十年。

最顯眼、最令人驚歎的是我家前面，海邊紅樹林裡的那艘破船。沒有船殼，不見桅杆，只剩龍骨。龍骨[illegible]五米，長約三十米，長滿青苔和螺殼，疙裡疙瘩，邋邋遢遢。紅樹林密密匝匝，破船如龐然大物，當時[illegible]樹林裡的？我問父親，父親說他過番時那艘破船就在那裡了。一個馬來老叟說他出世時那艘破船一個年逾九旬的馬來老太爺說他的爺爺的爺爺出世時那艘破船就在那裡了。破船如何進入紅

[illegible]通，長大了卻恍然大悟。其實道理很簡單，破船被風浪沖到那裡時紅樹林還沒長出來。[illegible]枝幹壯碩，氣根粗大，那是原生林，起碼上百年。

[illegible]佳蘭鍾靈毓秀，歷史厚重。古廟、古墓、荒塚、紅樹林和那艘破船都是寫小說的好材料。我對那艘破船情有獨鍾，虛構、杜撰、找史料，醞釀了幾十年。材料具備，內容情節已擬定，框架結構已形成，然而找不到突破口，不知從何下手。

一次，我回湯坑老家探親，路過泉州，便去展覽館參觀出土的鄭和下西洋的大寶船。唷，說來沒人相信，大寶船的形狀竟然和我故鄉紅樹林裡的破船頗為相似。腦裡「梆」的一聲，茅塞頓開，靈感在腦裡衝撞。回到新加坡，拋開瑣事聚精會神奮筆疾書（那時電腦不普遍也不會用），廢寢忘食樂此不疲，歷時五年終於殺青交卷。

給書命名是項苦差。叫什麼好呢？我霍地想起故鄉紅樹林裡的海螺。海螺形體精緻，螺紋美觀。海螺可當號角，鑽幾個洞眼可當笛子。螺笛聲悅耳動聽，寓意深遠，在這部小說裡是「主旋律」。因此，我取書名為《海螺》。

如果說靈感是創作的火花，那麼，生活積累便是創作的燃料。只有火花沒有燃料火燒不起來，只有靈感沒有生活積累寫不出好作品。靈感和生活如血肉相連，分不開的。

《海螺》是我二十年前的作品，缺點在所難免。最明顯的是素材缺乏篩選和提煉，故事節外生枝，情節臃腫拖遝，浪費很多篇幅。敝帚自珍，我決定給《海螺》施大手術，大刀闊斧地整修一遍。二〇一八年臘月開始工作，預定一年內完成。蝸居斗室，息交絕遊。去蕪存菁，披沙揀金。為使故事更加完整，內容更加充實，添了好些細節和場景，如白家港、伯樂造船廠，柔南大道、伯樂通道、橫跨老巫河的兩座大橋以及松口鎮的「儒正醫社」，香港的「儒正國貨出口總公司」等。全神貫注，心無二用，直到今年五月始告竣。掐指一算，竟然花了兩年半。

幸蒙秀威資訊科技股份有限公司錯愛出版此書，我由衷感激。同時感謝朱嬌英和王翠蘭兩位女士為我校對，感謝張健先生在百忙中為我掃描原文頁面和文字把關。隆情厚誼，我向他們致敬。

二〇二一年七月於新加坡

釀小說120　PG2626

海螺

作　　者　流　軍
責任編輯　孟人玉
圖文排版　陳彥妏
封面設計　劉肇昇

出版策劃　釀出版
製作發行　秀威資訊科技股份有限公司
114 台北市內湖區瑞光路76巷65號1樓
電話：+886-2-2796-3638　傳真：+886-2-2796-1377
服務信箱：service@showwe.com.tw
http://www.showwe.com.tw
郵政劃撥　19563868　戶名：秀威資訊科技股份有限公司
展售門市　國家書店【松江門市】
104 台北市中山區松江路209號1樓
電話：+886-2-2518-0207　傳真：+886-2-2518-0778
網路訂購　秀威網路書店：https://store.showwe.tw
國家網路書店：https://www.govbooks.com.tw
法律顧問　毛國樑　律師
總 經 銷　聯合發行股份有限公司
231新北市新店區寶橋路235巷6弄6號4F
電話：+886-2-2917-8022　傳真：+886-2-2915-6275

出版日期　2021年11月　BOD一版
定　　價　540元

讀者回函卡

Printed in Taiwan

國家圖書館出版品預行編目

海螺 / 流軍著. -- 一版. -- 臺北市 : 釀出版,
2021.11
面 ;　公分. -- (釀小說 ; 120)
BOD版
ISBN 978-986-445-547-8(平裝)

857.7　　110015848